남과 북

North and South

Elizabeth Gaskell

대산세계문학총서 120

남과 북
North and South

엘리자베스 개스켈 지음 — 이미경 옮김

문학과지성사
2013

대산세계문학총서 120_소설

남과 북

지은이 엘리자베스 개스켈
옮긴이 이미경
펴낸이 이광호
펴낸곳 ㈜**문학과지성사**
등록번호 제1993-000098호
주소 04034 서울 마포구 잔다리로7길 18(서교동 377-20)
전화 02) 338-7224
팩스 02) 323-4180(편집) 02) 338-7221(영업)
전자우편 moonji@moonji.com
홈페이지 www.moonji.com

제1판 제1쇄 2013년 11월 7일
제1판 제5쇄 2023년 5월 22일

ISBN 978-89-320-2453-0
ISBN 978-89-320-1246-9(세트)

이 책은 대산문화재단의 외국문학 번역지원사업을 통해 발간되었습니다.
대산문화재단은 大山 慎鏞虎 선생의 뜻에 따라 교보생명의 출연으로 창립되어
우리 문학의 창달과 세계화를 위해 다양한 공익문화사업을 펼치고 있습니다.

차례

일러두기

1. 이 책은 Elizabeth Gaskell의 *North and South*(London: Penguin books, 2003)를 우리말로 옮긴 것이다.
2. 본문의 주석은 옮긴이의 것이다.
3. 강조하기 위해 원서에서 이탤릭체로 표기한 것을 본문에서는 고딕체로 표기했다.
4. 맞춤법과 외래어 표기는 1989년 3월 1일부터 시행된 「한글 맞춤법 규정」과 『문교부 편수 자료』『표준국어대사전』(국립국어연구원)을 따랐다.

1장
"결혼식에 서두르시게"

청혼받고 결혼했고, 그리고 전부 다*

"이디스!" 마거릿이 조심스럽게 이름을 불렀다. "이디스!"

마거릿이 반쯤 짐작했던 대로 이디스는 잠들어 있었다. 이디스는 할리 가의 집 안쪽 거실 소파에 옹크린 채 자고 있었는데, 파란 리본이 달린 하얀 모슬린 드레스를 입은 그녀는 참으로 사랑스러웠다. 그 모습은 흡사 티타니아**가 파란 리본이 달린 하얀 모슬린 드레스를 입고 안쪽 거실의 붉은색 다마스크 천 소파에서 잠들었나 싶을 정도였다. 마거릿은 사촌의 아름다움에 새삼 놀랐다. 둘은 어릴 때부터 함께 자랐고, 그동안 내내 이디스는 마거릿만 빼고 모든 사람으로부터 예쁘다는 말을 귀에 달고 살았다. 그러나 마거릿은 최근 며칠 전에야 이디스가 아름답다는 생각을 했는데, 동고동락했던 벗과 곧 헤어질 때가 되니 이디스의 상냥함과 매력 하나하나가 발휘되는 듯했던 것이다. 둘은 웨딩드레스와 결혼식 등에 대해 이런저런 이야기를 나누고 있었다. 레녹스 대위에 대한 얘기며 대위의 부대 주둔지인 코르푸***섬에서 어떻게 살게 될지 대위가 이디스에게 해줬

---

* 조안나 베일리(Joanna Baillie, 1762~1851), 「청혼받고 결혼했고 그리고 전부 다Song, Woo'd and Married and A'」에서 인용.
** Titania: 윌리엄 셰익스피어(William Shakespeare, 1564~1616), 『한여름 밤의 꿈A Midsummer Night's Dream』에 등장하는 오베론의 아내로 요정국의 여왕이다.

던 얘기, 그리고 피아노 조율 문제(이디스가 결혼 생활에 닥칠 수 있는 가장 두려운 일 중 하나라고 여기는 애로 사항)와 결혼식 후 스코틀랜드에 입고 갈 드레스 같은 것들이었다. 그런데 소곤거리던 말투가 후반부에는 좀 많이 깨나른해져 있었다. 몇 분간의 정적이 흐른 뒤에 마거릿은 예상했던 대로 이디스가 옆방의 도란거림에 아랑곳하지 않고 리본 달린 모슬린 드레스와 굽이진 머리카락 속에 동그랗게 말린 채 저녁 식사 후의 평화로운 단잠에 빠져 있는 걸 발견했다.

마거릿은 바야흐로 시골 목사관에서 앞으로 어떻게 살아갈지에 대해 자신이 품고 있는 계획과 전망 몇 가지를 사촌에게 말하려던 참이었다. 목사관에는 부모님이 살고 계시고, 또 그녀가 항상 멋진 휴가를 보내던 곳이지만 지난 10년간은 쇼 이모의 집이 그녀의 집이나 마찬가지였다. 그러나 들어주는 사람이 없어져버린 마거릿은 지금까지 있었던 삶의 변화에 대해 묵묵히 곱씹어봐야 했다. 너그러운 이모와 사랑하는 사촌과 만날 기약 없이 헤어진다는 생각에 아쉬운 마음도 들었지만 돌이켜보면 행복한 시간이었다. 마거릿이 헬스턴 목사관의 외동딸이라는 중요한 자리를 차지할 기쁨에 대해 생각하고 있을 때 옆방에서 흘러나오는 대화의 단편들이 그녀의 귀에까지 들렸다. 쇼 이모가 그날 만찬에 참석했던 부인 대여섯 명과 이야기를 나누고 있었는데, 부인들의 남편들은 아직 식당에 그대로 남아 있었다. 그들은 이 가족과 잘 아는 지인들로서 소위 쇼 부인의 친구들이었다. 이들이 친구로 불렸던 까닭은 쇼 부인이 다른 누구보다도 이들과 함께 자주 식사를 했고, 부인이나 이디스가 이들에게서 필요한 일이

*** Corfu: 그리스 서해안의 섬. 1815~1865년까지 영국군은 보호령이었던 코르푸에 주둔 기지가 있었다.

있다거나, 아니면 그들이 부인 쪽에 필요한 게 있을 때는 오전인데도 거리낌 없이 서로의 집을 방문했기 때문이다. 그들은 친구의 자격으로 초대되어 곧 있을 이디스의 결혼을 축하하기 위한 송별연의 만찬을 함께했다. 정작 이디스는 이 만찬의 주선이 불만스러웠다. 레녹스 대위가 바로 그날 밤 아주 늦게 기차로 도착할 예정이었던 것이다. 하지만 이디스는 비록 응석받이로 크긴 했어도 성격이 너무 무심하고 나태하여 자기만의 고집이 없었다. 따라서 송별연의 분위기가 너무 가라앉지 않게 막아주는 계절진미를 어머니가 가외로 주문했다는 말을 듣더니 그녀는 더 이상 고집 부리지 않았다. 이디스는 표정 없는 멍한 얼굴로 의자에 몸을 기댄 채 그저 접시 위의 음식으로 장난질을 치며 만족해했다. 그동안 그녀 주위의 손님들은 모두 쇼 부인의 파티에서 항상 테이블의 끝자리를 차지하는 그레이 씨의 익살을 즐기면서 이디스한테는 거실에서 음악을 좀 연주해달라고 부탁했다. 그레이 씨는 송별연 내내 특히 쾌활했고, 남자 내객들은 아래층에 평소보다 더 오래 머물러 있었다. 마거릿이 우연히 듣게 된 대화 내용으로 보건대 그들이 아래층에 남았던 건 다행스러운 일이었다.

"나 자신이 너무 힘들었어요. 먼저 간 우리 그이와 그다지 행복하지 않았다는 건 아니지만, 그래도 나이 차이는 문제가 되죠. 그 점만큼은 이디스가 겪지 않게 하려고 내가 다짐했던 부분이에요. 엄마로서의 편견이 아니라 난 이디스가 당연히 일찍 결혼하리라고 예상했어요. 사실 그 앤 열아홉 살 이전에 분명 결혼할 거라고 내 입으로 종종 말했다니까요. 예감이라는 게 딱 왔어요. 레녹스 대위가……" 이 부분에서 목소리가 귓속말처럼 작아졌지만 마거릿은 들리지 않는 부분을 어렵잖게 유추할 수 있었다. 이디스의 경우 진정한 사랑의 진행 과정은 특히나 순조로웠다. 쇼 부인은 자기 말마따나 예감에 굴복했었다. 그래서 이디스를 아는 많은 사람이 젊고 어여쁜 무남독녀에 대해 품고 있었던 기대에 턱없이 모자랐지만 그 결혼을 오히려 서둘렀다. 하지만 쇼 부인은 자기 외동딸은 사랑하는 사람과 결혼해야 한다면서, 마치 자신이 장군과 결혼한 것은 사랑 때문이 아니었다는 듯 유독 한탄스러운 어조로 말했다. 쇼 부인은 이 결혼의 낭만적인 기분을 딸보다도 더 향유했다. 이디스가 아주 제대로 사랑에 빠져 있지 않았던 건 아니지만, 그래도 이디스는 레녹스 대위가 설명했던 그리스 코르푸 섬의 더없이 아름다운 그림 같은 삶보다는 벨그라비아*의 멋진 집을 분명 더 좋아했을 것이다. 이야기를 듣는 마거릿을 부끄럽게 만드는 그 부분에서 이디스는 몸서리가 난다는 듯 몸을 떠는 척했다. 그 이유는 한편으로는 사랑하는 연인이 자신의 싫은 마음을 돌려보려고 살살 달래는 데서 오는 즐거움 때문이었고, 다른 한편으로는 집시나 다름없는 떠돌이 막사 생활이 생각만 해도 진저리 쳐졌기 때문이다. 그러나 멋진 집과 상당한 사유지에 귀족 칭호까지 누릴 수 있는 조건으로 누군가가 접근했다고 하더라도, 유혹이 지속되는 동안 이디스는 레녹스 대위에게 꼭 붙어 있었을 것이다. 그러고는 구애자가 떠나면 레녹스 대위가 모든 면에서 바람직한 신랑감이 아닐 수도 있다는 숨길 수 없는 후회의 감정을 느꼈을는지도 모른다. 이런 점에서 이디스는 자기 어머니를 꼭 빼닮고 있었다. 그녀의 어머니는 쇼 장군에 대한 감정이 열렬해져서라기보다는 쇼 장군의 품성과 안정된 지위에 끌려 계산적으로 결혼했고, 그 뒤 사랑을 느끼지 못하는 사람과 결혼한 자신의 불행한 운명을 혼자서 끊임없이 한탄했던 것이다.

"이디스의 혼수는 아끼지 않고 다 해주었어요"가 마거릿이 그다음 들

---

* Belgravia: 런던 나이츠브리지 남쪽과 영국 의회의사당 서쪽에 위치한 부유한 상류층 지역.

었던 말이다. "남편이 내게 주었던 아름다운 인도산 숄과 스카프도 그 애가 다 갖고 있는데, 내가 그것들을 다시 두를 일은 없을 거예요."

"이디스는 복이 많아요"라고 다른 목소리가 응답했다. 마거릿은 목소리의 주인공이 깁슨 부인임을 알았다. 몇 주 전 딸 하나를 시집보낸 깁슨 부인은 이 대화에 곱절로 관심을 보였다. "헬렌은 인도산 숄에 눈독을 들였었죠. 그래도 부르는 가격이 엄두를 내지 못할 정도라서 사주지 못한다고 할 수밖에 없었어요. 이디스가 인도산 숄을 갖고 있다는 걸 들으면 헬렌이 정말 부러워할 거예요. 숄은 어디 거죠? 가장자리가 예쁘다는 델리산인가요?"

이모의 목소리가 다시 들려왔는데, 이번에는 마치 이모가 반쯤 기대고 있던 자세에서 몸을 일으켜, 조명이 어두운 뒤쪽 거실을 쳐다보는 것 같았다. 그녀는 "이디스! 이디스!" 하고 부르더니 마치 힘을 써서 지친다는 듯 주저앉았다. 마거릿이 그녀 앞으로 나섰다.

"이디스는 잠들었어요, 이모. 제가 할까요?"

이디스가 잠들었다는 말을 듣자 부인들은 모두 "애처로워라!"라고 내뱉었고, 쇼 부인의 팔에 안겨 있던 조막만 한 애완견은 한마디씩 던지는 연민의 말에 신이 난 듯 짖기 시작했다.

"쉬, 귀염둥이! 그러면 못써! 주인아씨 깨겠다. 난 단지 이디스더러 뉴턴을 시켜 새 숄을 가져오게 하라고 이르려던 것뿐이다. 마거릿, 네가 좀 가주겠니?"

마거릿은 집 맨 꼭대기에 있는 옛날 육아 방으로 올라갔다. 그곳에서는 뉴턴이 결혼식에 쓸 레이스를 펴느라고 분주했다. 뉴턴이 구시렁거리며 그날만도 이미 네댓 번 보여주었던 숄들을 꺼내러 간 사이 마거릿은 육아 방을 둘러보았다. 그녀가 맨 처음 친해졌던 방이다. 숲속에서 마음껏 뛰놀며 살았던 그녀는 9년 전 사촌인 이디스와 같이 살면서, 놀기도 하고 공부도 하려고 이곳으로 왔다. 마거릿은 금욕적이며 예의범절 따지던 보모가 관장했던 어둑한 그 시절 육아 방의 모습을 기억했다. 보모는 손의 청결이나 찢긴 드레스 자락에 유독 까다로웠다. 마거릿은 아버지와 이모로부터 떨어져 그 위에서 먹었던 첫 저녁 식사를 떠올렸다. 그들은 끝도 없는 계단 저 아래 어딘가에서 식사를 하고 있었다. 왜냐하면 (어린 마거릿은 생각했다) 만약 자신이 높은 공중에 떠 있는 게 아니라면, 분명 그들이 땅속 저 깊은 곳에 있었던 셈이기 때문이다. 마거릿이 할리 가로 와서 살기 전 고향집에서는 엄마의 옷방이 그녀의 방이었다. 게다가 시골 목사관에서는 기상 및 취침 시간이 일렀기 때문에 마거릿은 늘 부모님과 함께 식사했다. 아! 늘씬한 키에 당당한 모습의 열여덟 살 처녀는 아홉 살짜리 어린 소녀가 처음 온 날 밤 침대보로 얼굴을 가리고 걷잡을 수 없는 슬픔에 휩싸여 흘리던 눈물을 잘도 기억해냈다. 게다가 보모는 그녀의 울음소리 때문에 이디스 아씨가 깰지도 모르니 울지 말라고 하지 않았던가. 그녀는 더욱 서럽게, 하지만 더욱 숨죽여 울었고, 그 울음은 생전 처음 보는 기품 있고 아름다운 이모가 형부에게 고이 잠든 어린 딸을 보여주려고 사뿐사뿐 위층에 올라올 때까지 계속되지 않았던가. 그때 어린 마거릿은 슬퍼하는 자기 때문에 아버지가 언짢아하실까 봐 두려워서 흐느낌을 죽이고 마치 자는 척하며 애써 조용히 누워 있었는데, 그녀는 이모 앞에서 그런 슬픔을 드러낼 엄두조차 내지 못했다. 그녀는 오히려 지금과 같은 상황을 위해 자신과 가족이 집에서 오랫동안 바라고 구상하고 계획을 거쳤고, 그 후 상류사회에 어울릴 수 있는 옷가지들도 마련했고, 겨우 며칠간이지만 아빠가 교구 일을 놔두고 런던까지 올라오게 됐는데 자신이 슬픔을 느낀다는 건 잘못이라고 생각했다.

비록 이제는 예전의 모습을 하나도 찾을 수 없는 곳이지만 마거릿은 오래전의 육아 방이 정겨울 수밖에 없었다. 사흘만 있으면 이곳을 영원히 떠난다는 생각에 그녀는 서서히 밀려드는 회한을 안고 사방을 둘러보았다.

"아, 뉴턴! 오래되고 정든 이 방을 떠나게 되어서 모두들 섭섭할 거예요."

"설마요, 아씨, 전 아니랍니다. 제 눈은 예전 같지 않고 불빛은 너무 어두워서 창가 바로 옆이 아니면 레이스를 깁지 못하는데, 창가는 항상 찬바람이 들이치니 독감 걸리기 딱 좋지 뭐예요."

"나폴리는 아마 햇빛도 좋고 날씨도 아주 따뜻할 거예요. 될 수 있으면 그때까지 바느질거리를 미뤄놔요. 고마워요, 뉴턴. 바쁜 것 같으니 내가 가지고 내려갈게요."

그리하여 마거릿은 숄을 둘둘 감고서 숄에서 나는 알싸한 동양의 냄새를 코끝으로 맡으면서 아래층으로 내려갔다. 이디스가 여전히 잠들어 있었기 때문에 이모는 마거릿에게 숄을 보여주는 진열 인형처럼 좀 서 있으라고 했다. 아무도 생각해보지 않았지만, 시원한 키와 균형 잡힌 몸매의 마거릿은 아버지 쪽 먼 친척의 죽음을 애도하기 위해 입고 있던 검정 비단 드레스 위로, 이디스라면 반쯤 뒤덮고도 남았을 기다란 숄의 아름다운 주름을 돋보이게 해주었다. 이모가 숄의 주름을 바로잡는 동안 마거릿은 샹들리에 바로 아래에서 잠자코 순순히 서 있었다. 한 번씩 몸을 돌릴 때마다 마거릿은 벽난로 선반 위의 거울 속에 비친 자신을 힐끗 쳐다보았고, 공주의 옷차림을 하고 있는 익숙한 얼굴이 거울 속에 보이자 미소를 지었다. 마거릿은 몸을 감싸며 늘어뜨려진 숄을 조심스럽게 만지면서 숄의 부드러운 감촉과 눈부신 색깔을 음미했고, 그렇게 화려한 차림이 맘에 들어 입가에 조용하고도 만족스러운 미소를 머금은 채 아이처럼 마냥 즐거워했다. 바로 그때, 문이 열리면서 헨리 레녹스가 갑자기 등장했다. 부인 몇 명은 여자들이 내보이는 옷에 대한 관심이 좀 부끄러운지 뒤쪽으로 슬금슬금 물러났다. 쇼 부인이 손을 내밀어 막 도착한 손님을 맞았다. 마거릿은 아직은 슐걸이로 있어줘야 할 것 같다는 생각에 꼼짝 않고 서 있었다. 하지만 '뭘 저렇게 놀랄 것까지야'라고 생각하는 자기 마음을 레녹스 씨는 분명 공감할 거라고 확신하는 듯, 재미있다는 식의 환한 표정으로 그를 쳐다보았다.

　이모가 만찬에 참석하지 못했던 헨리에게 신랑인 그의 형과 (결혼식 참석을 위해 스코틀랜드에서 대위와 함께 오는) 신부 들러리인 여동생 그리고 레녹스 집안의 다른 가족에 대해 온갖 질문을 해대느라 정신이 팔려 있었기 때문에, 마거릿은 자신이 더 이상 슐걸이로 있을 필요가 없음을 확인하고는 이모가 잠시 잊어버렸던 다른 손님들과 좌흥에 빠져들었다. 그때 막 이디스가 뒤쪽 거실에서 나왔다. 그녀는 밝은 불빛에 눈이 부신 듯 연신 눈을 깜박이며 살짝 엉긴 곱슬머리를 뒤로 흔들어 넘겼는데, 그녀의 이 모든 동작은 마치 꿈에서 막 깨어난 잠자는 숲속의 미녀 같았다. 잠든 동안조차 그녀는 레녹스 집안의 사람이면 일어날 만하다는 걸 본능적으로 느꼈던 것이다. 이디스는 아직 보지 못한 미래의 시누이 재닛에 대해 여러 가지를 물었다. 이디스가 재닛에 대한 호감을 공공연히 드러냈기 때문에, 마거릿이 자존심만 강하지 않았어도 난데없이 등장한 새 경쟁자들에게 질투심을 느꼈을는지 모른다. 마거릿은 이모가 대화를 나누는 동안 좀더 관심 있게 주위를 살폈고, 헨리가 자기 옆의 빈자리에 눈길을 주고 있음을 보았다. 그녀는 헨리가 이디스의 질문 세례가 끝나면 바로 그 자리로 와서 앉을 것임을 확신했다. 마거릿은 헨리가 참석할 것인지에 대해 이모의 말이 이랬다저랬다 했기 때문에, 그가 그날 저녁 오는지 오지 않는지 분명히 알 수 없었다. 따라서 그를 보게 된 것은 뜻밖이라고 할 만했고, 마거릿은 이제 저녁이 유쾌해질 것 같았다. 헨리는 좋고 싫은 것이 마거릿과 아주 비슷했다. 마거릿의 얼굴은 긴장이 풀리면서 솔직하게 밝아졌다. 조금 있으니 그가 왔다. 그녀는 부끄럽거나 수줍은 기색 하나 없는 미소로 그를 맞았다.

"음, 여기 계신 분들 모두 일에 심취해 있는 것 같습니다. 여성들의 관심사 말입니다. 실제 법률적인 사무를 취급하는 제 일과는 아주 다르군요. 숄을 갖고 노닥거리는 건 법률문서 작성과는 판이하게 다릅니다."

"아, 장신구에 홀려 넋을 잃고 있는 우리가 얼마나 우스워 보였을지 알고 있었어요. 하지만 정말이지 인도산 숄은 최고예요."

"그렇고말고요. 가격도 최고이지 않습니까. 무슨 말이 더 필요하겠습니까."

신사분들이 한 명씩 들어왔고 도란거리는 소리와 소음은 더 높아졌다.

"오늘 저녁이 마지막 만찬 아닌가요? 목요일까지 더 이상의 만찬은 없는 겁니까?"

"그래요. 오늘 만찬이 끝나면 좀 편해지겠죠. 몇 주간 쉬어보지를 못했어요. 적어도 더 이상 할 일이 없을 때, 몸과 마음을 쏟아야 하는 행사의 모든 준비를 끝냈을 때 갖는 그런 휴식 말이에요. 생각할 시간이 생기면 기쁠 거예요. 이디스도 마찬가지겠죠."

"이디스는 잘 모르겠지만 당신은 그럴 거 같습니다. 최근 당신을 볼 때마다 당신은 다른 사람이 만든 회오리바람 때문에 얼이 빠져 있었습니다."

"그래요" 하고 마거릿은 다소 슬픔 어린 어조로 대답했다. 지난 한 달 동안 자질구레한 일들을 둘러싸고 일어났던 끝 모를 소동이 떠올랐던 것이다. "결혼 전에는 항상 레녹스 씨가 말하는 회오리바람이 치는 건지,

아니면 그렇지 않고 고요하고 평화로운 경우도 있는 건지 궁금해요."

"예를 들면 신데렐라의 대모가 혼수와 결혼 피로연을 준비하고, 초청장을 쓰고 하는 것들 말이죠"라며 헨리가 웃었다.

"그렇지만 이런 쓸데없는 일들이 정말 필요한 건가요?" 하고 물으면서, 마거릿은 대답을 기다리듯 그를 똑바로 쳐다보았다. 이디스가 지난 6주간을 최종 결정권자로서 눈코 뜰 새 없이 바빴던, 아름다운 결혼식을 만들기 위한 모든 준비 사항의 형용할 수 없는 피로감이 지금 이 순간 그녀를 짓눌렀다. 그래서 그녀는 정말 누군가가 결혼을 즐겁고도 차분한 것으로 생각할 수 있게 도와주기를 원했다.

"아, 물론입니다"라고 그는 어조를 바꾸어 진지하게 대답했다. "자기 자신을 만족시키기 위해서라기보다는 세상 사람들의 입을 막기 위해 거쳐야만 하는 형식과 의식이 있어요. 그런 입막음 없이는 삶이 행복할 수 없을 겁니다. 그건 그렇고 당신은 결혼을 어떻게 준비하고 싶으신가요?"

"아, 전 결혼에 대해선 많이 생각해보지 않았어요. 단지 아주 화창한 여름날 아침에 했으면 해요. 나무그늘을 쭉 따라서 교회까지 걸어가고 싶어요. 그리고 신부 들러리는 너무 많이 세우지 않을 거고, 결혼 피로연 같은 것도 하지 않을 거예요. 아마 저는 지금 현재 저를 가장 괴롭히는 바로 그런 문제들과 반대로 하겠다고 다짐하고 있는 건지도 모르죠."

"그런 건 아닙니다. 소박하면서 품위 있는 모습은 당신의 품성과 잘 어울립니다."

마거릿은 이 말이 전적으로 맘에 들지 않았다. 그녀는 그에 의해 자신의 성격과 처신에 대한 이야기까지 나와버리게 된(여기서 그는 칭찬을 담당했다), 지난 일들이 떠올라 몸을 움찔했다. 그녀는 그의 말을 자르듯 이렇게 말했다.

"제가 헬스턴 교회를 떠올리고, 또 그곳까지 걸어가는 모습을 상상하는 것은 당연해요. 제가 포장도로 중앙에 떡하니 서 있는 런던 교회까지 차를 타고 가지는 않을 테니까요."

"헬스턴에 대해 말해봐요. 한 번도 얘기한 적 없지 않습니까. 당신이 어떤 곳에서 살게 되는지 알고 싶군요. 할리 가 96번지의 집을 우중충하고 더럽고 칙칙하고 폐쇄된 곳처럼 보이게 만들 그곳 말입니다. 우선 헬스턴은 마을인가요? 아니면 읍쯤 되나요?"

"오, 그냥 작은 마을인 걸요. 읍이라고까지 할 수도 없을 거예요. 교회가 있고 교회 주위로 집 몇 채가, 아니 오두막들이 초원 위에 서 있는 곳이죠. 그 오두막들 위로 장미가 자라지요."

"거기다 사시사철, 특히 크리스마스에 꽃이 피면 그림이 완성되는 거겠지요" 하고 그가 말했다.

"그런 말이 아니에요"라고 마거릿은 다소 화가 난 듯 대꾸했다. "전 꾸며내고 있는 게 아니랍니다. 헬스턴을 있는 그대로 설명하고 있는 거예요. 그런 말씀을 하시다니."

"미안합니다" 하고 그가 말했다. "하지만 제 귀에는 정말 헬스턴이 실존하는 마을이라기보다는 동화 속 마을처럼 들렸습니다."

"사실이 그래요"라고 마거릿은 간절한 마음을 담아 대꾸했다. "뉴포레스트를 봐서 그런지 여태껏 보았던 영국의 모든 곳은 너무 딱딱하고 평범해 보여요. 헬스턴은 테니슨의 시에 나오는, 시 속의 마을 같아요. 하지만 헬스턴에 대해서는 더 이상 설명하지 않겠어요. 진정한 헬스턴의 모습에 대해 말씀드려봐야 비웃기만 하실 테니까요."

"정말 비웃지 않겠습니다. 그런데 단단히 작정하신 것 같군요. 음, 그러면 목사관이 어떤 곳인지 말씀해주시지 않겠습니까? 더더욱 알고 싶군요."

"어머나, 제 고향집은 설명할 수가 없어요. 마음의 고향이라서 그곳의 아름다움은 말로 옮겨지지 않아요."

"마거릿, 당신 오늘 밤 좀 근엄한 것 같습니다."

"어째서요?"라고 그녀가 커다랗게 뜬 부드러운 두 눈을 그에게로 돌리며 물었다. "그런 줄은 몰랐는데요."

"음, 제가 실언했다고, 헬스턴은 물론이고 당신의 고향집에 대해서도 아무 말도 해주지 않으려고 하니까요. 두 곳 모두, 특히 당신이 사는 목사관에 대해 듣고 싶다고 제가 그렇게나 말했는데도 말입니다."

"하지만 정말 저희 집에 대해서는 말씀드릴 수가 없어요. 보신 적이 없다면 그 집은 말로 설명이 될 것 같지 않아요."

"음, 그러시다면" 하고 잠시 멈추고는 다시 말을 이었다. "거기서 뭘 하게 될지 말해보십시오. 여기 런던에서는 한낮까지 독서를 하거나 뭘 배우거나 그렇지 않으면 지적 수양을 하죠. 점심 전에 산책하고, 점심 후엔 이모와 마차를 타고 나가고, 저녁에는 나름대로 할 일이 있죠. 이제 헬스턴에서 당신의 하루를 채워봐요. 말이나 마차를 타고 나가거나 아니면 산책을 할 건가요?"

"산책은 분명해요. 저흰 말이 없어요. 아빠도 없으신 걸요. 아빠 교구 맨 끝까지 걸어가세요. 산책로가 엄청 아름다워서 마차를 타는 건 애석한 일일 거예요. 말을 타도 비슷할 거고요."

"정원 가꾸기에 많은 시간을 보낼 건가요? 정원을 가꾸는 것은 시골 지역의 젊은 여성들이 하기에 적당한 일로 보입니다만."

"글쎄요. 저는 그런 힘든 일을 즐길 생각은 없어요."

"활쏘기 후에 열리는 파티나 소풍, 아니면 경마나 여우 사냥 끝나고 하는 무도회는 어떤가요?"

"어머, 말도 안 돼요!" 그녀는 웃으며 말했다. "아빠 수입이 아주 적어요. 그러니까 그런 행사가 옆에서 열리더라도 그런 델 가게 될지는 미지수예요."

"알겠습니다. 아무 말도 해주지 않겠다는 말씀이군요. 그저 이러저러한 건 하지 않겠다는 말만 하실 거군요. 휴가가 끝나기 전에 한번 들르겠습니다. 들러서 당신이 정말 무얼 하며 시간을 보내는지 보도록 하겠습니다."

"그렇게 하신다면 좋겠어요. 그러면 헬스턴이 얼마나 아름다운 곳인지 당신이 직접 보게 되실 테니까요. 이제 전 가봐야 해요. 이디스가 연주 준비를 하고 앉아 있어요. 제 음악 지식이라고 해봐야 이디스의 악보를 넘겨주는 수준이지만요. 게다가 쇼 이모는 우리가 이러고 있는 걸 좋아하지 않을 거예요."

이디스의 연주는 훌륭했다. 연주가 한창 진행되고 있을 때 문이 반쯤 열렸다. 그리고 이디스는 레녹스 대위가 들어가야 할지 말아야 할지 망설이는 것을 보았다. 그녀가 악보를 덮더니 바깥으로 달려 나갔다. 마거릿은 당황스러운 마음에 얼굴이 발개져서는 이디스가 무엇에 홀려 갑자기 자리를 떴는지에 대해 놀란 손님들에게 설명해야 했다. 대위가 예상보다 일찍 도착했던 것이다. 아니면 벌써 시간이 그렇게 됐나? 내객들은 제각기 시계를 보았고, 적당히 놀란 표정을 짓더니 작별을 고했다.

잠시 후 이디스가 기쁜 마음에 얼굴을 붉히며 수줍은 듯 당당하게, 헌칠하고 잘생긴 약혼자를 이끌고 돌아왔다. 헨리는 대위와 악수를 했고, 쇼 부인은 특유의 부드러운 태도로 그를 맞았다. 그녀의 그러한 태도에는 스스로를 흡족하지 않은 결혼의 희생자라고 생각하는 오랜 습관에서 오는 서글픈 무언가가 항상 내포되어 있었다. 장군이 죽고 없는 지금, 최대한 아무 문제 없이 부족함 없는 삶을 살아왔기에, 그녀는 슬픔까지도 아니고 걱정거리 하나라도 발견할라치면 상당히 당혹스러워했다. 하지만 그녀는 최근 자신의 건강을 불안의 근원으로 삼기로 정해놓았다. 건강에 대해서 생각할 때마다 그녀는 신경과민성의 잔기침을 했고, 남의 말을 선뜻 듣는 의사 한 명은 그녀가 원했던 바로 그런 처방을 내려주었다. 바로 이탈리아에서 겨울을 지내라는 것이었다. 쇼 부인은 여느 사람들과 마찬가지로 바람은 간절하지만, 무엇이 됐든 순전히 자신의 뜻과 즐거움을 위해서라고 공공연히 알려지는 것은 싫어했다. 그녀는 다른 사람이 원해서 혹은 타인의 종용에 의해서 자신의 욕구가 만족되는 상황을 더 좋아했다. 그녀는 자신이 외부로부터의 강력한 필요성에 굴복하는 것이라고 스스로를 진심으로 납득시켰다. 따라서 그녀는 조용한 어조로 탄식하거나 불평하는 게 가능했고, 그러는 동안 줄곧 그녀는 사실상 자신이 좋아하는 일을 하고 있었다.

그녀가 레녹스 대위에게 앞으로의 여행에 대해 운을 뗀 건 이런 식이었다. 대위는 의무감에서 예비 장모의 모든 말에 고개를 끄덕여주는 한편 눈은 이디스를 찾고 있었는데, 이디스는 티 테이블을 다시 정리하랴, 대위가 저녁 식사한 지 두 시간밖에 되지 않았다고 분명히 밝혔는데도 맛있는 것을 모두 내오라고 지시하랴 혼자 정신이 없었다.

헨리 레녹스는 벽난로에 기대어 선 채 이들 가족의 모습에 재미있어하고 있었다. 그는 잘생긴 형 옆에 서 있었다. 외모로 보자면 그는 출중한 외모의 대위 가족 가운데 평범한 축에 드는 사람이었지만, 얼굴은 지적이고 예리한 데다 풍부한 표정을 지니고 있었다. 때때로 마거릿은 그가 무엇을 생각하고 있는 것일까 궁금했다. 한편 그는 침묵을 지켰지만 살짝 냉소적인 흥미와 함께 이디스와 그녀의 모든 행동을 계속 지켜보고 있는 듯했다. 냉소적인 기분은 쇼 부인과 형이 나누는 대화 때문에 생긴 것이었고, 그가 보는 대상 때문에 일어난 흥미와는 별개였다. 그는 두 사촌이 별거 아닌 티 테이블 준비에 정신없이 바쁜 모습이 보기 좋다고 생각했다. 이디스는 대부분의 일을 혼자 결정했다. 그녀는 군인의 아내로서 자기가 얼마나 잘해나갈 수 있는지를 사랑하는 사람에게 보여주는 것을 즐기고 있었다. 그녀는 찻주전자의 물이 식어버린 걸 보자 주방에서 커다란 주전자를 가져오라고 시켰다. 문간에서 주전자를 받아서 안으로 옮기려고 했으나 주전자가 그녀에게는 너무 무거웠던 것일까, 결국 모슬린 드레스에는 검정 자국이 묻고 통통하니 조그만 하얀 손에는 주전자의 손잡이 자국이 났다. 그러자 그녀는 입을 뾰족하게 내밀며 들어오더니 마치 어딜 다친 아이처럼 대위에게 그 손을 보여주었다. 물론 둘 다 호 하고 불며 달래주는 방법은 같았다. 마거릿이 얼른 조절한 알코올램프는 대단히 효과적인 도구였다. 그렇긴 해도 이디스가 기분 내킬 때면 군대 막사와 가장 비슷하다고 여기기로 마음먹은 집시 야영장과는 아주 달랐다.

이날 저녁이 지나고도 결혼식이 끝날 때까지 모든 것이 부산스러웠다.

2장
장미와 가시

숲 속 작은 빈터 어릴 적 뛰놀던
이끼 언덕의 은은한 푸른빛 때문에
사랑에 빠진 그대의 눈이 가지들 사이로
난생처음 여름 하늘 바라보던 가족 나무 때문에*
—헤먼스 부인

　마거릿은 이디스의 결혼식에서 입었던 예복 드레스를 다시 입고, 결혼식을 도와주려고 올라와 있던 아버지와 함께 조용히 고향으로 내려가고 있었다. 그녀의 어머니는 이유 같지 않은 이유를 여럿 대며 집에 남아 있었는데, 헤일 씨 말고 그 이유를 완전히 이해하는 사람은 아무도 없었다. 헤일 씨는 몇 년 됐지만 여전히 새것 같은 회색 새틴 드레스를 입으면 좋을 것 같다는 자신의 주장이 별 소용 없었다는 것과, 아내를 머리부터 발끝까지 완전히 새 사람으로 꾸며줄 여력이 없었기 때문에 아내가 하나밖에 없는 여동생의 외동딸 결혼식에 참석하지 않으려고 한다는 것을 그 누구보다 잘 알고 있었다. 만약 쇼 부인이 언니가 남편과 동행하지 않았던 진짜 이유를 알았더라면 언니에게 드레스를 마구 안겼을 것이다. 하지만 쇼 부인에게 예쁘지만 가난했던 베리스퍼드 양 시절은 20년이 다 된 일이

---

* 펠리시아 도러시아 헤먼스(Felicia Dorothea Hemans, 1793~1835), 「가정의 마법The Spells of Home」에서 인용.

고, 30분 동안을 하이 톤으로 계속 읊어댈 수 있는, 나이 차이 많은 남자와의 결혼이 주는 불행 외에 그녀는 정말 불만이라는 걸 몰랐다. 사랑하는 마리아 언니는 자기가 진정으로 사랑하는, 자기보다 고작 여덟 살밖에 많지 않고, 더없이 다정한 데다 보기 드물게 푸른빛이 감도는 검은 머리카락을 지닌 그런 사람과 결혼하지 않았던가. 헤일 씨는 그녀가 여태껏 만났던 목사 중에서 가장 마음에 드는 사람이었고, 교구 목사로서 가히 완벽한 전형이라고 할 만했다. 다음은 이 모든 전제에서 나온 딱히 합리적인 추론은 아니지만, 그래도 그녀가 언니의 운명을 떠올리면서 도달한 그녀다운 결론이었다. '사랑해서 결혼했는데 이 세상에서 언니가 바랄 게 뭐가 있을라고?' 헤일 부인은 진심대로라면 이미 준비한 리스트를 읊으며 이렇게 대답했을는지 모른다. '은회색의 얼음 그물 비단이며 하얀 대팻밥모자며, 세상에, 결혼식에 가려면 필요한 게 수십 가지고, 집에도 필요한 게 수백 가지나 된단다.'

  마거릿은 단지 어머니가 결혼식 참석을 편하게 생각하지 않는다는 것만 알았으므로, 어머니와의 해후가 지난 며칠간 정신없이 돌아간 할리 가의 저택에서가 아니라 헬스턴의 목사관에서 이루어진다는 것에 대해 아쉬워하지는 않았다. 할리 가에서 마거릿은 피가로 같은 존재여서 모든 사람이 그녀를 여러 곳에서 동시에 원했다.* 이제 그녀는 지난 이틀 동안 있었던 모든 일과 모든 말을 떠올리며 심신이 아파옴을 느꼈다. 그렇게 오랫동안 같이 지냈던 모든 것에 너무나 황망히 작별을 고했다는 생각 때문에, 더 이상 함께할 수 없는 시간들에 대한 서글픈 아쉬움이 그녀를 눌렀

---

* 로시니의 오페라 「세비야의 이발사The Barber of Seville」에서 피가로는 모든 사람에게 불려 다닌다. 이 부분은 피가로가 「나는 이 거리의 만능 일꾼Largo al Factotum」에서 모든 사람이 자기를 한꺼번에 원한다고 불평하는 데서 인용했다.

다. 그 시간들의 내용이 중요해서가 아니었다. 그 시간들은 영원히 가버려 다시는 맛볼 수 없었던 것이다. 마거릿은 수년 동안 열망하고 그리워했던 자신의 안식처, 고향집으로 돌아가면서 느낄 거라고 예상했던 것보다 더 무거운 기분이 들었다. 그때는 잠이 들어 예민한 감각의 윤곽이 흐릿해지기 직전까지 내내 고향집을 갈망하고 그리워했다. 마거릿은 과거에 대한 상념에서 황급히 빠져나와 희망적인 미래에 대해 생기 있고 긍정적인 사색에 들어갔다. 그녀는 과거의 영상이 아니라 실제 자기 눈앞에 보이는, 기차의 좌석에 몸을 뒤로 기댄 채 잠들어 있는 사랑하는 아버지를 바라보았다. 짙은 푸른빛이 감돌았던 아버지의 검은 머리카락은 이제 희끗해져서 이마 위로 가늘게 드리워져 있었다. 얼굴 윤곽은 아주 뚜렷하게 드러나 보였는데, 이목구비의 선이 조금만 덜 날카로웠다면 아름다웠을 것이다. 사실 이목구비는 잘생겼다고 할 수는 없으나 그 속에서 일종의 품위가 풍겨 나왔다. 얼굴은 편안해 보였지만 그 편안함은 지친 후에 갖는 휴식에서 나온 것이었을 뿐, 평탄하고 만족스러운 삶을 살았던 사람의 표정에서 풍기는 걱정 없는 평온함은 아니었다. 마거릿은 지치고 근심 가득한 아버지의 표정으로 인해 고통을 느꼈다. 그리고 공공연히 알려진 아버지의 속사정을 더듬어보며 습관적인 고통과 우울증을 겪어왔음을 여실히 보여주는 주름살의 원인을 찾아보려고 했다.

'가엾은 프레더릭!' 마거릿은 한숨을 지었다. '오빠가 해군에 들어가 우리 눈앞에서 사라지지 않고 목사만 됐더라도! 어찌 된 일인지 자세히 알 수만 있다면 얼마나 좋을까! 쇼 이모는 아무런 말도 해주지 않았어. 아는 거라곤 그 끔찍한 사건 때문에 오빠가 영국으로 돌아오지 못한다는 사실뿐이지. 가엾은 아빠! 저다지도 슬퍼 보이시다니. 이제 집으로 돌아가 부모님 곁에서 위로가 되어드릴 수 있어서 정말 다행이야.'

마거릿은 지친 기색 한 점 없는 밝은 미소로 잠에서 깨어나는 아버지를 맞았다. 그는 아주 애쓴 듯한 미소를 지으며 마주 쳐다보았지만, 그 미소는 보일 듯 말 듯 희미했다. 얼굴에는 습관적인 근심 때문에 깊어졌던 주름살이 다시 잡혔다. 그는 입을 반쯤 벌리고는 마치 말을 시작할 듯했는데, 이 때문에 그의 입술은 계속 일그러졌으며 얼굴에는 주저하는 표정이 스쳤다. 하지만 그의 눈만은 딸과 마찬가지로 커다랗고 부드러웠다. 마거릿의 눈은 눈자위를 따라 천천히 도도하게 움직였으며, 비치는 듯 투명한 눈꺼풀이 그 눈을 비밀스럽게 감싸고 있었다. 마거릿은 어머니보다는 아버지를 많이 닮았다. 어떤 사람들은 저렇게 인물이 좋은 부모에게서 전형적인 아름다움과는 거리가 먼, 아니 전혀 아름답지 않은 딸이 나올 수가 있냐고 말들을 하곤 했다. 마거릿의 입은 커서, '예'나 '아니오' 혹은 '그러세요'라는 말만 내뱉을 수 있는 장미 봉오리 같은 입이라고는 결코 말할 수가 없었다. 하지만 그녀의 커다란 입은 짙은 붉은색 입술이 부드러운 곡선을 만들어내고 있었으며, 살결은 하얗다고 할 수는 없었지만 상아같이 매끄러웠고 고왔다. 그녀의 얼굴은 대체로 아주 젊은 사람치고는 지나치게 위엄 있고 과묵해 보였지만, 아버지와 말하고 있는 지금 깊이 팬 보조개와 함께 아이같이 즐거운 눈길과 미래에 대한 무한한 희망으로 넘치는 그녀의 얼굴은 아침 햇살만큼 밝았다.

마거릿이 집으로 돌아온 것은 7월 하순이었다. 임목들은 온통 짙은 초록색이었고 그 아래에서 고사리가 비스듬히 내리는 햇빛을 받고 있었다. 날씨는 후텁지근했고 음울한 듯 고요했다. 그녀는 아버지 옆에서 나란히 걸어갔는데, 고사리가 자신의 발밑에서 휘어지면서 올려 보내는 그 특유의 향을 느끼면서 잔인한 쾌감과 함께 고사리를 이지러뜨려나갔다. 향내 나는 따뜻한 빛이 내리비치는 널찍한 공유지로 나오니 수많은 야생

생물이 햇빛 아래 자유롭게 어울려 놀고 있었고 빛을 받아 생기를 띠는 각종 향초와 꽃 들도 눈에 들어왔다. 이러한 삶, 적어도 이러한 산책만큼은 마거릿이 꿈꾸었던 기대에 꼭 들어맞는 것이었다. 그녀는 그 숲에 대해 자부심을 가졌다. 숲에 사는 사람들은 그녀의 사람들이었다. 그녀는 그들과 깊은 정을 나누는 친구가 됐다. 그들이 쓰는 독특한 어휘에 해박해지고 그 어휘들을 사용하면서 기쁨을 느꼈다. 그녀는 자유 시간을 그들과 함께 보냈다. 아이들을 돌봐주었고, 노인들과 천천히 대화를 나누거나 그들에게 또박또박 책을 읽어주었으며, 아픈 이들에게는 음식을 가져다주었다. 그녀는 아버지가 일을 맡아 매일 나가는 학교에서 조만간 아이들을 가르쳐야겠다고 마음먹었지만, 푸른 숲 그늘의 작은 시골집에 사는 친구들을, 남자나 여자 혹은 아이 할 것 없이 개별적으로 만나고 싶은 유혹을 끊임없이 느꼈다. 그녀의 야외 생활은 더할 나위 없이 좋았다. 그녀의 집안 생활은 문제점들이 있었다. 그녀는 별일 아닌 것에도 죄책감을 느끼는 아이처럼, 만사가 정상이 아니란 걸 알아차리는 자신의 예민한 시각을 탓했다. 마거릿에게 늘 한없이 따뜻하고 부드러운 그녀의 어머니는 이따금씩 가족의 처지가 불만스러운 듯했다. 그녀는 남편에게 좀더 나은 성직을 임명하지 않는 주교가 이상스레 주교로서의 임무를 소홀히 한다고 생각했고, 남편이 현 교구를 떠나서 더 큰 교구를 맡고 싶다는 말을 하지 못한다는 것 때문에 남편을 책망까지 할 정도였다. 헤일 씨는 작은 헬스턴에서 소명을 다할 수 있다면 감사한 일이라고 대답하면서 한숨을 크게 내쉬었다. 하지만 그는 매일매일 압도당했고, 세상은 점점 더 갈피를 못 잡을 지경이 됐다. 마거릿은 승격할 수 있는 방법을 좀 찾아보라는 어머니의 반복되는 압력에 아버지가 점점 더 위축되고 있다고 생각했다. 그럴 때마다 마거릿은 어머니로 하여금 헬스턴의 현실을 받아들이게 하려고 애를 썼다. 헤일 부인은 주위에 나무가 지나치게 많아서 건강이 좋지 않아졌다고 말했으며, 마거릿은 넓게 트인 아름다운 고지대의, 햇살이 내리비치고 구름이 그늘을 드리우는 공유지 쪽으로 어머니를 이끌어내려고 애를 썼다. 그녀는 어머니가 실내에서 지내는 생활에만 익숙해진 나머지, 산책할 때조차 교회나 학교 혹은 가까운 시골집들 너머까지는 걸어 나가본 적이 없다는 것을 분명히 알고 있었다. 이러한 시도는 잠시 동안은 괜찮았지만 가을이 다가오고 날씨가 더욱 변덕스러워지자, 거주 환경 때문에 건강이 좋지 않다는 어머니의 생각은 점점 커져갔다. 그녀는 홈 씨보다 더 박식하고 홀즈워스 씨보다 더 훌륭한 교구 목사인 남편이 과거 이웃이었던 두 사람의 직급과 같은 대우를 받아서는 안 된다고 그에게 더욱 빈번하게 불평을 해댔다.

오랜 시간의 불만족으로 야기된, 집안의 평화를 깨는 이러한 불협화음이야말로 마거릿이 예상하지 못했던 것이다. 그녀는 할리 가에서 자신의 자유를 구속하는 족쇄일 뿐이었던 여러 가지 사치품을 포기해야 한다는 것을 알고 있었고, 오히려 그 생각을 아주 환영했다. 그녀가 오감으로 받아들이는 즐거움은 여차하면 사치품 없이도 살아갈 수 있다는 자신의 의식적인 자부심으로 인해 —— 그 자부심이 더 셀지는 모르겠으나 —— 팽팽하게 균형을 이루었다. 하지만 구름은 우리가 바라보고 있는 수평선 쪽에는 결코 나타나지 않는다. 전에도 그녀가 집에서 휴가를 보낼 때면 헬스턴과 헬스턴에서 아버지가 맡고 있는 직위와 관련된 사소한 문제로 어머니가 가벼운 불평과 일시적인 유감을 표현한 적은 있었다. 하지만 그때의 기억은 대체로 행복했기 때문에 마거릿은 유쾌하지 않은 소소한 문제는 잊어버렸다.

9월 하순에 폭풍을 동반한 가을비가 내렸고, 마거릿은 지금까지 해왔던 일을 접고 집 안에서 지낼 수밖에 없었다. 헬스턴 교구의 사람들은 마거릿 가족의 기준에서 볼 때 교육을 받은 자신들과는 좀 거리가 있었다.

"영국에서 가장 외진 곳을 꼽으라면 두말할 것 없이 여길 게다"라며 헤일 부인은 특유의 서글픈 어조로 말했다. "네 아버지가 여기서 어울릴 사람이라곤 아무도 없다는 게 유감스럽기 짝이 없구나. 일주일 내내 보는 사람이라곤 농부들과 노동자들뿐이니 우린 완전히 버려진 거야. 교구 저쪽 편에만 살았어도 사정은 다를 게다. 스탠스필드 가까지는 걸어갈 수 있는 거리일 테고, 고먼 가는 분명 걸어서 갈 수 있을 텐데."

"고먼이라면 사우샘프턴에서 장사로 부자가 된 사람들을 말하는 건가요?"라며 마거릿이 물었다. "그 사람들을 방문하지 않게 된 건 다행이에요. 장사꾼들은 싫어요. 소박한 시골 사람들이나 노동자들, 잘난 체하지 않는 사람들밖에 모르는 지금이 훨씬 나아요."

"그렇게 유난 떨 필요 있니, 애야!"라고 어머니는 말했는데, 그녀는 흄 씨의 집에서 한 번 만난 적 있는 젊고 잘생긴 고먼 씨를 은밀히 떠올리고 있었다.

"유난 떠는 게 아니에요! 전 제가 가려서 좋아한다고는 생각지 않아요. 땅을 일구고 사는 사람들은 모두 좋아요. 군인들, 선원들도 좋고, 신학·법학·의학에 종사하는 소위 전문 직업인도 좋아요. 엄만 제가 푸주한이나 빵집 주인, 아니면 촛대 만드는 사람들을 우러러보길 바라는 건 아니죠?"

"하지만 고먼 가 사람들은 푸주한이나 빵집 주인이 아니라 존경받는 마차 제작 기술자들이었어."

"그렇겠죠. 마차 제작 기술자도 마찬가지로 장사꾼이고, 제 눈에는 푸주한이나 빵집 주인보다 더 백해무익한 직업으로 보여요. 쇼 이모 댁에서 지낼 때 마차를 매일 타는 게 얼마나 지겨웠는지, 그래서 얼마나 걷고 싶었는지 몰라요!"

마거릿은 사실 날씨에 상관없이 걸었다. 그녀는 밖에 나와 아버지를 따라 걷는 것이 좋은 나머지 춤까지 출 뻔했다. 뒤에서 불어오는 부드러운 서풍과 함께 잡초가 무성한 지역을 가로질러 갈 때 그녀는 가을의 산들바람에 떠도는 낙엽과 같이, 가볍고도 자유롭게 앞으로 실려가는 것처럼 보였다. 하지만 저녁 시간은 유쾌한 기분으로 채우기가 어려웠다. 저녁 식사가 끝나면 아버지는 곧장 작은 서재로 물러났고 그녀와 어머니만 남겨졌다. 헤일 부인은 독서를 전혀 좋아하지 않았는데, 이 때문에 결혼 직후에 일하는 아내를 위해 큰 소리로 책을 읽어주고 싶어 했던 남편은 실망했었다. 예전에 두 사람은 백개먼*을 하면서 시간을 보냈다. 하지만 헤일 씨가 학교와 교구민들에게 점점 더 관심을 쏟으면서 일 때문에 게임이 중단됐고, 아내가 이것을 목사라는 직업상 발생하는 자연스러운 현실이 아니라 받아들이기 힘든 고충으로 여긴다는 것을 헤일 씨는 알게 됐다. 그리하여 그는 자녀들이 어렸을 때 집에서 저녁을 먹게 되는 날이면 서재에 틀어박혀 자신이 좋아하는 사색적이고 형이상학적인 책을 읽으면서 저녁 시간을 보냈다.

예전에 헬스턴에서 여름을 보낼 때, 마거릿은 선생님들과 가정교사가 추천하는 책을 상자 가득 가지고 내려왔고, 런던으로 돌아가기 전에 그 책들을 다 읽어내기에는 여름이 너무 짧다고 생각했었다. 이제는 장정은 멋져도 거의 읽지 않는, 거실 책장을 채우기 위해 아버지의 책장에서 추

---

* backgammon: 2인용 보드게임. 두 개의 주사위를 굴려 나온 수만큼 움직여, 열다섯 개의 말을 보드에서 먼저 들어내는 사람이 승리한다.

려 내온 영국 고전들뿐이었다. 톰슨의 『계절』, 헤일리의 『윌리엄 쿠퍼의 생애』, 미들턴의 『키케로의 생애』*가 단연 가장 가벼운 최근 출판 작품들이었고, 재미가 있었다. 어쨌거나 책장에는 읽을 만한 책이 별로 많지 않았다. 마거릿은 어머니에게 런던의 생활을 시시콜콜하게 얘기했으며 어머니는 이 모든 이야기에 때로는 즐겁고도 호기심에 차서, 또 때로는 여동생이 누리는 편안하고 안락한 생활에 비해 훨씬 제한적인 헬스턴 목사관의 생활과 비교해보기 위해 흥미로운 마음으로 귀를 기울였다. 그런 저녁이면 마거릿은 곧잘 예기치 않게 이야기를 멈추고는 내닫이창 지붕에 방울방울 떨어지는 빗물 소리에 귀를 기울이곤 했다. 아주 가끔씩 마거릿은 자신이 단조로운 반복 음을 무의식적으로 세고 있다는 걸 느끼면서, 지금 가장 걱정스러운 문제인 프레더릭 오빠의 행방과 마지막으로 소식을 들은 시기에 대해 조심스럽게 말을 꺼내어 물어봐도 되지 않을까 하고 생각했다. 하지만 마거릿은 어머니의 예민한 건강과 함께 어머니가 헬스턴을 싫어하게 된 결정적인 계기가 모두 오빠가 연루된 폭동이 일어났던 시기로 거슬러 올라간다는 점에 생각이 미쳤고, 매번 그런 문제를 꺼낼 시점이면 잠시 멈추었다가 주제를 비껴갔다. 어머니와 있을 때는 그 문제에 대해 더 알아볼 수 있는 가장 좋은 대상자가 아버지인 것 같았고, 아버지와 있을 때는 어머니와 더 쉽게 이야기할 수 있을 것 같았다. 아마 더 이상 새로운 소식은 없을 것이다. 마거릿이 할리 가를 떠나기 바로 직전 받은 편지에서 그녀의 아버지는 프레더릭이 소식을 전해왔다고 말했다. 그는 아

---

* 제임스 톰슨(James Thomson, 1700~1748)의 『계절 The Seasons』, 윌리엄 헤일리(William Hayley, 1745~1820)의 『윌리엄 쿠퍼의 생애 The Life of William Cowper』, 코니어즈 미들턴(Conyers Middleton, 1683~1750)의 『키케로의 생애 The Life of Cicero』를 말한다.

직 리우에 있으며 아주 잘 지내고 있고 그녀에게 안부를 전한다고 했다는
데, 그런 말은 무미건조한 상투어구에 불과했으며 그녀가 고대했던 생기
있는 소식이 아니었다. 그의 이름은 불릴 일은 드물었지만 입에 오를 때
는 항상 '가엾은 프레더릭'으로 불렸다. 그의 방은 그가 떠날 때와 똑같
은 모습을 유지한 채, 헤일 부인의 하녀인 딕슨이 주기적으로 먼지를 털
고 정돈했다. 딕슨은 다른 집안일은 손 하나 까딱하지 않았으나 베리스퍼
드 부인이 자신을 러틀랜드셔 최고 미인들인 베리스퍼드의 아씨들을 담당
하는 하녀로 고용했던 날만은 언제나 기억했다. 딕슨은 헤일 씨가 아리따
운 아씨의 밝은 미래에 먹구름을 끼게 한 장본인이라고 항상 생각했다.
만약 베리스퍼드 양이 가난한 시골 목사와 결혼한다고 그렇게 서둘지만
않았어도 어떤 삶을 살게 됐을는지는 아무도 몰랐다. 하지만 딕슨은 매우
충직한 사람이었기 때문에 고통과 몰락(일명 그녀의 결혼 생활)에 처한 아
씨를 저버리지 못했다. 그녀는 아씨 곁에 남아서 아씨를 지극정성으로 모
셨다. 그녀는 늘 자신이 거대한 악인, 즉 헤일 씨를 저지하는 임무를 맡
은 착한 수호천사라고 생각했다. 프레더릭 도련님은 그녀가 가장 아끼는
사람이자 자랑이었다. 따라서 일주일에 한 번씩 도련님이 마치 그날이라
도 당장 돌아올 것처럼 세심하게 방을 정리하러 들어갈 때는 그녀의 근엄
한 모습과 태도가 약간 누그러졌다.

　　마거릿은 어머니는 모르는, 아버지를 좌불안석하게 만드는 프레더릭
의 소식이 최근에 들어와 있다는 걸 믿지 않을 수 없었다. 헤일 부인은 남
편의 표정이나 행동에서 어떠한 변화도 눈치채지 못한 것 같았다. 헤일
씨의 성품은 언제나 부드럽고 다정했으며, 다른 사람들의 안녕과 건강에
관련된 것이라면 아무리 사소한 소식이라도 쉽사리 영향을 받았다. 임종
을 지켜보았거나 범죄에 대한 얘기를 듣고 난 며칠 동안은 기분이 가라앉

아 있었다. 하지만 마거릿은 이제 아버지가 무언가 다른 데 정신이 팔린 듯 멍해 있는 모습을 눈여겨보았는데, 아버지를 사로잡고 있는 문제의 압박감은 산 자를 위로하거나 미래 세대의 악행을 줄여보겠다는 희망으로 학교에서 가르치는 등의 그런 일상 행위로는 덜어질 수가 없는 건지도 몰랐다. 헤일 씨는 교구민을 방문하기 위한 외출을 예전만큼 하지 않았다. 그는 더더욱 서재에 틀어박혔고 초조한 마음으로 우편배달부를 기다렸다. 우편배달부가 가족을 불러내는 방법은 집 뒤쪽의 부엌 덧창을 톡톡 두드리는 것이었는데, 일찍이 그 신호는 그 시간이 우편물 배달 시간임을 충분히 알아차린 누군가가 나가볼 때까지 반복되곤 했다. 이제 헤일 씨는 아침 날씨가 맑은지 정원 주위를 서성거렸으며, 날씨가 좋지 않은 날에는 서재 창가로 가 우체부가 올 때까지 멍하니 서서, 그가 자기를 불러내거나 혹은 자기를 향해 공손하고 은밀한 태도로 고개를 좌우로 흔들어 보이며 시골길을 따라 내려가는 것을 지켜보았다. 그러고는 우체부가 들장미 울타리와 커다란 아르부투스 너머로 사라지는 것을 보고 나서야 서재로 돌아가 온통 무거운 마음과 멍한 정신으로 하루의 일을 시작했다.

하지만 마거릿은 어떤 걱정이든 확실한 사실적 근거가 없다면 화창한 날씨나 혹은 기분 좋은 외부 사정에 따라 쉬 쫓아낼 수 있는 그런 나이가 되어 있었다. 그리하여 아주아주 화창한 날이 보름간 계속되자 그녀의 걱정은 씻은 듯이 사라졌고 그녀는 숲의 아름다움 말고는 아무것도 생각하지 않았다. 고사리 수확기는 지나갔고 이제 비도 그쳤으므로 7월과 8월에 그냥 살짝 보기만 했던 작은 빈터를 가볼 수 있게 된 것이다. 마거릿은 이디스와 함께 그림을 배운 적이 있었다. 그래서 궂은 날씨가 계속되는 동안 날씨가 좋을 때 삼림의 아름다움을 한껏 즐기지 않은 것이 마음에 걸릴 정도였기 때문에 그녀는 겨울로 접어들기 전에 그릴 수 있는 것을 그려보리라고 작정했다. 이윽고 어느 날 아침 그녀가 스케치 판을 준비하느라 바쁘게 움직이고 있을 때, 집안 하녀인 세라가 거실 문을 활짝 열어젖히더니 이렇게 소리쳤다. "헨리 레녹스 씨예요."

3장
"서두를수록 더딜지니"

숙녀의 신의를 얻는 법을 배워라
신사답게, 그것은 소중할지니
용감하게, 그것은 더없이 진지한
생사의 문제일지니

흥청거리는 파티로부터 그녀를 인도하여
별 총총한 하늘을 보게 하라
입에 발린 구애의 말이 아니라
진실로써 그녀를 보호하라*
ㅡ브라우닝 부인

'헨리 레녹스 씨.' 마거릿은 바로 조금 전에 그를 생각하며 고향집에서 뭘 하며 시간을 보낼 거냐던 그의 질문을 떠올리고 있었다. '해 이야기를 하면 햇살이 비친다' 더니 그 격이었다. 그리고 그 햇살 같은 광휘가 스케치 판을 내려놓고 악수하려고 앞으로 나서는 마거릿의 얼굴에 번졌다. "세라, 어머니께 알려요"라고 마거릿이 말했다. "어머니와 전 이디스에 대해 궁금한 게 아주 많답니다. 이렇게 와주셔서 정말 고마워요."

"제가 온다고 하지 않았던가요?"라고 그는 마거릿보다는 조금 낮은

---

* 엘리자베스 배럿 브라우닝(Elizabeth Barrett Browning, 1806~1861), 「숙녀의 승낙The Lady's Yes」에서 인용.

목소리로 물었다.

"하지만 당신이 저 멀리 하일랜드에 계시다기에 햄프셔에 들르실 거라고는 전혀 생각하지 못했어요."

"아!" 하고 그는 좀 밝게 대꾸하면서 "우리의 젊은 신혼부부는 바보같은 장난질에 온갖 위험스런 일을 저질러가며, 이 산을 올랐다가 저 호수를 배로 건넜다가 하면서 지냈지요. 그러니까 정말 저들을 돌봐줄 멘토*같은 분이 필요하다는 생각이 들더군요. 확실히 그런 분이 필요했어요. 두 사람은 저희 숙부님도 어쩔 수 없을 정도여서 어르신이 스물네 시간 중 열여섯 시간을 계속 불안해했습니다. 사실 저들을 그냥 믿고 두면 안 되겠다고 생각한 뒤부터 전 의무상 그들이 플리머스에서 무사히 승선하는 것을 볼 때까지 곁을 떠나지 않아야겠다고 생각했지요."

"플리머스에 있었다고요? 어머나! 이디스는 플리머스 얘기는 전혀 하지 않았어요. 얼마 전에 보낸 편지는 분명 서둘러 썼나 봐요. 두 사람이 탄 배가 화요일에 정말 출항했나요?"

"출항했고말고요. 그래서 제가 많은 책임에서 해방됐습니다. 이디스가 당신에게 전해줄 온갖 소식을 제게 맡겼습니다. 조그만 메모가 어딘가 있을 텐데. 그래요, 여기 있군요."

"아, 감사합니다"라고 마거릿은 기쁨에 차서 대꾸한 다음, 반쯤은 이디스가 보낸 소식을 아무도 보지 않는 곳에서 혼자 읽었으면 하는 마음 때문에, 어머니께 레녹스 씨가 왔다는 소식을 다시 한 번 알리러 가보겠다는(확실히 세라는 실수를 하곤 했다) 핑계를 댔다.

그녀가 방을 나가자 그는 특유의 날카로운 태도로 주위를 둘러보기

---

* Mentor: 그리스 신화에 등장하는 인물로 오디세우스가 아들의 교육을 맡겼다.

시작했다. 자그마한 거실은 흘러들어온 아침 햇살을 받아 최상의 상태를 보여주고 있었다. 내닫이창의 중간 창문은 열려 있었고 소담스러운 장미 송이들과 자줏빛 인동덩굴이 벽 모퉁이 주위로 얼굴을 슬쩍 내밀고 있었다. 작은 잔디밭은 온갖 눈부신 색깔의 버베나와 제라늄이 어우러져 아름다웠다. 하지만 바로 이러한 바깥의 눈부심으로 인해 거실 안의 색깔은 빈약해 보였고 퇴색한 듯했다. 카펫은 새것과는 거리가 멀었다. 꽃무늬 날염의 소파 덮개들은 여러 번 빨았던 흔적이 있었다. 어디를 보나 집 안은 그토록 여왕다운 마거릿의 배경과 틀로서 자신이 기대했던 것보다 더 작고 볼품이 없었다. 그는 탁자 위에 놓여 있던 책들 중 하나를 들었다. 그것은 이탈리아 고유의 스타일로 양피지와 금박 장정을 입힌 단테의 『신곡』「천국」편이었다. 그 책 옆에는 사전이 놓여 있었고 단어 몇 개가 마거릿의 필기체로 베껴져 있었다. 따분한 단어들의 목록이었지만 그는 어쩐지 그것들을 보면서 즐거웠다. 그는 한숨과 함께 그것을 내려놓았다.

'수입은 그녀 말대로 변변찮은 것 같군. 베리스퍼드라면 명문가인데, 이상하기도 하지.'

한편 마거릿은 어머니를 찾았다. 이날은 헤일 부인의 기분이 이랬다저랬다 하는 날 중 하나였는데, 이런 날은 모든 것이 어렵고 힘들었다. 게다가 헨리 레녹스의 등장으로 이것은 구체화됐다. 그래도 그가 이곳을 방문할 가치가 있다고 생각했다는 것에 그녀는 우쭐한 기분을 은밀히 느끼고 있었다.

"정말 안타까운 일이구나! 오늘은 일찍 식사할 예정이라 냉육뿐일 텐데. 하인들이 식사 끝난 다음 다림질을 해야 하니 말이야. 그래도 어쨌든 이디스의 시동생 되는 분께는 당연히 식사를 하자고 청해야겠지. 그런데

네 아버진 무슨 영문인지 오늘 아침 기분이 매우 가라앉아 있어. 방금 서재에 들어가봤더니, 책상에 엎드려 손으로 얼굴을 가리고 계시더구나. 그래서 헬스턴의 공기가 나보다는 당신한테 더 이상 맞지 않는 게 분명하다고 했더니 갑자기 얼굴을 들고서는 헬스턴이 좋지 않다는 얘기는 더 이상 하지 말아달라고 부탁하는 것 아니겠니. 더 이상 들을 수가 없다고 하면서 말이야. 만약 이 지구상에 자기가 좋아하는 장소가 있다면 그건 헬스턴이라고. 하지만 어쨌든 헬스턴의 공기가 습하고 몸을 나른하게 하는 것만큼은 분명해."

마거릿은 마치 두꺼운 구름이 자신과 태양 사이에 끼어든 것 같은 기분이었다. 그녀는 어머니가 속내를 털어놓는 것으로 어느 정도 위안을 얻기 바라면서 꾹 참고 어머니의 말을 듣고 있었다. 하지만 이제는 어머니의 관심을 헨리 레녹스 씨에게로 돌릴 때였다.

"아버지는 레녹스 씨를 좋아하세요. 두 분은 이디스의 결혼 피로연에서 아주 잘 어울렸어요. 레녹스 씨가 온 것이 아버지께는 좋은 일일지도 몰라요. 그리고 식사는 신경 쓰지 마세요, 엄마. 2시에 먹는 식사는 레녹스 씨에게는 분명 점심일 테니, 냉육은 점심 메뉴로 훌륭할 거예요."

"하지만 그때까지 우리는 뭘 하니? 이제 10시 반밖에 안 됐는데."

"저랑 스케치하러 나가자고 해볼게요. 레녹스 씨가 그림을 그리거든요. 우리가 나가면 엄마 걱정은 해결될 거예요. 이제 제발 안으로 들어가요. 들어가시지 않으면 레녹스 씨가 정말 이상하게 생각할 거예요."

헤일 부인은 검은색의 명주 앞치마를 벗고 얼굴을 매만졌다. 그녀는 매우 아름다운 귀부인 같았다. 그러면서 그녀는 친척과도 같은 사람에 대한 도리에서 레녹스 씨를 따뜻하게 맞아들였다. 그는 그날 하루 머물다 가라는 요청을 예상하고 있었기에 기다렸다는 듯 초대를 받아들였고, 이에 헤일 부인은 냉우육 말고도 대접할 것이 더 있다면 좋을 텐데 하고 아쉬워했다. 그는 모든 것이 만족스러웠다. 마거릿과 함께 야외로 스케치하러 나간다는 생각에 매우 기뻤으며, 헤일 씨라면 잠시 후 식사 때 만나게 될 테니 결코 그를 방해할 생각은 없었다. 마거릿은 그림 도구를 들고 나와 그가 고를 수 있도록 했고, 도화지와 붓이 적당히 골라지자 두 사람은 아주 즐거운 기분으로 출발했다.

"자, 여기서 잠시 멈춰요"라고 마거릿이 말했다. "여기는 보름간 비가 왔을 때 제 뇌리 속에 계속 맴돌던 오두막들이에요. 왜 스케치를 해놓지 않았을까 하고 혼자 후회했었죠."

"폭삭 무너져 더 이상 볼 수 없기 전에 말이죠. 정말 그림 같은 이 오두막들을 그릴 생각이라면 그걸 내년까지 미루지 않는 게 좋겠습니다. 그건 그렇고, 어디 앉을까요?"

"어머! 레녹스 씨는 하일랜드에서 두 달을 보냈던 게 아니라 템플의 변호사 사무실에서 곧장 이리로 오셨나 봐요! 이 아름다운 나무 그루터기를 보세요. 햇빛 받기 좋은 곳에다 나무꾼이 남겨놓았잖아요. 그 위에다 천을 깔면 숲 속의 왕좌가 따로 없을 거예요."

"왕의 발 받침대 삼아 그 웅덩이에 발을 담그고서 말이죠! 가만있어요, 제가 움직일게요. 그다음 당신이 이쪽으로 좀더 오면 될 겁니다. 이 오두막들에는 누가 살고 있습니까?"

"이 오두막들은 50~60년 전에 무단 점유자들이 지은 것들이에요. 한 오두막에는 사람이 살지 않는데, 옆 오두막에 살고 있는 노인이 죽으면 바로 수목관리원들이 허물게 되어 있어요. 가엾은 분! 봐요── 그분이에요── 가서 물어봐야겠어요. 노인은 귀가 몹시 어둡기 때문에 노인과 주고받는 얘기가 몽땅 들릴 거예요."

노인은 오두막 앞에서 지팡이에 몸을 의지한 채, 머리에는 아무것도 쓰지 않고 내리쬐는 햇빛 아래 서 있었다. 마거릿이 다가가서 말을 걸자 딱딱했던 그의 표정이 미소와 함께 서서히 누그러졌다. 레녹스 씨는 서둘러 두 사람을 스케치에 담은 뒤 부수적인 배경물을 그려 넣어 풍경화를 마무리 지었고, 마거릿은 일어나서 물과 파지 조각들을 치우고 서로에게 각자의 스케치를 보여줄 때가 되어서야 그러한 사실을 알았다. 마거릿은 웃으며 얼굴을 붉혔고, 레녹스 씨는 그녀의 얼굴 표정을 바라보았다.

"그 그림은 반칙이에요"라고 그녀가 말했다. "저보고 노인에게 가서 이 오두막들의 이력을 물어보라고 했을 때, 이삭 노인과 저를 소재로 삼으리라고는 생각도 하지 못했어요."

"참을 수가 없었습니다. 그 유혹이 얼마나 강했는지 당신은 결코 모르실 겁니다. 제가 이 스케치를 얼마나 많이 아낄지는 말로 설명해드리기 힘듭니다."

팔레트를 씻으러 개울가로 내려가던 마거릿이 뒷부분의 말을 들었는지 그는 확실히 알지 못했다. 그녀는 약간 상기된 얼굴로 돌아왔지만 전혀 아무것도 의식하지 못하는 것처럼 보였다. 그는 그것이 반가웠다. 그 이유는 그 말이 자신도 모르게 튀어나왔기 때문인데, 이것은 헨리 레녹스처럼 스스로의 행동을 미리 따져보는 사람의 경우로서는 보기 드문 일이었다.

이들이 집에 도착했을 때 돌아가는 상황은 모두 괜찮았고 밝았다. 어머니의 이마에 드리워졌던 구름은 아주 우연찮게 이웃이 갖고 온 잉어 가슴살 덕분에 말끔히 사라진 뒤였다. 헤일 씨는 오전의 교구 방문에서 돌아온 뒤 정원으로 통하는 쪽문 바로 밖에서 방문객을 기다리고 있었다. 그는 올이 드러나다시피 한 외투와 상당히 낡은 모자를 걸친 완벽한 신사의 모습이었다. 마거릿은 아버지가 자랑스러웠다. 처음 보는 사람마다 아버지에게서 얼마나 좋은 인상을 받는지를 보면서 그녀는 늘 새롭고도 애정 어린 자부심을 느꼈다. 하지만 그녀의 기민한 눈은 아버지의 얼굴 위를 훑었고, 그 얼굴에서 한구석에 밀어놨을 뿐 완전히 걷어내지는 못한 무언가 색다른 고뇌의 흔적을 발견했다.

헤일 씨는 이들이 그린 스케치를 보자고 했다.

"초가지붕의 색조가 너무 진한 것 같지 않으냐?"라고 말하며 그는 그림을 마거릿에게 돌려주었고 레녹스 씨의 그림 쪽으로 손을 내밀었는데, 레녹스 씨는 잠시 멈칫하는 듯했으나 그뿐이었다.

"아뇨, 아빠! 진하다고 생각지 않아요. 에케베리아나 바위채송화는 비를 맞으면 색이 훨씬 짙어지잖아요?"라고 말하며 그녀가 아버지의 어깨너머로 슬쩍 보니 그는 레녹스 씨의 그림 속 인물들을 보고 있었다.

"그래, 짙어지지. 네 모습과 가만히 있는 자세가 훌륭하구나. 그리고 이건 만성 류머티즘 때문에 허리를 뻣뻣하게 굽힌 가엾은 이삭 노인이구나. 이 나뭇가지에 늘어져 있는 이건 뭐냐? 새 둥지는 분명 아닐 테고."

"어머나! 제 보닛이에요. 보닛을 쓰고는 절대 그림이 그려지지 않아요. 머리가 너무 더워서요. 전 제가 인물들을 잘 그릴 수 있을지 모르겠어요. 여긴 그리고 싶은 사람들이 참 많아요."

"마거릿 양은 그림을 그리고 싶은 소망을 항상 이룰 수 있을 겁니다"라고 레녹스 씨가 말했다. "전 의지의 힘을 굳게 믿습니다. 저만 해도 마거릿 양을 그린 건 상당히 성공적인 것 같은데요." 헤일 씨는 두 사람보다 먼저 집 안으로 들어갔고, 마거릿은 식사 때 입을 드레스에 장식할 장미 몇 송이를 따려고 들어가지 않고 남았다.

'런던의 보통 처녀라면 저 말 속에 숨은 뜻을 이해할 텐데' 하고 레녹스 씨는 생각했다. '런던의 처녀라면 속셈을 숨기고 있는 젊은 신사의 찬사를 하나하나 따져볼 테지. 근데 마거릿은……' "기다려요!" 그가 외쳤다. "도와드리겠습니다." 그러더니 그는 그녀를 위해 그녀의 손이 닿지 않는 곳에 있는 벨벳같이 부드러운 진홍색 장미를 꺾었고, 골라낸 시든 꽃 두 송이는 자기 옷의 단춧구멍에 꽂더니 그녀에게 꽃을 따준 것에 흡족해하며 그녀를 안으로 들여보냈다.

식사 중의 대화는 조용하면서도 유쾌하게 흘러갔다. 양쪽 모두 묻고 싶은 게 상당히 많았다. 이탈리아에서 쇼 부인이 어떻게 지내는지에 대한 이야기 등이 서로 오고 갔다. 목사관 생활의 꾸미지 않은 소박함이 묻어나는 대화 내용이 흥미로워서였지만, 레녹스 씨는 무엇보다 마거릿의 곁에 가까이 있다는 사실 때문에 마거릿이 변변찮은 아버지의 수입에 대해 말했을 때 처음 느꼈던 작은 실망감은 잊어버렸다.

"마거릿, 디저트로 배를 몇 개 따오지 그랬니." 내객을 위해 사치를 부리느라 다른 병으로 막 옮겨 부은 와인이 테이블 위에 놓이자 헤일 씨가 이렇게 말했다.

헤일 부인은 허둥거렸다. 마치 디저트라는 것이 목사관에서는 즉흥적이고 예외적인 일 같았다. 반면 헤일 씨가 만약 뒤쪽으로 눈길만 주었어도 비스킷과 마멀레이드 등의 디저트가 주방 보조 테이블 위에 격식을 갖추어 배열되어 있음을 보았을 것이다. 하지만 배에 대한 생각은 헤일 씨를 사로잡았고 그 생각은 사라지지 않았다.

"남쪽 벽에 이국의 과일이나 잼만큼 맛있는 갈색 배들이 몇 개 열렸더구나. 마거릿, 어서 나가서 몇 개 따오려무나."

"우리가 정원으로 자리를 옮겨 거기서 배를 먹으면 어떻겠습니까" 하고 레녹스 씨가 제안했다. "햇볕에 잘 익어 좋은 향을 내는, 아삭하고 즙

이 풍부한 과일을 덥석 무는 것만큼 맛있는 것은 없습니다. 가장 곤란한 점이라고 한다면 기쁨을 누리려는 바로 그 절정의 순간에 말벌들이 버릇 없이 달려들어 소유권을 주장하는 겁니다만."

그가 마거릿을 따라가려는 듯 일어섰는데, 그녀는 창문을 지나 나가 버린 뒤였다. 그는 헤일 부인의 허락이 떨어지기만을 기다리고 있었다. 헤일 부인은 특히 쇼 장군 미망인의 언니로서 보여주어야 할 수준에 맞추려고 딕슨과 함께 일부러 광에 가서 핑거볼까지 가지고 나왔기 때문에 지금까지 아주 순조롭게 진행됐던 모든 절차대로 차라리 격식 있게 식사를 마치고 싶었다. 하지만 헤일 씨가 곧바로 일어나서는 손님을 따라갈 준비를 했으므로 그녀는 굴복할 수밖에 없었다.

"과도를 갖고 갈게요." 헤일 부인이 말했다. "레녹스 씨 말처럼 그렇게 원시적으로 과일을 먹던 시절은 아니죠. 전 껍질을 깎고 4등분을 해야 그 과일을 즐길 수가 있답니다."

마거릿은 비트 잎사귀를 접시 삼아 배를 놓았는데, 배에서는 감탄하리만치 멋진 황금빛이 뿜어져 나오고 있었다. 레녹스 씨는 배보다 그녀를 더 주시했다. 하지만 그녀의 아버지는 불안한 일상에서 훔쳐낸 최고의 즐거움을 세심하게 선별할 작정으로, 가장 잘 익은 배를 까다롭게 고른 뒤 그것을 천천히 음미하기 위해 정원 벤치에 앉았다. 마거릿과 레녹스 씨는 남쪽 벽 아래 테라스를 따라 나 있는 소로를 산책했는데, 그곳에는 벌들이 여전히 윙윙거리면서 분주하게 벌집을 만들고 있었다.

"더 바랄 게 없는 삶을 여기서 살고 있는 것 같군요! 이전에 저는 항상 '언덕 옆 오두막에서 살고 싶어라' 나 그런 따위를 읊어대는 시인들에 대해 다소 경멸스러운 기분을 느꼈습니다. 하지만 지금은, 사실 저라는 사람은 단지 런던 토박이일 뿐이구나 하는 생각이 듭니다. 지금 이 순간 저는 법을 공부하느라 보낸 20년간이 더없이 평온한 1년간의 이러한 삶으로 충분히 보상받을 것 같은 기분입니다. 저 하늘!" 그는 위를 올려다보았고 "붉디붉고 샛노란 나뭇잎은 어쩌면 저렇게 한 치의 미동도 없는지"라며 마치 둥지를 만들 듯 정원을 감싸고 있는 커다란 거목들 몇 그루를 가리켰다.

"이곳의 하늘이 항상 지금처럼 짙푸르지는 않다는 걸 명심하세요. 이곳에 비가 내릴 때도 있어요. 그럴 때면 잎은 떨어지고 그 잎들은 빗물에 축축해지지요. 그래도 세상에서 헬스턴만큼 완벽하다 싶은 곳은 없다고 생각해요. 어느 날 저녁 할리 가에서 헬스턴에 대해 설명해드렸더니 '동화 속에나 나오는 마을'이라며 오히려 막 비웃지 않으셨던가요."

"비웃었다니, 마거릿! 표현이 좀 과하십니다."

"어쩌면요. 전 그때 단지 머릿속에 가득 차 있던 것을 당신께 말해주고 싶었고 당신은 ── 그걸 뭐라고 불러야 할까요? ── 헬스턴을 단순히 동화에 나오는 마을처럼 하찮게 여겼다는 것만 알아요."

"다시는 그러지 않겠습니다"라며 그가 다정하게 말했다. 그들은 소로의 모퉁이를 돌았다.

"마거릿, 바라건대" 하며 그가 멈추고는 머뭇거렸다. 유창한 말솜씨의 변호사가 머뭇거리는 건 흔한 일이 아니었기에 마거릿은 무엇 때문일까 어리둥절해하며 그를 올려다보았다. 하지만 그가 뭘 말하려는지 알 수 없는 걸로 미루어, 그녀는 순간적으로 자신이 어머니나 아버지 옆에, 어디든 그에게서 벗어난 곳에 있었으면 좋겠다고 생각했다. 왜냐하면 그가 그녀로서 대답하기 어려운 뭔가를 말하려는 것이 분명했기 때문이다. 다음 순간 마거릿은 강한 자존심으로 자신의 갑작스러운 불안감을 극복할 수 있었는데, 그녀는 그가 이 불안감을 알아채지 않았기를 바랐다. 물론 그녀는 대답을, 그것도 적절한 대답을 할 수 있었다. 그리고 숙녀처럼 점잔을 빼며 마치 그의 말을 막을 힘이 자신에게는 없다는 듯, 어떤 말도 듣지 않겠다고 몸을 빼는 건 그녀로서는 못나고도 비루한 행동이었다.

"마거릿" 하고 그가 느닷없이 부르며 갑작스레 그녀의 손을 잡았기 때문에, 그녀는 시종일관 팔딱거리는 심장을 가당찮게 여기며 꼼짝 없이 그의 말을 들었다. "마거릿, 당신이 헬스턴을 이렇게나 좋아하지 않았다면, 이곳 생활이 더없이 평온하고 행복해 보이지 않았다면 얼마나 좋았겠습니까. 지난 석 달간 저는 당신이 런던과 런던의 친구들에 대해서, — 사실 당신께 해줄 수 있는 거라곤 미래에 대한 가능성뿐이지만 — 저도 모르게 당신을 사랑하고 있는 그 사람의 말에 좀더 다정하게 귀를 기울여 줄 만큼 (마거릿이 침착하지만 단호한 태도로 그에게서 손을 빼내려고 했기 때문에) 약간이라도 아쉬운 맘을 갖고 있기를 바라고 있었습니다. 마거릿, 제가 그렇게나 놀라게 했습니까? 말해보십시오!" 그는 막 울음을 터뜨릴 듯 그녀의 입술이 파르르 떨리는 걸 보았던 것이다. 그녀는 침착해지려고 필사적으로 애썼다. 그녀는 목소리의 평정을 찾을 때까지 아무 말도 하지 않고 있더니 입을 열었다.

"몹시 놀랐어요. 당신이 절 그런 마음으로 좋아한다는 걸 몰랐습니다. 전 당신을 언제나 친구로 생각했고, 부디 쭉 그렇게 생각하고 싶어요. 전 당신이 지금 해주신 그런 말을 듣고 싶지 않아요. 제게서 듣길 원하는 대답을 해드릴 수가 없기 때문입니다. 그렇지만 제 말에 기분이 상했다면 정말 유감스러워요."

"마거릿" 하고 부르며, 그는 자신의 눈을 직시하고 있는 그녀의 눈을 마주 바라보았는데, 그 눈에는 고통을 주고 싶지 않다는 진실한 마음이 드러나 있었다. 그는 '다른 누군가를 사랑하고 있습니까?'라고 물을 참이었다. 하지만 이러한 질문은 마치 티 없이 맑은 그녀의 눈에 대한 모욕이 될 것같이 느껴졌기 때문에 "용서하십시오! 너무 갑작스러웠습니다. 제가 벌을 받는군요. 단지 바라건대 작은 위안이라도 될 수 있도록 아무도 만난 적이 없다고 말해주십시오. 당신이 사랑했을 수도 있는……" 하고는 다시 멈추었다. 그는 자신의 말을 끝낼 수가 없었다. 마거릿은 그를 고통에 빠뜨렸다는 생각에 신랄하게 자신을 책망했다.

"아! 당신이 이런 바람을 갖지 않았더라면 좋았을 텐데! 당신을 친구로 생각하는 것은 크나큰 즐거움이었답니다."

"하지만 만약 가능하다면 마거릿, 당신이 언젠가는 저를 연인으로 생각하게 될 거라고 기대해도 될까요? 압니다. 아직은 아니겠지요. 급할 건 없지만 —— 언젠가는……"

그녀는 대답에 앞서 자신의 마음속 진실이 무엇인지를 찾아내려고 애쓰며 잠시 아무 말도 하지 않고 있었다. 그러더니 이렇게 말했다.

"전 당신을 친구로서 말고는 생각해본 적이 없어요. 당신을 친구로 생각하는 게 좋아요. 하지만 당신을 친구 이외의 대상으로는 결코 생각할 수 없을 거예요. 부디 우리 두 사람 모두 여기서 일어났던 이 모든 ('불유쾌한'이라고 말하려다가 하지 않고) 대화는 잊도록 해요."

그는 대답 없이 잠시 있었다. 그런 다음 특유의 냉정한 어조로 이렇게 대답했다.

"물론 당신의 태도가 이다지도 단호하고 오늘의 대화가 당신의 기분을 불쾌하게 했음이 분명하니 이 일은 떠올리지 않는 것이 좋겠지요. 고통스러운 것이라면 모두 잊어버린다는 계획은 이론상으로는 괜찮습니다만, 제가 그 계획을 적어도 실행에 옮기기는 다소 힘이 들 것입니다."

"기분 상하셨군요"라며 그녀가 침울하게 말했다. "하지만 어쩔 수 없는 걸 어떡해요?"

이 말을 하면서 그녀가 진심으로 가슴 아파하는 것 같았기 때문에 그는 잠시 동안 실망스럽기 그지없는 기분에서 벗어나보려고 애썼다. 그런 다음 그는 좀 밝아지기는 했지만 여전히 다소 딱딱한 어조로 이렇게 대답했다.

"마거릿, 당신은 사랑에 빠진 한 남자의 수치심뿐 아니라 저를 두고 사람들이 말하듯, 로맨틱하다기보다 신중하고 세속적인 한 남자의 수치심을 이해해주셔야 합니다. 그 사람은 정열의 힘에 떠밀려 일상적인 습관에서 벗어난 행동을 했습니다만, 이제 그 얘긴 더 이상 하지 않도록 하지요. 더 심오하고 훌륭한 본연의 감정을 발산하고서 그 남자는 거절과 혐오감에 직면하는군요. 저는 스스로의 어리석음을 경멸하며 자위할 것입니다. 결혼 생각으로 발버둥치는 변호사라니!"

마거릿은 이 말에 대꾸할 수가 없었다. 이 말이 풍기는 전반적인 어조에 그녀는 짜증이 났다. 그 어조는 그에게서 종종 느꼈던 거북스러운 모든 차이점을 드러내며 그녀에게 그것들을 떠올려주는 것 같았다. 그렇긴 하지만 그는 가장 유쾌한 남자이자 그녀의 처지에 가장 연민을 느꼈던 친구이며, 할리 가의 모든 사람 중에서 그녀를 가장 잘 이해했던 사람이다. 그녀는 희미한 경멸의 빛이 그를 뿌리친 데 대한 아픔에 섞여드는 것을 느꼈다. 그들이 정원을 한 바퀴 다 돌았을 때 어디 있는지 아주 잊고 있었던 헤일 씨와 별안간 마주친 건 다행한 일이었다. 헤일 씨는 아직도 배를 들고 있었는데, 그는 껍질을 조심스럽게 종잇장처럼 한 줄로 얇게 깎아낸 배를 자못 진지한 태도로 맛있게 먹고 있는 중이었다. 이는 마치 주술사가 시키는 대로 머리를 대야에 담근 뒤 얼른 빼보니 일생이 흘러갔더라는 동방의 어느 왕의 이야기처럼 느껴졌다. 마거릿은 정신이 멍해짐을 느꼈고, 아버지와 레녹스 씨 사이에 이어지는 담소에 끼어들 만큼 평소의 침착한 태도를 되찾을 수 없었다. 그녀는 심각했으며, 전혀 대화할 기분이 아니었다. 그녀는 언제쯤이면 레녹스 씨가 돌아갈지, 그래서 15분 전에 일어난 일들을 천천히 되짚어볼 시간이 날지에 대해서만 생각하고 있었다. 그 역시 마거릿만큼이나 얼른 떠나고 싶어 조바심이 날 지경이었다. 하지만 굴욕당한 허영심과 상처 입은 자존심 덕분에 별 생각 없이 나누는 가벼운 담소로 흘러가는 몇 분간은 감수할 수 있었다. 이따금씩 그는 우울하고 생각에 잠긴 그녀의 얼굴을 흘끗 쳐다보았다.

'마거릿은 내가 자길 신경 쓰지 않을 거라고 믿겠지만, 그렇지 않아.' 그는 마음속으로 이렇게 생각했다. '포기하지 않겠어.'

15분도 지나지 않아 그는 은근히 비꼬는 말투가 되어 있었다. 런던 생활과 시골 생활에 대해 이야기하면서 그는 마치 냉소적인 또 하나의 자아를 느끼고 있는 듯했고, 비꼬는 자신의 말에 자기 자신이 겁이 나는 듯했다. 헤일 씨는 어리둥절했다. 그의 내객은 결혼 피로연과 오늘 식사 때 보았던 사람과 달랐다. 종전보다 좀더 경망스럽고 교활하며 세속적인 태도의 남자가 헤일 씨의 마음에 거슬렸다. 5시 기차를 타려면 지금 떠나야 한다는 레녹스 씨의 말은 세 사람 모두에게 구원이었다. 그들은 헤일 부인을 찾아 작별 인사를 하려고 집으로 향했다. 마지막 순간, 헨리 레녹스의 본모습이 표면을 뚫고 나왔다.

"마거릿, 절 경멸하지 마십시오. 쓸모없었던 이런 식의 대화에도 불구하고 제겐 어떤 감정이 생겼습니다. 그 증거로, 조금 전 반 시간 동안 제 말을 들어주며 당신이 보여주었던 경멸감 때문에 전 당신을 그 어느 때보다 더 사랑하게 됐다고 생각합니다 ── 만일 내가 당신을 싫어하는 게 아니라면 말입니다. 안녕히 계십시오, 마거릿. 마거릿!"

4장

회의(懷疑)와 곤경

어느 무인도 해안가에 날 내동댕이쳐보라
뒤따라가볼 건
쓸쓸한 잔해 찌꺼기뿐인 곳
파도가 울부짖어도, 거기 당신 있다면
그 파도 잔잔하길 간청하지 않으리*
— 해빙턴

그는 갔다. 저녁이 되자 집의 덧문이 모두 내려졌다. 짙푸른 하늘도 진홍과 노란빛 노을도 이젠 보이지 않았다. 마거릿이 이른 저녁 식사에 입을 옷으로 갈아입기 위해 위로 올라가니, 딕슨은 분주한 날 내객의 방문으로 일에 차질이 생긴 것에 화가 나 있었다. 그녀는 헤일 부인에게 급히 가봐야 한다는 구실로 마거릿의 머리카락을 심술궂게 빗어 넘기며 이런 심사를 드러냈다. 하지만 어쨌든 마거릿은 어머니가 거실로 내려올 때까지 한참을 기다려야 했다. 그녀는 뒤쪽 탁자 위의 촛불은 켜지도 않은 채 난롯가에 홀로 앉아 오늘 하루를 — 행복한 산책과 기분 좋았던 스케치, 들뜨고 유쾌했던 식사, 그리고 그 후의 불편하고도 불행했던 정원 산책을 곰곰이 생각했다.

---

* 윌리엄 해빙턴(William Habington, 1605~1664), 『카스타라 *Castara*』, 3부 「주여 길을 보여주소서Show me O Lord your paths」에서 인용.

남자들이란 여자들과 얼마나 다른가! 이 대목에서 그녀는 언짢고 불만스러웠다. 왜냐하면 그녀는 본능이라는 것에 이끌려 오직 거절밖에 할 수 없었지만, 그는 인생에서 가장 심오하고 성스러워야 했던 청혼을 거절 당한 지 몇 분 지나지 않아, 마치 법률 소송이나 성공, 그 결과 따르게 되는 번듯한 사무실, 기발하고 유쾌한 사교계가 자신의 공공연한 소망 대상인 것처럼 말하는 게 가능했기 때문이다. 오, 세상에! 그가 좀 다른, 가슴속 저 깊은 곳에 담아둘 수 있는 사람처럼 느껴지는 색다른 사람이었다면 정말로 사랑할 수도 있지 않았을까. 그러자 그녀는 그의 경박함이 결국은 만약 그녀 자신이 누군가를 사랑했다가 거절당했을 때 마음에 깊은 흔적으로 남았을 수도 있는, 그와 같은 비통한 실망감을 숨기기 위한 가장이었을 뿐일지도 모른다는 생각이 들었다.

두서없이 뒤섞인 이러한 생각들을 차근차근 정리하기도 전에 그녀의 어머니가 거실로 들어왔다. 마거릿은 오늘 하루 일어났던 사건과 오고 갔던 말에 대한 상념을 떨쳐내고, 어머니가 하는 말에 최대한 공감하면서 그 말을 듣고 있어야 했다. 딕슨이 다림질 판이 또 높은 것 때문에 무지하게 투덜대더라는 얘기며, 수전 라이트풋이 보닛에 인조 꽃을 꽂고 다니던데, 그게 바로 그녀가 허영 많고 경박한 성격임을 나타내는 증거라는 등의 시시콜콜한 얘기들이었다. 헤일 씨는 조용히 생각에 잠긴 채 차를 마셨다. 마거릿은 이 모든 얘기에 혼자서 맞장구를 치고 있었다. 마거릿은 어머니와 아버지가 얼마나 잘 잊어버리는 사람들인지, 하루 종일 함께 지냈던 사람에게 얼마나 무관심했으면 레녹스의 이름을 한 번도 입에 올리지 않을 수 있는지 의아했다. 그녀는 그가 부모님께 자신과의 결혼을 허락해줄 것을 요청하지 않았다는 사실을 잊고 있었다.

차를 마신 뒤 헤일 씨는 일어나서 벽난로의 장식 선반 위에 팔꿈치를 대고 서서는 머리를 손에 받치고 뭔가 생각에 깊이 잠겨 이따금씩 깊은 한숨만 내쉬었다. 헤일 부인은 가난한 사람들에게 줄 겨울 옷가지 때문에 딕슨과 상의하려고 밖으로 나갔다. 마거릿은 어머니의 소모사 뜨개질거리를 준비하면서 긴 저녁 시간의 상념을 피해보려고 했고, 자러 갈 시간이 되어 오늘 일어났던 일들을 되새겨보면 좋겠다고 생각하고 있었다.

"마거릿!" 급기야 헤일 씨가 돌연 절망 섞인 어조로 그녀를 불렀고, 그 어조에 그녀는 흠칫하고 놀랐다. "그 태피스트리 지금 해야 하는 중요한 일이냐? 내 말은, 그건 놔두고 서재로 좀 오겠느냐? 우리 모두에게 아주 중요한 일로 너와 이야기를 좀 하고 싶구나."

"우리 모두에게 아주 중요하다니." 레녹스 씨는 그녀에게 거절당하고 나서 그녀의 아버지와 어떤 은밀한 대화를 나눌 기회가 전혀 없었으니, 그게 아니면 저건 실제로 매우 심각한 문제일 것이다. 마거릿은 우선 자신이 결혼 적령기의 성숙한 여인으로 자란 것에 대해 죄스러움과 부끄러움을 느꼈다. 두번째로 그녀는 레녹스 씨의 청혼을 아무 상의도 없이 거절한 것에 대해 아버지가 언짢아할지 어떨지를 몰랐다. 그러나 곧바로 그녀는 아버지가 하고 싶어 하는 말이 불과 조금 전에 일어났던, 머리를 복잡하게 만들 수도 있었던 그 일이 아니라는 걸 느꼈다. 그는 그녀를 자기 옆의 의자에 앉게 했다. 그는 불을 쑤석였고 촛불을 끄더니 한두 번 한숨을 내쉬고 나서 말할 결심이 생긴 듯, 마침내 생각했던 말을 불쑥 꺼냈다. "마거릿! 난 헬스턴을 떠난다."

"헬스턴을 떠난다고요, 아빠! 도대체 왜요?"

헤일 씨는 잠시 대답을 하지 않고 있었다. 그는 불안하고 혼란스러운 듯 탁자 위의 서류들을 만지작거렸고, 말을 하려고 입술을 몇 번 뗐으나 차마 한마디도 내뱉지 못하고 다시 입술을 다물었다. 마거릿은 긴장감이 감도는 그 광경을 견딜 수가 없었는데, 이러한 긴장감은 그녀보다는 그녀의 아버지에게 더 고통스러운 것이었다.

"그렇지만 왜요, 아빠? 말 좀 해보세요!"

그는 돌연 그녀를 올려다보더니 천천히 그리고 억지로 침착하게 말했다.

"왜냐하면 난 이제 더 이상 영국 국교회의 목사일 수 없기 때문이야."

마거릿은 어머니가 그토록 바라 마지않던 승급 같은 것이 드디어 아버지께 닥쳐와서, 아버지가 어쩔 수 없이 이 아름답고 사랑스러운 헬스턴을 떠나 주교 도시들에서 마거릿이 때때로 봤던 엄숙하고 고요한 클로즈* 같은 데로 가서 살 수밖에 없는 바로 그런 일을 상상해본 적이 있었다. 그곳은 장엄하고 인상적이긴 했지만 만약 그곳으로 가는 것이, 고향인 헬스턴을 영원히 떠날 수밖에 없는 것이 피할 수 없는 일이라고 한다면 그건 슬프고도 오랫동안 쉬 사라지지 않는 아픔이 될 수도 있었다. 그러나 그녀가 방금 아버지에게서 들은 말은 어디에도 비할 바 없는 충격이었다. 아버지의 말은 무얼 의미하는 걸까? 알 수 없었기에 더욱더 불길했다. 딸에게 자비롭고 다정한 판결을 간청하는 듯한 괴로운 얼굴 표정 때문에 그녀는 별안간 끔찍한 기분이 들었다. 혹시 프레더릭의 일에 아버지가 어떤 식으로든 연루됐던 것일까? 프레더릭은 범죄자였다. 아들에 대한 본능적인 사랑에서 아버지가 무엇이든 묵인을……

"아아! 왜 그러시는 거예요? 말씀 좀 해보세요, 아빠! 전부 말해주세요! 왜 더 이상 목사가 될 수 없다는 거예요? 설마 주교님이 우리가 알고 있는 오빠 얘기를 모두 들었기 때문에, 그래서 혹독하고 불공평한……"

"네 오빠 일은 아니다. 주교님은 이 일과는 아무런 상관이 없어. 모

---

* Close: 특히 영국에서 한쪽 끝이 막혀 있는 길을 일컫는 말로 거리 이름에 쓰인다.

두 내 문제다. 마거릿, 말해주마. 지금 이 자리에서 뭐든 대답해주겠지만 오늘 밤 이후로는 이 문제를 두 번 다시 거론하지 않도록 하자. 난 내가 품고 있는 고통스럽고 가련한 의심의 결과는 받아들일 수 있다. 하지만 무엇이 나에게 이다지도 큰 고통을 주었는지는 말할 수가 없구나."

"의심이라고요, 아빠! 종교에 대한 의심 말인가요? 마거릿은 더욱더 놀라 이렇게 물었다.

"아니다! 종교에 대한 의심은 아니다. 믿음은 털끝만큼도 다치지 않았어."

그는 잠시 멈추었다. 마거릿은 마치 어떤 새로운 공포에 직면한 듯 한숨을 쉬었다. 그는 맡겨진 임무를 끝내야겠다는 태세로 재빨리 다시 말을 시작했다.

"넌 하나도 이해하지 못했을 게다. 내가 설령 지난 수년간 성직을 유지할 자격이 내게 있는지 알고 싶어 했던 열망과, 가슴속에 가득 맺힌 회의를 교회의 권위로 억눌러보고자 했던 내 노력을 네게 말했다 한들 말이야. 아! 마거릿, 이제는 더 이상 일원일 수 없는 거룩한 교회를 내가 얼마나 사랑하는지!" 그는 잠시 동안 더 말을 잇지 못했다. 마거릿은 무슨 말을 해야 할지 몰랐다. 그건 마치 아버지가 이제 이슬람교로 개종하기라도 하듯 그녀에게는 참으로 기이하게 느껴졌다.

"오늘 나는 교회로부터 쫓겨났던 2천 명의 목사에 대한 이야기*를 읽고 있었다." 헤일 씨는 희미한 미소를 지으며 계속 말했다. "그들의 용기를 좀 빌려볼까 하고 말이지. 하지만 아무 소용이, 아무 소용이 없구나.

* 1662년 영국은 모든 국민이 국교를 믿도록 강제하는 통일령을 선포했고, 양심상 국교의 교리를 따를 수 없었던 수많은 국교회 목사가 성직에서 쫓겨났다.

고립됐다는 느낌만이 절실할 뿐이다."

"그렇지만 아빠, 잘 생각해보셨어요? 어쩜! 너무 끔찍하고 충격적이에요." 마거릿이 갑자기 울음을 터뜨리며 말했다. 고향집과 사랑하는 아버지에 대해 그녀가 갖고 있는 굳건한 뿌리가 휘청거리며 흔들리는 것 같았다. 그녀가 뭐라고 말할 수 있겠는가? 무얼 할 수 있겠는가? 고통스러워하는 딸을 보자 헤일 씨는 그녀를 다독거려보려고 용기를 내었다. 그는 그때까지 마음속에서 차올라오고 있었던 마른 흐느낌을 삼켰고, 책장으로 가서 요 근래 자주 읽었던, 현재 자신이 들어선 진로를 헤쳐 나갈 힘을 얻었다고 생각하는 책을 한 권 뽑아 들었다.

"사랑하는 마거릿, 들어보아라." 한쪽 팔을 딸의 허리에 두르며 그가 말했다. 그녀는 아버지의 손을 자기 손으로 꼭 쥐었지만 고개를 들 수 없었다. 그뿐 아니라 그녀는 사실 아버지가 읽었던 책에 주의를 기울일 수도 없었다. 그녀의 내부에 일고 있는 불안은 그토록 컸던 것이다.

"이것은 나처럼 한때 시골 교구의 목사였던 사람의 독백이다. 160년도 더 넘었지. 더비셔의 카싱턴 목사였던 올드필드*라는 분이 쓴 거란다. 그분의 시련은 끝났다. 그분은 훌륭하게 싸웠어." 마지막 두 문장을 그는 마치 자기 자신에게 하듯 낮게 말했다. 그런 다음 그는 큰 소리로 읽었다.

"그대가 주께 불경하지 않고, 믿음을 저버리지 않고, 도덕성을 포기하지 않고, 양심을 손상시키지 않고, 그대의 평화로운 마음을 깨뜨리지 않고, 구원받을 기회를 놓치는 위험을 감수하지 않고 맡은 임무를 더 이상 계속할 수 없다면, 간단히 말해 그대가 맡은 일을 계속하기 위해(그대

---

* 존 올드필드(John Oldfield, ?1627~1682): 1662년 영국 국교회의 교의를 거부했다는 이유로 성직을 박탈당한 목사.

가 계속하겠다면) 죄를 지어야 한다면, 그대는 아마, 아니 그대는 분명 주께서 설교를 그만두고 잠시 복음 전파를 중단한 그대를 주의 영광으로, 그리고 복음 전파에 더 이롭게 변모시킬 것임을 믿어야 한다. 주께서 그대를 한 가지 방법으로 쓰시지 않을지라도 주는 그대를 다른 방법으로 쓰실 것이다. 주를 섬기고 경배하길 원하는 인간에게는 그러한 기회가 결코 부족할 일이 없다. 그대는 주께서 그대를 써서 주를 더 위대하게 만드는 방법이 한 가지만 있다고 생각해서는 안 된다. 주는 그대가 설교하는 일뿐 아니라 그대가 입 다물고 있음을 통해서, 그대가 임무를 계속하는 것뿐 아니라 임무를 중단한 것을 통해서 그 일을 행하실 수 있다. 주께 크게 봉헌하거나 힘든 임무를 수행하는 것으로는 죄를 짓는 핑계가 되지 못한다. 비록 그 죄가 그 임무를 행하게 하거나 그런 임무를 행할 기회를 준다고 할지라도 그러하다. 그대가 주에 대한 숭배를 변질시키면서, 즉 그대의 맹세를 더럽히면서 그대가 계속 목사직을 이어가기 위해 그럴 필요를 가장한다면, 그대는 주의 칭찬을 받지 못할 것이다."

그는 여기를 읽은 뒤 아직 읽지 않은 더 많은 부분에 눈길을 주면서 스스로 결단력을 얻었고, 자신도 옳다고 믿는 것을 용감하고 확고하게 행할 수 있을 것 같았다. 하지만 낭독을 끝내자 마거릿이 소리 죽여 발작적으로 흐느끼는 소리가 들렸다. 그러자 그의 용기는 찔러대는 고통 아래로 가라앉고 말았다.

"마거릿!" 딸을 부르며 가까이 끌어당겼다. "초기의 순교자들을 생각해보아라. 수난을 겪었던 수천 명의 사람을 생각해보렴."

"하지만 아빠." 그녀는 눈물로 얼룩진 얼굴을 갑자기 들어 올리며 말했다. "초기의 순교자들은 진실을 위해 수난을 겪었어요. 하지만 아빠, 아! 사랑하는 아빠!"

"난 양심의 고통을 겪고 있단다, 아가." 그는 극도로 예민한 기질 탓에 나왔을 뿐인 떨리는 목소리로 근엄하게 말했다. "난 양심의 말을 들어야 해. 난 나처럼 게으르거나 비겁하지 않은 다른 사람들은 그냥 있지 않았을 거라는 자책감을 오랫동안 견뎌왔다. 그는 고개를 가로저으며 말을 이었다. "소망이 지나치면 흔히 그게 사람을 조롱하며 성취되듯 —— 소돔의 사과*처럼 말이다 —— 마침내 직성을 풀게 된 네 어머니의 허황된 희망이 이런 고비를 초래하고 말았어. 그건 내가 감사하게 여겨야 하고 또 감사하고 싶은 일이지. 주교님이 내게 다른 성직을 제의한 게 한 달이 안 됐구나. 만약 그 제의를 수락했더라면 난 교회의 전례에 순응하겠다는 새로운 맹세를 해야 했을 거다. 마거릿, 난 그러려고 했다. 추가 승급을 거부하는 걸로 그냥 만족하면서, 예전에도 양심에 압박을 가했듯 지금도 그걸 옥죄면서 여기 머무르는 것에 만족하려고 했어. 주여, 절 용서하십시오!"

그는 일어서서 방 안을 이리저리 걸으면서 자책과 부끄러움에서 나오는 말을 낮게 읊조렸는데 그 말이 몇 마디밖에 들리지 않는 것이 마거릿에게는 고마울 지경이었다. 드디어 그가 말했다.

"마거릿, 진짜 문제로 돌아가마. 우린 헬스턴을 떠나야 한다."

"네! 알아요. 하지만 언제요?"

"주교님께 편지를 썼다. 너한테 말했던 것도 같다만, 그런 것들도 지금은 기억나지 않는구나." 헤일 씨는 힘든 현실 문제를 자세하게 언급할 시점에 이르자 급히 우울한 표정이 되어 이렇게 말했다. "여기 목사관을

---

* 사해(死海) 연안에서 나는 식물. 푸른 사과 모양의 열매를 맺는데, 그 열매를 만지거나 따면 가는 털이 터지면서 씨가 날아간다. 이 모습이 마치 연기를 내며 재로 변하는 모습과 같은데, 성서에 나오는 타락의 도시 '소돔'이 심판의 날 유황불에 타는 모습을 연상시켜 '소돔의 사과'라는 이름이 붙었다. 외형은 그럴 듯하지만 실속이 없는 유명무실을 뜻한다.

떠나겠다는 의향을 알렸어. 주교님은 더없이 인자하셨다. 내 생각의 틀린 점을 지적도 하고 충고도 하셨지만 모두 다 허사였지. 소용없었어. 모두 다 내가 해봤지만 효과가 없었던 것들일 뿐이야. 난 사임해야 할 거고, 주교님을 혼자 찾아뵙고 사직 인사를 드려야 할 게다. 그건 시련이 되겠지만 더 힘든 건 사랑하는 교구 사람들과 헤어진다는 사실이야. 브라운 씨가 예배를 집전할 부목사로 임명됐어. 우리와 함께 지내려고 내일 올 거야. 다음 주 일요일이 내 마지막 설교란다."

그럼 그렇게 갑자기 마지막 설교를 하시게 된다는 건가? 마거릿은 생각했다. 그렇지만 아마 그편이 나을 것이다. 길게 끌어봐야 고통에 통증을 더하기만 할 뿐이리라. 그녀에게 말해주기 전에 거의 마무리한 것 같은 이 모든 준비 사항을 아예 듣고서 충격에 무감각해지는 편이 나았다. "어머니는 뭐라고 하세요?" 마거릿은 숨을 깊이 내쉬며 물었다.

의외로 그녀의 아버지는 대답을 하지 않고 다시 왔다 갔다 하기 시작했다. 마침내 그가 멈추더니 대답했다.

"마거릿, 어쨌든 난 비겁한 사람이다. 고통 주는 걸 견딜 수가 없어. 네 어머니의 결혼 생활이 네 어머니가 꿈꾸었던, 당연한 권리를 갖고 기대할 수 있었던 전부가 아니었다는 것과 이 일이 무지하게 큰 타격이 될 것임을 누구보다 잘 알고 있기에 차마 말할 엄두를 내지 못했다. 하지만 이젠 네 엄마도 알아야 해." 그는 아쉬운 듯 딸을 쳐다보며 말했다. 마거릿은 어머니가 이 일에 대해 아무것도 모르고 있다는 생각에 정신이 아뜩해질 지경이었으나 아뿔싸, 일이 너무나 많이 진행되어 있었다!

"그래요, 어머니도 당연히 아셔야 해요." 마거릿이 말했다. "결국 엄만 어쩌면 충격받지 않을지도…… 아, 그래요! 충격받겠죠. 분명 충격받으실 거예요." 엄마가 그 충격을 어떻게 받아들일지 깨달으려고 애쓰느라 그 충격이 자신에게 고스란히 떨어지자 그녀가 덧붙였다. 이윽고 그녀는 자신들의 미래에 관해 새로운 궁금증이 떠올랐고, 마치 아버지가 그 계획을 이미 세워놓았거나 한 듯 물었다. "우린 어디로 가나요?"

"북부의 밀턴*이다." 그는 무심한 듯 담담하게 대답했다. 왜냐하면 그는 딸이 자신에 대한 사랑으로 매달리며 잠시 동안 자신을 달래주려고 애썼지만, 날선 고통은 딸의 마음속에 여전히 선명하다는 걸 감지했기 때문이다.

"북부의 밀턴! 다크셔 주의 공업도시 말인가요?"

"그렇단다." 그는 아주 절망적으로 무심하게 대답했다.

"왜 거기예요, 아빠?" 그녀가 물었다.

"그곳이면 내가 가족을 위한 생계를 꾸릴 수 있어. 거긴 내가 아는 사람이 아무도 없어. 게다가 헬스턴을 알거나 헬스턴 얘기를 내게 꺼낼 사람도 아무도 없기 때문이야."

"가족을 위한 생계! 전 아빠와 엄마가 마련을." 그러고 나서 그녀는 아버지의 이마에 암담한 기운이 짙게 드리우는 것을 보더니 그들 미래에 관련된 당연한 관심을 억누르며 말을 중단했다. 하지만 그는 얼른 직감적인 연민으로, 마치 거울을 들여다보듯 마거릿에게서 자신의 우울한 기분을 읽어내고는 애써 화제를 돌렸다.

"너한테 모두 말해주마, 마거릿. 어머니에게 좀 말해주렴. 그것만큼은 내가 못할 것 같구나. 네 어머니가 슬퍼할 것을 생각하면 두려움으로 현기증이 난다. 내가 네게 다 말해주면 내일쯤 네가 어머니에게 말해줄 수 있지 않겠니? 난 그날 돕슨과 브레이시 공유지에 사는 불쌍한 주민들

---

* 개스켈이 결혼 후 정착해 살았던 맨체스터를 모델로 했다고 알려져 있다.

에게 작별 인사를 하러 나가 있으마. 어머니께 이 소식을 알리는 것이 영 내키지 않느냐, 마거릿?"

마거릿은 사실상 그것이 싫었고, 과거 여태까지 자기가 해야만 했던 그 어떤 일보다 더 싫었다. 그녀는 즉시 대답할 수 없었다. 그녀의 아버지가 말했다. "끔찍이도 싫은 모양이구나, 그런 거냐, 마거릿?" 다음 순간 그녀는 그런 마음을 다잡고는 밝고 결연한 얼굴로 이렇게 말했다.

"고통스러운 일이지만 해야 할 일이에요. 늘 해왔듯이 제가 할게요. 아빠 분명 괴로운 일이 많을 테니까요."

헤일 씨는 절망스럽게 고개를 저었고 고마움의 표시로 딸의 손을 꼭 쥐었다. 마거릿은 또다시 속이 상해서 거의 울기 직전이었다. 그녀는 생각을 바꾸려고 이렇게 말했다. "자, 이제 앞으로 우린 어떻게 할 계획인지 말해보세요. 아빠와 엄만 성직에서 나오는 수입 말고도 돈이 좀 있지 않으세요? 쇼 이모는 있었어요."

"그래. 1년에 170파운드 정도가 나오지. 프레더릭이 외국에 가 있기 시작한 뒤부터 쭉 그중 70파운드를 보냈다. 네 오빠에게 그 돈이 다 필요한지는 모른다." 그는 주저하듯 말을 이었다. "스페인 군에 복무하면서 받는 돈이 좀 있긴 할 게다."

"오빠가 외국에서 고생해서는 안 돼요." 마거릿이 단호하게 말했다. "오빠는 나라로부터 너무나 부당한 대우를 받고 있어요. 그래도 100파운드가 남네요. 아빠와 저 그리고 엄마가 영국의 아주 한적한 곳에서 검소하게 살면 100파운드면 되지 않을까요? 아! 될 거예요."

"아니야!" 헤일 씨가 말했다. "그건 해결책이 될 수 없을 거다. 난 뭐라도 해야 해. 바쁘게 움직여서 우울한 기분을 몰아내야 한단 말이다. 게다가 시골 교구에서는 헬스턴과 여기서의 목회 활동이 고통스럽게 생각날 거야. 난 그걸 견디지 못할지도 몰라, 마거릿. 게다가 1년에 100파운드로는 집안일에 필요한 데 쓰고 나면, 네 엄마가 늘 써왔고 또 써야만 하는 물품들을 마련하기에는 아주 빠듯할 게야. 안 돼. 우린 밀턴으로 가야만 한다. 결정된 거야. 난 언제나 나 혼자서, 사랑하는 사람들에게 영향을 받지 않은 상태에서 더 나은 결정할 수가 있어." 그는 가족에게 자신의 뜻을 말하기 전에 이미 너무나 많은 일을 진행시켜놓은 것에 대해 반쯤 미안한 듯 말했다. "난 반대를 견디지 못한다. 결정 내리기가 너무 힘들어지기 때문이야."

마거릿은 잠자코 있기로 마음먹었다. 어쨌든 엄청난 변화가 하나 생기는데, 그들이 어디로 간들 무슨 큰 의미가 있단 말인가?

헤일 씨가 계속 말을 이었다. "몇 달 전 회의(懷疑)로 인한 고통이 말을 하지 않고는 견디지 못할 지경이 됐을 때 벨 씨에게 편지를 써 보냈다. 벨 씨를 기억하지, 마거릿?"

"아뇨, 한 번도 뵌 적이 없는 것 같아요. 하지만 누군지는 알아요. 오빠의 대부시고, 예전 옥스퍼드에서 가르쳤다는 분 말씀하시는 거죠?"

"그래, 옥스퍼드의 플리머스 대학에 연구원으로 있는 분이지. 북부의 밀턴 출신일 게다. 어쨌든 그분이 밀턴에 사유지를 가지고 있는데, 밀턴이 아주 큰 산업도시로 변한 뒤로 가격이 많이 올랐단다. 음, 그렇게 생각하는, 아니 상상하는 데는 그만한 이유가 있지만, 어쨌든 그것에 관해선 아무 말 하지 않는 게 낫겠다. 하지만 벨 씨가 날 이해하는 것만은 분명히 느꼈다. 그 사람으로선 큰 힘을 준 게 아닐지도 모르지. 그는 평생을 대학에서 편하게 살아왔단다. 하지만 더없이 다정했어. 우리가 밀턴으로 가게 된 것은 그분의 덕이다."

"어째서요?" 마거릿이 물었다.

"음, 밀턴에는 벨씨의 차지인(借地人)들도 있고 그는 주택과 공장도 갖고 있다. 그러니 그가 그곳을 좋아하지 않는다고 해도 — 그 사람 천성에 비해 너무 부산스러운 곳이지 — 부득이 일종의 연줄을 유지할 수밖에 없어. 그런데 그곳에 좋은 개인 교습 자리가 있다고 그러는구나."

"개인 교습이라고요!" 경멸의 빛을 띠며 마거릿이 말했다. "도대체 제조업자들이 그리스 · 라틴 고전학이니 문학이니, 또 신사의 소양은 배워 뭘 한다고요?"

"아, 개중 일부는 자신들의 부족한 점을 알고 있는, 분명 괜찮은 사람들인 모양이야. 그 점은 옥스퍼드의 많은 사람보다 더 낫지. 어떤 사람들은 성년이 다 됐지만 결연한 태도로 배우길 원하고 있어. 또 다른 사람들은 자식들이 자신들보다 더 나은 교육을 받기를 원하지. 하여간 내가 말했다시피 거기에 개인 교습 자리가 하나 있단다. 벨 씨가 자기의 차지인인 손턴 씨에게 나를 추천해놓았다. 손턴 씨는 편지글로 판단해볼 때 매우 총명한 사람이야. 그리고 마거릿, 난 밀턴에서 행복하지는 않더라도 바쁜 삶을 찾아야 하는 데다 주민들과 경치가 너무 다르니 헬스턴 생각은 전혀 나지 않을 게다."

마거릿은 그곳을 선택한 이유에 감추어진 동기가 있음을 직감적으로 알았다. 그곳은 다를 것이다. 거의 혐오스러울 정도로 거슬리는 영국의 북부 지역, 제조업자들, 그곳 사람들, 그리고 거칠고 황폐한 지방에 대해 그녀가 들어본 그 모든 것에도 불구하고, 한 가지 추천할 점이란 바로 그곳은 헬스턴과 다를 것이기 때문에 그들이 사랑해 마지않는 헬스턴을 결코 상기시키지 않을 거라는 사실이었다.

"언제 떠나나요?" 잠시 아무 말도 하지 않더니 마거릿이 물었다.

"정확히는 모르겠다. 너와 그 문제를 의논하고 싶었다. 알다시피 네 엄마는 여태 아무것도 모른다. 하지만 2주 후 내 사임이 받아들여지고 나면 더 있고 싶어도 있을 수가 없단다."

마거릿은 까무러칠 뻔했다.

"2주 후에요!"

"아니, 꼭 정확한 건 아니다. 아직 정해진 건 아무것도 없어." 그는 딸의 눈에 어린 엷은 슬픔과 급격한 표정의 변화를 알아차리고는 불안한 듯 주저하며 말했다. 하지만 그녀는 금방 정신을 차렸다.

"그래요, 아빠, 말씀하신 대로 빠른 시일 내에 확실히 정하는 게 좋겠어요. 엄마만 이 일에 대해 아무것도 모르시는 거죠? 이게 가장 큰 문제네요."

"불쌍한 마리아!" 헤일 씨가 부드럽게 내뱉었다. "불쌍하기 그지없는 마리아! 아, 내가 결혼하지 않았더라면, 이 세상에 나 혼자였다면, 참으로 쉬웠을 텐데! 마거릿, 지금으로선 네 엄마에게 감히 말할 수가 없구나!"

"아녜요." 마거릿은 우울하게 말했다. "제가 말할게요. 저도 기회를 봐야 하니 내일 저녁까지 시간을 주세요. 아, 아빠." 그녀는 별안간 감정에 사로잡혀 간청하면서 흐느꼈다. "이게 악몽이라고, 진짜가 아니고 끔찍한 꿈이라고 말해주세요! 아빠가 어떤 망상이나 유혹 같은 것에 이끌려 교회를 떠난다는 게, 헬스턴을 포기한다는 게, 저랑 엄마로부터 영영 분리된다는 게 진심일 리 없어요! 진심이 아닌 거예요!"

헤일 씨는 그녀가 말하는 동안 아무 말도 하지 않고 엄숙하게 앉아 있었다.

다음 순간 그는 마거릿의 얼굴을 보며 갈라진 목소리로 느리고 신중하게 말했다. "정말이다, 마거릿. 넌 스스로를 기만하면서 내가 하는 말의 현실을, 확고한 내 의지를 의심해서는 안 된다." 그는 말을 마친 뒤 잠시 동안 흔들림 없이 냉정하게 마거릿을 바라보았다. 그녀 역시 애원하는 눈으로 아버지를 뚫어지게 보고 난 뒤 이것이 돌이킬 수 없는 일임을 믿게 됐다. 이윽고 마거릿은 더 이상 말도 하지 않고 더 이상 쳐다보지도 않고 일어나서는 문 쪽으로 갔다. 그녀가 손잡이를 잡았을 때 아버지가 그녀를 다시 불렀다. 그는 움츠러들고 구부정한 자세로 난롯가에 서 있었다. 하지만 마거릿이 가까이 다가가자 그는 몸을 꼿꼿이 세우더니 양손을 그녀의 머리에 얹고 엄숙하게 말했다.

"주님의 은혜를 축원한다, 아가!"

"아버지도 주님께서 다시 교회로 인도해주시길 기원해요." 마거릿은 진심을 다해 화답했다. 다음 순간 그녀는 아버지의 축복에 대한 이 대답이 불경스럽게 잘못 들려 아버지의 마음이 상했을까 봐 마음이 쓰여 두 팔로 그의 목을 껴안았다. 그는 그녀를 잠시 안았다. 그녀는 그의 중얼거림을 들었다. "순교자와 참회자들은 훨씬 더 심한 고통을 겪었어. 난 움츠러들지 않겠다."

그들은 딸을 찾는 헤일 부인의 목소리가 들리자 화들짝 놀랐다. 그들은 눈앞에 닥친 헤일 부인에 대한 생각으로 가득 차서 각자 움직이기 시작했다. 헤일 씨는 서둘러 말했다. "가봐라, 마거릿, 어서 가. 난 내일 하루 종일 나가 있을 거다. 밤까지는 어머니에게 말해놓아야 한다."

"네." 그녀는 대답한 후 망연자실, 넋이 나간 채 거실로 돌아갔다.

5장
결정

주여, 사려 깊은 사랑을 주소서
언제나 신중하고 현명하게 바라보면서
행복한 사람들에게는 기쁜 미소를 짓고
불행한 사람들에게는 눈물을 닦아줄 수 있도록
주여, 근심에서 벗어나 평화로운 마음을 갖게 하소서
다른 사람들을 달래주고 측은히 여길 수 있도록*
— 작자 미상

마거릿은 교구민들 중에서도 좀더 형편이 어려운 이들에게 몇 가지 생활용품을 약간씩 추가 지급하려는 어머니의 계획을 군말 없이 들었다. 그녀는 듣고 있을 수밖에 별 도리가 없었다. 하지만 새로운 계획 하나하나가 그녀에게는 심장에 꽂히는 비수였다. 성에가 낄 때쯤이면 그들은 헬스턴을 떠나 있을 것이다. 연로한 사이먼은 류머티즘이 심할 테고 시력은 더 나빠질지도 모른다. 가서 글을 읽어주거나, 앙증맞은 사발에 수프와 근사한 레드플란넬**을 담아가서 위로해줄 사람도 없을 것이다. 혹 있다고 해도 모르는 사람일 것이고, 노인은 속절없이 마거릿을 찾을 것이다.

---

* 애나 러티셔 웨어링(Anna Laetitia Waring, 1823~1910), 『찬송가와 명상 *Hymns and Meditations*』 중 「신부님 저는 알고 있습니다 Father I know that all my life」에서 인용.
** 레드플란넬해시 red flannel hash를 의미한다. 다진 감자, 비트, 양파에 베이컨 혹은 소고기 등을 같이 볶아서 만든 요리이다.

다리를 못 쓰는 메리 돔빌의 어린 아들은 문으로 기어가 숲을 지나올 그녀를 기다리겠지만 헛수고일 것이다. 불쌍한 이 사람들은 왜 그녀가 자신들을 저버렸는지 결코 이해하지 못할 것이다. 그 외에도 더 많이 있었다. '아빠 성직에서 나오는 수입을 언제나 교구를 위해 써왔어. 어쩌면 우리가 앞으로 써야 할 돈을 갉아먹는 걸 수도 있어. 하지만 올겨울은 혹한이 될 것 같으니, 불쌍한 교구 노인들은 반드시 도움을 받아야 해.'

"아, 엄마, 할 수 있는 건 다 해봐요." 마거릿은 이 문제에서 신중하게 고려해야 하는 측면은 생각하지 않고 다만 이렇게 도와주는 것도 마지막이라는 생각에만 정신이 팔려서, 진지한 어조로 말했다. "우린 여기서 오래 살지 않을지도 모르잖아요."

"어디 아프니, 얘야?" 헤일 부인은 헬스턴을 떠나야 할지도 모른다는 마거릿의 암시를 오해하고서 걱정스럽게 물었다. "안색이 창백하고 피곤해 보이는구나. 이게 다 건강에 해로운 습한 공기 때문이다."

"아뇨, 아니에요 엄마, 그게 아니에요. 공기는 좋아요. 할리 가에 있다 와서 그런지 이곳 공기는 정말 상쾌하고 깨끗한 걸요. 하지만 피곤하긴 해요. 잘 시간이라서 그런가 봐요."

"영 틀린 말도 아니구나. 9시 반이야. 넌 바로 잠자리에 드는 게 좋겠다. 딕슨에게 죽을 좀 갖다 달라고 해. 네가 잠자리에 들면 바로 보러 가마. 감기인지도 모르지. 혹 물이 괸 연못에서 나온 나쁜 공기 때문인지도 몰라."

"아유, 엄마. 전 괜찮아요. 제 걱정은 하지 마세요. 다만 피곤해서 그래요." 마거릿은 엷은 미소를 지으며 어머니에게 잘 주무시라는 키스를 했다.

마거릿은 위층으로 올라갔다. 어머니의 걱정을 덜어주려고 그녀는 귀

리죽 한 사발을 먹었다. 그녀가 힘없이 침대에 누워 있을 때 헤일 부인이 올라와서 마지막으로 몇 마디 물어보더니 그녀에게 잘 자라는 키스를 한 뒤 자기 방으로 갔다. 하지만 마거릿은 어머니의 방문이 잠기는 소리를 듣자마자 침대에서 뛰쳐나와, 실내복을 걸친 뒤 방 안을 왔다 갔다 했는데, 급기야 바닥의 널빤지 중 하나의 삐걱대는 소리에 소릴 내면 안 된다는 생각이 번뜩 들었다. 그녀는 우묵하게 들어간 창틀 위에 몸을 웅크리고 앉았다. 그날 아침 밖을 내다봤을 때 그녀는 교회 종탑 위로 보이는, 구름 한 점 없는 맑은 날을 예고하는 청명하고 밝은 햇살에 마음이 춤을 추었다. 같은 날 저녁 겨우 열여섯 시간이 지났을 뿐인데, 그녀는 너무 슬퍼서 울지도 못한 채 다만 차가운 둔통을 느끼며 앉아 있었다. 그 통증이 그녀의 마음속으로부터 청춘과 쾌활함을 짜내어버려 다시는 회복할 수 없을 것 같았다. 헨리 레녹스 씨 — 그의 방문과 청혼은 그녀가 처한 현실에 비하면 꿈같은 것이었다. 힘든 현실은 그녀의 아버지가 종파분리주의자 — 이단자가 되기 위해 마음속에 유혹적인 의심을 허용했다는 것이다. 이 뒤로 일어난 모든 변화는 엄청나게 파괴적인 이 한 가지 사실과 연결되어 있었다.

그녀는 저편 자신이 응시하고 있는 투명한 검푸른색 공간을 가르며 시야의 한가운데에 반듯하게 서 있는 교회 첨탑의 암회색 윤곽을 마주 보았다. 그녀는 순간순간 좀더 먼 어딘가를, 하지만 신의 흔적이라고는 찾을 수 없는 허공을 보면서, 그곳을 영원히 응시할지도 모르겠다는 생각이 들었다. 지금 그녀에게 이 지구는 마치 그 너머에 신의 영원한 평화와 영광이 있을지도 모르는, 무쇠 돔으로 에워싸여 있는 것보다 더 철저한 고독 속에 있는 듯했다. 바람 한 점 없는 고요 속에서 끝없이 펼쳐진 하늘이 세상에서 고통받고 있는 자들의 갈구를 외면한 채 그 어떠한 물리적인 한

계보다 더욱더 그녀를 비웃고 있었다. 그 갈구는 이제 무한히 이어지는 장관 속으로 올라가 신의 왕좌에 도달하기도 전에 영원히 사라져버릴지도 모른다. 이런 기분에 빠져 있을 때 그녀의 아버지가 소리도 없이 들어왔다. 풍성한 달빛 덕분에 평상시와 다른 모습으로 특이한 장소에 앉아 있는 딸이 그의 눈에 들어왔다. 그가 들어와서 딸의 어깨를 건드리고 나서야 그녀는 비로소 아버지가 왔음을 알았다.

"마거릿, 네가 일어나 있는 소리를 들었다. 함께 기도하고 싶어서 무심결에 그만 들어오고 말았구나. 「주기도문」말이다. 우리 두 사람에게 도움이 될 거다."

헤일 씨와 마거릿은 창가에 무릎을 꿇었다. 그는 위를 올려다보았고 그녀는 겸허하게 부끄러운 듯 고개를 숙였다. 신은 그 자리에 있었다. 그들 가까이에서, 그녀의 아버지가 낮게 읊는 기도문을 듣고 있었다. 그녀의 아버지는 이단자일지 모른다. 하지만 그녀 역시 불과 5분 전 자신이 훨씬 더 완전한 회의론자임을 보여주면서 절망적인 의심 속에 빠져 있지 않았던가? 그녀는 아무 말도 하지 않았고, 다만 아버지가 방을 나가자 마치 잘못을 부끄러워하는 아이처럼 살금살금 잠자리에 들었다. 설사 세상이 갈피를 잡을 수 없는 문제들로 가득 차 있다고 하더라도 그녀는 믿을 것이며, 다만 지금 필요한 한 걸음을 보게 해달라고 간청할 것이다. 레녹스 씨에 대한 기억이 — 나중에 일어난 일들 때문에 신경도 쓰지 않고 있던 그의 방문과 청혼에 대한 기억이 그날 밤 그녀의 꿈속을 어지럽혔다. 그는 그녀의 보닛이 걸려 있는 가지에 닿으려고 상당히 높은 나무 하나를 올라가고 있었다. 그가 떨어지고 있었고 그녀는 그를 구해보려고 발버둥을 쳐보지만 어떤 보이지 않는 강력한 손에 저지당했다. 그는 죽고 말았다. 그런데 장면이 바뀌어 그녀는 다시 할리 가의 거실에서 예전처럼 그와 이야기를 하고 있었다. 하지만 그녀는 자신이 끔찍한 낙하 사고로 죽은 그를 보았다는 사실을 줄곧 의식하고 있었다.

참으로 우울하고 뒤숭숭한 밤이다! 다음 날을 위한 준비로는 아주 부실했다! 그녀는 흠칫 놀라, 달뜨게 했던 꿈보다 더욱더 심각한 일종의 현실을 의식하며 개운치 않은 기분으로 잠에서 깼다. 모든 것이 고스란히 되살아났다. 그것은 그냥 슬픔이 아니라 슬픔에 깃들어 있는 끔찍한 불협화음이었다. 그녀의 아버지는 그녀에게는 악마의 유혹 같은 회의에 이끌려 어디까지, 얼마나 멀리 벗어난 데까지 방황했던 것일까? 그녀는 물어보고 싶은 마음이 간절했지만, 그래도 들으려고는 하지 않았을 것이다.

쾌청한 아침 날씨에 그녀의 어머니는 유난히 기분이 좋았고 아침 식사 시간에는 행복해했다. 그녀는 마을의 자선 행사를 계획하면서 남편의 침묵과 마거릿의 단음절 대답에는 그다지 신경 쓰지 않고 계속 이야기를 해나갔다. 식탁을 채 치우기도 전에 헤일 씨가 일어났다. 그는 몸을 지탱하려는 듯 한쪽 손으로 식탁을 짚었다.

"저녁쯤에나 돌아올게요. 브레이시 공유지에 갔다가, 점심은 돕슨에게 좀 청할 생각이오. 7시 저녁 식사 시간에 맞춰 돌아오겠소."

그는 두 사람 중 아무도 쳐다보지 않았지만 마거릿은 아버지 말의 의미를 알고 있었다. 7시까지는 어머니에게 그 일을 알려야 한다는 말이었다. 헤일 씨는 그걸 6시 반까지 늦출 수 있었겠지만 마거릿은 성격이 달랐다. 그녀는 자신에게 닥칠 중압감을 그날 하루 종일 가슴에 담아두는 걸 견딜 수가 없었다. 가장 나쁜 건 끝을 내는 게 좋았다. 어머니를 위로하기엔 하루가 너무 짧을 것이다. 그런데 그녀가 창가에 서서 어떻게 시작하면 좋을까를 생각하며 하인이 나가기를 기다리는 동안, 그녀의 어머니는 학교에 갈 채비를 갖추기 위해 위층으로 올라갔다. 그녀는 평소보다 더 밝은 기분으로 준비하고 내려왔다.

"엄마, 아침에 저랑 정원을 좀 산책해요. 한 바퀴 정도만 돌아요." 마거릿은 헤일 부인의 허리에 팔을 두르며 말했다.

그녀들은 열려 있는 창문으로 나갔다. 헤일 부인이 뭔가 말을 했지만 마거릿은 무슨 말인지 알 수 없었다. 오목한 종 모양의 꽃 속으로 들어가고 있는 벌 한 마리가 그녀의 눈에 들어왔다. 저 벌이 전리품을 가지고 날아가면 시작하리라. 그게 신호였다. 벌이 날아갔다.

"엄마! 아빠가 헬스턴을 떠나실 거래요!" 그녀가 불쑥 내뱉었다. "아빠가 교회를 떠나신대요. 그래서 북부의 밀턴에서 사시겠대요." 힘들게 내뱉은 세 가지 사실이었다.

"무슨 근거로 그런 말을 하는 거냐?" 헤일 부인은 믿기지 않는 듯 놀란 목소리로 물었다. "누가 말도 안 되는 그런 소리를 하더냐?"

"아빠가 직접 그러셨어요." 마거릿은 무언가 조심스럽고 위로하는 말을 하고 싶었지만 그야말로 어찌할 바를 모른 채 말했다. 두 사람은 정원 벤치 가까이에 있었는데, 헤일 부인이 주저앉더니 울기 시작했다.

"무슨 말을 하는지 모르겠구나." 그녀가 말했다. "네가 뭘 아주 잘못 아는 게 아니라면, 난 네 말이 이해가 가지 않는구나."

"아니에요, 엄마, 착오가 아니에요. 아빤 주교님께 편지를 써서 성공회 목사직을 양심적으로 유지할 수 없는 지대한 의심이 생겨서 헬스턴을 떠나야겠다고 말씀하셨대요. 게다가 아빤 벨 씨와도 상의하셨어요. 아시죠, 오빠의 대부님 말이에요. 그래서 우린 북부의 밀턴으로 가서 살게 됐어요." 헤일 부인은 마거릿이 이 모든 말을 하고 있는 동안 내내 그녀의 얼굴을 올려다보았다. 딸의 그늘진 얼굴로 보아 적어도 자기가 한 말을 사실로 믿고 있다는 것을 알 수 있었다.

"그럴 리가 없다." 헤일 부인이 마침내 입을 열었다. "네 아빠 일이 이 지경이 되기 전에 분명 내게 말했을 게야."

마거릿은 어머니가 저간의 사정에 대해 들었어야 했고, 불만과 푸념을 늘어놓은 잘못이야 어찌됐든 어머니가 아버지의 소신 변화와 앞으로의 삶의 변화에 대한 일을 자신보다 더 많이 알고 있는 딸로부터 듣게 된 건 아버지의 잘못이라는 생각이 몹시 들었다.

마거릿은 옆에 앉아서 뿌리치지 않는 어머니의 머리를 가슴 쪽으로 끌어당긴 뒤 달래듯이 부드러운 자기 뺨을 어머니의 얼굴에 포갰다.

"사랑하는 엄마! 우린 엄마에게 고통을 주게 될까 봐 무척 두려웠어요. 아빠가 너무 괴로워하셨어요. 엄마가 강하지 않다는 건 아시잖아요. 분명 아빠 지독하게 가슴을 졸이셨을 거예요."

"네 아빠가 언제 그 말을 하더냐, 마거릿?"

"어제요, 어제야 말하셨어요." 질문에 깔려 있는 질투심을 감지하며 마거릿은 대답했다. "불쌍한 아빠!" 마거릿은 어머니의 생각을 아버지가 겪었던 모든 시련에 대한 측은한 심정으로 전환시켜보려고 했다. 헤일 부인은 고개를 들었다.

"의심을 하다니?" 그녀가 물었다. "암, 네 아빠가 딴생각을 한다는 말은 아니야. 교회보다 더 잘 안다는 말은 아니고말고."

마거릿은 고개를 저었고, 어머니가 자신의 회한의 맨 신경을 건드리자 눈에 눈물이 맺혔다.

"주교님이 네 아빠를 바로잡을 수는 없을까?" 헤일 부인은 약간 조급한 듯 물었다.

"어쩔 수 없는 것 같아요." 마거릿이 답했다. "근데 물어보지는 않았어요. 아빠가 해주실 대답을 듣는다는 건 참을 수가 없었으니까요. 어쨌든 모든 게 정해졌어요. 아빠 2주일 후에 떠나세요. 아빠가 사직원을 보내셨다고 했는지는 잘 모르겠어요."

"2주일 후라고!" 헤일 부인이 소리쳤다. "이상하기 짝이 없는 일이로구나. 정말 잘못됐어. 아주 무정하다고 해야겠다." 그녀가 말했고, 눈물을 흘리며 위안을 얻기 시작했다. "네 말인즉슨 네 아빠가 의심을 해 성직을 포기하는데, 이 모든 걸 나와 상의 한마디 없이 했다는 거구나. 만약 의심이 생겼을 때 애초에 내게 말했더라면 아마도 내가 그 싹을 잘라낼 수 있었을 게다."

마거릿은 아버지의 행동이 잘못됐다고 여기긴 했어도, 어머니가 그것에 대해 비난하는 말은 견딜 수 없었다. 그녀는 아버지가 말씀을 아꼈던 것이 어머니에 대한 애정에서 비롯됐음을 알고 있었으며, 그것은 비겁했을는지는 몰라도 무정한 것은 아니었다.

"전 엄마가 헬스턴을 떠나게 되어 좋아하실 수도 있겠다는 생각까지 했어요." 이렇게 말하고 잠시 기다리던 그녀가 말했다. "이곳 공기가 좋았던 적이 없었잖아요."

"북부의 밀턴처럼 굴뚝과 먼지뿐인 공장도시의 매캐한 공기가 달콤하고 깨끗한 이곳 공기보다 나을 리가 없지 않니. 여기 공기가 아주 부드럽고 나른한건 하지만 말이다. 공장들과 공장 사람들 한가운데서 사는 걸 생각해보렴! 물론 그렇다손 치더라도, 만약 네 아빠가 교회를 떠난다면 우린 이제 어느 사교계에도 들어갈 수 없을 게다. 우리로선 정말 망신스런 일이겠지! 안됐기도 하셔라, 존 경! 이 세상 분이 아니라서 지금 네 아빠가 어찌됐는지 보지 않으셔도 되니 다행이다! 내가 베리스퍼드 저택에서 네 이모와 같이 살던 소녀 적, 매일 저녁 식사 후 네 할아버지는 '교회와 국왕 폐하를 위하여, 그리고 잔당* 타도를 위하여'라며 첫 건배를 제의하시곤 했다."

마거릿은 어머니가 남편이 그렇게 고민하던 문제를 자신에게 입도 벙긋하지 않았다는 사실로부터 생각을 돌리자 다행스러운 기분이 들었다. 어머니의 서운함은 아버지의 회의에 대한 극히 본질적인 걱정 다음으로 가장 고통스러웠던 부분이기 때문이다.

"여긴 사교계라고 할 것도 없어요, 엄마. (사교계라고 부르는 ── 그리고 얼굴 보기도 힘든) 가장 가깝다고 하는 이웃인 고면 가도 북부의 밀턴 사람들과 마찬가지로 장사에 종사해왔잖아요."

"그래." 헤일 부인은 거의 분개하듯 말하며 "하지만 어쨌든 고면 가는 이 나라의 상류층 절반이 타는 마차를 만들었기 때문에 상류층과 교류할 수 있는 정도가 됐어. 근데 여기 밀턴의 공업지대 사람들은 어떠냐. 리넨을 입을 수 있는 상류층이라면 면직물을 입을 리가 만무하잖니?"

"저기, 엄마, 방적업자들 얘기는 그만할게요. 제겐 그 사람들이 더 나을 것도 없어요. 다른 장사꾼들과 마찬가지예요. 우린 그 사람들과 연관될 일도 거의 없을 거예요."

"도대체 네 아버진 왜 북부의 밀턴으로 가서 살기로 작정했다던?"

"거기가 헬스턴과는 아주 다르기 때문이라는 이유도 있고, 또 다른 이유는 그곳에 개인 교습 자리가 났다고 벨 씨가 말해줘서예요." 마거릿은 한숨을 쉬며 말했다.

"밀턴에서 개인 교사라니! 왜 옥스퍼드로 가서 신사들에게 개인 교습을 하지 않는다니?"

---

* 1640년 소집된 장기의회(1640~1660) 안에서 왕정파에 맞섰던 의회파 가운데 찰스 1세와의 화해를 거부하며 끝까지 왕을 처단하기를 원했던 의회파 소속 잔류 의원들을 말한다.

"엄마, 잊었나 봐요! 아빠는 소신의 변화 때문에 교회를 떠나는 거잖아요. 아빠의 회의감으로 옥스퍼드에서 뭘 하시겠어요."

헤일 부인은 잠시 가만히 있더니 조용히 흐느꼈다. 이윽고 그녀가 말했다.

"그러면 가구들은, 세상에 이사는 어떻게 감당한다는 거냐? 내 평생 이사라고는 해본 적이 없는데, 게다가 생각할 시간이라곤 2주일밖에 없지 않니!"

마거릿은 어머니의 염려와 고통이 자신에게는 별 문제가 아닌 걸로 보이는, 그리고 자신이 충분히 도울 수 있는 문제로까지 떨어진 것을 보고 말할 수 없는 안도감을 느꼈다. 그녀는 헤일 씨가 어쩔 작정인지 좀더 확실하게 알기 전에 준비할 수 있는 것들을 최대한 충분히 처리하겠다는 계획을 짜고 약속을 하면서 어머니를 살살 달랬다. 하루 종일 마거릿은 어머니를 한시도 떠나지 않았다. 온 정성을 다해 어머니가 겪는 각종 감정의 기복에 공감했다. 특히 저녁이 다가오자 그녀는 아버지가 피곤하고 힘든 하루를 마친 뒤 집에 왔을 때 안심시키는 듯한 환영의 분위기가 기다리고 있어야 한다는 생각에 더욱 초조해졌다. 그녀는 아버지가 오랫동안 남몰래 감내해왔음이 분명한 고뇌에 대해 곰곰이 생각했다. 어머니는 아버지가 자신에게 사실을 말해주었어야 하고, 그랬다면 어쨌든 그에게는 충고를 해주는 조언자가 있었을 거라는 대답만 차갑게 했다. 마거릿은 아버지의 발소리가 현관에서 들리자 정신이 아득했다. 그녀는 감히 아버지에게로 가서 하루 종일 자기가 해냈던 일에 대해 말할 수 없었다. 어머니의 질투 어린 시샘이 두려웠기 때문이다. 그녀는 아버지가 자신을 기다리는 듯, 아니 자신의 신호를 바라는 듯 서성이는 소리를 들었으나 꼼짝할 엄두를 내지 못했다. 그녀는 어머니의 입술이 떨리면서 안색이 변하는 것을 보고 어머니도 아버지의 귀가를 눈치챘음을 알았다. 이윽고 아버지가 방문을 열었고, 들어갈지 말지를 정하지 못한 채 거기 서 있었다. 얼굴은 창백한 잿빛이었고 눈에는 두려움이 서려 있었는데, 이는 남자의 얼굴에서 보기에는 측은하다 싶을 정도였다. 하지만 몸도 마음도 힘을 잃은 채 낙담한 듯 머뭇거리는 모습이 아내의 마음을 울렸다. 헤일 부인은 남편에게로 가더니 그의 가슴에 파묻혀 소리 내어 울었다.

"아! 리처드, 당신, 먼저 말해줬어야죠!"

그러자 마거릿은 눈물을 흘리며 그 자리를 떠나 황급히 위층으로 올라갔고, 침대에 몸을 던진 후 베개 속에 얼굴을 파묻고 하루 종일 꿋꿋하게 견디다 급기야 어쩔 수 없이 터져 나오는 발작적인 울음을 억눌렀다.

얼마 동안이나 그렇게 누워 있었는지 그녀는 알 수 없었다. 하녀가 방을 치우러 들어왔으나 그녀는 아무 소리도 듣지 못했다. 겁에 질린 어린 하녀는 다시 발끝으로 걸어 살며시 나간 뒤, 딕슨에게로 가서 헤일 아씨가 마치 억장이 무너진 것처럼 울고 있다고 말했다. 하녀는 아씨가 그런 식으로 계속 울다간 분명 큰일을 치르고야 말 것이라고 생각했던 것이다. 그러고 있다가 마거릿은 누군가 자신을 건드리는 걸 느끼고서야 몸을 일으켜 앉았다. 눈에 익은 방, 그리고 어둠 속에서 딕슨이 보였는데, 딕슨은 통통 부어 사실 앞이 보이지 않는 헤일 아씨의 깜짝 놀란 눈에 영향이 갈까 저어하여 촛불을 자신보다 약간 뒤로 들고 서 있었다.

"아! 딕슨! 방에 들어오는 소리를 듣지 못했어요!" 흔들리는 자제력을 회복하면서 마거릿이 말했다. "시간이 많이 늦었나요?" 그녀는 말을 이으며 힘없이 침대에서 몸을 일으켰지만, 아주 일어서지는 않고 두 발끝만 바닥에 닿게 하고, 엉켜 있는 젖은 머리카락을 얼굴에서 떼어내며 애써 아무 일도 없었던 양, 그냥 잠들었을 뿐인 것처럼 보이려고 했다.

"몇 시인지도 잘 모르겠네요." 딕슨이 언짢은 목소리로 대답했다. "어머니가 다과 시간에 입을 옷 시중을 들면서 이 끔찍한 소식을 듣고는 시간이 어떻게 갔는지를 잊었어요. 정말 우리 모두는 이제 어찌 되는 건지. 방금 전에 샬럿이 내게 아씨가 울고 있다고 했을 때, 그럴 만도 하다고 생각했어요. 가엾기도 하지! 주인어른이 교회에서 잘해내셨다고들 하는 건 아니지만 어쨌든 잘못을 한 적도 없다고 하는데 국교 반대자가 되시겠다니. 아씨, 제게도 말이죠, 나이 50에 감리교 목사가 된 사촌이 있었어요. 평생을 재단사로 살았는데, 재단사로 사는 동안 제대로 된 바지 한 벌을 만들지 못했으니 그럴 만도 한 일이었죠. 하지만 주인어른은 아니잖아요. 주인마님께도 이렇게 말씀드렸지요. '존 경은 뭐라고 하셨을까요? 마님이 헤일 씨와 결혼하는 걸 결코 좋아하시지 않았지만, 만약 일이 이렇게 될 줄 아셨더라면 그 어느 때보다 더 심한 말을 쏟으셨을 겁니다. 할 수만 있었다면 말이에요!'"

딕슨은 자신의 안주인에게 헤일 씨에 대해서 이러쿵저러쿵 말하는 것이 너무나 몸에 배었기 때문에(헤일 부인은 그녀의 말을 듣기도 했고 또는 기분에 따라 듣지 않기도 했다), 마거릿의 눈이 이글거리듯 밝아지며 콧구멍이 커지는 것을 깨닫지 못했다. 하녀가 자기 면전에서 아버지를 이런 식으로 얘기하는 걸 듣다니!

"딕슨!" 마거릿은 아주 흥분할 때면 늘 내는 낮은 목소리로 그녀를 불렀는데, 그 어조에는 멀찌막이 일어나고 있는 소동, 혹은 저 멀리서 몰아치는 위협적인 폭풍우 소리 같은 것이 깃들어 있었다. "딕슨! 지금 누구와 얘기하고 있는지 잊었나 보군요." 그녀가 일어서더니 꼿꼿하고 완강한 자세로 딕슨을 마주했고, 정색한 눈으로 그녀를 뚫어지게 바라보았다. "난 헤일 씨 딸이에요. 가보세요! 딕슨은 어이없는 실수를 저질렀어요. 나중에 올바른 정신일 때 생각해보면 분명 후회스러울 그런 실수요."

딕슨은 이러지도 저러지도 못한 채 방에서 1~2분 정도 얼쩡거렸다. 마거릿이 다시 말했다. "가봐도 좋아요, 딕슨. 나가줬으면 좋겠어요." 딕슨은 결정적인 이 말에 분개해야 할지 아니면 울어야 할지 알 수 없었다. 어느 쪽이든 안주인에게는 통했을 것이다. 하지만 그녀는 이렇게 혼자 생각했다. '마거릿 아씨의 성격은 돌아가신 어른을 닮은 데가 있어. 불쌍한 프레더릭 도련님도 마찬가지고. 어디서 저런 성격이 나왔는지 모르겠어.' 그래서 그녀는 누군가 덜 거만한 사람이 덜 완강한 어조로 그런 말을 했다면 발끈했겠지만, 그러지 않고 충분히 감정을 억누르며 반은 겸손하고 반은 상처받은 어조로 이렇게 말했다.

"아씨, 드레스 벗겨드려요? 머리는요?"

"아뇨! 오늘은 됐어요. 고마워요." 그러고는 마거릿은 근엄한 표정으로 방 밖으로 불을 비추어 그녀를 나가게 한 뒤 문을 걸었다. 이 일 이후로 딕슨은 마거릿이 시키는 대로 했으며 그녀를 존경하게 됐다. 딕슨 말로는 마거릿이 불쌍한 프레더릭 도련님을 지나치게 닮아서라지만 실상은 딕슨도 대다수의 다른 사람처럼 강력하고 확고한 성격에 지배받는 느낌을 좋아했던 것이다.

마거릿은 딕슨이 조용히 있으면서 몸만 움직이는 도움이 필요했다. 왜냐하면 가끔 딕슨은 되도록이면 아씨에게 말을 하지 않으면서 자신이 입은 마음의 상처를 보여줘야 한다고 생각할 때가 있었는데 그럴 때면 그녀의 기력이 말 대신 행동으로 나왔던 것이다. 2주일이라는 시간은 대규모의 이사 준비를 하기에는 너무 짧았다. 딕슨은 "신사 한 분만 빼고——사실 다른 신사분들이라면" 하고 말하려다가 마거릿의 곧게 뻗은 엄중한 눈썹이 언뜻 눈에 들어오자 하려던 나머지 말을 기침으로 막으면서 "가슴이 좀 간질거리네요, 아씨"라고 얼버무렸다. 그리고 마거릿이 기침을 멈추라고 박하사탕을 주자 그걸 얌전히 받았다. 하지만 헤일 씨만 제외하고, 거의 대부분의 사람한테 이렇게 짧은 시간 안에 북부의 밀턴에다, 아니 사실 그 어디더라도 헬스턴 목사관에서 가지고 나와야 하는 가구들을 옮겨놓을 집을 결정하는 일이 힘들다는 걸 알 정도의 현실 감각은 충분히 있었다.

헤일 부인은 이사와 관련한 결정에 요구되는 골치 아픈 온갖 문제와 불가피한 일 들이 한꺼번에 들이닥친 것 같은 중압감에 압도되어 심하게 앓아누워버렸고, 마거릿은 몸져눕게 된 어머니가 이사의 진행을 자신에게 일임하자 그것이 마치 구원처럼 느껴졌다. 호위병의 직분에 충실한 딕슨은 안주인 옆에서 더할 나위 없이 충직하게 시중을 들었으며, 헤일 부인의 침실에서 나올 때면 고개를 가로저으며 혼잣말을 중얼거릴 뿐이었는데, 마거릿은 그런 중얼거림을 들으려고 하지 않았다. 그녀 앞에 놓인 분명하고도 숨길 수 없는 한 가지 사실은 헬스턴을 떠나야 한다는 것이었기 때문이다. 헤일 씨 자리의 후임이 임명됐다. 고로 어쨌든 아버지의 결정 이후 이제 아버지를 위해서뿐만 아니라 모든 다른 점을 고려하더라도 머뭇거리는 일은 있을 수가 없었다. 매일 저녁 그는 작정했던 대로 교구민들과 일일이 작별한 뒤 더더욱 우울해져서 돌아왔다. 꼭 처리해야 하는 실무 모든 것이 생소하기만 한 마거릿은 어디에다 조언을 구해야 할지를 몰랐다. 요리사와 샬럿은 이사와 짐 싸기를 기꺼이 거들면서 굳은 각오로 열심히 일했다. 마거릿은 짐 싸기와 관련하여 존경할 만한 감각으로 가장 좋은 방법을 파악했기 때문에 어떤 식으로 처리해야 할지 지시하는 게 가능했다. 하지만 그들은 어디로 가게 되는 것일까? 일주일 후면 그들은 떠나야만 한다. 곧바로 밀턴으로? 아니면 어디로? 필요 이상으로 많은 준비 사항이 이 결정에 달려 있었기 때문에, 마거릿은 어느 날 저녁 아버지가 무척 피곤해하고 기운이 없어 보임에도 불구하고 이 문제를 아버지에게 물어보리라고 결심했다. 그는 대답했다.

"애야! 생각할 게 정말 많아서 이 문제를 결정할 수가 없었다. 네 엄마 뭐라고 하니? 어떻게 하는 게 좋을 것 같다고 하던? 불쌍한 마리아!"

그는 자신의 것보다 더 큰 한숨 소리가 퍼지는 것을 들었다. 딕슨이 헤일 부인에게 가져다줄 차를 한 잔 더 갖고 가려고 막 방으로 들어와 헤일 씨의 마지막 말을 들었던 것이다. 그녀는 헤일 씨가 있으니 마거릿의 나무라는 눈길을 피할 수 있으리라 생각하고 용감하게 이렇게 말했다. "불쌍한 우리 주인마님!"

"오늘 상태가 더 나쁜 건 아니겠지." 헤일 씨가 서둘러 돌아보며 말했다.

"알 수가 없습죠, 나리. 제가 판단할 수 있는 일이 아니니까요. 병환이 몸보다는 마음에 더 깊이 든 것 같아요."

헤일 씨는 한없이 우울해 보였다.

"차가 식기 전에 엄마에게 갖다 드리는 게 좋겠어요, 딕슨" 하고 마거릿이 나직하게 명령조로 말했다.

"아! 죄송해요, 아씨! 그건 잊어버리고, 불쌍한 우리 헤일 마님 생각만 하고 있었네요."

"아빠!" 마거릿이 아버지를 불렀다. "두 분 모두에게 좋지 않은 게 이런 긴장감이에요. 엄만 당연히 아빠에게 일어난 소신의 변화를 이해하셔야 해요. 우리로서는 어쩔 수 없는 일이니까요." 마거릿이 말을 이었다. "하지만 이제 우리가 뭘 해야 할지는 적어도 어느 정도 분명해졌어요. 그래서 말인데요, 아빠가 제게 어떻게 해야 할지를 말씀해주신다면, 엄마의 도움을 받아 계획을 세워볼 수 있을 것 같아요. 엄만 하여간 뭘 원하시는지는 전혀 말씀하지 않고, 어쩔 수도 없는 것만 생각하고 계세요. 우린 밀턴으로 곧장 가나요? 그곳에 집은 구하셨어요?"

"아니다." 그가 대답했다. "우린 세를 얻어 들어가야 해. 그다음에 집을 찾아봐야 할 게다."

"그러면 기차역에다 둘 수 있게 가구를 싸놓아야 하나요? 집을 구할 때까지 말이에요."

"그래야겠지. 가장 좋다고 생각하는 대로 하렴. 다만 쓸 돈이 많지 않을 거라는 사실만 기억하도록 해라."

마거릿이 알고 있는 한, 돈이 남아돌았던 적은 한 번도 없었다. 마거릿은 갑자기 뭔가 아주 무거운 것이 자신의 어깨 위로 내려앉은 것 같았다. 넉 달 전 그녀가 내려야 했던 결정이라곤 저녁 식사에 무슨 드레스를 입을지, 저녁 식사 파티에 누구를 누구 옆에 앉힐지에 대한 리스트를 작성하는 이디스의 결정을 돕는 것이 고작이었다. 그녀가 살던 집에서 크나큰 결정을 내려야 했던 사람은 아무도 없었다. 레녹스 대위의 청혼이라는 큰 사건 말고는 모든 것이 규칙적인 시계태엽처럼 흘러갔었다. 1년에 한 번씩 이모와 이디스 사이에는 와이트 섬으로 갈지 해외로 갈지, 아니면 스코틀랜드로 갈지에 대한 긴 토론이 있었다. 하지만 그럴 때마다 마거릿 자신은 아무 힘 들이지 않아도 고향이라는 고요한 항구가 기다리고 있어 걱정이 없었다. 지금은, 레녹스 씨가 찾아와 그녀를 혼비백산하게 하면서 결정을 내리도록 한 그날 이후로, 그녀와 그녀가 사랑하는 가족이 해결해야 하는 중요한 문제가 매일같이 일어났다.

그녀의 아버지는 차를 마신 뒤 아내와 함께 있으려고 올라갔다. 마거릿은 거실에 혼자 남았다. 그녀는 갑자기 촛불을 들고 아버지의 서재로 가서 대형 지도책을 찾았고, 그런 다음 그걸 힘겹게 들고 거실로 돌아와서는 영국의 지도를 주의 깊게 바라보기 시작했다. 아버지가 아래층으로 내려오자 그녀는 명랑한 얼굴로 올려다보았다.

"아주 멋진 계획이 떠올랐어요. 보세요, 여기 다크셔 말이에요, 밀턴에서 제 손가락 하나 폭도 안 되는 곳에 헤스턴이 있어요. 북부 지방 사람들이 쾌적하고 자그마한 온천 지방이라고 종종 얘기하던 곳이에요. 그러니까 엄마를 딕슨과 함께 그곳으로 보내놓고, 그사이 아빠와 전 집들을 살펴본 뒤 밀턴에서 엄마가 지낼 만한 곳을 구할 수 있지 않겠어요? 바다 공기를 마시면 엄마는 기운을 회복해서 겨울을 나실 수 있고 피로를 풀 수 있을 거예요. 딕슨도 엄마를 보살펴드리는 걸 좋아할 거고요."

"딕슨도 우리와 같이 가느냐?" 어쩌지 못하는 일종의 실망감을 내비치며 헤일 씨가 물었다.

"어머, 그럼요!" 마거릿이 말했다. "딕슨도 아주 그럴 생각인 걸요. 게다가 딕슨 없이 엄마가 뭘 할 수 있을 것 같진 않아요."

"하지만 우린 아주 다른 생활을 견뎌야 할 텐데, 어쩌니. 도시에선 모든 게 아주 비싸단다. 딕슨이 그걸 잘 견뎌낼 수 있을지 모르겠다. 실은 말이야, 마거릿, 가끔씩 난 딕슨이 주제넘다는 생각이 들 때가 있어."

"확실히 그래요, 아빠. 근데 딕슨이 다른 생활 방식을 견뎌야 한다면 우리도 그녀의 거들먹거림을 견뎌야 할 거예요. 그 거들먹거림은 더 심해지겠죠. 하지만 딕슨은 우리 모두를 정말 사랑하는 걸요. 그녀가 우릴 떠나게 되면 비참할 거예요. 특히 지금은 분명 그럴 거예요. 그러니 엄마를 위해서 그리고 그녀의 충직을 생각해서, 딕슨은 꼭 가야 해요" 하고 마거릿이 대답했다.

"그래, 얘야. 계속해봐라, 들어보자. 헤스턴이 밀턴에서 얼마나 멀다고? 네 손가락 굵기 갖고는 거리가 얼마나 되는지 분명하게 감이 오지 않는구나."

"그렇다면 30마일이라면 감이 오나요? 그다지 멀지 않아요!"

"거리로는 멀지 않다만, 음…… 관둬라! 네 생각에 이게 정말 엄마에게 좋을 것 같다면, 그렇게 결정하도록 하자."

큰 진전이었다. 마거릿은 이제 본격적으로 일에 착수하여 행동에 옮기고 계획을 세울 수 있을 것이다. 헤일 부인도 이젠 늘어졌던 기분을 회복하고, 바닷가로 간다는 기쁨과 즐거움에 대한 생각으로 그녀의 현실적인 고통을 잊을 수도 있을 것이다. 유감스러운 일이라면, 그들이 약혼했을 때 헤일 부인이 부모님과 함께 토키에서 지내는 동안 남편이 2주일을 꼬박 곁에 있어주었던 때와는 달리, 그녀가 헤스턴에 가 있게 되는 2주일 동안은 남편과 함께 있을 수 없을 거라는 사실이었다.

6장
작별

외면받은 정원의 나뭇가지 흔들리고
부드러운 꽃송이는 떨어져 내리리라
사랑받지 못한 너도밤나무 누런 이파리 쌓이고
단풍나무는 시들어가리라

사랑받지 못한 해바라기
씨앗 박힌 열정의 원반 붉게 타오르고
지천에 담홍빛 카네이션은
여름 향기 풍기며 벌 떼 먹이리라

정원과 들판에서
신선한 어울림 불어와
매년 그 풍경이
이방인의 아이에게 익숙해질 때까지는

매년 농부는 갈던 밭 갈거나
숲 속 빈터 가지를 치고
매년 켜켜이 쌓인
우리의 기억은 흐릿해지나니*
—테니슨

---

* 앨프리드 테니슨(Alfred Tennyson, 1809~1892), 『인 메모리엄 *In Memoriam*』(1850)
에서 인용.

마지막 날이 왔다. 집 안이 온통 짐 가방들로 꽉 찼고, 그 짐들을 제일 가까운 기차역으로 실어가려고 바깥 현관으로 옮기고 있었다. 열린 문과 창문들을 통해 떠다녔던 지푸라기들 때문에 집 한쪽 옆의 예뻤던 잔디밭까지 보기 흉한 모습으로 지저분해지고 말았다. 방들에서는 이상한 소리가 울렸고 커튼이 떨어져 나간 창문들을 통해 강한 빛이 사정없이 들어와서 방들은 이미 예전 같지 않고 생소해 보였다. 헤일 부인의 옷방은 마지막까지 손대지 않은 채 남아 있었다. 헤일 부인과 딕슨은 옷가지들을 싸고 있었고, 마거릿과 프레더릭이 어렸을 적에 갖고 놀았던 유물처럼 생긴, 잊고 있던 귀중한 물건이 보이면 탄성을 지르느라 때때로 서로의 일을 중단한 채 애정 어린 눈길로 그것들을 뒤집어서 보곤 했다. 일에는 큰 진전이 없었다. 마거릿은 아래층에서 요리사와 샬럿을 도와주러 와 있던 남자들과 상의를 하거나 조언을 해주기 위해 말없이 차분하게 서 있었다. 요리사와 어린 하녀는 간간이 흐느끼며 아씨가 어떻게 이 마지막 날 저다지도 평정을 유지할 수 있는지 의아해했고, 그 이유가 마거릿이 런던에서 오랫동안 지냈기 때문에 헬스턴을 그다지 좋아하지 않아서일 거라고 자기들끼리 결정을 내렸다. 그녀는 매우 파리한 모습으로 아무 말 없이 서서, 아주 사소한 부분에 이르기까지 근엄한 큰 두 눈으로 현재 상황을 일일이 지켜보고 있었다. 제아무리 한숨짓는다고 한들 한 치도 덜어낼 수 없는 중압감 속에서 그녀가 내내 얼마나 마음 아파하고 있었는지, 그리고 눈과 귀를 쉼 없이 움직이는 것만이 그녀가 고통의 비명을 지르지 않을 수 있는 유일한 방법이었다는 걸 그들은 알지 못했다. 더욱이 그녀가 무너진다면 누가 그 역할을 하겠는가? 그녀의 아버지는 제의실에서 서기와 함께 서류 및 책 들과 기록부 따위를 검토하고 있었는데, 집에 돌아왔을 때는 헤일 씨 본인만이 흡족하게 꾸릴 수 있는 본인 소유의 책들이 있었다. 그뿐 아니라 마거릿이 모르는 남자들 앞에서, 혹은 요리사나 샬럿처럼 식구같이 지내는 사람들 앞에서조차 무너질 사람이던가! 그녀에게는 어림도 없는 일이었다. 그러나 마침내 인부 네 명이 차를 마시러 부엌 안으로 들어가고 나자, 오랫동안 현관에 서 있던 마거릿은 뻣뻣한 몸을 느릿느릿 움직여 메아리가 울리는 텅 빈 거실을 지나서 11월 초의 저녁 땅거미 아래로 들어섰다. 거기엔 부드럽고 흐릿한 안개가 엷은 막처럼 끼어 있었는데 아직 해가 완전히 지지 않아서인지 사물들을 가리진 않았지만 그것들에 흐릿한 라일락의 색조를 입히고 있었다. 울새도 한 마리 지저귀고 있었다. 아마 아버지가 겨울의 애완조라고 종종 말씀하셨던, 그리고 서재 창가에다 새집 같은 것을 손수 지어주었다던 그 새인가 보다 하고 마거릿은 생각했다. 나뭇잎들은 그 어느 때보다 더욱더 아름다웠다. 첫 서리가 내리면 그 이파리들은 모두 떨어져 땅 위에 낮게 깔릴 것이다. 비스듬히 낮게 비추는 햇빛에 황금빛의 이파리들은 이미 하나 둘 계속 아래로 떨어지고 있었다.

마거릿은 배나무가 자라는 벽 아래를 따라 걸었다. 그녀는 헨리 레녹스 옆에서 보조를 맞추며 걸었던 이후로 이 길을 따라 한 번도 걷지 않았다. 여기 백리향이 피어 있는 화단에서 그는 지금으로서는 그녀가 상상도 하지 못할 말을 하기 시작했었다. 그녀는 대답하려고 애쓰면서 두 눈은 뒤늦게 피어 있던 저 장미를 보고 있었다. 그리고 그가 한참 마지막 말을 하고 있을 때 그녀는 깃털 같은 당근 이파리의 생생한 아름다움에 대해 생각하고 있었다. 불과 보름 전이다! 그러고는 모든 것이 너무나 변했다! 지금 그는 어디에 있는가? 런던에 있다. 오랫동안 해오던 대로 지내고 있다. 할리 가의 오랜 지인들과, 아니면 좀더 유쾌한 젊은 친구들과 식사를 하면서 말이다. 주위의 삼라만상은 떨어져 시들거나 썩어가고 있고, 자신은 어둠 속에서 축축하고 음울한 정원을 우울한 기분으로 지나가고 있는데, 그러한 순간인 지금조차 그는 업무를 끝내고 뿌듯한 기분으로 법전을 밀쳐놓은 뒤, 스스로가 종종 그런다고 말했듯이 기분전환을 하고 있을지도 모른다. 보이진 않지만 지근거리에서 바삐 움직이는 수만 명의 남자가 내지르는 불분명한 힘찬 함성을 들으면서, 날렵하게 모서리를 돌 때마다 강 한가운데를 뚫고 솟아오르는 도시의 불빛들을 언제까지나 바라보며 템플 가든*을 빠른 걸음으로 걷고 있을지도 모른다. 그는 사건 검토와 저녁 식사 사이에 짬을 내어 걷는 이 속보에 대해서 마거릿에게 자주 말했었다. 최적의 시기와 최적의 분위기에서 그는 이 말을 했었고, 그런 생각들은 그녀의 상상을 자극했었다. 지금은 아무 소리도 들리지 않았다. 울새는 광활한 밤의 적막 속으로 날아가버렸다. 집에 돌아온 지친 노동자를 들이려는 듯 가끔씩 멀리서 오두막의 문이 열렸다가 닫혔지만 그 소리는 아주 먼 곳에서 났다. 정원 너머 숲에서 낙엽이 바스락거리는 소리가 나더니, 살며시 다가오는 듯한 빠지직 소리가 아주 가까이에서 들리는 것 같았다. 마거릿은 그것이 밀렵꾼임을 알았다. 올가을 그녀는 촛불을 끈 채 침대 가에 앉아 천상과 지상의 비장한 아름다움을 순수하게 만끽하면서, 밀렵꾼들이 정원 울타리를 소리도 없이 가볍게 넘어와 달빛 내린 이슬 촉촉한 잔디밭을 재빨리 가로질러 저 멀리 칠흑 같은 어둠 속으로 사라지는 것을 자주 보았다. 그녀는 그들의 흥미진진한 자유로운 생활을 동경한 적이 있었다. 그녀는 그들이 성공하길 바랐고 그들을 전혀 무서워하지 않았다. 하지만 오늘은 두려움이 느껴졌는데, 이유는 알 수 없었다.

---

* Temple Gardens: 영국에서 법정 변호사가 되기 위한 4대 법학원(the Inner Temple, the Middle Temple, Lincoln's Inn, Gray's Inn) 중 하나.

그녀는 샬럿이 정원에 누군가 나가 있다는 걸 생각하지 못한 채, 밤이 되어 창문들을 닫은 뒤 잠그는 소리를 들었다. 작은 가지가, 아마 썩은 나무이거나 혹은 어쩔 수 없이 부러졌을지도 모를 가지 하나가 아주 가까운 수풀 쪽에 둔탁한 소리를 내며 떨어졌다. 마거릿은 카밀라*처럼 재빨리 창문 아래로 달려가서 겁이 난 듯 급히 창을 톡톡톡 두드렸고, 이 소리에 안에 있던 샬럿이 화들짝 놀랐다.

"열어줘! 열어줘! 나야, 샬럿!" 그녀의 팔딱거리는 심장은 굳게 잠긴 창문과 거실의 익숙한 벽들이 자신을 감싸고 둘러막아주어 안전하다고 느낀 다음에야 진정을 찾았다. 그녀는 짐 가방 위에 앉았다. 전부 들어내고 난 음울한 방은 칙칙하고 추웠다. 난롯불은 물론 불빛이라곤 없었고 샬럿이 끄지 않고 놔둔 기다란 촛불뿐이었다. 샬럿은 놀라서 마거릿을 쳐다보았는데, 마거릿은 샬럿의 그런 모습을 본다기보다 느낌으로 짐작하면서 몸을 일으켰다.

"날 바깥에 놔두고 잠그는 줄 알았지 뭐야, 샬럿." 그녀는 살짝 미소를 띠며 말했다. "그러면 넌 부엌에서 내가 부르는 소리를 전혀 듣지 못했을 거야. 게다가 길가와 교회 마당으로 통하는 문들은 오래전에 잠기지 않았니."

"아, 아씨가 없다는 건 금방 알았을 거예요. 인부들이 이제 어떡해야 하는지 물으려고 아씨를 찾았을 테니까요. 주인어르신의 서재, 그러니까 제일 편안한 방에다 차를 갖다놓았어요."

"고맙다, 샬럿. 착하기도 하지. 널 두고 가는 게 못내 아쉬울 거야. 내게 꼭 편지 써. 도움이든 충고든 뭐든 해줄 수 있을지 누가 아니. 너도

---

* Camilla: 『아에네이드*Aeneid*』에 등장하는 공주로 날쌘 전사로 알려져 있다.

알다시피 헬스턴에서 오는 편지를 받는 건 언제나 기쁠 테니까. 주소를 알게 되면 꼭 보내줄게."

서재에는 차 준비가 다 되어 있었다. 난롯불은 잘 타고 있었고, 탁자에는 불을 켜지 않은 초가 있었다. 마거릿은 몸을 좀 덥힐 목적으로 양탄자 위에 앉았다. 저녁에 돌아다니느라 드레스 자락은 축축하게 젖어 늘어져 있었고 과로 때문에 오한이 느껴졌던 것이다. 그녀는 무릎 주위로 두 손을 맞잡아 몸의 균형을 유지하면서 고개를 가슴 쪽으로 약간 숙이고 있었는데, 그녀의 기분이야 어떠했든 그 자세는 낙담한 사람의 모습이었다. 하지만 바깥에서 자갈 위를 걸어오는 아버지의 발걸음 소리가 들리자 그녀는 얼른 자세를 바꾸고 풍성한 검은 머리를 급히 흔들어 넘기더니, 자신도 모르게 두 뺨 위로 흘러내렸던 눈물 몇 방울을 훔친 다음 방을 나가 아버지에게 문을 열어주었다. 그는 그녀보다 더 우울해 보였다. 아버지에게 말을 시키는 것은 거의 불가능했다. 하지만 그녀는 매번 이게 마지막이라는 심정으로 아버지가 흥미를 가질 만한 주제로 대화를 시도했다.

"오늘 멀리까지 걸어 나가셨던 거예요?" 아무 음식도 손대려고 하지 않는 아버지를 보며 그녀가 말했다.

"포드햄 비치까지 갔었다. 몰트비 부인을 보러 말이야. 너에게 작별 인사를 하지 못한 것에 아주 서운해하고 있어. 어린 수전은 지난 며칠 동안 계속 길 아래쪽을 지켜보고 있었다더구나. 아니 마거릿, 왜 그러는 거냐?" 자신이 태만해서가 아니라 어쩔 수 없이 고향을 떠나야 하는 상황에서, 자신을 기다렸다가 연신 실망하고 마는 어린 것을 생각하니 마거릿의 슬픔의 컵에 마지막 한 방울이 떨어져버렸고, 그 때문에 그녀는 심장이 터져라고 계속 흐느끼고 있었던 것이다. 헤일 씨는 고통스러울 만큼 혼란스러웠다. 그는 일어섰다. 그리고 방 안을 불안스럽게 왔다 갔다 했다.

마거릿은 스스로 멈추어보려고 애쓰면서도 완전히 멈춰질 때까지 말할 생각을 하지 않고 있었다. 그녀는 아버지가 마치 혼잣말처럼 하는 말을 들었다.

"견딜 수가 없어. 다른 사람들이 고통을 겪는 걸 볼 수가 없어. 나 혼자라면 참고 견딜 수 있을 텐데. 되돌릴 순 없겠지?"

"안 돼요, 아빠." 마거릿은 그를 똑바로 쳐다보면서 낮고 침착한 어조로 말했다. "아빠가 잘못했다고 믿는 건 속상한 일이지만, 아빠가 위선자라는 걸 알았다면 훨씬 더 나쁠 거예요. 그녀는 잠시 아버지를 위선자와 연관 지어본 생각이 불경스럽기나 한 듯 마지막 부분에서 목소리를 낮추었다.

"게다가," 그녀는 말을 이었다. "오늘 밤은 제가 피곤해서 그런 것뿐이에요. 아빠가 내렸던 결정 때문에 제가 괴로워하는 거라고는 생각하지 마세요, 아빠. 아빠나 저나 지금은 그 일에 대해 말할 수가 없을 것 같아요." 그녀는 자기도 모르게 눈물 섞인 흐느낌이 나올 것 같았다.

"엄마에게 이 차를 갖다 드려야겠어요. 일찌감치 드셨는데, 그땐 바빠서 가볼 수가 없었거든요. 지금 또 한 잔 드리면 분명 좋아하실 거예요."

다음 날 아침 그들은 기차 시간에 맞추느라 정말 사랑하는, 어여쁜 헬스턴으로부터 무자비하게 떨어져 나왔다. 그들은 가버렸다. 그들은 애정 어린 각 방의 창문 위로 아침 햇살이 반짝일 때면 그 어느 때보다 더 푸근한 느낌이 들었던, 피라칸타와 월계화로 반쯤 뒤덮인 기다랗고 나지막한 목사관의 모습을 마지막으로 보았다. 그들은 역으로 자신들을 실어 가려고 사우샘프턴에서 온 마차 안에 채 자리도 잡기 전에, 더 이상 돌아오지 못할 곳으로 사라져버렸다. 마거릿은 너무나도 아쉬운 마음에 임목들의 물결 위로 오래된 교회 탑을 마지막으로 한번 보겠다고, 그게 보일 성싶은 모퉁이에서 애써 교회를 찾았다. 하지만 그녀의 아버지 역시 이걸 기억하고 있었던지라, 마거릿은 교회가 보일지도 모르는 한쪽 창을 아버지가 더 잘 볼 수 있도록 말없이 물러앉았다. 그녀는 몸을 뒤로 기대고 두 눈을 감았다. 그러자 눈물이 차올랐고, 눈물은 일순간 그녀의 그늘진 눈자위에 맺혀 반짝이더니 아무도 모르게 천천히 두 뺨을 타고 내리다가 드레스 위로 떨어졌다.

그들은 런던의 한 조용한 호텔에서 하룻밤을 지낼 예정이었다. 애처롭게도 헤일 부인은 오는 내내 종일 울다시피 했고, 딕슨은 비감한 심사를 사납게 드러내며 행여 자신의 페티코트가 무심히 앉아 있는 헤일 씨에게 닿기라도 할 새라 끊임없이 끌어당겼는데, 그녀는 헤일 씨를 이 모든 고통의 원인으로 생각하고 있었다.

그들은 유명한 거리들을 지나갔고 종종 방문하곤 하던 집들도 지나쳤으며, 마거릿이 끝나지 않을 것 같은 중요한 결정을 내리던 이모 옆에서 언제 끝나나 하는 마음으로 기다리던 가게들도 지나갔다. 그뿐이랴. 아는 사람들도 물론 지나쳤다. 비록 그 아침이 그들에게는 가늠하기 힘들 만큼 긴 시간이었고, 마치 평온한 밤을 위해 낮 시간이 벌써 짧아지기라도 한 것 같은 느낌마저 들었지만, 그들이 그곳에 도착했을 때는 런던의 가장 분주한 11월의 오후였다. 헤일 부인은 런던에 와본 지가 하도 오래됐기 때문에 마치 아이처럼 몸을 일으켜 색다른 거리들을 두리번거렸고, 상점과 마차 들을 유심히 바라보면서 탄성을 내질렀다.

"어머, 저기 해리슨 씨 가게구나. 저기서 결혼 준비물을 많이도 샀었는데. 세상에! 많이도 변했어! 커다란 판유리가 끼워져 있네. 사우샘프턴의 크로퍼드 씨 가게보다 더 크구나. 어머, 저건, 원, 설마 — 아냐, 아닐 거야 — 맞아, 그 사람이야. 마거릿, 방금 헨리 레녹스 씨를 지나쳤단다. 이 많은 가게 중에 어딜 가고 있는 걸까?"

마거릿은 앞으로 몸을 움직였다가 얼른 자리에 도로 앉으면서, 갑작스런 자신의 행동에 살짝 미소를 지었다. 그들은 지금 백 야드쯤 떨어져 있었다. 하지만 그는 헬스턴의 유물 같았다. 그를 보면 환한 아침과 갖가지 사건이 일어났던 날이 연상됐기 때문에, 그녀는 그가 자기를 보지 못하고, 서로 말할 기회 없이 혼자서만 그를 봤기를 원했을 것이다.

하릴없이 호텔의 고층 방에서 보낸 저녁은 길고도 힘들었다. 헤일 씨는 단골 서점에도 들르고 친구들 두어 명도 만나보겠다고 밖으로 나갔다. 집에서건 거리에서건 그들이 보았던 사람들은 모두 다 자신들을 기다리거나 혹은 자신들이 기다리고 있는 누군가와의 약속 때문에 갈 길이 바쁜 것 같았다. 그들만이 낯설고 친구 없이 외로워 보였다. 그렇다고는 해도 마거릿은 1마일 근경에 아는 사람의 집들이 줄줄이 있었는데, 만약 그들이 즐거운 기분으로, 아니 단지 편안한 마음으로 그 집들을 방문한다면 그녀는 그녀대로, 그녀의 어머니는 쇼 이모를 봐서 환영받을 것이다. 만약 그들이 지금과 같은 복잡한 문제로 슬퍼하며 연민을 바라면서 찾아간다면, 이 모든 지인의 집에서 그들은 친구가 아니라 마치 그림자처럼 느껴질 것이다. 런던의 생활은 너무 정신없이 바빠서 "밤낮 칠 일 동안 그와 앉았으나 욥의 고통이 심함을 보므로 그에게 한마디도 말하는 자가 없었더라"*던 욥의 친구들의 말없는 연민이 한 시간 정도로 허용되지 않는 까닭이었다.

---

* 「욥기」 2장 13절.

7장
새로운 풍경과 얼굴들

안개가 햇빛을 가로막고
연기투성이 난쟁이 집들은
사방에서 우릴 에워싸고 있네*
— 매슈 아널드

다음 날 오후 그들은 북부의 밀턴으로부터 약 20마일 떨어진 지점에서 헤스턴으로 가는 철도의 작은 지선으로 접어들었다. 헤스턴 자체는 길게 뻗은 하나의 거리로 이루어졌으며 해변과 평행선을 이루고 있었다. 헤스턴은 영국 남부의 소형 해수욕장들이 대륙의 소형 해수욕장들과 다르듯 타 해수욕장들과는 다른 헤스턴 나름대로의 특성이 있었다. 스코틀랜드 사람들 말로, 만사가 좀더 '목적의식이 있는' 것 같았다. 시골 마차에는 철이 더 많이 들어가 있었고, 마구는 나무와 가죽이 더 적었다. 거리의 사람들은 즐길 목적인데도 머릿속이 분주했다. 색깔들은 싫증이 덜 나는 회색이 많이 돌았으며 그렇게 밝거나 예쁘지는 않았다. 들일 할 때 입는 헐렁한 셔츠 복장은 찾아볼 수 없었는데, 시골 사람들조차 그랬다. 그런 복장은 동작을 더디게 만들었고 걸핏하면 기계류에 끼었기 때문에 그런 옷을 입는 습관은 사라져버렸던 것이다. 영국 남부의 비슷한 소도시의 점

---

* 매슈 아널드(Matthew Arnold, 1822~1888), 「위안Consolation」에서 인용.

원들은 할 일이 없을 때는 문가에 잠시 서서 맑은 공기를 쐬며 거리 아래를 쳐다봤다 위를 쳐다봤다 했다. 마거릿이 보기에 이곳에서는 손님이 없어서 한가할 때면 점원들이 리본을 풀었다 다시 감았다 하는 쓸데없는 일을 해서라도 스스로를 바쁘게 만드는 것 같았다. 이 모든 차이점에 대한 생각은 다음 날 아침, 그녀가 숙소를 찾아보려고 어머니와 함께 외출했을 때 문득 떠올랐다.

호텔에서 보낸 이틀은 헤일 씨가 예상했던 것보다 더 많은 비용이 들었기 때문에 그들은 비어 있는, 깨끗하고 쾌적한 방을 처음으로 얻게 되자 반가웠다. 거기서 마거릿은 며칠 만에 처음으로 안도감을 가졌다. 그러한 안식에는 꿈과도 같은 것이 있었고, 그 꿈이 그녀의 안식을 더없이 완전하고 사치스럽게 만들었다. 멀리서 바다가 규칙적인 소리를 내며 모래사장을 찰싹거렸고, 근처에서는 당나귀를 모는 소년들의 고함 소리가 들렸다. 그녀의 눈앞에서는 생소한 장면들이 마치 그림처럼 움직이며 지나갔는데, 그녀는 느긋한 마음에 그것들이 완전히 이해되지 않아도 별로 알고자 하지 않았다. 바다 공기를 마시려고 바닷가를 따라 산책하니 11월 말로 접어드는데도 모래사장은 부드럽고 따뜻했다. 희뿌연 긴 수평선이 연한 빛의 하늘과 맞닿아 있었고, 저 멀리 돛단배의 새하얀 돛은 흐릿한 햇살에 은빛으로 변했다. 그녀는 마치 자신의 삶을 그런 사치스런 공상으로 보낼 수 있을 것 같았다. 꿈속에서 그녀는 과거에 대한 생각이나 미래에 대한 예상은 엄두를 내지 못한 채 대부분 현재를 상상했다.

하지만 아무리 가혹하고 강철 같은 미래일지라도 대면해야 했다. 어느 날 저녁, 마거릿과 그녀의 아버지는 다음 날 북부의 밀턴으로 가서 집을 알아볼 계획을 잡았다. 헤일 씨는 벨 씨로부터 몇 통, 그리고 손턴 씨로부터 편지 한두어 통을 받고 나서 개인 교습 자리와 거기서 자리를 잡고 살 수 있는지에 대한 여러 가지 세부 내용을 당장 확인하고 싶어 조바심이 났는데, 이런 사항은 손턴 씨를 만나고 이야기를 해봐야 알 수 있는 것들이었다. 마거릿은 가족이 옮겨가야 한다는 걸 알고 있었다. 하지만 그녀는 공업도시에 대한 반감이 있었던 데다 어머니가 헤스턴의 공기 덕을 보고 있다고 믿었기 때문에, 밀턴으로의 답사 원정은 자진해서라도 미루었을 것이다.

그들은 밀턴에 도착하기까지 수 마일에 걸쳐 수평선을 따라 납빛의 짙은 구름이 깔려 있는 것을 보았다. 그 구름은 겨울 같은 —— 헤스턴에서는 일찌감치 서리의 징후가 있었기 때문에 —— 옅은 회청색의 하늘과 대비되어 더욱더 어두웠다. 도시에 가까워질수록 공기에서는 희미한 연기 맛과 냄새가 났다. 어쩌면 그건 뚜렷한 맛과 냄새라기보다는 결국 풀과 목초의 향기가 없다는 말일 것이다. 그들은 하나같이 작은, 일정한 모양의 벽돌집들이 길게 쭉 늘어서 있는 끔찍한 거리를 휙 하니 지나갔다. 여기저기 마치 어린 닭들 사이에 섞여 있는 어미 닭처럼 창문이 많이 달린 직사각형 공장이 서 있었고, 그 공장들에서는 '법 따위는 아랑곳하지 않는'* 시커먼 연기가 뿜어져 나왔는데, 마거릿은 그게 구름인 줄 알고 비가 오려나 보다 하고 예측했었다. 그들은 역에서 호텔로 가기 위해 신작로를 따라 달리면서 끊임없이 멈춰 서야 했다. 짐을 잔뜩 실은 짐마차들이 그리 넓지 않은 대로를 막았던 까닭이다. 마거릿은 이따금씩 이모와 함께 도시에 가보곤 했다. 하지만 여기서는 느릿느릿 움직이는 육중한 마차들이 전부 제각기 다양한 목적을 지니고 있는 듯했다. 이곳의 합승마차, 사륜우마

---

* 1847년 영국의 '도시개선법'은 제조업자들로 하여금 공장에서 발생한 매연을 공중에 내보내는 대신 매연을 처리하는 특별 장치를 갖춘 벽난로와 용광로를 짓도록 의무화했다. 하지만 많은 공장이 이 법을 준수하지 않았다.

차, 짐마차는 어느 것 할 것 없이 모두 무명을 나르고 있었고 그것들은 원면 아니면 직조된 옥양목 단이었다. 사람들은 인도에 떼를 지어 있었다. 대부분이 좋은 면직물 옷을 되는 대로 입고 있었는데, 마거릿은 그런 모습에서 해지고 낡았지만 깔끔하게 차려입고 있던 비슷한 부류의 런던 사람들의 복장과는 다른 느낌을 받았다.

"뉴스트리트." 헤일 씨가 말했다. "여기가 밀턴의 대로(大路)일 게다. 벨이 자주 얘기하던 곳이야. 30년 전 좁은 길이 대로로 바뀌기 시작하면서 그 사람 자산이 엄청나게 불어났지. 손턴 씨는 벨 씨의 차지인(借地人)이니, 공장도 분명 근방에 있을 게야. 하지만 그가 벨 씨로부터 땅을 빌린 건 창고를 지으면서부터이지 싶구나."

"우리가 묵을 호텔은 어디예요, 아빠?"

"이 거리의 끝 어디쯤일 게다. 점심은 『밀턴 타임스』에 나왔던 집들을 보기 전에 먹을 테냐? 아니면 보고 나서 먹을 테냐?"

"우선 일부터 끝내기로 해요."

"알았다. 그러면 손턴 씨에게서 온 메모나 편지 같은 게 있는지만 좀 보자꾸나. 그 집들에 관해 조금이라도 들은 게 있으면 알려준다고 했으니 말이야. 그러고 나서 출발하도록 하자. 마차는 세워두어야겠다. 그편이 길 잃고 나중에 기차 시간을 놓치는 것보다 나을 게야."

그에게 온 편지는 없었다. 그들은 집을 둘러보려고 길을 나섰다. 1년에 지출할 수 있는 총액은 30파운드였지만 햄프셔에서는 그 돈으로 꽤 넓은 집과 멋진 정원을 구할 수 있었다. 여기서는 꼭 필요한 거실 두 개와 침실 네 개짜리 거처조차 마련하기 힘들어 보였다. 그들은 목록을 살피면서 이미 방문한 집은 제외시켰다. 그런 다음 그들은 맥이 빠진 채 서로를 바라보았다.

"두번째 집을 다시 가봐야겠어요. 크램턴에 있는 집이요. 사람들이 거길 그렇게 부르지 않던가요? 거실이 세 개였어요. 침실도 세 개, 거실도 세 개라서 웃었던 거 기억나시죠? 하지만 제가 계획을 다 세웠어요. 아래층 거실은 아빠의 서재 겸 식당이에요(불쌍한 아빠!). 아시다시피 엄마에게 최대한 쾌적한 거실을 드리기로 했으니까요. 알록달록 보기 흉한 벽지와 둔중한 몰딩을 두른 위층 거실에서는 평원 위로 큰 강굽이가, 아니 수로인가, 아무튼 뭔가가 아래로 흘러가는 게 보여요. 전 위층 층계참의 돌출부 —— 아시죠? 부엌 위쪽 말이에요 —— 뒤쪽의 작은 방을 쓸 거고 엄마와 아빠는 위층 거실 뒤쪽의 침실을 쓰실 거예요. 그리고 지붕 쪽 벽장은 아빠의 멋진 옷방이 될 거예요."

"하지만 딕슨과 앞으로 두게 될 보조 하녀는 어쩌냐?"

"아, 잠깐만요. 기막히게 맞춰내는 저한테 저도 놀라겠네요. 딕슨은, 음 그렇지, 아래층 거실 뒷방을 쓰면 돼요. 딕슨도 좋아할 거라고 생각해요. 헤스턴에서 계단이 많다고 엄청 투덜댔으니까요. 보조 하녀는 엄마, 아빠 침실 위쪽의 경사진 다락방을 주면 되죠. 괜찮겠죠?"

"그렇겠구나. 근데 벽지가 남았다. 무슨 감각이 그런지! 그런 집에 알록달록한 색깔에다 그렇게 묵직한 몰딩이라니!"

"걱정 마세요, 아빠! 아빠가 집주인에게 방 한두 개쯤 —— 거실과 아빠 침실 —— 에 벽지를 새로 해달라고 설득하실 수 있잖아요. 거긴 엄마가 가장 많이 들어가실 곳이니까요. 그리고 아빠 책장이 식당 방의 요란한 무늬를 대부분 가려줄 거예요."

"그게 제일 좋겠다고 생각하는 거냐? 그렇다면 난 지금 바로 광고에 나와 있는 집주인 던킨 씨를 찾아가 만나야겠다. 호텔로 데려다 주마. 거기서 점심을 주문하고 쉬고 있으렴. 점심이 준비될 때쯤이면 나도 호텔로 가마. 새 벽지를 바를 수 있다면 좋겠구나."

비록 말은 하지 않았지만 마거릿 역시 그렇게 되길 바랐다. 그녀는 그게 훌륭하든 아니든, 고상함의 본체인 소박함과 단순함을 넘어 과도하게 장식하는 걸 좋아하는 사람과 맞닥뜨려본 경험이 한 번도 없었다.

마거릿의 아버지는 그녀를 데리고 호텔 정문을 통과하여 들어가서 계단 입구에 그녀를 남겨두고는 점찍어둔 집의 주인이 살고 있는 주소로 떠났다. 마거릿이 객실 손잡이를 잡자마자 웨이터가 빠른 걸음으로 뒤따라왔다.

"실례합니다, 아가씨. 말씀드릴 새도 없이 어르신께서 급히 나가셨네요. 손턴 씨께서 손님들이 막 나가자마자 들렀었습니다. 어르신께 말씀 듣기론 한 시간쯤 후면 돌아오신다고 하셔서 그분께 그렇게 말씀드렸습니다. 그랬더니 한 5분 전쯤에 다시 오셔서는 헤일 씨를 기다리겠다고 하셨습니다. 지금 방 안에 계십니다."

"고마워요. 아버지는 곧 돌아오실 테니, 오시면 그때 말씀드리세요."

마거릿은 문을 열더니 평상시처럼 거칠 것 없는 태도로 당당하게 안으로 들어섰다. 그녀는 전혀 부자연스럽지 않았다. 그러기에는 사교계의 경험이 아주 많았다. 볼일 때문에 그녀의 아버지를 만나러 한 사람이 와 있었고, 그가 친절한 태도를 보이므로 그녀는 충분한 예를 갖추어 그를 대할 생각이었다. 손턴 씨는 그녀보다 훨씬 더 놀라면서 당황스러워했다. 조용한 중년의 목사 대신에 젊은 숙녀가, 그것도 자신이 늘 봐왔던 대부분의 여성과는 다른 유형의 숙녀가 당당하게 앞으로 걸어왔기 때문이다. 드레스는 지극히 평범했다. 최고급 재료에 상태가 아주 좋은, 촘촘한 밀짚 보닛에는 하얀 리본 장식을 둘렀고, 짙은 은빛 드레스에는 가장자리 처리나 주름 장식이 아무것도 없었다. 커다란 인도산 숄은 길고 풍성한 주름으로 그녀를 감싸고 있었는데, 그녀는 그것을 마치 황후가 휘장을 두른 듯이 걸치고 있었다. 자신이 거기 있는데도 아름다운 표정에 털끝만큼의 변화도 보이지 않고 엷은 상앗빛 안색에 놀라움의 홍조도 떠올리지 않는 솔직담백한 그 모습을 보면서, 그는 그녀가 누군지 알지 못했다. 그는 헤일 씨에게 딸이 하나 있다는 말을 듣긴 했지만 단지 어린 소녀일 거라고 상상했던 것이다.

"손턴 씨 되시죠!" 그가 할 말을 찾지 못한 채 잠시 정적이 흐르자 마거릿이 말했다. "앉으세요. 아버지께서 좀 전에 문까지 절 데려다 주셨는데, 찾아오셨다는 말을 듣지 못하고 일이 있어서 나가셨답니다. 그렇지만 금방 오실 거예요. 두 번씩이나 걸음 하시게 해서 죄송합니다."

손턴 씨만 해도 습관적인 권위가 몸에 밴 사람이지만 그녀는 바로 그를 제압한 것 같았다. 그녀가 나타나기 전까지만 해도 그는 영업시간에 생긴 공백 때문에 슬슬 짜증이 나 있었지만, 지금은 그녀가 시키는 대로 말없이 자리에 앉았다.

"헤일 씨가 가신 곳이 어딘지 아십니까? 어쩌면 찾을 수 있지 않을까 합니다만."

"커누트 가에 있는 던킨 씨한테 가셨어요. 아버지가 세를 얻고 싶어 하시는 크램턴의 집주인이에요."

손턴 씨는 그 집을 알고 있었다. 그는 광고를 봤고, 헤일 씨를 힘닿는 데까지 도와주라는 벨 씨의 요청에 따라 그 집을 보러 갔지만, 헤일 씨처럼 사정이 생겨 성직을 관두게 된 목사에 대해 개인적으로 관심이 동했던 이유도 있었다. 손턴 씨는 크램턴의 그 집이 딱 알맞겠다고 생각했었다. 하지만 이제 마거릿을 보니, 움직이거나 쳐다볼 때의 그 우월한 태도에, 비록 그 당시 둘러볼 때 다소 천박한 감이 있긴 해도 그 집이 헤일 씨에게 아주 좋을 것 같다고 생각했던 자신이 부끄러워지기 시작했다.

마거릿은 자기 외모를 어쩔 수 없었다. 하지만 살짝 올라간 윗입술과 위로 쳐든 둥그스름하면서 두툼한 턱, 부드러운 여성적 반항심으로 충만한 고개의 움직임과 거동은 그녀를 처음 보는 사람들에게 늘 거만한 인상을 풍겼다. 그녀는 지금 피곤했기 때문에 조용히 있으면서 아버지 생각대로 휴식을 취하고 싶었다. 하지만 그녀는 마땅히 교양 있는 여성으로서 이 내방객과 이따금씩 대화를 해야 했다. 사실대로 털어놓자면 이 내방객은 밀턴의 험한 도로와 인파를 지난 후 먼지를 말끔히 털어내지도 닦아내지도 않은 상태였다. 그녀는 그가 가보겠다는 운을 떼기도 했던 터라, 물어보는 말마다 무뚝뚝하게 대답하며 거기 앉아 있느니 차라리 그가 가버리길 바랐다. 그녀는 숄을 벗어 의자 위로 걸쳤다. 그녀가 불빛을 받으며 그와 마주 앉으니 그녀의 아름다움이 그의 눈에 들어왔다. 하얗고 유연한 목이 풍만하면서도 날씬한 몸매로부터 솟아 있었다. 입술은 말할 때 아주 조금밖에 움직이지 않았고, 예쁘장하니 도도한 입꼬리가 여러 형태로 변할 때에도 냉정하고 차분한 얼굴의 표정은 흐트러지지 않았다. 살짝 우울해 보이는 그녀의 눈은 처녀의 순진한 눈길로 조용하게 그의 눈을 바라보았다. 그에게서 하마터면 그녀가 마음에 들지 않는다는 혼잣말이 나올 뻔하고서야 두 사람의 대화는 끝이 났다. 그가 그러려고 했던 것은 그녀에게서 받은 굴욕감을 보상받고자 하는 심리였다. 자신이 억누를 수 없는 경외감으로 그녀를 바라보고 있었다면, 그녀는 무관심한 듯 도도하게 자신을 바라봤고, 짜증스럽게도 스스로도 인정하듯, 그녀가 자신을 품위나 세련미와는 동떨어진 무뚝뚝한 남자로 본다는 생각이 들었던 까닭이다. 그는 그녀의 거동에서 풍기는 조용한 차가움을 업신여김으로 해석했고, 그 태도에 화가 치밀어 올라 자리를 박차고 나가서는 헤일 가의 사람들을, 그들의 거만함을 더 이상 상대하지 않겠다는 생각까지 들었다.

마거릿이 몇 마디 안 되는, 짧아서 대화라고 부르기도 뭐한 대화의 마지막 화제까지 다 써버렸을 바로 그때 그녀의 아버지가 들어왔고, 예를 차린 그의 정중한 사과로 헤일 씨의 이름과 가문에 대해 손턴 씨가 갖고 있던 평판은 회복됐다.

헤일 씨와 손턴 씨는 쌍방의 지인인 벨 씨와 관련하여 할 말이 무척 많았다. 그리하여 마거릿은 내방객을 환대해야 하는 자신의 역할이 끝난 것에 반가워하면서 창으로 가서 생경한 거리 모습을 눈에 익히려고 했다. 그녀는 바깥에서 일어나고 있는 일을 구경하느라 지나치게 몰두한 나머지 아버지가 하는 말을 거의 듣지 못했기 때문에 그는 했던 말을 반복해야 했다.

"마거릿! 집주인은 그 끔찍한 벽지가 좋다고 계속 우길 테니, 벽지는 그대로 둬야 할 것 같구나."

"세상에! 안타깝네요!" 그녀는 이렇게 대꾸하고 나서 적어도 자신의 스케치 몇 점으로 벽지 일부는 가릴 수 있지 않을까 하고 생각해보다가, 더 보기 싫을 것 같아 결국 그 생각을 포기해버렸다. 한편 그녀의 아버지는 후한 시골 인심을 보여주느라 손턴 씨에게 좀 있다가 점심 식사를 함께하자고 권하고 있었다. 손턴 씨는 불편하기 이를 데 없었겠지만, 만약 마거릿이 말이나 눈빛으로 아버지의 초대에 동의한다면, 응해야 할 것 같았다. 그는 그녀가 동의하지 않아 다행으로 여기면서도 그녀의 행동이 언짢았다. 그가 떠날 때 마거릿은 몸을 깊이 숙여 정중하게 인사했고, 그는 자신의 사지가 평생 그 어느 때보다 더 어색하고 부자연스럽게 느껴졌다.

"자, 마거릿, 얼른 점심을 먹자꾸나. 주문은 했느냐?"

"아뇨, 아빠. 도착하니까 저분이 와 계셔 주문할 시간이 없었어요."

"그러면 주문이 되는 걸 아무거나 먹어야겠다. 손턴 씨가 많이 기다렸겠구나."

"저한테도 엄청 긴 시간이었어요. 제가 아슬아슬 고비를 넘기고 있던 순간에 아빠가 들어오신 거예요. 그분은 무슨 이야기든 길게 이어가는 법이 없고 그냥 몇 마디 짧게 대답하고 말던데요."

"그래도 딱 할 말을 했을 게다. 아주 명석한 사람이야. 그 사람 말이 (너도 들었느냐?) 크램턴 지역은 자갈 토양인데, 밀턴 근교에서는 단연 건강에 가장 좋은 지역이라는구나."

그들이 헤스턴으로 돌아왔을 때는 헤일 부인에게 올릴 하루의 일과 보고가 남아 있었고, 모든 게 궁금했던 그녀가 물어보는 질문에 그들은 차 마시는 시간 틈틈이 대답해주었다.

"당신과 서신을 주고받던 손턴 씨는 어떤 사람이던가요?"

"마거릿에게 물어보구려" 하고 남편이 대답했다. "두 사람이 대화하느라 오랫동안 애쓰는 사이 난 집주인을 만나러 나가 있었다오."

"아! 전 별로 아는 바가 없어요." 마거릿이 느릿느릿 대답했다. 너무 피곤해서 여러 가지를 설명할 기운이 나지 않았던 것이다. 그런 다음 몸을 일으키며 그녀가 이렇게 말했다. "키가 크고 어깨는 벌어졌고, 나이는 몇 살이죠, 아빠?"

"서른 살쯤 됐지 싶구나."

"서른 살 정도에, 딱히 평범하지도 않고 그렇다고 잘생기지도 않은 특징 없는 얼굴이에요. 신사까지는 아닌데, 하지만 그건 바라기 힘든 일이잖아요."

"그렇다고 상스럽다거나 저속한 사람도 아니다"라며, 밀턴에서 유일하게 아는 사람을 얕보는 말에 약간 기분이 상해서 그녀의 아버지가 덧붙였다.

"오, 아뇨!" 마거릿이 말했다. "그렇게 확고하고 강단 있는 표정의 얼굴은 이목구비가 아무리 평범해도 상스럽다거나 저속하게 보일 수가 없어요. 저라면 그 사람과 흥정하고 싶지 않아요. 지나치게 완강한 느낌이던 걸요. 그러니까 자수성가형 남자예요, 엄마. 큰 장사꾼이 될 만큼 현명하고 강한 그런 사람 말이에요."

"밀턴 제조업자들을 장사꾼이라고 부르지 마라, 마거릿." 그녀의 아버지가 말했다. "이들은 아주 달라."

"그런가요? 전 팔 물건을 가진 사람에게는 모두 장사꾼이라는 단어를 써요. 하지만 그 용어가 옳지 않다고 생각하신다면 쓰지 않을게요. 근데 있잖아요, 엄마! 저속하다는 말이 나왔으니 말인데요, 정말 거실 벽지를 보시려면 단단히 준비 하셔야 해요. 울긋불긋한 장미에 노란 이파리들 말이에요! 게다가 아주 두꺼운 몰딩으로 방을 둘러놨어요!"

하지만 그들이 밀턴의 새 집으로 이사했을 때는 그렇게 보기 싫던 벽지는 사라지고 없었다. 집주인은 태연하게 그들의 인사치레를 들었고, 새 벽지를 발라주지 않겠다던 확고한 결심을 스스로가 거두어들인 것으로, 그들 좋을 대로 생각하게 내버려두었다. 벽지를 바꿔준 이유는 밀턴에서 존재감도 없는 헤일 목사를 생각해서가 아니라, 다만 부유한 제조업자인 손턴 씨의 날카로운 충고에 따라 기꺼이 한 일임을 그들에게 특별히 말해 줄 필요는 없었던 것이다.

8장
향수

고향, 고향, 고향
그리움 사무치게 가고 싶은 곳*

그들이 밀턴을 받아들이기 위해서는 예쁘고 밝은 벽지를 발라줄 필요가 있었다. 그들이 밀턴과 조화를 이루기 위해서는 더 많은 것이, 가질 수 없는 더 많은 것이 필요했다. 누렇고 탁한 11월의 안개가 깔려 있었던지라, 헤일 부인이 새 집에 도착했을 때는 휘돌아가는 강굽이가 만들어내는 계곡 사이 평원의 전망은 완전히 막혀 있었다.

마거릿과 딕슨은 이틀 동안 짐을 풀고 정리했지만 집 안은 여전히 모든 것이 제멋대로인 채 어수선해 보였다. 게다가 바깥의 짙은 안개가 창턱까지 살금살금 타고 올라와 동글동글 숨 막히는 하얀 연기를 피우며 열려 있는 방마다 밀고 들어왔다.

"아, 마거릿! 우리가 여기서 사는 거냐?" 헤일 부인이 멍하니 실망에 잠겨 물었다.

마거릿은 이 질문에서 묻어나는 말투의 황량함에 동정심을 느꼈다. 그녀는 자제심을 겨우 발휘하여 "아유, 런던의 안개는 이보다 더 심할 때

---

* 제임스 호그(James Hogg, 1770~1835), 『자코뱅파의 유물 *Jacobite Relics*』 중 「고향, 고향, 고향Hame, Hame, Hame」에서 인용.

도 있는 걸요!"라고 말했을 뿐이다.

"그래도 그때는 안개 뒤에 런던 시도 있고 친구들도 있다는 걸 넌 알지 않았니. 여긴, 아이고! 아무도 없구나. 딕슨, 무슨 이런 곳이 다 있다니!"

"정말 그래요, 머잖아 이 도시가 마님 잡을 겁니다. 그렇게 되면 누구 때문일지는…… 잠깐만! 그건 너무 무거워서 아씨가 못 옮겨요."

"무겁지 않아요, 고마워요, 딕슨." 마거릿이 차갑게 대답했다. "엄마를 위해 우리가 할 수 있는 최선은 엄마가 잠자리에 들 수 있도록 방을 준비하는 거예요. 난 가서 커피를 가져올게요."

헤일 씨도 기운 빠진 것은 마찬가지여서, 마거릿을 바라보며 그도 똑같이 공감을 바라고 있었다.

"마거릿, 여긴 건강에 좋지 않은 곳 같구나. 네 엄마와 너의 건강이 나빠질 거라는 생각밖에 들지 않는다. 웨일스의 시골 지역으로 갔더라면 좋았을 텐데. 이곳은 정말 끔찍하구나." 그는 이렇게 말하며 창문 쪽으로 걸어갔다.

위로가 될 만한 것은 아무것도 없었다. 그들은 밀턴에 정착했고 얼마 동안은 연기와 안개를 견뎌야만 했다. 실은 두꺼운 안개처럼 불확실한 재정 형편 때문에 그들에게 다른 모든 삶은 막혀버린 것 같았다. 불과 어제 헤일 씨는 이사와 헤스턴에서 보름간의 체류에 들어간 지출을 합산하면서 대경실색했고, 여유자금으로 갖고 있던 얼마 되지 않는 돈이 그 비용으로 거의 빠져나갔음을 알게 되었다. 맙소사! 이곳에 그들이 있었고, 이곳에 그들은 남아야 했다.

밤에 마거릿은 이런 사실을 깨달았고, 그녀는 아득한 절망감에 좀 앉아 있고 싶었다. 매캐하니 탁한 공기가 집 뒤편으로 길고 좁다랗게 튀어나온 부분을 차지하고 있는 그녀의 침실을 감돌았다. 방의 긴 면에 나 있는 창문은 3미터도 안 되는 거리에, 비슷한 형태로 튀어나와 있는 빈 벽을 보고 있었다. 그 벽은 희망을 막는 커다란 장애물처럼 안개 사이로 흐릿하니 형체를 드러냈다. 방 안에는 모든 것이 뒤죽박죽이었다. 어머니의 방을 편안하게 만드는 데 모든 노력이 집중됐다. 마거릿은 박스 위에 앉았고 그 위에 적힌 주소를 보자 헬스턴에서 — 사랑하는 헬스턴에서 그걸 썼던 생각이 문득 떠올랐다. 그녀는 우울한 생각에 망연자실했지만, 마침내 현실로부터 기분을 돌려보기로 했다. 그러고는 갑자기 아침 북새통에 반밖에 읽지 못했던 이디스의 편지를 기억해냈다. 편지에는 코르푸 섬에 도착했다는 것과 지중해를 따라가는 항해, 선상 음악과 춤, 그녀 앞에 새롭게 펼쳐지고 있는 즐거운 생활, 격자무늬의 발코니와 새하얀 절벽과 짙푸른 바다를 굽어보는 집 등에 대해 적고 있었다.

이디스는 세세하다는 것만 빼면 편지를 일사천리로 잘 썼다. 그녀는 어떤 장면의 핵심과 특징에 대한 파악이 가능했을 뿐만 아니라, 마거릿 혼자서도 이해할 만큼 질릴 정도의 상세 내용을 마구 늘어놓는 것도 가능했다. 레녹스 대위와 최근 결혼한 또 다른 장교는 바다 위로 튀어나온, 깎아지른 듯 아름다운 벼랑 위에 높이 지어진 빌라에서 같이 지냈다. 올해도 다 저물어가는데 그들은 배 위에서 혹은 지상에서 피크닉으로 나날을 보내는 것 같았다. 전부 야외에서 향락을 쫓는 것인 이디스의 만족스런 생활은 머리 위로 펼쳐진 창공처럼 자유로워 보였는데, 정말 티끌이나 구름 한 점 없는 그런 자유였다. 남편이 훈련에 참가해야 했기에, 거기서 그녀는 음악에 조예가 있는 장교 부인으로서, 군악대 지휘자를 위해 최근 영국 음악 가운데 새롭고 유행하는 악보의 사본을 만들어야 했다. 그런 일들이 그들에게는 가장 힘들고 고된 임무인 것 같았다. 이디스는 연대가 코르푸 섬에 1년 더 주둔한다면 마거릿이 자기를 보러 와서 장기간 머물다 가도 되지 않겠냐는 애정 어린 소망을 드러냈다. 그녀는 마거릿에게 1년 전 그날이 기억나느냐고 물었다. 할리 가에 하루 종일 비가 내렸고, 자기 는 지루한 만찬을 위해 새 드레스를 차려입고 홀딱 젖은 채 철벅거리며 마차까지 걸어가고 싶지 않았는데, 바로 그 파티에서 자기들이 처음으로 레녹스 대위를 만나지 않았냐고.

물론이다! 마거릿은 그날을 잘 기억했다. 이디스와 쇼 부인은 만찬에 갔었다. 마거릿은 밤 연회에 합류했었다. 파티를 위해 마련된 온갖 호화 로운 집기와 장식물들, 우아한 가구, 으리으리한 저택, 평화롭고 걱정 따 윈 없는 여유로운 손님들, 이 모든 것이 현재와 묘한 대조를 이루며 그녀 앞에 생생하게 떠올랐다. 잔잔한 바다 같았던 예전의 그 생활은 언제 있 었냐는 듯 흔적도 남기지 않고 끝이 났다. 늘 열리는 만찬, 방문, 쇼핑, 저녁의 댄스파티, 이 모든 것이 지금도 계속되고 있는데, 쇼 이모와 이디 스는 이제 그곳에 없었다. 게다가 자기는 당연히 더 잊힌 존재였다. 마거 릿은 그때 그 사람들 중 헨리 레녹스 말고 자기를 떠올리는 이가 있을까 의문스러웠다. 헨리 레녹스 역시 자신에게서 입었던 상처 때문에 자신을 잊기 위해 애쓰리라는 걸 그녀는 알고 있었다. 어떤 것이든 불쾌한 생각 은 접어놓을 수 있다고 그가 자랑하던 말을 그녀는 종종 들었던 것이다. 그러자 그녀는 일어났을 수도 있는 가상의 일에 대해 더 파고들어 가보았 다. 그녀가 레녹스 씨를 연인으로 좋아했다면, 그래서 그의 청혼을 받아 들였다면, 그런 뒤 아버지에게 소신의 변화가 생기고 그 결과 목사직을 그만두는 일이 있어났더라면 어떻게 되었을까. 그녀는 레녹스 씨가 그런 상황을 못 견뎌했으리라는 의심이 드는 걸 떨칠 수가 없었다. 그건 그녀 에게 어떤 면에서는 쓰라린 굴욕이었다. 하지만 그녀는 참을성 있게 견뎌낼 수 있었다. 왜냐하면 그녀는 아버지의 티 없이 깨끗한 목적을 알고 있었고, 그걸 알고 있었기에, 판단해보면 심각하고 중대한 실수였지만, 아버지의 실수를 견뎌낼 정도로 그녀는 강해졌던 것이다. 하지만 세간에서 그녀의 아버지를 타락했다고 여긴다는 사실은 레녹스 씨를 압박하고 화나게 했을 것이다. 그랬을 거라는 데까지 생각이 미치자 그녀는 청혼을 받아들이지 않았던 현실에 점점 감사한 마음이 들었다. 지금 그들은 가장 낮은 처지에 있었다. 더 이상 나빠질 수도 없었다. 이디스와 쇼 이모에게서 편지가 오면 이디스의 깜짝 놀라는 반응과 쇼 이모의 실망스러운 반응에 꿋꿋하게 대처해야만 할 것이었다. 그리하여 마거릿은 일어나서 천천히 옷을 벗었고, 하루 종일 종종거리다가 늦은 시간 느릿느릿 움직이는 사치를 충분히 만끽했다. 내부적이든 외부적이든 뭔가 밝은 것을 기대하면서 그녀는 잠이 들었다. 하지만 밝음이 찾아오려면 얼마나 기다려야 하는지를 그녀가 알았더라면 그녀의 심장은 저 깊숙이 가라앉았을 것이다. 그 시기는 기분뿐 아니라 건강에도 아주 좋지 못한 시기였다. 그녀의 어머니는 독감에 걸렸고 딕슨까지도 몸이 좋지 않아 보였지만, 딕슨으로서는 마거릿이 자기 일을 덜어주려고 하거나 자기를 보살펴주려고 하는 것만 한 모욕도 없었다. 딕슨을 도와줄 여자애는 구하지 못했다. 모두 공장에서 일하고 있었고, 적어도 일해보겠다고 지원했던 여자애들도 제깟 신분에 신사 집안에서 일할 만하다고 생각했다는 이유로 딕슨에게 아주 욕을 먹었다. 그래서 그들은 상주하다시피 하는 청소부를 두어야 했다. 마거릿은 샬럿을 부르고 싶은 마음이 굴뚝같았다. 하지만 샬럿이 현재 자기들 형편으로 데리고 있기에는 아까운 하녀라는 이유 말고도, 그녀를 데려오기엔 거리가 너무 멀었다.

헤일 씨는 벨 씨에게서 자신을 추천받았거나, 혹은 손턴 씨의 직속으로 있는 교습생 몇 명을 만나보았다. 그들 대부분은 또래 남자애들이 아직 학교에 다니고 있을 그런 나이였다. 하지만 밀턴에서는 사내애를 훌륭한 장사꾼으로 만들어야 한다는 게 일반적인 생각이었고, 이유가 충분해 보이는 이 통념에 따라 사내애는 일찌감치 붙잡혀 공장이나 사무실 혹은 창고 생활을 익혀야 했다. 사내애가 스코틀랜드의 대학 정도만 다녀도 돌아와서 상업에 종사할지는 확신할 수 없는 일이었다. 하물며 18세나 되어야 들어갈 수 있는 옥스퍼드나 케임브리지에 갔다면 얼마나 더 그렇겠는가? 따라서 대부분의 제조업자는 아들들의 기운과 활력이 전부 장사에 집중되기를 바라면서, 14세나 15세에 제조업의 자양분을 섭취하게 했고 문학이나 고상한 교양 쪽으로 나는 싹은 가차 없이 쳐냈다. 그렇긴 해도 세상 물정을 좀 깨우친 부모들도 있었고, 일부 젊은이들도 자신들의 부족한 점이 무언지 알 수 있을 정도로 생각이 있어서 그러한 결점을 고쳐보려고 애썼다. 아니, 꽤 많은 사람은 더 이상 청년이 아니라 장년의 남자들이었는데, 그들은 스스로의 무지를 인정하고 벌써 배웠어야 할 것을 늦게라도 배울 정도로 엄중한 지혜를 갖고 있었다. 손턴 씨는 아마 헤일 씨가 가르치는 교습생 중 가장 나이가 많았을 것이다. 그는 분명 가장 촉망받는 문하생이었다. 헤일 씨는 버릇처럼 그의 의견을 지나치게 자주 인용하게 됐고, 이를 두고 집안사람들은 대화로 수업 시간을 다 보내면 정해진 수업 시간 중 진짜 수업은 언제 하는 걸까 하는 가벼운 농을 주고받았다.

마거릿은 아버지와 손턴 씨의 우정을 이렇게 가볍고 유쾌하게 바라보는 방식을 오히려 조장했다. 왜냐하면 그녀의 어머니가 남편의 새로운 우정을 질투 섞인 눈길로 바라보는 것 같았기 때문이다. 헬스턴에서처럼 남편이 책과 교구민들에게 온전히 몰두해 있는 한 그녀는 남편을 보는 시간이 많든 적든 별로 상관하지 않는 것처럼 보였다. 하지만 지금은 남편이 손턴 씨와의 새로운 대화를 매번 열렬히 기다리는 것처럼 보이니, 마치 남편이 난생처음 자기를 등한시하기라도 하듯 기분이 상하고 짜증이 나는 것 같았다. 헤일 씨의 지나친 칭찬은 청강생들에게 과대 칭찬의 부작용을 가져왔다. 청강생들은 한결같이 정인(正人)이라고 불리는 아리스티데스*를 조금 삐딱하게 보고 싶은 마음이 생겼던 것이다.

20여 년간 시골 목사관에서 평화로운 삶을 보낸 헤일 씨 눈에는 엄청난 난관을 손쉽게 정복했던 동력에 무언가 현혹적인 것이 있었다. 밀턴의 기계 동력과 밀턴 사람들의 인력은 그에게 크나큰 인상을 남겼고, 그런 동력의 위력에 대해 더 자세히 조사해보려고도 하지 않고 그는 그 위엄에 굴복했다. 하지만 마거릿은 집 밖의 기계류와 사람들 사이로 나가는 일이 적었고 그 힘의 대중적인 효과를 덜 목격했다. 그래서 모든 면에서 대중에게 영향을 미치는 힘이 행사되자, 그녀는 이유도 모른 채 분명 고통을 당하고 있는 사람 한두 명에게 마음이 움직였다. 문제는 늘 이것이었다. 어떻게든 이런 예외자들의 고통을 최대한 덜어주기 위해 최선을 다했던가? 그게 아니라 승리자의 행진을 따라갈 수 없는 무기력자들은 붐비는 개선 행렬 속에서 승리자가 지나가는 길 밖으로 조심스럽게 옮겨지는 대신 아무렇게나 짓밟혔던 건 아닌가?

딕슨의 보조 하녀를 찾는 일은 마거릿의 몫이 됐다. 처음에는 딕슨이

---

* 청렴하고 절제하는 성품 때문에 정인(正人)이라는 별명이 붙었던 고대 그리스 아테네의 정치가이자 군인. 고대 그리스에는 독재 정치를 막기 위해 위험인물의 이름을 도자기 파편에 써서 추방하는 도편추방제가 있었는데, 『플루타르코스 영웅전』에 따르면 어느 날 한 문맹인이 아리스티데스에게 다가와 도편에 아리스티데스의 이름을 써달라고 했다고 한다. 아리스티데스가 그 이유를 물어보자 그가 말하길 "그 사람이 누군지는 몰라도 하도 '정인'이라고들 하니 그 이름에 질렸다"라고 했다 한다. 지나치게 친절한 헤일 씨의 성품을 드러내는 대목이다.

자기가 원하는, 집 안의 온갖 허드렛일을 할 수 있는 석임자를 구하는 일을 맡았었다. 하지만 딕슨이 생각하는 보조 하녀란 헬스턴 학교에 있을 때 좀더 나이를 먹은 깔끔한 장학생들에 대한 기억을 바탕으로 나온 것이었다. 그 학생들은 일이 많은 날 목사관에 출입이 허용된 것이 마냥 뿌듯해서 최상의 존경과 경외심으로 딕슨 부인을 대했는데, 그들의 그러한 태도는 헤일 씨와 헤일 부인 때문에 나온 것이었다. 딕슨은 자신을 향한 이러한 경외감을 모르지 않았을 뿐만 아니라 그걸 싫어하지도 않았다. 그녀는 마치 루이 14세가 궁정 대신들이 자신이 등장하면 눈이 부셔서 눈을 가리는 걸 보고 으쓱함을 느꼈던 것과 꼭 같은 기분을 느꼈다. 하지만 뭘 잘하는지 알아보려는 그녀의 질문에 보조 하녀 자리에 지원했던 모든 여자애가 보여준 제멋대로의 태도는, 헤일 부인에 대한 그녀의 충성심이 조금만 부족했어도 참아내기 힘들었을 것이다. 심지어 그녀들은 1년에 30파운드로 사는 집에서 상류층 티까지 내고, 기세등등한 하녀 한 명을 포함하여 하인을 둘씩이나 둘 능력이 있는지에 대해 의심과 우려를 나타내며 그녀에게 되묻기까지 했다. 헤일 씨는 더 이상 헬스턴의 교구 목사가 아니라 일정한 급여를 소비할 뿐인 평범한 남자로서, 더 이상 존경의 대상이 아니었다. 마거릿은 딕슨이 헤일 부인에게 와서 예비 하녀들에 대해 끊임없이 읊어대는 설명이 지겹고 견디기 힘들었다. 그렇다고 마거릿이 이 사람들의 제멋대로식 태도에 역겨움을 느끼지 않은 것은 아니었다. 붙임성 있는 그녀들의 인사를 아주 조심스레 피하지 않았던 것도 아니고, 밀턴에 살면서 어떤 종류든 장사에 종사하지 않는 집의 수입과 지위에 대해 노골적으로 드러내는 그녀들의 호기심에 심히 분노하지 않은 것도 아니었다. 하지만 무례한 느낌을 받으면 받을수록 마거릿은 이 문제에 대해 더 입을 다물려고 하는 경향이 있었다. 어쨌든 그녀가 직접 하녀를 면담한다면,

그녀가 느끼는 온갖 실망감과 사실이든 상상이든 그녀가 받는 온갖 모욕감을 그녀의 어머니가 되풀이해서 듣는 일은 모면할 수도 있었다.

그런 이유로 마거릿은 딱 맞는 여자애를 찾아 푸줏간과 식료품점을 오르내렸다. 그리고 공장에서 더 좋은 급료를 받으며 간섭 없이 일하는 걸 더 좋아하지 않는 사람을 이 공업도시에서 만난다는 게 힘들다는 걸 알게 되자 그녀는 매주 희망과 기대치를 낮추어갔다. 혼자서 이렇게 복잡하고 정신없는 데를 나다닌다는 것은 마거릿에게 일종의 시험이었다. 쇼 부인은 자신이 생각하는 법도에 대한 개념과 태생적으로 남에게 의존하는 성격 때문에 이디스와 마거릿이 할리 가나 그 인근을 벗어나기만 해도 하인이 따라가야 한다고 고집을 피웠었다. 마거릿의 자유를 억제했던 쇼 부인의 규칙으로 생겨난 제한은 당시 말없는 반항에 부딪쳤었다. 그래서 마거릿은 런던 생활과 다르게 느껴지는 시골 생활의 자유로운 산책과 방랑을 두 배로 만끽했다. 그녀는 발걸음을 통통거리며 대담하게 걸어 다녔는데 이런 발걸음은 간혹 마치 서두를 일이나 있는 듯 뜀박질이 됐다. 어떨 때는 숨죽인 채 더없이 편안한 마음으로 잎이 우거진 공터에서 노래를 부르거나, 나지막한 덤불이나 뒤엉킨 가시금작화 사이로 반짝이는 눈을 흘깃거리는 야생 생물들을 보면서 서 있었다. 그냥 마음 가는 대로 그렇게 걷든지 아니면 가만있든지 하다가, 거리에서의 걸음걸이에 맞게 차분하고 점잖은 속도로 늦추는 건 힘든 일이었다. 그래도 심각할 정도로 성가셨던 동행이 따라붙지만 않는다면 그녀는 이런 걸음걸이의 변화를 신경 쓰는 자신을 웃어넘길 수도 있었을 것이다.

크램턴 마을이 있는 쪽은 특히 공장 사람들이 이용하는 큰길이었다. 큰길을 둘러싼 뒷길에서는 수 마일에 걸쳐 하루에 두세 번씩 남녀 할 것 없이 엄청난 사람들이 쏟아져 나왔다. 사람들이 들고 나는 시간을 알게 되기 전까지 그녀는 불행히도 그 사람들 틈에 끊임없이 끼었다. 그들은 대담한 얼굴에 큰 소리로 웃으며, 특히 계급이나 지위가 자기들보다 높은 사람들을 겨냥한 농담을 주고받으며 길을 따라 밀려 내려왔다. 조심성이 라고는 없는 목소리와 거리의 예절 따위는 아랑곳하지 않는 그들의 태도 는 처음에 마거릿을 약간 겁먹게 했다. 어린 여자애들은 거칠지만 붙임성을 잃지 않은 채 그녀의 드레스에 대해 평을 하거나, 심지어 숄이나 드레스를 만져보면서 천이 정확히 무언지 확인까지 했다. 게다가 두어 번은 그들에게 특히 감탄을 자아냈던 어떤 소품에 대해 물어보았다. 그런 태도에는 드레스를 향한 그들의 애착에 대해 마거릿이 보여주는 여성으로서의 공감과 온정을 악의 없이 믿는 기미가 있었기 때문에, 그녀는 그런 마음을 이해하자마자 묻는 말에 기꺼이 답해주었고, 그들의 평에 살짝 웃어주었다. 그녀는 큰 목소리에 활기 넘치는, 몇 명인지도 모를 여자애들과 마주치는 건 개의치 않았다. 하지만 그 대신 똑같이 노골적인 태도로 드레스 말고 얼굴에 대해 이러쿵저러쿵 하는 노동자들에 대해서는 겁도 나고 화도 났다. 그때까지 자신의 용모에 대해서는 아주 교양 있게 표현하는 것조차 무례하다고 느꼈던 그녀는 거침없는 이곳 남자들의 노골적인 찬사를 견뎌야만 했다. 하지만 만약 그녀가 마구 뒤섞인 무리에 조금만 겁을 덜 먹었더라면 알아차릴 수 있었겠지만 바로 그 거침없음은 예민한 그녀의 성정에 상처를 입힐 의도가 전혀 없음을 보여주는 순수함의 표시였다. 그들의 말을 들을 때 마거릿은 두려움 때문에 불현듯 화가 났고, 그 때문에 얼굴은 붉어지고 까만 두 눈은 이글이글 타올랐다. 그러나 그들이 던진 말에는 다른 것들도 있었는데, 조용하고 안전한 집에 도착할 때쯤이면 그 말들은 그녀를 발끈하게 하면서도 즐겁게 했다.

한번은 어느 날 그녀가 남자들 한 무리를 지나쳐 가는데, 개중 몇몇

이 그녀가 자기들 애인이라면 얼마나 좋겠냐는 특별할 것도 없는 칭찬을 그녀에게 던졌고, 머뭇거리던 한 명은 이런 말까지 덧붙였다. "예쁜 아가 씨를 보니 오늘 하루가 더 기분이 좋소." 그리고 다른 어떤 날은 그녀가 머릿속의 어떤 생각에 무심코 미소를 짓고 있었는데 허름하게 차려입은 중년의 노동자가 이런 말을 했다. "아가씬 웃는 게 좋겠소. 그런 예쁜 얼 굴을 보면 많은 사람이 미소 지을 거요." 남자가 너무 수심 가득한 얼굴이 라서 마거릿은 자기의 그런 얼굴에 사람을 기분 좋게 만드는 힘이 있다고 생각하니 반가워서 미소를 지어 보일 수밖에 없었다. 그는 그녀가 보내는 감사의 눈길을 이해하는 것 같았고, 두 사람은 길에서 만나면 언제나 말 은 하지 않았지만 서로 아는 체를 했다. 그들은 한 번도 이야기는 나누지 않았다. 첫날 칭찬 말고는 한마디도 주고받지 않았지만 어쨌든 마거릿은 밀턴의 그 누구에게보다 더 흥미를 갖고 이 남자를 바라보았다. 어쩌다 일요일에 그녀는 그가 분명 딸로 보이는, 게다가 자신보다 더 병약해 보 이는 소녀와 산책하고 있는 모습을 보았다.

어느 날 마거릿과 그녀의 아버지는 마을 저 너머 들판까지 나갔다. 때는 초봄이었고 그녀는 산울타리와 도랑가의 꽃들과 들제비꽃, 드문드문 핀 애기똥풀 등을 꺾으면서 아름다운 꽃들이 흐드러지게 피었을 남부 생 각에 애석한 마음을 속으로 삼켰다. 아버지는 일이 있어서 밀턴으로 먼저 돌아가버렸고, 그녀는 집으로 돌아오는 길에 자신의 초췌한 친구들과 마 주치게 됐다. 소녀는 동경하는 눈빛으로 꽃을 쳐다보았고 마거릿은 갑작 스런 충동에 이끌려 그 꽃을 소녀에게 주었다. 소녀의 청회색 눈은 꽃을 받아 들자 밝게 빛났고, 그녀의 아버지가 그녀를 대신해 말을 건넸다.

"고맙소, 아가씨. 베시가 이 꽃을 무척이나 좋아라 하겠소. 암, 좋아 하지. 나도 아가씨 친절을 생각할 거고 말이오. 내 생각에는 이쪽 지방 사람이 아닌 것 같소."

"네!" 반쯤 한숨을 쉬며 마거릿이 말했다. "남부에서 왔어요. 햄프셔에서요." 그녀는 이름을 말해도 남자가 모를 경우 남자가 스스로의 무지함을 깨닫고 상처를 입을까 봐 조심스럽게 덧붙였다.

"런던 더 너머지요, 아마? 난 번리 쪽 출신이오. 북쪽으로 40마일 더 올라가지요. 그런데도 보다시피 남과 북이 서로 만나 이렇게 큰 산업도시에서 친구 비슷하게 됐소."

마거릿은 남자와 그 딸과 함께 걸어가려고 걸음을 늦추었는데, 이들의 걸음은 쇠약한 딸의 걸음걸이에 맞춰지고 있었다. 그녀는 소녀에게 말을 걸었고, 말을 거는 어조에서 묻어나오는 다정한 연민의 목소리가 소녀의 아버지 마음속으로 바로 파고들었다.

"몸이 좀 약한가 봐요."

"네, 그리고 앞으로도 절대 좋아지지 않을 거예요." 소녀가 말했다.

"곧 봄이잖아요." 마거릿은 뭔가 유쾌하고 희망적인 생각을 주려는 듯 이렇게 말했다.

"봄도 여름도 내겐 소용없어요." 소녀가 차분하게 말했다.

마거릿은 남자가 아니라고 말하기를 기대하면서, 아니 적어도 딸의 완전한 절망 상태에 대해 뭔가 다른 말을 해주기를 기대하면서 남자를 쳐다보았다. 하지만 그런 말 대신 그는 이렇게 덧붙였다.

"이 애 말이 맞을 거요. 말라도 너무 말랐으니."

"내가 가는 덴 봄일 거예요. 꽃들이 있고, 아마란스 꽃*도 있을 거고, 또 반짝이는 날개옷도 있을 거예요."

---

* amaranths: 영원히 시들지 않는다는 의미를 지닌 여러해살이 풀.

"불쌍한 것, 가여운 것!" 소녀의 아버지가 낮은 목소리로 읊조렸다. "나는 하나도 믿지 않지만, 너한테는 그런 게 위로가 되니. 애처로운 것. 불쌍한 내 신세! 머지않았다."

마거릿은 남자의 말에 충격을, 불쾌감이 아닌 충격을 받았다. 오히려 마음이 끌리면서 흥미가 생겼다.

"어디 살아요? 이웃인 것 같은데요. 이 길에서 자주 마주쳤잖아요."

"프란시스 가 9번지가 집이오. 굴든드래건을 지나면 두번째 길에서 왼쪽으로 돌면 있다오."

"이름은요? 꼭 기억해야 해요."

"이름 말해주는 거야 전혀 부끄러울 것 없소. 니컬러스 히긴스요. 얘는 베시 히긴스. 뭐 하러 물어보시오?"

마거릿은 이 마지막 질문에 놀랐다. 헬스턴에서는 이름과 주소를 물어본 뒤 알아냈던 그 주소로 가난한 이웃을 찾아가보는 일이 암묵적으로 이해되는 사항이었기 때문이다.

"한번 찾아갈 작정이었어요." 그녀는 갑자기 잘 알지도 못하는 사람에 대한 선의의 관심을 넘어, 이유가 전혀 없는데 한번 찾아가겠다는 말을 하는 게 약간 겸연쩍다는 생각이 들었다. 어느 순간 그녀가 무례를 범하는 모양새가 되어버린 것 같았다. 그녀는 남자의 눈에서 이런 뜻을 읽었다.

"난 낯선 이가 집에 찾아오는 걸 좋아하지 않소." 하지만 그 말을 한 뒤 그녀의 안색이 변한 걸 보자 약간 누그러져서 이렇게 덧붙였다. "아가씨는 타지에서 왔으니 이곳 사람들을 많이 모를 테고, 또 이 아이에게 직접 꽃까지 건넸으니, 오고 싶으면 와도 좋소."

마거릿은 이 대답에 기분이 좋기도 하고 화가 나기도 했다. 그녀는 마치 청이 받아들여지듯 허락이 떨어진 데를 찾아가볼 것인지 확신이 서지 않았다. 하지만 그들이 프란시스 가로 접어드는 지점에 다다랐을 즈음 소녀가 잠시 멈추더니 이렇게 말했다.

"우릴 보러 온다는 약속 잊으면 안 돼요."

"그럼, 그럼." 아버지는 서둘러 말했다. "이 숙녀분은 올 거다. 내가 좀더 정중하게 말해주지 않아서 지금 생각 중이지만 잘 생각해보고 나서 올 거야. 난 이 숙녀분의 품위 있는 예쁜 얼굴을 정확하게 읽을 수 있어. 가자, 베시. 공장에서 종이 울리는구나."

마거릿은 집으로 가면서 새로 생긴 친구들에 대해 생각했고, 자신의 머릿속을 스쳐간 생각을 꿰뚫어본 남자의 통찰력에 빙긋 미소를 지었다. 그날 이후로 밀턴은 그녀에게 좀더 밝은 곳이 됐다. 그녀가 밀턴이라는 도시를 받아들이고 있었던 것은 으스스하니 맑은, 긴 봄날 때문도 아니었고 그렇다고 시간이 흘러가서 그런 것도 아니었다. 그녀는 밀턴에서 인간에 대한 흥미를 발견했던 것이다.

9장
다과회를 위한 성장(盛裝)

고색창연한 중국 자기 찻잔
금색 그림과 하늘색 상감에 아취 넘치나니
인도 찻잎의 풍미
아니 태양빛에 잘 익은 커피 맛이 일품이어라*
― 바볼드 부인

히긴스 부녀와 만나고 난 다음 날이었다. 헤일 씨는 잘 올라가지 않던 시간에 위층 작은 거실로 올라갔다. 그는 방 안에 있는 물건을 자세히 보는 척하며 앞으로 다가갔지만 마거릿은 그것이 아버지가 긴장감을 감추기 위해, 말하고 싶지만 말하기가 두려운 뭔가를 미루느라 그러는 것임을 알았다. 드디어 말이 나왔다.

"얘야! 손턴 씨더러 오늘 저녁에 차를 마시러 오라고 청했다."

헤일 부인은 두 눈을 감고서 얼굴에는 요즘 들어 습관이 되다시피 한 고통스런 표정을 지은 채 안락의자에 깊숙이 앉아 있었다. 그녀는 남편의 말이 끝나자 일어서서 불평을 하기 시작했다.

"손턴 씨가! 그것도 오늘 밤에요! 그 사람이 도대체 이곳엘 뭐 하러 와요? 그리고 딕슨은 내 모슬린 드레스와 레이스를 빨고 있고, 진절머리

---

* 애나 러티셔 바볼드(Anna Letitia Barbauld, 1743~1824), 「탄카드의 탄식The Groans of the Tankard」(1825)에서 인용.

나는 이런 샛바람에 연수(軟水)도 없는 걸요. 이런 샛바람을 밀턴에서 우린 1년 내내 맞겠죠."

"바람이 돌아서고 있소, 여보." 헤일 씨는 연기 나는 쪽을 바라보며 이렇게 말했는데, 연기는 정확히 동쪽에서 불고 있었지만, 헤일 씨는 방향을 아직 잘 모른 채 임의로 상황에 좀 끼워 맞추었다.

"관두세요!" 헤일 부인은 몸을 부르르 떨면서 걸치고 있던 숄을 더욱 바싹 당겼다. "샛바람이든 하늬바람이든 그 사람은 올 테죠."

"아, 엄마가 손턴 씨를 한 번도 본 적 없는 게 맞네요. 손턴 씨는 적이든 바람이든 상황이든, 맞닥뜨리게 되는 모든 불리한 조건과 싸우는 걸 즐길 사람처럼 보여요. 비가 오거나 바람이 불면 그 사람은 더더욱 오게 되어 있어요. 여하튼 전 가서 딕슨을 도울게요. 전 풀 먹이는 걸로 유명해지고 있답니다. 그리고 그분은 아빠와 얘기하는 즐거움 말고는 딴 건 필요치 않을 거예요. 아빠가 다몬이라면 피티아스*인 그분을 전 간절히 뵙고 싶어요. 아시다시피 그분을 전 한 번밖에 보지 못했는데, 그땐 너무 당황스러워서 서로 무슨 말을 해야 할지도 몰랐기 때문에 특별히 친분을 쌓지도 못했어요."

"네가 그 사람을 좋아하게 될지, 아니 호감을 갖게 될지 모르겠다. 숙녀에게 인기 있는 사람이 아니야."

마거릿은 자신의 목을 어루만지며 살짝 조소하는 듯한 어조로 말했다.

---

* 그리스 신화에 나오는 인물들로, 친구를 위해 목숨까지 거는 돈독한 우정을 상징한다. 다몬은 친구인 피티아스가 시러큐스의 독재자 디오니시우스에 대한 모반 혐의로 처형의 위기에 놓이자, 그가 노모에게 마지막 인사를 하고 돌아올 때까지 대신 감금되어 있을 것을 자청한다. 풍랑과 해적의 위험을 물리치고 피티아스가 약속대로 돌아오자 디오니시우스는 두 사람을 모두 풀어준다.

"전 숙녀에게 인기 있는 사람을 특별히 존경하진 않아요, 아빠. 단지 손턴 씨는 아빠 친구로서, 아빠의 진가를 아는 사람으로서 여기 오는 거잖아요."

"밀턴에서는 유일한 사람이다." 헤일 씨가 덧붙였다.

"그러니 그분을 따뜻하게 맞도록 해요. 코코넛 케이크도 대접하고 말이죠. 딕슨한테 좀 만들라고 하면 으쓱해하며 좋아할 걸요. 전 어머니 모자를 다려야겠어요."

그날 아침 몇 번이나 마거릿은 손턴 씨가 먼 데 가 있기를 바랐다. 그녀는 다른 일을 계획해놓았다. 이디스에게 편지를 쓰고, 단테를 좀 읽고 히긴스네 집을 방문할 계획이었다. 하지만 대신에 그녀는 다림질을 했고, 딕슨의 불평을 들으면서 그녀의 말에 마냥 동조를 표함으로써 그녀가 어머니한테 우는소리를 되풀이하는 일이 생기지 않기를 바랄 뿐이었다. 이따금씩 마거릿은 어느샌가 전신에 퍼지면서, 최근 자주 일어나는 두통의 원인이 되고 있는 짜증스런 피로감을 누그러뜨리기 위해 아버지가 손턴 씨를 얼마나 대단하게 생각하는지를 떠올려야 했다. 드디어 앉게 됐을 때는 거의 말도 잘 나오지 않는 지경이었기 때문에, 그녀는 어머니에게 자기는 더 이상 세탁부 페기가 아니라 마거릿 헤일 아씨라고 말했다. 그녀는 살짝 농담 삼아 이 말을 했지만, 어머니가 자신의 말을 심각하게 받아들인다는 걸 알게 되자 바삐 놀린 입이 적잖이 짜증스러웠다.

"그래, 마을에서 제일 예뻤던 베리스퍼드 양이 나중에 제 딸이 장사꾼 접대를 차질 없이 하려고, 좁아터진 부엌에서 하녀처럼 반나절을 서서 일해야 할 거라고 생각이나 했을까. 이 장사꾼이 유일하다시피 한 손님이라고 생각이나 했을까."

"아유, 엄마!" 마거릿이 몸을 세우며 말했다. "생각 않고 한 말에 그렇게 벌을 주시면 어떡해요. 다림질이든 뭐든 엄마, 아빠를 위해서라면 전 전혀 상관없어요. 비록 바닥을 닦거나 설거지를 하는 일이라고 할지라도 전 그 모든 걸 해내는 타고난 숙녀인 걸요. 지금 잠깐 동안은 피곤하지만 반 시간 정도 지나면 같은 일을 또 할 거예요. 손턴 씨가 장사에 종사하는 거라면, 그 사람도 지금은 어쩔 수 없잖아요. 딴 일을 하기에는 학력이 받쳐주지 않는 것 같으니까요." 마거릿은 천천히 몸을 일으켜 자기 방으로 갔다. 더 이상은 이 상황을 견뎌낼 수가 없었던 것이다.

같은 시각 손턴 씨의 집에서는 비슷하지만 다른 장면이 벌어지고 있었다. 중년을 훌쩍 넘긴 나이에 장대한 골격의 부인이 가구가 잘 갖춰진 음산한 분위기의 식당에 앉아서 일을 하고 있었다. 체구와 마찬가지로 얼굴도 살집이 있다기보다는 다부진 편이었다. 그녀의 얼굴은 단호한 표정이었다가 서서히 바뀌어 똑같이 단호한 다른 표정이 됐다. 그녀의 얼굴에는 표정의 변화라는 게 그다지 없었다. 하지만 처음 그 얼굴을 본 사람이라면 보통은 그 표정을 한 번 더 쳐다보았다. 거리에서 길을 가다가도 사람들은 단호한 표정에 극히 우아한 이 여성을 잠시 더 볼 셈으로 고개를 반쯤 틀었다. 이 여인은 예의상 도로에서 양보한다거나 막다른 골목에서 가던 길을 멈추는 법이 결코 없었다.

그녀는 올 하나 해진 데 없고 빛바랜 구석 하나 없는 진한 흑맥주 색깔의 비단 드레스를 입고 있었다. 그녀는 올이 아주 고운 널따란 테이블보를 깁고 있었다. 자신의 세심한 손길을 기다리는 해진 부분을 찾으려고 그녀는 이따금씩 그걸 들어 올려 불빛에 대보았다. 거실에는 『매슈 헨리 성서 주석』* 말고 책은 한 권도 없었다. 주석서 여섯 권은 양옆에 찻주전자와 램프를 두고 육중한 서랍장 중앙에 놓여 있었다. 좀 떨어진 방에서는 피아노 연습이 한창이었다. 누군가 라흐마니노프의 살롱 연주용 소품을 연습하면서 아주 빠른 속도로 연주하고 있었다. 평균 세 마디마다 불분명하든가 아니면 전체가 홀랑 빠지든가 했고 마지막 부분의 요란한 화음은 반 정도가 틀렸지만 연주자는 더없이 만족스러워했다. 손턴 부인은 자신의 것과 같은 단호한 발걸음 소리가 식당 문을 지나치는 것을 들었다.

"존! 너냐?"

아들이 문을 열고 모습을 드러냈다.

"어쩐 일로 이렇게 일찍 온 거냐? 벨 씨 친구라는 헤일 씨 집에 차 마시러 간 줄 알았는데."

"갈 겁니다, 어머니. 옷 갈아입으러 왔습니다."

"옷을! 흥! 내 소녀 적엔 젊은 남자들이 하루에 한 번 옷을 입으면 그것으로 족했다. 예전의 목사와 차 마시러 가면서 옷은 왜 갈아입어야 하느냐?"

"헤일 씨는 신삽니다. 그리고 그분 아내와 따님도 숙녀들이시고요."

"아내와 딸이라고! 그 사람들도 가르치는 일을 하는 거냐? 뭐 하는 사람들이냐? 한 번도 내게 말해준 적이 없지 않니."

"네, 어머니. 헤일 부인은 한 번도 본 적이 없고, 헤일 양을 반 시간 가량 본 게 전부니까요."

"일전 한 푼 없는 처녀에게 걸려들지 않도록 조심해라, 존."

"전 쉽게 걸려들지 않습니다. 어머니도 아실 텐데요. 하지만 헤일 양에 대해선 그런 식으로 말하지 마십시오. 듣기 좀 거북합니다. 절 잡으려

---

* 영국의 신학자이자 비국교도 목사인 매슈 헨리(Matthew Henry, 1662~1714)가 쓴 성서에 대한 주석서로 방대한 양의 영적 통찰과 은유로 정평이 나 있다. 헨리는 영국 국교회의 복음주의 목사였던 아버지가 통일령으로 인해 성직에서 쫓겨난 직후 태어났으며, 1672년 국교회로부터 회심한 후 1687년 장로교 목사가 되었다.

는 그 어떤 처녀도 아직 알지 못할뿐더러, 그런 쓸데없는 수고를 했던 사람이 있었던 것 같지도 않습니다."

손턴 부인은 이 점에 있어서는 아들에게 양보하지 않았다. 그러나 손턴 부인은 대체로 자신과 같은 여성(女性)에 대해 자부심이 충분했다.

"글쎄, 내 말은 그냥 조심하라는 거다. 이곳 밀턴 처녀들은 주관이 뚜렷해서 남편감 낚는 일 같은 건 하지 않는다만, 헤일 양은 출신 계급을 따지는 지역에서 왔다는데, 들리는 말이 사실이라면 그런 곳은 부자 남편을 포상쯤으로 여긴다지 않더냐."

손턴 씨는 미간을 모았고 방 안으로 한 발짝 걸음을 내디디며 이렇게 말했다.

(가벼운 헛웃음과 함께) "어머니, 털어놓지 않을 수 없게 만드시는군요. 딱 한 번 봤을 때 헤일 양은 제게 업신여김이 잔뜩 묻어나는 오만한 태도로 예의를 차렸습니다. 마치 자기는 여왕이고 전 씻지도 않는 미천한 아랫것이나 된다는 듯 저와는 아주 거리를 두더라는 말입니다. 마음 놓으십시오, 어머니."

"무슨 소리! 마음이 놓이지도 않고 맘에 들지도 않는구나. 교회를 떠난 목사의 딸 주제에 널 무시했다니 대단하구나! 나라면 그 건방진 사람들 그 누구 때문에라도 옷을 차려입는 따위 짓은 하지 않겠다." 그는 방을 나서며 이렇게 말했다.

"헤일 씨는 좋은 분입니다. 신사인 데다 학식이 있어요. 무례를 범하고 싶지 않습니다. 헤일 부인에 대해서는, 만약 듣고 싶으시다면 어떤 분인지 밤에 말씀드리도록 하겠습니다." 그는 문을 닫고 가버렸다.

'내 아들을 무시하다니! 아랫것처럼 대했다고! 흥! 내 아들 같은 남자를 어디서 만날 수나 있다고! 사내에다 인간으로서 그 누구보다 고상하

122

고 심지 강한 아이를. 어머니라서가 아니야. 난 옳은 것이 무엇인지를 볼
수 있어. 장님이 아니란 말이야. 난 패니가 어떤 앤지, 존이 어떤 앤지를
알아. 존을 무시하다니. 그 처녀가 마음에 들지 않는군.'

10장
연철과 금

우리는 흔들릴수록 단단해지는 나무일지니*
—조지 허버트

손턴 씨는 식당에 다시 들르지 않고 집을 나섰다. 좀 늦었기 때문에 그는 크램턴까지 잰걸음으로 걸었다. 그는 무례하게 시간을 어겨 새 친구를 무시하는 일이 없어야 한다는 생각에 속이 탔다. 교회 종이 7시 반을 쳤을 때 그는 느릿느릿 움직이는 딕슨을 기다리며 문 앞에 서 있었다. 그녀는 문 열어주는 일 같은 걸로 자신의 지위가 떨어질 때는 언제나 행동이 두 배로 굼떴다. 그는 자그마한 거실로 안내됐고 헤일 씨의 따뜻한 인사를 받았다. 헤일 씨는 아내를 소개했는데, 그녀의 창백한 안색과 숄을 두른 모습에서 그녀의 환영이 차갑고 기운 없는 이유를 알 수 있었다. 밖이 어두워지던 참이라 그가 들어섰을 때 마거릿은 램프에 불을 밝히고 있었다. 램프에서는 아름다운 불빛이 어두운 방 중앙으로 퍼져 나왔다. 시골 관습상 그들은 밤하늘과 외부의 어둠이 방으로 들어오는 것을 막지 않았다. 어쨌든 그 방은 조금 전 자신이 떠나왔던, 번듯하고 장중하며, 어머니가 앉은 자리 말고는 여성이 생활한다는 흔적이나, 먹고 마시는 용도를 제외한 편의용품의 흔적 같은 것은 전혀 찾을 수 없는 그곳과는 대조

---

* 조지 허버트(George Herbert, 1593~1633), 「고통Affliction V」에서 인용.

적이었다. 그렇다. 거긴 식당이었다. 그의 어머니는 식당에 앉아 있는 것을 더 좋아했다. 어머니의 뜻은 곧 집안의 법이었다. 하지만 이 거실은 그렇지 않았다. 두 배, 스무 배만큼 아름답지만 반의반만큼도 풍요롭지 않았다. 여긴 거울도 없었고, 경치가 비치는 물처럼 빛을 반사하는 유리 조각 하나 보이지 않았다. 금박도 없었다. 전체적으로 따뜻하고 수수하게 칠해놓은 색깔 때문에 낡은 헬스턴의 꽃무늬 면 커튼과 의자 씌우개의 단조로움이 덜어지고 있었다. 펼쳐놓은 접이 책상이 문과 마주 보는 창가에 놓여 있었다. 다른 쪽에는 길쭉한 하얀 도자기 꽃병을 얹어놓은 받침대가 있었는데, 꽃병 밖으로 담쟁이덩굴과 연녹색 자작나무, 그리고 적갈색 너도밤나무 이파리로 엮어 만든 화환이 살짝 늘어져 있었다. 어여쁜 공예 바구니가 여기저기 있었고, 책들은 순전히 장정이 좋아서 고이 모셔놓고 있는 게 아니라, 최근 누가 보고 놔둔 듯 한쪽 테이블 위에 놓여 있었다. 문 뒤에는 하얀 테이블보가 둘러진, 차를 내려고 꾸민 테이블이 하나 더 있었는데, 그 위에는 코코넛 케이크와 오렌지 그리고 불그레한 색깔의 모양 좋은 사과를 이파리와 함께 수북이 담아놓은 바구니가 있었다.

손턴 씨의 눈에 품위가 풍기는 이 모든 보살핌은 이 집에서는 일상사인 것 같았고, 특히 마거릿과 닮아 있는 것 같았다. 그녀는 옅은 색의 모슬린 드레스 차림으로 차 테이블 옆에 서 있었다. 그녀는 두 사람의 대화에는 관심을 두지 않고 오직 찻잔을 옮기는 일에 여념이 없어 보였는데, 그 찻잔들 사이로 그녀의 하얗고 통통한 손이 소리 없이 우아하게 옮겨 다녔다. 그녀는 가늘게 뻗어 내린 한쪽 팔에 팔찌를 차고 있었고, 그 팔찌는 곡선을 이룬 손목 쪽으로 흘러내렸다. 손턴 씨는 그녀의 아버지 얘기에 귀를 기울이기보다는 그녀가 성가신 그 장신구를 다시 올리곤 하는 모습에 눈길을 더 많이 주고 있었다. 그는 그녀가 팔찌를 부드러운 살갗에 꽉 조이도록 재빨리 밀어 올리고, 그 팔찌가 다시 헐거워져서, 급기야 떨어져 내리는 광경을 보는 것에 매료된 듯했다. 그는 하마터면 이렇게 소리쳤을는지도 몰랐다. "또 내려오는군!" 그가 도착하고 나서는 차 준비를 위한 일이 별로 남아 있지 않았기 때문에, 곧장 음식을 들고 차를 마셔야 했던 그로서는 마거릿을 지켜보지 못하게 된 것이 애석하기까지 했다. 그녀는 마지못해 하는 하인의 거만한 태도로 그에게 찻잔을 건넸지만, 눈은 그가 한 잔 더 마실 준비가 된 순간을 포착했다. 그는 그녀의 아버지가 남성적인 손으로 그녀의 엄지와 새끼손가락을 들어 설탕 집게처럼 쓰게 하는 걸 보자, 하마터면 자기도 그렇게 할 수 있도록 해달라고 간절히 부탁하고 싶은 마음이 들 뻔했다. 손턴 씨는 미소와 사랑을 가득 담은 그녀의 아름다운 눈이 아버지를 향해 밝게 빛나는 것을 보았는데, 말없이 오고 가는 이런 사소한 동작들은 보는 이가 아무도 없을 거라는 믿음 속에서 계속됐다. 파리한 얼굴색으로 조용히 있는 데서 알 수도 있었겠지만 마거릿은 여전히 두통이 있었다. 하지만 그녀는 불편한 침묵이 조금이라도 길어진다면 아버지의 문하생이자 친구이기도 한 내방객이 무시당한다고 생각할 빌미를 줄 수 있으므로, 차라리 자신이 그 침묵을 깨야겠다고 마음먹고 있었다. 그러나 대화가 계속 이어졌기 때문에 마거릿은 차 도구가 치워지고 나자 자수거리를 들고 어머니 옆 한쪽에 자리를 잡았다. 그리고 그녀는 끊어진 대화를 갑자기 이어야 한다는 부담감 없이 이런저런 상념에 빠져도 될 것 같은 기분을 느꼈다.

손턴 씨와 헤일 씨는 지난번 수업에 나왔던 어떤 주제를 계속 이어가느라 여념이 없었다. 마거릿은 어머니가 조용히 건네는 사소한 얘기에 현실로 돌아왔다. 그리고 갑자기 자수에서 눈을 들자마자 그녀는 아버지와 손턴 씨의 뚜렷이 상반되는 성격을 엿볼 수 있는 외모의 차이에 눈길이 머물렀다. 그녀의 아버지는 마른 체형이어서, 지금처럼 더 크고 건장한 체격의 손턴 씨와 대비되지 않을 때는 실제보다 키가 더 커 보였다. 아버지의 얼굴에 자리 잡은 주름은 부드러운 곡선을 이루고 있었고, 그 주름을 비껴가며 생기는 빈번한 파상의 떨림은 감정의 모든 기복을 보여주고 있었다. 눈꺼풀은 넓게 곡선을 이루고 있어서 두 눈은 거의 여자 같은 특유의 나른한 아름다움이 있었다. 눈썹은 멋진 활 모양이었지만 꿈꾸는 듯한 넓은 눈꺼풀 때문에 눈과의 사이가 멀었다. 그렇다면 손턴 씨의 얼굴은 움푹 들어간 맑은 두 눈 위로 일자로 뻗은 눈썹이 낮게 드리워져 있었고, 진지한 눈빛은 불쾌감을 주지 않으면서 사물의 정확한 핵심을 꿰뚫어 볼 정도로 충분히 강렬해 보였다. 얼굴 주름은 많지 않았지만, 마치 대리석에 새겨진 듯 뚜렷했고 주로 입술 주변으로 생겨 있었다. 치아 위로 살짝 굳게 닫혀 있는 입술은 군더더기 없이 어찌나 아름다운지 순간적으로 눈이 반짝이면서 보기 드문 밝은 미소가 떠오를 때는, 무슨 일이든 무릅쓰고 해낼 준비가 된 남자의 엄격하고 결연한 표정이 아이들에게서나 볼 수 있는 거리낌 없고 즉각적인, 아주 솔직한 기쁨의 표정으로 바뀌면서 예기치 못한 햇살과도 같은 느낌을 자아냈다. 마거릿은 이런 미소가 마음에 들었다. 이것은 그녀가 아버지의 새로운 친구에게서 맨 먼저 감탄했던 부분이다. 그리고 그녀가 막 깨달았던 이런 용모의 모든 세세한 부분에서 나타나는 대조적인 특징은 그들이 서로에게 확연히 끌렸던 이유를 설명하는 것 같았다.

　그녀는 어머니의 소모사 뜨개질거리를 정리하면서 혼자만의 생각에 잠겼다. 이때 손턴 씨는 마치 그녀는 방에 없는 사람인 양 그녀의 존재에 대해서는 완전히 잊고서, 스팀 해머의 웅장하면서도 섬세한 조절력에 대해 헤일 씨에게 설명하느라고 완전히 빠져 있었는데, 스팀 해머에 대한 이러한 설명은 헤일 씨로 하여금, 한순간 수평선이 보이지 않을 정도로 엄청나게 커졌다가도 다음 순간 주인의 명령에 따라 작아져서 아이 손에 잡힐 정도로 작은 호리병 속에 들어가는 아라비안나이트에 나오는 지니의 경이로운 이야기들을 생각나게 했다.

"게다가 동력에 대한 이런 상상이, 거대한 생각의 구현이 우리 고장에 사는 한 남자의 머리에서 나온 겁니다. 자기가 성공한 발명을 발판 삼아 한 발짝 한 발짝 더 경이로운 것을 만들어내는 능력이 내재되어 있는 바로 그런 사람 말입니다. 이 말은 하지 않을 수 없겠습니다만, 그 사람이 죽더라도 우리 중에는 온갖 물리적 힘이 과학 앞에 무릎을 꿇게 되어 있는 전쟁에서 방어선이 무너졌을 때 그 구멍을 메우고 그 전쟁을 수행해나갈 자들이 많이 있습니다."

"그렇게 과장을 하니 오래된 글귀* 중 이런 구절이 떠오르는군."

"영국에는 해군대장이 백 명 있소." 그가 말했다.
"그 못지않게 훌륭하다오."

아버지의 인용이 끝나자 마거릿은 불현듯 호기심에 가득 찬 의문의 눈길로 위를 올려보았다. 어찌하여 이분들은 톱니바퀴 얘기에서 「체비 체이스의 발라드」까지 나가게 됐을까.

"과장이 아닙니다." 손턴 씨가 대답했다. "명백한 사실입니다. 제가 생활의 필수품으로부터 이다지도 장대한 사고를 탄생시킨 고장 — 아니

---

* 인용된 구절은 「체비 체이스의 발라드Ballad of Chevy Chase」에 나오는 부분으로, 영국과 스코틀랜드 간 국경 문제로 벌어진 오터번 전투(1388년)에서 헨리 4세가 자국의 장수 퍼시 경이 전사했다는 소식을 듣고 항전 의지를 불태우며 내뱉는 말이다.

지역이라고 해야겠습니다 ── 사람임을 자랑으로 여기고 있다는 걸 부인하지는 않겠습니다. 저는 걱정이라고는 없는 편안하고 느긋한 일상을 보내며 상류사회라고 부르는 남부의 유서 깊은 집에서 윤택하고 따분하게 살아가기보다는 차라리 고생하면서 ── 아니 성공하지 못하고 실패하면서 ── 피땀 흘려 일하는 사람이고 싶습니다. 우린 어쩌면 벌꿀에 파묻혀서 날지 못하게 될 수도 있으니까요."

"잘못 알고 계세요." 마거릿이 자신이 사랑해 마지않는 남부에 대한 비방에 자극을 받아 애정 어린 방어에 나섰는데, 그러느라 그녀의 뺨은 달아올랐고 눈에는 분을 못 이긴 눈물이 맺혔다. "남부에 대해 전혀 모르시잖아요. 만약 남부가 이런 멋진 발명품들이 밀려나오는 데 필요불가결해 보이는, 장사의 도박 정신에서 비롯되는 모험이나 발전이 적다고 한다면 ── 흥분할 거리가 적다고는 말 못 하겠네요 ── 그런 곳에는 고통 또한 적습니다. 여기선 쥐어짜는 슬픔과 걱정 때문에 땅만 바라보는 사람들이 거리를 오고 가는 게 보여요. 고통을 겪는 사람들일 뿐만 아니라 증오에 찬 사람들이지요. 그럼 남부는요, 남부에도 나름대로 가난한 사람들이 있어요. 그렇지만 그 사람들한테는 여기서 보게 되는, 부당함을 느끼는 침울한 얼굴에서 나타나는 그런 끔찍한 표정은 없습니다. 손턴 씨는 남부를 모르세요." 그녀는 말을 마치고 나서 이렇게 많은 말을 쏟아낸 스스로에게 화를 내며 작정한 듯 침묵에 들어갔다.

"헤일 양도 북부에 대해서 모른다고 말씀드려도 될까요?" 그는 자신의 말 때문에 그녀의 마음이 정말 상한 걸 보자 더없이 부드러운 어조로 이렇게 물었다. 그녀는 입을 열면 사무치는 그리움에 불안정하면서 떨리는 목소리를 내게 만들 것 같은, 저 멀리 햄프셔에 두고 온 정든 여러 장소를 갈망하면서 단호하게 침묵을 지켰다.

"어쨌든 손턴 씨는 밀턴이 여태 한 번도 보지 못한 남부보다 더 매캐하고 더러운 도시라는 건 인정하실 거예요"라고 마거릿은 말했다.

"밀턴의 청결 문제라면 항복해야 할 것 같습니다." 희미한 미소를 살짝 짓더니 손턴 씨가 말했다. "하지만 법률에 의거, 연기는 각자 처리하게 되어 있습니다. 그러니 말 잘 듣는 아이들처럼 하라는 대로 해야 합니다 — 언젠가는."

"하지만 자네는 연기 처리를 위해 이미 굴뚝을 개조했다고 한 것 같은데, 아닌가?" 헤일 씨가 물었다.

"저희는 법이 개입하기 전에 자진해서 고쳤습니다. 지출은 바로 발생했지만 석탄을 절약하니 그만한 가치가 있습니다. 법이 통과될 때까지 기다렸다가 고쳤어야 했는지도 모르겠습니다. 고발당하고 벌과금 처분을 받고 하면서, 합법적인 법 집행에 고생깨나 시켰어야 했는지도 모르지요. 하지만 고발인과 벌과금에 의존하여 집행하는 법은 그 혐오스러움 때문에 힘을 잃고 맙니다. 일부 공장주들이 자신들이 태우는 석탄의 3분의 1을 소위 불법 매연 형태로 끊임없이 배출하는데도, 지난 5년간 밀턴에서 고발당한 공장이 있었는지 의문입니다."

"딴 건 몰라도 여기서 모슬린 블라인드를 일주일 넘게 유지하기 힘든 건 분명해요. 헬스턴에서는 한 달, 아니 그 이상도 괜찮았고, 그때에도 더러운 느낌은 좀체 없었답니다. 게다가 손은 어떻고, 마거릿, 오늘 오전에만도 손을 몇 번 씻었다고 그랬니? 세 번이라고 그랬지, 아마?"

"맞아요, 엄마."

"자넨 여기 밀턴의 공장 경영 방식에 영향을 주는 의회법이나 법령에 대해서는 모두 심한 반감을 갖고 있는 것 같군."

"네, 맞습니다. 다른 사람들도 마찬가집니다. 게다가 정당한 이유에

서죠. 이 목면업계를 작동시키는 조직이라는 게 ─ 목재나 금속재 기계
류 얘기가 아니라 ─ 지나치게 새로운 것이라서 모든 부문이 동시에 잘
돌아가지 않는다고 해도 그건 당연합니다. 70년 전 목면업계는 아무것도
아니었습니다. 근데 지금은 목면업계가 전부입니다. 원료가 산업에 들어
왔습니다. 학식과 지위 면에서 동일한 수준의 남자들이 기회와 확률 면에
서 재능을 타고난 덕분에 별안간 고용주와 인부라는 서로 다른 지위를 갖
게 됐습니다. 이런 재능을 타고난 사람들은 차이를 보였고, 리처드 아크
라이트 경의 원시적인 정방기(精紡機) 모형에 숨겨진 원대한 미래에 대해
선견지명을 갖게 됐습니다. 새로운 사업이라고 부를 만한 것의 급격한 발
전 때문에, 일찌감치 고용주였던 사람들은 부와 지배력이라는 엄청난 힘
을 갖게 됐습니다. 인부들에 대해서만 힘을 가졌다는 게 아닙니다. 구매
자들, 그리고 세상 모든 시장에 대해서 말입니다. 예를 하나 들어볼까요.
50년도 채 안 된 얘깁니다. 밀턴의 신문에는 아무개(당시 대여섯 개 되던
날염업자들 중 하나)가 매일 정오에 공장을 닫을 거라는 광고가 실렸었습
니다. 그러니까 모든 구매자는 그 시간 전에 와야 했지요. 파는 시간과
팔지 않는 시간을 이런 식으로 지시하는 한 남자를 상상해보십시오. 지금
은 우수 고객이 한밤중에 오겠다면 저는 자다가도 일어나 공손하게 서서
그 고객의 주문을 받아야 합니다."

마거릿은 입꼬리를 올렸으나 어쨌든 듣지 않을 수 없었다. 그녀는 더
이상 몸을 빼고 자신만의 생각 속에 잠겨 있을 수가 없었다.

"전 다만 금세기 초 무렵에 제조업자들이 지녔던 무소불위의 힘을 보
여주려고 이러한 예들을 드는 겁니다. 제조업자들은 그 힘 때문에 정신
줄을 놓게 됐던 겁니다. 사업에 성공한 사람이 다른 것들에 대해 정신이
온전할 리가 없었지요. 반대로 그 사람의 공평함과 소박함은 밀려들어 넘

쳐나는 재산 아래 말 그대로 묻혀버렸습니다. 그러니 사람들은 초창기 면화 제조업자들이 주연 속에 빠져 살던 사치스러운 생활에 대해 이상한 이야기를 하고 다닙니다. 그들이 인부들에게 독재자와 같은 힘을 행사했다는 것 역시 의심의 여지가 없습니다. 선생님도 '거지를 말 등에 태워봐라, 미친 듯 달릴 것이다'란 속담을 아실 겁니다. 초창기의 이런 일부 제조업자들은 자신들의 말발굽 아래 인간을 짓밟으며 아무 가책 없이 당당하게 미친 듯이 달렸습니다. 하지만 이에 반하는 행동이 점차 나타났습니다. 공장이 점점 더 많아지고 주인들이 점점 많아졌습니다. 인부들도 더 필요해졌지요. 주인들과 인부들의 힘이 좀더 대등해졌습니다. 이제 싸움이 우리 사이에서 상당히 공평하게 벌어지는 겁니다. 우리는 심판의 결정에 굴복하지 않을 것이고, 실제 사건에 대한 얄팍한 지식뿐인 중재자의 간섭에는 더더욱 굴복하지 않을 겁니다. 비록 그것이 의회라는 이름의 중재자라고 할지라도 말입니다."

"그걸 꼭 두 계층 사이의 싸움이라고 부를 필요가 있나?" 헤일 씨가 물었다. "그 용어를 쓴 걸 보니, 그것이 사물의 실상에 대한 정확한 생각을 자네 머릿속에 심어주는 것 중 하나란 걸 알겠네."

"맞습니다. 게다가 신중한 지혜와 훌륭한 행위는 언제나 무지와 경솔의 반대편에서 그것들과 겨루고 있는 만큼 꼭 필요한 용어라고 생각합니다. 노동자가 자신의 노력과 처신으로 공장주의 권력과 위치까지 스스로 올라가게 될 수도 있다는 것이 우리 제도의 큰 미덕 중 하나입니다. 즉 자제력으로 품위 있고 진지하게 처신하고 자신의 의무에 집중하는 사람이라면 누구나 우리 자리에 오르게 되는 겁니다. 꼭 공장주는 아니지만 반장이나 현금출납원, 부기 담당자, 사무원 등 권위와 명령 체계의 한 자리로 올라서게 됩니다."

"그렇다면 손턴 씨는 이유야 어떻든 출세에 성공하지 못한 사람은 모두 적으로 간주하고 있는 거군요. 제가 바로 이해하고 있다면 말이에요." 마거릿이 또렷하고도 차가운 목소리로 말했다.

"그들 스스로의 적으로지요. 그럼요." 마거릿의 말과 그 어조가 내비치는 거만스러운 반감에 조금도 언짢아하지 않고 그가 재빨리 말했다. 하지만 곧 그는 솔직한 성격상 자신의 말은 그녀의 말에 대한 형편없는 발뺌에 불과할 뿐이라는 기분이 들었다. 그래서 그녀가 마음껏 비웃더라도 자기가 한 말이 무슨 의미인지 진심을 다해 설명해야 할 의무가 있다고 생각했다. 하지만 그녀의 해석과 자신이 말한 의미를 별개로 구분 짓기는 어려웠다. 그는 자신이 살아온 인생을 일부 얘기해줌으로써 자신이 말하고자 했던 바를 가장 잘 설명할 수도 있었을 것이다. 하지만 잘 알지도 못하는 사람들에게 말해주기에 그 얘긴 좀 매우 개인적인 소재가 아닐까? 그래도 자기 말의 의미를 가장 간단하게 설명하는 방법이었다. 그래서 그는 그늘진 뺨을 순간적으로 물들였던 민망한 기색을 떨치고 이렇게 말했다.

"근거 없이 하는 얘기가 아닙니다. 16년 전쯤 불행한 사고로 제 아버지가 돌아가셨습니다. 그때 전 며칠 만에 가장이 됐지요. 제게는 강인한 힘과 굳건한 의지를 타고나신 보기 드문 훌륭한 어머님이 계셨습니다. 우린 생활비가 밀턴보다 적게 드는 작은 마을로 내려갔고, 전 거기 포목 가게에서 일자리를 얻었습니다. 덧붙이자면 포목 가게는 지식을 얻는 데 가장 중요한 곳이지요. 매주 15실링의 수입이 들어왔고, 그 돈으로 세 식구가 살아야 했습니다. 어머니가 용케 살림을 꾸려나가셨기 때문에 전 15실링 중에서 3실링을 꼬박꼬박 모았습니다. 이게 시초였습니다. 이렇게 하면서 전 금욕을 배웠던 겁니다. 이제 전 어머니가 원해서라기보다는 그 연세에 필요한 그런 편의용품들을 사 드릴 수 있게 되어서, 어릴 때 어머니께서 주셨던 모든 가르침에 묵묵히 감사드립니다. 자, 제 자신의 경우 운도 아니고 공적도 아니고, 재능도 아닙니다. 제가 이렇게 할 수 있는 건, 단지 순전히 일해서 얻은 게 아닌 사치품들은 경멸하라는, 아니 두 번 다시 생각지도 말라고 가르쳤던 삶의 습관 때문이라고 생각하기 때문에, 헤일 양이 밀턴 사람들의 표정에서 받았다고 하는 고통의 인상은 단지 선조 시대에 일부 부정하게 누렸던 쾌락의 당연한 벌일 뿐이라고 믿습니다. 방종에 빠져 육체적 쾌락을 좇는 사람들은 미워할 가치조차 없다고 생각합니다. 그저 형편없는 그들의 인격을 경멸스럽게 바라볼 뿐이지요."

"그런데 자넨 고전의 기초 지식을 배웠더군." 헤일 씨가 말했다. "지금 읽고 있는 호메로스에 즉각 흥미를 보이는 걸 보니 그 책을 모르고 있었던 것 같지 않아. 전에 그 책을 읽어봤기 때문에 옛 지식을 더듬고 있을 뿐이지."

"사실입니다. 학교 다닐 때 그걸 떠듬떠듬 읽었습니다. 당시에는 고전에 꽤 능하다는 평까지 받았던 것 같습니다. 하지만 그 이후로는 라틴어와 그리스어에서 멀어졌지요. 하지만 물어보겠습니다. 지금 저의 이런 생활에 그런 준비가 무슨 도움이 됩니까? 하나도요. 그야말로 전혀 필요가 없습니다. 교육 수준으로 볼 때 누구든 읽고 쓸 줄만 안다면 그 당시 정말 필요했던 것밖에 몰랐던 저와 똑같습니다."

"글쎄, 난 그렇게 생각하지 않네. 어쩌면 내가 학자 티를 풍기고 있는지도 모르겠네. 호메로스 시대 영웅들의 단순함을 떠올리면 호연지기가 생기지 않는가?"

"전혀요!" 손턴 씨가 웃으며 말했다. "죽고 없는 사람들을 생각하기엔, 먹고살 일이 목까지 차서 제게 딸린 현실적인 걱정만으로도 너무 바빴습니다. 이제 연세에 맞게 어머니를 평온하게 모시면서 이전 고생에 대

한 보답을 하고 있으니, 그 옛날 고전을 다시 찾아 그것을 온전히 향유할
수 있게 된 것입니다."

"내 말은 고전보다 좋은 건 없다고 믿는 학자의 마음에서 나왔던 것
같네." 헤일 씨가 대답했다.

손턴 씨는 일어나 나가면서 헤일 씨 부부와 악수를 나눈 후, 마거릿
에게도 똑같이 작별 인사를 하려고 손을 내밀었다. 그것은 밀턴에서는 익
숙한 공공연한 관습이었으나, 마거릿은 악수에 대비하지 못한 상태였다.
그녀는 작별 인사로 고개만 숙였다. 그렇지만 그의 손이 반쯤 나왔다가
재빨리 들어가는 걸 보자 그녀는 그 의도를 알아차리지 못한 게 미안했
다. 손턴 씨는 그녀가 후회하고 있다는 건 알지 못한 채 몸을 쭉 펴고 걸
어 나왔고, 그 집을 떠나면서 이렇게 중얼거렸다.

'여태껏 본 적이 없는 오만하고 무례한 여성이로군. 그렇게 아름다운
모습도 그 오만한 태도 때문에 기억 속에 오점으로 남겠어.'

11장
첫인상

우리는 너나 할 것 없이 냉정하지만
조금은 부드러운 데가 있다고들 하지
하지만 그는, 좀 지나치게 냉정하여
내가 엄하게 볼 수밖에 없어라
— 작자 미상

"마거릿!" 내방객을 아래층으로 안내하고 돌아와서 헤일 씨가 불렀
다. "손턴 씨가 가게에서 일했던 얘기를 털어놓을 때 네 얼굴을 초조하게
쳐다보지 않을 수가 없더구나. 난 그 모든 내용을 벨 씨로부터 들어서 알
고 있었단다. 그래서 난 무슨 말이 나올지 알았다만, 넌 어쩌면 일어나서
나갈지도 모르겠다고 생각했지."

"아빠! 설마 절 그렇게 어리석은 아이로 생각하셨다는 말씀은 아니겠
죠? 전 다른 어떤 얘기보다 개인사에 대한 얘기가 정말 마음에 들었어요.
그것 말고는 무자비해서 싫었어요. 하지만 장사꾼들을 천박하게 만드는
과시욕 하나 없이, 그리고 자기 어머니에 대해 그토록 애틋한 존경심을
보이면서 개인사를 아주 담담하게 얘기하니까, 마치 이 세상에 밀턴 같은
덴 없다는 듯 밀턴에 대해 큰소리를 치던 때보다는 아니, 자기 어머니의
가르침, 그게 무엇이 됐건 자신을 그 자리에 있게 한 그 가르침을 조금이
라도 사람들에게 나눠주고 사람들을 바꿔보려고 하는 게 자신의 의무라고
생각하지는 않고 아무렇게나 마구 써대는 사람들을 경멸한다고 담담하게

선언할 때보다는 반감이 덜했어요. 그래요! 상점 심부름꾼을 했었다는 말이 가장 마음에 와 닿았어요."

"놀랍구나, 마거릿." 어머니가 말했다. "헬스턴에서 넌 장사하는 사람들을 항상 비난했잖니! 여보, 당신이 과거에 대해 한마디도 해주지 않고 그런 사람을 우리에게 소개한 것이 잘한 일 같지는 않아요. 말한 내용 중 어떤 부분에서는 내가 얼마나 많이 놀랐는지 드러날까 봐 정말 조마조마했어요. 아버지가 '끔찍한 상황에서' 돌아가셨다니. 어머나, 구빈원에 서였을 수도 있겠어요."

"글쎄, 구빈원 말고 딴 데라면 더 나았을까?" 남편이 대답했다. "여기 오기 전에 난 벨 씨에게서 그 사람이 살아온 과정에 대해 많이 들었다오. 어느 정도는 그 사람이 얘기했으니 빠진 부분은 내가 말하리다. 그의 아버지는 무분별하게 투기를 했는데 실패하자 목숨을 끊고 말았어. 수치심을 견딜 수 없었기 때문이지. 친구들은 그가 재산을 어느 정도 되찾아 보겠다고 다른 사람들 돈을 빌려 속수무책으로 덤벼들었던 부정직한 도박 사실이 드러나자 하나같이 몸을 사렸어. 그 누구도 이 모자를 돕겠다고 나서지 않았던 거야. 내가 알기론 아이가 하나 더 있는데, 아마 딸이지. 돈을 벌기엔 아주 어린 딸이었지만 당연히 건사해야 했지. 적어도 바로 나섰던 친구는 아무도 없었고, 손턴 부인도, 상상해보건대 굼뜬 온정이 자기를 찾을 때까지 기다리는 사람은 아니야. 그래서 이들은 밀턴을 떠났어. 손턴 씨가 상점에서 일을 시작했고 그렇게 번 돈이, 어머니가 맡고 있던 약간의 토지와 함께 오랫동안 그들을 지탱시켜줬다고 알고 있어. 벨 씨의 말로는, 어떻게 그게 가능했는지는 모르지만 몇 년간을 순전히 멀건 죽으로 연명했다고 하는군. 근데 채권자들이 선친의 빚을 받을 가망이 없다고 포기한 뒤(사실 그가 자살했는데 돈을 받아보겠다고 바라기나 했을까),

이 젊은이가 밀턴으로 돌아와서는 채권자들을 조용히 찾아다니며 각 채권자에게 아버지 빚의 첫 할부금을 갚았지. 잡음 하나 없이, 채권자들이 떼지어 모이는 일도 없이, 쥐도 새도 모르게였지만 결국 모든 빚을 청산했어. 채권자들 중에 괴팍한 영감(벨 씨 표현으로) 하나가 손턴 씨를 일종의 동업자로 받아들이면서 물질적으로 도움을 받았지."

"정말 잘됐네요." 마거릿이 말했다. "그런 인품이 밀턴의 제조업자라는 지위 때문에 물들어야 한다니 안타까워요."

"물이 들다니, 어떻게 말이냐?" 아버지가 물었다.

"왜요, 아빠, 모든 걸 시험하는 것에 의해 물들죠. 부(富)라는 기준 말이에요. 기계가 가진 힘에 대해 얘기할 때, 그 사람은 분명 그걸 장사를 확장해서 돈을 더 버는 새로운 방법으로만 보고 있던 걸요. 게다가 주위에 가난한 사람들은 어떻고요. 그 사람들이 사악해서 가난하대요. 동정심이라고는 눈곱만큼도 없었어요. 그 사람들에게는 강철 같은 성격도 없고, 그런 성격으로 부자가 되는 능력도 없어서 가난하다는 거예요."

"사악은 아니지. 그렇게는 말하지 않았다. 낭비고 방종이라고 그랬지."

마거릿은 어머니의 뜨개질거리들을 담으며 자러 갈 준비를 하고 있었다. 그녀는 막 거실을 나가려다가 잠시 망설였다. 아버지가 들으면 기뻐하시리라고 생각되는 인사치레를 하고 싶었으나, 솔직한 심정인 이 말에는 분명 불만이 담겨 있었다. 하지만 말은 나오고 말았다.

"아빠, 저도 손턴 씨가 정말 대단한 분이라고 생각해요. 근데 개인적으로 전 그 사람이 전혀 맘에 들지 않아요."

"나도 대단하다고 생각한다!" 아버지가 웃으며 말했다. "네 표현대로 개인적인 것도 포함해서 말이다. 내가 그 사람을 영웅 비슷하게 치켜세우는 건 아니다. 어쨌든 잘 자거라, 아가. 네 어머닌 몹시도 피곤한가 보구나, 마거릿."

　마거릿은 어머니가 불안감과 함께 지루해하고 있는 걸 진즉에 알았
다. 아버지의 말에 그녀는 가슴 위에 얹힌 돌덩이 같은 희미한 두려움을
안고 침실로 올라갔다. 밀턴의 생활은 헤일 부인이 1년 내내 신선한 공기
속에 들어갔다 나왔다 하면서 익숙해져 있던 헬스턴에서의 생활과는 달라
도 너무 달랐다. 공기 자체가 너무 달랐고, 여기선 보다시피 새 생명을
불어넣는 자연법칙을 모든 것에서 빼앗아가고 있었다. 가정의 걱정거리들
이 참으로 낯설고도 지저분한 형태로 집안 여자들 모두를 무지 바싹 압박
했기 때문에 그녀의 어머니가 건강에 심각한 타격을 받게 될지도 모른다
고 걱정하는 데는 충분한 이유가 있었다. 이 밖에도 헤일 부인에게서 몇
가지 다른 이상 징후가 보였다. 그녀는 딕슨과 함께 침실에서 비밀스러운
이야기를 나누었고, 그럴 때면 딕슨이 안주인의 고통 때문에 안쓰러울 때
마다 으레 그러듯 속이 상한 채 울면서 밖으로 나오곤 했다. 한번은 딕슨
이 방을 나가자마자 그 방에 들어간 마거릿은 어머니가 무릎을 꿇고 있는
모습을 보았다. 그녀는 몇 마디를 엿들을 수 있었는데 그 말은 분명 극심
한 신체적 고통을 이겨낼 수 있도록 힘과 인내를 달라는 기도였다. 마거
릿은 쇼 이모 댁에서 너무 오래 지내는 바람에 단절되고 만 긴밀한 끈이
다시 연결되기를 갈망했고, 어머니를 부드럽게 어루만지고 다정하게 말을
건네면서 그녀의 심중으로 파고들기 위해 온갖 노력을 다했다. 비록 예전
에는 자신을 기쁘게 해주었을 수도 있는 애정 표현과 정다운 말을 충분히
되돌려 받긴 했지만 마거릿은 어머니가 감추고 있는 비밀이 있다고 느꼈
고, 그 비밀이 어머니의 건강과 중대한 관련이 있다고 생각했다. 그날 밤
마거릿은 한참을 뜬눈으로 지새우면서 어머니의 건강에 미칠 만한 밀턴
생활의 해로운 영향을 어떻게 하면 줄일 수 있을까에 대해 곰곰이 생각했

다. 마거릿은 자신의 모든 시간을 포기하고서라도 딕슨을 도와줄 상주 하인을 하나 구해야 했다. 어쨌든 그렇게 되면 어머니는 자신에게 필요한, 또 평생 동안 몸에 익어왔던 개인적인 보살핌을 오롯이 받게 될는지도 몰랐다.

직업소개소를 찾아다니면서 별로 가능성도 없는 온갖 부류의 사람들과 도저히 가능성 없는 극소수의 사람을 만나보는 일은 마거릿의 시간과 생각을 잡아먹었다. 어느 날 오후 마거릿은 길에서 베시 히긴스와 마주치자 걸음을 멈추고 말을 걸었다.

"잘 지냈어요, 베시? 차도가 있으면 좋겠는데. 이제 바람도 바뀌었잖아요."

"좋아졌기도 하고 안 좋아졌기도 해요. 무슨 말인지 안다면."

"딱히 모르겠는 걸요." 마거릿이 말하면서 미소를 지었다.

"밤새 기침 때문에 온몸이 부서지는 건 좀 좋아졌어요. 하지만 밀턴에는 진저리가 나서 뿔라*로 가기만 기다리고 있어요. 그러니까 까마득히 더 먼 곳으로 가버리는 걸 생각하면 마음이 가라앉고, 전혀 좋아지지 않는 거죠. 더 나빠졌어요."

마거릿은 방향을 틀어 힘없이 집을 향해 가는 소녀와 나란히 걸었다. 하지만 잠시 동안은 말을 하지 않았다. 이윽고 그녀가 나지막하게 물었다.

"베시, 죽고 싶은 거예요?" 왜냐하면 젊고 건강한 사람에겐 지극히 당연한 일이듯 마거릿 역시 삶에 매달리면서 죽음을 겁냈기 때문이다.

베시는 대답하지 않고 잠시 침묵을 지켰다. 그러고 나서 이렇게 대답했다.

---

* the land o' Beulah: 구원의 땅 예루살렘을 가리키는 이름(「이사야서」 62장 4절).

"그쪽이 나처럼 살았다면, 나처럼 살아온 삶에 지쳐서 '어쩌면 이런 삶이 50~60년 계속될 거야'라는 생각을 간혹 해봤다면 ──그렇게 사는 사람들도 있으니까요 ──그래서 60년 세월이 매년 이렇게 내 주위를 빙글 빙글 돌아가고 천년만년 끝날 것 같지 않은 시간이 째깍째깍 나를 조롱하는 것 같아서 어지럽고 멍해지고 메스꺼워진다면 ──오, 불쌍한 것! 정말이지, 의사가 내년 겨울은 못 볼지도 모르겠다고 말해준다면 그쪽도 그걸 다행으로 여기고도 남았을 거예요."

"세상에나, 베시, 그렇게 고통스러웠어요?"

"다른 사람들보다 더 나쁠 것도 없겠죠. 나 혼자만 조바심을 치는 거고 다른 사람들은 그러지 않는다뿐이죠."

"근데 뭐 때문이에요? 알다시피 난 여기가 처음이니까, 한평생 밀턴에서 살았던 사람처럼 베시가 말하는 걸 얼른 알지 못할 수도 있어요."

"집에 온다고 했던 날 왔더라면 말해줬을지도 몰라요. 근데 아빠가 그쪽도 다른 사람들과 다를 것 없대요. 보지 않으면 멀어지게 되어 있다고."

"다른 사람들 누굴 말하는지는 모르겠지만 그동안 많이 바빴어요. 솔직히 약속을 잊어버렸어요."

"온다고 한 건 그쪽이잖아요! 우린 오라고 한 적 없어요."

"그때 그랬던 걸 깜박했어요." 마거릿은 조용히 말을 이었다. "좀 덜 바쁠 때 그 생각을 다시 했어야 하는 건데 말이에요. 지금 가면 안 될까요?"

베시는 지금 한 말이 진심인지 보려고 마거릿의 얼굴을 재빨리 한번 쳐다보았다. 째려보듯 했던 그녀의 시선은 마거릿의 부드럽고 다정한 눈길을 보자 애절한 염원으로 바뀌었다.

"날 신경 써주던 사람은 별로 없었어요. 오고 싶다면 와도 돼요."

그리하여 두 사람은 조용히 함께 걸었다. 그녀들이 지저분한 거리를 지나서 작은 빈터로 몸을 틀었을 때 베시가 말했다.

"혹시 아빠가 집에 있어도, 처음에 좀 거칠게 말해도 겁먹지 말아요. 아빤 그쪽을 인상 깊게 봤고 찾아오겠다는 말을 진지하게 생각했거든요. 그쪽이 마음에 들었기 때문에 화가 나서 괴로워했어요."

"걱정 말아요, 베시."

하지만 그녀들이 집에 당도했을 때 니컬러스는 집에 없었다. 칠칠치 못한 몸가짐에, 베시보다 나이는 어리지만 키가 더 크고 몸집도 더 좋은 소녀 하나가 빨래 통을 있는 대로 퉁탕거리며 빨래를 하느라고 바빴는데, 그 소리가 어찌나 큰지 마거릿은 가엾은 베시 생각에 겁이 났다. 베시는 산보에 완전히 지친 듯 가까운 의자에 이미 주저앉아 있었다. 마거릿은 베시의 여동생에게 물을 한잔 달라고 했고, 그녀가 (도중에 화로쑤시개와 의자를 넘어뜨려가며) 물을 가지러 간 사이 베시가 쓰고 있던 보닛 끈을 풀어서 호흡을 좀 편하게 해주었다.

"이런 생명을 보살펴줄 가치가 있다고 생각해요?" 가쁜 숨을 내쉬며 드디어 베시가 말했다. 마거릿은 대답하지 않은 채 그녀 입술에 물만 갖다 댔다. 베시는 정신없이 한 모금 쭉 들이켜더니 몸을 뒤로 기대고 눈을 감았다. 마거릿은 그녀의 중얼거림을 들었다. '더 이상 굶주리지도 않고 목마름도 없으리. 햇빛도 비치지 않을 터이니, 온기도 없으리라.'

마거릿은 몸을 숙이고 말했다. "베시, 생명에 조바심치지 말아요. 지금이 어떻든 그리고 과거가 어떠했든 말예요. 누가 그 생명을 베시에게 주었고, 지금의 삶을 살게 하셨는지 기억해요."

그녀는 뒤에서 니컬러스가 하는 말에 깜짝 놀랐다. 그가 기척도 없이 들어와 있었던 것이다.

"이제 내 딸한테 설교는 필요 없소. 딸애는 꿈과 상상에다 황금문과 보석이 있는 도시에 대한 환상으로 사실 충분히 나빠져 있소. 딸애가 그걸로 즐거워하니 그냥 두는 거지만, 더 이상은 그딴 말이 딸애의 귀에 들어가지 못하게 할 거요."

"하지만," 마거릿이 돌아서며 말했다. "히긴스 씨는 하나님이 베시에게 생명을 주셨고, 어떤 삶을 살아야 할지 명령하셨다는 제 말을 분명 믿으시죠?"

"난 내가 본 것만 믿소, 그뿐이오. 내가 믿는 건 그거요, 아가씨. 들리는 건 믿지 않소. 암, 잘 믿지 않고말고. 젊은 처자가 우리 사는 델 알려고 법석을 떨면서 우릴 보러 온다고 했소. 여기 내 딸이 그 말을 철석같이 믿고서, 낯선 발소리만 들리면 내가 보고 있는 것도 모르고 매번 얼굴이 상기되더이다. 근데 드디어 그 처자가 왔소. 물론 환영하오. 알지도 못하는 것에 대해 설교하려고만 하지 않는다면 말이오."

베시는 마거릿의 얼굴을 지켜보고 있었는데, 이제 말을 하려고 반쯤 일어나 앉더니 간청하는 몸짓으로 마거릿의 팔에 손을 얹었다.

"아버지 말에 화내지 마세요. 저렇게 생각하는 사람이 많아요. 여기 아주 많아요. 그 사람들 얘기를 들어본다면 아버지 말이 놀랍지도 않을 거예요. 아버지는 정말 좋은 분이에요. 하지만 아!" 그녀는 절망스럽게 주저앉으면서, "가끔 아버지 말을 들으면 더욱더 죽고 싶어져요. 너무 많이 알고 싶어서 호기심에 이리저리 뒤척이게 돼요."

"불쌍한 것, 가련한 것. 널 신경 쓰게 하기는 싫다. 정말이다. 하지만 인간은 진실을 외쳐야 한다. 이 세상이 전혀 알 수도 없는 것에 신경 쓰면서 지적의 무질서는 하나도 바로잡지 않고 그냥 둔 채 잘못되어가는 걸 보게 되면, 어휴 종교 이야기일랑 관두고 목전에 닥친 일이나 붙잡는 게 나을 성싶다. 그게 내 믿음이야. 간단하고 멀리 갈 필요도 없고 힘들지도 않지."

하지만 딸은 마거릿에게 더욱더 매달릴 뿐이었다.

"아빠 너무 나쁘게 생각하지 마세요. 훌륭한 분이에요. 정말 그래요. 어떨 땐 이런 생각도 해요. 천국에 있다고 해도 아빠가 없다면 슬퍼서 기운이 빠질 거라고요." 그녀의 뺨이 상기되더니 눈에도 붉은 기운이 뻗쳤다. "하지만 아빠! 아빠 거기 계실 거죠. 정말요! 아, 가슴이!" 그녀는 손을 가슴 위에 얹더니 파랗게 질려갔다.

마거릿은 팔로 그녀를 잡은 뒤 지쳐 늘어진 그녀의 머리를 자신의 가슴에 기대게 했다. 그러고는 관자놀이 쪽에 붙은 가늘고 부드러운 머리카락을 뒤로 쓸어 넘긴 뒤 그곳을 물로 적셔주었다. 니컬러스는 몇 가지 물건을 달라는 마거릿의 신호를 재빨리 눈치로 알았고, 여동생조차 눈이 휘둥그레져서 마거릿의 "쉿!" 소리에 조용히 움직이려고 엄청 애를 썼다. 이윽고 죽음이 멀지 않았음을 알리는 발작이 지나가자 베시가 정신을 차리고 말했다.

"침대로 갈래요. 거기가 제일 좋아요. 근데," 마거릿의 드레스 자락을 잡으며 말을 이었다. "내일 또 올 거죠. 온다는 거 알아요. 그래도 올 거라고 말해줘요!"

"내일 올게요." 마거릿이 말했다.

베시는 아버지에게로 다시 몸을 기댔다. 그는 베시를 위층으로 데려가려고 준비하고 있다가 마거릿이 가려고 일어나자 힘들게 무언가 말을 했다. "신이 있다면, 다만 아가씨에게 축복이 내리길 바랄 뿐이오."

마거릿은 상념에 잠긴 채 슬픈 기분으로 자리를 떠났다.

그녀는 저녁 식사에 늦고 말았다. 헬스턴에서 어머니는 식사 시간을 어기면 큰 잘못으로 여겼었다. 하지만 이젠 잘 지켜지지 않는 소소한 다른 일처럼 이것 역시 어머니를 그다지 신경 쓰이게 하지 않는 것 같았다. 그래서 마거릿은 예전의 그 잔소리가 그립기까지 했다.

"하녀 만나고 온 거니?"

"아뇨, 엄마. 앤 버클리는 그런 자리엘랑 절대 맞지 않았을 거예요."

"내가 해야겠다." 헤일 씨가 말했다. "이 골칫거리에 모두가 매달려 봤으니, 이제 내가 해보마. 결국은 내가 유리 구두의 주인공인 신데렐라 일지도 모르지."

이런 농담에도 마거릿은 웃음을 보일 수가 없었다. 히긴스 씨 집을 방문하고 와서 그녀는 마음이 너무나 무거웠던 것이다.

"어떡하시게요, 아빠? 어떻게 찾아보시려고요?"

"글쎄다, 나라면 음전한 안주인에게 자기가 알고 있거나, 하인들 중에서라도 알고 있는 사람이 하나 있으면 추천해달라고 부탁해보겠다."

"좋아요. 근데 우선은 안주인을 찾아봐야죠."

"이미 찾았다. 아니 오히려 제 발로 덫에 걸려들 테니 네가 솜씨가 좋으면 내일 잡게 될 게야."

"무슨 말이에요, 여보?" 헤일 부인이 의아해하면서 물었다.

"있잖소, 내 모범 문하생이(마거릿 말마따나) 자기 모친이 내일 헤일 부인과 헤일 양을 방문하겠다고 했다는구려."

"손턴 부인!" 헤일 부인이 외쳤다.

"우리한테 얘기하던 그 어머니 말인가요?" 마거릿이 물었다.

"손턴 부인. 한 분뿐인 손턴 군의 어머니겠지." 헤일 씨가 조용히 말했다.

"만나보고 싶어지는구나. 분명 특별한 사람일 거야." 마거릿의 어머니가 덧붙였다. "친척 중에 우리 마음에도 들면서, 여기서 일하는 걸 고마워할 사람을 알고 있을지도 몰라. 그렇게 알뜰한 분이시라니 부인과 인척이라면 누구라도 마음에 들 거야."

"여보," 헤일 씨가 주의를 주었다. "그 생각에 너무 들뜨지 말아요. 손턴 부인은 여기 우리 딸과 마찬가지로 나름대로 거만하고 자존심이 있는 분이라서, 손턴 씨가 아주 솔직하게 털어놓았던 시련과 궁핍, 그리고 절약의 과거는 완전히 무시해버릴 것 같구려. 어쨌든 남들이 그런 사실을 안다는 걸 분명 좋아하지 않을 거요."

"아빠, 그건 저의 도도함과는 다른 종류란 걸 알아주세요. 조금이라도 제가 그렇다고 한다면요. 전 그 말에 수긍하지도 않지만 아빤 항상 저보고 도도하다고 하시잖아요."

"손턴 부인 역시 그렇다는 건 확실치 않아. 하지만 손턴 씨에게 들었던 이러저러한 말을 종합해볼 때 그럴 거라고 짐작하는 거란다."

그들은 손턴 부인의 아들이 자기 어머니에 대해 어떤 식으로 말했는지는 별로 알고 싶어 하지 않았다. 마거릿은 오로지 손턴 부인의 내방을 받기 위해 자신이 집에 있어야 하는지만 알고 싶었다. 왜냐하면 이른 아침에는 집안일로 늘 바쁜 탓에 그렇게 되면 늦게까지 베시의 상태를 보러 갈 수가 없을 것이기 때문이었다. 그런 다음 그녀는 어머니 혼자서 내방객을 접대하는 모든 부담을 지게 할 수는 없다는 생각을 떠올렸다.

12장
오전의 방문

"그렇다면—그래야겠군."*
—문회(文會)

  손턴 씨는 어머니가 바람직한 수준의 예를 차리도록 만드는 데 애로가 있었다. 그녀는 사교적 방문을 자주 하지 않았으며, 하게 되면 그녀의 방문은 의무를 종결짓는 공식적인 형태가 됐다. 아들은 어머니에게 이미 마차를 마련해준 상태이지만, 그녀는 아들이 마차에 쓸 말을 집에서 먹이지 못하게 했다. 중대한 행사가 있을 때만 말을 빌렸고 그런 경우 그녀는 아침, 아니면 저녁에 방문을 수행했다. 그녀는 보름 전부터 말을 빌리는 게 아니라 사흘 동안만 빌려서 모든 지인을 찾아보는 일을 수월하게 '해치웠는데,' 이제 자기 차례가 된 그 사람들이 돈을 써야 하는 곤혹스러운 처지에 놓이게 됐는지도 몰랐다. 그렇지만 크램턴까지 걷기에는 너무 먼 거리였다. 그래서 그녀는 헤일 씨 댁을 방문했으면 하는 아들의 희망이 돈 주고 마부를 써야 할 정도로 단호한지를 알아보기 위해 아들에게 거듭 물었다. 그 정도는 아니라고 했다면 그녀는 기뻤을 것이다. 그녀의 말마따나 '밀턴에서 선생이고 스승이고 하는 사람들과 죄다 친분을 유지해야 할 이유가 하나도 없었기' 때문이다. "아니, 다음번엔 내가 패니의 무용

---

* 아서 헬프스(Arthur Helps, 1813~1875), 『산문집 *Prose Works*』에서 인용.

선생 아내를 찾아가봤으면 하겠구나!"

"예, 그럴 겁니다, 어머니. 만약 메이슨 씨 부부가 헤일 씨 댁과 같이 외지에서 친구도 없이 지낸다면 말입니다."

"아! 그렇게 조바심칠 것 없다. 내일 가마. 난 단지 네가 이런 일에 대해 정확히 이해하길 바랐던 것뿐이다."

"내일 가신다면, 말들을 준비시켜놓겠습니다."

"어리석은 소리 하지 마라, 존. 사람들이 네가 돈을 만들어내는 줄 알겠다."

"아직까지는 아닙니다. 하지만 말 문제라면 제 생각은 확고합니다. 지난번에 이륜마차로 가셨다가 마차가 덜컹거리는 바람에 두통이 생기지 않았습니까."

"그걸로 불평 같은 건 하지 않았다."

"그랬지요. 어머니는 불평하시는 분이 아니니까요." 약간 뿌듯한 듯이 그가 말했다. "그러니 어머니께 더더욱 신경을 써야지요. 패니 저 애한테는 약간의 고생이 몸에도 좋을 겁니다."

"저 앤 너만큼 강하지 않아. 그런 걸 못 견딜 거다."

이 말을 한 뒤 손턴 부인은 입을 닫았다. 마지막 말의 의미가 그녀를 당황하게 했기 때문이다. 그녀는 약해빠진 성격을 무의식적으로 경멸했는데, 패니에게는 어머니와 오빠가 지닌 그 강인함이 부족했다. 손턴 부인은 논리적으로 따지는 성격은 아니었다. 그녀에게는 혼자서 이것저것 따져보기보다는 재빠른 판단과 단호한 결단력이 쓸모가 있었다. 그녀는 그 무엇도 패니가 고생을 참고 견디거나 어려움에 용감하게 맞서도록 만들 수 없다는 것을 본능적으로 느꼈다. 비록 딸에 대해서 이러한 점을 스스로 인정하는 형국이 되어 당혹감에 움찔했지만 그건 단지 딸을 향한 다정한 연민이 드러났던 것일 뿐, 어머니들이 병약한 자식을 다룰 때 습관적으로 취하는 처신과 별반 다르지 않았다. 무심코 지켜봤던 이방인이라면 자식을 대하는 손턴 부인의 태도가 아들보다 딸에 대한 사랑이 훨씬 크다는 걸 보여준다고 생각했을는지도 모른다. 하지만 그랬다면 그 사람은 몹시도 착각한 것일 수 있다. 서로에게 거리낌 없이 진실을 말하는 이 모자의 대담성은 서로의 마음속에 자리 잡은 굳건한 신뢰를 증명해주었다. 이 신뢰는 딸에 대한 손턴 부인의 부자연스러운 애정, 즉 손턴 부인 스스로도 갖추고 있거니와 타인에 대해서도 높이 평가하는 훌륭한 자질이 딸에게는 없다는 걸 숨기고자 하는 수치심이었고, 이 수치심이야말로 딸에 대한 그녀의 애정이 확고하지 않음을 드러내고 있었다. 손턴 부인은 아들을 부를 때는 아무것도 붙이지 않고 항상 존이라고만 불렀고, '귀여운'이나 '사랑하는' 등의 수식어는 패니에게만 썼다. 그래도 마음속으로는 밤이고 낮이고 아들에게 감사했고, 여자들 사이를 지날 때는 아들 덕분에 당당하게 걸었다.

"패니, 아가! 오늘 마차 타고 헤일 씨 집을 방문할 텐데, 넌 보모 보러 가지 않으련? 같은 방향인 데다 보모는 널 보면 항상 반가워하잖니. 내가 헤일 씨 집에 있는 동안 넌 거기 가 있으면 될 것 같구나."

"아유, 엄마도 거기가 얼마나 먼데요. 피곤해요."

"뭣 때문에 피곤하다는 거냐?" 손턴 부인이 미간을 살짝 모으며 물었다.

"몰라요, 날씨 탓인가 봐요. 너무 나른해요. 보모를 여기로 오게 하면 안 될까요, 엄마? 우리 마차를 보내서 데려오면 되잖아요. 오늘 여기서 나랑 있으면 되죠. 아마 좋아할 걸요?"

손턴 부인은 아무 말도 하지 않았다. 다만 뜨개질한 것을 테이블 위에 펼쳤는데, 생각을 하는 눈치였다.

"집에 돌아가려면 밤길이 멀 게다!" 드디어 그녀가 말했다.

"그렇담 이륜마차를 불러 태워 보내죠, 뭐. 걸어가게 할 수는 없으니까요."

이때 막 공장으로 나가려던 손턴 씨가 한마디 했다.

"어머니! 제가 따로 말하지 않아도 병중에 있는 헤일 부인에게 요긴하다면 아무리 하찮은 거라도 권하실 거라고 생각합니다만."

"뭐가 필요한지 알 수 있다면 그러마. 하지만 나 자신이 한 번도 아파본 적이 없어서 병자들의 바람을 잘 알 수가 없구나."

"음, 늘 병을 달고 사는 패니가 있잖습니까. 뭐든 생각해낼 겁니다. 그렇지, 패니?"

"항상 아프진 않았어요." 패니가 뾰로통해져서는 말했다. "게다가 엄마랑 갈 것도 아니고. 오늘 두통이 있어서 나가지 않을 거예요."

손턴 씨는 좀 짜증이 난 것 같았다. 어머니는 뜨개질감 위에 눈을 집중한 채 바늘 코를 이어가느라고 한창 바빴다.

"패니! 가는 게 좋겠다." 그가 위엄 있는 어조로 이렇게 말했다. "너한테도 실보다는 득이 많을 테니까. 더 이상 여러 말 말고 내가 시키는 대로 가도록 해."

이 말을 마치더니 그는 방을 휙 나가버렸다.

만약 그가 1분만 더 지체했어도 패니는 오빠의 명령조 말을 듣고 '내가 시키는 대로'라는 말을 썼을 때부터 울었을 것이다. 사실 그녀는 투덜거렸다.

"오빤 내가 항상 아픈 척한다는 투네. 한 번도 그런 적이 없는데. 오빠가 이렇게 난리법석을 떠는 헤일 씨 집안사람이 도대체 누구예요?"

"패니, 오빠에 대해 그런 식으로 말하면 쓰니. 분명 어떤 이유가 있을 게다. 그렇지 않으면 우리보고 가라고 했을까. 서둘러 옷 갈아입으렴."

하지만 아들과 딸 사이의 사소한 언쟁 뒤에도 손턴 부인은 '헤일 씨 집안사람'에 대해 호의적인 마음이 더 생겨나지 않았다. 그녀는 질투가 나서 딸의 질문을 거듭 떠올렸다. "이 사람들이 누군데, 오빠가 이렇게까지 신경 쓰면서 우리더러 가보라는 거야?" 이 말은 노래의 후렴구처럼 머릿속에 계속 맴돌았지만, 패니는 새로 산 보닛이 어떤지 거울에 비춰 본다고 들떠서 이 일은 벌써 까맣게 잊고 있었다.

손턴 부인은 낯을 가렸다. 그녀가 사교계에 나갈 정도로 생활에 여유가 생긴 것은 겨우 최근의 일이었는데, 그녀는 그걸 사교로서 즐기지도 못했다. 만찬을 여는 것으로, 혹은 다른 사람들의 식사 초대에서 흠을 잡는 것으로 사교 생활의 만족을 찾았다. 하지만 외지에서 온 사람들과 친분을 맺기 위한 이번 방문은 매우 달랐다. 그녀는 어색해했고, 헤일 씨 집의 작은 거실로 들어섰을 때는 평상시보다 더 단호하고 무서운 인상을 풍겼다.

마거릿은 곧 태어날 이디스의 아기의 옷에 붙일 작은 아마포 조각에 수를 놓으라고 바빴고, 그걸 보고 손턴 부인은 '얇고 쓸모없는 자수군' 하고 혼잣말을 했다. 그녀는 헤일 부인이 들고 있는 겹으로 짠 편물이 훨씬 마음에 들었다. 그런 종류는 실용적이었다. 거실은 대체로 여러 가지 소품으로 가득했는데, 먼지를 털어내려면 시간이 꽤 걸릴 게 분명했다. 그 시간이란 얼마 되지 않는 돈으로 살아가는 사람들에겐 곧 돈이었다.

그녀는 이 모든 생각을 떠올리며 특유의 위엄 있는 태도로 헤일 부인에게 이야기를 건네면서 대부분의 사람이 별 생각 없이 편하게 얘기할 수 있는 판에 박힌 이야기들만 주고받았다. 헤일 부인은 손턴 부인이 입고 있는 오래된 정통 레이스에 사로잡혀서 더욱 성심껏 대답했다. 나중에 딕슨에게 얘기해주었다시피 '그 레이스는 근래 70년 동안 만들어진 적이 없는 전통적인 손뜨개 레이스로, 돈으로 살 수 있는 그런 물건이 아니었다. 그건 분명 가보로 내려온 것으로, 집안에 그런 선조가 있다는 걸 말해주고 있었다.' 따라서 대대로 내려오는 레이스를 걸친 사람은 단순히 손님을 대하는 소극적인 태도 이상의 응대를 받을 자격이 있었고, 다른 손님이었더라면 헤일 부인은 그다지 적극적으로 대화를 이어가려고 하지 않았을 것이다. 이내 마거릿은 패니와의 대화에 곤혹스러움을 느끼면서, 손턴 부인과 어머니가 하인 문제로 끝도 없이 대화를 이어가는 걸 듣고 있었다.

"음악엔 별로 관심이 없나 봐요, 피아노가 보이지 않네요." 패니가 말했다.

"좋은 음악을 듣는 건 좋아하지만 피아노는 잘 치지 못해요. 게다가 부모님도 그다지 관심 있는 편이 아니라서, 오랫동안 갖고 있던 피아노를 이사 오면서 팔아버렸죠."

"피아노 없이 어떻게 살 수 있나 모르겠네요. 나한텐 거의 생활필수품이나 마찬가진데."

'일주일에 15실링, 거기서 3실링은 저축했다고 들었는데!' 마거릿은 혼자 생각했다. '하지만 패니 양이 아주 어렸을 때니까, 아마 자신의 개인적인 경험은 벌써 잊어버렸을 거야. 그래도 그 시절은 알고 있어야지.' 그다음 말을 이을 때 마거릿의 어조는 좀 차가웠다.

"여기서는 좋은 음악회를 많이 볼 것 같은데요?"

"그럼요! 얼마나 멋진지! 너무 붐벼서 그게 문제죠. 감독들은 아무나 입장시킨다니까요. 하지만 확실히 새로운 음악을 들을 수 있어요. 음악회 다음 날엔 늘 존슨 씨 가게에 낼 주문이 많아지죠."

"새로운 음악은 그럼 단지 새로워서 좋아하나요?"

"오, 그게 런던에서 유행이란 건 다 알아요. 그렇잖음 가수들이 여기 와서 그걸 부르지 않겠죠. 런던에는 물론 가봤겠네요."

"네, 거기서 몇 년 살았어요." 마거릿이 말했다.

"어머! 런던하고 알람브라, 이 둘은 내가 정말 가보고 싶었던 곳이에요."

"런던하고 알람브라 궁전을요!"

"맞아요! 『알람브라의 전설』*을 읽고 난 뒤로 쭉 그랬어요. 그 이야기 몰라요?"

"잘 모르겠는 걸요. 근데 런던까지 가는 건 별로 어렵지 않을 텐데요."

"그래요. 하지만 어쨌든 엄마도 런던엘 가본 적이 없기 때문에, 내가 이렇게나 가고 싶어 한다는 걸 엄만 이해하지 못해요. 밀턴에 대해 큰 자부심을 갖고 있으니까요. 나한텐 더럽고 연기 자욱한 곳이라는 생각만 드는데. 바로 그 점 때문에 밀턴을 더 우러러보는지도 모르죠."

"밀턴에 수년간 거주해왔다면 밀턴을 사랑하는 마음을 충분히 이해할 수 있어요." 마거릿이 맑은 목소리로 말했다.

"두 사람 나에 대해 무슨 얘길 하고 있었나요, 헤일 양?"

갑작스러운 질문에 마거릿이 대답할 말을 찾지 못하자, 손턴 양이 대답했다.

"아이, 엄마도! 우린 그냥 엄마가 왜 밀턴을 그토록 좋아하시는지에

---

* 『알람브라의 전설 Legends of the Alhambra』(1832): 워싱턴 어빙(Washington Irving, 1783~1859)이 스페인 여행 중 그라나다, 특히 알람브라 궁전의 아름다움에 매료되어 궁전의 입장 허가를 받아낸 뒤 35세 현지인 가이드의 도움을 받아 완성한 단상들과 이야기 모음집.

대해 말하고 있었어요."

"고마워요." 손턴 부인이 말했다. "태어나 자랐고, 또 수년간 살아오고 있는 곳, 그런 곳이니까 당연히 좋아하는 건데 무슨 설명이 필요하겠어요."

마거릿은 짜증스러웠다. 마치 자기들이 패니 말대로 손턴 부인의 감정에 대해 주제넘게 이러쿵저러쿵하고 있었던 것처럼 보였기 때문이다. 하지만 그녀는 손턴 부인의 기분 상한 듯한 태도 때문에도 화가 났다.

손턴 부인은 잠시 가만있더니 이야기를 계속 이어갔다.

"밀턴에 대해 좀 아나요, 헤일 양? 우리 공장은 본 적이 있나요. 커다란 창고는?"

"아뇨!" 마거릿이 말했다. "말씀하신 그 아무것도 아직 보지 못했답니다."

그리고 나자 그녀는 그런 데는 전혀 관심 밖이라는 걸 숨김으로써 자신이 전혀 솔직하게 말하지 못했다고 느꼈다. 그래서 말을 이었다.

"제가 좋아했다면, 아빠 벌써 절 그런 데 데려가주셨을 겁니다. 하지만 전 공장들을 둘러보는 게 그다지 재미있는 것 같지 않습니다."

"공장은 매우 흥미로운 곳이긴 하지만," 헤일 부인이 말했다. "늘 소음과 먼지가 너무 많아요. 한번은 라일락 빛 실크 드레스 차림으로 양초 공장에 간 적이 있는데, 드레스가 완전히 엉망이 돼버렸지 뭡니까."

"아마 그랬을 테지요." 손턴 부인이 불쾌한 듯 퉁명스럽게 말했다. "난 단지 다른 데와는 다른, 특이한 사업의 성격과 발전으로 명성을 얻고 있는 고장에 살러 오신 외지인으로서, 사업이 이루어지는 장소들을 둘러보고 싶으셨을 거라고 생각했을 뿐입니다. 내가 알기로 그런 곳은 이 나라에서 여기뿐일 겁니다. 헤일 양이 마음을 바꾸어 황공하게도 밀턴의 공장에 대해 호기심이 생기게 된다면, 아들 공장에서 하고 있는 염색 작업이나 베틀 제조, 아니면 더 단순한 방적 과정까지 기꺼이 보여줄 용의가 있다는 것만 말씀드리고 싶습니다. 거기서 완벽한 상태를 갖춘 기계류의 진보를 보게 될 겁니다."

"헤일 양도 공장이니 제조소니, 그런 건 모두 좋아하지 않는다니 정말 반가워요." 패니가 어머니를 따라 일어서면서 반쯤 속삭이듯 말했는데, 손턴 부인은 사각거리는 드레스 자락을 펴면서 근엄한 자세로 헤일 부인에게 작별을 고하고 있었다.

"내가 패니 양이라면, 그런 것들에 대해 모두 알아둬야 할 것 같아요." 마거릿이 조용히 대답했다.

"패니!" 마차를 타고 떠난 뒤 그녀의 어머니가 말했다. "헤일 씨 집 안사람에게 예는 차릴 테지만, 그 딸하고 섣불리 친구할 생각은 하지 마라. 네게 도움될 일은 없을 거다. 그 어머니는 아주 병약한데, 착해 보이더구나. 상당히 괜찮은 사람 같아."

"헤일 양과 친구할 마음은 없어요, 엄마." 패니가 삐죽거렸다. "헤일 양에게 말 붙이면서 재미있게 해줘야 하니까 그러고 있었죠."

"글쎄! 어쨌든 네 오빠가 이젠 만족했을 게다."

13장
후텁지근한 곳의 산들바람

의심과 고민, 공포와 고통
비통마저, 모두가 헛된 그림자
죽음조차 남지 않으리

지루한 사막을 걷고
지하로 이어지는 어둠을 뚫고
황량한 미로를 헤쳐나갈지라도

주님만 따른다면
황량하기 짝이 없는 행로, 어둡기 그지없는 길 끝에
천상의 날이 열릴 것이니

비록 해안가에 내던져져 있으나
험난했던 항해 지나왔으니
마침내 우리 천국에 당도하리라!*
―R. C. 트렌치

마거릿은 내방객들이 가버리자 곧장 나는 듯 위층으로 올라가 보닛과
숄을 걸치더니, 베시 히긴스의 병세도 살피고 가능하면 저녁 식사 전까지

---

* 리처드 셰브닉스 트렌치(Richard Chevenix Trench, 1807~1886), 「천국The Kingdom of God」에서 인용.

같이 있어주려고 냅다 달려나갔다. 그녀는 붐비는 거리를 지나가면서, 그곳의 주민 한 사람에게 관심 갖는 법을 알았다는 단순한 사실만으로 그 거리가 얼마나 흥미로워졌는지를 느꼈다.

칠칠치 못한 여동생 메리 히긴스가 손님을 맞기 위해 갖은 애를 다 써가며 집 안을 치워놓은 상태였다. 바닥 중앙에 널돌이 대충 깔려 있었지만 의자와 테이블 밑과 벽을 두르고 있는 널돌에는 더러운 검댕 자국이 묻어 있었다. 날이 더웠는데도 석쇠를 달구고 있는 불 때문에 집 전체가 마치 오븐 같았다. 마거릿은 석탄을 아낌없이 쓰고 있는 것이 메리가 자기를 환영하는 방식이라는 걸 몰랐고, 숨이 막힐 듯한 열기는 베시 때문인가 보다 하고만 어렴풋이 생각했다. 베시는 창 아래 작은 소파에 누워 있었다. 전날보다 훨씬 더 힘이 없었고, 발자국 소리가 들릴 때마다 혹시 마거릿이 오는지 보려고 몸을 일으켜 밖을 내다보는 바람에 진이 빠져 있었다. 그녀는 마거릿이 옆의 의자에 앉자, 조용히 몸을 뒤로 기댄 채 마거릿의 얼굴을 흡족하게 바라보면서, 마거릿이 입고 있는 드레스의 고운 질감에 아이처럼 경탄하며 드레스 자락을 만지작거렸다.

"예전에는 성경에 나오는 사람들이 부드러운 옷을 좋아하는 이유를 전혀 몰랐어요. 하지만 그쪽처럼 차려입고 나가는 건 분명 멋진 일이에요. 보통 사람들과는 달라요. 어떤 사람들 옷은 색깔 때문에 눈이 피곤한데 그쪽 옷은 보기 편안해요. 이 드레스는 어디서 샀어요?"

"런던에서요." 마거릿이 재미있어하며 말했다.

"런던! 런던에 가봤어요?"

"그럼요! 몇 년 살았어요. 하지만 고향은 시골의 숲속에 있어요."

"얘기 좀 해줘요." 베시가 말했다. "시골 얘기 듣고 싶어요. 숲이랑 그런 것들도요." 그녀는 마치 마거릿이 말하는 건 모두 듣겠다는 듯, 뒤로 몸을 기대고 눈을 감은 뒤 자신의 가슴 위에 손을 얹고 편안한 자세로 누웠다.

마거릿은 헬스턴을 떠난 이후로, 어쩌다가 우연찮게 이름이 튀어나왔으면 몰라도 그곳에 대해선 한 번도 얘기해본 적이 없었다. 그녀는 꿈속에서 헬스턴을 실제보다 더 생생하게 보았고, 밤에 잠이 들면 온갖 즐거웠던 장소에 대한 기억으로 꿈속을 헤매고 다녔다. 하지만 이 소녀에게는 마음이 열렸다. "아, 베시, 떠나온 고향을 난 정말 사랑해요! 베시도 볼 수 있으면 좋을 텐데. 얼마나 아름다운지는 반도 말해줄 수가 없어요. 사방에 아름드리나무들이 가지들을 길게 수평으로 쭉 뻗쳐 한낮에도 쉴 수 있는 짙은 그늘을 만들어줘요. 그런데 나무 이파리들이 전부 가만히 있는 것처럼 보이는데도, 바로 옆은 아니지만 사방에서 앞다투어 움직이는 소리가 끊임없이 들려요. 잔디는 때때로 흡사 융단처럼 부드러운데, 어떨 때는 바로 옆 숨어 있는 자그마한 개울에서 찰랑찰랑 끝도 없이 뿜어져 나오는 수분 덕분에 무성해지죠. 또 다른 곳에서는 뭉게뭉게 피어나는 고비도 있어요. 주위가 모두 고비 천지죠. 어떤 건 숲 그늘에 피어 있고, 어떤 건 황금색의 기다란 햇살이 그 위를 내리비추기도 해요. 마치 바다 위를 비추듯 말예요."

"바다는 한 번도 본 적이 없는데," 베시가 중얼거렸다. "아무튼 계속 해요."

"그러곤 여기저기 널따란 공유지가 있어요. 마치 나무 꼭대기 바로 위에 있는 것처럼 우뚝 솟아 있죠."

"그거 좋네요. 난 저 아래 있는 것처럼 숨이 막히는 기분이었어요. 밖에 나갈 때면, 늘 높이 올라가 저 멀리 바라보고 싶었어요. 그리고 그곳의 공기를 한가슴 가득 들이쉬고 싶었어요. 밀턴에서도 진저리날 만큼

숨이 막혔는데, 나무들이 끝없이 낸다는 그 소리를 들으면 난 어쩔어쩔할 거예요. 공장에서 머리 아팠던 게 다 소음 때문이었거든요. 지금 말하는 공유지에는 소음이 거의 없겠죠?"

"그럼요." 마거릿이 대답했다. "아무것도 없고, 여기저기 종달새 한 마리만 하늘 높이 떠 있어요. 가끔 하인들을 소리쳐 부르는 농부의 소리가 들리곤 해요. 그래도 소리가 너무 머니까, 다른 사람들은 저기서 열심히 일하는데, 난 하는 일 없이 히스 꽃 위에 앉아 있구나 하는 생각만 마냥 기분 좋게 떠오르죠."

"만약 내가 아무 일도 하지 않고 쉴 수 있는 시간이 하루 있다면, 그쪽이 말했던 것처럼 조용한 곳에서 하루를 쉴 수 있다면 어쩌면 기운을 되찾을 수 있겠다는 생각을 해본 적이 있어요. 하지만 지금 난 아무 일도 하지 않으면서 몇 날을 이렇게 지내도, 일할 때나 마찬가지로 피로해요. 가끔씩 난 너무 힘이 빠져 있어서 우선 좀 쉬지 않고선 천국도 누리지 못할 거란 생각도 해요. 오히려 무덤 속에서 푹 자면서 기운을 찾지도 못한 채 천국으로 바로 가게 될까 봐 겁이 나요."

"베시, 두려워하지 말아요." 마거릿이 베시의 손 위에 자기 손을 얹으며 말했다. "하나님은 이 땅에서 놀며 지내는 것보다, 아니면 무덤 속에서 실컷 자는 것보다 더 완벽한 안식을 주실 거예요."

베시는 불편한 듯 몸을 움직이더니 이렇게 말했다.

"아빠가 그런 식으로 말하지 않았으면 좋겠어요. 어제도 말했지만, 그리고 또다시 말하지만 아빠 날 생각해서 한 말이죠. 하지만 낮에는 아빠 말을 조금도 믿지 않지만, 밤이 되어 열이 막 나면서 잠자는 것도 아니고 깬 것도 아닐 때는 현실을 돌아보게 돼요. 아! 너무 싫어! 그러고는 이렇게 생각하죠. 이게 만약 끝이라면, 내가 태어났던 이유가 이렇게 일하다가 사라져버리는 것이라면, 좀 그만하고 편안하게 좀 살자고 소리칠 때까지 기계 소리가 끊임없이 귀를 때리는 이런 비참한 데서 솜털 그득한 폐를 안고 병드는 것이라면, 엄만 죽었고 내가 엄말 얼마나 사랑했는지 그리고 이 모든 고통을 엄마에게 다시는 말할 수도 없는데, 만약 이게 내 인생 끝이고 내 눈에서 눈물 닦아줄 신이 안 계신다면 어떡해요. 세상에, 불쌍해서 어쩌지! 불쌍해!" 그녀는 일어나 앉아서 격렬하게, 거의 맹렬하게 마거릿의 손을 움켜잡으며 이렇게 말했다. "미쳐버려서 그쪽을 죽일 수도 있어요. 그래요." 그녀는 열을 냈던 터라 완전히 지쳐서 다시 쓰러졌다. 마거릿은 그녀 곁에서 무릎을 꿇었다.

"베시, 주님이 하늘에 계시잖아요."

"알아요, 알아!" 그녀는 불편한 듯 머리를 옆으로 돌리며 한숨을 내쉬었다. "내가 못됐죠. 못된 말을 했어요. 아, 나한테 겁먹어서 다신 오지 않겠다는 생각은 하지 말아요. 그쪽은 머리카락 한 올도 건드리지 않아요. 게다가 난," 그녀는 두 눈을 뜨고서는 마거릿을 진실된 눈길로 바라보며 말을 이었다. "무슨 일이 일어날지 어쩌면 그쪽보다 더 잘 알 것 같아요. 계시록을 완전히 터득할 때까지 읽었기 때문에, 내가 맑은 정신으로 사리분간을 할 때는 모든 영광이 내게 올 거라는 데 한 치의 의심도 없어요."

"열에 들뜬 상태니까 베시가 머릿속으로 뭘 상상하는지에 대한 얘기는 그만해요. 그것보다 건강했을 때 주로 뭘 하곤 했는지 듣고 싶어요."

"엄마가 돌아가실 때까지는 괜찮았는데, 그 무렵부터 제대로 힘을 쓴 적이 한 번도 없었던 것 같아요. 엄마 돌아가시고 바로 소면실(梳綿室)에서 일을 시작했는데, 폐에 쌓이는 보풀 때문에 폐병*에 걸려버렸죠."

"보풀?" 마거릿이 의아하다는 듯 말했다.

"보풀요." 베시가 반복했다. "소면 작업할 때 면화에서 날리는 아주 작은 건데, 온통 뿌얀 먼지처럼 사방에 가득 차요. 그게 폐 주위를 싸고 돌면서 폐를 조여버린대요. 어쨌든 많은 사람이 소면실에서 작업하다가 기침하고 각혈하면서 말라가요. 보풀 때문에 폐병에 걸려버린 거죠."

"어쩔 수 없는 건가요?" 마거릿이 물었다.

"몰라요. 어떤 사람들은 소면실 한쪽에 바람을 일으키는 환풍기가 있어서 먼지가 해결된대요. 근데 그 환풍기가 엄청나게 —— 아마 5~6백 파운드 정도 —— 비싼데 수익이 하나도 생기지 않아 그런 거 설치하려는 업주들은 몇 명 없어요. 게다가 그거 있는 데서 일하는 걸 좋아하지 않는 사람들의 얘기를 들었어요. 오랫동안 보풀 삼키는 데 익숙해져서 환풍기 때문에 그걸 먹지 못하면 배가 엄청 고파진다고, 그래서 그런 데서 일해야한다면 임금을 올려줘야 한다는 거였어요. 그러니까 업주들과 인부들 사이에 환풍기는 끝난 얘기예요. 그래도 난 우리 공장에도 환풍기가 있었으면 했어요."

"아빠 이런 걸 몰랐나요?" 마거릿이 물었다.

"알았죠! 안타까워했어요. 하지만 우리 공장은 대체로 좋았어요. 사람들도 꾸준했고요. 아빤 절 낯선 곳에 보내는 걸 겁냈어요. 왜냐하면 지금 날 보면 그런 생각이 들지 않겠지만, 예전엔 나보고 예쁘다고들 많이 그랬거든요. 근데 난 예민하고 연약해 보이는 게 싫었고, 메리는 계속 학교에 다녀야 한다고 엄마가 그랬고, 아빤 항상 책을 사거나 이런저런 강의 들으러 가는 걸 좋아했는데, 모두가 돈 드는 일이었으니, 난 귓전에서 돌아가는 소음에서 벗어나거나 목구멍에서 보풀이 사라져본 적이 한번도

---

* 의학 용어는 면폐증byssinosis이며 환기가 불량한 장소에서 오랫동안 솜먼지를 들이마심으로써 발병하는 폐질환이다. 최초의 의학 진단 사례는 1860년에 있었다.

없이 죽어라 일만 했던 거예요. 그게 다예요."

"몇 살이에요?" 마거릿이 물었다

"7월이면 열아홉 살이 돼요."

"나도 열아홉 살인데." 그녀는 두 사람 사이의 차이에 대해 베시보다 더한 슬픔을 느꼈다. 그녀는 울컥하는 마음을 진정시켜보려고 하면서 한순간 말을 잇지 못했다.

"메리 말이에요." 베시가 말했다. "그 애의 친구가 되어달라고 부탁할 생각이었어요. 열일곱 살인데 우리 집의 막내죠. 그 애가 공장에 가는 건 싫지만, 그 애한테 뭐가 맞는지는 모르겠어요."

'메린 할 수 없겠어.' 마거릿은 자기도 모르게 구석구석 지저분한 곳들을 한번 훑어보았다. "하녀 일은 해내지 못할 거예요, 그죠? 집에 친구나 마찬가지인, 오래된 하녀가 한 명 있어요. 일손이 필요한데, 그 하녀가 좀 까다롭거든요. 그러니까 성가시고 짜증스러운 일손을 데려가서 괴롭힌다면 옳지 않겠죠."

"알아요. 그쪽 말이 맞아요. 우리 메리가 착한 애긴 해도, 그 애한테 누가 집안일을 가르쳤겠어요? 엄마도 없었죠. 무용지물이 될 때까지 일만 하던 나도, 아무것도 모르면서 동생한테 할 줄 모른다고 야단만 쳤어요. 어쨌거나 동생이 그쪽과 함께 살게 된다면 더 바랄 게 없겠어요."

"하지만 비록 동생이 우리 집 상주 하녀로 와서 일하는 데에는 꼭 맞지 않을지라도 ── 그건 나도 잘 몰라요 ── 베시를 생각해서 항상 친구가 돼주도록 할게요. 이제 가야 해요. 금방 또 올게요. 하지만 그게 내일, 아니면 모레, 아니 일주일이나 보름 뒤가 될지라도 내가 베시를 잊었다고 생각하지는 말아요. 바쁠 수도 있어요."

"또다시 날 잊지 않을 거라는 건 알아요. 다시 그쪽을 믿지 않는 일은 없어요. 하지만 일주일이나 보름 뒤면 난 죽어서 땅 속에 있을지도 모른다는 걸 잊지 말아요!"

"되도록 빨리 와볼게요, 베시." 마거릿이 그녀의 손을 꼭 쥐며 말했다. "하지만 더 나빠지면 알려주는 거예요."

"그래요, 그럴게요." 그녀 역시 잡은 손에 힘을 주며 말했다.

그날 이후로 헤일 부인은 점점 더 약해져갔다. 이디스가 결혼한 지 1년이 돼가고 있었다. 1년 동안 쌓였던 문제들을 되돌아보면서 마거릿은 설령 그 모든 일이 일어나리라는 걸 자신이 알고 있었다손 쳐도 그 일들을 다 어떻게 견뎌냈을까, 앞날에 대해 자신이 얼마나 겁을 먹고 몸을 숨겼을까, 궁금한 생각이 들었다. 그렇지만 매일매일은 저절로 아주 견딜 만했다. 조그맣고 예리한, 밝고 낙관적인 즐거움의 작은 점들이 슬픔 속으로 들어와 반짝였던 까닭이다. 1년 전, 처음 헬스턴에 갔을 때 어머니가 짜증을 내며 푸념하던 걸 조용히 알아차렸던 걸 생각하면, 그녀는 가정생활 도처에 물질적 편안함이 확 줄어들어 있는, 낯설고 황량한 데다 시끄럽고 번잡한 곳에서 긴 병고를 치러야 한다는 생각에 고통스러운 신음 소리를 내질렀을 것이다. 하지만 불평의 심각하고 타당한 이유가 늘면서 그녀의 어머니 마음속에는 새로운 종류의 인내심이 솟아났다. 그녀는 슬퍼할 이유가 전혀 없는데 슬퍼하고 불안해하고 고통스러워하던 것과 비례하여, 극심한 신체적 고통 속에서는 평온하고 잠잠했다. 헤일 씨는 그런 유형의 남자들에게서 맹목적인 고집의 형태로 나타나는 불안, 딱 그 단계에 있었다. 그는 마거릿이 내비치는 걱정에 그녀가 여태껏 한 번도 본 적 없는 역정을 부렸다.

"정말이지 마거릿, 넌 상상이 점점 더 심해지고 있구나. 네 엄마가 정말 아팠다면, 내가 제일 먼저 알아차렸을 게다. 말은 하지 않았지만 엄마가 헬스턴에서 두통을 달고 살던 걸 우린 늘 보지 않았느냐. 엄만 아프면 안색이 창백해지는데, 지금은 내가 처음 네 엄마를 보았을 때처럼 뺨에 생기가 돌아."

"하지만 아빠," 마거릿은 주저하면서 이렇게 말했다. "제 생각에 그건 아파서 생긴 홍조 같아요."

"그런 말 말아라, 마거릿. 넌 너무 과장하고 있어. 내 생각엔 네 몸이 정상이 아닌 것 같구나. 내일 의사를 모셔와서 진찰을 받도록 해라. 그런 다음 정히 네 마음이 편해진다면 엄마도 보면 되지 않겠니."

"고마워요, 아빠. 그러면 사실 더 기쁠 거예요." 마거릿이 아빠에게로 가서 키스했다. 그러나 그는 그녀를 밀어냈다. 부드럽긴 해도 마치 딸이 마뜩지 않은 생각을 내놓기라도 한 듯했고, 그 생각을 그는 딸이 눈앞에서 사라지는 즉시 기꺼이 잊어버리고 싶었다. 그는 방 안을 불안하게 왔다 갔다 했다.

"불쌍한 마리아!" 하며 그는 독백하듯 중얼거렸다. "타인의 희생 없이 옳은 일을 할 수 있으면 좋으련만. 이 도시도 나도 증오할 거다, 만약 네 엄마가…… 말해다오, 마거릿, 엄마가 이전에 살던 곳 얘기를 자주 하느냐? 헬스턴 말이다."

"아뇨, 아빠." 마거릿이 침울하게 말했다. "그렇다면 헬스턴 때문에 애태우는 것일 리는 없지 않니, 응? 난 네 엄마가 단순하고 솔직해서 아무리 사소한 고민도 내가 다 안다고 생각하면서 늘 위안을 삼아왔다. 엄만 건강에 심각한 영향을 주는 그 무엇도 결코 내게 숨기지 않을 거야. 그렇지 않니, 마거릿? 엄만 숨기지 않아. 그러니 엄마 병에 대한 그 어리석은 생각일랑 더 듣고 싶지 않구나. 자, 이리 와서 키스해주고 얼른 가서 자거라."

하지만 그녀는 느릿느릿 힘없이 옷을 다 갈아입은 뒤에도 한참 동안 아버지가 이리저리 서성거리는 (이디스와 그녀가 종종 얘기했듯, 너구리 잡는) 소리를 들었고, 그 소리는 그녀가 잠자리에 든 뒤에도 한참 동안이나 계속됐다.

14장
만남

예전엔
아이처럼 곤히 잠들곤 했다
이제 거친 바람 몰아친 양 몸서리가 쳐지고
포효하는 바다 위 이리저리 흔들리는
불쌍한 내 아이 생각이 나는구나
그러고 나면 가혹해 보였다
그까짓 잘못 때문에 그 아이 빼앗아간 것이*
— 사우디

이즈음 마거릿에게 위안이라고 한다면 어머니가 어린 시절 이후 처음으로 자신에게 더 다정하고 친밀해졌음을 알게 된 것이다. 그녀의 어머니는 마거릿을 속내를 털어놓는 친구로 생각했는데, 친구라는 이 자리를 마거릿은 늘 애타게 갈망했고 그 자리를 더 많이 차지했던 딕슨을 부러워했다. 마거릿은 위로가 필요해진 어머니가 자신을 찾을 때면 — 찾는 일은 많기도 했다 — 그녀의 눈에는 그게, 코끼리가 발 옆에 그런 게 있는지도 모르다가 조련사가 명령하면 조심조심 들어 올리는 쪼그만 저글링 핀에 지나지 않았을 사소한 부름이었어도, 언제나 달려가는 수고를 감수했

***

* 로버트 사우디(Robert Southey, 1774~1843), 「선원의 어머니 The Sailor's Mother」에서 인용.

다. 마거릿은 의식하지 못하는 사이에 보상에 가까워졌다.

헤일 씨가 나가고 없는 어느 날 저녁, 그녀의 어머니가 오빠 프레더릭에 대해 말을 꺼냈는데, 그것은 오랫동안 알아보고 싶었지만 천성적으로 솔직한 그녀가 두려움에 눌려 물어보지 못하던 거의 유일한 문제였다. 그녀는 오빠에 대해 듣고 싶은 마음이 크면 클수록 말을 더 꺼내려고 하지 않았다.

"마거릿, 어제는 어찌나 바람이 불던지! 몰아치는 바람이 우리 방 굴뚝까지 내려오더구나. 한숨도 못 잤다. 그렇게 엄청나게 바람이 몰아칠 땐 잠을 잘 수가 없어. 불쌍한 프레더릭이 바다에 나가 있을 때 잠 못 드는 습관이 생겼단다. 그런데 지금은 느닷없이 잠을 깨진 않아도 네 오빠가 폭풍이 휘몰아치는 바다에 떠 있는 꿈을 꾼단다. 네 오빠가 탄 배 양쪽에서 유리같이 맑은 푸른 파도가, 돛대보다 훨씬 더 높은 커다란 파도의 벽이 마치 볏을 세운 거대한 해룡처럼 무정하고 끔찍한 허연 거품을 일으키면서 배를 둘둘 말아 덮치는 꿈이야. 오래전에 꾼 꿈이지만 바람이 휘몰아치는 밤이면 어김없이 나타나는구나. 그러고 나면 겁에 질린 채 일어난 뒤 침대에 꼼짝 않고 똑바로 앉아서 잠이 깬 걸 고마워한단다. 불쌍한 프레더릭! 지금은 육지에 나와 있어서 바람도 이제는 더 이상 어쩌지 못할 거다. 그래도 어제 그 바람은 저 높은 굴뚝 몇 개쯤은 넘어뜨리겠다 싶었어."

"엄마, 오빠 지금 어디 있어요? 편지는 카디스* 시의 바르부르 씨 앞으로 부치던데, 실제로 사는 곳은 어디예요?"

---

* Cadiz: 스페인 서남부에 위치한 해변 휴양지로 이베리아 반도 끝에서 대서양 쪽으로 돌출해 있으며 현재 스페인의 해군사령부가 있다.

"어딘지 주소는 기억나지 않지만 헤일이라는 이름은 쓰지 않고 있으니, 넌 그걸 꼭 기억해야 한다. 편지 귀퉁이마다 F. D.라고 적혀 있을 게다. 그 성은 네 오빠가 디킨슨에서 따온 거다. 난 베리스퍼드라는 성을 썼으면 했다. 네 오빠에겐 일종의 권리가 있었지. 하지만 네 아빤 그러지 않는 게 좋겠다고 생각하더구나. 나와 같은 성으로 불리면 사람들이 알아 차릴지도 모른다고 말이야."

"엄마," 마거릿이 불렀다. "그 모든 일이 일어났을 때 전 쇼 이모 댁에 있었고, 그 일에 대해 숨김없이 듣기엔 제가 어렸을 거라고 생각해요. 하지만 지금은 알고 싶어요. 그 얘길 해주시는 게 그렇게 고통스럽지 않다면요."

"고통! 고통은 아냐." 헤일 부인이 뺨에 홍조를 띠며 대꾸했다. "그렇지만 그 앨 다시는 못 볼지도 모른다고 생각하면 고통이다. 그것만 아니면 네 오빤 옳은 일을 했다, 마거릿. 사람들은 마음 내키는 대로 말하겠지만, 내겐 보여줄 수 있는 그 애 편지가 있어. 내 아들이지만, 그 어떤 군법재판보다도 난 그 앨 믿는다. 내 칠기 서랍장 왼쪽 두번째 서랍에 편지 뭉치가 있을 게다."

마거릿은 가보았다. 노르스름한 해수 자국이 묻어 있는 편지들이 바다의 독특한 냄새를 간직한 채 거기 있었다. 마거릿이 편지들을 어머니에게 들고 가니, 어머니는 떨리는 손으로 명주 끈을 풀고 편지의 날짜들을 확인했고, 마거릿에게 그것들을 읽어보라고 주고 나서, 딸이 무슨 내용인지 알아볼 새도 없이 조바심을 치며 그 내용에 대해 말하기 시작했다.

"마거릿, 네 오빠가 리드 선장을 처음부터 얼마나 싫어했는지 모른다. 그 사람은 네 오빠가 처음 탔던 배, 오리온 호의 소위였단다. 불쌍한 내 아들, 수습 사관복을 입은 모습이 얼마나 근사했는데! 단검을 손에 쥐고 그게 마치 서류 칼인 것처럼 신문을 죄다 그걸로 뜯었었지. 근데 이 리드 소위는, 당시 직급이 그랬어. 처음부터 프레더릭을 싫어했던 것 같더구나. 그러더니 — 가만! 이 편지들은 네 오빠가 러셀 호에 승선했을 때 보낸 것들이구나. 그 배로 배치받은 뒤 숙적인 리드 선장이 지휘관임을 알고 나서, 네 오빠 그 사람의 폭압을 어떻게든 참아보겠다고 결심했지. 봐라! 이게 그 편지란다. 읽어보렴, 마거릿. 그 말이 어디 있을 텐데, 잠시만 거기구나. '아버지께서는 믿으시겠지요. 제가 올바른 인내심으로 장교이자 신사가 다른 이로부터 받을 수도 있는 모든 어려움을 견뎌내리라는 것을 말입니다. 하지만 지금의 선장에 대해 알게 된 사실로 볼 때 털어놓겠습니다만, 러셀 호 위에서의 기나긴 폭압을 두려운 마음으로 고대하고 있습니다.' 거봐라. 네 오빠 인내심으로 견디겠다고 했고, 분명 그렇게 했을 거다. 화나지 않았을 땐 세상에 그렇게 유순한 아이도 없었으니까 말이야. 그 편지에 리드 선장이 어벤저 호에서만큼 선원들이 신속하게 기동하지 못해서 화를 낸다고 씌어 있니? 네 오빠 말이 러셀 호에는 풋내기 선원들이 많았고, 어벤저 호는 3년 가까이 기지에 정박해 있으면서 거기서 하는 거라곤 고작 노예무역선이나 쫓아내고 선원들이 쥐나 원숭이처럼 삭구(索具)를 오르락내리락할 때까지 훈련시키는 일이었다고 하잖니."

마거릿은 바래가는 잉크 때문에 반쯤 알아보기 힘든 편지를 천천히 읽었다. 별것 아닌 일로 횡포를 부리는 리드 선장에 대한 진술서일 수도 있는 — 아마 진술서였을 그 편지는 격론의 장면이 채 가시기도 전에 그걸 썼던 필자에 의해 아주 부풀려 있었다. 일부 선원들이 중간 돛의 삭구 위에 높이 떠서 작업하고 있을 때, 선장은 그들에게 빨리 내려오라고 명령하면서 제일 뒤처진 선원에게 아홉 갈래 채찍질을 당할 것이라고 위협했다. 돛대 가로 날개 맨 끝에서 작업하던 그 선원은 동료를 앞설 가능성이 없다는 걸 알았지만 채찍질의 수모는 피하고 싶은 마음에, 비교적 아래쪽의 밧줄을 잡으려고 결사적으로 몸을 던졌으나 밧줄을 잡지 못하고 떨어져 갑판 위에서 의식을 잃었다. 그는 사고 후 겨우 몇 시간 숨이 붙어 있었고, 청년 헤일이 편지를 썼을 때는 선원들의 분노가 들끓고 있는 시점이었다.

"하지만 우린 그 폭동 얘기를 듣고 난 한참 뒤에야 이 편지를 받았어. 불쌍한 프레더릭! 비록 이 편지를 부칠 방법은 알지 못했을지라도 아마 이 편지를 쓴 것이 네 오빠에게는 위안이 됐을 거다. 불쌍한 내 아들! 그 다음 우린 러셀 호에서 흉악한 폭동이 발생했다는 신문기사를 — 말하자면 네 오빠 편지가 도착하기 훨씬 전에 — 봤단다. 폭도들은 그대로 남아 배를 점거했고, 그 배는 떠돌아다니다가 해적선이 됐을 것이며, 리드 선장은 몇 사람 — 장교쯤 되는 사람들 —과 배에 실려 표류했다는 내용이었는데, 이들의 이름이 나중에 웨스트인디언 증기선에 구조된 후 모두 밝혀졌단다. 세상에, 마거릿! 네 아빠와 난 그 명단에 프레더릭 헤일이라는 이름이 없는 걸 보고 하늘이 다 노랗더구나. 분명히 뭔가가 잘못됐다고 생각했다. 왜냐하면 네 오빠 좀 지나치게 열정적인 것 말고는 그렇게 착할 수가 없는 애였기 때문이야. 우린 명단에 있던 카Carr라는 이름이 헤일Hale의 오타이길 바랐단다. 신문에 오타가 잦잖니. 다음 날 우편배달 시간 무렵 아빠 신문을 사러 사우샘프턴까지 걸어갔단다. 난 집에 그냥 있을 수가 없어서 아빠를 마중 나갔지. 아빠 아주 늦었어. 생각했던 것보다 훨씬 늦었어. 난 덤불 울타리 밑에서 아빠를 기다리며 앉아 있었다. 드디어 아빠가 나타났어. 팔을 축 늘어뜨리고 머리는 푹 숙인 채 한 걸음 한 걸음이 천근만근이나 되는 듯 무거운 발걸음을 옮기며 걸어오더구나. 이젠 아빠를 이해한다, 마거릿."

"그만하세요, 엄마. 다 이해해요." 마거릿은 이렇게 말하며 어머니 옆으로 다정하게 몸을 기대며 그녀의 손등에 키스했다.

"아니다, 마거릿, 넌 모른다. 그때 네 아빠를 보지 못했다면 아무도 몰라. 난 아빠를 맞으러 일어설 힘도 없었다. 모든 게 갑자기 내 주위로 빙글빙글 도는 것 같았어. 내가 다가갔을 때 아빤 아무 말도 하지 않았다. 내가 거기, 집에서 3마일도 더 떨어진 올덤 너도밤나무 옆에 서 있는 걸 보고 놀란 것 같았어. 하지만 아빤 내 팔을 잡더니 손을 계속 어루만졌다. 그리고 내가 온몸이 너무 떨려 말을 하지 못하니까 양팔로 날 잡고 내 머리 쪽으로 몸을 숙였어. 그리고 신음 비슷한 기이한 소리를 죽여가며 몸을 떨면서 울더구나. 결국 내가 너무 놀라서 자리에 못 박힌 듯 서서 무슨 말을 들었는지 제발 얘기 좀 해달라고 애원했다. 그러니까 손을 덜덜 떨면서, 자기 의지와는 상관없이 마치 딴 사람이 네 아빠 손을 움직이는 것 같이 그 신문을 읽으라고 주는데, 그 끔찍한 신문엔 우리 프레더릭이 '추악한 반역자' '비열하고 배은망덕한 군의 수치'라고 돼 있었어. 세상에! 온갖 나쁜 말은 죄다 썼더구나. 난 그걸 읽자마자 내 손으로 신문을 찢어 버렸다. 오오! 아마 이빨로 그걸 갈기갈기 물어뜯었지 싶다. 울지는 않았다. 울 수 없었어. 뺨은 불처럼 뜨거웠고 이 두 눈은 이글이글 타고 있었다. 아빠가 날 심각하게 보더구나. 난 그 기사가 거짓말이라고 했다. 그리고 그건 거짓말이었어. 몇 달 지나서 이 편지가 도착했고, 보다시피 네 오빠한테는 이유가 있었어. 자기 자신을 위해서, 아니 자기가 입은 부상 때문이 아니었어. 그 앤 항거를 했던 거야. 하지만 네 오빠가 리드 선장에게 자기 생각을 말하려고 했는데 상황이 계속 더 악화되고 만 거란다. 그래도 보다시피 선원들 대부분은 프레더릭 곁을 지켰단다."

"난 말이다, 마거릿." 잠시 말을 멈추더니 그녀는 힘이 빠진 채 떨리는 목소리로 이렇게 말했다. "그게 반가웠다. 내 아들이 단순히 훌륭한 장교가 됐다고 했을 때보다 불의에 맞선 것이 더 자랑스러웠어."

"저도 그래요." 마거릿은 결연한 어조로 말했다. "지혜와 정의에 대한 충성과 복종은 훌륭한 일이에요. 하지만 우리 자신을 위해서가 아니라 힘없는 다른 사람들을 위해서 부당하고 무자비하게 사용된 독재 권력에 맞서는 건 더 훌륭해요."

"어쨌든 프레더릭을 한 번만, 딱 한 번만이라도 더 보고 싶구나. 그 앤 내 첫아이다, 마거릿." 헤일 부인은 그와 같은 간절한 염원을 가진 것이 미안한 듯 아쉬운 표정으로 말했는데, 마치 이 말이 남아 있는 자식을 경시하는 인상이라도 주었다고 생각하는 듯했다. 하지만 마거릿은 그런 생각은 눈곱만큼도 하지 않았다. 그녀는 어떻게 하면 어머니의 바람을 이뤄드릴 수 있을까를 생각하고 있었다.

"6~7년 된 일인데, 그들이 여전히 오빠를 기소할까요, 엄마? 오빠가 만약 나타나서 재판을 받는다면, 형벌을 얼마나 받을까요? 틀림없이 오빠가 그렇게 분개했던 근거를 제시할 수 있을지도 몰라요."

"아무 소용 없을 게다." 헤일 부인이 대답했다. "프레더릭을 따라갔던 선원들 중 몇 명이 잡혀서, 그들에 대한 군법재판이 아미시아 호 위에서 열렸지. 불쌍한 그 사람들의 변명을 난 모두 믿었단다. 프레더릭이 했던 말과 꼭 일치했기 때문이지. 하지만 아무 소용없었어." 대화를 시작하고 처음으로 헤일 부인이 울기 시작했다. 그렇지만 무언가에 홀렸던 걸까. 마거릿은 두렵긴 하지만 자신이 예상하는 그 내용을 듣겠다고 어머니를 재촉했다.

"그 사람들은 어떻게 됐어요, 엄마?" 그녀가 물었다.

"돛대 양 날개에 목이 매달렸어." 헤일 부인이 숙연해져서 말했다.

"더 끔찍했던 건 법정이 그들을 사형에 처하면서 이렇게 말했던 거란다. 그들이 상관들에 이끌려 직분을 망각하고 나쁜 길로 빠져 고통을 당했다고 말이야."

두 사람은 한동안 말이 없었다.

"그래서 오빠가 몇 년 동안 남미에 있었던 거군요."

"그래, 지금은 스페인에 있어. 카디스 시인가 그 근방일 게다. 네 오빠 영국으로 돌아오면 교수형을 당해. 두 번 다시는 그 애 얼굴을 볼 수 없을 게야. 돌아오면 교수형을 당할 테니까."

어떤 위로도 해줄 수가 없었다. 헤일 부인은 벽 쪽으로 얼굴을 돌렸고, 어머니로서의 절망감 속에 미동도 없이 누워 있었다. 어머니를 위로할 말은 아무것도 없었다. 그녀는 마치 아들에 대한 추억을 곱씹으며 어서 혼자 있길 바란다는 듯 마거릿이 잡고 있는 손을 놓았다. 헤일 씨가 들어오자 마거릿은 무거운 마음을 안고 밖으로 나왔지만, 수평선 그 어느 쪽을 보아도 햇살이 비칠 기미는 전혀 없었다.

15장
주인과 일꾼

생각과 생각이 싸운다
칼과 방패의 충돌 속에서 섬광처럼 진실이 솟아오르누나*
—W. S. 랜더

"마거릿!" 다음 날 아버지가 그녀를 불렀다. "손턴 부인 댁에 답방을 가야겠다. 네 엄마는 몸이 매우 좋지 않아 먼 길을 걸을 수 없을 것 같은데, 넌 나랑 오늘 오후에 가보도록 하자꾸나."

그들이 길을 나섰을 때 헤일 씨가 은근히 걱정스러운 듯 아내의 건강 이야기를 시작했고 이렇게 마침내 일깨워진 경각심이 마거릿은 반가웠다.

"의사는 봤느냐, 마거릿? 의사를 부르러 보냈더냐?"

"아뇨, 아빠 저 때문에 의사 선생님이 와야겠다고 하셨잖아요. 지금전 괜찮아요. 하지만 정말 괜찮은 의사를 알기만 한다면 오늘 오후에 찾아가서 왕진을 부탁하고 싶어요. 엄마가 몸이 좋지 않은 게 확실하거든요."

그녀는 이와 같이 사실을 분명하고 단호하게 말했다. 왜냐하면 지난번 자신의 불안을 얘기했을 때는 아버지가 이러한 생각에 철저히 귀를 막았기 때문이다. 하지만 이번엔 달랐다. 그는 낙담한 어조로 이렇게 대답

---

* 월터 새비지 랜더(Walter Savage Landor, 1775~1864), 『고목에서 떨어진 마지막 과실 The Last Fruit off an Old Tree』(1853)의 "경구 23Epigram 23"에서 인용.

174

했다.

"네 엄마가 숨기고 있는 병이라도 있다는 거냐? 정말 위중한 병 같으냐? 딕슨이 뭐라고 하지 않던? 아아, 마거릿! 난 우리가 밀턴으로 이사 와서 네 엄마가 죽는 게 아닐까 하는 두려움에 사로잡혀 있어. 불쌍한 마리아!"

"어머, 아빠! 그런 상상 하지 마세요." 마거릿이 깜짝 놀라서 말했다. "좀 편찮으신 것뿐이에요. 그게 다예요. 사람들은 가끔씩 아프기도 하잖아요. 치료 잘 받으면 예전보다 더 건강해지기도 하고요."

"하지만 딕슨이 네 엄마에 대해 무슨 말 하지 않던?"

"아뇨! 아시잖아요, 딕슨은 아주 사소한 일도 비밀에 부치는 걸 좋아한다는 걸요. 딕슨이 엄마 건강에 대해서 뭔가 숨기는 것 같아, 그것 때문에 제가 좀 불안했던 거예요. 그뿐이에요. 아무 이유도 없이 그러는 것 같아요. 지난번에 아빠가 저보고 그러셨잖아요. 상상이 늘어간다고."

"난 네가 상상하는 거라고 믿는다. 그러길 바라고 있고. 어쨌든 그때 내가 했던 말은 담아두지 마라. 난 네가 엄마 건강에 대해 상상했으면 좋겠구나. 네가 어떤 걸 상상하는지 겁내지 말고 말해다오. 그걸 듣고 싶으면서도, 마치 화난 듯 내가 말을 했나 보다. 하지만 손턴 부인한테 훌륭한 의사를 소개해줄 수 있는지 물어보자꾸나. 돈을 쓰더라도 아무 의사 말고 최고로 잘하는 의사를 말이다. 잠깐만 이 거리에서 돌아야지."

그 거리는 손턴 부인이 살 만한 큰 저택 같은 게 있을 것 같아 보이지 않았다. 마거릿은 아들의 모습에서는 그가 어떤 집에 살지에 대한 인상 같은 건 전혀 느낄 수 없었지만, 키가 크고 다부지며, 옷차림도 훌륭한 손턴 부인이라면 분명 그녀와 똑같이 외관이 훌륭한 집에 살고 있을 거라는 상상을 자기도 모르게 했던 것이다. 그런데 말버러 가에는 여기저기 창문도 없는 벽으로 둘러싸인 자그마한 주택들만 길게 늘어서 있었을 뿐이다. 적어도 그게 그들이 말버러 가로 접어든 지점에서 볼 수 있었던 전부였다.

"분명 말버러 가에 산다고 했는데," 헤일 씨가 어찌 된 영문인지 모르겠다는 듯이 말했다.

"아주 작은 집에 사는 게 아마 그분이 말하는 절약의 실천 중 하나인가 봐요. 근데 주위에 사람들이 많네요. 제가 물어볼게요."

이윽고 그녀는 한 행인에게 물어본 뒤, 손턴 씨가 공장 옆에 살고 있다는 말을 들었고, 그들이 보았던 길게 이어진 막다른 벽 끝에 공장의 수위실 출입문이 있는 것까지 알게 됐다.

수위실 출입문은 흔히 보는 정원의 출입문과 다를 바 없었다. 출입문 한쪽에는 짐마차와 마차들이 들고 나는 커다란 문이 있었다. 수위가 직사각형의 큰 마당으로 그들을 들어가게 했다. 마당 한쪽에는 거래가 이루어지는 사무실이 있었고 반대편에는 커다란 창이 여러 개 달린 거대한 공장이 있었는데, 거기서부터 쉼 없이 철컥거리는 기계 소리와 길게 토해내는 증기 엔진의 굉음이 흘러나왔다. 그 소리는 그 안에 사는 사람들이 귀가 먹을 정도로 컸다. 길을 끼고 있는 벽을 마주 보고서, 직사각형 마당의 폭이 좁은 쪽에 갓돌을 얹은 멋있는 주택이 서 있었다. 집은 보나 마나 연기 때문에 거무스름했으나, 페인트칠을 한 창문들과 계단은 꼼꼼하게 청소가 되어 있었다. 그 집은 50~60년 전에 지어진 집이 분명했다. 돌로 된 건물 앞면은 일정한 수의 길고 좁다란 창문이 있었고, 현관까지는 난간이 있는 층계가 양쪽에서 올라가게 되어 있었는데, 이 모든 것이 이 집의 나이를 말해주고 있었다. 마거릿은 이런 훌륭한 집에 살고 또 그 집도 흠잡을 데 없이 완벽하게 유지할 만한 여유가 있는 사람들이, 어찌하여 끊임없이 돌아가는 공장 기계의 소음 속보다 시골이나 아니면 교외 같은 데 있는 훨씬 작은 집을 더 좋아하지 않는지 그저 의아할 뿐이었다. 소음에 익숙지 않은 그녀의 귀에 아버지의 목소리가 거의 들리지 않을 즈음 그들은 계단 위에서 현관문이 열리기를 기다리고 있었다. 마거릿이 아버지와 함께 옛날식 계단을 올라가서 창 세 개가 현관과 출입문의 오른쪽 방까지 넘겨다보는 거실로 이끌려 들어갔을 때 알아차렸다시피, 경계처럼 막다른 벽에 육중한 대문들이 붙어 있는 마당 역시 집 거실 쪽에서 봤을 때 우울해 보이기만 했다. 거실에는 아무도 없었다. 그곳은 마치 화산 폭발 후에도 천년 세월이 흘러서야 발견될 것처럼, 가구를 아주 세심하게 봉해놓고 아무도 들어간 적이 없는 것 같았다. 벽 색깔은 핑크와 황금색이었다. 카펫은 밝은 바탕 위에 꽃을 많이 새겨 넣은 문양이었지만, 번쩍이는 무색의 아마 바닥 깔개로 가운데가 조심스럽게 덮여 있었다. 창문의 커튼은 레이스였고, 의자와 소파에도 각각 망사 커버, 아니 뜨개질 커버가 씌워져 있었다. 평평한 곳은 모두 대리석으로 된 장식품들이 차지하고 있었고, 그 장식품들에는 먼지가 앉지 않도록 유리 갓이 씌워져 있었다. 방 한가운데, 봉해놓은 샹들리에 바로 밑에는 커다란 원형 테이블이 있었고, 깔끔하게 제본된 책들이 화사한 색깔의 바퀴살처럼 반질하게 닦인 테이블 둘레에 일정한 간격으로 정리되어 있었다. 온갖 것에서 빛이 반사됐지만, 그 빛은 그 어떤 것에도 흡수되지 못했다. 거실 전체는 반짝이를 뿌린 듯 알알이 반짝거렸고, 마거릿은 이 광경이 너무 불편했기 때문에 이 모든 걸 하얗고 깨끗하게 유지하기 위해 요구되는 이상스러울 정도의 결벽증이라든가 혹은 빙설같이 하얗고 투명한 불편을 확보하기 위해 기꺼이 쏟았을 많은 수고에 대해서는 거의 깨닫지 못했다. 어디를 둘러봐도 분명 관리와 수고의 흔적이 눈에 들어왔지만 그런 관리와 수고는 안락함을 주기 위한, 집 안에서 편안하게 지내도록 하기 위한 그런 게 아니었다. 순전히 장식품을 위한 것으로, 장식품에 먼지가 앉거나 파손되는 것을 막기 위해서였다.

손턴 부인이 나타나지 않자 그들은 여유롭게 주위를 둘러보면서 낮은 목소리로 서로 이야기를 나누었다. 그들이 나누는 이야기라고 해봐야 세상천지가 다 아는 내용이었지만, 이런 방에서는 흔히들 익숙지 않은 메아리가 울리는 게 마뜩찮은 듯 목소리를 낮출 수밖에 없었다.

이윽고 손턴 부인이 언제나처럼 까만색의 멋진 실크 드레스를 사르락거리며 들어왔다. 그녀의 모슬린과 레이스는 거실 안의 모슬린 망사 덮개들의 순백색을 뛰어넘지는 않아도 그것에 견줄 만큼 하얬다. 마거릿은 어머니가 손턴 부인의 방문에 대한 답방에 동행하지 못한 사정을 설명했다. 하지만 그녀는 아버지의 두려움이 선명하게 되살아나면 어쩌나 하는 걱정에 어설픈 이유를 댔고, 그 때문에 손턴 부인에게는 헤일 부인의 증상이 중대한 사유가 있을 때에는 넘어갈 수도 있는 일시적 질환이거나 고상한 부인네들이 상상으로 앓는 경미한 질환이라는 인상을 주고 말았다. 아니면 증상이 지나칠 정도로 심해 그날 나올 수 없었다면 방문은 뒤로 미룰 수도 있었을 것 아닌가. 손턴 부인은 헤일 씨 가족에게 예를 차리려고 방문을 위해 빌렸던 마차용 말들이며, 패니가 제 오빠로부터 방문을 종용받았던 일이 떠오르면서 살짝 기분이 상했기 때문에 마거릿에게 전혀 동정이 가지 않았다. 사실 그녀는 마거릿이 어머니의 증상에 대해 하는 말을 거의 믿지 않았다.

"아드님은 어떻습니까?" 헤일 씨가 물었다. "어제 급하게 보낸 전갈 때문에 몸이 좋지 않은가 걱정이 됩니다만."

"제 아들은 잘 앓지 않습니다. 아파도 내색하지 않거나 그걸 핑계 삼아 할 일을 안 하지도 않지요. 어제 저녁엔 선생님과 강독할 여유가 없었다고 하더군요. 분명 유감스러웠을 겁니다. 아들은 선생님과의 수업을 매우 귀중하게 생각하니까요."

"저 역시 그 시간이 즐겁습니다." 헤일 씨가 말했다. "아드님이 고전을 즐기고 그 가치를 느낀다는 걸 알게 되니 다시 젊어지는 것 같습니다."

"여유가 있는 사람에게는 분명 고전만큼 좋은 게 없을 겁니다. 하지만 솔직히 말씀드리자면, 전 아들이 고전 공부를 다시 시작하는 걸 찬성하지 않았습니다. 살아가는 지역이나 시기로 볼 때 아들의 모든 에너지와 관심이 필요한 시점이라고 생각하기 때문입니다. 고전은 시골이나 대학같은 데서 한가하게 살아가는 사람들에게는 당연히 좋을 수 있겠지요. 하지만 밀턴의 남자들은 생각과 힘을 현재의 일터에 모두 쏟아야 합니다. 적어도 제 생각은 그렇습니다." 손턴 부인은 이 마지막 말을 '겸손을 가장한 자만심'을 뿜어내며 말했다.

"하지만 정신을 지나치게 한곳에만 오래 집중한다면 뻣뻣하고 경직되어서 다른 것에는 관심을 가질 수 없게 될 거예요." 마거릿이 말했다.

"정신이 경직된다는 말이 무슨 뜻인지 잘 모르겠군요. 게다가 난, 오늘은 이것에 온통 관심을 가졌다가 내일 새로운 게 나타나면 그걸 완전히 잊어버리는 그런 변덕스러운 사람들을 우러러보지도 않습니다. 여러 가지에 관심을 갖는 것은 밀턴에 사는 제조업자의 생활에 맞지 않아요. 아들에게는 그애가 원하는 것 한 가지면 충분합니다. 삶의 모든 목적은 그걸 충족시키는 것에 집중되어야 해요."

"그 말씀은 즉 ──?" 헤일 씨가 물었다.

그녀는 누르께한 뺨을 붉히고 눈을 반짝이며 대답했다.

"이 나라 상인들, 이 고장 남자들 사이에서 높고 영예로운 지위를 유지하는 것입니다. 그런 지위를 아들은 혼자 힘으로 얻었지요. 어디든 가보세요. 제 말은 영국뿐 아니라 유럽까지도 말입니다. 밀턴 출신의 존 손턴은 사업가들 사이에서 명망을 얻고 있습니다. 물론 사교계에서는 이 이름을 아는 이가 없습니다." 그녀는 냉소적인 어조로 계속 말을 이었다. "한가한 신사나 귀부인들이 밀턴의 제조업자에 대해 잘 알 리 없지요. 아들이 의회에 진출한다거나 아니면 귀족의 딸과 결혼하지 않고서야 말입니다."

부녀는 불편한 기분과 함께 터무니없다는 생각이 들었다. 밀턴에 가면 손턴 씨가 좋은 친구가 될 거라고 벨 씨가 편지에 써 보내기 전까지 그들은 이 훌륭한 이름에 대해서 한 번도 들은 적이 없었던 것이다. 이 자부심 강한 어머니의 세계는 마거릿이 경험했던 할리 가의 상류 생활이나 헤일 씨가 몸담았던 시골 목사들과 햄프셔 지주들의 세계가 아니었다. 마거릿은 듣고 있다는 인상을 유지하려고 갖은 애를 썼지만 민감한 손턴 부인에게 자신의 이런 기분을 읽히고 말았다.

"헤일 양은 이만큼 훌륭한 내 아들에 대해 한 번도 들은 적이 없는 것 같군요. 내가 그저 밀턴밖에 모르고, 자기 자식이 세상에서 제일 특별하다고 생각하는 노인네라고 생각하는 거지요."

"그렇지 않습니다." 마거릿이 다소 씩씩하게 말했다. "사실 이곳 밀턴에 오기 전까지는 손턴 씨의 이름을 들어본 적이 없습니다. 하지만 이곳에 온 뒤로는 아드님에 대해 충분히 많이 들었기 때문에 아드님을 존경하게 됐고, 또 부인께서 아드님에 대해 방금 하셨던 말씀은 아주 지당하다는 생각이 듭니다."

"누가 내 아들 얘기를 하던가요?" 약간 누그러지긴 했지만, 아들에 대해 다른 누군가가 온당치 않은 얘기를 하지 않았을까 경계심을 보이며 손턴 부인이 이렇게 물었다.

마거릿은 머뭇거리며 대답하지 못했다. 그녀는 이런 명령조의 질문이 마음에 들지 않았다. 딸을 구해야겠다는 생각으로 헤일 씨가 끼어들었다.

"손턴 씨가 어떤 사람인지는 본인이 직접 말해줘서 알게 된 겁니다. 그렇지, 마거릿?"

손턴 부인이 몸을 꼿꼿이 세우더니 이렇게 말했다.

"아들은 본인의 행실에 대해 말하는 사람이 아닙니다. 헤일 양, 누구 말을 듣고 내 아들을 좋게 보게 된 건지 다시 물어봐도 될까요? 어미란 자식들에 대한 칭찬에 아주 왕성한 호기심을 보이는 법이라서 말이죠."

마거릿이 대답했다. "벨 씨가 손턴 씨의 과거 삶에 대해 해준 이야기 때문이었는데, 그 얘길 손턴 씨는 우리에게 한 마디도 하지 않았습니다. 손턴 씨가 아무 말 하지 않았다는 것이 벨 씨가 해준 얘기보다 더 대단한 일이었죠. 그러니 이유가 어찌 됐든 부인께서 아드님을 자랑스러워할 수밖에 없겠구나 하는 마음이 든 겁니다."

"벨 씨가! 존에 대해 그 사람이 뭘 안다고? 그 사람은 바쁠 것 없는 대학에서 한가하게 시간이나 보내고 있는 사람입니다. 어쨌든 고마워요, 헤일 양. 새치름하고 젠체하는 아가씨들은 아들 칭찬을 듣고 싶어 하는 노모에게 그런 얘기로 기분 좋게 해주길 꺼렸을 겁니다."

"왜요?" 마거릿은 의아한 기분으로 손턴 부인을 똑바로 바라보며 물었다.

"아! 그건, 혹여 아들에게 잘 보이려고 작정했던 처자들이라면, 아들 칭찬으로 노모가 분명히 자기들에게 호감을 갖도록 만든다는 양심의 거리낌을 느낄 수도 있기 때문이 아닐까요?"

그녀는 빙긋이 웃었다. 마거릿의 솔직함에 기분이 좋아졌던 것이다. 게다가 그녀는 아마도 자신이 마치 마거릿에게 캐물을 권리나 있는 양 꼬치꼬치 지나치게 많이 묻고 있었다고 느꼈을 것이다. 마거릿은 손턴 부인이 해준 말에 드러내놓고 웃어버렸다. 마치 너무 터무니없는 그 말 때문에 웃음이 나와버린 듯 무심코 웃었기 때문에, 그것이 그만 손턴 부인의 귀에 거슬리고 말았다.

마거릿은 손턴 부인의 기분 상한 얼굴을 보자 소리 내어 웃던 웃음을 그쳤다.

"용서하세요, 부인. 하지만 제가 손턴 씨의 마음을 얻으려는 그 어떤 계획도 품고 있지 않다는 걸 밝혀주시니 정말 감사합니다."

"젊은 처자들이 그랬답니다. 예전에." 손턴 부인이 딱딱한 어조로 말했다.

"손턴 양은 잘 지내고 있겠지요." 헤일 씨가 대화의 주제를 바꿔보려는 마음에서 이렇게 물었다.

"그 아이는 늘 똑같습니다. 약골이지요" 하고 손턴 부인이 짧게 대답했다.

"손턴 씨는 어떻습니까? 목요일에는 볼 수 있을 것 같습니다만."

"아들의 업무 일정에 대해선 대답을 드리지 못하겠습니다. 별로 편치 않은 문제가 진행 중입니다. 파업을 한다는군요. 그렇게 되면 아들의 경험이나 판단력 때문에 동업자들이 조언을 많이 구할 테니까요. 하지만 목요일에는 갈 수 있지 않을까 생각합니다. 어쨌든 가지 못하게 되면 분명 선생님께 전갈을 보낼 것입니다."

"파업!" 마거릿이 물었다. "무엇 때문에요? 무슨 이유로 파업하는 건가요?"

"타인들이 갖고 있는 재산의 지배권과 소유권 때문이지요." 손턴 부인이 사나운 코웃음을 치며 이렇게 말했다. "그게 늘 그자들이 파업하는 이

182

유입니다. 내 아들 공장의 인부들이 파업한다면, 그자들을 배은망덕한 사냥개 무리라고 부를 수밖에 없을 겁니다. 하지만 분명 파업은 할 겁니다."

"임금을 더 올려달라는 거겠지요?" 헤일 씨가 물었다.

"그건 표면적인 겁니다. 진정 그자들이 원하는 바는 자기들이 주인이되고, 주인들은 자신들 소유의 땅에서 노예가 되는 거지요. 늘 그걸 노리고 있어요. 항상 그 생각을 하고 있단 말입니다. 그러니 5~6년 주기로 고용주들과 노동자들 사이에 분쟁이 생기지요. 이번에는 자기들이 실수했다는 걸 깨닫게 될 겁니다. 판단착오를 좀 했다고 봐야겠지요. 만약 파업에 동참한다면 일자리를 다시 잡기가 쉽지 않을 겁니다. 만약 그자들이 이번 파업에 참여한다면 고용주들은 그자들이 다신 성급하게 파업을 일으키지 못하도록 한 수 가르쳐줄 생각을 하고 있어요."

"파업하게 되면 마을이 위험해지지 않나요?" 마거릿이 물었다.

"물론 위험해집니다. 하지만 설마 헤일 양이 겁쟁이인 건 아니겠지요? 밀턴은 겁쟁이들이 사는 곳이 아닙니다. 매킨슨이 공장 일에 간섭하려고 나서자마자 성난 인부들이 모두 흥분하여 그자의 피를 보겠다고 맹세하던 그때, 내가 그 군중 사이를 누비고 지나가야 한다는 걸 알았지요. 그 사람은, 이런 일은 꿈에도 알지 못하고 있었기 때문에, 누군가가 가서 알려줬어야 했어요. 그렇지 않으면 죽은 목숨이었지요. 여자가 맡아야 하는 일이었기 때문에 내가 갔어요. 그러고는 들어갔는데 나올 수가 없었어요. 내 목숨이 위태로운 지경이 되고 만 겁니다. 그래서 지붕으로 올라갔습니다. 거기는 폭도들이 공장 문을 강제로 열고 들어올 경우에 대비해서 그들 위로 떨어뜨릴 돌무더기가 준비되어 있었어요. 나 역시 그 무거운 돌들을 들어서 꽤나 잘 맞힌다는 남자 못지않게 떨어뜨렸을 겁니다만, 군중 사이를 뚫고 오느라 열이 나서 그만 기절하고 말았지요. 밀턴에 살려면 용감해지는 법을 배워야만 해요, 헤일 양."

"저도 최선을 다할 겁니다." 다소 기운이 빠진 상태로 마거릿이 말했다. "일이 닥치기 전까지는 제가 용감한지 아닌지 모릅니다만 제가 겁쟁이일까 봐 두렵습니다."

"남부 사람들은 우리 다크셔 사람들이 살려고 발버둥 친다는, 고작 그 말에 종종 겁을 먹지요. 하지만 헤일 양이 자기보다 더 나은 사람들에 대해 늘 배 아파하면서 그걸 갚을 기회만 기다리는 사람들 사이에서 한 10년 살다 보면 자기가 겁쟁이인지 아닌지 알게 돼요. 내 말 믿어요."

그날 저녁 손턴 씨가 헤일 씨 집에 왔다. 그는 헤일 씨가 아내와 딸을 위해 큰 소리로 책을 읽어주고 있는 거실로 불쑥 들어섰다.

"이렇게 제가 온 건 어머니가 주신 전갈도 있고, 또 어제 약속을 지키지 못한 것에 대해 사과도 드릴 겸 해서입니다. 여기 어제 부탁하신 도널드슨 박사님 주소가 적혀 있습니다."

"고마워요!" 마거릿은 황급히 말하면서 손을 내밀어 메모를 받았다. 그녀는 아버지와 자신이 의사에 대해 알아본 것을 어머니는 모르길 바랐다. 그녀는 손턴 씨가 자기 맘을 바로 이해한 것 같아 다행이라고 여겼다. 별말 덧붙이지 않고 그가 메모를 그녀에게 건넸던 것이다.

헤일 씨는 파업에 대해서 이야기를 시작했다. 손턴 씨의 얼굴은 그의 어머니가 보여줬던 험악한 표정과 비슷해졌고, 그 표정은 마거릿을 금세 불쾌하게 만들었다.

"그렇습니다. 그 바보 같은 작자들은 파업을 할 겁니다. 하라지요. 우리는 끄떡없습니다. 우린 저들에게 기회를 줬습니다. 저들은 장사가 지난해처럼 잘되고 있다고 생각합니다. 우리는 수평선에 이는 폭풍을 보고 배를 철수시킵니다. 하지만 이유를 말해주지 않는다고 저들은 우리가 타당한 조치를 취하고 있다는 걸 믿지 않으려고 합니다. 우리가 돈을 어떻게 쓰고 어떻게 아끼는지 저들에게 일일이 보여줘야만 하지요. 저 너머에 애슐리 공장의 헨더슨은 인부들에게 술수를 써보려고 하다가 실패했습니다. 그는 차라리 파업을 원했습니다. 그편이 자기한테는 훨씬 더 이익이었으니까요. 그래서 인부들이 와서 그들 주장대로 5퍼센트 인상을 요구하자, 처음부터 대답은 뻔했지만 그는 인부들의 자신감을 더 키워놓으려고 한번 생각해보겠다며, 급여일에 답을 주겠다고 했지요. 하지만 그들은 헨더슨보다 더 생각이 깊었던 자들인 데다 장사 전망이 어둡다는 얘기를 듣게 됐습니다. 그래서 약속했던 금요일에 와서 자기들의 요구를 철회해버렸습니다. 그러니 헨더슨은 지금 어쩔 수 없이 공장을 계속 돌리고 있습니다. 하지만 여기 밀턴의 공장주들은 오늘 결정 사항을 알렸습니다. 우린 한 푼도 올려주지 않을 겁니다. 임금을 내렸으면 내렸지 올려줄 여유는 없다고 말했습니다. 이제 우리는 저자들의 다음 공격을 기다리고 있습니다."

"그렇다면 다음 공격은 어떤 게 될 거라고 보는가?" 헤일 씨가 물었다.

"아마 동시파업이 되지 않을까 합니다. 며칠 후면 밀턴에서 연기를 보지 못하게 될 겁니다, 헤일 양."

"하지만 장사 전망이 어둡다고 보는 이유를 왜 설명해주지 못하셨나요? 용어를 바로 썼는지 모르겠지만 제 말뜻을 이해하실 겁니다."

"헤일 양은 본인 돈의 지출 내역, 즉 어디다 돈을 쓰는지를 하인들에게 설명하시나요? 우리, 자본을 쥐고 있는 사람들은 그걸로 무엇이든 할 권리가 있습니다."

"인간의 권리" 하고 마거릿이 작은 목소리로 말했다.

"뭐라고 하셨습니까? 무슨 말인지 듣지 못했습니다."

"다시 말하지 않는 게 좋겠어요." 그녀가 말했다. "손턴 씨가 공감하지 못할 것 같은 감정에 관한 거니까요."

"말씀해주시죠?" 그가 부탁했다. 그의 생각은 별안간 그녀가 했던 말을 파악하는 데 집중됐다. 그녀는 그의 집요함이 마음에 들지 않았지만, 자기가 한 말에 너무 큰 의미를 부여하지 않기로 했다.

"인간의 권리는 갖고 있다고 했습니다. 제 말은 손턴 씨가 자기 걸로 자기가 하고 싶은 대로 할 수 없는 이유는 딱 하나 종교적인 이유밖에 없는 것 같다는 겁니다."

"우리가 종교적인 견해가 다르다는 건 압니다. 하지만 헤일 양과 같진 않아도 저도 종교관이 있다는 건 인정하지 않습니까?"

그는 가라앉은 목소리였는데, 그녀에게만 말하고 있는 듯했다. 그녀는 자기 혼자만 말 상대가 되고 싶지 않았다. 그녀는 평상시의 어조대로 대답했다.

"이 문제와 관련하여 손턴 씨의 특별한 종교적 견해를 고려해볼 기회는 없었던 것 같아요. 제 말은 단지 고용주들이 그러기로 작정한다면, 말 그대로 자기 돈을 마구 허비하는 걸 인간의 법으로는 막을 수 없다는 겁니다. 하지만 성경에는, 주인들이 그렇게 했다면 관리인의 의무를 등한시하는 의미로 이해되는 — 적어도 저한테는 — 구절이 있습니다. 하지만 파업이나 임금, 자본, 노동 같은 건 잘 알지 못하니, 손턴 씨와 같은 정치·경제 전문가와는 얘기하지 않는 게 좋을 것 같아요."

"아뇨, 그러니까 더 얘길 해야 합니다." 그가 초조하게 말했다. "타지에서 오신 헤일 양의 눈에 이례적이고 이상해 보이는 모든 것에 관해 기꺼이 설명해드리겠습니다. 특히, 지금 이 시기는 펜을 쥔 사람이라면 누구나 우리의 일거수일투족을 분명히 기록하고 있을 테니까요."

"감사합니다." 그녀가 차갑게 대꾸했다. "낯선 이곳에서 살면서 혼란스러운 기분이 든다면, 전 당연히 맨 먼저 아빠에게 물어볼 겁니다."

"이 마을이 이상하다고 생각하시는군요. 왜지요?"

"글쎄요——제 생각엔 두 계층의 사람들이 모든 면에서 서로 의지하고 있음에도 불구하고 각각의 계층이 상대 계층의 이익을 자기들의 이익에 반대되는 걸로 생각하는 것처럼 보이기 때문인 것 같아요. 전 두 계층의 사람들이 항상 서로를 헐뜯는 곳에서는 여태 살아본 적이 없거든요."

"누가 공장주들을 헐뜯던가요? 전 누가 인부들의 험담을 하던가는 물어보지 않습니다. 헤일 양이 요전에 했던 제 말을 끝까지 오해한다는 걸 알기 때문입니다. 하지만 누가 공장주들에 대해 험담을 하던가요?"

마거릿은 얼굴이 붉어졌지만, 이내 미소를 지으며 이렇게 말했다.

"전 누가 캐묻는 걸 좋아하지 않아요. 질문에 대답하지는 않겠습니다. 게다가 누군가를 밝히는 것은 사실과는 아무 상관도 없어요. 하지만 몇몇 사람으로부터, 아니 어쩌면 인부들 중 누구 한 사람으로부터겠지만, 마치 인부들이 돈을 쥐지 못하도록 하는 게 업주들의 소관인 것 같다고 말하는 걸 들었다는 건 알아주세요. 노동자들이 은행에 돈을 좀 넣어두게 되면 아주 독립적이 된다는 거죠."

"그 히긴스라는 사람이 너한테 이 모든 말을 해줬나 보구나." 헤일 부인이 말했다. 손턴 씨가 이 말을 들은 것 같지는 않았는데 마거릿은 그가 아는 걸 원치 않았다. 하지만 그럼에도 불구하고 그는 그 말을 알아들었다.

"게다가 업주들은 모자란 변호사들——레녹스 대위가 군대에서 명령마다 시시콜콜 이유를 알려고 하던 사람들을 지칭하곤 하던 그런 사람들—— 말고 무식한 노동자들을 데리고 있는 걸 이점으로 여긴다고 하던데요."

그녀는 이 말의 뒷부분을 손턴 씨에게가 아니라 오히려 아버지를 보며 말했다. 레녹스 대위? 손턴 씨는 묘한 불쾌감을 받으며 자문했고, 그 바람에 그녀의 말에 잠시 응수를 하지 못하고 있었다. 그녀의 아버지가 대화를 이었다.

"마거릿, 넌 학교를 전혀 좋아하지 않았지. 좋아했다면 밀턴이 교육에 얼마나 많은 관심을 기울이는지를 일찌감치 알아봤을 게다."

"네!" 마거릿은 갑자기 순한 태도로 말했다. "제가 학교에 그다지 관심이 없다는 건 알아요. 하지만 제가 말하는 앎과 무지는 읽고 쓰기, 즉 아이에게 주는 가르침이나 지식과는 관련이 없었어요. 분명히 그건 인간을 인도하게 되는 지혜에 대한 무지를 말하는 것이었어요. 전 그게 뭔지 잘 몰라요. 하지만 그분— 제게 그 말을 했던 사람— 은 마치 주인들이 자기 인부들은 현재만 보고 살면서 무조건적인 복종심으로 살아가는, 그저 몸만 커다랗게 자란 어린아이이길 바란다는 듯이 말했어요."

"한마디로 헤일 양에게 그 말을 해준 사람은 공장주들에 대한 어떤 중상모략도 다 들을 준비가 된 사람을 찾은 게 확실합니다." 손턴 씨가 기분이 상한 어조로 말했다.

마거릿은 대답하지 않았다. 그녀는 손턴 씨가 자신이 한 말에다 이렇다 저렇다 자신의 성격까지 갖다 붙이니 기분이 나빠졌다.

헤일 씨가 말을 이었다.

"솔직히 말해서 내가 노동자들과는 마거릿만큼 친분을 쌓지 못했지만, 그 무엇보다 난 고용주와 인부들 사이의 적대감에 큰 충격을 받았네. 자네가 때때로 해준 말에서조차 이런 인상을 받는다네."

손턴 씨는 말하기에 앞서 잠시 가만히 있었다. 마거릿은 이미 방을 나갔고, 그는 자신과 그녀 사이에 형성된 감정의 상태에 답답하고 짜증이 났다. 하지만 좀 화가 났기 때문에 더 침착하고 생각이 깊어져서 근엄하게 말을 했다.

"저의 기본적인 생각은, 제 이익은 제 인부들이 생각하는 이익과 같고, 인부들도 마찬가지로 생각한다는 겁니다. 유래야 어떻든 헤일 양이 '일꾼'이라는 용어를 좋아하지 않는 것 같으니, 비록 제가 태어나기 전부터 썼던, 가장 먼저 떠오르는 용어이지만 그 말은 쓰지 않도록 하겠습니다. 언젠가는, 몇백 년 후의 유토피아에서는 통합이 일어날지도 모릅니다. 제가 정부의 가장 완벽한 형태로 믿고 싶어 하는 공화국 같은 것 말입니다."

"호메로스를 다 읽고 나면 바로 플라톤의 『국가』를 읽도록 하세."

"2만 6천 년쯤 뒤 플라톤 년*이 오면 남자, 여자, 아이 할 것 없이 우리 모두 공화국에 어울리는 사람들이 될지도 모르겠습니다. 하지만 현재 이 나라의 도덕과 지성 상태로는 입헌군주제가 더 좋습니다. 유아기에는 현명한 전제주의가 우리를 다스릴 필요가 있습니다. 사실 유아기를 보낸 지 한참 되는 아이와 청년들조차 신중하고 확고한 권위를 지닌 변함없는 법의 제재를 받을 때 가장 행복합니다. 전 노동자들을 어린아이 상태라고 보는 것까지는 헤일 양의 말에 동의하지만, 그들을 그렇게 만들고 그런 상태로 둔 게 업주들인 우리들의 소관이라고 하는 말에는 동의하지 않습니다. 전 전제주의가 그들에게는 일종의 최상의 정부라고 생각합니다. 그렇기 때문에 몇 시간 뒤 그들을 대면하게 되면 저는 전제군주 같은 사람이 될 수밖에 없습니다. 저는 최대한 신중한 자세로, 북부에서 차고 넘치는 사기나 자비심 같은 것은 멀리하면서, 현명한 법을 만들어서 업무상 공정한 결정을 내릴 것입니다. 그 법과 결정은 우선은 저 자신을 위해 좋겠지만 그다음엔 그들을 위해서도 좋을 것입니다. 하지만 저는 억지로 떠

* the Platonic year: 대년(大年, Great Year)이라고도 하며, 모든 천체가 가능한 운동을 모두 끝내고 원래의 자리로 되돌아가게 되어 있는 상상의 주기를 말한다.

밀려서 이유를 대지도 않을 것이고, 제 결심이라고 선언한 것에서 물러서지도 않을 것입니다. 모여보라지요! 그들만큼 저도 고통을 겪겠습니다. 하지만 나중에 그들은 알게 될 것입니다. 제가 약해지지도 않았고 달라지지도 않았다는 것을 말입니다."

마거릿은 다시 방으로 들어와 자수를 잡고 앉아 있었지만 말은 하지 않았다. 헤일 씨가 대답했다.

"어쩌면 내가 잘 모르고 얘기하는 건지도 모르겠네. 하지만 그나마 아는 걸로 미루어, 노동자들은 이미 개인의 삶뿐 아니라 대중의 삶에서도 아동기와 장년기 사이에 끼어 있는 골치 아픈 단계로 급속히 진입하는 중이었다네. 자, 이 시기의 개인을 다룰 때 많은 부모가 저지르는 잘못이라고 한다면, '부르면 오너라' 나 '시키는 대로 하여라!' 같이 단순한 법칙에 복종하는 것이 아이들의 유일한 일이었을 때처럼, 당치 않은 복종을 고집하는 것이지. 하지만 현명한 부모는 자신의 절대적인 지배를 멈춰야 하는 시기가 오면 친구나 조언자가 되기 위해서 아이들의 독립적인 행동에 대한 욕구를 어느 정도 맞춰준다네. 설사 내 논리가 잘못됐더라도, 비유를 들고 나온 사람은 자네란 걸 기억하게."

"아주 최근에," 마거릿은 말을 시작했다. "불과 3~4년 전에 뉘른베르크에서 일어난 사건에 대해서 들은 게 있어요. 그곳에 한 부유한 남자가 주거지와 광이 함께 붙어 있는 커다란 저택에서 혼자 살았답니다. 아이가 하나 있다는 소문이 있었지만 확실히 아는 사람은 아무도 없었어요. 근 40년간 이 소문은 나타났다 가라앉았다 하면서 결코 사라지지 않았죠. 그 사람이 죽고 난 뒤 그게 사실로 드러났어요. 교육을 받지 못하고 지능이 아이 수준인, 제멋대로 자란 아들이 하나 있었던 거예요. 그 아버지는 유혹이나 잘못에 빠지지 않도록 하기 위해 아들을 이상한 방식으로 가둬

두었던 거죠. 하지만 덩치만 커버린 그 남자가 세상 밖으로 나왔을 때 상담 전문가들은 하나같이 그를 좌지우지하려고 했어요. 그는 좋은 것과 나쁜 것을 구별하지 못했지요. 그의 아버지는 그를 무식하게 키워놓고는 그걸 순수하게 키우는 걸로 착각하는 실수를 범했던 거예요. 14개월을 방종한 생활로 보내고 나니 시 당국이 그를 떠맡아야 했어요. 그렇지 않으면 굶어 죽게 생겼으니까요. 그는 말조차 제대로 할 줄 몰라서 어떻게 구걸하는지도 몰랐던 거예요."

"공장주와 부모의 입장에 대한 (헤일 양의) 비교를 제가 썼으니 헤일 양이 그 비유를 나에 대한 공격 무기로 바꿔 썼다고 불평하면 안 되겠지요. 하지만 선생님, 선생님께서는 현명한 부모를 저희들의 모델로 세우시면서 현명한 부모는 독립적으로 행동하고 싶어 하는 아이의 비위를 맞춰주었다고 하셨습니다. 자, 분명 노동자들은 근무시간에는 독립적으로 행동할 수 없습니다. 그렇다면 선생님 말씀은 무슨 의미인지 잘 모르겠습니다. 제 말은 공장주들이 만약 공장을 벗어난 노동자들의 생활에도 지나치게 많이 간여한다면 우리 공장주들은, 저 자신이 그런 대우에서 부당함을 느끼는 방식으로, 노동자들의 독립성을 침범하게 될 거라는 점입니다. 왜냐하면 그들이 우리를 위해 하루 열 시간씩 일을 한다고 해서 나머지 시간에도 그들을 고삐로 묶어둘 권리는 없다고 생각하기 때문입니다. 저도 저 자신의 자유를 아주 귀하게 여기는 까닭에, 타인이 제게 끊임없이 지시하고 충고하고 가르치거나 혹은 어떤 식으로든 제 행동에 대해 사사건건 계획하게 하는 것보다 더 큰 수모도 없을 거라고 생각합니다. 설령 그 사람이 더없이 현명하고 더없이 막강한 사람이라고 하더라도 저의 반발심과 분개심은 똑같을 겁니다. 이런 느낌은 남부보다 북부 쪽이 더 강할 거라고 생각합니다."

"죄송합니다만, 그건 조언하는 계층과 조언받는 계층 사이에 평등한 우정이 존재하지 않기 때문 아닌가요? 모든 사람이 동료를 멀리하고 질투하면서 자기 권리가 침해당하지 않을까 끊임없이 걱정하는, 박정하고 무심한 자세를 갖고 있어야 했기 때문에 말이에요."

"제 말은 현실이 그렇다는 겁니다. 죄송하지만 8시에 모임이 있습니다. 전 오늘 밤 실상을 파악하면 해명하려고 하기보다는 현실을 있는 그대로 받아들여야 합니다. 해명한다고 해서 현 상태에서 어떻게 대처할지에 대한 결정이 달라질 일은 전혀 없을 겁니다. 현실을 인정할 수밖에 없어요."

"하지만," 마거릿은 목소리를 낮추어 말했다. "제가 보기엔 그런 시도를 함으로써 모든 게 완전히 달라질 것 같은데요." 그녀의 아버지가 딸에게 잠자코 있으라는 신호를 보내면서 손턴 씨가 하던 말을 끝내게 했다. 그는 이미 일어서서 갈 준비를 하고 있었다.

"헤일 양에게 이것 하나만은 말하고 싶습니다. 다크셔 사람들의 강한 독립성을 고려해볼 때, 단순히 그들이 노동을 제공하는 사람들이고 나는 그 노동력을 살 자본을 가졌다고 해서 (나 자신이 그런 걸 지독히 싫어하면서) 다른 사람에게 이래라저래라 나 자신의 생각을 강요할 권리가 있는가 하는 겁니다."

"전혀요." 마거릿은 이 말만은 해야겠다고 작정하고 이렇게 말했다. "그게 무엇이든 손턴 씨가 말하는 노동자와 자본가라는 입장 때문에 그런 게 결코 아니라, 손턴 씨 자신이 막대한 지배력으로, 본인의 사용 의사에 관계없이, 손턴 씨를 위해 일하는 사람들을 다루는 입장에 있는 사람이기 때문에 그런 거예요. 단순히 우리의 삶과 복지는 끊임없이 아주 밀접하게 얽혀 있기 때문이라는 거죠. 신이 우리를 만드셨으니 우리는 서로 의존적일 수밖에 없어요. 우리는 우리에게 내재된 이런 의존성을 무시하거나,

혹은 다른 사람들이 매주 받는 임금 이상으로 우리에게 기댄다는 걸 인정하려고 하지 않을 수도 있어요. 하지만 그럼에도 불구하고 그건 엄연한 사실이에요. 손턴 씨나 다른 공장주들도 어쩔 수 없습니다. 가장 당당하고 독립적인 사람도 자기 성격, 자기 삶에 미치는 주변 사람들의 영향에 자기도 모르게 좌우됩니다. 게다가 자부심으로 똘똘 뭉친 다크셔 사람들 중 가장 자기중심적인 사람이라고 해도 도처에 매달리는 부양가족이 있습니다. 그들이 자신과 동일시하는 거대한 바위가 그럴 수 없는 것처럼 그는 이들을 뿌리치지 못합니다."

"더 이상 비유는 하지 않았으면 좋겠다, 마거릿. 이미 한 번 하지 않았느냐." 그녀의 아버지가 미소를 지었지만 가려는 손턴 씨를 붙잡고 있다는 생각에 염려스러운 듯 말했는데, 그건 오해였다. 그는 마거릿의 말에 기분만 상했을 뿐이면서도 그녀가 말한다면 오히려 더 머물고 싶었다.

"한번 말해보십시오, 헤일 양. 본인이 한 번이라도 영향받은 적이 있다면 ─ 아니 이건 적절치 않은 표현입니다만 ─ 어쨌든 헤일 양 자신이 환경보다는 타인의 영향을 받고 있다는 걸 알아차린다고 한다면, 그 사람들은 직접적으로 영향을 미치고 있었습니까? 아니면 간접적으로 그래왔습니까? 그 사람들은 본을 보여주려고 권유하고 명령하고 제대로 행하려고 애를 쓰고 있었습니까? 아니면, 이렇게 하면 이 사람은 부지런해질 거고 저 사람은 절약하게 될 거라는 걸 의식하지 않고 자신들의 할 일을 맡아 그 일을 소신껏 수행하던 소박하고 참된 사람들이었습니까? 음, 내가 노동자라면, 주인이 제아무리 좋은 뜻에서일지라도 일 끝난 뒤의 내 생활에 털끝만큼이라도 간섭하는 것보다는 직무 수행을 정직하고 정확하며 신속하고 결단력 있게 하는 사람이라는 것에[노동자들은 정보 수집이라면 종자(從者)들보다 더 정확합니다] 몇십 배 더 감명을 받을 겁니다. 나 자신이 어떤 쪽인가는 너무 깊이 생각해보지 않겠습니다. 하지만 일부 공장에서 노동문제를 대하는 방식과는 다르게 저는 제 직원들이 불만사항을 솔직하게 드러낸다고 믿는 쪽인 것 같습니다. 그건 수치스러운 이익 추구나 비열한 행위를 저 자신이 한 치도 용납하지 않는다는 걸 직원들도 알고 있기 때문입니다. 그건 '정직이 미덕이다'를 가르치는, 실생활이 말로 희석된 그런 강의를 몽땅 다 듣는 것 그 이상입니다. 아니 강의로는 절대 안 됩니다! 자기 역할에 대해 지나치게 생각해보지 않더라도 주인은 노동자들의 미래 모습이 됩니다."

"대단한 시인(是認)이시네요." 마거릿이 웃으며 말했다. "자기 권리를 좇아 난폭하게 고집을 부리는 노동자들을 보면, 주인 역시 같은 부류일 거라고 생각해도 되겠네요. 주인이 오래 참고 온유하며 자기의 유익을 구하지 않는 정신을 잘 모른다고* 말이죠."

"헤일 양은 우리의 작업 시스템을 잘 모르는 다른 모든 이방인과 다를 바가 없군요." 손턴 씨는 참지 못하고 이렇게 말했다. "노동자들이 우리 맘대로 모형을 뜰 준비가 된 반죽 덩어리라고 생각하시는군요. 우리는 그들 삶에서 3분의 1도 차지하지 못한다는 걸 잊고 있어요. 게다가 제조업자의 직무는 단순히 일개 고용주의 그것보다 훨씬 더 방대하다는 걸 잘 모르는 것 같습니다. 우리에게는 계속 유지시켜야 하는 원대한 사업 기질이 있습니다. 그 사업 기질이 우리를 문명의 위대한 개척자로 만들어주는 겁니다."

"내 생각에는," 헤일 씨가 미소를 지으며 말했다. "여기서도 자넨 많은 걸 개척할 수 있을 것 같네만. 이자들, 자네 공장에서 일하는 밀턴 사

---

* 「고린도전서」 13장 4~5절의 사랑에 관한 구절.

람들은 거친 이교도 무리들이지 않은가."

"그렇습니다." 손턴 씨가 대꾸했다. "순한 방법은 저들에게 먹히지 않을 겁니다. 크롬웰이라면 멋진 공장주가 됐을 겁니다, 헤일 양. 파업쯤은 평정해버리게 우리한테 크롬웰이 있으면 좋겠습니다."

"전 크롬웰을 영웅이라고 생각하지 않아요." 마거릿은 차가운 어조로 대답했다. "하지만 전 손턴 씨의 절대주의에 대한 신봉과 타인의 독립성에 대한 존중을 조화시켜보려고 노력하는 중입니다."

그녀의 말투에 그는 화가 났다. "난 절대적이고 무책임한 주인이 되렵니다. 그자들이 나를 위해 일하는 동안은 말입니다. 하지만 그 시간이 지나면 우리의 관계는 종료됩니다. 그런 다음엔 나 스스로 엄격하게 지키는 그들의 독립성에 대한 동일한 존중이 시작됩니다."

그는 말을 끊고 잠시 잠자코 있었다. 너무 화가 났던 것이다. 하지만 그는 그런 기분을 털어내고 헤일 씨 부부에게 작별 인사를 했다. 그런 다음 마거릿에게 다가가더니 낮은 목소리로 이렇게 말했다.

"오늘 저녁, 말이 좀 성급하게 나와서 다소 무례했던 것 같습니다. 하지만 아시다시피 전 예의 같은 건 잘 모르는 밀턴의 제조업자일 뿐입니다. 용서해주시겠지요?"

"그럼요." 그녀는 말하면서 그를 향해 미소를 지어 보였는데, 그의 표정은 다소 초조하고 우울했으며, 이미 둘 사이에 있었던 토론의 쌀쌀맞은 여파 같은 것은 깨끗이 사라지고 없는, 귀엽고 익살맞은 그녀의 얼굴과 마주했을 때도 전혀 없어지지 않았다. 그러나 그녀는 그에게 손을 내밀지 않았고, 다시 한 번 그는 악수가 생략된 걸 느끼면서 그것을 도도한 성격 탓으로 치부해버렸다.

16장
죽음의 그림자

보이지 않는 손을 믿으라
그 손 주님이 가시는 길로만 인도하나니
늘 변화에 대비하라
세상의 법은 부침을 겪나니
―아랍 금언

다음 날 오후 도널드슨 박사가 처음으로 헤일 부인을 보러 왔다. 마거릿이 최근 어머니와 친밀하게 지내면서 그녀가 풀어냈기를 바라는 수수께끼가 다시 등장했다. 마거릿은 방 안에 있지 못한 반면 딕슨은 입장이 허용됐던 것이다. 마거릿은 쉽게 사랑을 주는 타입은 아니었지만, 사랑하면 열렬히, 엄청난 질투심을 갖고 사랑했다.

그녀는 거실 바로 뒤쪽에 있는 어머니의 침실로 들어가 방 안을 왔다 갔다 하면서 의사가 나오기를 기다렸다. 그녀는 간간이 발걸음을 멈추고 귀를 기울였는데, 신음 소리를 들은 듯도 했다. 그녀는 두 손을 맞잡고 숨을 멈추었다. 분명히 신음 소리였다. 그런 다음 몇 분간 잠잠했다. 그 다음 의자 움직이는 소리가 났고 말소리가 높아지더니 자리를 뜨는지 자잘한 소음이 들려왔다.

문이 열리는 소리가 나자 그녀는 재빨리 침실에서 나왔다.

"아버지는 집에 안 계세요, 박사님. 지금은 교습생들을 가르치는 시간이랍니다. 아래층 아버지 서재로 좀 내려와주실 수 있으신지요?"

그녀는 자기 앞에 딕슨이 던져놓은 온갖 장애물을 보았고, 뭔가 차남에게 밀린 장남의 기백 같은 것으로 이 집안 딸로서의 정당한 자세를 취하면서 그것들을 극복해냈다. 이 기백은 늙은 하인의 주제넘은 태도를 아주 효과적으로 제압했다. 마거릿은 딕슨에게 보라는 듯 의식적으로 위엄을 부리면서 초조함 가운데서도 찰나적인 기쁨을 느꼈다. 그녀는 딕슨의 깜짝 놀란 얼굴에서 자신이 상상도 하지 못할 정도로 당당해 보인다는 걸 알았고, 그 생각은 아래층 서재로 들어갈 때까지 계속됐다. 그 생각을 하는 동안은 그녀는 목전에 닥친 일의 통렬한 아픔을 잊을 수 있었다. 이제 그 아픔이 되살아났다. 그래서 그녀는 숨을 쉴 수 없을 것 같았다. 잠시 뜸을 들인 후 그녀가 말을 시작했다.

하지만 그녀는 다소 명령하는 듯한 어조로 이렇게 물었다.

"어머니에게 무슨 문제가 있나요? 박사님은 제게 진실을 말해주셔야 합니다." 그러더니 박사의 얼굴에서 주저하는 빛을 읽고 이렇게 덧붙였다.

"어머니에게 전, 유일한, 말하자면 지금 곁에 있는 유일한 자식입니다. 아버지는 상태를 충분히 깨닫지 못하고 계신 것 같아요. 그러니 심각한 문제가 조금이라도 있다면 충격이 가지 않게 알려드려야 해요. 전 그일을 할 수가 있어요. 제가 어머니를 보살펴드릴 수 있습니다. 제발 말씀 좀 해주세요. 선생님 얼굴을 보면서도 생각을 읽을 수 없다는 게 선생님께서 해주실 그 어떤 말보다 더 두렵답니다."

"친애하는 헤일 양, 어머니는 그 누구보다 정성스럽고 유능한 하인을 두고 있는 것 같군요. 마치 친구 같은 사람 말이지요."

"전 딸이에요, 선생님."

"하지만 어머니는 분명 따님이 사실을 알게 되는 걸 원치 않았어요."

"전 하지 말란다고 하지 않을 만큼 참을성이 많지 않습니다. 게다가 선생님같이 참으로 현명하고 경험 많은 분이 비밀을 지키겠다고 약속하시지는 않았을 거예요."

"음," 살짝 미소를 지으면서도 유감스럽다는 듯 박사는 이렇게 말했다. "헤일 양 말이 맞아요. 약속하지 않았습니다. 사실 우려스럽지만 내가 말하지 않아도 곧 모든 게 알려질 거라고 봅니다."

그는 잠시 말을 멈추었다. 마거릿은 하얗게 질려 입술을 더욱더 꼭 다물었다. 그것 말고는 눈썹 하나 까딱하지 않았다. 도널드슨 박사는 자신의 명성에 걸맞은 신속한 성격 파악을 통해, 그녀가 모든 사실을 듣고야 말 것임을 알았다. 만약 털끝만큼이라도 숨긴다면 그녀가 알아차릴 것임을, 그리고 사실을 알리지 않고 있다는 것이 사실을 알게 되는 것보다 더 극심한 고문이 될 것임을 알았다. 그는 낮은 목소리로 짧게 두 마디만 했는데, 말하면서도 내내 그녀를 지켜보았다. 그녀의 까만 동공은 두려움으로 커졌고 하얗던 안색은 시퍼렇게 변해 있었다. 그는 말을 멈추고 그녀가 제 모습을 찾고 숨을 가다듬기를 기다렸다. 그러자 그녀가 말했다.

"믿고 말씀해주셔서 정말 감사합니다, 선생님. 두려움 때문에 전 몇 주간을 시달렸어요. 정말 고통스러웠답니다. 가여워서 어떡해, 엄마!" 그녀는 다시 입술을 떨었고, 자제력을 믿으면서 안도의 눈물이 흐르도록 내버려두었다.

눈물 몇 방울 —— 그게 그녀가 흘린 눈물의 전부였다 —— 을 떨어뜨리고 나더니 그녀는 묻고 싶었던 여러 가지 질문을 생각해냈다.

"많이 고통스러울까요?"

그는 고개를 가로저었다. "알 수 없습니다. 몸의 상태에 따라 다르고, 갖은 상황에 따라 다르다 이 말입니다. 하지만 최근 이루어진 의학적 발견 덕분에 통증을 크게 완화시킬 수 있게 됐어요."

"아빤 어떡하죠!" 마거릿이 온몸을 떨며 말했다.

"헤일 씨는, 글쎄. 내 말은 어떻게 하라고 하기가 힘들다는 겁니다. 하지만 시기가 올 때까지는 말하지 않도록 해요. 헤일 양이 내가 어쩔 수 없이 갑작스레 털어놓게 된 그 내용에 어느 정도 면역이 되고, 그래서 큰 힘 들이지 않고 헤일 씨에게 편하게 말할 수 있게 될 때까지 말입니다. 그 전에는, 물론 내가 수시로 들를 테지만, 나로서는 고통을 줄여주는 것 말고는 별 도리가 없는 것 같아 유감스럽군요. 수없이 자잘한 정황들이 헤일 씨를 걱정시키고, 그 걱정을 더 키우게 될 테니, 그만큼 더 대비하고 있는 게 좋겠지요. 울지 말아요, 헤일 양. 이런, 이러지 말아요. 손턴 씨를 만났어요. 그러니 아무리 내가 헤일 씨를 오해하는 일이 있다고 해도 그분이 치렀던 희생 때문에 나는 헤일 씨를 존중합니다. 이런, 지금은 울고 싶으면 울어요. 다만 다음번에 올 때는 내가 친구로서 온다는 것만 기억해요. 헤일 양도 나를 친구처럼 대할 수 있어야 합니다. 서로 만나는 것, 이런 기회를 통해 서로를 알게 되는 건 수년간에 걸친 사교 방문의 가치가 있기 때문이지요."

마거릿은 울음 때문에 말은 할 수 없었지만 작별 인사를 하는 박사의 손을 꽉 부여잡았다.

'저런 아가씰 두고 참한 아가씨라고 하지!' 도널드슨 박사는 마차에 자리를 잡자 이런 생각을 하면서 그녀의 아귀힘을 느낄 수 있었던, 자신의 반지 낀 손을 천천히 살펴보았다. '그 작은 손 어디에서 그런 힘이 나왔을까? 하지만 손 마디마디가 균형이 잘 잡혀 있으니 그런 힘이 나오는 거야. 가히 여왕이라고 할 만해! 처음엔 고개를 뒤로 젖히고 내게 사실을 말하지 않을 수 없게 만들었지. 그러더니 고개를 숙이고 아주 진지하게 들었어. 가여운 것! 분명 지나치게 긴장하지도 않더군. 그래도 철두철미

상류 가문인 사람들이 그렇게나 크나큰 고통을 견뎌낼 수 있다니 놀랍긴 해. 그 아가씬 투지가 몸에 배어 있어. 다른 사람이라면, 얼굴빛이 사색을 띨 정도까지 갔던 사람이라면, 실신이나 발작 없이 절대 제정신을 찾지 못했을 테지. 하지만 헤일 양은 실신도 하지 않았고, 발작도 일으키지 않았어, 헤일 양은 그러지 않았어! 그녀가 지닌 의지의 힘이 이성을 찾게 만들었겠지. 저런 아가씨는 내가 30년만 젊었어도 내 마음을 차지했을 거야. 이젠 너무 늦었어. 아! 아처 씨 집에 다 왔군.' 심사숙고, 지혜, 경험 그리고 동정심을 갖춘 그는 이렇게 마차에서 내렸고, 마치 왕진 요청을 받은 이들 가족 말고는 아무도 안중에 없다는 듯, 이들을 돌봐줄 준비를 했다.

한편 마거릿은 잠시 아버지의 서재로 되돌아와서 위층의 어머니를 보러 가기 전 기운을 추슬렀다.

'오 세상에, 이를 어쩌지! 정말 끔찍해. 어떻게 참아낼까? 치명적인 병이야! 가망이 없어! 아, 엄마, 내가 쇼 이모 댁에 가 있지 않았더라면, 그래서 엄마와 지내는 그 귀한 시간을 날려버리지 않았더라면 좋았을 텐데! 얼마나 고통을 겪어왔을지! 하나님, 제발 엄마의 고통이 너무 심하지 않도록, 너무 끔찍하지 않도록 해주세요. 그런 고통을 내가 어떻게 볼까? 아빠가 괴로워하는 모습을 어떻게 견디지? 아직은 아시게 해선 안 돼. 갑작스럽게는 안 돼. 아빤 아마 돌아가실지도 몰라. 하지만 사랑하는 어머니와의 귀중한 순간을 난 잠시도 놓치지 않겠어.'

그녀는 한달음에 위층으로 올라갔다. 딕슨은 방에 없었다. 헤일 부인은 박사를 다시 본다는 생각에 온몸에는 부드러운 하얀 숄을 두르고 머리에는 참한 모자를 쓴 채 안락의자에 앉아 있었다. 얼굴은 다소 창백했고 검사를 받은 뒤라 아주 기진맥진한 상태여서 오히려 평온해 보이기까지

했다. 어머니가 아주 침착한 모습이라 마거릿은 놀랐다.

"아유, 마거릿, 너 표정이 이상하구나. 무슨 일이니?" 그러더니 왜 그러는지에 대한 진짜 이유에까지 생각이 미치자 좀 언짢은 듯 이렇게 덧붙였다. "도널드슨 박사님과 면담하면서 뭘 물어봤던 건 아니지? 그런 거냐, 애야?" 마거릿은 아무 말도 하지 않고 그녀를 안타까운 눈빛으로 바라보기만 했다. 헤일 부인은 더욱더 기분이 언짢아졌다. "박사님이 설마 내게 한 말을 어기진 않을 텐데——."

"아, 맞아요, 엄마, 박사님이 어겼어요. 제가 어기게 만들었어요. 저 때문이에요." 그녀는 어머니 옆에서 무릎을 꿇고 어머니의 손을 잡았다. 마거릿은 그 손을 놓지 않으려고 했으나 헤일 부인은 손을 빼내려고 애썼다. 마거릿은 어머니 손에 계속 키스를 했고, 쉴 새 없이 흐르는 뜨거운 눈물이 그 손을 적셨다.

"마거릿, 네가 아주 잘못했구나. 네가 모르기를 바란다는 걸 넌 알았잖니." 하지만 따지느라 지친 듯 손을 그냥 마거릿이 꽉 쥐고 있는 대로 내버려두더니, 나중에는 자기도 힘없이 딸의 손을 맞잡았다. 이에 용기를 얻은 마거릿이 말하기 시작했다.

"엄마! 제가 엄마 병간호를 할게요. 딕슨이 가르쳐주면 뭐든지 배울 거예요. 사실 자식은 저잖아요. 그러니 엄마를 위해 전 뭐든 할 권리가 있어요."

"넌 지금 네가 뭘 하겠다고 말하는 건지를 모르고 있어." 헤일 부인은 온몸을 흔들며 이렇게 말했다.

"알아요. 전 엄마가 알고 있는 것보다 더 많이 알아요. 간호는 제가 할게요. 어쨌든 해볼게요. 여태껏 했던 그 누구보다, 그리고 앞으로 하게 될 그 누구보다도 더 열심히 엄마를 보살펴드릴 거예요. 정말 편하게 모실게요, 엄마."

"불쌍한 것! 그럼 해보려무나. 사실은 말이다, 마거릿, 딕슨과 난 네가 사실을 알게 되면 날 피할 거라고 생각했단다."

"딕슨과 그렇게 생각했다고요!" 마거릿은 입꼬리를 올리며 말했다. "딕슨은 나도 자기만큼 어려움을 이겨내는 진정한 사랑을 할 수 있다는 걸 인정할 수가 없었던 거예요. 아마 제가 장미꽃 이파리 위에 누워서 시원한 부채질이나 받는 걸 좋아한다고 생각했겠죠. 딕슨의 상상 따위로 엄마와 저 사이가 더 이상 갈라져서는 안 돼요. 제발요!" 그녀가 애원했다.

"딕슨에게 화내지 마라." 헤일 부인이 걱정스러운 듯 말했다. 마거릿은 스스로를 다잡았다.

"그러지 않을게요!. 겸손하게 딕슨이 하는 걸 배울게요. 제가 엄마를 위해 할 수 있는 일이면 뭐든지 할 수 있게 해준다면요. 엄마에게 제일 필요한 존재가 될 거예요. 정말 그러셨으면 좋겠어요. 한때 전 쇼 이모 댁에 가 있는 동안 엄마가 절 잊어버렸을 거라고 생각하고, 머릿속이 온통 그 생각으로 가득 차서 밤마다 울면서 잠들곤 했어요."

"난 어떻고. 할리 가에서 편안하고 호화롭게 살던 네가 임시방편의 살림을 견뎌낼 수 있을까 하는 생각에 생판 모르는 남들보다 네게 그걸 보여주는 것이 더 창피스러웠을 때가 한두 번이 아니었단다."

"아유, 엄마도! 난 참 좋았어요. 단조롭기 짝이 없는 할리 가의 것들보다 훨씬 더 재미있었어요. 손잡이 달린 시렁은 큰 행사 때마다 커다란 쟁반으로 썼죠. 오래된 차 상자는 속을 채우고 커버를 씌워서 의자처럼 썼고요. 엄마가 임시변통한 도구들이라고 부르는 그리운 헬스턴의 것들은 그곳 삶의 매력의 일부였어요."

"난 다시는 헬스턴을 보지 못하겠구나, 마거릿." 이렇게 말하는 헤일 부인의 눈에 눈물이 맺혔다. 마거릿은 대답할 수 없었다. 헤일 부인은 말을 이었다. "그곳에 있을 땐 마냥 떠나고만 싶었지. 다른 곳이 더 좋아 보였지. 이제 이렇게 멀리 떨어진 곳에서 죽게 되는구나. 내가 벌을 받는 거야."

"그런 말 하지 마세요." 마거릿은 참지 못하고 이렇게 말했다. "박사님이 몇 년 더 사실 수도 있대요. 오, 어머니! 이제 우리가 헬스턴으로 모셔갈 거예요."

"절대 안 된다! 그건 내가 고행으로 받아들여야만 하는 거니까. 하지만 마거릿, 프레더릭은 어쩌니!"

그 말 한마디에 그녀는 어떤 날카로운 고통이 닥친 듯 갑자기 소리를 내어 울었다. 마치 아들에 대한 생각만으로 모든 평정심이 사라지고 차분함이 무너지면서 탈진 상태에 빠진 것 같았다. 감정을 한껏 실은 격렬한 울음이 계속됐다. "프레더릭! 프레더릭! 내게 오너라. 난 죽어가고 있어. 사랑스러운 내 큰아들. 다시 한 번 와다오!"

그녀는 극심한 발작 상태를 보였다. 마거릿은 두려움에 떨면서 밖으로 나가 딕슨을 불렀다. 딕슨이 씩씩거리며 오더니 어머니를 흥분시켰다고 마거릿을 나무랐다. 마거릿은 단지 아버지가 돌아올지도 모른다는 것만 생각하며 그 모든 걸 순순히 참았다. 분명 생각보다 훨씬 더 많이 놀랐음에도 불구하고, 그녀는 자기 입장에 대한 변호는 한마디도 하지 않은 채 딕슨이 시키는 대로 모든 걸 지체 없이 잘 수행했다. 그렇게 함으로써 그녀는 딕슨을 진정시켰다. 두 사람은 헤일 부인을 침대에 눕혔고, 마거릿은 그녀가 잠들 때까지 침대 곁을 지켰다. 이윽고 그녀가 잠들고 나자 딕슨이 무언가 성미가 뒤틀린 듯 얼굴을 찌푸린 채 마거릿을 바깥으로 불러내더니 거실에서 그녀에게 주려고 만들어놓았던 커피를 마시라고 했다.

마거릿이 커피를 마시자, 딕슨은 고압적인 자세로 서서 그 모습을 굽어보았다.

"뭐가 그렇게나 궁금했어요, 아씨. 그러지 않았으면 때가 되기 전에 이렇게 요란 법석을 떨 필요도 없었을 텐데요. 금방 알게 됐을 거란 말입니다. 이제 아씨가 주인나리께 말할 테니, 전 세 식구를 감당하게 됐어요."

"아뇨, 딕슨." 마거릿은 슬픔에 잠겨 말했다. "말하지 않아요. 아빠나처럼 참아내시지 못할 거예요." 그러더니 그녀는 퍽도 잘 참는다 싶게 와락 울음을 터뜨렸다.

"이런! 내가 이럴 줄 알았지. 자, 아주 곤히 잠드신 마님 깨우겠어요. 아씨, 지난 몇 주일 동안 난 슬픔을 꾹 참아야 했어요. 감히 내가 아씨만큼 마님을 사랑할 수 있다고 우기지는 못해도 남자건 여자건, 아니 아이건 그 누구를 막론하고 마님을 최고로 사랑했답니다. 오직 프레더릭 도련님만이 그 사랑에 근접했지요. 레이디 베리스퍼드를 모시던 하녀가 마님을 봐드리라고 절 처음 데려갔던 그때 이후로 마님만큼 사랑했던 사람이 없어요. 마님은 하얀 크레이프 천 드레스를, 밀 이삭과 진홍빛 양귀비 문양의 드레스를 차려입고 있었죠. 그때 바늘이 내 손가락에 박혀 부러지고 말았는데, 사람들이 그걸 빼내고 나니 마님이 자신의 고운 자수 손수건을 쭉 찢어서 매주었어요. 그리고 무도회에서 돌아와서는 ── 거기서 마님은 최고 아름다웠어요 ── 그 손수건 붕대에다 연고를 묻혀 다시 매주었지요. 그때 나는 마님이 이런 처지까지 오게 되리라고 상상도 하지 못했죠. 그 누굴 탓하려는 건 아니에요. 여러 사람이 마거릿 아씨보고 참하다, 잘생겼다 등등의 말들을 하지요. 앞을 보지 못할 정도로 연기 자욱한 이런 데서도 부엉이는 아씨의 아름다움을 알아봅니다. 하지만 아씬 어머니의 아름다움에는 절대 못 따라가요. 백 살까지 산다고 해도 안 되죠."

"엄만 아직도 정말 예뻐요. 불쌍한 엄마!"

"자, 그만 울어요. 그러다간 결국 나까지 울겠어요." (훌쩍이며) "이 상태로는 주인어른이 돌아와서 물어보시면 아가씬 절대 견디지 못해요. 그러니 나가서 산책이든 뭐든 좀 하다가 들어와요. 나도 산책하면서 그 생각—마님의 병환과 결국 돌아가실 거라는 생각에서 벗어나고 싶었을 때가 한두 번이 아니었답니다."

"아, 딕슨!" 마거릿이 말했다. "이렇게 참고 견뎌야 하는 엄청난 비밀이 있는 줄도 모르고 내가 얼마나 자주 성질을 부렸는지!"

"이런, 아씨! 좀 씩씩한 모습을 보여줘 봐요. 그게 전통적으로 내려오는 베리스퍼드 가문의 혈통이죠. 고조할아버지인 존 경은 집사가 어르신한테 소작인들을 가죽밖에 남지 않아 더 벗길 게 없을 때까지 돈을 쥐어짠다는 말을 했다고 그 자리에서 그 집사를 총으로 쐈어요."

"딕슨, 난 총 같은 건 쏘지 않을 거고, 다시는 성질 같은 것도 부리지 않을게요."

"아씬 성질부린 적 없어요. 설령 내가 그런 말을 했다고 해도 그건 언제나 나보고 한 말이었어요. 그냥 혼자서, 여긴 말할 사람도 없으니 대화한답시고 한 말이었어요. 아씨가 성질을 부릴 땐 천상 프레더릭 도련님이에요. 지금도 화난 아씨 얼굴에서 화날 때 먹구름처럼 번지는 진노한 도련님의 얼굴이 보여요. 어쨌든 지금은 나가세요. 마님은 내가 돌볼 테니. 주인어른은 들어오시더라도 책만 있으면 충분할 겁니다."

"나갈게요." 마거릿이 말했다. 그녀는 마음을 정하지 못하고 걱정스러운 듯 딕슨 옆에서 잠시 머뭇거렸다. 그러더니 갑자기 그녀에게 키스를 한 뒤 쏜살같이 방을 나갔다.

'착한 아가씨!' 딕슨이 말했다. '정말 착해. 내겐 사랑하는 사람이

세 사람 있어. 마님과 도련님 그리고 아씨, 이 세 명이야. 그게 다야. 다른 사람들은 죽으라지. 도대체 뭐 하러 사는 건지, 원. 주인어른은 마님과 결혼하려고 태어난 게지. 주인어른이 마님을 제대로 사랑한다는 생각이 들었다면 나도 나중에는 주인어른을 좋아하게 됐을지도 모르지. 하지만 마님한테 더 잘했어야지. 만날 책이나 읽고 생각이나 하고 그러지 말았어야지. 결국 어떻게 됐는지 보라고! 책 읽지 않고 생각하지 않는 사람들도 잘만 교구 목사도 되고 주임 사제니 뭐니 그런 것도 되더고만. 마님 생각을 조금만 했더라면 읽는 거 생각하는 거 그런 건 좀 제쳐둘 수도 있었을 거야. 아씨가 나가네.' (문 닫히는 소리를 듣고 창밖을 보면서) '불쌍한 아씨! 1년 전 헬스턴에 왔을 때 봤던 드레스에 비하면 아씨의 행색이 초라해. 그땐 옷장을 다 뒤져도 꿰맨 스타킹이나 세탁한 장갑 정도도 없었는데. 지금은……!'

17장
파업이란?

걸음마다 사방에 들장미 성가시니
조심스런 인내 필요하고
모든 이의 운명에 시련 있나니
진심 어린 기도 필요하여라*
— 작자 미상

마거릿은 무거운 마음을 안고 마지못해 밖으로 나왔다. 하지만 길게
이어진 거리가 — 그래, 밀턴 거리의 공기가 — 길 첫 모퉁이로 접어들
기도 전에 그녀의 젊은 혈기를 북돋워주었다. 발걸음이 점점 가벼워졌고
입술에는 생기가 돌았다. 골똘히 생각에 빠지는 대신 그녀는 거리를 유심
히 보기 시작했다. 거리에 낯선 방랑자들이 눈에 띄었다. 남자들은 손을
주머니에 찔러 넣은 채 느긋하게 걷고 있었고 옹기종기 모여 큰 소리로
웃고 떠드는 처녀들은 신이 난 듯 몸짓이 쾌활하고 발랄해 보였다. 믿음이
가지 않는, 좀더 험상궂은 인상의 남자들 몇몇은 맥줏집과 진을 파는 주점
들의 계단 근처에서 담배를 피워가며 지나가는 행인들에 대해 이러쿵저러
쿵 평을 하고 있었다. 마거릿은 애초의 목적지인 들판으로 나가기 위해 이
길을 한참 걸어야 할 걸 생각하니 내키지 않았다. 대신에 그녀는 베시 히
긴스를 보러 가려고 했다. 고요한 시골길을 걷는 것만큼은 기분이 상쾌해

---

* 애나 러티셔 웨어링, 『찬송가와 명상』 중 「신부님 저는 알고 있습니다」에서 인용.

지지 않겠지만, 그래도 그건 어쩌면 좀더 인정 있는 행동이 될 것이다.

그녀가 들어갔을 때 니컬러스 히긴스는 연기가 피어오르는 불가에 앉아 있었다. 베시는 반대편의 흔들의자에 앉아 앞뒤로 몸을 흔들고 있었다.

니컬러스는 물고 있던 파이프를 떼고 일어서더니 자기가 앉았던 의자를 마거릿에게 밀었다. 그러고는 편안한 자세로 벽난로에 기댔다. 그사이 마거릿은 베시의 안부를 물었다.

"기운은 좀 빠져 있지만 건강은 좀 낫소. 저 앤 이 파업을 좋아하지 않소. 어찌 됐든 평화롭고 조용해지기만을 학수고대하고 있소."

"이게 세번째 파업인 걸요." 이 말로 충분한 대답이나 설명이 된다는 듯 그녀가 한숨을 쉬며 이렇게 말했다.

"삼세번이라지 않느냐. 이번에도 우리가 사장들을 혼쭐 내지 못하는지 보려무나. 그자들이 우리한테 와서, 요구대로 할 테니 다시 나와달라고 사정하지 않는지 보자는 거야. 그것뿐이다. 이전에는 그렇게 못했지. 인정하마. 하지만 이번엔 우리가 계획을 아주 비장하게 짰어."

"파업을 왜 하는 거죠?" 마거릿이 물었다. "파업이란 원하는 임금을 받을 때까지 작업을 중단하는 거잖아요, 그렇죠? 뭘 모른다고 이상하게 생각하지 마세요. 이전에 살던 곳에서는 파업이라는 말을 한 번도 들어본 적이 없으니까요."

"거기서 살면 좋겠어요." 베시가 힘없이 말했다. "하지만 난 파업에 진저리 칠 일도 없어요. 이번 파업이 마지막일 거예요. 파업이 끝나기 전에 난 이미 위대한 도시, 성지 예루살렘에 가 있을 거예요."

"저 앤 죽고 난 뒤 어떻게 될지에 대한 생각뿐, 현재는 생각하지 못한다오. 이제 난, 반드시 여기서 내가 할 수 있는 최선을 다할 거요. 난 수풀 속에 있는 새 두 마리보다 내 손안에 있는 새 한 마리가 중요하다고 생각하오. 그러니 안됐지만 그게 우리가 파업 문제를 보는 다른 관점이오."

"하지만," 마거릿이 말을 시작했다. "만약 제가 살던 데서 파업이라는 게 일어났다고 한다면 거의 농사꾼들이니 파종도 안 될 거고, 건초도 곡식도 수확하지 못할 거예요."

"그래서요?" 그가 대꾸했다. 그는 다시 파이프를 입에 물면서 '그래서요'의 말꼬리를 올렸다.

"글쎄요." 그녀가 말을 계속했다. "농장주들은 어떻게 될까요?"

그는 담배 연기를 내뿜었다. "농사를 포기하든가 아니면 정당한 임금을 줘야 할 거 아니겠소."

"농장을 포기하지도 못하고, 정당한 임금을 주지도 않을 거라고 봐요. 아무리 그러고 싶어도 농사는 일시에 포기하지 못해요. 그런데 건초건 곡식이건 그 해에는 팔 게 없으니 어디서 돈이 나와서 인부들의 다음 번 임금을 지불하게 될까요?"

여전히 담배 연기를 내뿜으면서 드디어 그가 말했다.

"그쪽 남부에서 어떻게 하는지는 개뿔도 모르오. 그쪽 사람들은 패기라고는 없는, 착취당하는 노동자 무리라고 합디다. 굶어 죽는 자가 부지기수라고들 그러고. 굶주림 때문에 너무 정신이 없어서 학대당하는지를 모른다고들 하더이다. 근데 여긴 그렇지 않소. 우린 우리가 언제 학대당하고 있고 언제 그것에 맞서 분연히 일어나야 하는지를 안단 말이오. 우린 그냥 베틀에서 손 떼고 '당신네 업주들이 우릴 굶길 수 있을지는 몰라도 우릴 짓밟지는 못해!'라고 말해버립니다. 제기랄 이번엔 어림없소!"

"남부에서 살면 좋겠어요." 베시가 말했다.

"거기도 문제는 많아요." 마거릿이 말했다. "어디나 견뎌내야 하는 고통은 있는 법이에요. 감당해야 하는 육체적 노동은 고된데, 먹을거리가 별로 없으니 힘을 못 내요."

"하지만 바깥이잖아요." 베시가 말했다. "그러니 끝없는 소음이나 메스꺼운 열기 같은 건 없죠."

"거기도 어떨 땐 폭우가 오고 또 어떨 땐 혹한이 찾아와요. 젊은 사람은 견뎌내지만 노인은 류머티즘에 시달리고, 나이보다 일찍 등이 굽거나 몸이 쇠약해지죠. 그래도 똑같은 조건으로 일해야만 해요. 그렇지 않으면 구빈원 신세를 질 테니까요."

"난 그쪽이 남부만큼 좋은 덴 없다고 생각하는 줄 알았는데요."

"그건 맞아요." 마거릿은 자신이 말려든 걸 깨닫자 살짝 미소를 지으며 말했다. "베시, 난 다만 세상만사는 좋은 것도 있고 나쁜 것도 있다는 걸 말하는 거예요. 베시가 여기 북부를 나쁘다고 생각하기 때문에 남부의 나쁜 점도 알아야 공평하다는 말이에요."

"그러니 남부에는 파업 같은 건 한 번도 하지 않는다는 말이잖소?" 니컬러스가 갑자기 끼어들었다.

"네!" 마거릿이 말했다. "분별이 지나쳐서 그런가 봐요."

"내 생각에는," 말을 하면서 그가 재를 아주 거칠게 털어내는 바람에 파이프가 깨졌다. "그 사람들은 분별이 지나친 게 아니라 패기가 모자란 거요."

"어머, 아빠!" 베시가 말했다. "파업해서 얻은 게 뭐가 있어요? 첫 파업 때 엄마가 돌아가셨던 걸 생각해보세요. 우리 모두가 얼마나 쫄쫄 굶어야 했는지. 아빠가 제일 고생했죠. 그렇지만 많은 인부가 예전 임금을 받으며 매주 일터로 돌아갔고, 결국은 일이 있는 데로 다들 돌아갔잖아요. 돌아가지 않은 사람들은 그 뒤 구걸하는 신세가 됐죠."

"그래" 하고 그가 말했다. "그때 그 파업은 아주 형편없었어. 파업 주동자들이 멍청이들 아니면 엉터리 작자들이었지. 이번엔 다를 테니 두고 봐라."

"근데 지금까지 무슨 이유로 파업을 하는지는 말씀해주지 않으시네요." 마거릿이 또다시 말했다.

"음, 그러니까 지난 2년 동안 주던 임금을 주지 않으면서 그걸로 돈을 벌어 부자가 되겠다고 작정한 업주들이 대여섯 있단 말이오. 이제 그자들이 우리한테 와서 임금을 덜 받게 될 거라고 그러오. 근데 우린 덜 받을 생각이 없소. 우선 그자들을 굶어 죽게 할 거요. 그런 다음 누가 자기들을 위해 일하는지 두고 볼 거요. 그자들은 황금알을 낳아주던 거위를 모조리 죽이는 꼴이 되는 거요."

"그래서 히긴스 씨는 그들에게 복수하기 위해 죽으려고 결심하는 거군요."

"아니오." 그가 대답했다. "그렇지 않소. 난 그저 항복보다는 순직할 기회를 기다리고 있소. 그렇게 죽는 병사들을 훌륭하고 명예롭다고들 하는데, 베 짜는 가난뱅이라고 못할 거 있겠소?"

"하지만" 하고 마거릿이 말을 받았다. "병사는 나라를 위해서, 다른 사람들을 위해서 죽는 거잖아요."

그는 빙긋이 웃었다. "아가씨," 그가 말했다. "아가씬 고작 어린 처자일 뿐이오만, 일주일에 16실링이면 내가 세 식구를 ─ 베시와 메리 그리고 나를 ─ 부양할 수 있다고 생각하는 것 아니오? 이번 파업이 나 혼자를 위해서라고 생각하는 것 아니오? 이 파업은 저 너머 병사만큼이나 다른 사람들을 위해서 하는 거요. 어쩌면 병사는 태어나서 듣도 보도 못한 누군가를 위해 죽는 것일 뿐일 테지요. 그에 반해 난 이웃 때문에, 한 사람이 아니라 병든 아내와 아무도 일할 나이*가 안 된 여덟 아이가 있는 존 바우처 때문에 이러는 거요. 비록 한 번에 베틀 두 개밖에 다루지 못하는 쓸모없는 인간이지만, 내가 그러는 건 꼭 그자 때문만은 아니고, 정의를 생각해서요. 물어봅시다. 어째서 이제 우리가 2년 전보다 더 적은 임금을 받아야 하는 거요?"

"전 모르죠." 마거릿이 말했다. "전 잘 모르니, 업주들에게 물어보세요. 분명 왜 그러는지 이유를 말해줄 거예요. 이유 없이 그냥 아무렇게나 그렇게 정하진 않았을 거예요."

"댁은 그저 외지인일 뿐이구먼." 그는 코웃음을 치며 이렇게 말했다. "얼마나 알고 있소. 업주들에게 물어보라고! 아마 우리가 우리 할 일에 신경 쓰면 그들은 자기들 할 일에 신경 쓸 거라고 말할 거요. 알다시피 줄어든 임금을 감지덕지 받는 게 우리 일이라면, 그자들 일은 악착같이 우리의 임금을 줄여서 자기들 배를 불리는 걸 거요. 바로 그거요."

"하지만," 마거릿은 자기가 그의 성미를 돋우는 걸 보면서도 이대로 물러서지 않겠노라고 작정하고 이렇게 말을 이었다. "판매 사정 때문에 인부들의 월급을 종전만큼 주지 못할 수도 있잖아요."

"판매 사정! 그건 업주들이 지껄이는 헛소리지. 내가 말하고 있었던 건 임금이오. 업주들은 판매 사정이라는 걸 손에 쥐고서, 마치 그게 말 안 듣는 아이들 겁주는 도깨비라도 되는 양 필요하면 그걸로 둘러대고 있소. 그건 그자들이 하는 말, 우리 인부들끼리 하는 말로, 우릴 사정없이 내리치고 자기들 잇속은 불릴 거라는 그자들의 신호요. 그러니 맞서서 열심히 싸우는 게 우리 일이오. 꼭 우리만을 위한다기보다 우리 주위 사람들

---

* 1833년 제정된 영국의 공장법은 방직공업 노동에 9세 미만 아이들의 채용을 금지했고, 9세에서 13세까지의 아이들의 노동은 주 48시간으로 제한했다.

을 위해, 그리고 정의와 공정한 경기를 위해서 말이오. 우리가 그자들의 돈을 벌어줬으니 그 돈을 쓰게도 해야 한단 말이오. 이번에 우리가 원하는 건 이전에 몇 번 그랬던 것처럼 그자들의 많은 돈이 아니오. 따로 모아놓은 돈이 좀 있으니 우린 함께 맞서고 함께 무너지기로 했소. 그 누구도 응당 받아야 하는 임금보다 덜 받고 일하러 가지는 않을 거요. 그러니 '파업 만세'요. 손턴, 슬릭슨, 햄퍼 이자들 일당은 조심하는 게 좋을 거요."

"손턴!" 마거릿이 외쳤다. "말버러 가의 손턴 씨 말인가요?"

"그렇소! 우린 그 사람을 말버러 공장의 손턴이라고 부르지요."

"손턴 씨가 지금 말씀하셨던 업주에 속한단 말인가요? 손턴 씨는 어떤 업주인가요?"

"불도그를 본 적 있소? 불도그를 뒷다리로 서게 한 뒤 코트와 반바지를 입혀보시오. 그러면 존 손턴을 보는 거요."

"아뇨." 마거릿이 웃으며 말했다. "그 말에는 수긍하지 못하겠는 걸요. 손턴 씨가 평범하게 생기긴 했어도 불도그 같지는 않죠. 불도그는 코가 펑퍼짐하고 윗입술은 으르렁거리잖아요."

"아니지! 겉모양은 아니지. 인정하리다. 하지만 어떤 생각에 사로잡힌다면 아마 불도그같이 물고 늘어질 거요. 쇠스랑이라도 들고서 떼어내면 단념시킬 수 있을지도 모르겠소. 존 손턴은 싸울 만한 가치가 있는 사람이오. 슬릭슨으로 말하자면, 그 사람은 금명간 공정계약을 들먹이며 인부들을 다시 살살 불러들일 거니까, 인부들은 그자의 수중에 들어가는 즉시 그자에게 속아 넘어갈 거라고 봐요. 장담하건대 벌금 얘기는 인부들에게 잘 먹힐 테니 말이오. 그자는 미꾸라지같이 약삭빠르오. 정말 그렇소. 교활하고 약삭빠른 데다 고양이같이 사납소. 그 사람과는 치고받는 정직한 싸움을 절대 할 수가 없어요. 손턴과 맞붙는다면 다르지요. 손턴은 대문의 대갈못같이 표정이 없지. 머리부터 발끝까지 완고함으로 뭉쳐 있는 자니 불도그가 아니고 뭐겠소."

"가엾은 베시!" 마거릿이 그녀 쪽으로 돌아보며 말했다. "계속 한숨만 쉬고 있네. 아빠처럼 맞붙어서 막 싸우는 게 싫은가 봐요, 그죠?"

"그래요!" 그녀가 침울하게 말했다. "신물 나요. 나중에 시간이 지나면 주변에서 공장이나 임금, 주인이나 인부나 파업 방해꾼 같은, 평생을 진절머리 나게 들었던, 싸우고 부딪치고 깨지는 이런 얘기 말고 좀 다른 얘기가 들리길 바랐어요."

"불쌍한 것! 나중은 무슨 나중! 좀 움직이고 생활도 바뀌고 하니 훨씬 더 좋아졌는데. 게다가 아빠가 옆에 더 많이 있으면서 기운 차리게 해주마."

"담배 냄새 때문에 숨 막혀요!" 그녀가 짜증을 내며 말했다.

"그럼 집 안에서는 절대 피우지 않으마!" 그가 부드럽게 대꾸했다. "좀더 일찍 말하지 그랬느냐? 불쌍한 것."

그녀는 잠시 잠자코 있더니 마거릿에게만 들릴 정도로 낮게 말했다.

"아빤 술 아니면 담배에서 위로를 받으려고 할 텐데 어느 세월에 약속이 지켜지겠어요."

그녀의 아버지가 밖으로 나갔다. 담배를 마저 피우려는 것 같았다.

베시가 열을 내어 말했다.

"나 바보죠, 그렇죠, 아가씨? 아빨 집에 붙들어둬야 한다는 건 알죠. 파업하는 동안 여차하면 술 먹으러 가자고* 늘 꼬드기는 사람들한테서 아빨 떼놔야 한다는 건 알아요. 그런데 아빠가 저렇게 담밸 피우면 내 입에서 좋지 않은 말이 꼭 나와요. 그러면 밖으로 나가겠죠. 나갈 거라는 거 알아요. 담배 피우고 싶을 때마다 나가겠죠. 그러면 결국엔 어찌 될까요?

하고픈 말을 꾹꾹 눌렀으면 좋았을걸."

"아버지가 술을 마시나요?" 마거릿이 물었다.

"아니, 취할 정도까지는 아니에요." 여전히 흥분이 가시지 않은 목소리로 그녀가 대답했다. "하지만 뭘 하겠어요? 그쪽이나 다른 사람들은 일상생활이 있을 거예요. 단지 조그만 거라도 달라지길 바라면서, 사실상 어떤 활력소 같은 걸 바라면서, 일어나서 보내는 그런 날들 말이에요. 나도 그런 날에는 매일매일 늘 눈에 보이는 똑같은 모습, 귀에 들리는 똑같은 소리, 입으로 먹는 똑같은 음식, 머리로 하는 똑같은 생각에 질려서 (아니면 아무 생각도 하지 않는다는 생각에 질려서…… 그게 그거죠.) 그냥 사람들하고 어울리려고, 다른 빵 가게에서 빵 한 덩이를 샀었다는 거 알아요. 난 내가 마음껏 돌아다니는 남자이길 얼마나 바랐는지 몰라요. 비록 그게 일자리를 찾아서 낯선 데를 터벅터벅 돌아다니는 거라고 해도 말이죠. 근데 나보단 아빠가 — 남자들 모두가 — 만날 하는 똑같은 일에 더 많이 싫증을 느껴요. 그럼 그 사람들이 뭘 하겠어요? 짜릿함이나 생기를 느껴보려고, 어디서고 한 번도 본 적 없는 그림이나 거울 같은 그딴 걸 보려고 술집에 가는 게 그 사람들 탓이랄 수는 없어요. 하지만 아빠 결코 주정뱅이는 아니에요. 그래도 파업 때는 가끔씩 엉망으로 취해요. 다만," 그녀의 목소리가 애절한 어조를 띠었다. "모두들 엄청 꿈에 부풀어서 시작하지만 파업하면 실망스러운 것투성이잖아요. 그러면 어디에서 위로를 받겠어요? 아빠 미치도록 화가 날 거예요. 모두 그럴 거예요. 그다음엔

---

* 당시 노동자 계급의 사람들이 궁핍을 잊어버리는 방법 중 하나가 과음이었다. 영국의 사상가 이자 역사가인 토머스 칼라일(Thomas Carlyle, 1795~1881)은 『차티스트 운동 Chartism』 (1839)에서 빈곤했던 시기의 노동자를 '신랄한 불만, 무모함, 과음과 점진적인 몰락'에 빠진 사람들로 묘사한 바 있다.

미치도록 화내는 데에 지쳐버리는 거죠. 어쩌면 흥분에 사로잡혀 파업을 했지만 기꺼이 잊고 싶은 건지도 몰라요. 세상에, 너무나 잘 이해한다는 표정이네요! 그래도 그쪽은 아직 파업을 잘 몰라요."

"그래요, 베시." 마거릿이 말했다. "파업에 대해선 잘 모르니까 베시가 과장한다곤 생각하지 않아요. 하지만 몸이 아프니까 베시는 어쩌면 한쪽만 보는 건지도 몰라요. 다른 쪽, 좀더 밝은 쪽도 있단 말이죠."

"그런 말 하는 거 당연해요. 그쪽은 평생을 유쾌하고 평화로운 데서 살았으니, 부족하거나 걱정되거나 나쁜 거에 대해선 알 리가 없죠."

"그런 식으로," 마거릿의 뺨이 붉어졌고 눈은 물기로 반짝거렸다. "판단하는 건 조심하도록 해요. 엄마한테 가볼게요. 위중해요. 너무 위중해서 심한 통증의 감옥에서 벗어나는 길은 오직 죽음밖에 없어요. 근데 난 엄마의 실제 병세에 대해 전혀 모르고 계시는 아빠와 얘기할 때는 명랑한 표정을 지어야 해요. 아빤 이런 사실을 천천히 아셔야 하거든요. 내 마음을 이해해주고 도와줄 유일한 사람, 곁에만 있어도 이 세상 그 무엇보다 엄마에게 위로가 될 수 있는 단 한 사람은 누명을 쓰고 있는 중인데, 만약 오빠가 죽어가는 엄마를 보러 온다면 죽음을 각오해야 할 거예요. 이건 베시한테만 말하는 거예요. 아무도 알면 안 돼요. 밀턴, 아니 이 나라 안에서 아는 사람은 아무도 없어요. 내가 걱정이 없다고요? 잘 차려입고 다니면서 충분하게 먹는다고 해서 근심을 모른다고요? 아, 베시, 주님은 공평하셔서 우리의 운명은 주님이 잘 나눠주셨어요. 그래도 우리의 영혼이 어떤 고통을 겪고 있는지는 주님만이 아시겠죠."

"미안해요." 베시가 한껏 기세가 꺾여 대답했다. "가끔 인생을 돌아보면서 그동안 얼마 없었던 기뻤던 때를 떠올리니까, 어쩌면 내가 하늘에서 떨어진 별 때문에 죽는 운명을 타고난 사람들 중 하나일지 모르겠다는

216

생각이 들었어요. '이 별 이름은 쓴 쑥이라, 물의 3분의 1이 쓴 쑥이 되매, 그 물이 쓴 물이 되므로 많은 사람이 죽더라.'* 만약 고통이나 슬픔이 오래전부터 예언됐던 거라고 생각하면 우린 그걸 더 잘 견뎌낼 수 있어요. 그러면 어쨌든 내 고통은 마치 그 예언을 실현시키기 위해 필요한 것 같거든요. 그렇지 않으면 전부가 무의미해 보여요."

"아니에요, 베시. 생각해봐요!" 마거릿이 말했다. "주님은 뜻을 품고 괴롭히지 않아요. 예언에 너무 빠져 있지 말고 성경에서 좀더 분명한 부분을 읽어요."

"아마 그렇게 하는 게 현명하겠죠. 하지만 어디서 그런 멋진 약속을 듣겠어요? 「요한계시록」만큼 이 따분한 세상과는, 무엇보다 이 고장과는 달라도 한참 다른 온갖 것에 대해 얘기해주는 데가 어디 있나요? 난 혼자서 7장**에 나오는 구절을 수도 없이 읽고 또 읽었어요. 소리 때문에요. 오르간만큼 아름답고, 날마다 다르게 들려요. 안 돼요, 「요한계시록」읽는 걸 포기할 수 없어요. 성경에 나오는 그 어떤 부분보다 내게는 큰 위안이 되는 걸요."

"내가 좋아하는 성경 구절을 읽어주러 올게요."

"어머나," 그녀가 열렬히 소망하며 말했다. "와줘요. 어쩌면 아빠도 들으실 거예요. 아빤 내 말에 귀를 막았죠. 그런 건 현실과는 아무 상관 없는 거라고 하면서요. 현실이 아빠 일이니까요."

"동생은 어디 있어요?"

"실밥 자르는 일 나갔어요. 보내기 싫었지만, 어쨌든 입에 풀칠은 해

---

* 하늘에서 떨어지는 불타는 별로, 재앙의 신호탄이 된다. (「요한계시록」 8장 11절)
** 백의선민(白衣選民)에 관한 구절을 가리킨다. (「요한계시록」 7장 1~17절)

야 하니까요. 게다가 노동조합은 우리한테 많이 줄 여유가 없어요."

"이제 가야겠어요. 내게 도움이 됐어요, 베시."

"내가 도움이 됐다니요!"

"그래요. 난 아주 우울해서 여길 왔고, 나만큼 슬픈 사람은 이 세상에 아무도 없다고 생각하려고 했죠. 근데 베시가 수년 동안 견뎌내야 했던 고통에 대해 듣고 나니, 내가 좀 강해지는 것 같아요."

"세상에! 좋은 일은 좋은 가문의 사람들이나 하는 거라고 생각했어요. 나도 그쪽에게 도움이 될 수 있다는 생각을 하면 우쭐한 기분이 들겠죠."

"그런 걸 생각해버리면 효과가 없어요. 머리만 복잡하게 만들 뿐일 테니까. 자연스러운 게 위안이죠."

"그쪽은 지금껏 만났던 사람들과 한참 달라요. 어떻게 이해해야 할지 모르겠어요."

"나도 잘 모르는 걸요. 잘 있어요!"

베시는 흔들의자를 멈추고 떠나는 그녀의 뒷모습을 물끄러미 바라보았다.

'남부에는 저런 사람들이 많은 걸까. 뭐랄까, 마치 시골 공기 같아. 가라앉은 기분이 산뜻해져. 상상 속의 천사같이 구김 없고 흔들림 없는 저 얼굴에 그런 슬픔이 있다는 걸 그 누가 알았을까? 그녀가 죄를 짓는다는 건 상상이 안 돼. 우린 모두 죄짓게 되어 있는걸. 난 정말 그녀가 좋아. 근데 아빠도 역시 좋아해. 메리까지도. 그 애가 눈에 띌 만큼 들떠 있는 걸 보는 건 드문 일인데.'

18장

호불호(好不好)

반발심이 일어나고 두 목소리가
속에서 들려온다*
— 발렌슈타인

집에 돌아오자 마거릿은 테이블 위에 놓여 있는 편지 두 통을 발견했다. 하나는 어머니 앞으로 온 쪽지였고, 우편으로 도착한 다른 하나는 은빛 실선이 넘실거리는 외국 소인들로 덮여 있는 것이, 분명 쇼 이모한테서 온 것 같았다. 그녀가 이모의 편지를 집어서 내용을 살피고 있을 때 그녀의 아버지가 갑자기 들어왔다.

"엄만 피곤해서 일찍 잠자리에 들었나 보구나! 천둥이라도 칠 것 같은 이런 날은 박사님이 왕진 오기에 최고는 아니었지 싶구나. 뭐라고 하시던? 엄마 병세에 관해서는 박사님이 너한테 얘기했다고 딕슨이 그러던데."

마거릿은 머뭇거렸다. 그녀의 아버지 얼굴이 더욱더 굳어지면서 근심스러워 보였다.

"심각한 상태라고 생각하지 않으시던?"

"현재로선 그렇지는 않은가 봐요. 엄만 간호가 필요하시대요. 어쩌나

---

* 프리드리히 실러(Friedrich Schiller, 1759~1805), 『발렌슈타인*Wallenstein*』에서 인용.

친절하신지, 처방한 약이 잘 듣는지 다시 와보시겠다고 하셨어요."

"단지 간호만 필요하다고. 공기를 바꿔야 한다고 하지 않으시던? 이 곳의 나쁜 공기가 엄마에게 해롭다고 하지 않으시더냐, 마거릿?"

"아뇨! 한 마디도요." 그녀가 굳은 표정으로 대답했다. "염려스러운 것 같았어요."

"의사들은 염려하는 태도를 갖고 있지. 직업에서 나오는 거란다." 그 가 말했다.

마거릿은 불안해하는 아버지의 모습에서, 비록 자기 말을 가볍게 넘 기긴 했지만 아버지가 처음으로 어머니의 병세가 위독할 수도 있다고 생 각했음을 알았다. 그는 이 문제를 잊어버릴 수가 없었다. 이걸 두고 다른 일로 넘어갈 수 없었다. 저녁 내내 그는 불길한 생각은 조금도 들지 않으 려고 하면서 반복해서 이 문제를 꺼냈고, 이 때문에 마거릿은 뭐라고 말 할 수 없을 만큼 슬퍼졌다.

"쇼 이모에게서 온 편지예요, 아빠. 나폴리에 도착했는데 너무 더운 것 같아 소렌토에다 숙소를 잡으셨대요. 근데 이모는 이탈리아가 별로이 신가 봐요."

"선생님이 음식에 대해서는 아무 말씀도 하지 않으시더냐?"

"영양 많고 소화 잘되는 걸로 드리래요. 엄만 음식은 잘 드시는 것 같 아요."

"그렇지! 그러니까 박사님이 식단에 대해 말할 생각을 했다는 게 더 더욱 이상한 거야."

"제가 선생님께 여쭤봤던 거예요, 아빠." 또 아무 말이 없었다. 그러 자 마거릿이 계속 말했다. "쇼 이모가 산호 장식품 몇 개를 제게 보냈대 요. 근데" 하며 반쯤 미소를 짓더니 이렇게 덧붙였다. "밀턴의 개신교도

들은 좋아하지 않을 거라고 하시네요. 이모는 극도의 청빈주의자들인 퀘이커교도들을 생각하고 계시나 봐요, 그렇죠?"

"뭐든 엄마가 바라는 걸 듣거나 알게 되면 내게 꼭 알려줘야 한다. 네 엄만 늘 자기가 뭘 원하는지 말을 해주지 않는 것 같아. 손턴 부인이 말한 그 소녀를 좀 찾아봐다오. 착하고 일 잘하는 하녀가 집에 있으면 딕 슨이 엄마 곁에 항상 있을 수 있을 테고, 장담하지만 만약 간호가 효과 있다면 엄만 금방 회복될 수 있을 게다. 요즈음 날씨도 덥고 하녀 구하는 데 애먹기도 해서 네 엄마가 많이 지쳤어. 좀 쉬게 하면 원기를 다시 회복할 거야. 응? 마거릿?"

"그랬으면 좋겠어요" 하고 그녀가 말했으나 그 어조가 너무 처량했기 때문에 그녀의 아버지는 그걸 알아차렸다. 그는 딸의 볼을 꼬집었다.

"봐라. 이렇게 창백하면 내가 네 볼에 생기를 넣어줄 수밖에 없지 않니. 아가, 너도 건강을 챙겨야지 그렇지 않으면 다음번엔 의사가 널 진찰하러 와야 할 게야."

하지만 그날 저녁 그는 그 어떤 것에도 마음을 잡을 수가 없었다. 그는 아내가 여전히 잠들어 있는지 보려고 힘들게 발끝으로 걸으면서 계속 왔다 갔다 했다. 아버지의 동요하는 모습, 마음 깊은 곳에서부터 차츰 모습을 드러내는 끔찍한 공포를 억눌러 아예 싹을 없애버리려고 몸부림치는 모습에 마거릿은 마음이 몹시 아팠다.

이윽고 그가 다시 돌아왔다. 좀 편해진 모습이었다.

"엄마가 이제 깼다. 내가 옆에 서 있는 걸 보더니 활짝 웃었어. 예전과 꼭 같은 미소였다. 기분이 좀 상쾌해졌다면서 차를 마시고 싶다는구나. 엄마에게 온 쪽지는 어디 있느냐? 보고 싶어 해. 네가 차를 준비하는 동안 난 그 쪽지를 읽어주마."

알고 보니 쪽지는 손턴 부인이 헤일 씨 부부와 헤일 양을 21일 저녁 식사에 초대하는 공식 초대장이었다. 마거릿은 낮에 비통한 가망성에 대해 알았음에도 불구하고, 초대에 대한 수락이 고려된다는 사실에 놀랐다. 하지만 사실이었다. 마거릿이 쪽지 내용을 듣기도 전에 헤일 부인은 남편과 딸이 이 저녁 식사에 간다는 상상에 사로잡혀 있었던 것이다. 그러한 상상은 단조로운 병자의 생활에 변화를 줄 수 있는 사건이었기 때문에, 마거릿이 가는 걸 반대하자 그녀는 조바심을 치며 끈덕지게 이 생각에 집착했다.

"아니다, 마거릿! 엄마가 원한다면 기꺼운 마음으로 가는 게 옳다고 생각한다. 원기를 좀 차리지 않았다면, 정말로 생각보다 좋아진 상태가 아니라면 우리더러 가라는 말은 절대 못했을 거다, 안 그러냐?" 헤일 씨가 초조하게 이 말을 하는 동안, 마거릿은 초대를 수락하는 답신을 쓸 준비를 했다.

"그렇지? 마거릿?" 그가 불안하게 손을 움직이며 물었다. 저렇게나 위로의 말을 듣고 싶어 하는데 그걸 거절하는 것은 좀 잔인해 보였다. 게다가 두려움의 존재를 격렬하게 거부하는 그의 모습에서 마거릿은 희망이라고 할 만한 걸 느꼈다.

"어젯밤 이후로 정말 좋아졌어요." 그녀가 말했다. "눈빛도 밝아졌고 피부도 맑아졌어요."

"고맙구나." 그녀의 아버지가 간절하게 말했다. "근데 정말 그런 거냐? 어제는 너무 후텁지근했어. 모두가 거북해했지. 도널드슨 박사가 네 엄마 왕진 오는 날로는 최악이었다."

그리고 헤일 씨는 일 때문에 자리를 떴는데, 그는 문화회관에서 노동자들을 대상으로 약속했던 강의 준비 때문에 일이 늘어나 있었다. 그는 강의 주제로 '교회 건축'을 잡았다. 이 주제는 밀턴이라는 장소나 수강자들이 듣고 싶어 하는 특정 정보에 맞추었다기보다는 헤일 씨 본인의 취향과 지식에 따라 선택한 것이었다. 게다가 빚을 지고 있는 학원 입장에서는 헤일 씨같이 학식 있고 훌륭한 사람의 무료 강의를 유치한다는 건 반갑기만 한 일이었기에 무슨 주제든 상관하지 않았다.

"어머니," 그날 저녁 손턴 씨가 물었다. "21일 저녁 식사에 참석하겠다는 사람은 누구누굽니까?"

"패니, 회신받은 것들 어디에 있니? 슬릭슨 씨 댁은 수락했고, 콜링브룩스 씨 댁과 스티븐스 씨 댁도 수락했고, 브라운즈 씨 댁은 못 오는구나. 헤일 씨 댁은 아버지와 딸이 참석하는데, 그 어머니는 병세가 심각한가 보구나. 맥퍼슨 씨 댁도 오고, 호스폴 씨, 영 씨도 오는구나. 브라운즈 씨 댁에서 못 오니 포터 씨 댁을 초청할까 생각 중이다."

"그렇군요. 도널드슨 박사에게 들어보니 헤일 부인의 건강이 좋지 않은 것 같아서 무척 걱정스럽습니다."

"부인이 중병이라면 초청에 응한 게 이상하네요." 패니가 말했다.

"누가 중병이라고 했느냐." 그녀의 오빠가 다소 날 선 대답을 했다. "좋지 않다고만 했지. 그분들은 그 사실을 모를 수도 있어." 그런 다음 그는 어쨌거나 마거릿은 분명 환자의 정확한 병세를 알고 있다는 도널드슨 박사의 말이 불현듯 떠올랐다.

"존, 필시 그 사람들이 어제 네가 말했던 엄청난 이점을, 내 말은 스티븐스나 콜링브룩스 씨 같은 사람들을 소개받는 것이 그 사람들 —— 헤일 씨에게 얼마나 이익인지를 알아차린 게지."

"그런 동기는 영향을 주지 못할 겁니다. 그럼요! 어찌된 일인지 전 알 것 같습니다."

"오빠!" 패니가 살짝 불안해하는 특유의 웃음과 함께 말했다. "어쩜 오빠는 헤일 씨네 사람들을 이해한다고 자처하면서, 우리는 이들에 대해 아는 것도 없게 만들고 그래요. 이 사람들이 정말 우리가 늘 만나는 사람들하고 그렇게 다른가요?"

패니가 그의 성미를 건드리려고 했던 건 아니지만, 만약 그러려고 작정했던 거라면 이보다 더 철저할 수는 없었을 것이다. 그는 대꾸하는 것조차 내키지 않아서, 말없이 분통을 삭이고 있었다.

"내 눈에는 월등할 것도 없는 사람들이다." 손턴 부인이 말했다. "헤일 씨는 훌륭하다고 할 만하지. 상업에 종사하기엔 좀 지나치게 소박한 것 같아. 그러니 처음에 목사를 했다가 이제 선생이 된 건 다행스러운 일인지도 모르겠다. 헤일 부인은 병약하지만 괜찮은 여성이야. 그리고 그 딸은, 생각해보면 — 자주는 아니지만 — 유일하게 날 헷갈리게 하는 사람이야. 거만하게 굴겠다는 생각이 있는 것 같던데, 난 도무지 그 이유를 알 수가 없구나. 때때로 옆 사람에 비해 자기가 한없이 월등하다는 생각을 하는 게 아닌가 하는 생각까지 들더구나. 그렇긴 해도 부유하진 않아. 들어본 바로는 결코 부자였던 사람들은 아니다."

"게다가 교양 있는 것도 아니던 걸요. 피아노도 못 쳐요."

"계속해봐라, 패니, 네 수준과 비교해서 뭐가 또 부족하더냐?"

"아서라, 존!" 그의 어머니가 말했다. "패니 말이 나쁜 뜻도 아니었잖니. 헤일 양이 피아노를 못 친다고 하는 말은 나도 들었다. 네가 우릴 그냥 내버려둔다면, 우리가 헤일 양을 좋아할 수도 있고, 그녀의 장점을 볼 수도 있을 게다."

"절대 난 못 그럴 거야." 엄마가 역성을 드니 패니가 이렇게 중얼거렸다. 손턴 씨는 그 말을 들었지만 무시한 채 대꾸하지 않았다. 그는 식당 안을 서성이고 있었다. 그는 어머니가 초를 가져오라고 시키기를, 그래서 읽든지 쓰든지 일을 붙들어서 이런 대화를 끝낼 수 있기를 바랐다. 하지만 그는 손턴 부인이 예전에 가난하게 살던 때를 떠올리면서 습관처럼 지켜나가는 집안 살림의 운영 규칙에 대해서는 어떤 것도 간섭하고 싶지 않았다.

"어머니." 그는 걷다가 멈추더니 용기를 내어 진심을 말했다. "헤일 양을 맘에 들어 하시면 좋겠습니다."

"왜냐?" 그녀는 열렬하면서도 다정한 아들의 태도에 놀라서 물었다. "설마 그 처녀와 결혼이라도 꿈꾸는 건 아닐 테고? 한 푼 가진 것 없는 처녀와 말이다."

"헤일 양이 허락지 않을 겁니다." 그가 짧게 웃으며 말했다.

"그래, 그러려고 하지 않을 거다." 그의 어머니가 대답했다. "벨 씨가 너에 대해 좋은 말을 해줬다고 하기에 그걸 칭찬했더니, 내 면전에 대고 웃더구나. 아주 솔직하게 말하는 점은 마음에 들었다. 너에 대해 전혀 생각이 없다는 걸 알았으니까 말이야. 근데 금방 기분이 아주 상해버렸어. 생각하는 게 마치……, 아니, 그만하련다! 스스로에 대한 자부심이 너무 커서 넌 안중에도 없다는 네 말이 맞았어. 방자하기도 하지! 내 아들보다 더 괜찮은 남자를 어디서 찾겠다고!"

이 말은 아들에게 상처가 됐지만 어두컴컴한 실내의 불빛이 그의 감정이 드러나는 걸 막아주었다. 곧이어 그는 아주 기분 좋게 어머니한테로 가서 어깨 위에 한 손을 살짝 얹고 이렇게 말했다.

"음, 지금까지 해주셨던 말씀이 사실이라는 건 어머니만큼이나 저도 분명히 확신합니다. 게다가 전 헤일 양에게 청혼할 생각도 없고 그럴 예정도 없으니, 앞으로 제가 헤일 양에 대해 이야기할 때 사심이 없다는 걸 믿어주십시오. 헤일 양에게 힘든 일이 있을 것 같습니다. 따뜻한 어머니의 정 같은 것이 필요해질 수 있어요. 바라는 건 오직 헤일 양이 필요로할 때 어머니가 헤일 양의 친구가 돼주셨으면 하는 겁니다. 그리고 패니" 하고 그는 말을 이었다. "넌 사려가 깊으니까 충분히 이해할 거라고 믿는다. 헤일 양에게 세심하게 신경 써달라고 어머니와 네게 부탁한다는 건 나뿐 아니라 그녀에게도 큰 상처다. 사실 이럴 이유가 나한테 조금이라도 있는지를 생각해본다면, 본인이 더 큰 상처라고 여길 거다."

"그 처녀의 자부심이 난 용서가 안 된다." 그의 어머니가 말했다. "존, 너의 부탁이니 필요하다면 친구는 되어주마. 하지만 이 아가씨는 우리 모두를 무시하고 있어. 널 무시하고 있단 말이다."

"그렇지 않습니다, 어머니. 아직까지 그럴 정도로 처신하지 않았고, 무시받는 지경까지 갈 생각도 전혀 없습니다."

"무시라니, 설마!" 손턴 부인 특유의 코웃음이었다. "헤일 양 얘기는 그만하자. 비록 친절하게 대하기는 해야겠지만 말이다. 함께 있을 때 내가 그 아가씨를 아주 좋아할지 아니면 싫어할지는 나도 모른다만, 그 아가씨를 생각하거나, 네가 그 아가씨에 대한 얘기를 하는 걸 들으면 그냥 싫어지는구나. 그 아가씨가 너한테 얼마나 도도하게 굴었는지 말하지 않아도 훤히 알겠다."

"설사 그랬다고 해도," 그는 이렇게 시작하더니, 잠시 뜸을 들였다가 말을 계속해나갔다. "전 여자가 보내는 도도한 눈길에 주눅 들거나 여자가 제 입장을 오해하는 걸 신경 쓰는 그런 사내가 아닙니다. 그런 건 비웃어줄 수 있습니다!"

"그렇고말고! 그 잘났다는 생각으로 거만하게 고개를 홱 젖혀대는 헤일 양한테도 마찬가지지."

"근데 왜 헤일 양 얘길 그렇게 많이 하는지 이해가 가지 않아요." 패니가 말했다. "정말이지 이제 그 얘긴 지겨워요."

"그렇다면!" 그녀의 오빠가 씁쓸한 듯 말했다. "좀더 유쾌한 얘깃거리를 찾아야겠구나. 무언가 유쾌한 걸로, 파업은 어떠냐?"

"일꾼들이 정말 파업을 하게 둘 거냐?" 손턴 부인이 지대한 관심을 보이며 물었다.

"햄퍼 씨 공장 사람들은 사실상 파업에 들어갔습니다. 우리 공장 사람들은 계약 위반으로 고소당하는 게 두려워서 주당 근무시간을 채우고 있습니다. 제가 한 사람 한 사람 다 고소해서 근무시간을 채우지 않고 일을 중단한 데 대해 처벌받도록 했을 테니까요."

"은혜도 모르는 하잘것없는 그놈들 몸값보다 법률 비용이 더 많이 들었을 게다."

"그럼요. 하지만 전 제 자신이 어떻게 약속을 지키는지, 또 그자들로 하여금 어떻게 약속을 지키게 하는지를 보여줬을 겁니다. 이젠 그자들은 제가 어떤 사람인지 압니다. 슬릭슨의 인부들은 처벌을 면했습니다. 슬릭슨이 제 돈을 들여서 그들을 처벌할 일은 없을 겁니다. 우리 공장도 곧 파업에 들어갑니다, 어머니."

"당장 맞춰내야 하는 주문은 많지 않은 거냐?"

"물론 많습니다. 그자들도 이 정도는 압니다. 하지만 안다고 생각은 하는데 정말은 잘 알지 못합니다."

"무슨 말이냐?"

불을 밝힌 초가 들어와 있었다. 패니는 편안하게 의자에 등을 기댄 채 간간이 아무 생각 없이 멍한 눈으로 앞을 보면서, 잡아 들었던 기나긴 뜨개질거리에 대고 하품을 했다.

"제 말은, 미국인들이 면사를 시장에 엄청 내놓고 있으니 우린 살아남기 위해서 더 싼 값으로 생산할 수밖에 없다는 겁니다. 그럴 수 없다면 즉시 공장 문을 닫고, 노동자와 업주는 똑같이 일을 찾아다니게 될지도 모릅니다. 하지만 바보 멍청이 같은 이 작자들은 3년 전의 임금을 얘기합니다. 아니 몇몇 주동자는 지금 디킨슨 공장에서 주고 있는 임금을 들먹입니다. 정직한 사람이라면 절대 강탈하지 않을 방법과 저라면 경멸스러워 사용하지 않을 다른 방법으로 그들의 임금에서 우려내는 공제금을 생각해본다면, 디킨슨 공장에서 지불하는 실제 임금이 우리 공장보다 적다는 걸 그자들도 우리만큼 잘 알면서 그럽니다. 정말이지, 예전의 단결금지법*이 시행되었으면 좋겠습니다. 이런 무식하고 고집스러운 멍텅구리 작자들이 얼뜨기 같은 머리를 서로 맞대고 지식과 경험, 종종은 고통스러운 생각과 불안감을 통해 지혜로워진 그런 사람들의 재산을 지배하려고 하다니 불행한 일입니다. 그다음 일은, 사실 거의 그렇다고 봐야겠지만, 방직업 노조위원장을 찾아가 비굴한 자세로, 부르는 대로 임금을 쳐줄 테니 노동자들을 좀 보내달라고 부탁해야 하는 것일 겁니다. 그게 바로 그자들이 원하는 것입니다. 그자들은 우리가 국내에서 손모(損耗) 비용을 보상할 수 있는 공정한 수익 분배를 달성하지 못하면 다른 곳으로 옮겨갈 수도 있다는 걸 모릅니다. 또한 국내 및 해외에서의 경쟁 때문에 그 어느 쪽도 공정한 몫 이상을 가져갈 것 같지 않고, 수년간의 평균 몫만큼만 가져가도 감지덕지한 일이라는 걸 모릅니다."

"아일랜드에서 노동자들을 좀 데려오지 그러냐? 난 단 하루도 이자들

* 영국에서 산업화 시기에 노동자들의 노조 활동에 위협을 느낀 신흥 산업자본가들이 노동자들의 권익 보호 활동을 저지하기 위해 정부를 움직여 1799년 제정한 법. 단결금지법은 이후 노동자들의 격렬한 반발 투쟁으로 1824년 폐지된다.

을 참아내지 못할 것 같다. 주인은 나고, 내가 고용하고 싶다면 누구라도 고용할 수 있다는 걸 가르쳐주련다."

"그럼요! 당연히 데려올 수 있습니다. 게다가 이런 식으로 계속되면 데려와야지요. 문제도 많고 돈도 들 겁니다. 위험도 따르지 않을까 걱정도 됩니다. 하지만 포기할 바엔 그렇게 할 겁니다."

"이렇게 추가 비용이 들게 돼 있는데, 당장 저녁 만찬을 베풀어야 하다니 유감이구나."

"저도 그렇습니다. 비용 때문이 아니라 여러 가지 신경도 써야 하고 처리해야 할 일도 많을 테니까요. 하지만 호스폴 씨는 밀턴에 오래 머물지 않으니 꼭 모셔야 하고, 다른 사람들 역시 우리가 저녁 대접을 빚지고 있으니, 이러나저러나 매한가집니다."

그는 가만있지 못하고 계속 왔다 갔다 하면서 더 이상 말은 하지 않았지만 마치 뭔가 성가신 생각을 떨쳐버리고자 애쓰는 듯 때때로 긴 숨을 내쉬었다. 패니는 조금만 지각이 있는 사람이라면 지금 그녀의 어머니가 온통 신경을 곤두세우고 있다는 걸 알 수 있는 파업 문제와는 전혀 관계 없는 자잘한 것들에 대해 수도 없이 물었다. 결과적으로 그녀에게 돌아온 대답들은 대부분 짤막했다. 10시에 하인들이 기도를 위해 하나씩 들어오자 그녀는 다행이다 싶었다. 그녀의 어머니는 이 기도문들을 항상 읽었는데, 먼저 성경의 한 장(章)을 읽었다. 이들은 현재 구약을 꾸준하게 통독하고 있는 중이었다. 기도회는 끝났고, 어머니는 그윽하게 바라보는 특유의 눈길로 속정은 표현하지 않으면서도 진심 어린 축복을 담아 아들에게 잘 자라는 인사를 했다. 그는 계속 서성거렸다. 자신의 모든 사업 계획이 이 파업으로 인해 저지당했다. 갑작스러운 차질을 빚게 되고 말았다. 불안한 마음으로 숙고했던 많은 시간이 날아가버렸다. 그 많은 생각은 그자들의 무모한 어리석음으로 인해 말 그대로 쓸모가 없어져버렸다. 그들의 어리석음은 손턴 씨보다 본인들을 더 해치게 될 것이지만 이자들이 저지르고 있는 비행에 제동을 걸 수 있는 사람은 아무도 없었다. 게다가 그들은 자신들이 주인들의 자본을 이래라저래라 지시하는 데 적격이라고 생각하는 사람들이 아니던가! 햄퍼는 오늘 이런 말을 했다. 파업으로 자기가 파산하게 된다면 분명 자기 자신보다 이런 사태를 야기한 사람들을 더 불쌍히 여기며 새롭게 삶을 시작할 거라면서, 그 이유는 자기는 손도 있고 머리도 있지만 이자들은 오직 손밖에 없는 사람들이기 때문이라고 했다. 그리고 비록 시장을 마음대로 주무른다고 해도 이자들은 시장을 따라가지도 못할뿐더러 시장을 달리 어떻게 바꾸지도 못한다고 했다. 하지만 이런 생각조차 손턴 씨에겐 아무런 위안이 되지 못했다. 그건 아마 복수가 그에게는 아무런 기쁨도 주지 못하기 때문일 것이다. 자신이 이마에 땀방울을 흘려가며 얻었던 위치를 소중히 여기는 만큼, 말도 안 되는 타인들의 무지에 의해 그 위치가 위협을 받고 있다는 걸 절실하게 느꼈기 때문일 것이다. 아주 절실하게 느꼈기 때문에 그들이 자행한 행위의 결과가 어떨 것인가에 대해선 생각해볼 여유가 없었던 것이다. 그는 계속 서성이면서 이따금씩 이를 악물었다. 드디어 시계가 2시를 쳤다. 다 타내려간 촛불이 깜박거리고 있었다. 그는 초에 불을 밝히면서 이렇게 중얼거렸다.

'이번에야말로 그들은 자신들의 상대가 어떤 사람인지를 알게 될 것이다. 보름의 시간을 준다. 더 이상은 어림없다. 만약 그 시간 안에 자기들이 무슨 미친 짓을 하고 있는지 깨닫지 못한다면 아일랜드에서 노동자들을 데려올 수밖에 없어. 슬릭슨의 소행 때문이지. 빌어먹을 작자, 우라질 술수 같으니라고! 슬릭슨은 재고가 충분하다고 생각했어. 그래서 처음에 대표단이 요구조건을 들고 찾아왔을 때 넘어가주는 듯했던 거야. 물론 어리석은 그자들에게 파업에 대한 확신만 주고 말았지. 그럴 셈이었으니까. 그게 문제의 발단이야.'

19장
천사의 방문

눈부신 꿈속에서 천사가
잠든 우리의 영혼을 부르듯
평소와 다른 낯선 생각이
천국을 엿보누나*
— 헨리 본

헤일 부인은 손턴의 저녁 파티 생각에 신기한 듯 들뜬 기분으로 관심을 보였다. 그녀는 앞으로의 즐거움에 대해 미리 듣고 싶어 하는 아이처럼 순진한 태도로 세세한 것까지 계속 궁금해했다. 하지만 병자들이 영위하는 단조로운 삶은 종종 그들을 아이처럼 만들었는데, 그 이유는 모든 병자가 사건에 대해 아무런 균형 감각을 갖지 못하는 만큼, 각 병자는 세상을 차단하여 다른 모든 것을 자신들로부터 격리시키는 벽과 장막들이 분명 그 너머에 감춰진 것들보다 더 클 거라고 믿는 것 같았기 때문이다. 그뿐 아니라 헤일 부인은 소녀 시절 허영심이 있었고, 어쩌면 가난한 목사의 아내가 되고 난 뒤 자신의 허영이 수난을 당한다는 느낌을 지나치게 갖고 있었는지도 모른다. 그녀의 허영은 안으로 꼭꼭 눌러져 있었지만 완전히 사라진 것은 아니었다. 그래서 그녀는 마거릿이 파티를 위해 차려입

---

* 헨리 본(Henry Vaughan, 1621~1695), 「승천 찬송Ascension Hymn」 중 "그들은 모두 빛의 세상으로 사라졌다네They are all gone into the world of light"에서 인용.

은 모습이 보고 싶어서 딸이 입고 갈 옷에 대해 염려스럽게 말을 주고받았는데, 엄마의 그런 모습에 마거릿은 웃음이 나왔다. 마거릿은 할리 가에서의 단 1년 동안 헬스턴에서 25년을 살았던 엄마보다 사교 모임에 더 익숙해져 있었던 것이다.

"그렇다면 하얀 실크 드레스를 입고 갈 생각이구나. 정말 맞을 것 같니? 이디스가 결혼한 지도 벌써 1년이 다 됐잖아!"

"그럼요, 엄마! 머리 부인이 만든 거잖아요. 분명 맞을 거예요. 그동안 살이 쪘거나 빠졌다면 허리가 아마 손톱만큼 작든가 아니면 크든가 하겠죠. 하지만 전 하나도 변하지 않은 거 같아요."

"딕슨한테 좀 보라고 하는 게 낫지 않을까? 입지 않고 넣어놨으니 누레졌을지도 모르잖니."

"원하신다면 그럴게요, 엄마. 하지만 설사 못 입게 됐다고 하더라도 이디스 결혼 두세 달 전에 이모가 주신 분홍 드레스가 있잖아요. 그건 누레질 수가 없어요."

"그래! 하지만 색이 바랬을 수도 있어."

"좋아요! 그럼 녹색 실크 드레스도 있어요. 너무 많아서 고르기가 더 힘든 것 같은데요."

"뭘 입고 갈지 알 수 있으면 좋으련만" 하고 헤일 부인이 소심하게 말했다.

그러자 마거릿이 즉시 태도를 바꾸었다. "가서 하나씩 입고 올까요, 엄마? 그럼 어떤 게 가장 나은지 보실 수 있잖아요."

"하지만…… 그래! 어쩌면 그게 가장 좋겠구나."

그리하여 마거릿은 밖으로 나갔다. 이런 시간에 드레스를 차려입자 그녀는 장난을 치고 싶은 기분이 마구 들어서, 풍성한 하얀색 실크 드레스를 원반 모양의 치즈처럼 퍼지게 하고는 마치 여왕 앞에서 하듯 뒷걸음 질을 치면서 어머니에게서 물러났다. 하지만 이런 이상한 짓거리가 진지한 일에 방해가 되고, 또 이걸로 어머니가 언짢아졌다는 걸 알게 되자 그녀는 근엄하고 차분해졌다. 무엇에 홀렸기에 드레스를 가지고 그렇게 호들갑을 떨었는지 그녀는 이해가 가지 않았다. 하지만 바로 그날 오후, 마거릿이 (손턴 부인이 알아봐주기로 약속했던 하녀와 관련한) 약속에 대해 베시 히긴스에게 말해주자, 그걸 듣게 된 그녀가 상당히 흥분했다.

"어머나! 그럼 말버러 공장 단지의 손턴 씨 댁 만찬에 가는 거예요?"

"그래요, 베시. 왜 그렇게 놀라요?"

"아, 그냥요. 하지만 그 사람들은 밀턴의 상류층 사람들하고만 만나는데요."

"그러니까 베시 말은 우리가 사실 밀턴의 상류층이라고는 할 수 없다는 말이죠?"

베시는 자기 생각이 쉬 들켜버리자 얼굴을 붉혔다.

"저" 하고 그녀가 말했다. "알다시피 여기서는 사람들이 돈을 대단하게 생각해요. 근데 그쪽은 돈이 많지 않잖아요."

"그래요." 마거릿이 말했다. "그 말이 맞아요." 하지만 우린 교육을 받은 사람들이고 교육을 받은 사람들 속에서 살았어요. 저희 아버지한테서 수업을 듣고 있기 때문에 자신이 열등하다는 걸 인정하는 사람에게서 저녁 초대를 받은 것이 그리 놀랄 만한 일인가요? 손턴 씨를 탓하는 건 아니에요. 한때 포목상 점원이었다가 지금 손턴 씨처럼 될 수 있었던 사람은 많지 않아요."

"하지만 그쪽이 사는 좁은 집에서 답례 저녁 식사를 베풀 수 있어요? 손턴 씨 집은 세 배 정도 큰데요."

"글쎄요, 베시가 말하는 답례 저녁 식사는 우리도 베풀 수 있을 거라고 생각해요. 그렇게 큰 집도 아니고 그렇게 많은 사람도 초대하지 않겠지만 말이에요. 하지만 저녁 식사 대접에 대해 그런 식으로 생각해본 적은 없는 것 같아요."

"그쪽이 손턴 씨 댁 파티에서 식사를 같이 할 거라고는 한 번도 생각해보지 않았어요." 베시가 다시 말했다. "있잖아요, 시장님도 거기서 식사하고, 의원님들까지 모두들 거기서 식사해요."

"밀턴의 시장님을 뵙는 영광이라면 나도 지지할 수 있겠어요."

"근데 숙녀분들이 정말 멋지게 차려입잖아요." 베시가 마거릿의 날염 드레스를 불안하게 쳐다보며 이렇게 말했는데, 밀턴 소녀의 눈에 그 드레스는 야드당 7펜스짜리였다.

마거릿이 얼굴에 보조개를 만들며 명랑한 웃음을 터뜨렸다. "고마워요, 베시. 멋지게 차려입은 사람들 틈에서 근사하게 보일 내 모습을 생각해주니 말이에요. 하지만 내겐 멋진 드레스가 많아요. 일주일 전이었으면 이렇게 좋은 드레스를 한 번이고 다시 입을 날이 있을까 하고 생각했을 거예요. 하지만 손턴 씨 댁의 만찬에 가게 됐고, 어쩌면 시장님도 만날 테니까, 갖고 있는 드레스 중에서 제일 멋진 걸로 입을 거예요. 믿어도 돼요."

"뭘 입으려고요?" 베시가 좀 안심이 된다는 듯 물었다.

"하얀색 실크 드레스요." 마거릿이 말했다. "1년 전 사촌이 결혼할 때 입었던 거죠."

"그거면 돼요!" 베시가 다시 의자에 기대며 말했다. "그쪽이 얕보이지 않았으면 좋겠어요."

"아유! 난 끄떡없을 거예요. 그 드레스가 밀턴에서 얕보이지 않도록 날 구해준다면요."

"그쪽이 차려입은 모습을 볼 수 있다면 참 좋으련만." 베시가 말했다.
"그쪽은 사람들이 예쁘다고 말하는 축은 아니에요. 그럴 정도로 하얗고
볼그레하지 않잖아요. 하지만 그쪽을 만나기 훨씬 전에 내가 꿈속에서 그
쪽을 본 적이 있다는 거 알아요?"

"베시, 그건 말도 안 돼요!"

"그렇죠, 근데 꿈에서 봤어요. 바로 그 얼굴을요. 어둠 속에서 흔들
림 없이 맑은 눈으로 바라보고 있었어요. 머리카락은 이마에서부터 날리
면서 머리 주위로 빛처럼 퍼져나갔어요. 지금 이 머리카락처럼 부드러우
면서 곧았어요. 그리고 그쪽은 날 찾아와서 연신 힘을 내라고 했는데, 바
라보는 그윽한 눈빛에서 난 그 힘을 얻었던 것 같아요. 그리고 파티에 입
고 간다는 것과 똑같은 눈부신 드레스를 입고 있었어요. 그러니까 그쪽이
었어요!"

"아니에요, 베시." 마거릿이 부드럽게 말했다. "그건 꿈일 뿐이에요."

"단지 내가 아프다고 다른 사람들처럼 그런 꿈을 꾸지 못할 이유는
없잖아요? 성경에서도 많은 사람이 꿈을 꾸지 않았나요? 환영도 보고 하
던데요! 게다가 아빠까지 꿈에 대해 많이 생각하는 걸요! 다시 말하지만,
내 쪽으로 날렵하게 오고 있는 그쪽을 분명히 봤어요. 빨리 움직이니까
머리카락을 뒤로 흩날리면서, 마치 머리카락이 자라 나오는 것처럼 살짝
뻗쳐 있었어요. 눈부신 하얀 드레스를 입었었죠. 그걸 입은 모습을 보여
줘요. 꿈에서처럼 정말 그쪽을 눈으로 보고 만지고 싶어요."

"베시, 그건 정말 상상이에요."

"상상이든 아니든 그쪽이 왔잖아요. 올 줄 알았어요. 그러니까 꿈속
에서 그쪽을 봤고, 또 이렇게 내 옆에 있는 거예요. 지긋지긋한 하루에
위안이 되는 불처럼 내 마음이 더 편해진 느낌이에요. 21일이라고 했죠.

오, 제발, 가서 볼래요."

"오, 베시! 와도 되고말고요. 근데 그런 말은 하지 말아요. 안타까워요. 정말이에요."

"그럼 혀를 깨물면 입 밖으로 나가지 않겠죠. 그런다고 그 말이 사실이 아닌 건 아니에요."

마거릿은 잠자코 있더니, 드디어 말했다.

"그 얘긴 다음에 해요. 사실이라고 생각하더라도 지금은 하지 말아요. 그나저나 베시 아빠가 파업에 들어갔어요?"

"네!" 불과 1~2분 전과는 사뭇 다른 태도로 베시가 이렇게 말했다. "아빠와 햄퍼 공장 사람들, 그 밖에 더 많아요. 여자들도 이번엔 포악해져 있는 햄퍼 공장 남자들만큼 독해요. 먹을 것은 비싸고, 아이들 먹일 음식이 있어야 하니까 그런 거 같아요. 손턴 씨 댁 만찬으로 그 사람들을 먹인다면, 같은 돈으로 감자와 음식을 보낸다면, 수많은 아이가 울음을 그칠 거고 그 엄마들 마음도 약간 달랠 수 있을 거예요."

"그런 말 하지 말아요!" 마거릿이 말했다. "저녁 식사에 가는 게 나쁘고 죄짓는 것 같은 기분이 들잖아요."

"아니에요!" 베시가 말했다. "어떤 사람들은 자주색의 고운 아마 옷을 입고 호화로운 향연을 즐기도록 선택받는 걸요. 아마 그쪽이 그런 사람이겠죠. 다른 사람들은 평생 동안 고생스럽게 일해요. 그런데 그때 나사로*의 상처를 핥아주던 그 개들이 지금은 연민을 보여주지 않아요. 하지만 그쪽이 저 지하세계에서 내게 손가락 끝에 물을 찍어 혀를 식혀달라

---

* Lazarus: 「누가복음」에 나오는 인물(16장 21절). 부잣집 대문 앞에 버려진 채 그 집에서 나오는 음식 찌꺼기로 연명하는 거지로 개들이 그의 상처를 핥아준다.

고 부탁한다면, 이 세상에서 그쪽이 내게 너무나 큰 존재였다는 생각 때문에 커다란 소용돌이라도 건너갈 거예요."

"베시! 열이 많이 나요! 말하는 것도 그렇고 손을 잡아보니 알겠어요. 이 세상에서 누가 거지였고 누가 부자였냐 하는 건 끔찍한 심판의 날 우릴 가르기에 충분치 않을 거예요. 우린 그런 허술한 구분이 아니라 얼마나 주 그리스도를 충실히 섬겼느냐에 따라 심판받을 거예요."

마거릿은 일어서더니 물을 좀 발견했다. 그리고 손수건을 물에 적시더니 그걸로 베시의 이마를 덮어준 다음, 돌처럼 차가운 발을 비벼서 덥히기 시작했다. 베시는 눈을 감고 그녀가 하는 대로 편안하게 몸을 맡겼다. 이윽고 그녀가 말했다.

"한 명씩 번갈아가며 아빠를 찾아와 자기들 얘기 좀 들어달라고 얼쩡거린다면, 그쪽도 나처럼 귀고 입이고 닫아버렸을 거예요. 어떤 사람들은 미움이 가득 차서 얘기하는데, 업주들에 대해 말해주는 끔찍한 일들을 들으면 너무 겁나요. 근데 더 겁나는 건 여자들의 얘기예요. 고기는 비싸고, 아이들은 배가 고파 잠을 자지 못한다고 (두 뺨엔 눈물이 주룩주룩 흐르는데 닦을 생각도 감출 생각도 하지 않고) 하소연을 늘어놓아요."

"그러면 그 사람들은 파업이 그걸 해결해줄 거라고 생각하나요?" 마거릿이 물었다.

"그렇다고 해요." 베시가 대답했다. "장사가 오랫동안 잘돼서 공장 업주들은 끝도 없이 돈을 벌었대요. 얼마나 벌었는지 아빤 몰라도 노동조합은 알아요. 조합은 당연히 자기들 몫을 원하는 거죠. 지금 먹을 게 엄청 비싸졌으니까요. 공장 업주들이 자기들에게 몫을 나눠주지 않으면 일을 하지 않을 거래요. 하지만 업주들이 좀더 우세해요. 아마 계속 그럴 거고 더 세지지 않을까 몰라요. 싸우는 동안에도 무저갱에 내동댕이쳐질 때까지 계속 이를 으르렁거리는 게 꼭 아마겟돈 전쟁 같아요."

바로 그때 니컬러스 히긴스가 들어왔다. 그는 딸의 마지막 말을 들었다.

"그래! 나도 계속 싸울 거다. 그래서 이번엔 성공할 거야. 그자들을 포기시키는 데는 오래 걸리지 않아. 지금 계약대로 맞춰내야 하는 주문이 꽤 많단 말이지. 조만간 자기들이 얻게 될 수익을 날려버리기보단 우리한테 5퍼센트 올려주는 게 더 낫다는 걸 알게 될 거다. 노동 계약을 지키지 못해 내는 벌금은 잠시 제쳐둬야지. 아하, 업주들이여! 누가 이기는지 난 알고 있어."

마거릿은 어조로 보아 그가 술에 취한 것 같다고 생각했는데, 말한 내용보다는 열을 내며 말하는 태도에서 그런 생각이 들었다. 게다가 베시가 자기를 얼른 보내고 싶어 하는 걸 보니 더더욱 그런 확신이 들었다. 베시가 말했다.

"21일이면 목요일이네요. 손턴 씨 만찬에 어떻게 입고 가는지 보러 갈 수도 있을 것 같아요. 식사가 몇 시죠?"

마거릿이 대답도 하기 전에 히긴스가 불쑥 말했다.

"손턴 씨 댁이라! 거기서 저녁을 먹소? 성공적인 납품을 비는 건배를 위해 한 잔 가득 부어달라고 하시오. 21일이면 제시간에 주문을 어찌 맞출까 고민하느라고 정신이 없을 거요. 말해주시오. 5퍼센트 올려주면 그 다음 날 당장 7백 명이 말버러 공장으로 발맞추어 가서 주문 계약을 지킬 수 있게 해줄 거라고 말이오. 거기 가면 모두 볼 거요. 우리 사장 햄퍼까지. 그 사람은 케케묵은 사람 중 하나지요. 욕이나 저주 말고는 내뱉는 걸 본 적이 없으니. 점잖게 말하느니 아마 죽으려고 할 거요. 하지만 말은 거칠어도 본성은 나쁘지 않소. 원한다면 파업 인부 하나가 그러더라고 해도 좋소. 허! 손턴 씨 댁에 가면 모범적인 업주들을 많이 만나겠군! 저녁 먹고 조용히 앉아 있고 싶어 할 때 연설 한 자락 하고 싶구먼. 죽어라 뛰어봐야 어쩔 수 없을 거라고 말이지. 내 생각을 말할 거요. 그자들이 우리를 혹사시키는 방식에 강력히 반대할 거요."

"안녕히 계세요!" 마거릿은 서둘러 인사했다. "잘 있어요, 베시! 21일에 봐요, 몸이 괜찮아진다면 말이에요."

도널드슨 박사가 처방해준 약과 치료법이 처음에 아주 잘 들어서 헤일 부인 본인은 물론 마거릿까지도 박사가 오진을 했을지도 모르며 어쩌면 그녀가 완전히 나을 수도 있다는 희망을 갖기 시작했다. 헤일 씨로 말하자면, 그는 비록 자신과 가족의 두려움이 어느 정도인지 짐작조차 한 적 없었지만 두려움을 몰아내고 안도하는 모습을 보였다. 이로써 두려움에 한번 빠져본 것이 그에게 얼마나 큰 충격이었는지 알 수 있었다. 딕슨만이 마거릿의 귀에 계속 비관적인 말을 늘어놓았다. 하지만 마거릿은 그 불길한 껵껵거림에 저항하면서 희망의 끈을 놓지 않았다.

그들에게는 이러한 한 줄기 밝은 기운이 집 안에 필요했다. 왜냐하면 밖에 나가면 잘 알지 못하는 그들의 눈에조차 비관적이고 음울한 불만이 모습을 드러내고 있었기 때문이다. 헤일 씨는 나름대로 노동자들 중에 아는 사람들이 있었는데, 고통과 오랜 인내에 대해 풀어놓는 그들의 진지한 이야기를 들으면 우울해졌다. 그들은 직책상 자신들의 말을 한마디도 듣지 않고서도 뭘 말할지를 아는 사람에게는 자신들이 감내해야 하는 고통에 대해 말하기를 거부했을 것이다. 하지만 여기 먼 고장에서 온 사람, 자신이 몸담게 된 체제 속에서 그 체제가 돌아가는 방식에 어리둥절해하는 한 사람에게는, 제각기 그를 판관으로 세워 자신들이 분노한 이유에 대해 이야기하고 싶어 했다. 그리하여 헤일 씨는 자신이 들었던 고충 사항 주머니를 들고 와서 손턴 씨 앞에 풀어놓았고, 그는 고용주로서의 경험으로 이 불만 사항들을 정리하여 그 근원을 설명했다. 그는 초지일관 건전한 경제 원리에 입각하여 설명해나갔다. 사업을 하면 언제나 경기가 좋았다 나빴다 하게 마련이다. 사세가 기울 때는 노동자들은 물론이고 일정 수의 고용주 역시 퇴락의 길을 걷다가 부유층에서 사라질 수밖에 없다. 그는 이런 결과라는 게 논리적으로 극히 타당하므로 이런 운명이 닥친다고 해도 고용인이나 고용주는 그 누구도 불평해서는 안 된다고 여기는 듯했다. 고용주는 무능력과 실패라는 쓴맛을 안고 더 이상 뛸 수 없는 경주에서 비켜날 수밖에 없는 운명이 될 수도 있다. 힘겹게 싸우다가 부상을 입고 서둘러 돈을 벌려는 동료들에게 밟히고 한때는 존경받았던 위치가 무시당한 채, 고용을 하는 대신 으스대는 사람에게 고용해달라고 비굴하게 부탁하게 되는 운명을 맞는다. 부침이 빈번한 사업에서 본인 이야기가 될 수도 있는 이런 운명을 그가 고용주의 입장에서 이야기하면서, 인정사정없이 진행되는 신속한 진보와 변화 속에서 간과되는 노동자들의 운명을 더 불쌍하게 생각할 가능성은 당연히 없었다. 그 노동자들은 자신들을 필요로 하지 않는 세상에 누워 기꺼이 죽음을 맞겠지만, 남겨두고 떠나게 되는 무력한 사람들, 사랑하는 사람들이 매달리며 외치는 비명 때문에 무덤 속에서도 편히 쉴 수 없을 것이다. 그들은 부리로 자기 가슴을 찔러 흐르는 심장의 피를 죽어가는 새끼에게 먹일 수 있는 펠리컨의 능력을 부러워할 것이다. 마거릿은 그가 사업만이 전부이고 인간은 아무것도 아니라는 식의 논리를 펼치는 동안 온몸에서 반감이 일어났다. 그가 그날 저녁 배려 차원에서 살짝 제의했던 친절한 호의에도 그녀는 고마움을 표하기가 힘들었다. 그는 여유가 있어서 혹은 어머니의 선견지명으로 집에 쌓아놓게 된 온갖 환자용 편의용품들을 받아줄 것을 그녀에게 제안했었다. 도널드슨 박사가 그녀의 어머니에게 필요할지 모른다고 언질을 주었던 것들이다. 그렇게 인정머리 없는 논리를 펼치고도 그가 그 자리에 있다는 것, 그리고 엄마가 돌아가시지 않을 거라는 생각만 부질없이 붙들고 있는 그녀 앞에 그가 엄마의 운명을 상기시킨 것, 이 모든 게 작당이라도 했는지 그를 바라보며 그의 말을 듣고 있자니 마거릿은 심히 불쾌해졌다. 도널드슨 박사와 딕슨을 제외하고, 유일하게 이 사람이 이 끔찍한 비밀을 알 수 있었던 건 어떤 연유에서인가? 그 비밀을 그녀는 하나님의 힘을 구하지 않고는 감히 바라볼 용기가 나지 않아서 어둡고 신성한 마음 한구석에 가두어놓지 않았던가. 그녀는 이제 곧 목청껏 어머니를 불러봐도 공허한 어둠 속에서 아무 대답도 듣지 못하는 그런 광경을 견뎌내야 할 것이다. 그런데 이 남자는 모두 알고 있었다. 그녀는 연민 어린 그의 눈빛에서 그 사실을 보았다. 떨림이 느껴지는 근엄한 그의 목소리에서 그걸 들었다. 저 눈빛과 저 목소리가, 냉철한 논리와 건조하고 무자비한 태도로 무역의 자명한 이치와 그에 따른 결과들을 차분하게 하나씩 설명해가던 모습과 어찌 조화를 이룰 수 있겠는가? 그 부조화가 그녀에게는 무척이나 거슬렸다. 그건 그녀가 베시에게서 들었던 많은 문제 때문에 더 그랬다. 베시의 아버지, 니컬러스 히긴스가 했던 말은 분명히 달랐다. 그는 위원회의 일원이었기 때문에 외부인들은 절대 알 수가 없는 비밀을 알고 있다고 말했다. 손턴 씨의 저녁 파티가 있던 바로 전날 그는 이 점을 더욱 분명하고 구체적으로 말했다. 베시를 볼 생각이었던 마거릿은 그날 종종 이름을 들어본 적 있는 옆집의 바우처와 히긴스가 이 문제로 언쟁하는 걸 보게 됐다. 바우처는 대가족의 부양을 책임지고 있는 가장이었는데, 어떨 땐 일 처리가 어설퍼서 히긴스의 연민을 불러일으키기도 하고, 또 어떨 땐 다혈질인 히긴스가 말하는, 소위 기백이라는 게 없어서 히긴스의 성을 돋우기도 했다. 마거릿이 들어섰을 때 히긴스는 흥분한 모습이 역력했다. 바우처는 약간 위쪽의 벽난로 선반에 두 손을 짚은 채 지탱하고 있는 두 팔의 힘으로 몸을 흔들거리면서 화롯불을 뚫어지게 바라보며 서 있었는데, 절망적인 그의 모습에 히긴스는 안타까움을 느끼면서도 짜증이 솟구쳤다. 베시는 흔들의자를 앞뒤로 마구 흔들고 있었다. 그것은 그녀가 초조할 때면 나오는 버릇이었다(마거릿은 이게 버릇이라는 걸 이즈음 알았다). 그녀의 동생 메리는 엉엉 울면서 실밥 자르는 일을 나가려고 모자를 쓰고 있었는데, 자신을 고통스럽게 만드는 이곳을 벗어나고 싶어 하는 것 같았다.

이럴 때 마거릿이 들어섰다. 그녀는 잠시 문간에 서 있었다. 그런 다음 손가락을 입술에 대더니 베시 옆에 있는 의자에 소리 없이 앉았다. 니컬러스는 그녀가 들어오는 걸 보자 고개를 까딱하며, 무뚝뚝하나 적의 없는 인사를 건넸다. 메리는 문이 열린 걸 보자 반가워서 급히 나갔고, 아버지로부터 벗어나자 소리 내어 울었다. 오로지 바우처만 누가 들어오고 누가 나갔는지 전혀 모르고 있었다.

"소용없어요, 히긴스. 이런 상태로 내 아낸 오래 못 버텨요. 점점 죽어가고 있소. 자기가 못 먹어서가 아니라 어린 것들이 굶주림으로 고생하는 걸 볼 수가 없어서 말이오. 그래요, 굶주린다고요! 일주일에 5실링이면 당신 충분하겠지요. 두 식구만 먹이면 되는 데다 딸애 하나는 자기 밥벌이를 하고 있잖소. 근데 우린 굶주리고 있소. 솔직히 말하지요. 아내가 죽으면, 임금 5퍼센트 인상 전에 그렇게 될까 봐 두렵지만, 난 그 돈을 업주의 얼굴에다 던지고 이렇게 말할 거요. '죽일 놈들. 이 잔인한 죽일 놈들. 내 아이들을 낳아준, 보배 같은 마누라를 데려가버렸어.' 그리고 당신, 당신도 미워할 거요. 노동조합도 마찬가지요. 암! 저세상까지 내

증오가 당신을 쫓아갈 거요. 쫓아간다니까. 그럴 서요! 이 파업 문제를 당신이 잘못 이끌고 있는 거라면 말이오. 니컬러스, 당신이 지지난주 수요일에 그랬잖소. 두 주를 넘기지 않고──지금은 두 주째 되는 화요일이오──원하는 임금에 다시 일하러 오라고 사장이 우리한테 사정할 거라고 말이오. 그날이 코앞이요. 갓난쟁이 우리 잭은 누워서, 힘이 없어 울지는 못하고 그냥 먹을 것을 좀 달라고 한 번씩 가슴을 들썩이며 훌짝거리고 있소. 불쌍한 우리 잭이 말이오! 아낸 잭이 태어난 뒤로 전혀 좋아지지 않는데, 그 앨 마치 자기 목숨처럼 사랑하오. 사실 목숨이지. 그 애가 태어나고서 난 소중한 아내를 잃게 될 테니 말이오. 어린 잭은 매일 아침에 잠을 깨면 이 커다랗고 투박한 얼굴에 그 부드럽고 조그만 입술을 갖다 대오. 뭔가 비빌 만한 부드러운 걸 찾았다는 게 내 얼굴이란 말이지. 그러고는 누운 채 굶어 죽어가고 있소." 깊은 흐느낌이 불쌍한 이 남자의 목을 메이게 했다. 니컬러스는 눈물이 가득 맺힌 눈을 들어 마거릿을 보더니, 마음을 다잡고 이렇게 말했다.

"힘을 내게. 갓난쟁이 잭은 절대 굶어죽지 않아. 나한테 돈이 좀 있어. 당장 가서 우유 조금하고 빵 한 덩이를 사서 갖다줌세. 자네가 필요하다면 네 것 내 것이 있겠나. 용기를 가지게, 이 사람!" 그는 갖고 있는 돈을 찾느라고 찻주전자 속을 더듬으면서 계속 말했다. "내 진심으로 말하네만, 어쨌든 우린 승리할 거야. 한 주만 더 견디면, 업주들이 와서 다시 공장에 나와 일해달라고 비는 걸 보게 돼. 조합이, 아니 내가 자네 아이들과 아내를 위해 충분한 보상을 받도록 마음을 쓰겠네. 그러니 비겁하게 폭군 밑으로 가서 일을 찾으려고 하지 말게."

그 남자는 이 말에 몸을 돌렸다. 너무나 창백하고 수척한, 눈물 범벅이 된 얼굴로 절망에 차서 돌아보는 통에, 거기서 풍기는 차분함이 마거릿으로 하여금 눈물을 흘리지 않을 수 없게 만들었다.

"잘 알다시피 업주들보다 더 포악한 조합은 이렇게 말하지. '굶으라고 해. 모두 굶어 죽는 걸 보면 감히 조합 말을 듣지 않을 수가 없겠지'라고. 니컬러스, 당신은 한통속이니까 알 거 아니오. 당신들, 개개인으로 보자면 인정스러울지 모르겠소만, 일단 조합으로 뭉치면, 야생 늑대보다 더 처참하게 굶어 미쳐가는 인간에게 동정 같은 건 보이지 않을 거요."

니컬러스는 한 손을 문고리에 대고 멈추더니, 바짝 붙어 따라오는 바우처를 돌아보면서 이렇게 대꾸했다.

"하나님, 굽어살피소서! 이보게, 내가 자네를 위해, 그리고 우리 모두를 위해 최선을 다한다고 생각지 않는다면 말일세. 이렇게 하는 게 옳다고 생각하는데, 만약 잘못된다면 말일세. 그건 그자들 잘못이야. 뭔가 알려주지 않은 게 있기 때문일 테니까. 난 머리에 쥐가 날 때까지 생각했네. 날 믿어, 존. 난 분명히 믿고 있으니까. 다시 말하지만 조합을 믿는 수밖에 다른 도리가 없어. 승리할 걸세. 두고 보자고!"

마거릿과 베시는 한마디도 하지 않았다. 두 사람은 한숨조차 쉴 수 없었고, 서로는 눈빛으로 가슴속 저 깊은 곳에서 나오는 그 한숨을 느끼고 있었다. 드디어 베시가 말했다.

"아빠가 하나님을 찾을 거라고는 생각도 하지 못했어요. 들었죠? '하나님, 굽어살피소서!' 하는 말을요."

"그래요!" 마거릿이 말했다. "갖고 있는 돈을 줄게요. 불쌍한 그 사람 애들에게 줄 음식도 좀 갖다 줄게요. 딴 사람이 아니라 아빠가 갖다 준 걸로 해요. 얼마 되지 않을 테지만 말예요"

베시는 마거릿이 한 말은 전혀 귀담아듣지 않고 몸을 뒤로 기댔다. 그녀는 울지 않았다. 다만 숨소리가 떨렸다.

"내 심장엔 이제 눈물이 다 말라버리고 없어요" 하고 베시가 말했다. "요 며칠 바우처가 자신의 두려움과 고민거리를 내게 말해주었어요. 바우처가 그저 약해빠진 사내란 건 나도 알아요. 그럼에도 불구하고 그도 인간이에요. 그전에도 몇 번 바우처와 그 아내의 얘길 듣고 화가 났어요. 그 아내는 어떻게 살아가야 할지 바우처만큼이나 모르는 사람이에요. 그렇긴 하지만 있잖아요, 사람들이 모두 솔로몬처럼 지혜롭진 않아요. 그래도 하나님은 그 사람들을 살아가게 하시죠. 예, 게다가 누군가를 사랑하거나 누군가에게 사랑받게 하세요. 슬픔이 사랑하는 사람들에게 찾아오면 그 슬픔은 솔로몬을 아프게 했던 것과 똑같이 쓰라린 상처가 돼요. 이해는 되지 않지만, 아마 조합한테 자기를 돌봐달라고 하는 바우처도 마찬가질 거예요. 하지만 난 조합원들 한 사람 한 사람이 바우처와 이야기한다면 좋을 거 같아요. 조합원들이 바우처의 얘길 듣는다면 (만약 각각의 대화를 들을 수 있다면) 바우처가 일터로 복귀해서 일한 만큼의 대가를 받아가도 된다고 말해줄지 몰라요. 그 돈이 자기들의 요구액에는 못 미치더라도 말이에요."

마거릿은 말 한마디 없이 앉아 있었다. 자신이 어찌 다시 편안한 생활로 돌아갈 수 있을 것이며, 실제로 겪는 고통보다 훨씬 더 많은 것을 말해주는, 표현할 수 없으리만치 고통스러운 바우처의 목소리를 어찌 잊을 수 있을 것인가? 그녀는 가방을 집어 들었다. 갖고 있는 것이라고 해봐야 얼마 되지 않았지만 그녀는 그 속에 든 걸 말없이 베시의 손에 쥐어주었다.

"고마워요. 많은 사람이 이나마도 가지지 못했지만 그렇게 비참하게 살진 않아요. 적어도 바우처처럼 표를 내진 않죠. 아빤 그들이 쪼들리게 내버려두지 않을 거예요. 이제 사정을 아니까요. 바우처는 아이들과 바가지를 긁어대는 아내와 함께 나동그라져버린 상태였고, 이들이 저당 잡혔

246

던 물건들은 1년 새 모두 날아가버렸어요. 비록 우리도 쪼들리지만 그 사람들을 그냥 굶어 죽게 하지는 않을 거예요. 이웃끼리 서로 돌보지 않는다면 누가 돌보겠어요." 베시는 마거릿이 자신들에게는 이들을 책임질 의지도, 또 분명 어느 정도는 자신들에게 책임이 있는 것처럼 여겨지는 이들을 도울 힘도 없다고 생각할까 봐 두려워하는 것처럼 보였다. "게다가," 베시는 말을 계속 이었다. "아빤 며칠 안에 업주들이 더 이상 버티지 못하고 분명히 항복할 거라고 믿고 있어요. 하지만 어쨌든 감사해요. 바우처를 위해서뿐만 아니라 나 자신을 위해서도 감사드려요. 그쪽이 점점 고맙게 느껴져요."

베시는 오늘 훨씬 더 차분해 보였지만 몹시 늘어지고 힘이 빠진 것 같았다. 말을 마친 그녀의 모습이 너무 창백하고 지쳐 보여 마거릿은 두려웠다.

"괜찮아요." 베시가 말했다. "아직 죽지 않아요. 지난밤은 꿈 때문에 무서웠어요. 아니, 꿈 비슷한 것이었어요. 의식은 말짱했으니까요. 꿈꾸는 듯 멍해 있었어요. 저기 저 바우처만 아니었으면 깨지 않았겠죠. 그래요, 아직 죽지 않았어요. 근데 죽음이 먼 것 같지도 않아요. 아아, 좀 덮어줘요. 기침만 아니면 잠들 수도 있을 것 같아요. 굿나이트! 어쩌면 굿애프터눈이 맞을지 모르겠어요. 근데 오늘따라 어둑하니 침침하네요."

20장
인간과 신사

늙은이 젊은이 모두 원대로 먹게 하라 음식 내게 있으니
열 줄 치아 있다 한들 나 개의치 않으리라*
—노르망디 공작 롤로

    마거릿은 보고 들은 것에 완전히 짓눌려 돌아온 터라, 어떤 식으로 스스로를 추슬러서 자신을 기다리고 있는 임무를 수행할지 통 알 수 없었다. 그녀의 어머니는 외출을 못하게 되자 짧은 산책에서 이야깃거리를 듣고 돌아오는 마거릿만을 늘 학수고대하고 있었고, 그녀는 그런 어머니를 위해 계속해서 즐거운 대화를 이어나가야만 했던 것이다.

    "그 공장 친구는 목요일에 널 보러 온대니?"

    "친구의 상태가 너무 좋지 않아 그런 걸 물어볼 생각조차 하지 못했어요." 마거릿이 처연하게 대답했다.

    "이런! 이제 아프지 않은 사람이 없는 것 같구나." 헤일 부인이 병자가 다른 병자에게 흔히 보이는 시샘 섞인 어조로 말했다. "하지만 저 빈민가에 사는 사람들 중 누군가가 아프다는 건 분명 아주 슬픈 일이야." (그녀의 착한 심성이 우위를 점하면서, 헬스턴 시절의 습관적인 사고가 돌아

---

* 존 플레처(John Fletcher, 1579~1625)가 썼을 것으로 추정되는 『노르망디 공작 롤로 *Rollo, Duke of Normandy: or The Bloody Brother*』에서 인용.

오고 있었다.) "여기선 아프다는 것만 해도 불행해. 마거릿, 넌 그 친구를 위해 뭘 해줄 생각이냐? 네가 나가고 난 뒤, 손턴 씨가 묵은 포르투갈 와인 몇 병을 보내왔더구나. 그중 한 병을 네 친구에게 보내면 어떻겠니?"

"아뇨, 엄마! 베시 네는 아주 가난한 것 같진 않아요. 적어도 말하는 걸로 봐선 그래요. 게다가 베시는 폐병인 걸요. 와인은 필요 없을 거예요. 헬스턴의 과일로 만든 맛있는 잼을 좀 갖다줄까 봐요. 그래요! 뭘 좀 갖다주고 싶은 가족은 따로 있어요. 아아, 엄마! 오늘 그렇게 애처로운 광경을 보고 나서도 정말 내가 멋진 옷을 차려입고 상류층 파티 같은 델 갈 수 있을까요?" 마거릿이 외쳤다. 그녀는 들어오기 전에 작정했던 결심을 지키지 못하고 오늘 히긴스의 집에서 보고 들었던 것을 그만 어머니에게 털어놓고 말았다.

마거릿의 얘기에 헤일 부인은 몹시 괴로워했다. 그 말은 그녀가 뭔가를 할 수 있게 될 때까지 안절부절못하게 만들었다. 헤일 부인은 마거릿한테 그 가족에게 보낼 바구니 하나를 바로 거실에서 당장 꾸리라고 시켰다. 그리고 마거릿이 히긴스가 당장 필요한 것들을 마련해주었고 자신도 베시한테 돈을 좀 주고 왔으니 바구니는 내일 아침에 보내도 별 문제 없을 거라고 말하자, 마거릿에게 역정을 내다시피 했다. 헤일 부인은 마거릿에게 그런 말을 하다니 매정하다고 하면서, 바구니가 집 밖으로 나갈 때까지 가만히 있지를 못했다. 그러더니 그녀가 말했다.

"어쨌든 우리가 잘못하고 있었던 건지도 모르겠다. 불과 지난번에 여기서 손턴 씨가 그런 말을 했잖니? 파업꾼들을 원조하면서 싸움을 연장시키는 사람들은 결코 진정한 친구라고 할 수 없다고 말이야. 그런데 이 바우처라는 사람도 파업꾼 아니던가요, 맞죠?"

이 질문은 남편을 향했다. 그는 습관처럼 대화로 끝낸 손턴 씨와의 수업을 마치고 막 위층으로 올라오던 참이었다. 마거릿은 자신들의 선물이 파업을 더 연장시켰는지 아닌지는 관심도 없었다. 흥분한 현재 상태에서 그녀는 그것까지는 생각하지 못했다.

헤일 씨는 귀를 기울였고 판사와 같은 평정심을 유지하려고 했다. 그는 불과 30분 전 손턴 씨의 설명을 통해 분명히 이해했던 모든 말을 떠올렸고, 그다음 그는 만족스럽지 못하지만 한 가지 절충점을 찾았다. 그의 아내와 딸은 이번 경우 아주 적절하게 행동했을 뿐만 아니라, 그가 생각하기에 그 순간 그녀들이 그것 말고 달리 해볼 방법이 있었을 것 같지도 않았다. 그럼에도 불구하고 파업이 연장되면 다른 곳에서 노동자를 데려올 수밖에 없다는 손턴 씨의 말도 아주 옳았기 때문에(사실 예전에도 종종 그랬다시피, 최종적인 해결책이 노동자의 수요를 줄여주는 기계 발명 같은 것이 아닌 이상), 뻔히 어리석은 행동만 부추기게 되는 인부들에 대한 도움은 일체 주지 않는 게 최고의 친절이었다. 하지만 그는 내일 아침 제일 먼저 바우처라는 사람을 찾아가서 그 사람을 위해 해줄 수 있는 게 무언지 알아볼 작정이었다.

다음 날 아침 헤일 씨는 약속대로 길을 나섰다. 바우처는 집에 없었지만 대신 그는 그의 아내와 오랫동안 대화를 나누었고, 진찰받을 수 있는 무료 진료권을 요청해보겠노라고 약속했다. 그리고 그는 아이들이 아버지가 없는 아래층에서 헤일 부인이 넉넉히 싸 보낸 음식을 제 세상을 만난 듯 마구 먹어대는 걸 보면서, 마거릿의 기대 이상으로 위안이 되는 밝은 이야깃거리를 안고 돌아왔다. 사실 헤일 씨는 전날 밤 마거릿의 말을 듣고 더 나쁜 상태를 볼 것에 대한 준비를 했던 까닭에, 그러한 상상에 대한 반작용으로 모든 걸 실제보다 더 좋게 묘사했다.

"하지만 다시 가서 그 사람을 직접 만나보마." 헤일 씨가 말했다. "여기 집들과 우리가 살던 헬스턴의 오두막집들을 어떻게 비교해야 할지 아직 모르겠구나. 여기서 보는 가구는 헬스턴의 노동자들이 살 엄두도 못 내는 것들이고, 일상적인 음식도 그 사람들한테는 사치스럽다고 생각되는 것들이다. 하지만 이런 곳의 가정들은 주급이 끊어진 이상 전당포 말고는 달리 돈 나올 데가 없겠다 싶구나. 누구나 다른 언어를 배울 필요가 있는 것이니, 여기 밀턴에서는 다른 잣대로 판단할 수밖에 없어."

베시도 오늘은 좀 괜찮았다. 그렇긴 해도 너무 기력이 없어서, 그녀는 마거릿이 드레스를 입은 모습을 보고 싶다던 말 같은 건 깡그리 잊은 듯했다. 그게 사실 혼미한 상태에서 열에 들떠 뱉었던 말이 아니라면.

마거릿은 여러 가지 걱정거리로 마음이 무거운 상태에서 내키지도 않는 파티에 가기 위해 차려입은 자신의 낯선 모습을 보면서, 불과 1년 전 이디스와 함께 파티에 가기 위해 차려입었던 이전의 발랄하며 소녀다운 옷차림과 지금의 모습을 비교하지 않을 수 없었다. 옷차림을 살펴보는 지금 유일한 기쁨이라면 성장(盛粧)한 자신의 모습을 보고 어머니가 기뻐할 거라는 생각뿐이었다. 딕슨이 거실 문을 열어젖히며 연신 찬사를 보내자 그녀는 얼굴을 붉혔다.

"아씨가 참 근사하죠, 마님? 쇼 부인의 산호 목걸이가 저보다 더 잘 어울릴 수 있을까요? 색깔이 딱 맞아요. 그거 없었으면 아씨 얼굴이 너무 창백해 보였겠죠."

마거릿의 검은 머리카락은 땋아 내리기에 숱이 너무 많았다. 차라리 돌돌 비틀어 꽁꽁 누른 보드라운 머리카락을 똬리를 틀어서 화관처럼 머리 주위로 둘러가며 틀어 올린 다음 뒤통수에 붙여야 했다. 육중한 머리카락의 무게는 긴 화살 모양의 작은 산호 핀 두 개가 감당했다. 하얀 실크 소매는 같은 소재의 끈들이 고리 모양으로 달려 있었고, 목에는 곡선을 이룬 우윳빛 목젖 바로 아래로 굵은 산호 목걸이가 걸려 있었다.

"오오, 마거릿! 정말 너를 데리고 배링턴 가에서 열리던 그런 파티에 같이 가고 싶구나. 네 할머니 베리스퍼드 부인이 날 데려갔듯이 말이다."

마거릿은 딸에 대한 자부심을 미약하게나마 이렇게 표현하는 어머니에게 키스를 하면서도 뿌듯해하는 어머니의 모습에 미소 짓기가 힘들었다. 기분이 너무 가라앉아 있었던 것이다.

"엄마랑 같이 그냥 집에 있었으면 좋겠어요. 정말 그래요, 엄마."

"어리석은 소리다, 얘야! 만찬을 잘 지켜봐야 한다. 밀턴에서는 어떻게 차려내는지 듣고 싶으니까. 특히 두번째 코스를 눈여겨봐. 엽조(獵鳥) 대신에 뭘 내오는지 말이야."

헤일 부인은 아마 호기심 이상으로 놀랐을 것이다. 만약 차려진 만찬 음식들과 식기류의 호사스러움을 보았더라면 그녀는 입이 쩍 벌어졌을 것이다. 런던의 세련된 취향을 갖고 있던 마거릿으로서는 산해진미의 수량에 숨이 막힐 것 같았다. 가짓수를 반으로 줄였어도 충분했을뿐더러, 산뜻하면서 고급스러운 효과를 냈을 것이다. 하지만 각종 진미가 그 자리에 참석한 내객들 모두에게 충분하게 제공되어야 한다는 것이 손님 접대에 대한 손턴 부인의 엄격한 규칙이었다. 그들이 내켜한다면 그랬다. 일상생활에서 절제된 식생활을 유지하는 습관과는 상관없이 그러한 내객들 앞에 좋아하는 음식으로 향연을 베푸는 것은 손턴 부인의 자존심에 속했다. 아들도 어머니의 이런 마음을 이해했다. 비록 다른 종류의 연회를 상상해본다거나 혹은 그런 게 있다면 즐길 수도 있었겠지만, 그는 돌아가며 최고의 음식을 대접하는 이런 종류의 사교 모임 말고는 전혀 알지 못했다. 그는 지금 이 순간도 불필요한 개인적 용도에는 한 푼도 지출하지 않으려고 할 뿐 아니라, 만찬 초대장을 발송해버린 것까지 여러 번 후회하기도 했으나, 어쨌든 파티는 열어야 했으므로 그 준비가 예전과 같이 화려한 것을 보고 흐뭇해했다.

마거릿과 그녀의 아버지가 제일 먼저 도착했다. 헤일 씨는 정해진 시간에 딱 맞추어 도착하려고 세심한 주의를 기울였다. 위층 거실에는 손턴 부인과 패니 말고는 아무도 없었다. 가구 씌우개는 모두 벗겨져 있었고 실내는 노란색 다마스크 천과 화려한 꽃무늬 카펫으로 이글이글 타오르고 있었다. 구석마다 보는 사람의 눈을 지치게 할 정도로 빈틈없이 들어차 있는 각종 장식품은 휑하니 흉한 꼴로 안마당을 향하고 있는 감시소와 기이한 대조를 이루고 있었다. 접히면서 열리는 널찍한 마당 출입문은 마차들을 들이느라 활짝 열려 있었다. 창의 왼쪽으로 공장이 여러 층의 건물 그림자를 드리우며 우뚝하니 형체를 드러내고 있었고, 이로 인해 여름 저녁이 때 이르게 어두웠다.

"아들은 지금 이 순간까지도 일 처리를 하고 있습니다. 곧장 이리로 올 겁니다. 좀 앉으시지요, 헤일 씨?"

헤일 씨는 창가에 선 채 손턴 부인이 하는 말을 듣더니 얼굴을 돌리며 이렇게 말했다.

"이렇게 공장이 바로 옆에 있으면 때때로 불편하시지 않습니까?"

그녀는 정색했다.

"그럴 리가요. 전 제 아들의 부와 권력의 원천을 잊어버리고 싶을 만큼 그렇게 고상하지 않습니다. 게다가 밀턴에 이만한 공장이 있나요. 작업실 하나가 무려 220평방야드에 달하지요."

"저는 단지 연기와 소음이, 인부들이 끊임없이 들고 나면서 내는 그런 연기와 소음이 거슬릴 수도 있겠다는 의미로 드린 말이었습니다!"

"저도 그렇게 생각해요, 헤일 씨!" 패니가 말했다. "스팀하고 기름

먹인 기계에서 늘 냄새가 난답니다. 그리고 소음은 정말 귀가 먹먹해질 정도예요."

"음악이라고 부르는 소음은 귀를 더 먹먹하게 하더군요. 기관실이 공장의 막다른 길 쪽에 있어서 여름 아니고는 소음도 거의 들리지 않습니다. 그땐 창문을 모두 열어두니까요. 일꾼들이 끊임없이 내는 웅얼거림이 성가시다고 해봐야 벌통의 벌들이 윙윙거리는 소리 정도입니다. 만약 소음에 대한 생각을 하게 되면 전 그 소음을 제 아들과 연결시킵니다. 그러고는 아 이 모든 것이 정말 내 아들의 소유구나, 이 모든 걸 내 아들의 머리가 관장하는구나 하고 실감하지요. 지금은 공장에서 아무 소리도 나지 않습니다. 들으셨다시피 일꾼들이 배은망덕하게도 파업에 들어갔어요. 하지만 들어오실 때 제가 아들이 일하고 있다고 한 말은, 바로 저자들의 분수를 깨우쳐주기 위해 조치를 취하는 중이라는 그 말이었습니다." 이 말을 하는 순간, 늘 근엄해 보이던 그녀의 얼굴은 분노로 깊어졌다. 그 표정은 손턴 씨가 들어와서도 사라지지 않았다. 이유인즉 비록 내객들은 아들의 밝고 반가운 인사를 받았지만 그녀는 아들의 얼굴에서 털어내지 못한 근심과 불안의 무게를 즉시 읽었기 때문이다. 그는 마거릿과 악수를 했다. 그는 그녀의 손을 처음 잡는다는 걸 알았으나 그녀는 그 사실을 전혀 의식하지 못하고 있었다. 그는 헤일 부인의 안부를 물었고, 헤일 씨로부터 희망적이고 낙관적인 이야기를 들었다. 그래서 마거릿이 아버지의 말에 얼마나 수긍하나 보려고 그녀를 슬쩍 쳐다보니, 그녀의 얼굴에서 부정(否定)의 기미는 찾을 수 없었다. 그리고 이렇게 쳐다보면서 그는 그녀의 눈부신 아름다움에 새삼 놀랐다. 그녀가 그렇게 차려입은 모습은 처음이지만, 의상의 우아함이 그녀의 귀족적인 자태와 고상하고도 평온한 얼굴과 아주 잘 어울렸기 때문에 마치 그녀는 늘 그런 의상을 입고 있어야만 할 것 같았다. 그녀는 패니와 이야기를 나누는 중이었다. 대화의 내용은 들을 수 없었지만 그는 동생이 드레스 자락을 계속 만져가며, 딱히 뭘 보지는 않으면서 한번은 이쪽으로 그다음엔 저쪽으로 산만하게 눈길을 던지고 있는 모습을 보았다. 그는 동생의 눈과 마치 눈빛으로부터 온화한 안식 작용이 일어나고 있는 듯한, 하나의 대상을 지그시 응시하는 커다랗고 부드러운 두 눈의 차이를 보며 불편한 기분을 느꼈다. 말려 올라간 붉은 입술은 상대방이 한 말에 대한 관심을 보이느라 막 벌어졌고, 고개를 앞으로 살짝 내민 상태여서 새까만 머리카락이 윤기 있게 반짝이는 정수리에서부터 상앗빛의 매끈한 어깨 끝까지 쭉 뻗어나가는 기다란 선이 만들어지고 있었다. 둥근 하얀 팔과 가느다란 양손은 살짝 포개져 있었지만 그 아름다운 모양새는 조금도 흐트러지지 않았다. 손턴 씨는 휙 한 번 전체적으로 훑어본 뒤 이 모든 것을 간파하고는 한숨을 지었다. 그러고는 간신히 두 숙녀에게서 등을 돌린 뒤 진지하게 헤일 씨와의 대화에 임했다.

내객들이 더 도착했고 점점 사람들이 많아졌다. 패니는 마거릿의 곁을 떠나서 어머니의 손님맞이를 함께 거들었다. 손턴 씨는 내객들이 밀어닥치는 바람에 마거릿에게 말 거는 사람이 아무도 없다고 느끼면서, 그녀가 혼자 우두커니 있는 상황에 좌불안석의 심정이었다. 하지만 결코 자신이 직접 그녀 곁으로 가지는 않았다. 그녀를 바라보지도 않았다. 오직 그녀가 뭘 하고 있는지, 혹은 하지 않고 있는지에 대해서는 실내에 있던 그 누구의 거동보다도 더 잘 파악하고 있었다. 마거릿은 자기 자신에 대해서는 의식하지 못한 채 다른 사람들을 구경하는 게 매우 즐거워서 자기가 방치되고 있는지 아닌지는 생각도 하지 못했다. 누군가가 그녀를 만찬 장소로 데리고 갔다. 마거릿은 그의 이름을 물어보지 않았고, 그 사람도 그다지 대화를 나누려는 마음은 없는 것 같았다. 신사들 사이에서는 매우 활발한 대화가 오고 갔다. 숙녀들은 대부분 대화에 끼지 않고 무슨 음식이 나오는지 눈여겨보거나 서로의 드레스에 대한 이야기를 나누느라 여념이 없었다. 마거릿은 돌아가고 있는 이야기의 실마리를 이해했고 점점 흥미가 생겨서 열심히 들었다. 파티에 참석하기 위해 이 마을을 찾은 다른 지방 출신인 호스폴 씨가 이 지방의 상업과 제조업자들에 관해 질문을 던졌고, 나머지 신사분들 — 모두 밀턴 출신인 — 이 그에게 대답 내지는 설명을 하고 있었다. 논쟁이 붙었고 반대 의견이 활발하게 맞섰다. 손턴 씨에게로 화살이 향하자 지금까지 입을 다물고 있던 그가 자신의 의견을 내놓았다. 그런데 그 의견이 아주 확실한 근거를 바탕으로 피력됐기 때문에 반대자들조차 설복당하지 않을 수 없었다. 그리하여 마거릿은 이 만찬의 주최자를 다시 보게 됐다. 저택의 주인으로서, 그리고 내객들의 접대자로서 그의 태도는 아주 솔직했지만 그러면서도 소박하고 겸손한 데가 있어서 머리부터 발끝까지 위엄이 풍겼다. 마거릿은 그가 저렇게 돋보였던 적이 있었던가 하고 생각했다. 자기 집을 방문했을 때 그에게는 늘 어떤 분위기, 즉 자신이 올바로 평가받지 못한다고 예단할 태세로 보이는, 그러면서도 자존심 때문에 자신을 더 잘 이해시키려고 하지는 않는 듯한 그런 종류의 짜증 섞인 화 같은 게 있었던 것이다. 이제 동료들 사이에서 그의 위치는 확고했다. 그는 그들에게 여러 방면에서 커다란 힘을 행사하는 권력자로 간주됐다. 그에게는 힘이 있었고 그는 그걸 알았다. 이 확고부동함 때문에 그의 목소리와 태도에는 과묵함이 묻어나왔고, 마거릿은 이런 것들을 이전에는 미처 보지 못했었다.

그는 평소 여자들한테 말을 잘 붙이는 사람이 아니었다. 그래서 정작 하는 말도 좀 사무적이었다. 그는 마거릿에게는 거의 말을 걸지 않았다.

마거릿은 자신이 이 연회를 아주 잘 즐긴다는 걸 깨닫자 의외의 기분이 들었다. 그녀는 이제 이 지역의 여러 가지 관심사, 아니 흥분한 공장주들이 사용하는 일부 전문용어들까지도 이해할 만큼 충분히 알고 있었다. 그녀는 그들이 토론하고 있는 문제에서 조용히 아주 단호한 쪽의 편을 들었다. 어쨌거나 그들은 마거릿이 이전 런던의 연회에서 지루함을 느꼈던 그런 구태의연한 태도가 아니라 필사적인 태도로 열심히 토론을 이어가고 있었다. 그녀는 내객들이 이 지방의 제조업자들과 상업에 대해서는 누누이 거론하면서도 임박한 파업에 대해서는 일언반구 언급이 없다는 사실이 의아했다. 그녀는 업주들이 결론은 하나라는 식으로 파업 문제를 이처럼 냉랭하게 취급한다는 것을 처음 알았다. 정말이지 인부들은 이전에도 수없이 그랬듯 제 무덤을 파고 있지만, 만약 그들이 바보처럼 한 무리의 악랄한 유급 노조 대표들의 손에 스스로의 운명을 내맡긴다면 그 결과를 받아들이는 수밖에 없다는 그런 말이었다. 한두 사람의 눈에는 손턴의 기분이 좋지 않아 보였는데, 그도 그럴 것이 그도 이 파업으로 손해를 입을 수밖에 없었던 까닭이다. 하지만 파업은 그들에게 언제든 일어날 수 있는 재해였다. 손턴은 무쇠처럼 끄떡없는 밀턴 남자였기에 여느 사람들처럼 파업에 잘 대처했다. 손턴의 인부들은 자신들의 업주를 상대로 파업이라는 술수를 부리는 오판을 범하고 말았던 것이다. 그리하여 한 푼도 올려주지 않겠다는 손턴의 결정을 바꿔보려는 인부들의 시도가 완전히 실패로 끝난다는 생각에 업주들은 속으로 쾌재를 불러댔다.

마거릿은 만찬 뒤 좀 지루함을 느꼈다. 신사들이 들어오자 그녀는 기뻤는데, 그 이유가 아버지가 들어오는 걸 보고 졸음에서 깼기 때문만은 아니었다. 숙녀들 사이에 오가던 하찮은 관심사보다 더 크고 원대한 뭔가에 귀를 기울일 수 있었기 때문이다. 그녀는 진취적인 밀턴 신사들의 득

의만면한 태도가 마음에 들었다. 너도나도 허세의 기미가 없잖아 있었지만, 그들은 흡족하리만큼 취한 상태에서 이미 달성한 것과 아직 달성해야하는 것들을 떠올리면서, 기술적 가능성의 한계를 넘고자 하는 것 같았다. 그녀가 이성적이었을 때라면 이렇게 들떠 있는 이 사람들의 태도를탐탁지 않게 여겼을 것이다. 그럼에도 불구하고 현재 자신들이 처한 상황은 잊어버린 채 그 누구도 알 수 없는 미래의 기술발전과 생산성 향상이라는 문제에서 승리할 것을 내다보는 태도는 크게 존경할 만했다. 그녀는손턴 씨가 바로 옆에서 갑자기 말을 걸자 깜짝 놀랐다.

"아까 토론에서 우리 편을 지지하는 것 같던데, 아니던가요, 헤일양?"

"맞아요. 그렇긴 해도 그 문제는 별로 아는 게 없어요. 근데 호스폴씨가 말하던 모리슨 씨같이 반대자들이 있다니 놀라워요. 모리슨이라는사람은 신사는 아닌가 봐요?"

"헤일 양, 전 다른 사람의 신사 여부를 결정할 만한 사람이 못 됩니다. 제 말은 헤일 양이 말하는 신사라는 의미를 잘 모르겠다는 말입니다.하지만 모리슨이라는 자가 참된 인간은 아닌 것 같습니다. 그 사람이 누군지는 저도 모릅니다. 다만 호스폴 씨에게서 들은 말로 판단하자면 그렇습니다."

"'신사'라는 말에 손턴 씨가 말한 '참된 인간'도 들어간다고 생각해요."

"그리고 또 더 많은 걸 함축할 테지요. 제 생각은 다릅니다. 저한테는 인간이 신사보다 더 고귀하고 완전한 존재입니다."

"그게 무슨 말씀이세요?" 마거릿이 물었다. "우리가 분명 용어를 다르게 이해하고 있나 봐요."

"'신사'는 타인과의 관계만을 설명할 뿐인 용어입니다만, 우리가 '인간'으로서 그 사람을 말할 때는 그의 사회적 관계뿐만 아니라 그 사람 자체를 생각하게 됩니다. 그의 삶, 시간, 영겁과 관련짓는다 이 말입니다. 조난자 로빈슨 크루소나 평생을 지하 감옥에 유폐됐던 죄수, 아니 파트모스 섬에 유배됐던 성 요한*마저 '인간'으로 말할 때 가장 잘 설명되는 인내, 용기, 믿음을 갖고 있습니다. 전 '신사다운'이라는 말이 좀 싫증납니다. 제가 보기에 이 말은 당치 않게, 그리고 빈번하게, 의미가 너무나도 터무니없이 왜곡된 채 쓰이는 것 같습니다. 반면에 소박하기 그지없는 '인간'이라는 명사와 '인간다운'이라는 형용사는 사람들에게 인정을 받지 못하고 있기 때문에 전 '신사'라는 말을 이 시대의 은어(隱語)로 분류하고픈 감응을 느낍니다."

마거릿은 잠시 생각했다. 그러나 천천히 자신의 신념을 말하려는 찰나 심각한 분위기의 제조업자들 몇 명이 손턴 씨를 불러냈다. 그녀는 그들의 대화를 들을 수는 없었으나 멀찍이서 꾸준하게 울리는 분사포의 발사음 같은 손턴 씨의 간략하고 단호한 대답을 통해 그 심각성을 짐작할 수 있었다. 그들은 파업 문제를 논의하고 있었고, 밀고 나가야 할 최선책이 무언지에 대한 의견을 제시하고 있는 것 같았다. 그녀는 손턴 씨가 이렇게 말하는 걸 들었다.

"그건 끝났습니다." 조급한 웅성거림이 나왔고 이에 두세 명이 더 가세했다.

"모든 준비가 끝났습니다."

슬릭슨 씨가 몇 가지 미심쩍은 사항과 어려움을 들먹이면서 자신의

---

* 성 요한은 로마 황제 도미티아누스의 기독교 박해에 항거한 죄목으로 그리스의 파트모스 섬에 유배된다. 거기서 지구 종말을 예언하는 환시를 본 뒤 「요한계시록」을 썼다고 알려져 있다.

말을 더 강조하기 위해 손턴 씨의 팔을 잡았다. 손턴 씨는 약간 비켜나면서 눈썹을 아주 살짝 치켜 올리더니 이렇게 대답했다.

"난 위험을 감수할 겁니다. 원치 않는다면 동참하지 않아도 됩니다."
그래도 더 많은 두려움 섞인 목소리가 터져 나왔다.

"난 악랄하기 짝이 없는 방화도 두려워하지 않습니다. 우리는 공공연한 적이니, 내가 파악하고 있는 폭동이라면 무엇이 됐건 난 스스로를 보호할 수 있습니다. 그뿐 아니라 우리 공장에 일하러 나오는 인부들은 모두 확실하게 보호해줄 것입니다. 그들도 이제는 내가 얼마나 단호한 사람인지에 대해 당신이 알게 된 만큼 충분히 잘 알고 있습니다."

호스폴 씨가 손턴 씨를 한쪽 옆으로 데리고 갔기 때문에 마거릿은 그가 파업에 관해 다른 걸 물어본다고 생각했다. 하지만 정작 그것은 참으로 조용하고 침착하며 아리따운 그녀 자신에 대한 것이었다.

"밀턴 출신인가요?" 이름을 듣더니 그가 물었다.

"아닙니다! 남부 출신입니다. 햄프셔가 아닌가 합니다"라는 딱딱하고 무심한 대답이 돌아왔다.

슬릭슨 부인도 패니에게 똑같이 마거릿에 관해 꼬치꼬치 묻고 있었다.

"저기 유독 눈에 띄는 아리따운 아가씬 누군가요? 호스폴 씨의 여동생인가요?"

"어머, 아니에요! 저분, 헤일 씨가 헤일 양의 아버지예요. 지금 스티븐스 씨와 이야기하고 있네요. 강의를 하시죠. 말하자면 청년들과 고전을 함께 읽는답니다. 존 오빠도 일주일에 두 번 가고요. 그래서 헤일 씨를 좀 소개하려고 오빠가 어머니께 두 사람을 초청하자고 졸랐어요. 강의 안내서가 어디 있을 텐데 원하시면 드릴게요."

"손턴 씨가! 온갖 사무뿐 아니라 끔찍한 파업이 목전에 닥쳐 있는 와

중에 개인 교수를 받을 시간이 나는가요?"

패니는 슬릭슨 부인의 태도에 자신이 오빠의 행동을 자랑스러워해야 할지 아니면 부끄러워해야 할지 감이 오지 않았다. 게다가 타인들이 생각하는 '마땅함'에 기분이 좌지우지되는 다른 모든 사람과 마찬가지로 그녀는 특이한 행동에 부끄러움을 느끼는 쪽으로 마음이 기울었다. 이 부끄러움은 내객들이 뿔뿔이 흩어지면서 끝났다.

21장
어두운 밤

이 땅 위 그 누가 모르랴
기쁨과 슬픔은 자매처럼 붙어 있나니*
—엘리엇

마거릿은 아버지와 함께 집을 향해 걸었다. 밤공기는 상쾌했고 거리는 깨끗했다. 발라드에 등장하는 리지 린지가 입고 있는 '무릎까지 오는' 녹색 새틴 드레스처럼 고운 하얀색 실크 드레스를 무릎까지 살짝 걷어 올린 그녀는 아버지 옆에서 기분이 좋아 시원하고 상쾌한 바람에 살랑살랑 춤이라도 출 기세였다.

"손턴은 이 파업으로 마음이 편치 않을 게야. 오늘 정말 초조해 보이더구나."

"그렇지 않으면 이상한 거죠. 그래도 사람들이 여러 가지 제안을 내놓으니까 대답이 여느 때처럼 이성적이던 걸요. 우리가 막 나오기 전에 말이에요."

"만찬이 끝나고도 여전히 침착했어. 워낙 흥분하지 않는 성격이긴 하지만 얼굴에서 초조해하는 느낌을 받았다."

"저라도 그랬을 거예요. 손턴 씨도 인부들의 원성이 높아지고 증오가

---

* 에비니저 엘리엇(Ebenezer Elliott, 1781~1849), 「유랑자The Exile」에서 인용.

262

좀체 가라앉지 않는다는 걸 분명 알아요. 인부들은 모두 그를 성경 속에 나오는 '지독한 주인'처럼 생각해요. 불공평하지 않은 만큼 인정도 없는 사람으로 말이에요. 판단이 분명하고, 자신의 '권리'는 칼같이 주장하기 때문이죠. 신의 눈에 우리의 존재라든지 우리가 가진 모든 권리라는 게 얼마나 하찮은 건지 생각한다면 인간에게 그럴 권리가 있을까요? 아빠 눈에 초조해 보였다니 다행이에요. 바우처가 반쯤 미쳐 횡설수설했던 말을 생각하면 손턴 씨의 소름 끼치도록 냉정한 말투는 차마 생각조차 하기 싫어요."

"우선 난 그 바우처라는 사람의 말하지 못할 고통에 대해서는 너만큼 확신이 서지 않는구나. 당분간은 보나 마나 궁핍하겠지. 하지만 늘 이 노조라는 데서 비밀스럽게 돈을 대주고 있지 않니. 게다가 네 말을 듣자니 그 사람은 감정을 억제하지 않고 드러내는 성격이라서 느끼는 대로 거침없이 표현하는 것 같더구나."

"아유, 아빠!"

"아니, 난 단지 네가 손턴 씨를 공정하게 평가해주었으면 해서 하는 말이야. 천성이 바우처라는 그 사람과는 정반대다. 자존심 때문에 감정을 드러내지 않아. 네가 존경했을 거라고 생각해본 적 있는 바로 그런 성격이다, 마거릿."

"그래요. 존경해요, 존경해야죠. 하지만 전 아빠처럼 그분이 그런 감정이 있는지 잘 모르겠어요. 대단히 강인한 분이시죠. 장점이 그다지 없는 데 비해 머리가 비상해요."

"전혀 없는 것도 아니다. 어릴 때부터 생활 전선에 뛰어든 사람 아니더냐. 판단력과 자제력이 필요했어. 그게 다 두뇌의 일부가 된 거다. 그에게 역사에 대한 지식이 필요한 건 분명해. 역사는 미래를 내다볼 수 있게 하는 가장 진실한 바탕이지. 하지만 그도 이런 필요성을 알고 있고, 그걸 인식하고 있단다. 그게 중요한 거야. 넌 손턴 씨에 대해 지나친 편견이 있구나, 마거릿."

"아빠, 그분은 제조업자의 첫 표본이에요. 제가 처음 접해보는 장사꾼이라고요. 그분은 처음 먹어본 올리브 맛 같아요. 올리브를 처음 삼킬 때는 얼굴을 찡그리게 되잖아요. 제조업자로서 훌륭한 분이라는 걸 알고 있고, 또 차차 그런 사람들을 좋아하게 되겠죠. 벌써 그러고 있는 것 같아요. 신사들이 얘기하던 내용이 엄청 흥미로웠거든요. 근데 반도 이해하지 못했어요. 손턴 양이 절 구석으로 데려가더니 남자들 가운데서 여자 혼자 얼마나 불편했겠느냐고 말할 땐 미안한 마음까지 들던 걸요. 그런 생각은 한 번도 해보지 않았으니까요. 듣느라고 바빴고 게다가 숙녀들 얘긴 너무 지루했어요, 아빠. 아유, 지루해 죽는 줄 알았다니까요. 그래도 그건 영리하던데요. 말할 때 명사란 명사는 다 넣어서 말하는 오래된 수법, 그게 생각났어요."

"그게 무슨 말이냐, 얘야?" 헤일 씨가 물었다.

"음, 숙녀들이 말을 하면서 가정부며 보조 정원사며, 줄줄이 유리그릇 종류와 귀한 레이스, 다이아몬드 등등 부의 상징이 되는 단어들을 모조리 갖다 넣어서 말했다니까요. 그러니까 어쩌다 튀어나온 단어들인 양 모두들 천연덕스럽게 그런 단어들을 말 속에 넣어 말하는 거예요."

"새 하녀가 들어오면 너도 하나 있는 네 하녀가 자랑스러울 게야. 손턴 부인이 말한 얘기가 모두 사실이라면 말이다."

"그럼요. 그럴 거예요. 오늘 하녀들이 손댈 데 없이 해놓았던 집안일을 생각하면서, 하얀 실크 드레스 차림에 양손을 가지런히 모으고 그 자리에 앉아 있는 제가 꼭 위선자같이 느껴졌어요. 그들 눈에는 제가 아주

고상한 숙녀로 보였겠죠."

"나까지도 네가 정말 귀부인처럼 보인다고 생각할 정도였단다, 아가." 헤일 씨가 미소를 지으며 말했다.

하지만 그 미소는 문을 열어준 딕슨의 얼굴을 보자 하얗게 겁에 질린 표정으로 변했다.

"오오, 주인나리. 헤일 아씨! 마침내 오셨군요! 도널드슨 박사께서 와 계십니다. 청소 하녀는 집에 가고 없어서 옆집 하인이 가서 모셔왔어요. 이제 좀 나아졌어요. 근데 아이고, 주인나리! 아깐 마님이 돌아가시는 줄 알았다니까요."

헤일 씨는 넘어지지 않기 위해 몸의 균형을 잡으려고 마거릿의 팔을 꼭 붙들었다. 그는 딸을 쳐다보았고, 그 얼굴에서 경악과 극도의 슬픔을 보았지만 그것은 각오가 안 된 심장을 조여오는 자신의 고통스러운 공포는 아니었다. 그녀는 아버지보다는 많이 알았지만 그래도 여전히 두려움에 질린 절망적인 표정으로 귀를 기울였다.

"엄마를 혼자 두고 가는 게 아니었어요. 전 정말 나쁜 딸이에요!" 마거릿은 서둘러 위층으로 올라가는 아버지를 부축하면서 이런 탄식을 쏟아냈다. 도널드슨 박사가 층계참에서 그들을 맞았다.

"지금은 괜찮습니다." 그가 속삭이듯 말했다. "진통제의 효과가 나타났나 봅니다. 발작이 그렇게나 심했으니 댁의 하녀가 뒤로 넘어갔을 만도 합니다. 하지만 이번엔 회복될 겁니다."

"이번이라고요! 아내를 봐야겠습니다!" 30분 전 헤일 씨는 중년의 남자였다. 지금 그는 시야가 흐릿하니 감각도 불안정했고 마치 70세 노인처럼 걸음마저 휘청거렸다.

도널드슨 박사가 부축하여 그를 헤일 부인의 침실로 안내했다. 마거릿이 바짝 뒤따랐다. 누가 봐도 병색이 완연한 그녀의 어머니가 그곳에 누워 있었다. 지금은 좀 괜찮은지 몰랐다. 어머니는 잠들어 있었지만, 저승사자가 그녀를 다음 순서로 점찍어놓았기 때문에 머잖아 다시 올 게 분명했다. 헤일 씨는 아무 말 하지 않고 잠시 그녀를 바라보았다. 그런 다음 온몸을 떨기 시작하더니, 근심스럽게 지켜보던 도널드슨 박사에게서 몸을 돌린 뒤 더듬거리며 문 쪽으로 걸어갔다. 날벼락 같은 공포 속에 들여왔던 초 몇 개가 실내를 밝히며 타고 있었지만 그의 눈에는 문이 보이지 않았다. 그가 휘청거리며 거실로 들어가더니 의자를 찾느라고 더듬거렸다. 도널드슨 박사가 의자 하나를 끌어와서 그를 의자에 앉혔다. 박사는 그의 맥박을 짚었다.

"아버지에게 말을 시켜봐요, 헤일 양. 정신을 차리게 해야 합니다."

"아빠!" 마거릿이 고통으로 격해진 울먹이는 목소리로 이렇게 불렀다. "아빠! 말 좀 하세요!" 그는 이제 어떡해야 하는지를 생각하는 듯한 눈빛을 잠시 보이더니 안간힘을 쓰며 이렇게 물었다.

"마거릿, 넌 이 사실을 알았느냐? 오, 참으로 무정하구나!"

"아닙니다, 무정하지 않았습니다!" 박사가 급히 마음을 정한 뒤 이렇게 말했다. "헤일 양은 제가 시키는 대로 했습니다. 오해가 있었을지는 몰라도 무정한 건 아니었습니다. 헤일 부인은 내일이면 분명 달라져 있을 겁니다. 부인은 예상했던 발작이 있었던 것이고, 발작에 대한 이런 우려를 제가 헤일 양에게 말하지 않았던 겁니다. 부인에게 진통제를 투여했으니 한숨 푹 잘 겁니다. 그러니 내일이면 선생께서 보고 깜짝 놀랐던 병색은 사라져 있을 겁니다."

"그러나 병은 낫지 않는단 말입니까?"

도널드슨 박사가 마거릿을 슬쩍 보았다. 고개를 숙인 채 올려다보는 얼굴에 아직은 말하지 말아달라는 바람은 없었기 때문에 도널드슨 박사의 눈에는 그녀가 사실대로 말하는 게 더 낫다고 생각하는 것처럼 보였다.

"병이 낫는 건 아닙니다. 그 병은 그다지 성공적이라고 할 수 없는 우리 기술로는 어쩔 도리가 없어요. 다만 병의 진행을, 병으로 인해 고통이 심해지는 증상만을 늦출 수 있을 뿐입니다. 선생, 마음을 크게 가지십시오. 그리스도인으로서 말입니다. 영혼의 불멸을 믿으십시오. 사후엔 고통이나 죽음의 병이 괴롭히지 못할 겁니다!"

하지만 그가 대꾸하려던 말은 모두 목에서 걸려버렸고, 결국 남자다운 깊은 흐느낌 속에 이 말만 했다. "박사님은 결혼한 적이 없으시지요. 그게 어떤 건지 박사님은 모릅니다." 이 말은 무거운 고통의 고동처럼 밤의 정적을 뚫고 지나갔다.

마거릿은 아버지 옆에 무릎을 꿇은 채 울먹이면서 그를 어루만졌다. 아무도, 도널드슨 박사까지도 시간이 어떻게 흘러갔는지 몰랐다. 헤일 씨가 맨 먼저 용기를 내어 이 순간 뭘 해야 할지에 대해 입을 열었다.

"뭘 해야만 합니까?" 그가 물었다. "우리 둘한테 말해주십시오. 마거릿은 나의 지팡이요, 나의 오른팔입니다."

도널드슨 박사는 분명하고 분별 있는 지침을 제시했다. '오늘 밤은 걱정할 것 없다. 아니, 내일이나 그 이후 며칠 동안까지도 평온할 것이다. 하지만 회복된다는 희망은 오래가지 않을 것이다'라는 말이었다. 그가 헤일 씨는 침실로 가고 병상은 한 사람만 남아서 지키는 것이 좋겠다고 했다. 환자의 수면이 방해받지 않기를 바랐던 것이다. 그는 내일 아침 일찍 다시 오겠다고 약속하면서, 따뜻하고 다정한 악수를 건넨 뒤 떠났다.

그들은 거의 아무 말도 하지 않고 있었다. 그들은 공포 때문에 탈진하다시피 한 상태여서 당장의 행동 방침을 정하는 것 말고는 아무것도 할수 없었다. 헤일 씨는 앉아서 밤을 지새우리라고 마음을 굳혔고, 마거릿이 할 수 있었던 거라곤 아버지에게 거실 소파에서 좀 쉬라고 설득하는 게 다였다. 딕슨은 자러 가지 않겠다고 대놓고 완강하게 버텼고, 마거릿도 어머니를 떠난다는 건 생각도 할 수 없었다. '인력을 아끼고' '간병인은 한 사람만 두라'는 세상 모든 의사의 말은 아무 소용이 없었다. 그리하여 딕슨은 앉아서 병상을 지켰는데, 그녀는 눈을 깜박거렸고, 고개를 꺾었다가 다시 번쩍 쳐들곤 하더니, 급기야 잠에 굴복해버린 뒤 심하게 코를 골았다. 마거릿은 참지 못할 역겨움 같은 게 느껴져서 입고 있던 드레스를 한쪽으로 벗어 던지고는 평소 입던 옷으로 갈아입었다. 그녀는 다시는 잠을 잘 수 없을 것 같았다. 마치 간호라는 목적을 위해서 모든 감각이 갑자기 두 배로 예민해져 아주 활발하게 움직이는 것 같았다. 눈에 보이거나 귀에 들리는 것 하나하나, 아니 세세한 생각까지 신경을 바짝 건드렸다. 그녀는 아버지가 두 시간 이상을 옆방에서 안절부절못하고 움직이는 소리를 들었다. 헤일 씨는 끊임없이 아내가 있는 방까지 와서 잠시 귀를 대보았고, 급기야 마거릿이 아버지가 그렇게 바짝 와 있는 것도 모르고 문간으로 가서 문을 연 뒤, 바짝 타들어가는 입술로 겨우 물어보는 아버지에게 다 괜찮다는 말을 해주었다. 마침내 그도 잠이 들었고 집 전체가 조용해졌다. 마거릿은 커튼 뒤에서 생각에 잠겨 앉아 있었다. 신났던 지난 며칠 동안의 일들이 모두 아득한 시간과 아득한 공간 저 너머에 있는 것 같았다. 불과 하루하고도 반나절 전 그녀는 베시와 그녀의 아버지가 신경이 쓰였고, 불쌍한 바우처 때문에 심장이 찢어질 듯 아팠는데, 지금은 그 모두가 전생의 어느 한때 일어났던 꿈결의 기억처럼 느껴졌다. 집 밖에서 일어났던 모든 일은 어머니와 아무 상관 없는 일 같았고, 그래서 비현실적이었다. 오히려 할리 가에서 있었던 일이 더 분명하게 느껴졌다. 거기 있을 때, 그녀는 쇼 이모의 얼굴에서 어머니의 모습을 발견하며 얼마나 즐거워했는지, 그리고 편지를 받고 나서 그렇게도 그리던 사랑하는 가족의 품으로 돌아간다는 생각을 얼마나 되뇌어보았는지를, 마치 어제 일어났던 일인 양 기억했다. 헬스턴, 그곳은 이제 아득한 과거가 됐다. 어찌나 평온하고 단조로운지 지루하고 우울하기 짝이 없던 지난겨울과 봄이 지금 자기가 무엇보다 아끼는 사람과 훨씬 더 관련되어 있는 것 같았다. 그녀는 차라리 떠나가는 시간의 치맛자락을 붙잡고 싶었다. 그리고 돌아와달라고, 그래서 자신의 손아귀에 있을 때 조금도 그 귀중함을 몰랐던 것을 돌려달라고 빌고 싶었다. 삶이란 얼마나 헛된 쇼인지! 얼마나 허울뿐이고, 순간적이고, 덧없는 것인지! 마치 이 땅의 흔들림과 충격을 아래로 하고 높이 솟아 있는 공중의 종탑으로부터 이런 종소리가 계속 울리는 것 같았다. '모든 건 그림자다! 모든 건 지나간다! 모두 지나가고 없다!' 더 행복했던 과거의 수많은 아침처럼 상쾌하고 어슴푸레하게 날이 밝아오고 있었다. 자고 있는 사람 하나하나를 바라보고 있자니 마거릿은 끔찍했던 지난밤이 마치 꿈인 양 비현실적으로 느껴졌다. 그날 밤 역시 그림자였다. 그날 밤 역시 지나가버리고 없었다.

정작 헤일 부인은 잠에서 깨어난 뒤 간밤에 자신이 얼마나 위독한 상태였는지를 깨닫지 못했다. 그녀는 도널드슨 박사의 이른 방문에 살짝 놀란 데다 남편과 딸의 걱정스러워하는 얼굴을 보자 어리둥절한 기분이 들었다. 그녀는 정말 피곤하다면서, 그날은 침대에 누워 있어야 한다는 말에 순순히 응했다. 하지만 일어나겠다고 다시 고집을 피웠고, 도널드슨 박사는 그녀가 거실에 가 있겠다는 걸 허락해주었다. 그녀는 이리저리 자세를 바꾸면서 가만히 있지 못하고 불편해하더니 저녁때가 되자 열이 치솟았다. 헤일 씨는 완전히 무기력해져서 아무것도 결정할 수가 없었다.

"엄마가 또 괴로운 밤을 보내지 않도록 하려면 어떡해야 하죠?" 사흘

째 되는 날 마거릿은 이렇게 물었다.

"그건 부득이 쓸 수밖에 없었던 강력한 진통제에 대한 반응입니다. 어머니가 겪는 고통보다 그걸 지켜보는 것이 더 고통스럽겠지요. 근데 구할 수만 있다면, 물침대*가 효과가 있을 겁니다. 내일 당장 좋아진다는 건 아니고, 이번 발작이 오기 전 상태로 돌아갈 수 있는 정돕니다. 그래도 어머니가 물침대를 사용하는 게 좋겠어요. 손턴 부인이 하나 갖고 있습니다. 내가 오후에 들러보도록 하지요. 가만있자" 하면서 박사는 병상을 지키느라 헬쑥해진 마거릿의 얼굴을 보더니, "가볼 수 있을지 모르겠군. 회진할 데가 많아요. 헤일 양이 말버러 가까지 잰걸음으로 가서 손턴 부인에게 물침대를 빌려줄 수 있는지 물어보는 것도 나쁘진 않을 겁니다."

"그럼요." 마거릿이 대답했다. "오후에 엄마가 잠드신 동안 갔다 올 수 있어요. 분명 손턴 부인은 빌려주실 거예요."

도널드슨 박사가 자신의 경험에서 해주었던 말은 맞았다. 헤일 부인은 발작의 후유증을 털어낸 것 같았고, 오후쯤에는 마거릿이 바랐던 것보다 더 밝고 좋아 보였다. 저녁 식사를 마치고 딸이 나간 뒤 그녀는 남편의 손 위에 자기 손을 얹은 채 안락의자에 앉아 있었다. 헤일 씨는 부인보다 훨씬 더 지치고 힘들어 보였다. 그런데도 그는 이제 미소를 지을 수 있었다. 서서히, 어슴푸레 번지는 미소, 그 정도였다. 하지만 하루 이틀 전까지만 해도 마거릿은 아버지가 미소 짓는 모습을 다시 볼 수 있을 거라고는 전혀 생각지 못했다.

크램턴의 집에서 말버러 가까지는 2마일 거리였다. 날씨는 빨리 걷기

---

* 예전에 사용하던 환자들의 편의용품으로, 물을 일부 채운 매트리스를 일컫는다.

힘들 정도로 무더웠다. 8월의 태양이 오후 3시의 거리 위에 사정없이 내리꽂히고 있었다. 마거릿은 처음 1마일 반 정도는 평상시와 다른 점을 전혀 눈치채지 못하고 걸어갔다. 자기만의 생각에 빠져 있었기 때문이기도 했지만, 이때쯤 그녀는 밀턴 거리에 흘러넘치는 사람들의 불규칙한 흐름에서 빠져나가는 방법을 터득해놓고 있었던 것이다. 그런데 그녀는 한 골목에 접어든 뒤 거기서 북적거리는 인파의 범상치 않은 움직임을 보고 깜짝 놀랐다. 그 사람들은 그 길을 지나가고 있는 것 같지는 않았다. 대신선 자리에서 말하거나 듣거나 하면서, 움직이지 않은 채 흥분에 싸여 술렁이고 있었다. 그들이 길을 터주었을 때도 그녀는 여전히 심부름과 그 심부름을 하게 된 불가피성에 대한 생각에 사로잡혀 평소 마음이 편했을 때보다는 주위 상황의 파악에 덜 민첩했다. 말버러 가에 당도한 뒤, 그녀는 어수선하고 옥죄는 듯한 불안감이 군중 사이로 흐르고 있다는 것을 완전히 알아차렸다. 벼락이 내려칠 듯한 기운이 그녀에게 신체적으로뿐만 아니라 정서적으로도 느껴졌다. 말버러 가로 이어지는 골목골목으로부터 분노에 찬 수많은 사람의 험악한 목소리가, 저 밑바닥에서 울려 나오는 포효 소리가 멀찍이서 들렸다. 누추하고 열악한 집에 사는 주민들이, 비록 좁은 길 한복판에 실제로 서 있지는 않아도 한 지점에 몰두하는 얼굴로, 문과 창문들 주위에 모여 있었다. 말버러 가 자체에 모든 사람의 이목이 집중되고 있었다. 그 눈들은 각기 강렬한 관심사를 드러내고 있었다. 어떤 눈에는 험악한 분노를, 어떤 눈에는 가차 없는 위협을 담고 있었다. 또 어떤 눈은 공포로 커져 있었고, 어떤 눈은 간청의 빛을 띠고 있었다. 마거릿은 말버러 공장의 막다른 벽에 나 있는 젖히는 정문 옆의 조그만 옆문에 당도하여 수위가 문을 열어주기를 기다리고 있었다. 그때 그녀는 주위를 둘러보면서 까마득히 멀리서 밀려오는 거센 폭풍 소리를 처음 들었다. 서서히 불어난 검은 군중의 물결은 위협적으로 쇄도하다가 수그러들더니 길 저쪽 끝으로 퇴각해갔다. 조금 전만 해도 울분에 찬 소음으로 넘쳐나는 것 같던 그 길에는 이제 불길한 정적이 감돌았다. 이 모든 상황이 마거릿의 눈길을 잡아끌 수밖에 없었지만, 혼자만의 생각에 사로잡혀 있는 그녀를 정서적으로 움직이지는 못했다. 그녀는 이 모두가 무얼 의미하는지, 어떤 중요성이 있는지 알지 못했다. 반면에 그녀는 알고 있었다. 그녀는 머잖아 자신을 엄마 없이 남겨둠으로써 속속들이 찔러댈 날카로운 칼날의 섬뜩함은 느끼고 있었다. 그녀는 그런 현실을 깨달으려고, 그런 날이 왔을 때 아버지를 위로할 준비가 되어 있으려고 애쓰고 있었다.

수위가 조심스럽게 문을 열어주었지만 그 틈은 그녀가 들어가기에는 턱없이 좁았다.

"아가씨군요." 이 말을 하며 그는 긴 한숨과 함께 문틈을 넓혀주었지만 그렇다고 활짝 열지는 않았다. 마거릿은 들어갔고, 그는 그녀의 등 뒤로 정문의 빗장을 걸었다.

"사람들이 몽땅 이리로 몰려오고 있지요?" 그가 물었다.

"모르겠어요. 좀 이상한 기운이 감돈다 싶었는데, 길에는 아무도 보이지 않는 것 같아요."

그녀는 마당을 가로질러 계단을 올라 현관문까지 갔다. 가까이에서는 아무 소리도 나지 않았다. 헐떡이며 돌아가는 규칙적인 엔진 소리나 찰깍거리는 기계 소리, 혹은 서로 싸우는 듯 엉겨드는 새된 목소리, 그 어떤 소리도 들리지 않았다. 하지만 저만치에서 기분 나쁜 울부짖음과 시끄러운 함성이 들려왔다.

22장
공격과 그 여파

임금은 줄고 식품비는 천정부지
일감까지 줄었네
떼 지은 아일랜드 일꾼들 여기서
반값 품삯을 불렀더라*
ㅡ콘로 라임즈

마거릿은 거실로 안내되어 들어갔다. 거실은 모두 싸매고 덮어놓는 평상시의 모습으로 돌아가 있었다. 창문들은 더위 때문에 반쯤 열린 상태로, 베니션블라인드가 그 위로 드리워져 있었다. 그 때문에 아래쪽 포도에서 반사되는 흐릿하고 음산한 빛이 사물에 이상스러운 그늘을 만들고 있었는데 그 빛은 위쪽의 푸르스름한 빛과 뒤섞이면서 거울 속을 들여다보고 있는 마거릿의 얼굴마저 핏기 없이 핼쑥하게 보이게 했다. 그녀는 앉아서 기다렸으나 아무도 나타나지 않았다. 한 번씩 바람이 저 멀리 무수한 소리를 더 가까이 날라다 주는 것 같았다. 그렇긴 해도 바람은 전혀 없었다! 바람은 짬을 두고 깊은 고요 속으로 자취를 감추어버렸다.

---

* 에비니저 엘리엇의 시집 『콘로 라임즈 *Corn Law Rhymes*』 중 「죽음의 향연The Death Feast」에서 인용. 1793년 영국과 프랑스 사이에 일어난 전쟁 때문에 영국에서는 값싼 곡물의 수입이 금지되고 옥수수 값이 천정부지로 치솟았는데, 지주들을 대변하는 의원들이 오른 옥수수 가격을 묶어두는 법안을 통과시킨다. 이 법안이 콘로Corn Law다. 에비니저 엘리엇은 이를 풍자하는 시를 많이 썼고, 이 때문에 콘로 라이머The Corn Law Rhymer라는 별명이 붙었다.

드디어 패니가 나타났다.

"엄만 곧바로 오실 거예요, 헤일 양. 저보고 양해를 구하라고 하셨어요. 오빠가 아일랜드에서 인부들을 데려온 건* 알고 있죠? 그것 때문에 여기 밀턴 인부들이 엄청 열 받았어요. 오빠가 거기서 인부들을 데려오면 안 된다는 거야, 뭐야. 게다가 멍청하기 짝이 없는 이자들은 오빠 공장에서 일은 하지 않을 거면서, 먹지 못해 죽어가는 아일랜드 인부들을 협박으로 잔뜩 겁을 줘놓은 상태라 이들을 밖에 내보내질 못해요. 저기 공장 꼭대기 방에서 옹송그리고 있는 게 보일지 모르겠네요. 그들은 잠도 저기서 자야 해요. 일도 하지 않으면서 용역 인부들까지 일을 못하게 하는 저 짐승들한테서 지켜주려면 그래야 해요. 엄마는 식사 준비 중이시고, 오빤 설득하는 중이에요. 아낙네들 몇 명이 돌아가겠다고 울어대고 있거든요. 아, 엄마가 오시네요!"

손턴 부인은 잔뜩 화가 난 채 경직된 얼굴로 들어왔고, 이 때문에 마거릿은 별로 좋지 않은 시기에 부탁하러 와서 귀찮게 하는 게 아닌가 하는 생각이 들었다. 하지만 이건 어디까지나 엄마의 병세 호전에 필요한 거라면 뭐든 부탁하라던 손턴 부인의 바람에 따른 것일 뿐이었다. 손턴 부인이 미간을 좁히고 입은 일자로 다문 채 듣고 있는 동안, 마거릿은 어머니가 잠을 잘 못 이룬다는 것과 도널드슨 박사가 물침대를 써보길 권유했다는 사실을 다소곳하게 전했다. 그녀는 말을 마쳤다. 손턴 부인은 즉시 대답하지 않았다. 그러더니 몸을 움직이며 이렇게 소리쳤다.

"놈들이 정문에 와 있어! 오빠를 불러라, 패니, 공장에서 나와보라

---

* 1840년대 유럽을 강타한 감자마름병으로 감자가 주식인 아일랜드에 극심한 기근이 발생하자 아일랜드인들은 생존을 위해 해외로 이주한다. 파업에 직면한 영국 제조업자들은 값싼 아일랜드인 노동력으로 부족한 인력을 충당했다.

고 해! 정문에 와 있단 말이다! 문을 밀고 들어올 거야. 오빠를 불러오 라니까!"

이 말과 동시에 마거릿의 말을 건성으로 들으며 그녀가 바싹 귀를 기울이고 있던 군중의 저벅거림이 바로 벽 너머에서 들려오는가 싶더니, 분노에 찬 시끄러운 소음이 목재 정문 바깥에서 점점 커졌다. 정문은 공성 망치가 되어 몸으로 밀어붙이는 격노한 군중으로 인해 흔들렸고, 군중이 뒤로 물러났다가 금세 더 단합된 추진력을 얻어 다시 밀고 들어오기를 반복하자 튼튼한 정문은 급기야 이들의 거대한 공격에 마치 바람 앞의 갈대처럼 휘청거렸다.

여자들은 창가로 모여들어 넋이 나간 채 소름 돋는 광경을 보고 있었다. 손턴 부인과 하녀들 그리고 마거릿, 모두 거기 있었다. 패니는 마치 누가 쫓아오기라도 하는 듯 걸음마다 소리를 지르며 위층으로 올라오더니 이성을 잃고 훌쩍이면서 소파에 몸을 던졌다. 손턴 부인은 아들을 찾았는데 그는 여전히 공장 안에 있었다. 그가 나와서는 하얗게 질린 채 모여 있는 얼굴들을 쳐다보더니, 겁에 질린 이들에게 큰 힘이 되는 미소를 지어 보인 후 공장 문을 잠갔다. 그런 다음 여자들 쪽을 향해 아무나 내려와서 문을 열어달라고 소리쳤다. 조금 전 미친 듯이 도망쳐 들어오던 패니가 그 문을 걸어놨던 것이다. 손턴 부인이 몸소 내려갔다. 귀에 익은 명령조의 목소리가 바깥의 격분한 군중에게 피의 맛을 느끼게 해준 모양이었다. 지금까지 조용히 아무 말 없이 정문을 부수는 데에만 총력을 기울이고 있던 군중은 이제 안에서 그의 목소리가 들려오자 기이한 신음 소리를 내며 더없이 맹렬해졌다. 이 때문에 아들을 방으로 들이던 손턴 부인조차 공포에 질려 얼굴이 새하얘졌다. 그는 약간 상기된 얼굴로 들어왔으나 위험을 알리는 나팔 소리를 들었을 때처럼 두 눈은 이글거렸고 투지 서린 얼굴에 당당한 모습을 잃지 않았기 때문에 살생긴 건 아니지만 자못 숭고해 보이기까지 했다. 마거릿은 급박한 상황이 닥쳤을 때 용기를 잃을까 봐, 그래서 결국은 자신이 겁쟁이라는 걸 확인하게 될까 봐 늘 두려워했었다. 하지만 두려움, 공포에 가까운 감정이 응당 생겨나는 이 심각한 현실에서 그녀는 스스로에 대해서는 잊어버리고 그저 목전의 문제들에 대해서 강렬한 연민, 너무 강렬하여 고통스럽기까지 한 연민만을 느꼈을 뿐이다.

손턴 씨가 쭉 앞으로 걸어왔다.

"유감이군요, 헤일 양. 좋지 않은 시기에 오셨습니다. 우리가 감당해야만 하는 온갖 위험에 함께 휘말릴 수도 있어요. 어머니! 뒤쪽 방으로 가 계시는 게 좋겠습니다. 이자들이 샛길에서 마구간 쪽으로 갔는지는 잘 모르겠습니다만, 가지 않았다면 거기가 더 안전할 겁니다. 제인, 서둘러!" 그는 고참 하녀를 부르면서 다음 말을 이었다. 그녀가 나가니 다른 하녀들이 뒤따라갔다.

"난 안 간다!" 그의 어머니가 말했다. "너 있는 데가 내가 있을 곳이야." 사실 뒤쪽 방으로 피신하는 것도 소용이 없었다. 군중이 후미의 빌딩 외벽을 포위했고 뒤쪽에서 위협적으로 질러대는 끔찍한 함성이 앞쪽으로 터져 나왔다. 하인들은 대부분 비명 섞인 울음과 함께 다락방으로 숨어들어갔다. 손턴 씨는 그들 모습에 기가 차서 코웃음을 쳤다. 그는 공장과 가장 가까운 창문에 홀로 서 있는 마거릿을 슬쩍 보았다. 두 눈은 반짝거렸고 뺨과 입술의 붉은색은 더욱 짙어져 있었다. 그가 쳐다보고 있다는 걸 느낀 듯 그녀가 몸을 돌리더니 머릿속에 한동안 남아 있던 질문을 했다.

"외국에서 들여온 그 불쌍한 노동자들은 어디 있나요? 저기 공장 안에 있나요?"

"그렇습니다! 그들에게 뒤쪽의 층계머리에 있는 좁은 방에 웅크리고

276

있으라고 했습니다. 위험하지만 거기 있다가, 공장 정문을 밀고 들어오는 소리가 들리면 그 계단을 통해 내려와 도망가라고 시켰습니다. 하지만 저 자들이 원하는 사람은 그들이 아니라 접니다."

"군인들은 언제쯤 온다고 하더냐?" 그의 어머니가 낮았지만 떨림은 없는 목소리로 이렇게 물었다.

그는 다른 일을 할 때도 그러듯이 침착하게 시계를 꺼냈다. 그는 잠시 계산을 했다.

"윌리엄스가 제 말 떨어지자마자 바로 나갔고, 저자들 사이를 피해갈 필요가 없었을 겁니다. 이제 20분쯤 됐습니다."

"20분이라고!" 그의 어머니가 처음으로 목소리에 두려움을 보이며 말했다.

"당장 창문을 닫으세요, 어머니." 그가 소리쳤다. "한 번만 더 밀어 대면 정문은 배겨내지 못할 겁니다. 창문을 닫아요, 헤일 양."

마거릿은 자기 쪽의 창문을 닫은 뒤, 손가락을 덜덜 떨고 있는 손턴 부인 쪽으로 가서 창문 닫는 걸 도왔다.

시야에 들어오지 않는 거리가 무슨 이유에선지 몇 분간 조용했다. 손턴 부인은 몹시 불안해하며 아들의 얼굴을 바라보았는데, 갑작스러운 정적에 대한 설명을 그에게서 듣겠다는 심산 같았다. 그의 얼굴에는 경멸의 빛을 띤 저항의 주름이 굵게 잡혀 있었다. 그 표정에서는 희망도 공포도 읽을 수 없었다.

패니가 몸을 일으켰다.

"갔어요?" 그녀가 속삭이듯 물었다.

"갔다!" 그가 대답했다. "가만!"

그녀가 귀를 기울였다. 그들 모두의 귀에 힘주어 꽝 하고 뱉어내는 커다란 소리가 들려왔다. 나무가 삐걱거리며 천천히 넘어졌고, 쇠막대가 비틀리면서 부서졌다. 육중한 정문이 함락되면서 장렬한 최후를 맞고 말았다. 패니는 서서 비틀거리다가 어머니 쪽으로 한두 발짝 옮기더니 그녀의 팔에 쓰러져 기절해버렸다. 손턴 부인은 체구 못지않은 의지로 힘껏 딸을 일으켜 세운 뒤 그녀를 데리고 나갔다.

"다행이군!" 손턴 씨는 여동생이 방에서 나가는 걸 보면서 이렇게 말했다. "위층으로 올라가는 게 좋지 않겠습니까, 헤일 양?"

마거릿은 '아뇨!'라는 입 모양을 했지만 그 소리를 들을 수는 없었다. 건물 벽 바로 밑에서 들려오는 수많은 발자국의 저벅거림과 맹렬하게 으르렁거리는 깊고 낮은 분노의 목소리 때문이었는데, 그것은 만족감에서 나오는 사나운 웅얼거림으로, 불과 몇 분 전 우왕좌왕하며 내지르던 비명보다 더 무시무시했다.

"걱정 마십시오!" 그녀의 용기를 북돋워야겠다고 생각하고 그가 이렇게 말했다. "헤일 양이 이렇게 불안한 상황 속에 휘말리게 되다니 정말 유감입니다. 하지만 오래가진 않을 겁니다. 몇 분만 있으면 군인들이 올 겁니다."

"어머, 세상에!" 마거릿이 갑자기 소리를 질렀다. "저기 바우처가 있어요. 얼굴을 알아요. 분노 때문에 시퍼렇긴 해도 말예요. 앞쪽으로 나오려고 안간힘을 쓰네요. 봐요! 보세요!"

"바우처라니요?" 손턴 씨가 냉정하게 물어보면서 마거릿이 그렇게 관심을 갖는 사람이 누군지 보려고 창문 근처까지 왔다. 그들은 손턴 씨를 보자마자 사람의 것이 아니라는 말로는 어림없는 그런 함성을 질러댔다. 얼마나 흉포했는지, 마치 게걸스럽게 먹어치우던 먹이를 저지하자 그걸 달라고 요구하는 끔찍한 야수 같았다. 손턴조차 자신의 존재가 유발한 증오의 강렬함에 흠칫 놀라 잠깐 뒤로 물러섰다.

"질러댈 테면 질러대라지요!" 그가 말했다. "5분만 더 있으면……
난 단지 불쌍한 아일랜드 인부들이 저 악마 같은 소음에 당황하여 겁먹는
일이 없길 바랄 뿐입니다. 5분만 참으십시오, 헤일 양."

"제 염려는 하지 마세요." 그녀가 서둘러 말했다. "하지만 5분 있으
면 어떻게 되나요? 저 불쌍한 사람들을 위해 해줄 수 있는 일은 없나요?
보고 있기가 정말 끔찍해요."

"군인들이 이리로 들이닥치면 정신 차릴 겁니다."

"정신을요!" 마거릿이 재빨리 말했다. "'정신을 차린다'는 게 무슨
말씀인가요?"

"야수같이 행동하는 자들에게 따끔한 맛을 보여준다는 말입니다. 저
런! 저들이 공장 문을 향해 방향을 틀었어요!"

"손턴 씨," 마거릿이 자신의 신념을 전하려는 듯 온몸을 떨며 이렇게
말했다. "겁쟁이가 아니라면 지금 당장 내려가세요. 내려가서 남자답게
저 사람들과 맞서세요. 그래서 불쌍한 이방인들을 지키세요. 손턴 씨가
구슬려서 이리로 데려온 사람들이잖아요. 여기 인부들에게는, 인간에게
대하듯 부드럽게 말하세요. 군인들이 와서 미쳐버린 저 불쌍한 사람들을
죽이게 내버려두지 마세요. 저들 속에 그런 불쌍한 사람이 하나 있어요.
용기가 조금이라도 있다면, 손턴 씨에게 고귀함이 조금이라도 있다면 밖
으로 나가 저들과 인간 대 인간으로 말하세요."

그가 몸을 돌려서 말하는 그녀를 바라보았다. 그녀의 말을 듣는 동안
그의 안색이 먹구름이 드리운 듯 어둡게 변했다. 그녀의 말 한마디 한마
디를 들으면서 그는 이를 꽉 물었다.

"내려가지요. 절 따라 내려와서 문을 좀 걸어주시겠습니까? 어머니

와 동생을 보호해야 하니까요."

"어머! 손턴 씨! 글쎄요…… 어쩌면 제 생각이 틀렸는지도 몰라요. 전 다만……"

하지만 그는 가버렸다. 그는 아래층 현관으로 내려가더니, 현관의 문고리를 벗기고 나가버렸다. 그녀가 할 수 있는 일이라곤 재빨리 그를 쫓아 내려가서 그의 뒤로 현관의 문고리를 건 다음, 쓰라린 가슴과 어질어질한 머리를 안고 기다시피 하여 위층으로 다시 올라오는 것뿐이었다. 그녀는 제일 끝의 창문으로 다시 갔다. 그는 창문 바로 아래 계단 위에 서 있었다. 천 개의 성난 눈동자가 그쪽을 향하고 있었다. 하지만 그녀는 아무것도 볼 수 없었고 아무것도 들을 수 없었다. 단지 야만적인 만족감에서 나오는 분노의 웅얼거림만이 그녀의 귀에 들려왔다. 그녀는 창문을 활짝 열어젖혔다. 군중 가운데 상당수는 고작 소년들이었다. 잔인하고 생각 없는, 생각이 없기 때문에 잔인한 그런 소년들이었다. 일부는 장년들이었다. 굶어 비쩍 마른 늑대처럼 사냥감을 앞에 두고 날뛰고 있었다. 그게 어떤 건지 마거릿은 알았다. 이들은 바우처와 같은 처지였다. 집에서는 굶주린 아이들이 아버지의 임금 투쟁이 결국은 성공하리라고 철석같이 믿고 있었다. 그래서 이들은 자기 아이들 입에 들어갈 빵을 빼앗으러 아일랜드 인부들이 유입됐다는 사실을 알고 이토록 들끓어 올랐던 것이다. 마거릿은 이 모든 걸 알았다. 그녀는 바우처의 얼굴에서 암울한 절망과 끝 간 데 없는 분노를 읽었다. 손턴 씨가 그들에게 뭐라고 말하는 것이, 목소리만이라도 들려주는 것이, 아무 말 없이, 심지어 분노나 비난의 말조차 없이 기분 나쁜 침묵을 지키는 것보다 나을 것 같았다. 그들은 그의 침묵에 더더욱 미친 듯 소리를 내지르고 있었다. 하지만 이제 그가 말을 하려고 했다. 짐승 한 무리가 내는 소리처럼 불분명하던 소음이 잠시 쥐죽은 듯 가라앉았다. 마거릿은 보닛을 벗고 무슨 말이 나오나 들으려고 몸을 앞으로 숙였다. 그녀는 볼 수만 있었다. 왜냐하면 손턴 씨가 뭔가 말을 해보려고 했음에도 불구하고, 한순간 무슨 말인지 들어볼까 했던 본능은 어디론가 사라지고 사람들이 아까보다 더 미쳐 날뛰었기 때문이다. 그는 팔짱을 끼고 동상처럼 미동도 하지 않고 서 있었다. 얼굴은 흥분을 꾹꾹 누르고 있어서 하얘져 있었다. 그들은 그에게 겁을 주어 움찔하게 만들려고 했다. 서로가 서로에게 뭔가 개별적으로 직접 폭력을 행사하도록 부추기고 있었다. 마거릿은 한순간에 모두 들고일어나리라는 걸 직감했다. 첫 움직임을 도화선으로 폭발할 것이다. 분노한 장정 수백 명과 무분별한 소년들이 폭발하면 손턴 씨의 생명까지도 위험해질 것이고, 다음 순간 거센 열정이 도를 넘어서면서 이성이니 결과에 대한 두려움이니 하는 모든 장벽을 완전히 쓸어가버릴 것이다. 그녀가 바라보고 있는 동안에도 뒤에 서 있던 사내들이 자기들이 신고 있던 작업용 나막신을 벗으려고 몸을 구부리는 게 보였는데, 그것들은 즉석에서 구할 수 있는 가장 손쉬운 발사체였다. 그것이 화약에 불을 댕길 불씨임을 알았기 때문에, 그녀는 아무도 듣지 못한 외마디 소리와 함께 쏜살같이 방을 나와 계단을 내려갔다. 그리고 거기, 노한 바다와 같은 노동자들 앞에 섰다. 그녀는 이미 그 누구도 범접하지 못할 기세로 무거운 철 빗장을 들어 올리고 문을 활짝 열어젖힌 뒤였다. 그들을 쏘아보는 그녀의 불같은 두 눈에는 비난이 서려 있었다. 조금 전까지 그렇게 사납던 얼굴들이 지금은 확신이 없어 보였는데, 마치 무얼 할 작정인지 묻기라도 하는 것 같았다. 그녀가 그들과 그들의 적 사이에 서 있었다. 그녀는 말은 하지 못하고 대신 그들 쪽으로 팔을 쭉 내밀면서 숨을 돌렸다.

"폭력은 안 돼요! 여긴 한 사람이고 여러분은 다수예요." 하지만 목소리에 전혀 힘이 없었기 때문에 그녀의 말은 묻혀버리고 말았다. 그녀의 말은 겨우 쌕쌕거림에 불과했다. 손턴 씨가 한쪽 옆으로 와서 섰다. 마치 자신과 자신이 감당해야 하는 위험 사이에 끼어든 존재를 지키려는 듯 그녀 뒤에서 앞쪽으로 나왔다.

"가세요!" 그녀는 한 번 더 이렇게 말했는데, 그 목소리는 이제 마치 울음 같았다. "군인들을 불렀어요. 그들이 와요. 조용히 가세요. 물러가세요. 불만이 무엇이든 해결이 될 겁니다."

"아일랜드 놈들은 짐 싸서 돌아가는 거요?" 군중 속에서 누군가가 험악한 어조로 위협하듯 물었다.

"절대로, 당신들 요구대로 되지 않아!" 손턴 씨가 소리 질렀다. 그러자 순식간에 군중이 술렁였다. 빈정거림이 좌중에 퍼져나갔다. 하지만 마거릿은 아무것도 들을 수 없었다. 그녀는 조금 전 무기 삼아 나막신을 집어 들었던 사내들을 눈여겨보았다. 그들의 몸짓을 보면서 그녀는 그게 무슨 의미인지, 그들이 뭘 겨누고 있는지 파악했다. 좀 있으면 손턴 씨가, 자신이 이 위험천만한 곳으로 내려가라고 부추기고 다그쳤던 사람이 급습당해 쓰러질지도 몰랐다. 그녀는 어떻게 하면 그를 구할 수 있을까에 대한 생각뿐이었다. 그녀는 팔을 둘러 그의 몸을 감쌌고, 자기 몸을 건너편의 사나운 군중을 막는 방패로 삼았다. 그는 여전히 팔짱을 낀 채 그녀를 뿌리치려고 했다.

"비켜요." 그가 우렁찬 목소리로 말했다. "여긴 헤일 양이 있을 곳이 못 됩니다."

"제가 있을 곳이에요." 마거릿이 말했다. "손턴 씨는 제가 본 걸 보지 못해서 그래요." 만약 그녀가 자신이 여성이라는 사실이 보호막이 될 것이라고 생각했다면, 만약 그녀가 엄청난 분노에 싸인 이 사람들로부터 시선을 뗐다가 다시 보았을 때, 이들이 공격을 멈추고 생각을 좀 한 다음 뒷걸음쳐서 물러갈 것이라는 희망이 있었다면, 그건 그녀의 오산이었다. 무분별한 이들의 광기는 이미 멈추지 못할 만큼 아주 멀리 와 있었다. 적어도 그들 중 몇 명에게는 그랬다. 왜냐하면 포악한 흥분을 즐기면서 유혈참사로 이어질 폭동을 주동하는 자들은 늘 야만적인 사내들이었기 때문이다. 나막신 하나가 쌩하고 공중을 날았다. 마거릿은 놀란 눈으로 그것이 날아가는 행로를 지켜보았다. 나막신은 목표물을 스쳐갔고, 그녀는 공포로 현기증이 일었으나 자세를 바꾸지 않은 채 손턴 씨의 팔 밑으로 얼굴만 숨겼다. 그러더니 그녀는 돌아보며 다시 말했다.

"제발 그만둬요! 이런 폭력으로 여러분의 대의명분을 손상시키지 말아요. 지금 자신이 무슨 짓을 하고 있는지 여러분은 모르고 있어요." 그녀는 또렷하게 자기 말을 전달하려고 애썼다.

뾰족한 자갈돌 하나가 날아오더니 그녀의 이마와 뺨을 긁었고, 그녀의 눈앞에서 번쩍하는 섬광이 일었다. 그녀는 손턴 씨의 어깨 위에 죽은 사람처럼 기댔다. 그러자 그가 팔을 벌려 즉시 그녀를 감싸 안았다.

"잘했군!" 그가 말했다. "당신들은 선량한 이방인을 쫓아내려고 왔어. 당신들은 수백 명이서 남자 하나를 덮치려 했어. 그래서 한 여자가 당신들 자신을 위해서라도 이성을 찾아달라는 말을 하려고 당신들 앞에 섰는데, 당신들의 그 비열한 분노가 이제는 그 여자에게로 향했어. 잘했군!" 그가 말하는 동안 그들은 침묵을 지켰다. 그들은 눈을 둥그렇게 뜨고 입은 떡 벌린 채 무아지경의 흥분 상태에 빠져 있던 자신들의 정신을 확 들게 만든 한 줄기 검붉은 피를 바라보고 있었다. 정문 근처에 있던 사람들은 부끄러워서 도망쳐 나갔다. 군중 사이로 후퇴의 움직임이 일었다. 한 목소리만 이렇게 말했다.

"그 돌은 당신을 겨냥했던 거요. 근데 당신은 여자 뒤로 숨어버렸어!"

손턴 씨는 분노가 치밀어 부들부들 떨었다. 흘러내리는 피 때문에 마거릿은 의식이 돌아왔지만 흐릿하니 멍한 상태였다. 그는 조심스럽게 그녀를 문간에 앉히고 머리를 문틀에 기대게 했다.

"거기 좀 기대 있을 수 있겠지요?" 그는 묻기만 하고 대답은 기다리지도 않은 채 계단을 천천히 내려가서 군중 한가운데로 갔다. "자, 죽여보시지, 그게 당신들의 잔혹한 뜻이라면 말이야. 여긴 날 막아설 여자도 없지 않나. 날 죽도록 팰 수도 있어. 당신들은 내가 내린 결정에서 날 한 치도 움직이지 못해. 절대 못해!" 그는 조금 전 계단 위에서 했던 그대로 팔짱을 끼고서 그들 사이에 섰다.

하지만 한꺼번에 일어났던 분노와 마찬가지로, 아무 이유 없이 무턱대고 정문 쪽으로 되돌아 나가는 움직임이 이미 나타나고 있었다. 아니, 무턱대고가 아니라 어쩌면 군인들이 들이닥치고 있다는 생각 때문에, 그리고 눈을 감은 채 핏기 없이 위로 쳐든, 대리석마냥 고요하고 처연한 그 얼굴 때문에 그랬을 것이다. 비록 눈은 감고 있었지만 길고 무성한 속눈썹에는 눈물이 차올랐다가 떨어져 내렸고, 그녀의 상처에서는 눈물보다 진한 핏방울이 서서히 솟아 나오고 있었다. 가장 절박했던 바우처조차 뒷걸음질을 치며 머뭇거리다가 성난 표정을 짓더니, 한 치의 움직임도 없이 그들이 물러가는 꼴을 공격적인 눈빛으로 지켜보고 있는 업주를 향해 욕을 내뱉으며 가버렸다. 이들이 슬금슬금 물러나는 꼴을 보이다가 (퇴각이란 게 종내에는 도망의 형태를 띠게 되어 있다시피) 결국 꽁무니를 빼고 모두 달아나버리자, 그가 쏜살같이 계단을 올라 마거릿에게로 갔다.

그녀는 그의 부축을 받지 않고 일어서보려고 했다.

"별거 아니에요." 그녀는 희미한 미소를 지으며 이렇게 말했다. "피부가 긁혀서 순간적으로 놀랐던 거예요. 세상에, 그들이 갔어요. 정말 다행이에요." 그러더니 그녀는 마음 놓고 울었다.

그는 그녀에게 동정을 느낄 기분이 아니었다. 노여움이 가라앉지 않았던 것이다. 노여움은 목전의 위험이 사라지자 오히려 더 솟구쳐 올랐다. 멀리서 군인들이 철커덕거리며 오는 소리가 들렸다. 사라진 폭도들이 권위와 명령의 힘을 느꼈어야 했는데 딱 5분 늦어버린 것이다. 그는 폭도들이 군대의 등장에 자기들이 죽을 뻔했다는 생각을 하면서 다시는 달려들 엄두를 내지 않기를 바랐다. 그가 이런 상념에 빠져 있는 동안, 마거릿은 몸을 지탱하기 위해 문기둥을 꼭 붙들었다. 하지만 눈앞이 깜깜해졌다. 그는 하마터면 그녀를 붙들지 못할 뻔했다. "어머니! 어머니" 그가 소리쳤다. "내려와보세요. 그자들은 갔고, 헤일 양이 다쳤습니다!" 그는 그녀를 부축해서 식당으로 데려가 소파에 눕혔다. 조심스럽게 눕힌 뒤 새하얘져 있는 그녀의 얼굴을 바라보았다. 그녀가 자신을 위해 한 일이 어찌나 생생하게 느껴졌는지 그는 고통 속에서 이렇게 말할 수밖에 없었다.

'아아, 마거릿, 나의 마거릿! 당신이 내게 어떤 존재인지 그 누구도 상상할 수 없을 거요! 죽은 듯이 거기 누워 있는 당신은 내가 유일하게 사랑하는 여인이오! 아아, 마거릿, 마거릿!'

그는 그녀 옆에서 무릎을 꿇고 말이 되어 나오지 않는 말을 차라리 신음처럼 주절거리고 있다가, 어머니가 들어오자 부끄러워하며 몸을 일으켰다. 그녀 눈에는 다른 것보다도 다만 아들이 평소보다 더 창백하고 더 엄숙해 보일 뿐이었다.

"헤일 양이 다쳤습니다, 어머니. 관자놀이가 돌에 찍혔는데, 피를 많이 흘린 것 같습니다."

"심하게 다친 것 같구나. 하마터면 죽었다고 생각할 뻔했다." 손턴 부인이 크게 놀라며 이렇게 말했다.

"실신했을 뿐입니다. 조금 전엔 말도 했어요." 하지만 이 말을 할 때 그의 몸속을 흐르는 피가 전부 심장 쪽으로 몰려들었고, 그는 무진장 몸을 떨었다.

"제인을 불러다오. 내가 원하는 걸 찾아다 줄 수 있을 게다. 그리고 넌 네가 데려온 아일랜드 인부들에게 가보아라. 무서워서 죽을 듯이 울고불고 있다."

그는 갔다. 그녀에게서 떼어놓는 발걸음은 마치 팔다리에 추라도 달린 듯 천근만근 무거웠다. 그는 제인을 불렀다. 그리고 동생도 불렀다. 그녀는 모든 여자의 보살핌, 온갖 세심한 간호를 받을 필요가 있었다. 하지만 그녀가 어떻게 달려 내려왔고, 어떻게 그 위험 속으로 뛰어들었던가를 떠올리자 그는 전신의 피가 고동치고 있음을 느꼈다. 자기를 구해주려고 했던 것일까? 그때 그는 그녀를 밀치고 거칠게 말했다. 그의 눈에는 그녀가 스스로 짊어지려고 하는 불필요한 위험밖에는 아무것도 보이지 않았던 것이다. 그는 아일랜드 인부들에게로 가서 그들의 두려움을 어루만져주고 위로하려고 했으나, 그녀에 대한 생각으로 온몸의 신경이 떨려서 그들이 하는 말을 충분히 이해하기 어려웠다. 그들은 더 이상 못 있겠다고 선언하더니 자신들을 돌려보내달라고 요구했다.

그러니 그는 생각도 해야 했고 말도 해야 했으며 판단까지 해야 했다.

손턴 부인은 오드콜로뉴로 마거릿의 관자놀이를 닦아주었다. 손턴 부인이나 제인이 그때까지 알아채지 못하고 있던 상처에 알코올 성분이 닿자 마거릿은 눈을 떴지만, 그녀는 자신이 어디에 있는지 자신을 간호하는 사람들이 누군지도 깨닫지 못하는 것 같았다. 짙은 눈자위가 더 움푹 들어갔고 입술이 바르르 떨리며 오므라들더니 그녀는 다시 한 번 의식을 잃었다.

"끔찍한 걸 하나 맞았어." 손턴 부인이 말했다. "누가 가서 의사를 좀 모셔올 테냐?"

"전 못 갑니다. 마님." 제인이 움찔하며 말했다. "패거리들이 사방에 깔렸을 텐데요. 상처도 보기완 달리 그다지 심하지 않은 것 같아요."

"운에 맡길 순 없지. 우리 집에서 다친 사람이야. 제인, 넌 겁쟁이일지 몰라도 난 그렇지 않다. 내가 가마."

"마님, 경찰 한 명을 보낼게요. 아주 많이 와 있어요. 군인들도 많습니다."

"그런데도 넌 가는 게 겁난다는 거 아니냐. 우리 일로 저 사람들의 시간을 빼앗을 순 없다. 폭도들 잡아내기도 힘겨울 게야. 집 안에 있는 건 무섭지 않겠지" 하고 비웃듯 물어보더니 이렇게 말을 이었다. "가서 헤일 양의 이마를 닦아주도록 해. 10분 정도면 돌아올 게야."

"해나를 보내면 안 될까요, 마님?"

"해나는 왜? 넌 안 된다면서 왜 다른 사람을 보내려고 하느냐? 제인, 네가 가지 않으면 내가 간다."

손턴 부인은 우선 침대에 패니를 눕혀놓았던 방으로 갔다. 어머니가 들어오자 그녀가 일어났다.

"아유, 깜짝이야, 엄마! 아까 집에 쳐들어왔던 남잔 줄 알았어요."

"어리석은 소리! 그자들은 다 갔다. 집 안은 온통 군인들 천지야. 이제야 뭘 한다고 남아서 그러는구나. 헤일 양이 많이 다쳐서 거실 소파에 누워 있어. 난 의사를 부르러 간다."

"오오, 엄마, 가지 마세요. 그자들이 엄마를 죽일 거예요." 그녀는 어머니의 드레스 자락을 붙잡았다. 손턴 부인은 드레스 자락을 사정없이 빼냈다.

"갈 사람이 있나 한번 찾아봐라. 그렇다고 저 아가씨를 피 흘리면서 다 죽어가게 할 순 없지 않느냐."

"피를요! 세상에, 끔찍하기도 해라! 어떻게 다쳤대요?"

"모르겠다. 경황도 없었어. 내려가봐라, 패니, 가서 뭔가 해줄 수 있는 일을 찾아봐. 제인이 옆에 있지만 상처가 생각보다 심해. 제인은 이 집 밖을 벗어날 수 없다고 하고. 약해빠진 여편네 같으니! 게다가 하인들한테서 못 가겠다는 말을 더 이상은 듣고 있을 수 없다. 그러니 내가 가련다."

"어머, 이를 어째!" 패니가 이 말과 함께 울면서, 집 안에서 부상과 유혈 사태가 있었다는 생각에 혼자 있으려고 하지 않고 차라리 내려갈 준비를 했다.

"맙소사, 제인!" 기다시피 하여 식당으로 들어간 그녀가 말했다. "어찌 된 일이에요? 헤일 양의 얼굴이 백지장 같아! 어떻게 다쳤어요? 거실 안쪽으로 돌을 던진 거예요?"

마거릿은 사실 안색은 파리하고 헬쑥했으나 정신은 돌아오고 있었다. 하지만 실신 때문에 비실비실한 상태여서 여전히 불쌍하리만큼 창백했다. 그녀는 주위에 사람들이 왔다 갔다 하는 것과, 오드콜로뉴 덕택에 정신이 맑아지는 걸 느끼고 있었고, 계속 그렇게 닦아주길 바라고 있었다. 하지만 그들이 이야기하느라 닦는 걸 멈춰도 그녀는 눈을 뜨지도 못했고 더 닦아달라고 부탁할 수도 없었는데, 그건 마치 죽은 듯 가수(假睡) 상태로 누워 있는 사람들이 주변 사람들의 움직임뿐 아니라 그 움직임의 이유까지 충분히 알지만, 몸을 꿈적거리거나 소리를 내어 그들의 끔찍한 매장 준비를 중지시킬 수가 없는 것과 꼭 마찬가지였다.

제인은 손턴 양이 묻는 말에 대답하느라 닦던 걸 멈추었다.

"거실에 가만히 있든가 아니면 우리한테로 올라왔더라면 안전했을 거예요. 우린 앞쪽 다락방에 있었기 때문에 화를 당하지 않고 다 볼 수가 있었죠."

"그때 헤일 양은 어디 있었어요?" 패니가 마거릿의 창백한 얼굴에 좀 익숙해지자 서서히 다가서면서 이렇게 물었다.

"바로 현관문 앞에 있었어요. 주인님 옆에요!" 제인이 의미심장하게 말했다.

"존 옆에! 오빠 옆에 있었다고! 어떻게 내려갔대요?"

"몰라요, 아씨, 그건 모르죠." 제인이 머리를 살짝 흔들며 말했다. "세라가……"

"세라가 뭐요?" 패니가 궁금증을 참지 못하겠다는 듯 다그쳤다.

제인은 마치 세라가 했던 말이나 몸동작을 되풀이하고 싶지 않다는 듯 다시 계속 닦아냈다.

"세라가 어쨌다고?" 패니가 날 선 목소리로 물었다. "말하다가 끊으면 어떡해요. 무슨 말인지 알 수가 없잖아요."

"말할게요, 아씨, 어차피 알게 될 테니까요. 있잖아요, 세라가 제일 잘 보이는 곳, 오른쪽 창문에 서 있었대요. 그러고는 자기가 서 있던 바로 그때였다는데, 글쎄 헤일 양이 사람들이 다 보는 앞에서 주인님 목에 팔을 두르고 안겼다지 뭐예요."

"말도 안 돼." 패니가 말했다. "헤일 양이 오빠에게 관심 있다는 건 알아요. 다 보이는 걸요. 절대 그럴 일은 없겠지만 만약 오빠가 결혼해준다면 헤일 양은 아마 뭐든 하려고 할 걸요. 딱 보면 알 수 있어요. 그래도 오빠 목에 팔을 두를 정도로 그렇게 대담하고 노골적이었다니 믿을 수가 없어요."

"가엾기도 하지! 만약 그랬다면 참으로 비싼 대가를 치른 거예요. 그 타격으로 머리에 피를 너무 많이 흘린 것 같아요. 회복이 힘들 정도인 걸요. 지금 보니 마치 죽은 사람 같아요."

"아유, 엄마는 왜 이리 안 오셔!" 패니가 두 손을 꼬면서 말했다. "한 번도 죽은 사람 옆에는 있어본 적이 없는데."

"잠깐만요, 아씨! 죽지 않았어요. 눈꺼풀이 떨리고 있어요. 뺨에 눈물도 흘러내려요. 말을 걸어봐요, 패니 아씨!"

"좀 괜찮아요?" 패니가 떨리는 목소리로 물었다.

대답이 없었다. 알아들은 기색도 없었다. 하지만 입술에 희미한 분홍색깔이 입술에 돌아왔다. 그래도 입술만 빼면 얼굴은 여전히 타버린 재 같았다.

손턴 부인이 가장 가까이에서 왕진을 올 수 있는 의사를 찾아 황급히 함께 들어왔다.

"헤일 양은 어떠냐? 괜찮은가요, 헤일 양?" 마거릿이 얇은 눈꺼풀을 들어 올리면서 손턴 부인을 흐릿하게 쳐다보았다. "헤일 양을 진찰하러 온 로 선생님이에요."

손턴 부인은 마치 귀먹은 사람에게 얘기하듯 크고 또렷하게 말했다. 마거릿은 몸을 일으키려고 하면서 본능적으로 풍성하고 윤기 나는 머리카락을 상처 위로 끌어당겼다.

"괜찮아졌어요." 그녀가 힘이 하나도 없는 목소리로 말했다. "좀 어지러웠을 뿐이에요."

그녀는 의사에게 손을 내밀어 맥을 짚도록 했다. 얼굴에 핏기가 살짝 돌기 시작했고, 의사는 이마의 상처를 봐도 되냐고 물었다. 그녀는 제인을 흘긋 올려다봤는데, 마치 의사보다 그녀가 살펴보는 게 더 겁이 나는 듯했다.

"별 상처 아닐 거예요. 지금은 괜찮아요. 집에 가봐야겠어요."

"반창고를 붙이고 나서 안정을 좀 취한 뒤 가야 합니다."

그녀는 더 이상 말은 하지 않고 급히 일어나 앉아 상처를 싸매도록 놔두었다.

"이제, 괜찮다면" 하고 그녀가 말을 꺼냈다. "가봐야겠어요. 어머니가 상처를 볼 수는 없겠죠. 머리카락으로 가려졌죠?"

"다 가려졌어요. 아무도 모를 겁니다."

"그래도 지금 갈 수는 없어요." 손턴 부인이 참지 못하고 말했다. "갈 수 있는 상태가 못 돼요."

"엄마를 생각해야 해요." 마거릿이 단호하게 말했다. "만약 가족이 이 이야길 듣게 된다면…… 그게 아니라도 가야만 해요." 그녀는 기를 쓰고 말했다. "여기 더 있을 순 없어요. 마차를 좀 불러주시겠어요?"

"지금 열이 많이 난 상탭니다." 로 씨가 말했다.

"여기 있으니까 그런 거지, 전 정말 가고 싶어요. 밖에 나가서 공기를 쐬는 게 저한텐 무엇보다 좋을 거예요." 그녀가 간청했다.

"사실 헤일 양 말이 맞는 것 같습니다." 로 씨가 대답했다. "오는 길에 말씀하셨다시피 헤일 양의 어머니가 심하게 앓고 계신 상태에서 이 폭동 얘기를 듣는다면, 게다가 딸이 올 시간이 지나도 오지 않는다면 환자에게 악영향을 미칠지도 모릅니다. 상처는 깊지 않습니다. 제가 마차를 불러다 드리죠. 댁의 하인들이 여전히 밖에 나가는 걸 두려워한다면 말입니다."

"어머, 감사합니다!" 마거릿이 말했다. "그렇게 해주신다면 더없이 좋겠어요. 이토록 정신을 차릴 수 없는 건 방 안 공기 때문이에요."

그녀는 소파에 몸을 기대고 눈을 감았다. 패니는 어머니를 바깥으로 불러낸 다음, 그녀에게 마거릿을 어서 보내버리고 싶은 마음이 들게 만드는 무언가를 말해주었다. 그녀는 패니가 하는 말을 전적으로 믿지는 않았지만, 마거릿을 배웅하면서 아주 형식적인 인사 정도만 건넬 만큼은 딸의 말을 믿었다.

로 씨가 마차를 잡아 돌아왔다.

"괜찮으시다면 집까지 배웅하지요, 헤일 양. 거리가 아직 그렇게 조용하진 않습니다."

마거릿은 부모님이 불안해할까 봐 크램턴 언덕에 당도하기 전 로 씨와 마차를 돌려보내는 게 좋겠다고 생각할 정신이 있을 정도로 현실 감각이 돌아와 있었다. 그녀는 그것만 생각하려고 했다. 자신에 대한 발칙한 말이 들렸던 그 가당찮은 꿈은 결코 잊히지 않겠지만 건강을 되찾을 때까지는 미뤄놓을 수도 있었다. 지금은 너무 기력이 없었기 때문이다. 그리고 그녀는 그것에 대한 생각을 가라앉히고, 또 한 번 실신하여 의식을 완전히 잃지 않기 위해 현재의 사실에 대해서만 생각하려고 애썼다.

23장
오해

> 그의 어머니가 그것을 보더니
> 생가슴을 앓으며 어찌할 바 모르더라*
> — 스펜서

마거릿이 나간 지 채 5분도 안 되어 손턴 씨가 벌겋게 얼굴이 달아서 들어왔다.

"최대한 빨리 왔습니다. 현장감독이…… 헤일 양은 어디 있습니까?" 그는 식당을 둘러본 다음 어머니를 뚫어지듯 바라보았고, 그녀는 여기저기 흩어진 가구들을 정돈하면서 즉시 대답을 하지 않았다. "헤일 양은 어디 있습니까?" 그가 다시 물었다.

"돌아갔다." 그녀가 짧막하게 대답했다.

"갔다고요!"

"그래. 많이 괜찮아졌어. 사실은 그렇게 많이 다치진 않았다. 어떤 사람들은 하찮은 것에도 기절하지 않니."

"가버렸다니 유감입니다." 그가 불안하게 서성거리며 말했다. "갈 수가 없었을 텐데요."

---

* 에드먼드 스펜서(Edmund Spenser, ?1552~1599), 『요정 여왕*The Faerie Queene*』에서 인용.

"갈 수 있다고 했다. 로 씨도 그런 말을 했고. 내가 직접 가서 불러 왔다."

"고맙습니다, 어머니." 그는 고맙다는 표시로 어머니의 손을 잡으려고 자기 손을 약간 내밀었다. 하지만 그녀는 그런 그의 동작을 알아채지 못했다.

"아일랜드 인부들은 어쩌고 왔느냐?"

"불쌍한 그 사람들을 먹이려고 드래건 식당에다 식사를 주문했습니다. 그랬는데 다행히 그레이디 신부님을 만났습니다. 그래서 신부님께 그들이 단체로 떠나는 걸 만류 좀 해달라고 부탁을 했습니다. 헤일 양은 뭘 타고 집에 갔습니까? 걸을 수가 없었을 텐데요."

"마차를 탔다. 모두 잘됐어. 비용 지불도 다 잘됐고. 딴 얘기나 좀 해보자꾸나. 헤일 양 때문에 충분히 소란스러웠지 않느냐."

"헤일 양 아니었으면 제가 어찌 되어 있을지 모릅니다."

"여자에게서 보호를 받아야 할 정도로 그렇게 무기력해졌다는 말이냐?" 손턴 부인이 냉소를 지으며 이렇게 물었다.

그는 얼굴이 붉어졌다. "저를 겨냥했던——철저한 적개심으로 날렸던 그 공격들을 몸소 받아내는 여성은 몇 안 됐을 겁니다."

"사랑에 빠진 처자라면 엄청난 일을 하겠지." 손턴 부인이 짧게 대답했다.

"어머니!" 그는 한 걸음 앞으로 나서더니 가만히 서 있었는데, 흥분이 되는지 몸을 들썩였다.

그녀는 아들이 평소 때와 달리 자제심을 잃는 걸 보자 약간 움찔했다. 그녀는 자기가 어떤 감정을 건드린 것인지 알 수가 없었다. 분명한 건 그 감정에 들어 있던 격렬함이었다. 분노였나? 그의 눈이 이글거렸고 몸이

294

부풀어 오르는가 싶더니 숨이 거칠고 가빠졌다. 그건 기쁨과 분노, 자부심, 기분 좋은 놀라움, 긴가민가한 설렘이 뒤섞인 것이었다. 하지만 그녀는 그걸 이해하지 못했다. 그래도 그 모습이 그녀를 불안하게 했다. 왜 그러는지 원인을 완전히 알 수도 없고 같이 느낄 수도 없는 강렬한 감정이 드러날 때면 늘 이렇게 불안한 기분이 들었다. 그녀는 벽장으로 가서 서랍을 열더니, 필요할 때면 쓰려고 넣어둔 걸레를 꺼냈다. 그녀는 반질반질한 소파 팔걸이 쪽에 오드콜로뉴가 한 방울 떨어진 걸 보자 본능적으로 그걸 닦아내려고 했다. 하지만 그녀는 필요 이상으로 한참을 아들에게서 등을 돌리고 있었고, 말할 때도 목소리가 평상시와 달리 부자연스러웠다.

"폭도들에 대해 몇 가지 조처를 취했겠지? 파악된 폭동은 더 이상 없었더냐? 경찰은 어디 있었다더냐? 한 번도 필요할 때 나타난 적이 없구나!"

"그 반댑니다. 서너 명이 정문이 무너질 때 열심히 막느라고 고생을 했습니다. 안뜰에서 폭도들이 물러갈 바로 그때 더 많은 경찰이 달려왔습니다. 그때 제가 침착하게 대응했더라면 주동자 몇 명을 넘길 수 있었을 겁니다. 하지만 별 문제 없을 겁니다. 폭도들의 얼굴을 알아볼 수 있는 사람들이 비단 한두 명이 아닐 테니까요."

"하지만 그자들이 오늘 밤 다시 오진 않겠느냐?"

"사택을 지킬 만한 경비원들을 충분히 물색하겠습니다. 30분 후에 경찰지구대에서 한버리 대장을 만나기로 약속을 잡아놨습니다."

"넌 우선 차부터 좀 들도록 해라."

"차요! 네, 그래야겠습니다. 6시 반이군요. 얼마 동안 나가 있을 겁니다. 기다리지 말고 주무십시오, 어머니."

"네가 안전하게 돌아왔는지 확인도 하지 않고 내가 어찌 잠자리에 들겠느냐?"

"아니실 줄 압니다." 그는 잠시 주저했다. "하지만 경찰서에서 일을 마무리 짓고 햄퍼와 클라크슨을 만난 뒤 시간이 좀 나면 크램턴에 들를 생각입니다. 두 사람의 눈이 마주쳤다. 잠시 뚫어지게 서로를 바라보았다. 그런 다음 그녀가 물었다.

"크램턴까지는 무슨 일로?"

"헤일 양이 어떤지 보려고 그럽니다."

"사람을 보내마. 윌리엄스가 헤일 양이 부탁하러 왔던 물침대를 갖다 줄 거다. 가는 길에 상태를 물어볼 것이야."

"제가 직접 가야만 합니다."

"단지 헤일 양이 어떤지 보려고 가는 건 아니겠지?"

"아닙니다, 그저 그것 때문만은 아닙니다. 폭도들 앞에서 절 막아서 준 것에 감사드리고 싶습니다."

"그렇게 내려갔던 이유가 도대체 뭐냐? 사자 입에 네 머리를 들이미는 짓이었어!"

그는 그녀를 날카롭게 쳐다보았고, 거실에서 자신과 마거릿 사이에 어떤 일이 일어났는지 어머니가 모르고 있음을 알았다. 그래서 대답은 하지 않고 다른 질문을 했다.

"경찰이 올 때까지 저 없이 혼자 계시면 무서우시겠습니까? 아니면 지금 윌리엄스를 보내는 것이 낫겠습니까? 차를 다 마셨을 때쯤 당도시킬 수 있을 겁니다. 시간이 없습니다. 15분 안에 출발해야 합니다."

손턴 부인이 방을 나갔다. 평소엔 칼같이 단호한데 지금은 갈피가 잡히지 않는 그녀의 지시 사항에 하인들은 어리둥절해했다. 손턴 씨는 식당에 남아 경찰서에서 해야 할 일을 생각하려고 애썼지만 사실은 마거릿을 생각하고 있었다. 자신의 목에 감기던 그녀 팔의 감촉 ──그걸 생각하는 그의 뺨에 잠시 어두운 색조를 드리우게 한 부드러운 매달림 말고는 ── 그 뒤로는 ──그 너머로는 모든 게 희미하고 흐릿했다.

패니만 없었다면 차를 드는 동안 무척 조용했을 것이다. 그녀는 자기가 어떤 기분이었는지에 대해 끊임없이 설명하고 있었다. 너무 불안했고 그다음 폭도들이 간 줄 알았으며, 그다음 힘이 빠지고 현기증을 느끼며 사지가 떨렸다는 말을 늘어놓았다.

"그만하면 알았다." 손턴이 자리에서 일어서며 말했다. "어땠는지는 나도 충분히 알아." 손턴이 방을 나서려고 하자 어머니가 그의 팔에 손을 얹으며 저지했다.

"헤일 씨네로 가지 말고 집으로 돌아오는 거다." 그녀가 초조한 듯 낮은 음성으로 말했다.

"난 뭘 알고 있지." 패니가 혼잣말을 했다.

"왜입니까? 너무 늦은 시간이라 그 댁에 폐가 될까 봐 그러십니까?"

"존, 오늘 밤은 그냥 오너라. 헤일 부인을 생각해서라도 너무 늦은 시간이야. 하지만 그것 때문만은 아니다. 내일 가서…… 오늘은 그냥 돌아오너라, 존!" 그녀가 아들에게 간청하는 일은 거의 없었다. 그러기엔 자존심이 너무 강했다. 하지만 그녀의 간청이 허사로 끝나는 일은 결코 없었다.

"일 끝나면 곧바로 집으로 돌아오겠습니다. 헤일 씨 댁 사람들이 어떤지, 헤일 양이 괜찮은지 꼭 물어봐주십시오."

손턴 부인은 결코 패니와 수다를 주고받는 법이 없었고, 아들이 없는 동안에도 패니의 말에는 전혀 귀를 기울이지 않았다. 하지만 아들이 돌아오자 그녀는 눈과 귀를 활짝 열고, 그날 있었던 난폭 행위가 다시는 반복되지 않도록 아들이 자신의 신변과 고용인들을 지키기 위해 어떤 조치를 취했는지에 대해 세세한 부분까지 듣고자 했다. 그는 목표를 분명히 보았다. 처벌과 고통이 그날 폭동에 참가한 사람들에게 응당 내려져야 할 결과였다. 재산이 보호되려면, 그리고 소유주의 의지가 칼처럼 분명하게 관철되려면 이 모든 것이 꼭 필요했다.

"어머니! 제가 내일 헤일 양에게 무슨 말을 해야 하는지 아십니까?"

질문은 손턴 부인이 마거릿에 대해, 적어도 잊고 있었다고 할 그 순간 느닷없이 튀어나왔다.

그녀는 그를 올려다보았다.

"예! 그럴 겁니다. 다른 건 생각조차 할 수 없습니다."

"다른 방법을 찾도록 해라! 이해가 되지 않는구나.

내 말은, 헤일 양을 그런 감정에 사로잡히게 했기 때문에 체면을 생각해서……"

"체면 때문에요," 그가 가당찮다는 듯 말했다. "체면은 이 일과 아무런 상관이 없다고 봅니다. '감정에 사로잡혔다!'라니요. 어떤 감정을 말씀하시는 겁니까?"

"아니, 존, 화낼 이유가 전혀 없다. 헤일 양이 갑자기 아래로 내려널 위험에서 구한답시고 네 목을 끌어안지 않았더냐?"

"그랬습니다!" 그가 말했다. "하지만 어머니." 그는 그녀 앞에서 걸음을 딱 멈추더니 이렇게 말을 이었다. "감히 바라지 않습니다. 이렇게 용기가 없었던 적이 없습니다. 하지만 헤일 양 같은 사람이 절 보호하려고 했다는 게 믿기지 않습니다."

"바보 같은 소리. 헤일 양 같은 사람이라니! 세상에, 네 말을 듣고 있자니 그 처녀가 공작 딸이라도 되는 것 같구나. 그것 말고 무슨 증거가 더 있어서 그 처녀가 널 생각한다는 건지 모르겠다. 헤일 양이 상류계급 의식을 버리려고 애썼다는 건 이해할 수 있어. 하지만 마침내 사물을 똑바로 바라보았다는 점이 더 마음에 든다. 힘들게 이런 말 하는 거다." 손턴 부인이 두 눈에 눈물이 그렁그렁해서는 천천히 미소를 지으며 말했다. "오늘 밤 이후로 나는 물러나 있겠다. 몇 시간만 더 널 오롯이 내 것으로 생각하고 싶어서 너보고 내일 가라고 매달렸던 게다."

"사랑하는 어머니!" (그래도 사랑은 이기적이어서, 손턴 부인의 가슴에 서서히 차가운 그림자를 드리울 정도로 그는 금방 자신의 희망과 두려움을 되풀이했다.) "헤일 양이 절 좋아하지 않는다는 건 압니다. 전 그녀 발밑에 엎드릴 겁니다. 그래야만 합니다. 천 번에 한 번, 아니 백만 번에 한 번 오는 기회라면 그렇게 해야 합니다."

"겁낼 것 없다!" 그녀는 좀처럼 터뜨리지 않는 어머니로서의 감정, 묵살당한 자신의 사랑이 얼마나 깊은지를 드러내는 질투의 고통을 아들이 조금도 알아주지 않자 굴욕감을 억누르며 이렇게 말했다. "걱정 마라." 그녀가 차갑게 말했다. "사랑이라고 한다면 헤일 양이 널 얻을 자격이 있을지도 모른다. 자존심 때문에 헤일 양에게도 쉬운 일은 아니었을 게야. 걱정 마라, 애야." 그녀가 아들에게 잘 자라는 인사와 함께 키스를 하며 이렇게 말했다. 그러고는 천천히 위엄을 잃지 않은 채 방을 빠져나갔다. 하지만 손턴 부인은 방에 들어서자 문을 잠그고 앉은 뒤 그녀답지 않게 눈물을 흘리며 울었다.

마거릿이 아주 창백한 얼굴로 방에 들어왔다(방에는 아버지와 어머니가 곧은 자세로 앉아서 낮은 목소리로 이야기를 나누고 있었다). 그녀는 부모님께 다가선 후에야 말을 꺼낼 수 있었다.

"손턴 부인이 물침대를 보내주신대요, 엄마."

"이런, 너무 피곤해 보이는구나! 덥지, 마거릿?"

"무척 더워요. 게다가 파업 때문에 거리가 좀 소란스러워요."

마거릿의 안색이 예전처럼 생기가 되살아났다가는 금방 사라져버렸다.

"베시 히긴스가 너보고 좀 와달라고 부탁했었다." 헤일 부인이 말했다. "근데 너 정말 피곤해 보이는구나."

"예!" 마거릿이 말했다. "피곤해서 못 가겠어요."

그녀는 차를 만드는 동안 말이 없었으며 떨고 있었다. 그녀는 아버지가 어머니에게 정신을 빼앗겨 자신의 모양새를 눈치채지 못하는 게 고마웠다. 심지어 어머니가 잠자리에 든 후에도 아버지는 아내 옆을 떠나는 게 마음이 놓이지 않아 잠들 때까지 책을 읽어주었다. 마거릿은 혼자가 됐다.

'이제 생각해보자. 전부 기억해봐야겠어. 아까는 할 수 없었지. 엄두도 못 냈어.' 그녀는 의자에 꼿꼿이 앉아 있었다. 두 손은 무릎을 붙잡고 있었고 입술은 꼭 다문 채였으며 두 눈은 환상을 보는 사람처럼 한 곳을 응시하고 있었다. 그녀는 심호흡을 했다.

'소동을 싫어하는 내가, 감정을 드러내는 사람들을 경멸하면서 그런 사람들을 자제력이 부족하다고 치부했던 내가, 사랑밖에 모르는 바보처럼 아래로 내려가서 기어이 그 아수라장에 몸을 던졌어. 무슨 효과가 있었나? 나 아니더라도 그 사람들은 물러났을 거야.' 하지만 이러한 생각은 성급한 결론이라는 균형 잡힌 판단이 금세 생겼다. "아니, 어쩌면 물러나지 않았을 수도 있어. 효과가 있었어. 하지만 무슨 생각에 사로잡혔기에 그 사람이 마치 힘없는 아이라도 되는 양 보호하려고 했던 것일까! 세상에!" 그녀는 두 손을 꼭 맞잡으며 이렇게 중얼거렸다. "그런 식으로 부끄러운 행동을 했으니, 사람들은 필시 내가 그와 사랑에 빠졌다고 생각했을 거야. 내가 사랑에…… 그것도 그 사람과!" 그녀의 창백한 두 뺨이 갑자기 불길처럼 뜨거워졌다. 그녀는 두 손으로 얼굴을 감쌌다. 열기를 가라앉히자 그녀의 손바닥은 뜨거운 눈물로 축축해져 있었다.

"세상에, 내 위신이 어디까지 떨어졌기에 사람들이 나에 대해 그런 말을 할까! 누구 다른 사람을 위해서였다면 난 그렇게 용감하지 못했을 거야. 손턴 씨는 내게 정말 아무도 아니었기 때문에 그럴 수 있었어. 어쩌면 난 그 사람이 싫은지도 모르지. 두 쪽 다 공정한 경기를 해야 한다는 생각이 날 더 초조하게 만들었어. 그리고 난 어떤 게 공정한 경기인지 볼 수 있었지. 그건 공정하지 않았어." 그녀가 흥분한 어조로 말했다. "그가 거기 서서 보호받으면서 군인들을 기다리면, 자기는 아무 노력을 하지 않아도 군인들이 마치 덫에 걸린 듯 미쳐 날뛰던 그 불쌍한 사람들을 잡아서 따끔한 맛을 보여주게 되는 거 말이야. 그건 인부들이 부당하게 그를 위협하려고 했던 것보다 더 나쁜 거였어. 난 또다시 그럴 거야. 누구든 나에 대해 말하고 싶은 대로 말하라지. 내가 그렇게 끼어들어서, 일어났을지도 모르는 잔인하고 성난 폭동을 하나 막았으니 여자로서 할 일을 한 거야. 숙녀의 자존심을 모욕하려면 얼마든지 하라지. 난 신 앞에 떳떳하게 걸어갈 수 있어!"

그녀는 위를 올려다보았고, 고귀한 평화가 내려앉아 그녀의 얼굴을 평온하게 해준 것 같았는데, 급기야 그 얼굴은 '대리석 조각상*보다 더 평온' 해졌다.

---

* 앨프리드 테니슨의 「미인들의 꿈A Dream of Fair Women」에 나오는 구절로 트로이의 헬렌을 묘사하고 있다.

딕슨이 들어왔다.

"아씨, 손턴 부인 댁에서 보낸 물침대가 왔습니다. 오늘은 좀 늦은 것 같습니다. 마님이 잠들어 계셔서요. 그래도 내일을 생각한다면 좋을 겁니다."

"그럼요." 마거릿이 말했다. "최대한 정중하게 감사의 인사말을 전하도록 해요."

딕슨은 방에서 잠시 나갔다.

"괜찮으시다면 마거릿 아씨의 안부를 특히 여쭈어야 한답니다. 제 생각에는 마님 안부가 분명한데, 이 사람이 끝에 하는 말이 헤일 양은 어떠신가였어요."

"나를요!" 마거릿이 몸을 당겨 앉으며 말했다. "난 괜찮아요. 아주 괜찮다고 말해줘요." 하지만 그녀의 안색은 백지장 같았다. 그리고 머리도 몹시 아팠다.

헤일 씨가 들어왔다. 그는 잠든 아내를 두고 나왔는데, 마거릿이 보니 아버지는 뭔가 딸이 해주는 얘기에서 즐거움과 흥미를 느끼고 싶어 하는 것 같았다. 그녀는 불평 한마디 없이 자신의 고통을 달게 참았다. 그녀는 소소한 화제들을 끝도 없이 뒤져냈다. 폭동 얘기만 빼고는 다 했는데, 그 얘긴 입도 벙긋하지 않았다. 그것에 대해 생각하면 그녀는 속이 울렁거렸다.

"잘 자거라, 마거릿. 오늘 밤은 잠이 잘 올 것 같구나. 근데 간호하느라 그런지 안색이 파리하구나. 네 어머니한테 필요한 게 있으면 딕슨을 부르마. 넌 가서 숙면을 취하도록 해. 아무렴, 숙면이 필요할 게다. 불쌍한 것!"

"안녕히 주무세요, 아빠."

그녀는 생기를 거두었다. 억지로 짓던 웃음이 사라졌고 두 눈 역시 심한 고통으로 흐릿해졌다. 그녀는 애써 붙들고 있던 굳건한 의지를 해제해버렸다. 아침까지 아프고 지친 상태로 있을지도 몰랐다.

그녀는 누워서 꼼짝도 하지 않았다. 손이나 발, 아니 손가락 하나를 움직이는 것조차 초월적인 의지나 동작이었을 것이다. 그녀는 너무 피곤하고 놀라서 잠이 들 수 없을 것 같았다. 열에 들떠서 나온 생각들은 잠들었다 깼다 하는 경계를 계속 넘나들면서 그 불쾌한 정체성을 유지하고 있었다. 그녀는 사실 정신을 가눌 수 없을 정도로 힘이 빠진 상태에서 혼자일 수가 없었다. 구름 떼 같은 얼굴들이 그녀를 바라보고 있었는데, 그 얼굴들은 사나운 분노나 개인적인 위험을 보여주고 있는 게 아니라, 세상 사람들이 자기에 대해 수군거리게 될 거라는 깊은 수치심을 일깨워주고 있었다. 그 수치심은 너무 커서 차라리 땅 속으로 파고들어 숨고 싶어도 지켜보는 수많은 눈으로부터 탈출할 수가 없을 정도였다.

24장
오해의 해명

맨 처음 당신의 아름다움 내 마음 차지하더니
의연한 내 심장의 벽을 타고 올라왔네
이제 사로잡힌 나 포로처럼 갈망하지만
돌아오는 건 그저 까닭 모를 차가움
하지만 그대의 종은 받들고 복종하리라
무례하게 거절하고 소리 없이 무시한다 하여도*
— 윌리엄 파울러

다음 날 아침 마거릿은 밤이 지나간 것에 고마워하며 몸을 일으켰다. 개운치는 않아도 피로는 풀렸다. 집 안에서는 모든 것이 다 잘 지나갔다. 그녀의 어머니는 딱 한 번 깼다. 약한 바람이 더운 공기를 흔들고 지나갔다. 비록 잎사귀들을 마음껏 흔들어대는 나무는 하나도 보이지 않았지만, 저기 어딘가에는, 도로변 잡목림이나 울창한 푸른 숲에서는 유쾌하게 속삭이는 듯 흔들리는 소리가 난다는 걸 마거릿은 알고 있었다. 이파리들이 찰랑찰랑 부딪치다가 소리를 멈추는 장면을 떠올려보는 것 자체가 그녀의 마음속을 울리는 아련한 즐거움이었다.

그녀는 헤일 부인의 방에서 자수를 붙잡고 앉아 있었다. 그녀는 어머

---

* 윌리엄 파울러(William Fowler, 1560~1612), 소네트 9번 「사랑의 독거미 The Tarantula of Love」의 마지막 연.

니가 아침잠에서 깨어나면 옷 입는 걸 도와주고, 저녁 식사가 끝나면 베시 히긴스를 보러 갈 작정이었다. 그녀는 손턴 씨 집에서 있었던 일은 기억에서 몽땅 지워버리려고 했다. 눈앞에 생생한 모습으로 서 있지 않는 한 그들을 생각할 필요가 전혀 없었다. 하지만 물론 생각하지 않으려고 하면 할수록 그들은 그녀 앞에 더 맹렬히 떠올랐다. 그러다가 이따금씩 열감이 그녀의 창백한 얼굴을 온통 발갛게 물들였다.

딕슨이 아주 조심스럽게 문을 열더니 가리개가 내려진 창가에 앉아 있는 마거릿에게로 살금살금 까치발로 다가왔다.

"손턴 씹니다, 아씨. 거실에 있어요."

마거릿은 놓고 있던 자수거리를 떨어뜨렸다.

"날 보자고 하던가요? 아빠가 들어가지 않으시고요?"

"아씨를 보자고 하세요. 주인님은 안 계십니다."

"알았어요. 내려갈게요." 마거릿은 차분하게 대답했다. 하지만 그녀는 이상하게도 내려가지 않고 미적거렸다.

손턴 씨는 문을 등지고 창가에 서 있었다. 거리에 있는 뭔가를 유심히 보고 있는 것 같았다. 하지만 사실 그는 두려워하고 있었다. 그녀가 온다는 생각에 그의 가슴이 두방망이질 쳤다. 사실 그때는 조마조마하게 느껴졌던, 자신의 목을 감아들던 그녀 팔의 감촉을 그는 잊을 수가 없었다. 하지만 지금은 자기를 보호하려고 매달리던 그녀를 떠올리면 모든 결심, 모든 자제력이 마치 불 앞의 양초처럼 녹아 없어지면서 온몸이 떨렸다. 그는 전날 그녀가 그랬을 때처럼 그녀가 자기 품속으로 포근히 안겨오길 말없이 염원하며, 두 팔을 뻗어 그녀를 맞겠다고 앞으로 나서게 될까 봐 두려웠다. 그땐 아무것도 눈에 들어오지 않았지만 다신 그러지 않을 것이다. 그의 심장이 막 요동쳤다. 그렇게도 강한 남자이지만 그는 그

너에게 해야 할 말, 그리고 그 말이 어떻게 받아들여질까에 대한 생각으로 떨고 있었다. 그녀는 어쩌면 고개를 살짝 숙이고 얼굴이 발개져서 마치 안식처를 찾아들 듯 자신의 품 안으로 파닥이며 뛰어들지 모른다. 그는 한순간 그녀가 그럴 거라는 생각에 초조한 마음으로 얼굴이 달아올랐다가, 다음 순간 그녀의 맹렬한 거절이 두려워졌는데, 그 생각은 떠올리기도 싫은 치명적인 그림자로 자신의 앞날을 시들게 만들었다. 그는 방 안에 자기 말고 누군가의 인기척을 느끼자 깜짝 놀랐다. 그는 뒤로 돌아섰다. 그녀가 아주 조용히 들어왔기 때문에 그는 들어오는 소리를 전혀 듣지 못했다. 신경 쓰지 않고 있던 그의 귀에는 가벼운 모슬린 드레스를 입은 그녀가 가만가만 들어오는 기척보다 거리에서 들려오는 소음이 더 분명하게 들렸던 것이다.

그녀는 그에게 앉으라는 말도 없이 테이블 옆으로 가서 섰다. 눈꺼풀이 눈동자를 반쯤 살포시 덮고 있었다. 아래 위 치아는 서로 붙이고 있었고, 입술은 그 위로 벌어지면서 하얀 치아가 입술의 곡선을 따라 살짝 드러나고 있었다. 천천히 들이쉬는 깊은 숨에 얇고 예쁜 그녀의 콧구멍이 커졌다. 그게 얼굴에서 유일하게 움직임이 보이는 부분이었다. 고운 살결, 둥근 뺨, 윤곽이 선명한 입과 그 입의 가장자리에 깊이 팬 볼우물, 이런 것들이 오늘은 모두 힘을 잃은 채 파리했다. 화색이 사라진 평소의 건강하던 얼굴은 피격의 흔적을 감추느라 관자놀이까지 늘어뜨린 풍성하고 짙은 머리카락 때문에 더 수척해 보였다. 그녀의 두 눈은 아래로 향하고 있었지만 고개는 살짝 뒤로 젖힌 채 예의 그 도도한 자태를 유지하고 있었다. 그녀의 긴 두 팔은 양옆에 늘어뜨려져 있었다. 전체적으로 그녀는 마치 자신이 혐오해 마지않는 범죄의 누명을 쓰는 바람에 너무 화가 나서 자신을 정당화하는 것조차 힘들어 보이는 죄수 같았다.

손턴 씨가 서둘러 한두 발 앞으로 내딛더니, 정신을 차리고 단호한 태도로 (그녀가 들어오면서 열어놓은) 문 쪽으로 걸어가 그 문을 닫았다. 그런 다음 돌아와 잠시 그녀와 마주 보고 서서 아름다운 그녀를 전체적으로 느끼더니, 감히 그 아름다운 순간을 흩뜨리고, 어쩌면 쫓아버리고, 용기를 내어 준비해온 말을 꺼냈다.

"헤일 양, 어제는 제가 감사 인사도 제대로 드리지 못했습니다."

"감사할 건 아무것도 없습니다." 그녀가 눈을 들어 그를 오롯이 올려다보며 이렇게 말했다. "손턴 씨는 아마 제가 한 일에 대해 감사를 표해야 한다고 믿고 있다는 말씀인 것 같아요." 화난 것처럼 보이려고 했음에도 불구하고 자기도 모르는 사이에 그녀의 얼굴 전체에 홍조가 번졌고 두 눈까지 발개졌다. 그래도 근엄하게 뚫어지듯 바라보는 시선은 거두지 않았다. "그건 단지 본능적인 것이었어요. 누구라도 저처럼 했을 겁니다. 위험을 목격하면 우리 여성들은 귀중한 특권 같은 여성의 고결함을 느낀답니다. 제가 오히려," 그녀는 급히 말을 이었다. "경솔한 말로 손턴 씨를 그 위험 속에 뛰어들게 했으니 사과를 드려야 해요."

"헤일 양의 말 때문이 아니었습니다. 사실 신랄하기는 했지만 그 말들은 진실이었습니다. 하지만 그런 말로 절 밀어내면서 깊은 감사의 뜻을 피하려고 하지 마십시오. 제게……" 그는 이제 말을 꺼낼 참이었는데, 뜨거운 자신의 열정을 성급하게 말하고 싶지는 않았다. 그는 한마디 한마디에 힘을 주려고 했다. 그는 그럴 것이고, 의지가 충천했다. 그는 도중에 말을 중단했다.

"전 아무것도 피하지 않아요." 그녀가 말했다. "전 그냥 손턴 씨가 제게 아무것도 빚진 게 없다는 말씀을 드리는 겁니다. 그리고 덧붙인다면 어떤 감사 표현도 제게는 고통스러울 겁니다. 왜냐하면 전 제가 그걸 받을 만하다고 생각지 않기 때문이에요. 그렇지만 사실이 아닐지라도 손턴 씨가 제게 지고 있다고 생각하는 빚이 덜어질 수 있다면 말씀하세요."

"전 어떤 빚도 덜어내고 싶지 않습니다." 그는 그녀의 냉정한 태도를 참지 못하고 이렇게 말했다. "사실이든 아니든, 제 생명을 당신께 빚졌다고 생각하기로 했다는 데는 의문의 여지가 없습니다. 그래요, 웃으십시오. 과장이라고 생각하셔도 좋습니다. 왜냐하면 그리하여 그 삶이 가치를 얻기 때문입니다. 아아, 헤일 양!" 그가 소리를 죽이고 열정이 가득 묻어나는 부드러운 목소리로 말을 이어나갔기 때문에 그녀는 그 앞에서 바들바들 떨고 있었다. "그런 상황이 만들어진 것에 대해 생각하면 제 삶이 가치를 얻습니다. 그래서 향후 제 삶이 기쁘다고 생각할 때마다 전 이렇게 중얼거릴지도 모릅니다. '이 모든 삶의 즐거움, 이 세상에서 내 일을 하면서 갖는 정직한 자부심, 존재에 대한 이 명철한 감각, 모든 게 헤일 양 덕분이야!'라고 말입니다. 그리고 그런 생각을 하면 기쁨이 배가 되고, 자부심은 빛을 발하고, 존재 의식은 더 선명해져서 결국 제 삶을 누군가에게 빚진다는 것이 고통인지 기쁨인지 모를 정도가 됩니다. 아니, 헤일 양, 들으셔야 합니다." 그는 물러설 수 없다는 듯 작정하고 그녀 앞으로 걸음을 내디디며 말했다. "누군가, 제가 사랑하는 사람에게 빚진다는 것 말입니다. 이전에 그 어떤 남자도 그 어떤 여자를 이렇게까지는 사랑하지 않았을 거라고 믿는 그런 사랑 말입니다." 그는 그녀의 손을 꼭 쥐었다. 그는 숨을 헐떡이며 그녀에게서 나올 말을 기다렸다. 그는 싸늘한 그녀의 어조에 분개하며 손을 놓아버렸다. 비록 무슨 말을 어떻게 해야 할지 모르겠다는 듯 그녀의 말은 더듬거리며 나왔지만 그 말은 얼음처럼 냉정했다.

"손턴 씨의 말투에 너무 놀랐어요. 불경스러워요. 미안하지만 그게 제가 받은 첫 느낌입니다. 손턴 씨가 설명했던 감정을 제가 제대로 이해했다면 안 그럴지도 모르지요. 전 손턴 씨를 난처하게 만들고 싶지 않아요. 그뿐 아니라 엄마가 주무시는 중이니 조용히 말해야 해요. 하지만 전 손턴 씨의 전반적인 태도에 불쾌한 기분입니다."

"어찌 그런 말을!" 그가 소리쳤다. "불쾌하게 하다니요! 저야말로 정말 당혹스럽기 그지없습니다."

"그래요!" 그녀가 다시 근엄한 태도로 말했다. "불쾌해요. 그렇게 느끼는 건 당연하다고 생각해요. 손턴 씨는 어제 제 행동이……" 또다시 짙은 홍조가 그녀의 얼굴에 나타났다. 하지만 이번에는 그녀의 눈이 부끄러움보다는 분노로 이글거리고 있었다. "손턴 씨와 저 사이의 사적인 행동이라고 생각하신 것 같아요. 그렇다면 그 일에 고마움을 표하러 오실 수도 있어요. 신사라면 그 일을 다르게 받아들였을 거예요. 그래요, 신사라면," 그녀는 신사라는 단어와 관련하여 이전에 그와 주고받았던 대화를 인용하여 그 말을 반복했다. "어떤 여성이든, 여성이라고 불리는 사람이라면 누구나 보호 본능에서 수많은 사람에게 힘없이 폭력을 당할 위험에 처해 있는 한 사람을 감싸려고 나설 것입니다."

"그러니까 구출된 그 신사는 감사 인사를 표해서는 안 되는 것이군요." 그가 빈정거리는 어투로 그녀의 말을 잘랐다. "전 인간입니다. 전 감정 표현의 권리를 주장하는 겁니다."

"그래서 그 권리에 제가 양보했어요. 다만 전 손턴 씨가 그걸 고집하는 것이 고통스럽다는 말을 하는 것뿐이에요." 그녀가 도도한 태도로 대답했다. "하지만 손턴 씨는 제가 단순히 여성적인 본능에 이끌린 것이 아니라……" 여기서 (오랫동안 흘리지 않으려고 맹렬히 버티면서 눌렀던) 눈물이 그녀의 눈에 솟구쳤고, 이 때문에 그녀는 목이 메고 말았다. "제가 당신, 당신에 대한 특별한 감정 때문에 그런 행동을 했다고 생각하신 것 같아요. 아니, 그게 누구였든지, 거기 모여 있던 불쌍하고 애처로운 사람들 중 그 누가 됐든지 간에, 전 그 사람을 위해 진심으로 그런 행동을 했을 겁니다."

"계속 말씀하십시오, 헤일 양. 당신이 연민을 느끼는 대상들이 누군지 압니다. 당신이 행했던 참으로 숭고한 행동은 단지 내재되어 있던 당신의 중압감(그렇습니다. 저도 업주이지만 억압받았는지 모릅니다)이었다는 것을 이제 알겠습니다. 당신이 저를 경멸한다는 것을 압니다. 하지만 이 말은 꼭 드리고 싶습니다. 그건 당신이 저를 이해하지 못하기 때문입니다."

"이해하고 싶지도 않아요." 그녀는 테이블에 몸을 지탱하며 이렇게 대답했다. 그녀는 그가 잔인하다는 생각과 ——사실 그는 잔인했다 ——그에 대한 분노로 힘이 빠져 있었던 것이다.

"예, 이해하고 싶지 않은 것 같습니다. 당신은 편견이 있는 데다 공정하지 못하군요."

마거릿은 입술을 꼭 물었다. 그녀는 그와 같은 비난에 대꾸하려고 하지 않았다. 하지만 그 모든 것에도 불구하고, 말이 그렇게 거칠게 나왔음에도 불구하고 그는 그녀의 발밑에 몸을 던진 채 그녀의 드레스 밑단에 키스를 했을 수도 있다. 그녀는 말하지 않았다. 움직이지도 않았다. 상처 입은 자존심 때문에 그녀의 눈에서는 뜨거운 눈물이 자꾸만 흘러내렸다. 그는 잠시 동안 그녀가 뭔가 대꾸라도 할 수 있는 조롱조의 말이라도 해주기를 기다리고 있었다. 하지만 그녀는 입을 닫은 채 아무 말이 없었다. 그는 모자를 집어 들었다.

"한마디만 더 하지요. 헤일 양은 마치 제 사랑을 받는 것이 큰 오점이라도 된다고 생각하는 것 같습니다. 그건 피할 수 있는 게 아닙니다. 아니, 제가 씻어내더라도 그 오점은 씻기지 않을 겁니다. 하지만 비록 씻어낼 수 있다고 하더라도 씻어내지 않겠습니다. 제 평생에 한 여인을 이토록 사랑한 적은 없었으니까요. 너무 바쁜 삶을 살아야 했기에 생각은 항상 여러 가지 다른 일로 몰두해 있었지요. 이제 저는 사랑합니다. 그리고 사랑할 것입니다. 그렇지만 저의 과도한 표현에 너무 겁먹지는 마시기 바랍니다."

"겁먹지 않아요." 그녀는 몸을 꼿꼿이 세우며 대답했다. "지금까지 누군가가 이토록 무례했던 적은 처음이고, 그 누구도 그럴 수는 없습니다. 하지만 손턴 씨는 제 아버지께 매우 친절하셨어요." 그녀는 어조를 완전히 바꾸어 최대한 여성스러운 부드러움을 담아 이렇게 말했다. "계속 이렇게 서로를 화나게 하지 않도록 해요. 부탁이에요!" 그는 잠시 코트 소매로 모자의 결을 쓸어내리느라 그녀의 말을 귀담아듣지 않았다. 그리하여 그녀의 악수도 거절하고 그녀의 후회가 담긴 엄숙한 표정을 못 본 체하며 갑자기 몸을 돌려 방을 나와버렸다. 마거릿은 그가 나가기 전 그의 얼굴을 흘긋 한번 보았을 뿐이다.

그가 가버리자 그녀는 그의 눈에 눈물이 언뜻 비친 걸 본 것 같았다. 그로 인해 그녀의 거만한 혐오감은, 누군가에게 그런 굴욕을 안겨주었다는 것 때문에 고통스럽긴 해도 뭔가 다른, 좀더 자애로운 자책감으로 변했다.

'하지만 어쩔 수 없었잖아?' 그녀는 자문했다. '한 번도 그 사람을 좋아하지 않았는데. 난 교양 있게 행동했어. 그렇다고 억지로 무심함을 감추려고 하지도 않았어. 사실 나 자신이나 그 사람에 대해서는 생각해본 적이 없었으니까, 내 태도는 분명 진실을 보여주었어. 어제는 전부 그가

착각했던 걸 거야. 하지만 그건 그의 실수지 내 실수가 아니야. 필요하다
면 난 또 그럴 거야. 비록 이렇게 부끄럽고 골치 아픈 일이 일이 생기더라
도 말이야.'

25장
프레더릭

복수는 저절로 이루어질지니
성난 군법은 그들의 명분을 선언하고
상처 입은 해군은 위법자 처벌을 촉구하누나*
— 바이런

마거릿은 세상의 청혼이 다 자신이 겪었던 두 번의 경험처럼──청혼
받는 순간이 고통스러울 만큼──사전 예고도 없이 불쑥 찾아오는 것인지
궁금해지기 시작했다. 그녀는 자기도 모르게 레녹스 씨와 손턴 씨를 비교
해보았다. 그녀는 레녹스 씨가 청혼하던 상황에서 우정 말고는 그 어떤
느낌도 받을 수 없었다는 사실이 유감스러웠다. 그런 유감이 처음 청혼
받았을 때의 지배적인 감정이었다. 그때 그녀는 그다지 놀라지는──손
턴 씨의 목소리가 아직도 방 안에 감돌고 있는 지금만큼 깊은 인상을 받
지는──않았었다. 레녹스 씨의 경우, 그는 우정과 사랑 사이의 경계를
슬며시 넘어왔던 것 같고, 거절당한 뒤 즉시, 비록 그녀와는 다른 이유에
서였지만, 그녀만큼이나 후회스러워하는 것 같았다. 손턴 씨의 경우는 마
거릿이 알고 있는 한, 우정의 단계가 끼어들 여지가 전혀 없었다. 그들

---

* 영국 군함 바운티 호에서 일어난 폭동에 관한 바이런(George Gordon Byron, 1788~1824)
의 시 「섬The Island」에서 인용.

사이의 교류는 계속적인 대립의 연속이었다. 두 사람의 견해는 상충했다. 그리고 사실 그녀는 그가 자신의 개인적인 견해를 좋아한다고 여긴 적이 한 번도 없었다. 그녀의 생각이 바위같이 강한 그의 성격과 힘찬 열정에 맞서는 만큼 그도 그것에 코웃음을 치는 것처럼 보였고, 급기야 그녀는 부질없는 저항을 시도하는 데 피로를 느꼈다. 그런데 이제, 그가 이처럼 생경하기 짝이 없는, 휘몰아칠 듯한 격정적인 태도로 자신의 사랑을 밝히러 왔던 것이다. 그러니까 비록 처음에는 그의 청혼이 스스로를 방패막이로 삼은 자신에 대한 통렬한 연민에 자극받아 어쩔 수 없이 나왔다는 생각이 불현듯 들었지만──그건 다른 사람들도 그랬듯이 그의 착각일 수도 있었다──그가 방을 나가기 전부터 ── 그리고 분명 나간 지 5분도 채 지나지 않아 그가 자신을 사랑한다는, 자신을 사랑했다는, 자신을 사랑하리라는 뚜렷한 확신이 마거릿의 머릿속에 섬광처럼 분명히 떠올랐다. 그러자 그녀는 이때까지 살아오면서 혐오스럽게 생각했던 어떤 굉장한 힘에 매료된 듯 온몸에 전율이 일었다. 그녀는 그가 자신을 사랑한다는 생각으로부터 조금씩 숨었다. 하지만 아무 소용이 없었다. 페어팩스가 번역한 타소의 시를 패러디하자면,

　　그의 강인한 인상이 그녀의 머릿속을 헤매고 다녔네.*

　　그녀는 그가 자신의 내적 의지를 꼼짝 못하게 했다는 것이 더 싫었다. 비웃으며 밀어내는데도 감히 사랑한다고 말하다니! 그녀는 좀더 강한 어

---

* 이탈리아의 시인 토르콰토 타소(Torquato Tasso, 1544~1595)의 『해방된 예루살렘 *Gerusalemme Liberata*』(1581)에서 인용. "그녀의 고운 인상이 그의 머릿속을 헤매고 다녔네"라는 원문을 패러디하고 있다.

조로 말하지 못한 것이 아쉬웠다. 신랄하고 단호한 말들이 물밀 듯 생각 났지만, 이제는 입 밖에 내어봐야 늦은 뒤였다. 그와의 면담에서 받은 깊은 인상은 마치 악몽의 공포 같았다. 일어나서 눈을 비비고 경직된 웃음을 입술에 억지로 지어봐도 그것은 그 방을 떠나지 않을 것이다. 공포가 거기 있었다. 거기, 방 한구석에서 끔찍한 눈으로 한 곳을 응시한 채 몸을 웅크리고 뜻 모를 말을 주절거리면서, 우리가 감히 그것의 존재에 대해 누군가에게 속삭이는지 아닌지 들어보려고 귀를 기울이고 있었다. 그리고 우리 인간은 감히 그럴 용기가 없다. 얼마나 불쌍한 겁쟁이들인가!

그렇게 그녀는 그의 끈질긴 구애 위협에 몸서리를 쳤다. 그는 어쩔 작정이었나? 그를 제어하기엔 그녀가 역부족이었나? 그녀는 알게 될 것이다. 그런 식으로 그녀를 위협한 것은 남자다움을 넘어선 대담한 행동이었다. 그의 구애는 어제 본 측은한 장면 때문이었나? 필요하다면 그녀는 내일도 똑같이 ―불구의 거지에게라면 기꺼운 마음으로― 그에게라면, 그의 추론과 무례하도록 소름 끼치는 여자들의 냉소를 감수하면서 그때와 마찬가지로 용감하게 그럴 것이다. 그녀가 그런 행동을 했던 것은 그런 상황에서 자신이 구하는 것이 옳았고 쉬웠고 진실했기 때문이다. 구하려고 애쓰는 것조차도 그러했다. '진인사대천명(盡人事待天命)'일지니.

그때까지 그녀는 그가 떠난 자리에서 한 발짝도 움직이지 않았었다. 바깥의 그 어떤 소동도 그의 마지막 말과, 그녀가 눈길을 떨어뜨릴 수밖에 없었던 그의 불타오르는 격정적인 눈빛 때문에 빠져들었던 무아지경에서 그녀를 깨우지 못했던 것이다. 그녀는 주변을 맴돌고 있는 중압감을 몰아내려고 창가로 가서 창문을 열었다. 그런 다음 다른 사람과 어울리거나 뭔가 활동적인 걸 하면서 조금 전의 기억들을 떨쳐내고 싶은 조급한 심정으로 문 쪽으로 가서 방문을 열었다. 하지만 정오의 집 안은 만물이 숨을 죽인 채 깊은 고요 속에 잠겨 있었고, 그 속에서는 한 사람의 병자가 간밤에 이루지 못한 숙면을 보충하고 있었다. 마거릿은 혼자 있고 싶지 않았다. 뭘 하지? '그래, 베시 히긴스를 보러 가자.' 그녀는 지난밤 자기 앞으로 메시지가 와 있었다는 기억을 퍼뜩 떠올렸다. 그래서 그녀는 밖으로 나갔다.

그녀가 거기 당도했을 때 베시는 후텁지근하고 숨이 턱턱 막히는 날인데도 화롯불 가까이로 옮겨져서는 긴 나무 의자 위에 누워 있었다. 마치 격렬한 통증을 겪고 난 뒤 늘어져 쉬고 있는 듯 거의 납작하게 누워 있었다. 마거릿은 베시를 약간 일으켜 앉혀서 호흡을 좀더 편하게 해주어야 할 것 같았다. 그래서 아무 말도 하지 않고 그녀를 일으킨 뒤 베개를 받쳐 주었다. 베시는 힘은 빠져 있었지만 좀더 편안해 보였다.

"다시는 못 볼 줄 알았어요." 그녀가 마거릿의 얼굴을 애처롭게 바라보더니 마침내 이렇게 말했다.

"어떡해요, 더 나빠진 것 같으니. 근데 어제는 올 수가 없었어요. 엄마도 너무 아프시고, 또 다른 이유도 있고 해서요." 마거릿이 얼굴을 붉히며 말했다.

"메리까지 보냈으니 주제넘었다고 생각할지도 모르겠어요. 근데 큰 목소리로 다투는 소리에 내 맘이 갈기갈기 찢어졌거든요. 그래서 아빠가 나가시자 아아, 그저 평화와 약속의 성경 말씀을 읽어주는 그쪽의 목소리를 들을 수 있다면 엄마의 자장가에 새근새근 잠드는 아기처럼 고요하고 평화로운 주님의 말씀을 들으며 죽을 수도 있겠다 싶었어요."

"지금 장(章) 하나를 읽어줄까요?"

"예, 그래요! 처음엔 귀에 안 들어오겠죠. 멀리 있는 것 같을 거예요. 하지만 내가 좋아하는 말씀, 맘이 편안해지는 말씀이 나오면 귀에 대고

316

읽는 것처럼 쏙쏙 들어올 것 같아요."

마거릿은 읽기 시작했다. 베시는 앞뒤로 몸을 흔들거렸다. 그녀는 잠시 동안은 열심히 들으려고 애를 썼지만 다음 순간 마치 발작이라도 일어난 것처럼 몸을 더 들썩거렸다. 드디어 그녀가 진심을 토해냈다. "그만 읽어요. 소용없어요. 어쩔 수 없다는 생각에 화가 나서 마음속으로는 계속 주님을 욕하고 있는 걸요. 어제 말버러 가에서 있었던 폭동에 대해 들었을 거예요. 손턴 씨 공장 말이에요."

"베시 아빠 거기 없었죠, 그죠?" 얼굴색이 확 바뀌며 마거릿이 이렇게 물었다.

"아빠 가지 않았어요. 폭동이 일어나지 않을 수만 있었다면 아빠 무슨 일이라도 했을 거예요. 그 때문에 난 애가 타요. 아빠 그 폭동 때문에 마음이 무너졌어요. 바보들은 늘 도를 넘는다는 걸 아빠한테 말해도 소용없어요. 그쪽도 아빠처럼 그렇게 낙담한 남자의 얼굴은 본 적이 없을 거예요."

"근데 왜요?" 마거릿이 물었다. "난 이해가 안 돼요."

"알다시피 아빠 이번 특별 파업을 이끄는 노조 위원이에요. 조합이 아빠를 지명했어요. 왜냐하면 이런 말 하긴 그렇지만 아빠 생각이 깊고 정말 충직한 분이라고들 생각하거든요. 그래서 아빠와 다른 노조 위원들이 계획을 세웠어요. 그 사람들은 하늘이 두 쪽 나도 서로 단합해야 했어요. 대다수가 생각하는 거라면, 다른 사람들도 자기들 생각이 어떻든 대다수의 생각에 따라야 했어요. 무엇보다 국법을 어기는 건 있을 수 없어요. 노조원들이 묵묵하게 굶주림을 참아가며 싸우고 있는 걸 본다면 세상 사람들도 그들을 지지할 거예요. 근데 아무리 파업 방해꾼들에 맞서기 위한 거라고 해도 일단 소동이나 난동이 일어나면 모든 게 엉망이 돼버려요. 이전에도 수없이 그랬다는 걸 노동자들도 알아요. 그 사람들은 아일랜드 인부들 얘기를 들어본 뒤 그들을 달래고 설득하면서, 어쩌면 물러나라고 경고했을 거예요. 근데 위원회는 노조원들 모두에게 무슨 일이 일어나더라도 죽은 듯 있으라고, 필요하다면 찍소리도 하지 말고 있으라고 지시했어요. 그런 다음 자기들이 노조원들을 끌고 갈 작정이었죠. 그것 말고도 위원회는 자기들이 옳은 요구를 하고 있기 때문에, 잘못해서 노조원들이 뭐가 옳고 그른지도 구분하지 못한 채 혼동하지 않길 바랐어요. 나만 해도 그쪽이 나보고 섞어 먹으라고 준 시럽하고 가루약의 맛을 더 이상 구분하지 못해요. 양은 시럽이 많은데도 맛은 전체적으로 가루약 맛이에요. 아유, 대충 이것만 얘기하는데도 완전히 힘이 빠지네요. 그쪽도 한번 생각해봐요. 아빠의 노력이 깡그리 날아갔어요. 위원회가 시키는 대로 하지 않고 마치 자기가 무슨 유다인 양 행동한 멍청한 바우처 같은 자 때문에 파업을 망쳤어요. 쳇! 하지만 아빠 어젯밤 바우처한테 말했어요. 경찰을 찾아가서 파업 주동자가 어디 있는지 알려줄 거라고 그랬어요. 업주에게 넘겨서 마음대로 하게 내버려둘 거라고요. 진짜 지도자들은 바우처 같은 사람이 아니라 결의가 굳은 사람들이라는 걸, 일 잘하고 선량한 시민이면서 법과 판결에 순응하고 질서를 떠받드는 사람들이라는 걸 세상에 보여준댔어요. 그들은 단지 온당한 임금을 원했을 뿐이고, 굶어 죽는다고 해도 그걸 쟁취할 때까지는 일을 하지 않을 작정이었지만 절대 재산이나 인명을 손상시키는 일은 하지 않으려고 했어요. 그랬는데," 그녀의 목소리가 힘을 잃었다. "바우처가 손턴 씨 여동생에게 돌을 던져서 죽을 뻔하게 만들었대요."

"아니에요." 마거릿이 말했다. "돌 던진 사람은 바우처가 아니에요." 그 말을 하는 그녀는 처음엔 얼굴이 빨개졌다가 하얗게 변했다.

"그날 거기 있었어요?" 베시가 힘없이 물었다. 그녀는 사실 여러 번 쉬어가며 말했고, 평소 같지 않게 말하는 게 힘들어 보였다.

"그래요. 그건 그렇고, 계속 말해봐요. 다만 돌 던진 사람은 바우처가 아니었어요. 근데 그 사람이 아빠한테 뭐라고 대꾸했어요?"

"아무 말도요. 격분하는 것만으로도 지쳐서 온몸을 사시나무처럼 떠는데, 차마 쳐다보기 힘들었어요. 밭은 숨을 몰아쉬기에 한순간 난 우는 줄 알았죠. 근데 아빠가 경찰에 넘기겠다고 하니까 고함을 크게 지르더니 꽉 쥔 주먹으로 아빠 얼굴을 쳐버렸어요. 아빤 번개 맞은 듯 넘어졌죠. 아빤 그 주먹에 처음엔 정신을 못 차렸어요. 바우처는 격분한 데다 굶주림으로 힘이 없었는데도 말이죠. 그는 잠시 앉아서 손을 눈앞에 들어 보더니 문 쪽으로 나가버렸어요. 어디서 그런 힘이 나왔는지는 모르겠지만 난 나무 의자에서 내려와 아빠한테 매달렸어요. '아빠, 아빠!' 하고 부르며 말했죠. '저 불쌍한 사람을 제발 경찰에 넘기지 말아요. 그러지 않겠다고 말할 때까지 아빨 못 가게 할 거예요.' '바보 같은 소리 마라.' 아빠가 말씀하시는 거예요. '말이야 쉽지. 경찰에 넘길 생각은 조금도 없었다. 하지만 ── 맹세코 ── 당해도 싼 놈이야. 다른 사람이 그런 추한 짓을 했다면 눈도 깜짝 않고 수갑을 차게 했을 거다. 하지만 이제 그놈이 날 쳤으니, 경찰에는 더더욱 절대 못 넘긴다. 그러면 내 싸움을 다른 자들이 맡는 꼴이 돼버릴 테니까. 그러나 이번 굶주림을 넘기고 사정이 좀 나아지면 남자답게 둘이서 완전히 치고받으면서 엎치락뒤치락 싸울 거다. 그놈한테 본때가 뭔지 보여줄 거야.' 그러면서 아빠가 날 뿌리쳤어요. 사실 난 기운이 빠져서 기절할 정도였고 아빠 얼굴은 석회처럼 하얬는데 핏기 없는 그 얼굴을 보는 것만 해도 현기증이 났어요. 그래서 내가 잠들었는지 깼는지, 아니면 그냥 몽롱한 상태였는지, 그쪽을 좀 데려오라고 보내났던 메리가 올 때까지 몰랐어요. 이제 그만 말하고 성경을 좀 읽어줘요. 다 말하고 나니까 맘이 좀 편해졌어요. 하지만 이런 지친 생각을 씻어낼 수 있게 저 먼 천국을 생각하고 싶어요. 읽어줘요. 설교 말고 이야기 나오는 장을요. 거길 읽으면 그림이 그려져요. 눈을 감고 있어도 보이죠. 새로운 천국하고 새로운 땅*이 나오는 부분을 읽어주세요. 그러면 이번 일은 아마 잊어버리게 될 거예요."

마거릿은 조용하고 낮은 목소리로 읽어나갔다. 베시는 두 눈을 감은 채 얼마 동안 듣고 있었는데, 축축한 눈물이 그녀의 눈시울을 무겁게 적셔 내렸다. 그녀가 놀라서 깨기를 반복하면서 간청하는 말을 중얼거리더니 마침내 잠이 들었다. 마거릿은 그녀에게 이불을 덮어주고 나서 집에서 자기를 찾겠다는 불안한 생각에 그 자리를 떠났다. 하지만 죽어가는 여자애를 두고 나온 건 지금까지도 잔인해 보였다.

헤일 부인은 딸이 돌아왔을 때 거실에 있었다. 그날은 상태가 호전된 날 중 하루였던지 그녀는 물침대가 좋다고 입에 침이 마르게 칭찬했다. 그 침대는 존 베리스퍼드 경의 저택에서 썼던 침대 이후 자신이 자보았던 그 어떤 침대보다 그것과 가장 비슷한 침대다, 어떻게 해서 그렇게 됐는지는 모르겠으나 사람들은 자신이 젊은 시절 썼던 침대와 같은 종류의 것을 만드는 기술을 잊어버린 것 같다, 사람들은 그까짓 것 쉽다고 생각할는지 모르겠지만, 들어가 있는 깃털은 똑같은 종류라도 어쨌든 자신은 지난밤을 보내고 나서야 비로소 여태 달고 깊은 잠을 한 번도 자보지 못했다는 걸 알았다는 등의 말을 했다.

헤일 씨는 예전에 썼던 깃털 침대의 장점이란 건 딴 게 아니고 젊을

---

* 「요한계시록」 21장 1절.

때였으니까 왕성한 활동 덕분 아니었겠냐고 넌지시 말했다. 많이 움직이고 나면 단잠에 들게 된다는 것이었다. 하지만 그의 아내는 이런 의견에 동의하지 않았다.

"실은 그렇지 않아요. 여보. 그건 부모님 댁에 있던 침대 덕분이었어요. 그럼 마거릿, 넌 충분히 젊으니까 물어보자. 낮에 돌아다니고 난 뒤 침대가 편안하더냐? 침대 위에 누우면 정말 편안한 기분이 들더냐? 아니면 뒤척거리면서 이리저리 자세를 바꿔봐도 소용없고, 아침이면 잠자리에 들 때처럼 피곤한 채로 일어나느냐?"

마거릿은 웃었다. "사실대로 말씀드리자면 엄마, 전 어떤 침대든 침대에 대해 생각해본 적이 없어요. 밤이 되면 너무 피곤해서 어디든 눕기만 하면 그냥 바로 잠들어요. 그래서 제 증언은 별 쓸모가 없을 거예요. 게다가 전 할아버지 댁의 침대를 한 번도 써본 적이 없잖아요. 옥슨햄에 가본 적이 없으니까요."

"그러니? 어머, 세상에! 맞다. 그래, 내가 데려간 건 우리 불쌍한 프레더릭이었지. 결혼하고 옥슨햄에는 딱 한 번 갔었다. 네 이모 결혼식 때문이었지. 그때 우리 불쌍한 프레더릭은 아기였어. 난 딕슨이 여주인을 시중드는 하녀에서 유모로 바뀌어버린 자기 처지를 좋아하지 않는다는 걸 알고 있었지. 그래서 딕슨을 고향 집으로 데려가 고향 사람들과 섞이게 해놓으면 날 떠난다고 할까 봐 걱정했어. 그런데 불쌍한 프레더릭이 이가 나느라고 옥슨햄에서 아팠지 뭐냐. 난 애나가 결혼하기 전 많은 시간을 함께 보내려고 했고, 몸이 그다지 건강하지 못했기 때문에 딕슨이 그 어느 때보다도 프레더릭을 더 많이 돌봐주었단다. 그 일을 계기로 딕슨이 프레더릭을 그렇게 좋아하게 된 것이고, 그 애가 모두를 마다하고 자기한테 가서 매달리면 그렇게 뿌듯해했단다. 그러니 딕슨은 날 또다시 떠난다는 생각은 하지 못했을 거야. 그래도 자기가 해오던 일과는 엄청 달랐지. 불쌍한 프레더릭! 좋아하지 않은 사람이 없었어. 태어날 때부터 귀염받게끔 태어났어. 리드 선장이 귀여운 내 자식을 싫어했던 걸 보면 그 사람 아주 나쁜 사람인 것 같아. 내 아들을 싫어했다는 게 그 확실한 증거라고 생각해. 세상에, 가엾게도 네 아버지가 나가버렸네. 프레더릭 얘기를 들을 수가 없겠지."

"오빠 얘기 듣고 싶어요, 엄마. 하고 싶은 얘기 다 해주세요. 한 번도 속 시원하게 말해주지 않았잖아요. 아기 땐 어땠는지 말해줘요."

"아유, 마거릿, 맘 상하진 마라. 하지만 그 앤 너보다 훨씬 더 예뻤다. 딕슨 팔에 안긴 널 처음 보고 내가 이런 말 했던 게 떠오르는구나. '아유, 조그만 게 못났기도 해라!' 그러니까 딕슨이 말했지. '아기들이 모두 프레더릭 도련님 같지는 않죠!' 세상에! 이렇게도 생생하게 기억하다니. 그땐 하루 종일 언제든 프레더릭을 팔에 안아볼 수 있었다. 그 애 침대를 내 침대 옆에다 두고 말이야. 지금은, 지금은 마거릿, 네 오빠가 어디 있는지 알 수도 없고 다시 그 앨 볼 수 있을 것 같지도 않구나."

마거릿은 어머니가 앉아 있는 소파 옆 작은 스툴에 앉더니 그녀의 손을 쥐고는 위로하려는 듯 그 손을 어루만지면서 입을 맞추었다. 헤일 부인은 마음껏 울었다. 이윽고 그녀가 소파 위에서 몸을 꼿꼿이 세우고 딸 쪽으로 몸을 돌리더니, 울먹이면서 거의 엄숙하다고 할 정도로 진지하게 이렇게 말했다. "마거릿, 내 몸이 나아질 수 있다면, 만약 주께서 회복의 기회를 주신다면, 그건 분명 프레더릭을 다시 한 번 더 보게 하려는 뜻일 게다. 그게 그나마 나한테 남아 있는 기력을 불러일으킬 게야."

그녀는 말을 멈추었는데, 뭔가 더 말을 하려고 기력을 모으려는 것 같았다. 말을 계속하는 그녀의 목소리가 메었고, 이상하긴 하지만 목전에 임박한 아들의 귀환에 대해 생각하면서 몸을 떨고 있었다.

"그러니까 마거릿, 난 죽겠지만——몇 주 후면 저승사자가 날 데려가 겠지만——우선은 내 아이를 봐야겠다. 어떤 식으로 데려와야 하는지는 전혀 모른단만 마거릿, 네가 죽을병에 걸려 있을 때 위안을 찾는다고 생각해보렴. 네 오빠 좀 데려와다오. 그러면 그 앨 위해 내가 주님의 은총을 빌어줄 수 있지 않겠니. 딱 5분이라도 말이다. 5분 동안인데 위험하기야 할까. 아아, 마거릿, 죽기 전에 그 앨 좀 보게 해다오!"

마거릿은 이 말이 너무나 무리한 요구일지도 모른다는 생각은 하지 않았다. 우리는 죽음을 앞두고 있는 병자의 열렬한 간청이 논리적인지 아닌지 따지지는 않는다. 우리는 곧 이 세상을 등지게 될 사람들의 간청을 충족시킬 수 있었던 수많은 기회를 등한시했다는 생각이 떠올라 찔린 듯 아파할 것이므로, 만약 그들이 미래에 우리가 누릴 행복을 요구한다면 우린 그 행복을 그들 발밑에 갖다 바치면서 우리에게서 떠나가게 할 것이다. 그렇지만 지금 헤일 부인의 소원은 그녀 자신이나 아들, 두 사람 모두에게 참으로 당연하고 정당하며 옳았기 때문에, 마거릿은 어머니뿐 아니라 오빠를 위해 중간 과정의 모든 위험 가능성은 무시하고 두 사람의 만남을 성사시키기 위해 무슨 일이든 하겠다고 맹세해야만 할 것 같았다. 간청하는 어머니의 두 눈은 커져서 마거릿을 뚫어버릴 듯 애처롭게 바라보았고, 시선은 흔들림이 없었지만 하얗게 질린 입술은 마치 아이처럼 떨고 있었다. 마거릿은 천천히 몸을 일으키더니 약하디약한 어머니를 마주보고 섰다. 그렇게 하면 그녀가 흔들림 없이 침착한 딸의 얼굴에서 자신의 소원이 이루어지리라는 확신을 갖게 될지도 몰랐다.

"엄마, 오늘 밤 편지 쓸게요. 편지에다 엄마가 하신 말씀을 전할게요. 오빠가 바로 달려올 거라는 건 제 목숨만큼이나 확실해요. 맘을 편히 가지세요. 모든 걸 걸고 약속하는 만큼 엄만 오빠를 보시게 될 거예요."

"오늘 밤에 편지를 쓴다고? 오 마거릿! 우편물이 5시에 나가니까 그때까지 써야 한다, 알겠니? 나한테는 남은 시간이 너무 없어. 세상에, 난 회복되지 못할 것만 같아. 그런데도 네 아빠 가끔씩 억지로 희망을 갖게 하는구나. 즉시 편지 쓸 거지, 응? 우편물 나가는 시간을 놓치면 안 돼. 그걸 놓쳐서 프레더릭을 영영 못 보게 될 수도 있으니까 말이다."

"하지만 엄마, 아빠는 나가셨어요."

"아빠가 나갔다고! 그렇다면 뭐가 어떻다는 말이냐? 아빠가 내 마지막 소원을 들어주지 않을 거라는 말이냐? 세상에, 네 아빠가 날 헬스턴에서 이 불결하고 연기 자욱한, 햇빛도 없는 곳으로 데려오지 않았더라면 내가 이렇게 아파서 죽어가지도 않았을 거야."

"아아, 엄마!" 마거릿이 말했다.

"암, 정말이야. 그건 네 아빠도 알고 있다. 그렇다고 여러 번 말했으니까 말이다. 아빠 날 위해 뭐든 할 게다. 아빠가 내 마지막 소원을, 아니 기도를 들어주지 않을 거라는 말은 아니지? 정말이다, 마거릿. 프레더릭을 볼 수 있다면 난 정말 행복하게 죽을 수 있어. 이 일이 이루어지기 전까지는 기도를 할 수가 없어. 정말이야. 시간이 없다. 마거릿, 애야. 다음 우편물 나갈 때 써 보내도록 해. 그러면 22일 후면 올 수 있을 거다. 분명히 올 거야. 어떤 밧줄도, 어떤 쇠사슬도 그 앨 가두지 못한다. 22일 후면 내 아일 보게 돼." 그녀는 뒤로 물러앉았고, 잠깐 동안 마거릿이 손으로 눈을 가리고 미동도 없이 앉아 있다는 사실에는 관심도 두지 않았다.

"편지 안 쓸 거니!" 그녀의 어머니가 드디어 말했다. "펜과 편지지를 좀 갖고 오너라. 내가 쓰도록 하마." 그녀는 흥분으로 열이 오른 상태에서 온몸을 떨면서 허리를 세워 앉았다. 마거릿은 손을 내리고 슬픈 표정으로 어머니를 바라보았다.

"아빠 올 때까지만 기다려요. 어떻게 하는 게 가장 좋을지 물어보도록 해요."

"아까 15분 전만 해도 네가 약속했잖니, 마거릿. 그 애가 올 거라면서."

"그래요, 오빠 올 거예요, 엄마. 울지 마세요, 사랑하는 어머니. 지금 엄마 앞에서 편지 쓸게요. 쓰는 거 보세요. 이번 우편물 나갈 때 부칠게요. 만약 아빠가 들어오셔서 다시 쓰는 게 좋겠다고 하시면 다시 쓰면 돼요. 하루 뒤면 도착할 텐데요, 뭐. 아아, 엄마, 제발 그렇게 애처롭게 울지 마세요. 심장이 끊어질 것 같아요."

헤일 부인은 울음을 멈출 수가 없었다. 그녀의 울음은 발작적이었다. 사실 그녀는 울음을 멈추려고 애쓰기보다는 오히려 행복했던 과거와, 그렇게나 보고 싶어 하던 아들이 자신을 굽어보며 흐느끼고 있는데, 자신은 주검이 되어 아들이 온 걸 느끼지 못하고 누워 있을 장면을 그리면서, 예상되는 미래의 온갖 그림을 머릿속에 떠올렸다. 이윽고 그녀는 자기 연민에 빠져 흐느껴 울다가 탈진 지경에 이르렀고, 이 모습에 마거릿은 마음이 너무 아팠다. 하지만 그녀는 딸이 편지를 쓰기 시작하자 드디어 잠잠해졌고, 딸이 편지 쓰는 모습을 탐욕스럽게 지켜보았다. 마거릿은 화급한 간청을 담아 편지를 쓴 뒤, 어머니가 보자고 할까 봐 얼른 편지를 봉했다. 그다음 헤일 부인의 지시대로 편지를 단단히 몸에 지니고서 직접 우체국으로 가져갔다. 돌아오는 길에 그녀의 아버지가 그녀를 따라잡았다.

"우리 예쁜 공주님은 어딜 다녀오시나?" 그가 물었다.

"우체국에서 편지 부치고 오는 길이에요. 오빠한테 보내는 편지요. 아빠, 제가 잘못했는지도 몰라요. 하지만 엄마가 오빠를 정말로 간절히 보고 싶어 해요. 오빨 보면 몸이 좋아질 테니, 돌아가시기 전에 오빨 꼭

봐야겠다고 하셨어요. 얼마나 절실했는지 말씀드릴 수가 없어요. 제가 잘못한 건가요?"

헤일 씨는 바로 대답하지 않았다. 그러더니 이렇게 말했다.

"내가 오길 기다리지 않고, 마거릿."

"엄마한테 그러자고 했죠." 그런 다음 그녀는 침묵했다.

"글쎄다." 잠시 가만히 있더니 헤일 씨가 이렇게 말했다. "엄마가 그렇게 원한다면 봐야지. 그게 의사들이 주는 온갖 처방보다 엄마에게 더 좋은 일이지 싶구나. 어쩌면 엄마가 자리를 털고 일어날지도 모르지. 하지만 그 애가 당할 위험이 너무 클 것 같아서 걱정이구나."

"폭동이 일어난 지 몇 년이나 흘렀는데도 그래요, 아빠?"

"그래. 정부가 위법 행위를 진압하기 위해 극도로 엄중한 조처를 취하는 건 필연적인 일이다. 특히 해군은 더욱더 그렇단다. 해군이란 곳은 함장이 자신을 받쳐주고 자신의 대의를 받들며, 필요하다면 자신에게 가해진 어떤 상해도 응징할 수 있는 모든 권력을 생생하게 자각하는 부하들에게 둘러싸여 있어야 하는 곳이니까 말이야. 아아! 그자들에게는 자기들이 휘두른 직권이 얼마나 큰 압제로 작용했는지, 성급한 젊은이들이 미쳐 갈 정도로 얼마나 큰 분노를 자아냈는지는 전혀 중요치 않단다. 아니, 혹여 그게 나중에 구실이 될 수 있다고 하더라도 그건 애초부터 결코 참작이 안 돼. 그자들은 비용을 아끼지 않고 배를 띄워서 범법자들을 잡기 위해 바다를 이 잡듯 찾아다닌단다. 몇 년 지났다고 위법 행위에 대한 기억이 말끔히 지워지지는 않아. 그 사건은 피로써 지워질 때까지는 해상법상의 선명하고도 생생한 범죄야."

"세상에, 아빠, 제가 무슨 짓을 한 걸까요. 그땐 정말 옳은 일이다 싶었어요. 분명 오빠도 위험을 무릅쓰리라고 생각했어요."

"그럴 거다. 그렇고말고. 아니 마거릿, 편질 보내서 다행이다. 하지만 내 손으로 한다는 건 엄두도 내보지 못했구나. 사실 감사한 일이야. 난 더 이상 손쓸 도리가 없을 때까지 그저 머뭇거리기만 했을 게다. 사랑하는 마거릿, 넌 해야 할 일을 했고, 결과는 불가항력이니 두고 보자."

모두 잘 넘어갔다. 하지만 폭동의 무자비한 처벌 방법에 대한 아버지의 설명에 마거릿은 몸이 떨리면서 진저리가 났다. 만약 그녀가 오빠를 집으로 유인하여 본인의 피로써 본인의 실수에 대한 기억을 지우게 하는 것이었다면 어찌 되는 걸까! 그녀는 격려가 되는 아버지의 마지막 말의 표면 저 아래에 깊숙이 깔려 있는 아버지의 걱정을 읽었다. 그녀는 아버지의 팔을 잡고 옆에서 생각에 잠긴 채 터덜터덜 집을 향해 걸었다.

26장
어머니와 아들

나는 알았네, 어머니의 성스러운 젖가슴
여전히 그대로임을*
— 헤먼스 부인

손턴 씨는 그날 아침 마거릿의 집을 나서자 이해할 수 없는 감정으로
눈앞이 보이지 않을 지경이었다. 그는 마거릿이 마치 억센 어부의 아내가
되어 자신에게 주먹을 한 방 먹이기나 한 것처럼 어지러웠다. 그녀는 사
랑스럽고 우아한 여성이 바라보거나, 말하거나, 움직이거나 하는 것 같지
않았다. 그는 분명히 신체적인 고통을 느끼고 있었는데, 격심한 두통과
간간이 고동치는 맥박이 그러했다. 소음과 번쩍이는 빛, 끊임없이 이어지
는 거리의 웅성거림과 움직임을 참을 수가 없었다. 너무나 큰 고통을 겪
고 있는 자신을 바보라고 부르면서도, 그는 지금 자신이 겪고 있는 고통
의 원인이 무엇인지, 그리고 그 원인이 야기한 결과가 적절한 것인지 아
닌지를 기억해낼 수가 없었다. 조그맣게 난 상처 때문에 문간에 앉아 눈
물을 뚝뚝 흘리면서 목청껏 울어대는 꼬마 옆에서 같이 울기라도 할 수
있었다면 위안이 됐을 것이다. 그는 마거릿이 밉다고 혼잣말을 했지만,

---

* 펠리시아 도러시아 헤먼스, 「그리스 섬의 신부The Bride of the Greek Isle」 중 "신부의 작
별 인사The Bride's Farewell"에서 인용.

미움을 표현하는 말을 빚어낼 때마저도 마구 날뛰는 날카로운 사랑의 감정이 흐릿하니 먹구름 낀 감정에 번개가 내려치듯 팍하고 꽂혔다. 그는 고통을 끌어안으면서 가장 큰 위안을 찾았다. 그녀가 아무리 자기를 경멸하고 비난하고 거만하게 내려다봐도 자신의 사랑은 한 치도 변하지 않을 거라고 말할 때 들던 감정이 그에게는 가장 큰 위안으로 느껴졌다. 그녀는 그를 변하게 할 수 없었다. 그는 그녀를 사랑했고, 사랑할 것이다. 그리고 그녀를, 또 이렇게 비참한 육체적 고통을 견뎌낼 것이다.

손턴 씨는 잠시 꼼짝 않고 서서, 이 결심을 확고히 다졌다. 시골로 들어가는 승합마차가 하나 오고 있었다. 마부는 그가 타려나 보다 생각하고 길가에 마차를 세웠다. 그는 미안하지만 탈 생각이 아니었다고 말하려다가 그것도 일인 것 같아 그냥 올라타고 실려가기 시작했다. 마차는 길게 늘어선 집들을 지나 잘 가꾼 정원이 달린 단독형 저택들을 지나더니, 이윽고 정말 시골에서나 봄 직한 나지막한 산울타리를 지나서 곧 조그만 시골 마을에 당도했다. 그러자 모두가 내렸다. 그래서 손턴 씨도 따라 내렸고, 다들 떠났기 때문에 그도 역시 그곳을 떠났다. 그는 격한 몸놀림이 정신을 이완시켜주었기 때문에 들판을 향해 힘찬 발걸음을 내디뎠다. 그는 이제 그 일에 관한 전부가, 한없이 불쌍해 보였을 자신의 모습과 세상에서 가장 어리석은 짓일 거라고 수없이 고개를 끄덕이며 생각했던 바로 그런 짓을 하러 갔던 어이없는 방식, 그리고 그런 바보짓을 하게 되면 틀림없이 일어날 것이라고, 온전한 정신일 때 항상 예견했던 그런 결과가 정확히 일어나고 말았다는 사실이 떠올랐다. 불과 어제 어깨에 바짝 붙이고 있던 아름다운 두 눈과 반쯤 벌어져 신음하던 그녀의 부드러운 입에 홀렸던 것일까? 그는 그녀가 거기 있었던, 그녀의 팔이 자기 몸을 한번 감쌌던—다신 그러지 않겠지만—그 기억을 떨쳐버릴 수조차 없었다.

그는 그녀를 잠깐씩 본 게 다였다. 그는 그녀를 전체적으로 이해하지 못했다. 그녀는 어떨 때는 참으로 용감했고, 또 어떨 때는 무척 겁을 냈다. 부드럽기 그지없다가도 어떨 땐 아주 도도하고 당당했다. 그러자 그는 그녀를 완전히 잊어버릴 요량으로 그녀를 봤던 때를 모두 곰곰이 돌이켜보았다. 그가 본 것은 매번 다른 드레스에 다른 태도일 때의 그녀였고, 어떨 때가 가장 그녀다웠는지 그는 알 수 없었다. 오늘 아침만 해도 그녀는 참으로 당당해 보였다. 어제 위험에 처한 자기를 구해주었으니 자신에게 최소한 관심이 있었던 게 아닌가라는 생각에 쏘아보던 눈빛이라니!

만약 손턴 씨가, 스스로도 스무 번 넘게 인정했다시피, 아침에 바보였다고 한다면, 그는 오후에도 똑같이 바보였다. 6펜스짜리 승합마차를 타고 떠난 여정에서 그가 받은 보상은 이런 것이었다. 즉 마거릿 같은 사람은 있지도 않고, 절대 있을 수도 없으며, 그녀는 자기를 사랑하지 않으며, 앞으로도 결코 사랑하지 않을 것이지만, 그녀는──아니! 이 세상 그 누구라도──절대 자신이 그녀를 사랑하는 걸 막지는 못할 것이라는 더욱더 생생한 확신이었다. 그리하여 그는 작은 장터로 돌아온 다음 밀턴으로 돌아가기 위해 다시 승합마차에 올랐다.

그가 공장 창고 근처에 내린 것은 늦은 오후였다. 익숙한 장소에 오니 익숙한 습관들과 생각들이 꼬리를 물고 되살아났다. 그는 얼마나 많은 일을 해야 하는지를──어제의 소요 사태 때문에 평소보다 더 많이 일해야 한다는 걸 알고 있었다. 그는 동료 치안판사들을 만나서 새로 데려온 아일랜드 인부들의 안정과 안전을 위한 조치들, 아침에 반밖에 처리하지 못한 그 일들을 마무리 지어야 했다. 그는 불만에 찬 밀턴의 노동자들이 아일랜드 노동자들에게 접근해올 모든 가능성으로부터 그들을 지켜줘야 했다. 마지막으로 그는 집으로 돌아가서 어머니와 대면해야 했다.

손턴 부인은 헤일 양이 아들의 청혼을 받아들였다는 소식이 올까 하고 이제나저제나 기대하면서 하루 종일 거실에 앉아 있었다. 그녀는 집 안에서 갑작스레 들려오는 소리에 수도 없이 전열을 가다듬었다. 그녀는 반쯤 뜨다 만 뜨개질거리를 들고 부지런히 바늘을 놀리기 시작했지만 시야는 흐릿했고 손은 또 얼마나 떨리는지! 여러 번 문이 열렸지만 특별할 것도 없는 사람들이 별 중요치 않은 일로 들어왔다. 그러면 그녀의 딱딱한 얼굴은 우울하고 냉랭한 표정이 풀어지면서 한숨 돌린 실망의 표정으로 바뀌었는데, 준엄한 이목구비로서는 아주 이례적인 표정이었다. 그녀는 아들의 결혼이 가져올 두려운 변화에 대한 상념으로부터 황급히 빠져나와, 억지로 익숙한 가사일 쪽으로 생각을 돌렸다. 이제 갓 결혼하게 되는 신혼부부에게는 깨끗한 식탁용 리넨이 필요할 것이다. 손턴 부인은 테이블보며 냅킨이 가득 들어 있는 세탁 바구니를 모두 갖고 들어오라고 이르더니 보유 수량이 모두 얼마나 되는지 세어보았다. 그것들은 섞여 있어서 G.H.T.(George and Hannah Thornton)가 새겨진 자신의 것과 아들의 이니셜이 새겨진, 아들 돈으로 산 것들이 구분되지 않았다. 일부 G.H.T.가 새겨진 것들은 아주 고운, 네덜란드산 다마스크 천으로 된 것들로 요즈음 것과는 전혀 달랐다. 손턴 부인은 그것들을 한참 동안 바라보며 서 있었다. 모두가 처음 결혼했을 때 그녀의 자랑거리였던 것들이다. 그런 다음 그녀는 미간을 찌푸리고 입술에 힘을 준 채 일자로 다물고는 G.H.가 새겨진 바늘땀을 조심스럽게 풀었다. 거기서 그치지 않고 그녀는 새 이니셜을 새기기 위해 터키레드 색 실을 찾았다. 하지만 그 실은 모두 다 써버린 터였다. 그녀는 아직은 실을 더 사오게 할 마음이 없었다. 그리하여 허공만 바라보고 있었다. 여러 가지 영상이 앞을 지나갔다. 모든 영상 속에서 아들이 주연이었고, 온전한 주체였다. 아들은 그녀의 자부심이자 그녀의 재산이었다. 그런데도 그는 돌아오지 않고 있었다. 헤일 양과 같이 있음이 분명했다. 새로운 사랑이 아들의 마음속 첫째 자리였던 자신의 자리를 꿰차고 있었다. 극심한 고통 ——속절없는 질투의 아픔—— 이 그녀를 관통했다. 그것이 육체적인 고통에 가까운지 혹은 정신적인 고통에 가까운지 알기란 힘들었지만 그 고통에 그녀는 어쩔 수 없이 주저앉고 말았다. 이내 그녀는 평상시와 마찬가지로 다시 꼿꼿하게 일어나 있었다. 얼굴에는 그날 처음으로 음울한 미소를 띤 채, 문이 열리고 자신의 결혼에 대해 어머니가 느낄 쓰라린 유감은 절대 알 리 없는, 환희에 찬 승리자가 등장하길 기다리고 있었다. 이런 온갖 상상 속에서도 한 개인으로 미래의 며느리를 생각하는 마음은 조금도 없었다. 그녀는 존의 아내가 되는 것이다. 집안의 안주인으로서 손턴 부인의 자리를 차지하는 것은 최고의 영예를 장식하는 풍성한 결과 중 하나일 뿐이었다. 풍족하고 편안한 살림살이, 화려하고 고운 리넨, 명예, 사랑, 복종, 헤아릴 수 없이 많은 친구, 이 모두는 왕의 의복에 달리는 보석처럼 당연히 붙는 것이며, 개별적인 가치라는 건 전혀 고려될 필요가 없었다. 부엌일을 하던 처자는 존의 신부로 선택됨으로써 자기가 살던 세상을 벗어나게 되는 것이다. 게다가 헤일 양 정도면 괜찮았다. 만약 헤일 양이 밀턴 출신 아가씨였다면 손턴 부인은 분명 그녀가 마음에 들었을 것이다. 그녀는 예리한 데다 취향이 고상했고, 활기와 개성이 있었다. 안타깝게도 그녀가 편견이 있으며 세상 물정에 무지한 것은 사실이었다. 하지만 그런 건 남부 가문이면 예상할 수 있는 일이었다. 그녀와 패니를 비교하면서 드는 묘한 굴욕감 같은 것이 손턴 부인의 머릿속을 스쳤다. 그래서 이번에는 심한 말과 함께 딸을 호되게 나무랐다. 그러고 나더니 마치 속죄라도 하려는 듯, 그녀는 뿌듯해하면서 기쁨을 느끼던 일을 계속하는 대신 헨리의 성서 주석서를 집어 들고 거기에 주의를 집중하려고 애썼다.

드디어 **아들의** 발자국 소리! 그녀는 문장 하나를 끝내는 것 같았던 사이에도 아들의 소리를 들었다. 그녀는 눈으로 그 문장을 읽으면서, 기억이 단어 하나하나까지 자동적으로 떠올릴 정도가 되는 동안마저도 아들이 현관을 들어서는 소리를 듣고 있었다. 빨라진 그녀의 감각은 그의 동작 하나하나를 해석해냈다. 모자걸이 옆이군. 이젠 바로 방문 앞이야. 왜 멈췄을까? 그냥 말하려무나.

하지만 그녀의 고개는 책 위로 숙여져 있었다. 그녀는 고개를 들지 않았다. 그는 테이블 가까이로 오더니 꼼짝 않고 서서, 어머니가 열심히 읽는 중인 것 같은 단락이 끝나기를 기다리고 있었다. 그녀는 겨우 위를 쳐다봤다. "왔구나, 존?"

그는 그 짧은 말이 뭘 의미하는지 알고 있었다. 하지만 그는 마음을 단단히 먹고 있었다. 그는 아무 일 없는 듯 대답하고 싶었다. 쓰라린 마음에 뭐라고 말할 수도 있었지만 그의 어머니는 그보다 나은 말을 들을 자격이 있었다. 그가 어머니 뒤로 가서 섰기 때문에 그의 어머니는 그의 모습을 보지 못한 채 우울하고 딱딱한 얼굴을 뒤로 젖혔고, 그는 그 얼굴에 키스를 하며 이렇게 중얼거렸다.

"아무도 날 사랑하지 않습니다. 아무도 날 좋아하지 않아요. 어머니뿐입니다."

그는 몸을 돌려 벽난로 위 선반에 고개를 비스듬히 기대어 섰다. 남성다운 그의 두 눈에 눈물이 맺히고 있었다. 그녀가 일어섰다. 그녀는 비틀거렸다. 그 강한 여성이 난생처음으로 비틀거렸다. 그녀는 두 손을 아들의 어깨 위에 올렸다. 그녀는 키가 컸다. 그는 아들의 얼굴을 빤히 바라보면서 아들이 자기를 쳐다보게 했다.

"모성애는 신이 주는 거다, 존. 영원토록 흔들리지 않아. 여사의 사랑은 내뿜는 연기와 같다. 바람이 불 때마다 변하지. 그러니까 그 처자가 널, 내 아들의 청혼을 받아들이지 않으려고 한다, 그런 말이냐?" 그녀가 이를 악물었다. 그녀는 개가 온 이빨을 드러내듯 악문 이를 드러냈다. 그는 고개를 흔들었다.

"전 헤일 양에게 어울리지 않습니다, 어머니. 어울리지 않는다는 걸 알고 있었습니다."

그녀는 이를 갈며 말을 쏟았다. 어머니가 하는 말이 귀에 들어오지는 않았으나 눈빛으로 보아, 거친 말로 표현만 안 됐지 여태 입 밖으로 나온 적 없는 무시무시한 뜻이 담긴 저주일 것 같았다. 그렇다고 해도 그녀의 가슴은 아들이 다시 온전한 자기 것이 된다는 생각에 나는 듯 뛰어올랐다.

"어머니!" 그가 얼른 어머니를 저지했다. "헤일 양을 욕하는 건 참기 힘듭니다. 좀 참아주십시오, 제발! 전 지금 상심으로 쓰러질 지경입니다. 헤일 양을 여전히 사랑하기 때문입니다. 그 어느 때보다 더 사랑합니다."

"그런데 난 헤일 양이 싫구나." 손턴 부인이 적의가 담긴 낮은 목소리로 말했다. "헤일 양이 너와 나 사이를 가로막았을 때 난 미워하지 않으려고 했다. 그건 혼잣말로 되뇌었듯 그녀는 널 행복하게 해줄 사람이기 때문이었다. 그리고 진심으로 그렇게 할 생각이었다. 하지만 널 이다지도 비참하게 만들었으니 미워하련다. 그래 존, 네 상처를 내게 숨겨봐야 소용없는 일이다. 내가 널 낳은 어머니이니 네 슬픔은 내 고통이야. 설사 네가 헤일 양을 증오하지 않는다고 하더라도 난 증오한다."

"그러시면 어머니 때문에 제가 그녀를 더 사랑할 수밖에 없습니다. 어머니로부터 부당한 대우를 받는 것이니 제가 그 균형을 맞춰야지요. 하지만 왜 사랑이니 증오니 하는 것들을 말하는 겁니까? 헤일 양은 날 좋아하지도 않는데요. 그거면 충분합니다. 그거면 넘칩니다. 이 얘긴 다시는 꺼내지 않도록 하지요. 그게 저를 위하는 유일한 길입니다. 그녀의 이름은 두 번 다시 입에 올리지 않았으면 합니다."

"정말 진심이다. 그 처녀와 그 처녀에게 속한 거라면 모두 원래의 자리로 몽땅 다시 사라져버렸으면 좋겠구나."

그는 꼼짝도 하지 않은 채 1~2분 정도 더 불을 바라보며 서 있었다. 그를 바라보자 그녀의 흐리고 마른 두 눈에는 뜻밖의 눈물이 차올랐다. 하지만 그가 다음 말을 이어가자 그녀는 예의 음산하고 침착한 표정을 지어 보였다.

"폭동 공모자 세 명에 대해 체포 명령이 떨어졌습니다, 어머니. 어제 폭동이 파업에 차질을 가져왔습니다."

마거릿의 이름은 두 사람 사이에 더 이상 거론되지 않았다. 그들은 의견이 아니라 사실들을 거론하며, 감정은 더더욱 내색하지 않는 예전의 대화 방식으로 되돌아갔다. 두 사람의 목소리와 말투는 조용하면서 냉정했다. 모르는 사람이 봤다면 세상에 모자지간에 저렇게 냉랭하고 무심한 태도로 대화하는 건 처음 본다고 생각했을 것이다.

27장
과일 바구니

아무것도 그르칠 일 없어라
마땅한 일 소박하게 행한다면*
―『한여름 밤의 꿈』 중

손턴 씨는 다음 날 처리해야 할 사무에 곧바로 돌입했다. 완제품을 찾는 수요가 좀 있었고, 그 수요가 영업 분야에 영향을 주었기 때문에 그는 그걸 기회로 삼아 가격 흥정을 했다. 그는 동료 치안판사들과의 회의 시간에도 정확했다. 그는 뛰어난 판단과 명민한 두뇌 활동으로 신속한 결정을 이끌어내며 그들에게 최대한의 도움을 주었다. 손턴 씨의 재산이 몽땅 사업에 들어가 있는 유동자본인 반면, 환금한 돈을 토지에 투자해놓은 훨씬 더 큰 재산가들, 연세가 있는 지역 유지들은 그에게서 민첩한 슬기를 기대하고 있었다. 그는 경찰을 만나서 결말을 짓는, 필요한 모든 조처에 착수하도록 위임받은 사람이었다. 하지만 그는 그들의 무의식적인 존경심에 대해 높은 굴뚝에서 쭉 내뿜어져 나오는 연기의 방향을 틀어주는 부드러운 서풍만큼도 관심 갖지 않았다. 그는 자신을 향한 무언의 존경심을 깨닫지 못했다. 만약 깨달았더라면 그는 그 존경심이라는 게 생각하고 있는 목적을 향해 나아갈 때 장애가 된다고 느꼈을 것이다. 사실 그는 목

---

* 윌리엄 셰익스피어, 『한여름 밤의 꿈』에서 인용.

적의 신속한 달성만을 바라보고 있었다. 부인네들 같은 치안판사들과 재산가들의 얘기를 귀를 쫑긋 세워 탐욕스럽게 빨아들였던 사람은 그의 어머니였다. 아무개 씨가 손턴 씨를 얼마나 높이 평가하는지 모릅니다, 손턴 씨 아니었으면 사정은 아주 달랐을 겁니다, 아니 사실 틀어졌을 겁니다, 같은 이야기들이었다. 그는 그날 여기저기 산재한 업무를 싹 처리했다. 마치 어제의 뿌리 깊은 굴욕과, 그 이후 멍하니 목적 없이 보낸 몇 시간으로 그의 지성에 드리워져 있던 안개가 몽땅 걷혀 나간 것 같았다. 그는 힘을 느꼈고 그 힘을 한껏 즐겼다. 굴욕감도 거의 극복할 수 있었다. 만약 그가 '디 강가의 방앗간 주인의 노래'를 알았더라면 그 노래를 부를 수도 있었을 것이다.

나, 아무도 사랑하지 않고 ─
날 사랑하는 이 아무도 없네.

바우처를 비롯한 폭동 주모자들에 대한 증거가 받아들여졌다. 공모 혐의를 받은 세 명에 대한 증거는 받아들여지지 않았다. 하지만 손턴 씨는 경찰에 감시를 늦추지 말 것을 엄중히 지시했다. 죄가 있다고 판명되면 법의 효력을 발휘하여 곧바로 응징할 준비가 되어 있어야 했기 때문이다. 그런 다음 그는 역한 냄새가 풍기는 자치 법정을 나와, 그나마 좀 낫지만 여전히 후텁지근한 거리로 들어섰다. 그는 갑자기 맥이 풀리는 것 같았다. 너무 힘이 없어서 생각을 통제할 수가 없었다. 생각은 그녀를 향해 헤맬 것이고, 그러면 그 장면들 ──어제 자신이 그녀에게 당했던 거부의 몸짓과 거절 의사가 아니라, 그 전날의 모습들과 움직임들이 떠오를 것이다. 그는 복잡한 거리를 따라 사람들 사이를 감고 돌며 기계적으로 걸어갔지만, 그녀가 자기에게 매달려 있던 그 짧은 순간, 그녀의 심장이 자기 심장과 맞대어 고동치던 그 30분의 시간이 다시 한 번 와주기를 갈망하는 상사병에 걸려 있었던 까닭에 그는 사람들을 전혀 보지 못했다.

"아이고 손턴 씨! 절 아는 체도 하지 않고 지나가려고 하시는군요. 손턴 부인은 안녕하십니까? 날씨가 참 기가 막히는군요! 우리 의사들은 이런 날씨를 좋아하지 않지요!"

"죄송합니다, 도널드슨 박사님. 정말 못 봤습니다. 저희 어머닌 잘 지내십니다. 날씨가 화창하군요. 수확에 이롭길 바랍니다. 밀 수확이 좋으면 의사 선생님들은 뭘 얻는지 몰라도, 우린 내년에 교역이 활발하겠지요."

"암요, 사람마다 다 좋은 게 따로 있습니다. 손턴 씨에게 좋지 않은 날씨나 좋지 않은 시기가 내게는 좋은 날씨고 시기지요. 거래가 좋지 않을 땐 밀턴 사람들 가운데 건강이 나빠지는 경우가 더 많이 생기고 죽음을 대비하는 일이 생각보다 더 많습니다."

"전 아닙니다, 선생님. 무쇠같이 탄탄합니다. 엄청난 빚을 지게 된다는데도 맥박은 여전하니까요. 밀턴의 그 누구보다 ── 햄퍼보다 ── 더 영향이 컸던 이번 파업에도 전 먹기만 잘했습니다. 환자는 어디 다른 데서 찾으셔야겠습니다, 선생님."

"어쨌든 손턴 씨가 좋은 환자 한 분을 소개해주시지 않았습니까! 가련한 부인! 무정한 소릴 하고 싶진 않지만, 헤일 부인, 크램턴에 사시는 그분은 정말 몇 주 살지 못할 것 같습니다. 말씀드렸겠지만 부인이 치료될 거라고 생각한 적은 한 번도 없습니다. 하지만 오늘 아침 가서 보니 상태가 정말 좋지 않더군요."

손턴 씨는 잠자코 있었다. 끄떡없다고 뽐내던 맥박이 순간적으로 변했다.

"제가 할 수 있는 일이 있겠습니까, 선생님?" 목소리가 달라지면서 그가 이렇게 물었다. "아시다시피 그 댁이 그렇게 여유롭지 못합니다. 환자에게 필요한 용품이라든지 입맛 돋우는 음식 같은 게 있겠습니까?"

"없습니다." 의사가 고개를 저으며 대답했다. "부인이 과일을 많이 찾더군요. 열이 계속 나고 있어요. 하지만 올배가 됐든 뭐가 됐든 다 좋을 겁니다. 시장에 가면 지천이지요."

"제가 할 수 있는 일이 있다면 말씀해주실 테지요. 선생님을 믿겠습니다." 손턴 씨가 대꾸했다.

"아이고 손턴 씨의 돈 아껴줄 생각 같은 건 하지 않을 테니 걱정 마십시오! 지갑이 두둑하지 않습니까. 내 환자들한테도 모두 원하는 걸 사주게 백지수표라도 주신다면 얼마나 좋겠습니까그려."

하지만 손턴 씨는 대중에 대한 자비심, 인류에 대한 박애 정신 같은 건 없었다. 그가 누군가에게 애정 같은 걸 갖고 있다고 믿는 사람조차 별로 없을 것이다. 하지만 그는 곧장 밀턴에서 제일 좋은 과일 가게로 가서 가장 탐스럽게 보이는 자줏빛 포도송이와 가장 먹음직한 색깔의 복숭아, 파릇파릇 싱싱한 포도 잎사귀 등을 골랐다. 그것들로 과일 바구니가 만들어졌고, 가게 주인이 "어디로 보내드릴까요?"라고 묻고는 대답을 기다리고 있었다.

대답이 없자, 주인은 "말버러 가로 보내면 되겠지요, 선생님?" 하고 재차 물었다.

"아니오!" 손턴 씨가 대답했다. "이리 주시오. 내가 갖고 가겠소."

바구니는 두 손으로 들어야 할 정도였고, 그는 여성들의 쇼핑 지역인 시내에서 제일 번잡한 곳을 뚫고 지나야 했다. 그의 얼굴을 알아본 많은 숙녀가 고개를 돌려 그를 쳐다보았고, 마치 짐꾼이나 사환처럼 그가 짐을 잔뜩 들고 가는 모습을 이상히 여겼다.

그는 생각 중이었다. '그녀 때문에, 마음먹은 일을 하면서 주눅 들지는 않을 것이다. 난 가여운 그 어머니에게 이 과일을 갖다 주고 싶은 것이고, 그건 단지 옳은 일이니까 해야 하는 거야. 그녀는 내가 하고자 하는 일을 절대 비웃을 수 없어. 만약 내가 도도한 아가씨가 겁이 나서 좋아하는 사람에게 친절을 베풀지 못한다면, 참으로 웃기는 일이지! 이건 헤일 씨를 생각해서야. 그녀가 걸리는 데도 그걸 무릅쓰고 하는 거야.'

그는 평소답지 않은 걸음걸이로 금세 크램턴에 도착했다. 그는 한 번에 두 계단씩 밟아 위층으로 오르더니 딕슨이 그가 왔음을 미처 고할 새도 없이 거실로 들어섰다. 그의 얼굴은 상기되어 있었고 진심 어린 선의가 담긴 두 눈은 빛이 났다. 헤일 부인은 신열이 오른 상태로 소파에 누워 있었다. 헤일 씨는 큰 소리로 책을 읽어주는 중이었고, 마거릿은 그녀의 어머니 옆 낮은 의자에 앉아 자수를 놓고 있었다. 이번 대면에서는, 그는 괜찮았지만 그녀의 심장이 팔딱거렸다. 하지만 그는 마거릿에게는 눈길도 주지 않았다. 헤일 씨도 보는 둥 마는 둥했다. 그는 바구니를 들고 곧장 헤일 부인에게로 다가가더니 은은하고 부드러운 어조로 말을 걸었다. 건강하고 혈기 왕성한 남자가 힘없이 누워 있는 병자에게 그런 어조로 말을 하니 참으로 감동스러웠다.

"도널드슨 박사를 만났습니다. 과일이 부인에게 좋을 거라고 하시기에, 여쭙지도 않고 제 눈에 괜찮다 싶은 걸로 이렇게 갖고 왔습니다." 헤일 부인은 무척 놀랐다. 무척 기뻤다. 몸이 떨릴 정도로 매우 흥분했다. 헤일 씨는 고마운 나머지 거의 말을 하지 못했다.

"접시를 갖고 오너라, 마거릿. 바구니든 뭐든." 마거릿은 움직이거나 소리를 내면 자기가 방에 있다는 걸 손턴 씨가 의식하게 될까 봐 두려워하면서 테이블 옆에 서 있었다. 그녀는 두 사람이 서로 마주치는 상황이 오면 무척 어색할 것 같다고 생각하면서, 낮은 데 앉아 있다가 아버지 뒤쪽으로 가서 섰으니 그가 경황이 없어서 자기를 보지 못했을 거라고 넘겨짚었다. 마치 도처에 있는 그녀의 존재를 느끼지 못하는 것처럼 그의 눈길은 단 한 번도 그녀에게 머물지 않았다!

"가봐야겠습니다." 그가 말했다. "이렇게 불쑥 마음대로 너무 급작스럽게 찾아온 걸 용서해주신다면 다음번엔 좀더 예를 차리도록 하겠습니다. 과일을 좀 갖고 다시 찾아뵙는 기쁨을 허락해주시겠지요. 구미를 당기는 게 보이면 말입니다. 안녕히 계십시오, 헤일 씨, 그리고 헤일 부인."

그는 갔다. 한마디도 없었다. 마거릿에게는 단 한 번의 눈길조차 주지 않았다. 그녀는 그가 자기를 보지 못했다고 생각했다. 그녀는 조용히 접시를 가져오더니 가늘고 섬세한 손가락 끝으로 다소곳하게 과일을 옮겨 담았다. 과일을 갖고 오다니 좋은 분이다. 어제 일도 있었는데!

"아유! 정말 맛있구나!" 헤일 부인이 힘없는 목소리로 말했다. "날 생각하다니 얼마나 마음 씀씀이가 고운지! 아가, 마거릿, 이 포도만이라도 맛을 좀 보려무나! 친절한 분 아니니?"

"네!" 마거릿이 조용히 대답했다.

"마거릿!" 헤일 부인이 약간 짜증 난 목소리로 불렀다. "넌 손턴 씨가 하는 건 뭐든 못마땅해할 작정이냐. 너처럼 편견 있는 애는 처음 봤구나."

헤일 씨는 아내를 위해 복숭아 껍질을 벗기고 있었는데, 한 조각을 잘라서 먹어보더니 이렇게 말했다.

"나라면 설사 편견이 있다고 해도, 이 복숭아처럼 이렇게 맛있는 과일 선물에 그런 편견들은 싹 녹아 없어질 거 같구나. 이런 과일은 처음이

다. 아니 햄프셔에서도 소년기 이후로는 맛보지 못했어. 소년들에게 맛없
는 과일이 있을까마는, 자두니 능금이니 정말 맛있게 먹었던 기억이 난
다. 고향집 정원의 서편 담벼락 구석에 있던 까치밥나무 덤불 기억나느
냐, 마거릿?"

그녀가 기억하지 못했을까? 온갖 비바람에 바랜 그 오랜 돌담이 기억
나지 않았을까? 허옇고 누르스름한 이끼가 그 위에 지도를 그리면서, 갈
라진 틈 사이로 어린 두루미 주둥이처럼 자라나오던 그 담을? 그녀는 지
난 이틀 사이 자신에게 일어났던 사건들에 정신을 빼앗기고 있었다. 지금
그녀의 모든 생활은 참아내야 하는 중압감 그 자체였다. 그리하여 왠지
햇살 따스했던 옛날의 추억을 건드리는 아버지의 이런 무심한 말이 그녀
를 벌떡 일어나게 했는데, 그녀는 자수거리를 바닥에 떨어뜨린 채 황급히
거실을 나가 조그만 자기 방으로 들어가버렸다. 그녀가 목구멍에 차오르
는 울음을 터뜨리려는 찰나에 딕슨이 뭘 찾느라고 서랍장 옆에 서 있는
걸 알아차렸다.

"세상에, 아씨! 이렇게나 놀라게 하시다뇨! 마님이 더 나빠지신 건
아니죠? 무슨 일 있어요?"

"아니, 아무것도 아니에요. 그저 내가 어리석어서 그래요, 딕슨. 물
한잔 마셔야겠어요. 뭘 찾고 있었어요? 모슬린은 저 서랍에 있어요."

딕슨은 아무 말도 하지 않고 계속 찾았다. 라벤더 향이 바깥으로 퍼
지며 방 안을 가득 채웠다.

마침내 딕슨은 원하던 걸 찾았다. 찾은 걸 마거릿은 볼 수 없었다. 딕
슨이 얼굴을 돌리더니 이렇게 말했다.

"저, 내가 뭘 찾던 중인지 말하고 싶지 않아요. 아씬 이미 충분히 정
신없는 일을 겪은 데다 이걸 알면 또 화들짝 놀랄 게 분명하니까요. 오늘

밤까지는, 그 정도까지는 말하지 않을 작정이었어요."

"무슨 일이에요? 말 좀 해봐요, 딕슨. 어서요."

"아씨가 찾아가보던 그 젊은 처자, 베시 히긴스 말이에요."

"그래서요?"

"저! 그 처자가 오늘 아침에 죽었답니다. 그래서 여동생이 와 있는데, 좀 이상한 걸 부탁하네요. 그 죽은 처자가 아씨의 물건을 좀 같이 묻어주길 원했나 봐요. 그래서 여동생이 그걸 부탁하러 왔어요. 그래서 아씨가 쓰던 나이트캡은 줘도 괜찮을 것 같아서 찾고 있었답니다."

"오! 내가 찾아줄게요." 마거릿은 눈물을 흘리며 말했다. "불쌍한 베시! 다시 못 볼 거라는 생각은 못했는데."

"저, 하나 더 있어요. 혹시 죽은 처자를 보고 싶은지 아래층에 와 있는 처자가 물어봐달랬어요."

"근데 베시는 죽었잖아요!" 마거릿이 하얘진 얼굴로 이렇게 말했다. "죽은 사람은 한 번도 본 적이 없는데. 싫어요! 보지 않는 게 낫겠어요."

"아씨가 들어오지 않았다면 물어보지도 않았을 겁니다. 아씨는 가지 않을 거라고 말해놨어요."

"내가 내려가서 말할게요." 마거릿은 딕슨의 딱딱한 어투가 가련한 소녀의 마음에 상처를 입힐까 봐 이렇게 말했다. 그리하여 그녀는 나이트캡을 손에 들고 부엌으로 갔다. 메리는 너무 울어서 얼굴이 퉁퉁 부어 있었는데, 마거릿을 보자 다시 울음을 터뜨렸다.

"으흐, 아가씨, 언닌 아가씨를 사랑했어요. 아가씨를 사랑했답니다. 정말이에요!" 오랫동안 마거릿은 이 말 말고는 메리에게서 다른 어떤 말도 듣지 못했다. 그녀의 위로와 딕슨의 꾸짖음 끝에 마침내 몇 가지 사실이 튀어나왔다. 니컬러스 히긴스는 그 전날과 마찬가지로 베시를 남겨둔 채 아침에 나가버렸다. 그런데 한 시간 정도 지나자 베시의 상태가 너무 나빠져서 이웃 사람 몇 명이 메리가 일하는 곳까지 달려왔지만 그들은 베시의 아버지가 있는 곳을 알 수 없었다. 메리가 도착하고 겨우 몇 분 지나지 않아 베시가 죽었다는 것이다.

"죽기 하루 이틀 전에 무엇이든 아가씨 물건을 같이 묻어달라고 부탁했어요. 싫증도 내지 않고 줄곧 아가씨 얘길 했어요. 아가씨는 언니가 여태 봤던 것 중에 제일로 예쁘다고 했어요. 아가씰 정말 사랑했어요. 마지막 남긴 말이, '아가씨에게 자기가 얼마나 흠모했는지 말해주고, 아빠 술 드시지 못하게 해' 라는 말이었어요. 언니를 보러 올 거죠? 언닌 그걸 최고 영광으로 생각했을 거예요."

마거릿은 대답을 하지 않고 잠시 머뭇거렸다.

"그래, 아마 갈 수 있을 거야. 그래, 갈게. 저녁 전에 갈게. 하지만 아빤 어디 계시니, 메리?"

메리는 고개를 가로젓더니 가려고 일어섰다.

"아씨," 딕슨이 낮은 목소리로 말했다. "불쌍한 처자가 죽어 있는 걸 도대체 뭐 하러 보러 가려고요? 그게 조금이라도 소용이 있다면 가지 말란 소리 절대 하지 않습니다. 굳이 그 처자의 소원을 들어주고 싶다면 내가 가는 건 전혀 상관없어요. 이들은, 이런 서민들은 망자에 대한 예를 차린다고 생각하고 싶은 겁니다. 자," 그녀는 몸을 휙 돌려서 이렇게 말했다. "내가 언니를 보러 가마. 헤일 양은 바빠. 바쁘지 않으면 갈 텐데 갈 수가 없구나."

소녀는 마거릿을 애처롭게 쳐다보았다. 딕슨이 와도 고마운 일이지만, 언니가 살아 있을 때 언니와 마거릿 사이에 오가던 친밀감에 시샘을 느끼기도 했던 그 가련한 소녀에게는 똑같지 않았다.

"아녜요, 딕슨!" 마거릿이 결심한 듯 말했다. "내가 갈게요. 메리, 오후에 갈게." 그런 뒤 마음이 약해질까 봐 두려운 마음에 자리를 떴는데, 혹시라도 결심이 흔들릴 여지를 만들고 싶지 않았던 것이다.

28장
슬픔 속의 위안

이승의 고난 끝에 하늘의 영광이여! 그리고 영적인 삶이
말 못할 시련이 엄청난 힘으로 괴롭히더라도
기뻐하라! 기뻐하라! 쓰라린 갈등은 곧 끝나고
그대 마침내 넘쳐흐르는 주의 평화 누릴 것이니*
— 로제가르텐

진실로, 우리 행복에 겨워 주님 필요 없다지만
고통 닥쳐오고 영혼 죽지 않았으니 주님 찾는구나**
— 브라우닝 부인

　그날 오후 그녀는 히긴스네 집으로 급히 걸었다. 메리가 반신반의하
는 표정으로 밖을 내다보며 그녀를 기다리고 있었다. 마거릿은 그녀를 안
심시키느라 그녀의 눈을 응시하며 미소를 지어 보였다. 그들은 위층 거실
을 재빨리 지나 망자가 말없이 누워 있는 방 안으로 들어갔다. 그러고 나
니 마거릿은 오길 잘했다는 생각이 들었다. 평소 고통으로 그렇게 지쳐
있던, 심란한 생각으로 그다지도 불안스러웠던 그 얼굴에는 이제 영원한
안식의 부드러운 미소가 보일 듯 말 듯 드리워져 있었다. 눈물이 시나브
로 마거릿의 눈가에 고였지만 깊은 고요가 그녀의 영혼을 파고들었다. 그

---

　* 루트비히 고타르 로제가르텐(Ludwig Gotthard Rosegarten, 1758~1818), 「십자가의
　　길은 빛의 길이라Via crucis, via lucis」에서 인용.
** 엘리자베스 배럿 브라우닝, 「묵주 담시The Lay of the Brown Rosary」에서 인용.

렇다, 죽음이었다! 삶보다 더 평화로워 보이는 죽음이었다. 온갖 아름다운 성경 구절*이 떠올랐다. "그들이 수고를 그치고 쉬리니" "너희는 곤비한 자에게 안식을 주라" "여호와께서 그의 사랑하시는 자에게는 잠을 주시는도다."

마거릿은 천천히, 아주 천천히 침상에서 돌아섰다. 메리는 뒤에서 조용히 흐느끼고 있었다. 그들은 아무 말 없이 아래층으로 내려왔다.

니컬러스 히긴스가 식탁에 손을 얹은 채 아래층 한가운데 서 있었는데, 바삐 건네는 사람들의 말을 들으면서 뜰을 가로질러 들어온 그의 큰 두 눈은 비보에 놀라 뻥 뚫려 있었다. 메마른 두 눈은 분노에 차서 딸이 죽었다는 현실을 하나하나 살폈고, 더 이상 딸의 자리가 없다는 것에 대해 스스로를 납득시키고 있었다. 딸이 너무나 오랫동안 병이 든 채 죽어가고 있었기 때문에 그는 딸이 죽지 않는다고, 딸이 '이겨낼 거라고' 스스로를 설득해왔던 것이다.

마거릿은 그가, 망자의 아버지가 이제 겨우 알아버린 죽음의 현장에 차츰 익숙해지면서 자신이 더 이상은 그곳에 있을 이유가 없는 것 같았다. 그녀가 그의 모습을 처음 발견한 순간 굽이진 가파른 계단 위에서는 잠시 정적이 흘렀다. 하지만 이제 그녀는 공허한 그의 눈길을 살짝 못 본 체하면서, 집 안의 불행이 감도는 침통함 속에 그를 내버려두고자 했다.

메리는 맨 앞에 놓여 있는 의자로 가서 앉더니 앞치마를 얼굴에 뒤집어쓰고 울기 시작했다.

그 소리가 그를 일깨운 듯했다. 그는 갑자기 마거릿의 팔을 잡았고, 한참을 그러고 있은 후에야 비로소 몇 마디 말을 할 수 있었다. 목 안이

* 「요한계시록」 14장 13절, 「이사야서」 28장 12절, 「시편」 127편 2절.

말라버린 듯 그의 말은 목에 걸려 겨우 밖으로 나왔는데 묵직하면서 쉰 목소리였다.

"딸하고 있었소? 딸이 죽는 걸 봤소?"

"아뇨!" 최대한 인내심을 발휘하면서 꼿꼿이 서 있던 마거릿은 이렇게 대답하면서, 이제야 그가 자신의 존재를 인지했음을 느꼈다. 그는 잠시 후 다시 말을 이었는데, 여전히 그녀의 팔을 잡은 채였다.

"사람은 모두 죽는단 말이지." 드디어 그가 이상스러울 만치 엄숙한 목소리로 이렇게 말했는데, 그 목소리를 들은 마거릿에게 우선 떠오른 생각은 그가 술을 마시고 있었구나 하는 것이었다. 그 양은 정신없이 취하게 할 정도는 아니었지만 얼떨떨한 상태로 만들기에는 충분했다. "그래도 그 앤 나보다 얼마나 창창한데." 그는 여전히 딸의 죽음에서 헤어 나오지 못하고 있었고, 마거릿을 바라보지는 않았지만 그녀를 더 꽉 잡았다. 갑자기 그가 맹렬하게 따지는 듯한 눈빛으로 그녀를 쳐다보았다. "그 애가 죽은 게 맞소? 기절한 게 아니고? 전에도 종종 이런 식으로 까무러치곤 했었소."

"따님은 죽었어요." 마거릿이 대답했다. 그녀는 그와 말하는 게 더 이상 겁나지 않았다. 그는 그녀의 팔을 더 세게 꽉 잡았고 흐리멍덩해진 눈에서는 야생의 번득임이 뿜어져 나오고 있었다.

"베시는 죽었어요!" 그녀가 말했다.

그는 꼼짝 않고 탐색하는 눈초리로 그녀를 바라보았는데, 그 눈빛이 점점 흐려지는 것 같았다. 그러더니 그는 갑자기 그녀의 팔을 놓고 테이블을 온몸으로 반 정도 뒤덮었다. 그의 격렬한 흐느낌에 테이블은 물론 집 안의 모든 가구가 흔들렸다. 메리가 떨면서 그에게 다가갔다.

"저리 가! 꺼지라고!" 그는 딸을 향해 몹시 미친 듯 마구잡이로 소리쳤다. "다 필요 없다." 마거릿은 그녀의 손을 잡아 부드럽게 꼭 쥐었다. 그는 자기 머리를 잡아 뜯고 머리를 테이블에 세게 쥐어박더니 진이 빠진 채 멍하니 늘어졌다. 그래도 그의 딸과 마거릿은 움직이지 않았다. 메리는 머리끝부터 발끝까지 부들부들 떨고 있었다.

한 15분쯤 지났을 것이다. 아니 한 시간쯤 지났는지도 모른다. 마침내 그가 몸을 일으켰다. 두 눈은 퉁퉁 붓고 핏발이 서 있었고 옆에 누가 서 있는지도 까맣게 잊고 있는 듯했다. 메리와 마거릿을 보자 그는 두 사람을 째려보았다. 그는 몸을 둔하게 흔들어보고 더욱더 침울한 눈길로 두 사람을 한 번 더 보더니 말 한마디 없이 문 쪽으로 걸어갔다.

"아아, 아빠, 아빠!" 메리가 그의 팔에 매달리며 불렀다. "오늘 밤은 가지 마세요. 딴 날은 괜찮지만 오늘 밤은 안 돼요. 세상에, 제발 좀 도와줘요. 아빠가 또 술 마시러 나가요! 아빠, 내가 아빠 곁에 있을게요. 아빠가 파업하더라도 난 떠나지 않아요. 언니가 무슨 일이 있어도 아빠 술 마시지 못하게 하랬어요."

하지만 마거릿은 조용하지만 위엄이 서린 표정으로 문간에 서 있었다. 그는 도전적인 눈길로 그녀를 쳐다보았다.

"여긴 내 집이오. 저리 비키시오, 아가씨. 비키지 않으면 비키게 만들 거요!" 그는 메리를 거세게 밀쳐냈고, 마거릿까지도 칠 기세였다. 하지만 그녀는 한 치도 자세를 흩뜨리지 않았고, 그를 바라보는 깊고 진지한 눈길을 조금도 돌리지 않았다. 그는 분노로 가득 찬 우울한 표정으로 그녀를 노려보았다. 만약 그녀가 손발 하나라도 움직였다면 그는 의자에 넘어져 얼굴에 피를 흘리고 있는 자기 딸에게 했던 것보다 더 과격하게 그녀를 옆으로 밀쳐냈을 것이다.

"왜 날 그렇게 보고 있소?" 극도로 차분한 마거릿의 모습에 기가 질린 그가 마침내 이렇게 물었다. "베시가 댁을 따랐다는 이유로 내가 지금 하려는 걸 막을 생각이라면, 그것도 내가 오라고 한 번도 부탁한 적 없는 내 집에서 그럴 생각이라면, 그건 오산이오. 유일하게 위로받을 수 있는 곳에 가지 못하는 건 남자로서 견디기 힘든 일이오."

마거릿은 그가 자신의 영향력을 알고 있다고 느꼈다. 이제 어떻게 해야 하나? 그는 체념과 분노가 반반씩 섞인 감정 속에서 문과 가장 가까운 의자에 앉았다. 그는 그녀가 길을 비켜준다면 바로 나갈 생각이었다. 하지만 불과 5분 전만 해도 폭력을 써서라도 나가겠다고 위협하던 그런 마음은 이제 없었다. 마거릿은 그의 팔에 손을 얹었다.

"같이 가요." 그녀가 말했다. "가서 베시를 봐요!"

그 말을 내뱉는 그녀의 목소리는 매우 낮고 엄숙했지만, 그 목소리에는 그에 대한, 아니면 그가 순응할지에 대한 의심이나 두려움 같은 것은 조금도 없었다. 그가 침울한 표정으로 일어섰다. 그는 아직도 확신이 서지 않은 얼굴로 서 있었다. 그녀는 그 자리에서 기다렸다. 조용하고도 끈질기게 그가 움직이길 기다리고 있었다. 그는 그녀를 기다리게 하는 것에서 묘한 희열 같은 걸 느꼈다. 하지만 결국은 계단 쪽으로 몸을 움직였다.

두 사람이 시신 옆에 섰다.

"메리한테 마지막으로 한 말이 '아빠 술 드시지 못하게 하라'는 거였어요."

"이 앤 이젠 그런 걸로 속상해하질 못해." 그가 중얼거렸다. "이젠 그 무엇도 내 딸아일 마음 아프게 하지 못한단 말이지." 그런 다음 그 목소리가 높아지더니 통곡으로 변했고, 그가 말을 계속했다. "우린 싸워서 적이 되기도 하고, 또 때로는 화해하고 친구가 되기도 하지. 뼈와 가죽밖에 남지 않을 정도로 굶주릴 때도 있어. 하지만 그 어떤 괴로움도 내 딸은 이제 더 이상 느낄 수 없구나. 내 딸은 제 몫을 했어. 처음엔 죽도록 일하고 나중에 병이 들어 개처럼 살았어. 그러더니 살아 있는 동안 기쁜 순간이 뭔지도 모른 채 죽어버렸어. 아아, 이보슈, 그 애가 뭐라고 했든 지금은 알지 못할 테니 난 한잔 걸치고 슬픔을 좀 달래야겠소."

"안 돼요." 마거릿이 그의 부드러워진 태도에 어조를 좀 누그러뜨리고 이렇게 말했다. "마실 수 없습니다. 비록 베시의 삶이 히긴스 씨가 말하는 그런 것이었다고 해도, 어쨌든 베시는 죽는 걸 전혀 두려워하지 않았어요. 앞으로 다가올, 주와 함께하는 신비한 삶에 대해 베시가 해주던 얘길 들어보셨어야 해요. 베시는 이제 그런 세상으로 갔어요."

그는 머리를 흔들며 곁눈질로 마거릿을 보았다. 핏기 없이 초췌한 그의 모습에 그녀는 마음이 몹시 아팠다.

"정말 지쳐 보여요. 온종일 어디 있었어요? 일하러 가지 않았나요?"

"가지 않았소. 말해 무엇하오." 그는 이 말을 하면서 가당치도 않다는 듯 짧은 헛웃음을 지었다. "댁이 말하는 일터엔 가지 않았소. 위원회에 있다가, 결국 난 그 바보 같은 놈들을 이해시키느라고 신물이 나버렸소. 아침 7시도 안 돼서 바우처의 아내한테 불려갔소. 그 여잔 몸져누운 채 그 멍청한, 야수같이 날뛰는 자기 남편이 어디 있는지 가르쳐달라고 고래고래 악을 쓰고 불같이 화를 냈소. 마치 내가 그자를 지키고 있어야 한다는 듯, 마치 그자가 내 명령을 듣기나 한다는 듯이 말이오. 망할 놈의 작자, 그 작자 때문에 우리 계획이 온통 어그러졌어. 그래서 사람들 눈에 띄지 않으려는 노동자들을 찾아 발이 부르트도록 사방팔방을 돌아다녔소. 우리 집회가 이제 불법이 돼버렸거든. 그러니 내 속도 타들어가고 있었소. 발 아픈 건 아무것도 아니었지. 그럴 때 누가 나보고 한잔 산다고 하면 내 딸이 여기 누워 있다는 건 까맣게 잊어버린단 말이지. 베시,

아가, 내 말 믿지? 믿어줄 거지?" 그는 말없이 누워 있는 불쌍한 시신을 향해 거칠게 호소했다.

"물론" 하고 마거릿이 말을 시작했다. "몰랐을 거예요. 너무 갑작스러웠으니까요. 하지만 이제 아셨으니 사정은 다르죠. 저기 베시가 누워 있는 거 보이잖아요. 마지막 숨을 몰아쉬며 했다는 말을 들으셨잖아요. 안 가실 거죠?"

대답이 없었다. 막상 어디 가서 위안거리를 찾을 데도 없었다.

"저랑 같이 가세요." 마침내 그녀가 용기를 내어 말했다. 자기가 말을 꺼내놓고도 반쯤 떨고 있었다. "적어도 속을 편하게 해주는 음식을 좀 드릴 수는 있어요. 히긴스 씨는 그런 음식이 필요한 것 같아요."

"아버지가 목사시오?" 갑자기 생각난 듯 그가 이렇게 물었다.

"목사셨어요." 마거릿이 짧게 대답했다.

"그렇게 권하니 가서 댁의 아버지하고 차나 한잔하리다. 목사를 만나면 하고 싶은 말이 많이 있었소. 지금 설교를 하시는 분인지 아닌지는 중요치 않소."

마거릿은 혼란스러웠다. 아버지는 손님이 오리라는 건 생각도 하지 못하고 있을 테고 어머니는 저렇게 앓고 계신데, 히긴스를 초대하여 아버지와 함께 차를 마시게 한다는 생각은 정말 말도 안 되는 것 같았다. 하지만 그녀가 만약 그 제안을 거두어버린다면 상황은 더 나빠질 것이었다. 그가 술집으로 직행할 것은 뻔했다. 그녀는 그를 자기 집으로 데려갈 수만 있다면 일단 그 가능성을 막을 테니 앞으로의 일은 운에 맡겨야겠다고 생각했다.

"안녕, 내 사랑! 우리가 헤어졌구나. 드디어, 헤어졌어! 하지만 넌 태어나서부터 언제나 아빠에게 축복이었단다. 네 하얀 입술에 축복이 내리길. 이제 네 입술 위로 미소가 번지는구나! 다시 한 번 그 미소를 보게 되어 기쁘지만 앞으로 내 외로움은 더더욱 클 거다."

그는 허리를 굽혀 딸에게 애정 어린 키스를 했다. 그리고 딸의 얼굴을 덮어준 뒤 몸을 돌려 마거릿의 뒤를 따랐다. 그녀는 아래층으로 급히 내려가서 메리에게 자신이 취한 조치 사항을 알려주었다. 그게 번쩍번쩍한 싸구려 술집에 아버지를 가지 못하게 하는 유일한 방법이라고 하면서, 메리한테도 같이 가자고 종용했다. 살갑게 구는 불쌍한 소녀를 혼자 둔다는 생각에 마음이 아팠던 것이다. 하지만 메리는 자기한테는 이웃에 친구들이 있고, 그 친구들이 와서 같이 있어줄 거니 괜찮지만, 아버진……

히긴스가 그들 곁에 있었기 때문에 그녀는 말을 더 이을 수가 없었다. 그는 조금 전의 격한 감정은 떨쳐낸 뒤였다. 마치 감정을 주체하지 못했던 게 수치스럽기라도 한 듯했다. 그걸 너무 지나치게 뛰어넘으려고 한나머지 그는 마치 솥 아래에서 타들어가고 있는 가시나무같이 씁쓸한 웃음을 지었다.

"헤일 양의 아버님과 차를 마실 거야. 그런다니까!"

하지만 그는 나갈 때 모자를 눈썹 위까지 푹 눌러썼고, 마거릿의 옆에서 걸어가는 동안 좌우 어느 쪽도 쳐다보지 않았다. 그는 이웃들이 측은해하며 건네는 위로의 말에, 아니 그들의 얼굴에 드리운 표정에 화가 솟구칠까 봐 두려웠던 것이다. 그렇게 두 사람은 묵묵히 걸어갔다.

그는 마거릿의 집이 있는 거리가 가까워지자 고개를 숙여 옷이며 손이며 신발 등을 살폈다.

"우선 좀 씻고 올 걸 그랬소."

물론 그러면 더 좋았을 것이지만, 마거릿은 그에게 마당 안으로 들어가서 비누와 수건을 갖다 달라고 할 수 있을 거라고 안심시켰다. 그 순간 그녀는 그가 자신의 손 밖으로 벗어나게 놔둘 수가 없었던 것이다.

그가 더러운 신발 자국을 숨기려고 바닥 천 무늬의 짙은 부분만 골라 조심스럽게 발을 디디면서 하인 뒤에서 통로를 따라 부엌을 통과하는 동안 마거릿은 위층으로 뛰어올라갔다. 그녀는 층계참에서 딕슨을 만났다.

"엄마는 어때요? 아빠는 어디 계세요?"

마님은 피곤해져서 방으로 들어가고 안 계시다고 했다. 헤일 부인은 잠자리에 들고 싶어 했지만 딕슨이 그녀에게 소파에 누워 있으라고 구슬리면서 차도 그리로 가져오게 했었다. 침대에서 너무 긴 시간 뒤척이는 것보다는 그편이 나을 것이기 때문이었다.

지금까지는 괜찮다. 그런데 헤일 씨는 어디 있는 걸까? 거실에 있었다. 마거릿은 아버지에게 들려줄 이야기를 허둥지둥 생각한 뒤 숨이 턱에 닿아 거실로 갔다. 물론 마거릿의 이야기는 두서가 없었고, 그녀의 아버지는 아무도 없는 서재에서 자기를 기다리고 있다는 술 취한 방직공 생각에 좀 '질겁했다.' 그 사람과 함께 차를 마셔야 하고, 그 사람 때문에 지금 마거릿이 이다지도 애원하고 있는 것이다. 유순하고 선량한 헤일 씨는 깊은 슬픔에 빠진 그를 기꺼이 위로했을 것이다. 하지만 불행히도 마거릿이 힘을 주어 누누이 강조했던 점은, 그가 술을 마시고 있었고, 그가 술집에 가는 걸 막기 위해서는 집으로 데려오는 최후 수단을 쓸 수밖에 없다는 사실이었다. 별것 아닌 사건이 다른 얘기를 하다가 아주 자연스럽게 나왔기 때문에 마거릿은 자기가 무슨 말을 한 건지 전혀 알지 못하다가 나중에서야 아버지 얼굴에 약한 반감이 서려 있는 걸 보았다.

"오, 아빠! 아빠 그분이 그렇게 싫지는 않을 거예요. 벌써부터 그렇게 놀라지 마세요."

"하지만 애야, 술 취한 사람을 집에 데려오다니, 어머니가 저렇게 아픈데."

마거릿의 안색이 하얘졌다. "죄송해요, 아빠. 정말 조용한 사람이고, 전혀 술에 취하진 않았어요. 처음엔 약간 이상했어요. 하지만 그건 불쌍한 베시가 죽은 것 때문에 충격을 받아서일 거예요. 마거릿의 두 눈에 눈물이 차올랐다. 헤일 씨는 애원하는 사랑스러운 딸의 얼굴을 두 손으로 감싼 뒤 이마에 키스를 해주었다.

"알았다, 아가. 내려가서 내가 최대한 그 사람을 위로할 테니, 넌 어머니한테 가보거라. 다만 네가 내려와 서재에 같이 있어준다면 기쁘겠구나."

"아아, 네. 고마워요." 하지만 헤일 씨가 방을 나서자 마거릿은 그를 뒤따랐다.

"아빠, 그 사람 말에 놀라시면 안 돼요. 제 말은 그 사람은 우리처럼 신앙이 있는 사람이 아니거든요."

'맙소사! 술에 취한, 신앙도 없는 방직공이라니!' 헤일 씨가 크게 실망하며 중얼거렸다. 하지만 마거릿에게는 단지 이 말만 했다. "어머니가 잠들면 곧장 내려오도록 해라."

마거릿은 어머니 방으로 갔다. 잠시 잠들었던 헤일 부인이 몸을 일으켰다.

"프레더릭에게 편지를 언제 썼더라, 마거릿? 어제냐? 아니면 그저께냐?"

"어제예요, 엄마."

"어제라. 편지는 부쳤고?"

"네, 제가 직접 간 걸요."

"아아, 마거릿, 네 오빠가 오는 게 너무 두렵다. 만약 발각이라도 되면! 잡혀가면 어쩌니! 처형이라도 당하게 되면 어떡해. 수년간을 멀리서 몸을 피해왔는데 말이다!" 잠만 들면 그 애가 잡혀가서 재판을 받는 꿈을 계속 꾼단다."

"엄마, 두려워하지 마세요. 분명 위험은 있겠죠. 하지만 우린 있는 힘을 다해 그 위험을 줄일 거예요. 게다가 그 위험이란 게 별로 크지 않아요. 생각해봐요, 우리가 헬스턴에 있었다면 스무 배나, 아니 백배나 더 위험했을 거예요. 거긴 다들 오빠를 기억하잖아요. 그러니 외지인이 집 안에 있다는 게 알려지면 분명 오빠라고 생각하겠죠. 하지만 여기서는 우리가 뭘 하는지 알아챌 만큼 우릴 아는 사람도, 또 우리에게 관심을 갖는 사람도 없어요. 딕슨이 용처럼 든든하게 대문을 지킬 거예요. 그럴 거죠, 딕슨? 오빠가 와 있을 동안 말예요."

"절 통과해서 들어가려면 보통 머리 갖고는 어림없을 겁니다." 딕슨이 그 생각만으로도 이를 드러냈다.

"프레더릭 도련님은 어두울 때 말고는 나갈 필요가 없어요, 불쌍한 도련님!"

"불쌍한 내 아들!" 헤일 부인이 따라 말했다. "하지만 난 네가 편지를 쓰지 않았더라면 좋았을 거라는 생각까지 했다. 다시 편지를 써서, 오지 말라고 하기엔 너무 늦은 거냐, 마거릿?"

"좀 그런 것 같아요, 엄마." 살아 계신 엄마를 보고 싶다면 즉시 와달라고 간청할 당시의 그 긴박감을 생각하면서 마거릿이 말했다.

"난 뭐든지 서두르는 건 항상 싫었어." 헤일 부인이 말했다. 마거릿은 잠자코 있었다.

"자자, 마님." 억지로 기운을 북돋우겠다는 생각으로 딕슨이 말했다. "프레더릭 도련님을 보는 건, 마님의 모든 소원 중에서도 으뜸가는 일이잖아요. 마거릿 아씨가 미적대지 않고 곧바로 편지를 써 보낸 건 잘한 일입니다. 제가 써 보낼까도 생각해본 걸요. 우린 도련님을 편안하게 숨길 겁니다. 그럼요. 위급한 상황에서 도련님을 구할 때 별 도움이 되지 않는 사람이라고 해봐야 마사뿐이에요. 생각해봤는데, 도련님 오실 바로 그때 마사는 자기 어머니를 만나러 갔다 오면 될 것 같아요. 여기 온 후로 마사의 어머니가 심장 발작이 있었는데, 찾아가봐야겠다고 한두 번 말한 적이 있거든요. 단지 그런 부탁을 하기 싫어서 가만있었을 뿐이죠. 하지만 도련님이 언제 오실지 알게 되면 제가 곧장 마사를 차질 없이 보내겠습니다. 도련님에게 은총을! 그러니 절 믿고 편안하게 차 드세요, 마님."

혜일 부인은 마거릿보다 딕슨을 더 신뢰했다. 딕슨의 말에 그녀는 즉시 잠잠해졌다. 마거릿은 조용히 차를 따르면서 뭔가 기분 좋은 얘기를 떠올려보려고 했다. 하지만 그러겠다는 생각 때문에 그녀는 속요 속의 대니얼 오루크* 비슷한 처지가 됐는데, 오루크는 달나라 사람이 매달려 있는 낫에서 손을 떼라고 하니 "그러면 그럴수록 더 떼지 않고 붙어 있을 거요"라고 말한다. 그녀가 오빠에게 닥칠 위험 말고 뭔가 다른 걸 생각하려고 하면 할수록 그녀의 상상력은 떠오르는 불행한 생각에 더 바짝 붙어 떨어지지 않았다. 그녀의 어머니는 계속해서 딕슨과 조잘거렸으며, 아들이 재판에 회부되어 처형될지도 모른다는 생각은 완전히 잊어버린 듯했다. 편지는 마거릿이 보냈지만 자기가 원해서 아들이 위험 속에 호출된 거라는 생각은 깡그리 잊은 것 같았다. 그녀의 어머니는 폭죽이 불꽃을 내뿜듯 끔찍해질 가능성, 비참해질 개연성, 불행해질 온갖 기회를 휙 던

---

* 아일랜드 속요 속의 주인공. 가난한 오루크는 부잣집 파티에서 실컷 먹고 집으로 돌아오던 중 개울에 빠지게 되는데, 거기서 전설 속의 괴물인 푸카를 만나 진기한 모험을 한다.

져버리는 그런 사람 중 하나였다. 하지만 만약 그 불꽃 하나가 가연성 물질에 붙는다면 우선은 서서히 타다가 결국은 무서운 불길로 번질 것이다. 마거릿은 자식으로서의 의무를 조용하고 조심스럽게 수행한 뒤 서재로 내려갈 수 있어서 기뻤다. 그녀는 아버지와 히긴스가 대화를 잘 이어가고 있는지 궁금했다.

우선 점잖은 데다 인정 많고 단순한 성격의 구식 신사는 몸에 밴 교양과 예절로 상대방 안에 잠재되어 있던 공손함을 부지불식간에 모두 불러냈다.

헤일 씨는 같은 인간은 모두 동등하게 대우했다. 사회적 신분 때문에 차이를 둔다는 생각은 해본 적이 없었다. 그는 히긴스에게 의자를 내밀며 앉으라고 권하면서 그가 의자에 앉을 때까지 자신은 서 있었다. 그리고 '술 취한 비(非)신자 방직공'이 익숙하게 듣는 '니컬러스' 혹은 '히긴스'라는 아무렇게나 부르는 호칭 대신 시종일관 '히긴스 씨'라는 호칭을 사용했다. 하지만 히긴스는 술주정뱅이도 아니었고 뼛속까지 비(非)신앙인도 아니었다. 스스로도 이미 말했다시피 술을 마시면서 시름을 달랬던 것이고, 그가 믿음을 갖지 못한 것은 지금까지 온몸과 마음을 다해 붙들고 싶은 종교의 어떤 형식도 발견하지 못했기 때문이다.

마거릿은 아버지와 히긴스가 진지하게 대화하고 있는 걸 보자 살짝 놀라면서 매우 반가웠다. 의견은 비록 서로 충돌했을지라도 말할 때는 서로에게 예를 다하고 있었다. 깨끗하게 복장을 가다듬고(펌프 물받이에 있던 물로나마) 조용조용 말하고 있는 히긴스는, 집 벽난로 옆에 아무렇게나 서 있던 그의 거친 모습만 봤던 마거릿에게는 새로운 사람이었다. 머리카락은 물로 매끄럽게 빗어 넘겨 있었고, 목수건은 고쳐 매어져 있었다. 자투리 동강초를 빌려 나막신도 닦았다. 그가 거기 앉아서 억센 다크셔 억양으로, 사실 억양은 억셌지만 목소리는 낮춘 채 얼굴에는 진지하고 성실한 표정을 띠고서 그녀의 아버지에게 의견을 묻고 있었다. 그녀의 아버지 역시 상대방의 말을 관심 있게 경청하고 있었다. 그녀가 들어서자 아버지가 돌아보더니 미소와 함께 자신의 의자를 그녀에게 조용히 권한 다음, 손님에게 말을 끊어 미안하다는 표시로 머리를 살짝 숙이고는 재빨리 다시 앉았다. 히긴스는 인사의 표시로 그녀에게 고개를 까딱해 보였다. 그녀는 자수 조각들을 테이블 위에 조용히 펼쳐놓으면서 들을 준비를 했다.

"말씀드렸다시피 선생님이 이 고장에 사셨고 여기서 성장하셨더라면 깊은 믿음은 갖지 못했을 겁니다. 말이 잘못됐다면 용서하십시오. 방금 제가 말한 믿음이란 선생님이 한 번도 본 적 없는 사람들이 했던 말과 처세법과 약속들, 그리고 선생님이 여태 본 적 없는, 아니 그 누구도 본 적 없는 일과 삶에 대한 생각입니다. 자, 선생님은 이런 것들이 진정한 일이고 진정한 말이고 진정한 삶이라고 말합니다. 저는 묻고 싶습니다. 증거가 어디 있습니까? 제 주위에는 저보다 더 훌륭한 사람이 많이 있고, 저보다 더 배운 사람도 수십 명 됩니다. 제가 입에 풀칠하려고 포기해야만 했던 시간에 이런 것들에 대해 생각할 시간이 있었던 그런 사람들이지요. 제 눈엔 이런 사람들이 보입니다. 이 사람들의 생활은 공개되어 있으니까요. 이들이 진정한 민중입니다. 이들은 성경을 믿지 않습니다. 안 믿어요. 다만 형식상 믿는다고 말할지도 모르지요. 하지만 선생님, 이 사람들이 아침에 눈떠서 하는 첫마디가 '영생을 얻으려면 어떻게 해야 합니까'*일

---

* 「마태복음」 19장 16절, 「마가복음」 10장 17절, 「누가복음」 18장 18절을 풍자적인 구어체로 쓰고 있다.

것 같습니까? 아니면 '이 축복된 날 제 지갑을 채우려면 뭘 해야 합니까? 어디로 가야 합니까? 어떻게 흥정을 해야 할까요?'라는 말일 것 같습니까? 지갑이나 금, 그리고 어음이 진짜 일입니다. 느껴지고 만져지는 진짜란 말입니다. 그것들이 현실입니다. 영생은 그저 말에 불과합니다. 선생님 같은 분에게 딱 맞는 말이지요. 용서하십시오. 선생님은 목사직에서 물러나신 분이시지요. 글쎄요! 저하고 똑같은 처지에 있는 분에게 무례하게 말하지는 않겠습니다. 하지만 선생님께 딱 하나만 더 여쭙겠습니다. 대답은 하지 마십시오. 오직 잘 생각해보고 나서, 보이는 것만 믿을 뿐인 우리를 바보며 멍청이 같다고 결론 내리십시오. 만약 구원이, 내생이, 아니 뭐가 됐든 그게 사실이라고 한다면, 말뿐 아니라 진짜로 그걸 믿는다면, 업주들이 경제, 경제 하듯이 영생, 영생 하고 귀에 딱지가 앉을 정도로 우리한테 말할 거라고 생각지 않으십니까? 업주들은 그놈의 경제를 우리들에게 일깨우려고 안달복달하지만, 영생을 믿게 한다면 더 위대할 겁니다. 만약 그게 사실이라면 말입니다."

"하지만 업주들은 노동자들의 종교와 아무런 관련이 없습니다. 그들과 노동자들을 연결시켜주는 건 단지 사업일 뿐입니다 ─ 그들은 그렇게 생각합니다. 그러니까 그들의 관심은 오직 사업 시스템에 대한 노동자들의 생각을 바로잡는 것이지요."

"다행입니다." 히긴스가 묘하게 한쪽 눈을 찡긋하며 이렇게 말했다. "선생님께서 '그 사람들 생각이 그렇다'고 하시니 말입니다. 그 말을 붙이지 않았다면 선생님이 목사임에도 불구하고, 아니 오히려 목사이기 때문에 선생님을 위선자라고 생각했을 겁니다. 선생님께서 종교가, 만약 그게 사실이라면, 이 세상 그 무엇보다 중요한데도 모든 사람에게 중요한 건 아니라고 말한다면 선생님을 목사로서 믿지 못할 사람이라고 생각했을 겁니다. 어쩌면 믿지 못할 사람이라기보다는 어리석은 사람이라고 생각했을 겁니다. 기분 나쁘게 듣지는 마십시오, 선생님."

"전혀 그렇지 않아요. 선생은 날 오해하고 있고, 나도 선생을 무척이나 잘못 생각하고 있어요. 내가 하루 만에 단 한 번의 대화로 선생을 납득시키리라고 기대하지는 않습니다. 하지만 서로에 대해 알아보고 이런 문제들을 허심탄회하게 이야기해본다면 진실이 승리할 겁니다. 만약 진실의 승리를 믿지 않았다면 난 신을 믿을 수 없었을 겁니다. 히긴스 씨, 선생이 포기해버렸던 게 뭐였든 선생은 믿는다는 것을 (헤일 씨의 목소리에 존경이 실리며 낮아졌다), 선생이 주님을 믿는다는 것을 나는 확신합니다."

니컬러스 히긴스가 갑자기 몸을 꼿꼿이 세워 일어났다. 마거릿이 화들짝 놀라 일어섰다. 얼굴 표정으로 보아 그가 발작이라도 일으킬 것 같았기 때문이다. 헤일 씨는 당황한 표정으로 그녀를 보았다. 마침내 히긴스가 말문을 열었다.

"이런! 절 부추겼으니 제가 선생님을 바닥에 때려눕힐지도 모릅니다. 선생님의 의심으로 도대체 절 어쩌겠다는 심산입니까? 그렇게 비참하게 살고서 저기 죽어 있는 제 딸을 생각해보십시오. 그런 다음 제게 단 하나 남은 위안을 선생님이 어떻게 부인하고 있는지 생각해보십시오. 신이 있어서, 그 신이 제 여식의 생명을 정했다는 위안 말입니다. 제 딸이 또 다른 삶을 살 거라는 말은 믿지 않습니다." 그는 이렇게 말하며 앉았고 무자비하게 타오르는 불길에 대고 말하듯 계속 말을 이었다. "전 제 딸이 지독한 병과 끝날 것 같지 않은 지독한 걱정거리로 고통을 겪으며 살았던 이 삶 말고는 그 어떤 삶도 믿지 않습니다. 그리고 그 삶이 모두 일련의 가능성이었다는 듯, 한 줄기 바람에 바뀔 수도 있었던 것이라고 생각하는 걸 견딜 수가 없습니다. 신이 없다고 생각할 때는 많았지만, 다른 사람들처럼 제 입으로 직접 말해본 적은 없었습니다. 감히 그런 말을 내뱉는 사람들의 말에 웃어주었을는지는 몰라도, 그런 뒤 저는 정말로 신이 있다면 제 말을 듣는지 보려고 주위를 휙 둘러보았습니다. 하지만 오늘 외로이 남은 저는 의문과 회의를 품은 선생님의 말을 듣지 않으렵니다. 정신없이 돌아가는 이 세상에서 조용하고 변함없는 단 하나, 이유가 있든 없든 저는 그것에 매달리렵니다. 다른 소리는 다 행복한 사람들한테나 해당되는 겁니다."

마거릿이 살짝 그의 팔을 잡았다. 그녀는 그때까지 아무 말도 하지 않고 있었으며 그 역시 그녀가 일어나는 소리를 듣지 못했다.

"니컬러스, 우린 진실을 따지고 싶지 않아요. 제 아버지를 오해하는 겁니다. 우린 따지지 않아요. 우린 믿죠. 당신 역시 믿잖아요. 믿음은 이런 시기에 유일한 위안입니다."

그는 몸을 돌려 그녀의 손을 잡았다. "아! 그래요, 그거지요." (손등으로 눈물을 훔치며) 그가 말했다. "그런데 내 딸이 집에 누워 있단 말이오. 난 슬픔에 겨워서 어떨 땐 내가 무슨 말을 하는지도 잘 모르오. 마치 똑똑하다고 생각한 적이 있는, 다른 사람들이 했던 그런 말들이 비탄에 빠져 있는 지금 내 입에서 그냥 나오는 거 같소. 파업도 실패했잖소. 아가씬 그걸 모르오? 낙담에 빠져서 거지처럼 딸에게서 한 자락 위안이라도 구하려고 집으로 오고 있었단 말이오. 근데 누군가 딸이 죽었다고 하는 말에 난 쓰러졌소. 죽었다는 그 말에. 그게 다요. 하지만 나한테는 그걸로 족하오."

헤일 씨는 코를 풀더니 울컥하는 심정을 숨기려고 일어나서 촛불을 껐다. "히긴스 씨는 신앙이 없는 사람이 아니다, 마거릿. 어찌 그런 말을 할 수 있느냐?" 그가 책망하듯 중얼거렸다. "「욥기」 14장*을 읽어주고 싶구나."

"아직은 아니에요, 아빠. 어쩌면 절대 안 될 거예요. 파업에 대해 물어봐요. 그리고 지금 저 사람에게 필요한, 그리고 베시에게서 받고 싶어 했던 그 모든 위로를 우리가 해주도록 해요."

그래서 그들은 질문했고 그의 말을 들었다. 노동자들의 예측은 (많은 업주와 마찬가지로) 잘못된 전제를 바탕에 깔고 있었다. 그들은 마치 조합원들에게 기계같이 예측 가능한 능력이 있기나 한 듯 그들을 믿었다. 바우처나 다른 폭도들의 경우에서처럼 인간의 격정이 이성을 능가한다는 걸 감안하지 않았다. 그리고 노동자들은 자신들의 불만 사항들이 귀에 들어가면 (상상이든 현실이든) 자신들이 상처를 입고 아파하는 것처럼 저 멀리 타지 사람들도 똑같이 아파해주리라고 생각했다. 그 결과 그들은 자신들의 자리를 차지하려고 들어왔던 불쌍한 아일랜드 인부들에게 경악하고 분노했다. 이러한 분노는 '아일랜드 놈들'에 대한 경멸과, 이들이 일을 시작하면 이들의 무지와 어리석음 때문에 새 주인들이 쩔쩔맬 거라는 유쾌한 생각으로 어느 정도는 상쇄됐는데, 아일랜드 노동자들에 대해 부풀려진 이상한 이야기들은 이미 마을 전역으로 파다하게 번지고 있었다. 하지만 무엇보다 가장 잔혹했던 상처는 무슨 일이 닥쳐도 평화를 유지하라는 노조의 명령을 거역했던 밀턴 노동자들의 상처였다. 이들은 파업본부에 불협화음을 만들었고, 이들을 잡기 위한 공권력 배치라는 공포를 조장하고야 말았다.

"그러니까 파업은 끝난 거군요." 마거릿이 말했다.

---

* 무덤가에서 낭독되는 매장 식사의 일부. "여인에게서 태어난 사람은 생애가 짧고 걱정이 가득하며, 그는 꽃과 같이 자라나서 시들며."

"그렇소. 모두가 제 살기에 급급해 있어요. 일하겠다는 사람들을 다 들이려면 공장들은 내일 문이란 문은 몽땅 열어놔야 할 거요. 그게 똑바로 했더라면 10년 동안 오르지 않았던 임금을 올려 받을 수도 있었을 노조 행위와 자신들이 아무 상관 없다는 걸 보여주는 유일한 방법이라면 말이오."

"일하러 갈 거죠?" 마거릿이 물었다. "당신은 유능한 인부잖아요, 안 그래요?"

"햄퍼는 자기 손목을 자르지 않는 이상 날 다시 공장에 들이지 않을 거요." 히긴스가 조용히 말했다. 마거릿은 입을 닫았고 우울한 기분에 잠겼다.

"임금 말입니다." 헤일 씨가 말했다. "기분 나빠 하지 마시오. 그런데 내 생각에 히긴스 씨가 좀 실수한 부분이 있는 것 같아요. 갖고 있는 책의 몇 구절을 읽어주리다." 그는 일어서더니 책장으로 갔다.

"귀찮게 그러실 필요 없습니다, 선생님." 히긴스가 말했다. "책에 나오는 그런 것들은 한쪽 귀로 들어가서는 다른 쪽 귀로 나와버립니다. 도통 이해가 되지 않는 것들이지요. 햄퍼와의 사이가 이렇게 틀어지기 전에 조장이 그자에게 가서 제가 임금 인상을 요구하기 위해 인부들을 선동하고 있다고 일러바쳤습니다. 그러고 나서 어느 날 햄퍼가 공장 마당에서 보자고 하더군요. 한 손에 얇은 책을 하나 들고 이렇게 말했어요. '히긴스, 자네가 임금 인상을 요구해서 더 올려 받을 수 있다고 생각하는 바보들 중 하나라더군. 그래, 억지로 임금을 올려서 계속 받는단 말이지. 자, 자네가 온전한 생각을 할 수 있는 기회를 주도록 하지. 이건 내 친구가 쓴 책이네. 자네가 이걸 읽어본다면, 임금이란 노동자나 주인과는 상관없이 저절로 제값에 맞게 정해진다는 걸 알게 될 거야. 만약 어떻게 해보려고 한다면 천지 분간도 못하는 천치들처럼 파업이나 일으켜서 도끼로 제 발등을 찍게 될 뿐이지.' 자, 그러면 이제 선생님께 묻습니다. 목사로서 설교를 쭉 해왔고 옳은 사고방식이라고 믿는 쪽으로 대중을 이끌어야 했던 분으로서, 선생님은 그 사람들을 천치니 뭐니 하는 말로 대하기 시작했습니까? 아니면 우선 친근하게 몇 마디 말부터 걸어 그 사람들이 들을 준비를 하게 한 다음, 선생님 말을 받아들이도록 하셨습니까? 게다가 설교를 하시다 말고, 가끔씩 반은 대중에게 들으라고, 또 반은 혼잣말로 '근데 이런 멍청한 자들을 모아놓고 이해시키려고 해봐야 아무 짝에도 쓸모없는 일이지.' 이런 말을 하셨습니까? 햄퍼의 친구가 쓴 말을 이해하기에 제가 최적임자는 아니었다는 걸 인정하겠습니다. 그 말을 그런 식으로 들어야 했다는 게 너무 열불이 났습니다. 하지만 저는 이렇게 생각했습니다. '좋다, 이자들이 뭘 말하려는지 보자. 그러면 이자들이 바본지 내가 바본지 알게 되겠지.' 그래서 책을 받아서 한번 읽어보려고 했습니다. 하지만 맙소사, 그 책은 온통 자본 아니면 노동, 노동 아니면 자본 얘기만 주구장창 하고 있으니, 결국 전 곧바로 잠에 곯아떨어지고 말았지요. 전 뭐가 뭔지 머릿속에 똑바로 새길 수가 없었습니다. 게다가 그 책은 마치 그것들이 미덕 아니면 악이라는 듯 말하고 있었습니다. 제가 알고 싶었던 건 가난하든 부자든 관계없는 인간의 권리였습니다. 그들이 정말 인간이라면 그래야 하는 거지요."

"하지만 그럼에도 불구하고" 하면서 헤일 씨가 말을 시작했다. "햄퍼 씨가 친구의 책을 권하면서 선생에게 말을 건네던 무례하고 어리석고 비(非)기독교인적인 태도를 인정한다고 해도, 그 사람 말대로 그 책에서 임금이란 알아서 정해지는 것이고 아무리 성공적인 파업이라도 잠시 동안 사기를 돋울 뿐이지 바로 그 파업의 결과로 나중에는 훨씬 더 크게 주저

않게 된다고 했다면, 그 책은 진실을 말해준 겁니다."

"그런데 선생님," 히긴스가 좀 끈덕지게 물고 늘어졌다. "그럴 수도 있고 그렇지 않을 수도 있습니다. 그 주장은 두 가지로 생각해볼 수 있습니다. 설사 그 책에 두 배로 강한 진실이 담겨 있다고 해도, 제가 그 내용을 전혀 이해할 수 없다면 전혀 진실이라고 할 수 없습니다. 선생님의 책장에 있는 라틴어 책에는 진실이 담겨 있겠지요. 하지만 제가 그 말들의 의미를 알지 못한다면 그건 제게 횡설수설이지 진실이 아닙니다. 만약 선생님이, 아니 학식 있고 인내심 있는 다른 사람이 제게 와서 그 말들의 의미를 가르쳐주고 제가 좀 우둔하고, 어째서 이 일 때문에 저 일이 일어나는지 잊어먹어도 분통을 터뜨리지 않겠다고 한다면 글쎄요, 저도 그 책의 진실을 이해할 수 있을지도 모릅니다. 아니, 어쩌면 못할지도 모르지요. 제가 다른 사람들과 똑같이 생각하게 될 거라고 말할 필요는 없을 겁니다. 게다가 전 주물 공장에서 철판이 잘려 나오듯 진실이란 게 말쑥하고 군더더기 없는 말로 만들어질 수 있는 것이라고 생각하는 사람도 아닙니다. 같은 뼈라도 모든 사람 목으로 다 내려가는 건 아니지요. 어떤 사람한테선 목구멍 여기서 걸리고, 다른 사람한테서는 저기서 걸립니다. 그뿐만 아니라 위에서 소화시킬 때는 어떤 사람한테는 너무 억셀 수도 있고 또 다른 사람한테는 너무 연할 수도 있습니다. 자신들의 진실로 세상을 바꿔보려고 구상하는 사람들은 다른 생각을 가진 사람들에게 맞추어야 합니다. 게다가 그 진실이라는 알약을 주는 방식도 좀 부드러워야 하죠. 그렇지 않으면 불쌍한 병자들이 그 약을 자신들의 얼굴에다 뱉어버릴지도 모릅니다. 자, 햄퍼가 처음엔 제 따귀를 올려붙이더니 그다음엔 커다란 알약을 줍디다. 그러고는 제가 너무 멍청해서 그 약이 제겐 아무 도움도 되지 않을 것 같지만, 그래도 그게 이치라는군요."

"인정 있고 현명한 업주들 몇 사람이 당신 같은 노동자들 몇 사람과 만나서 이런 문제들을 이야기해본다면 좋을 텐데요. 분명 그게 당신들 노사 간의 분쟁을 해결하는 최상의 방법이 될 겁니다. 그 분쟁은, 내가 보기에 이건 업주와 노동자 양측이 상호 이익을 위해 서로 잘 이해해야 하는 문제라는 점에 대해 당신들이 무지하기 때문에――이런 말 용서하십시오, 히긴스 씨――발생하는 것 같습니다. 어쩌면 (반쯤은 딸을 향해) 손턴 씨가 그런 일을 할 수도 있지 않을까요?"

"생각나지 않으세요, 아빠." 마거릿이 낮은 목소리로 말했다. "요전 날 그분이 정부에 대해서 하던 말이오." 그녀는 노동자들에게 스스로를 통제하기 알맞은 만큼만 정보를 주거나, 주인 측의 현명한 전제주의를 통해서 노동자를 통제하는 방식에 대해 열띤 토론을 벌였던 대화를 더 자세히 언급하고 싶지 않았다. 히긴스가 대화 내용 전부는 아니지만 손턴의 이름을 알아듣는 걸 봤기 때문이다. 정작 그가 손턴의 이야기를 꺼냈다.

"손턴! 그자가 아일랜드 인부들을 바로 좀 보내달라고 편지를 썼던 사람이오. 그 때문에 우리 파업을 망친 폭동이 일어났지요. 온갖 말로 협박하던 햄퍼만 해도 좀 기다렸을 것이오만, 손턴은 말 떨어지기가 무서웠소. 그런데 이제, 노조의 명령을 거역했던 바우처와 그 빌어먹을 작자들을 잡아들이자고 했으면 노조가 고마워했을 수도 있는데, 파업이 끝났으니 자기는 피해자로서 폭도들을 고소할 생각이 없다고 말하는 사람이 손턴이란 말이오. 난 그 사람이 한번 붙어볼 마음이 있는 사람인 줄 알았소. 자기주장을 관철시켜 법정에서 응징할 것이라고 생각했소. 근데 그 사람이 (법정에 있었던 사람이 내게 그러더군요) '그자들은 이미 알려져 있습니다. 자기들이 저지른 짓에 대해 당연한 처벌을 받게 될 겁니다. 일자리를 얻으려면 고생깨나 할 것이기 때문입니다. 그거면 중한 징벌로 충분하

다고 봅니다' 라고 했답니다. 난 단지 경찰이 바우처를 잡아서 햄퍼 앞에
데려다놨으면 좋겠소. 늙은 호랑이가 그자를 물어뜯는 걸 보고 싶소. 햄
퍼가 그자를 용서할 것 같소? 천만에요!"

"손턴 씨는 옳았어요." 마거릿이 말했다. "니컬러스, 당신은 바우처
에게 화가 나 있는 거예요. 그게 아니라면, 자연적인 벌이 범죄에 대한
충분한 처벌이 되는 경우 그보다 더한 벌은 복수가 된다는 걸 제일 먼저
보게 될 겁니다."

"내 딸은 손턴 씨와 그다지 친한 편이 아닙니다." 헤일 씨가 마거릿
을 향해 미소를 지으며 말했다. 한편 그녀는 카네이션보다 더 얼굴이 빨
개져서는 두 배로 더 열심히 자수에 몰두하기 시작했고, 헤일 씨는 말을
이어갔다. "하지만 내 딸의 말이 맞는 것 같습니다. 손턴 씨의 그 점이
나는 마음에 듭니다."

"하여간 선생님, 이 파업 때문에 저는 진력이 다 빠져버렸습니다. 잠
자코 묵직하게 견디려고 하지 않는 겨우 몇 놈 때문에 이 파업이 실패로
돌아가는 걸 봤으니 제가 화가 치밀어도 전혀 이상할 것 없을 겁니다."

"잊어버리셨군요!" 마거릿이 말했다. "바우처에 대해서 잘 알지는 못
하지만, 딱 한 번 봤을 때 그 사람의 호소는 본인이 겪는 고통에 대한 것
이 아니었어요. 집에서 앓고 있는 아내와 어린 자식들의 고통에 대한 것
이었죠."

"맞소! 하지만 그자는 약해빠졌소. 그다음엔 자기 고통을 호소하고
다녔을 게요. 고통을 참아내지 못하는 사람이었단 말이오."

"그 사람이 어떻게 노조에 들어가게 된 거예요?" 마거릿이 순진한 생
각으로 질문했다. "그 사람을 그다지 높게 평가하는 것 같지도 않고, 그
사람이 노조에 들어왔다고 크게 얻은 것도 없어 보이는데요."

히긴스가 미간을 좁혔다. 그는 잠시 가만히 있었다. 그러더니 퉁명스
레 말했다.

"내가 노조에 대해 이렇다 저렇다 설명할 수는 없소. 노조는 할 일을
하는 거요. 같은 직종에 있는 사람들은 함께 뭉쳐야 하는 거고, 나머지
노조원들과 운명을 같이하지 않는 사람들이 있으면 노조는 수단과 방법을
동원해야 하는 거요."

헤일 씨는 화제가 바뀌자 히긴스가 짜증이 난 걸 보고 잠자코 있었다.
마거릿은 아버지와 마찬가지로 히긴스가 짜증 나 있다는 걸 분명히 알았
지만 하던 말을 멈추지 않았다. 그녀는 그가 솔직한 말로 설명할 수도 있
겠다는 것을, 정의를 주장하기 위해 노조에 대해서 무언가 명확한 설명을
내놓을 수도 있겠다는 것을 직감적으로 느꼈다.

"그러니까 노조의 수단과 방법이란 게 뭔가요?"

그는 그녀가 알고 싶어 하는 걸 말해주지 않고 버텨보겠다는 심산인
듯 그녀를 바라보았다. 하지만 그는 자신의 얼굴에 시선을 고정시킨 채
믿음을 갖고 끈질기게 기다리는 그녀의 고요한 얼굴과 마주하자 대답을
하지 않을 수가 없었다.

"좋소! 만약 노조에 가입하지 않은 인부가 있다면 베 짜는 옆 동료들
은 그 사람과 말을 섞지 말라는 지시를 받게 되오. 만약 그자가 처참한 상
황에 처하거나 병이 든다고 해도 매한가지라오. 말하자면 그 사람은 선
바깥에 있는 거요. 우리 소속이 아니란 말이오. 우리와 같이 공장에 오고
우리와 같이 일을 해도 우리 동료는 아닌 거요. 어떤 데는 그런 자와 말
섞는 사람에게 벌금을 준답디다. 헤일 양도 한번 당해보시오. 쳐다보면
눈을 돌려버리는 사람들 틈에서 1년이나 2년쯤 살아보시오. 마음속 깊이
뼈에 사무치는 원망을 안고 있는 인부들과 한 팔 거리에서 같이 일해보시

오. 그 사람들한테 당신은 고민이 있어도 아무 말도 할 수가 없어요. 왜냐하면 당신이 기쁜 일이 있다고 해도 축하하는 눈빛이나 미소 같은 걸 보여주지 않을 거고, 당신의 한숨이나 슬픈 표정에도 눈 하나 깜짝하지 않을 것이기 때문이오. (게다가 무슨 일이 있는지 물어보지 않는다고 불평하는 건 남자답지 못하지 않소?) 하루에 열 시간을 3백 일 동안 그렇게 살아보시오. 그러면 노조가 뭔지 좀 알게 될 거요."

"세상에!" 마거릿이 소리쳤다. "엄청난 독재군요! 아, 히긴스, 당신이 화낸다고 해도 전 하나도 신경 쓰지 않아요. 화를 내더라도 저한텐 못 낼 거예요. 난 진실을 말해야겠어요. 난 지금까지 읽어봤던 역사를 통틀어 이처럼 서서히 피를 말리는 고문에 대해선 읽어본 적이 없어요. 그리고 당신은 노조원이잖아요. 그런 당신이 업주들의 횡포를 말하다니요!"

"아, 좋소." 히긴스가 말했다. "마음대로 말해도 좋소. 댁과 울분에 찬 내 모든 말 사이에는 우리 죽은 베시가 있소. **저기** 누가 누워 있는지, 그리고 딸애가 댁을 얼마나 좋아했는지 내가 잊었다고 생각하는 거요? 노조가 죄를 지었다고 한다면 우릴 이렇게 만든 건 업주들이오. 지금 세대는 아닐지 모르지만 그자들의 아버지들이 우릴 이렇게 만들었소. 그자들의 아버지들이 휴식이고 뭐고 없이 우리의 아버지들을 죽도록 일을 시켰지. 우리 역시 마찬가지요! 목사님! 어머니가 이런 성경 구절을 읽어주었던 것 같습니다. '아버지가 신 포도를 먹었으므로 그의 아들의 이가 시다.'* 우리 아버지들이 그랬습니다. 고통스런 억압이 있던 그 당시에 노조가 시작됐던 겁니다. 필요에 의해서였지요. 제 생각에는 지금도 그게 필요하다고 봅니다. 과거, 현재, 그리고 또 다가올 미래의 부당함에 맞서

---

* 「에스겔서」 18장 2절.

는 겁니다. 그건 전쟁과도 같을 겁니다. 전쟁과 더불어 범죄가 될 수도 있겠지만 부당함을 그대로 두는 게 더 큰 범죄라고 생각합니다. 그러니 유일하게 할 수 있는 일이라곤 하나의 목적 아래 모두가 결집하는 거지요. 혹여 일부가 겁쟁이이거나 바보라고 하더라도, 그들은 뭉쳐야 힘이 되는 대행진에 같이 나와서 참여해야만 하는 것입니다."

"아하!" 헤일 씨가 한숨을 내쉬며 말했다. "만일 선생의 노조가 한낱 타 계층에 맞서는 특정 계층의 이익이 아니라 만인의 이익에 영향을 주는 목적을 위한 조직이라면, 선생의 노조는 그 자체로서 멋지고 영예로울 겁니다. 말하자면 기독교 그 자체일 겁니다."

"이제 가봐야 할 것 같습니다. 선생님." 시계가 10시를 치자 히긴스가 말했다.

"집으로요?" 마거릿이 아주 부드럽게 말했다. 그는 말의 의도를 이해했고 그녀가 내미는 손을 잡았다. "집으로 갑니다, 헤일 양. 믿어도 될 거요. 아무리 내가 노조원이지만 말이오."

"니컬러스, 당신을 누구보다 철저히 믿어요."

"잠깐만 기다려주시오." 헤일 씨가 서둘러 책장 쪽으로 가면서 말했다. "히긴스 씨! 가족 예배에 함께해주시겠지요?"

히긴스가 미심쩍은 듯 마거릿을 바라보았다. 그녀의 진지하고 다정한 눈이 그를 마주 보았다. 그 눈빛에는 강요 같은 것은 없었으며 속 깊은 우려가 담겨 있었다. 그는 대답은 하지 않았지만 자리를 뜨지 않았다.

신도인 마거릿, 교회에서 떨어져 나온 그녀의 아버지, 비(非)신도인 히긴스, 이 세 사람이 함께 무릎을 꿇었다. 이 일로 상처 입은 사람은 아무도 없었다.

29장
한 줄기 햇살

어떤 갈망 그리고 한두 개의 애잔한 즐거움 떠올라
어렴풋이 기뻐했는데
제각기, 희미하고 차가운 희망 속에
가냘픈 날개 은빛으로 반짝이며 조용히 날아가버렸다
달빛 아래 나방이었나!*
—콜리지

다음 날 아침 마거릿 앞으로 이디스의 편지 한 통이 배달됐다. 편지
는 글 쓴 당사자처럼 다정스러우면서 두서가 없었다. 하지만 그 살가움이
마거릿 본인의 다정다감한 성격에 와 닿았고, 산만함이라면 마거릿이 어
려서부터 봐왔던 터라 마거릿은 그녀의 산만함을 크게 의식하지 못했다.
편지는 이런 내용이었다.

오오, 마거릿, 내 아인 영국에서 보러 올 가치가 있어! 정말 조
그만 녀석이지. 특히 모자를 쓰고 있을 때, 그중에서도 훌륭한 손
놀림과 인내심의 여왕인 네가 그 애를 위해 보내준 그 모자를 쓰고
있을 때 제일 그래! 여기 엄마들을 모두 부러움에 빠뜨렸으니, 이
제 내 아일 아직 못 본 사람들이 그 앨 보고 새로운 찬탄의 말을 쏟

---

* 콜리지의 『비망록Notebook』 2부, 「단편 34Fragment 34」에서 인용.

아내는 걸 듣고 싶어. 아마 그런 이유 때문이겠지. 그게 아닐 수도 있고. 아니, 아마 사촌 간의 우정이 그런 감정과 뒤섞여 있다고 봐야 할 거야. 하지만 마거릿, 난 네가 정말 여기 왔으면 좋겠어! 헤일 이모의 건강을 위해서도 분명 그게 최상의 방법일 거야. 여기 사람들은 모두 젊고 건강해. 하늘은 언제나 파랗고 태양은 늘 밝게 빛나는 데다, 밴드는 아침부터 밤까지 늘 멋진 음악을 연주하는걸. 아까 하던 말로 돌아가자면, 앤 언제나 방긋방긋 웃어. 마거릿, 난네가 날 위해서 이 애의 모습을 그려주길 끊임없이 바라고 있어. 이애가 뭘 하는지는 중요하지 않아. 뭘 하든 세상에서 제일 예쁘고 사랑스럽고 최고야. 난 아마 내 아일 그 누구보다, 내 남편보다 더 사랑하는 것 같아. 그인 이제 살이 찌고 심통을 부리는 데다 그이 말로 "바빠." 아니, 아니다! 그이가 방금 만(灣) 아래쪽에 정박해 있는 해저드 호의 장교들이 피크닉을 연다는 기쁜 소식을 들고 들어왔어. 정말 기쁜 소식을 들고 들어왔으니, 방금 내가 한 말은 모두 취소할게. 하지 않았어야 하는 말이나 행동을 했다고 손을 지진 사람있지 않았나?* 난 그럴 수 없어. 손을 지지면 아플 테고 못난 상처도 남을 테니 말이야. 하지만 내 말은 최대한 빨리 취소할게. 코스모**는 아기처럼 무지 사랑스러워. 게다가 전혀 살찌지도 않았고

---

* 메리 1세의 성공회와 개신교에 대한 탄압으로 화형당했던 영국 성공회 주교 토머스 크랜머 (Thomas Cranmer, 1489~1556)를 말한다. 교회의 강요와 회유에 못 이긴 크랜머는 가톨릭 교리에 동의한다는 서명을 했지만, 그 후 다시 자신의 믿음을 버리지 않겠다고 함으로써 결국 사형당했다. 순교 직전 크랜머는 믿음 철회서에 서명했던 오른손을 불에 집어넣었다.
** 42장과 48장에서는 숄토로 불린다.

한결같이 심통 부리지 않는 남편이야. 그냥 가끔 아주아주 바쁘지. 이런 말 한다고 나쁜 아내라고 하지는 않겠지. 근데 어디까지 얘기했더라? 조금 전에 아주 특별히 할 얘기가 있었는데. 아 맞다, 이 말이야. 사랑하는 마거릿! 날 보러 여기 와줘야 해. 이미 썼듯이 헤일 이모한테도 좋을 거야. 가는 게 좋겠다는 처방을 의사한테 써 달라고 해. 이모 건강을 해치는 건 밀턴의 나쁜 공기 때문이라고 말해. 그건 틀림없어, 정말이야. 이곳의 쾌청한 날씨 속에서 석 달 정도(그보다 적게 있어서는 안 돼)——언제나 햇빛이 비치는 데서 블랙베리만큼 지천에 널린 포도를 먹으면서 지내면 충분히 병이 나을 거야. 이모부께는 부탁하지 않을래.

(이 부분에서 편지는 좀더 조심스러워졌고 문체도 나아졌다. 헤일 씨는 성직을 포기했다는 이유로 잘못을 저질러 벌서는 아이처럼 구석진 곳에 있었다.)

왜냐하면 이모부는 전쟁이니 군인이니 밴드니 하는 것들을 탐탁지 않게 여기시는 것 같으니까 말이야. 적어도 많은 국교 반대자가 평화협회*의 일원이란 건 알고 있어. 그러니까 이모부는 여기 오고 싶어 하지 않으실 것 같아. 하지만 오시겠다고 한다면 코스모와 난 이모부를 기쁘게 해드리기 위해 최선을 다할 거야. 그리고 그이의 빨간 외투와 검을 감추고 밴드는 진지하고 숭엄한 것들만 연주하도록 시킬 거야. 만약 현란하고 겉멋 든 음악을 연주한다고 하더라도

---

* the Peace Society: 전쟁과 폭력에 반대하는 기독교 단체로 영국에서 설립됐다. 이 단체는 분쟁을 중재의 방법으로 해결하고자 했으며 많은 소책자를 발행했다.

연주 속도는 아마 두 배 정도 느릴걸. 보고 싶은 마거릿, 만약 이모부가 이모와 너랑 함께 오신다면 우린 유쾌한 시간을 보낼 수 있도록 애쓸 거야. 하지만 양심을 지키기 위해 뭔가를 했던 사람은 좀 두렵긴 해. 넌 양심 지킨다고 그런 적 없었으면 좋겠다. 이모께는 두꺼운 옷은 많이 가져올 필요 없다고 말씀드려. 그래도 네가 올 때쯤이면 연말에 가까워지지 않을까 싶어. 하지만 여기가 얼마나 따뜻한지 넌 상상도 못해. 내가 피크닉에서 그 예쁘디예쁜 인도산 숄을 두르고 있으려고 한 적이 있거든. '멋을 위해서는 참아야 한다'느니, 그것 말고도 다른 훌륭한 격언들을 최대한 떠올리면서 말이지. 근데 아무 소용 없었어. 마치 코끼리에 눌린 엄마의 애견 티니처럼, 난 그 숄에 파묻혀 숨도 못 쉬고 죽을 뻔했지 뭐야. 그래서 결국은 그 숄을 카펫처럼 깔고 앉는 용도로 쓰고 말았지. 내 아들이 여기 있어, 마거릿. 이 편지를 받는 즉시 짐 꾸려서 이 아일 보러 오지 않으면 널 무자비한 헤롯 왕의 후손*쯤으로 여길 거야!

마거릿은 아닌 게 아니라 이디스의 삶 ── 아무 걱정 없는 자유, 유쾌한 집, 눈부신 하늘 ── 을 하루만이라도 누리고 싶었다. 소원이 이루어져서 그녀가 떠날 수 있었다면 그녀는 고작 하루 동안만일지라도 떠났을 것이다. 그녀는 겨우 몇 시간이지만 그런 밝은 생활 속에 살면서 젊음을 다시 느낄 수 있는 그런 변화가 가져올 힘을 갈망했다. 아직 스무 살도 되지 않았는데! 하지만 너무나 힘든 책임감을 견뎌내야 했기에 그녀는 자신이

---

* 유아 대학살(「마태복음」 2장 16절)에 책임이 있는 사람의 후손.

상당히 늙은 것 같았다. 그게 이디스의 편지를 읽고 나서 제일 먼저 느낀 감정이었다. 그런 다음 그녀는 편지를 다시 읽으면서 자기 처지는 까마득히 잊어버린 채 이디스를 꼭 닮은 그 편지가 재미있어서 웃고 있었는데, 헤일 부인이 딕슨의 부축을 받으며 거실로 들어왔다. 마거릿은 얼른 가서 베개를 받쳐주었다. 그녀의 어머니는 평소보다 더 기운이 없어 보였다.

"뭘 그렇게 웃고 있니, 마거릿?" 그녀는 소파 위에 앉느라고 애를 쓰더니 자세를 잡고 나자 바로 이렇게 물었다.

"오늘 아침에 받았던 이디스 편지 때문에요. 읽어드릴까요, 엄마?"

그녀는 소리 내어 편지를 읽었고, 편지는 잠시 어머니의 관심을 끄는 것 같았다. 그녀는 이디스가 아기 이름을 뭐라고 지었는지 계속 궁금해하면서, 지을 만한 모든 이름과 이 모든 이름이 각각 지어질 만한 이유를 전부 생각해내고 있었다. 이름에 대한 궁금증이 한창 무르익고 있을 때 손턴 씨가 헤일 부인에게 선사할 과일 바구니를 들고 또 나타났다. 그는 마거릿을 본다는 즐거운 기회를 놓칠 수 없었다. 아니 놓치지 않으려고 했다. 이 방문에 목적은 없었고, 오직 현재의 만족감 그뿐이었다. 평소 아주 이성적이고 자제력이 있는 한 남자가 실행에 옮기는 결연한 계획이었다. 그는 거실에 들어서서 실내를 한번 쓰윽 보고 나서 마거릿이 있는 걸 알았지만, 사무적이고 담담한 목례를 한번 건넨 뒤로는 더 이상 그녀를 쳐다보지 않는 것 같았다. 그는 친절한 인사말과 함께 들고 온 복숭아를 전할 동안만 머물다가, 엄숙하게 작별 인사를 건네는 마거릿을 차갑고 언짢은 눈길로 한번 쳐다보더니 방을 나갔다. 그녀는 말없이 창백한 얼굴로 자리에 앉았다.

"글쎄 마거릿, 나 정말 손턴 씨가 마음에 들기 시작했단다."

처음엔 아무 말이 없었다. 그런 다음 마거릿은 마지못해 "그러세요?"

라며 감흥 없이 대꾸했다.

"그래! 정말이지 손턴 씨의 매너가 상당히 세련돼가고 있는 것 같구나."

마거릿의 목소리는 이제 조금 더 차분해져 있었다. 그녀는 대답했다.

"아주 친절하고 배려심이 많은 분이에요. 그건 분명해요."

"손턴 부인은 왜 한 번도 찾아오시지 않는지 모르겠구나. 물침대를 빌리러 갔으면 내가 아프다는 걸 알 텐데."

"엄마의 상태에 대해서는 아들로부터 듣지 않을까요?"

"그래도 난 만나보고 싶구나. 넌 이곳에 친구가 너무 없어, 마거릿."

마거릿은 어머니가 머릿속에 담고 있는 생각, 조만간 엄마를 잃게 될지도 모르는 딸에 대한 사랑을 보여주고자 하는 한 여인의 깊은 모정을 읽었다. 하지만 그녀는 아무 말도 하지 않았다.

"너 혹시," 잠시 후 헤일 부인이 말했다. "손턴 부인에게 찾아가서 한 번 방문해줄 수 있냐고 부탁해볼 테냐? 귀찮게 하고 싶지는 않지만 딱 한 번이다."

"엄마가 그토록 원하신다면 뭐든 할게요. 근데 만약 오빠가 온다면……"

"아, 물론이지! 문단속을 해야지. 그 누구도 들어와선 안 돼. 그 애가 오는 게 좋은지조차 모르겠다. 가끔은 차라리 오지 않았으면 좋겠다는 생각도 한단다. 간혹 그 애에 대해 그런 끔찍한 꿈을 꾸니까 말이야."

"아유, 엄마! 우린 조심할 거예요. 제 팔로 재빨리 빗장을 걸어서* 오빠 눈썹 하나도 다치지 않게 할게요. 오빠 제게 맡기세요, 엄마. 사자

---

* 제임스 1세(1394~1437)의 암살을 막아보려고 자신의 팔을 가로대로 삼아 문을 막았던 캐서린 더글러스Catherine Douglas의 이야기를 가리킨다.

가 새끼 살피듯 오빠를 지킬게요."

"언제쯤 소식을 듣게 되겠니?"

"아직 일주일도 안 됐어요. 좀더 있어야 할 거예요."

"마사를 보낼 땐 시간을 넉넉하게 두고 보내야 해. 네 오빠가 여기 온 뒤에 마사를 보낸다고 허둥지둥 서두르면 절대 안 된다."

"딕슨이 분명 다시 말해주겠죠. 오빠가 여기 있는 동안 집안일에 일손이 필요하면 메리 히긴스를 데려오면 된다는 생각도 했어요. 동작은 굼뜬 데가 있지만 아주 착해요. 분명 최선을 다하려고 할 거예요. 잠은 집에서 자면 되니까 집 안에 누가 있나 알아보려고 위층에 올라갈 필요도 전혀 없어요."

"너 좋을 대로 하렴. 딕슨이 좋다고 하는 대로 해. 하지만 마거릿, 밀턴에서 쓰는 '굼뜬' 같은 고약한 말은 쓰지 않도록 해라. 그건 시골에서나 쓰는 말이야. 쇼 이모가 여기 와서 네가 이런 말을 쓰는 걸 들으면 뭐라고 하겠니?"

"아유, 엄마! 쇼 이모가 도깨비라도 되는 듯 그러지 마세요." 마거릿이 재미있다는 듯 웃으며 말했다. "이디스가 레녹스 대위에게서 들은 온갖 군대 용어를 써도 쇼 이모는 전혀 알아차리지 못하던 걸요."

"그래도 네가 쓴 표현은 공장 사람들이 쓰는 말이야."

"사는 곳이 공장 지역이니까 쓰고 싶으면 공장 언어를 써야죠. 엄마, 전 엄마가 한 번도 들은 적 없는 엄청나게 많은 말로 엄마를 깜짝 놀래줄 수도 있어요. 엄만 아마 '파업 방해꾼'이 뭔지 모를 걸요?"

"모른다, 얘야. 다만 어감이 아주 저속하고, 네가 그런 말을 쓰는 걸 듣고 싶지 않다는 것만 알 뿐이란다."

"좋아요, 어머니. 쓰지 않을게요. 하지만 그 말을 쓰지 않고 그걸 설명하려면 문장을 통째로 써야만 할 거예요."

"난 여기 밀턴이 마음에 들지 않아." 헤일 부인이 말했다. "내가 아픈 건 이곳의 연기 때문이라는 이디스의 말은 충분히 일리 있어."

어머니가 이 말을 하는데 마거릿이 벌떡 일어섰다. 그녀의 아버지가 막 거실로 들어왔던 것이다. 아버지가 밀턴의 공기 때문에 어머니의 건강이 나빠졌다고 어렴풋이 생각한다는 걸 알고 있었던 마거릿은 어머니가 방금 한 말로 아버지의 그런 생각이 더 깊어지지 않기를, 분명한 확신으로 연결되지 않기를 간절히 바랐다. 그녀는 어머니가 했던 말을 아버지가 들었는지 듣지 못했는지 알 수 없었다. 하지만 아버지 뒤로 손턴 씨가 따라 들어오는지도 모르고 그녀는 서둘러 화제를 딴 데로 돌렸다.

"엄만 제가 밀턴에 온 뒤로 저속한 것을 많이 배웠다고 핀잔을 주고 계세요."

마거릿이 말한 '저속'이라는 것은 순전히 토속어 사용을 지칭하는 것이었고, 방금 어머니와 이야기하다가 나온 표현이었다. 하지만 손턴 씨의 미간에 주름이 잡혔다. 마거릿은 자신의 말을 그가 한참 오해하고 있다는 걸 즉시 깨달았다. 그래서 그녀는 그가 필요 이상으로 불쾌한 마음을 갖지 않도록 해야겠다는 천성적인 배려 차원에서, 어쩔 수 없이 앞으로 나가 인사를 건네며 그한테 대고 직접 하던 말을 계속했다.

"손턴 씨, '파업 방해꾼'이라는 말이 어감은 별로 좋지 않지만 뭔가를 분명하게 표현하고 있지 않나요? 파업 방해꾼에 대해서 말하는데 파업 방해꾼이라는 말을 쓰지 않고 될까요? 토속어를 쓰는 게 저속하다면 헬스턴에서는 나도 저속했어요, 그렇지 않아요, 엄마?"

마거릿이 본인의 화제를 다른 사람에게 강요하는 일은 드물었다. 하지만 이번 경우 손턴 씨가 우연히 듣게 된 말에 기분 상하는 걸 너무나 막아보고 싶었기 때문에 그녀는 말을 다 마치고서야, 특히 손턴 씨가 자기 말의 정확한 핵심이나 뜻을 전혀 이해하지 못한 채 차가운 태도로 예를 표하며 자신을 지나쳐 헤일 부인에게 말을 걸 때쯤에서야 온몸이 붉게 변한 걸 알아차렸다.

그를 보자 헤일 부인은 그의 어머니를 만나서 마거릿을 보살펴달라고 부탁하려던 게 생각났다. 마거릿은 어떻게 처신해야 할지도 모르겠고, 또 손턴 씨가 옆에 있으니 마음의 평정을 유지하는 것도 힘들고 화도 나고 부끄러운 마음에 화끈거리는 얼굴로 앉아 있었는데, 그때 그녀의 귀에 손턴 부인이 한번 찾아와주길 바란다는, 괜찮으면 내일이라도 봤으면 좋겠다는 헤일 부인의 느릿한 간청이 들렸다. 손턴 씨는 알겠다고 약속했고, 간단한 대화를 나눈 뒤 자리를 떴다. 그러자 마거릿의 동작과 목소리는 금세 뭔가 보이지 않는 사슬로부터 풀려난 것 같았다. 그는 한 번도 그녀를 쳐다보지 않았다. 그렇지만 주의 깊게 시선을 피했다는 것은, 어떻게 보면 시선이 우연히 돌아가다가 그녀에게 떨어지게 되는 곳을 그가 정확하게 알고 있었다는 증거였다. 그녀가 말하면 그는 전혀 듣지 않는 것처럼 하면서도, 다른 사람과 말할 때는 그녀가 했던 말과 관련된 말을 했다. 간간이 그녀가 했던 말에 대한 답이 분명한데도 마치 그녀의 질문이 아닌 것처럼 다른 사람에게 말을 하기도 했다. 그것은 무지에서 비롯된 결례가 아니라 깊은 불쾌감에서 나오는 계획적인 결례였다. 또한 당시에는 의도적이었으나 나중에는 뉘우치게 되는 그런 것이었다. 하지만 제아무리 심오한 계획과 신중한 계략이었다고 하더라도 이것만큼 효과적이지는 않았을 것이다. 마거릿은 그 어느 때보다도 더 많이 그를 생각했다. 소위 사랑이라고 하는 그런 감정이 아니라 그녀가 그에게 깊은 상처를 입혔다는 후회와 서로 대립하던 이전의 친분 관계로 복귀하고자 하는 조심스러우면서도 참을성 있는 그런 감정이었다. 왜냐하면 다른 가족 구성원들뿐만 아니라 마거릿 역시 그를 친구로 생각하고 있었기 때문이다. 마치 폭동이 있던 날 지나치게 강경한 어조로 반응한 것에 대한 사과의 뜻을 말없이 보여주려는 듯, 그에 대한 그녀의 태도에는 상당히 겸손한 데가 있었다.

하지만 손턴 씨는 그때의 그 말들에 몹시 분개했다. 그 말들은 그의 귓전을 울렸고, 그는 마거릿의 부모에게 계속해서 최대한의 호의를 보여줄 수 있었던 자신의 공평무사한 의식에 자부심을 느꼈다. 그는 마거릿의 부모에게 해드릴 수 있는 건 뭐든 생각해냈고, 그때마다 그녀와 일부러 대면하면서 보여주었던 힘에 대해 의기양양해했다. 그는 자신에게 통렬한 굴욕감을 안겨주었던 사람과 대면하는 걸 싫어한다고 혼자 생각하고 있었으나, 그건 착각이었다. 그녀와 같은 방에 있으면서 그녀의 존재를 느끼는 것은 고통스러운 기쁨이었다. 그러나 그는 자기 자신의 동기를 분석하는 데는 소질이 없었기 때문에 방금 말했다시피 착각을 했던 것이다.

30장
마침내 고향으로

아무리 슬픈 새들이라도 노래할 때가 있다*
— 서덜

장막으로 은밀한 고통을 감싸지 말지어다
또다시 우울한 기억에 짓눌리지 말지어다
그대 고개 숙이나니! 그대는 안식처로 가버렸구나!**
— 헤먼스 부인

다음 날 아침 손턴 부인이 헤일 부인의 문병을 왔다. 헤일 부인은 상태가 더 나빠져 있었다. 밤사이에 죽음에 한 발 성큼 다가선 듯 환자의 상태가 갑작스럽게 변했고, 고통의 열두 시간 만에 잿빛으로 푹 꺼진 그녀의 얼굴에 가족은 대경실색했다. 몇 주 동안 그녀를 보지 못했던 손턴 부인은 태도가 돌연 유순해졌다. 그녀는 아들이 몸소 부탁한 것도 있고 해서 오긴 왔지만, 온몸으로는 마거릿이 소속되어 있는 이 가족에 대한 반감을 거만스럽게 내비치고 있었다. 그녀는 헤일 부인이 정말 아픈 건지 의심스러웠다. 그녀는 헤일 부인이 만들어낸 일시적인 상상 말고는 다른 원인을 전혀 찾지 못했는데, 그런 것 때문에 그녀는 이미 정해진 그날의

---

* 예수회 신부인 로버트 서덜(Robert Southwell, ?1561~1595), 「때는 번갈아 온다 Tymes Goe By Turnes」에서 인용.
** 펠리시아 도러시아 헤먼스, 「두 목소리The Two Voices」에서 인용.

일을 놔두고 나와야 했던 것이다. 그녀는 아들에게 애초에 그 집과 가까이 지내는 일이 없었더라면, 그 집 사람들과 친분을 맺지 않았더라면, 그리고 라틴어니 그리스어 같은 쓸모없는 언어들이 아예 만들어지지 않았더라면 좋았겠다고 말했다. 그는 이 모든 말을 군소리 없이 참고 들었다. 하지만 그녀가 고전어에 대한 독설을 마치자 다시 무뚝뚝하고 단도직입적인 어조로, 환자에게 가장 편할 것 같은 시간을 잡아 문병을 가졌으면 좋겠다는 바람을 조용히 밝혔다. 손턴 부인은 아들의 바람에 마지못해 응하면서, 그런 생각을 한 아들을 한층 더 기특하게 여겼고 속으로는 헤일 씨 가족을 끝까지 챙기는 아들의 특별한 마음 씀씀이를 대단하게 생각했다.

(무릇 관대한 미덕이 그녀의 눈에 다 그러하듯) 나약함의 경계에 있는 아들의 선한 마음씨와 헤일 부부에 대한 자신의 경멸감, 그리고 마거릿에 대한 확실한 반감이 손턴 부인의 머릿속을 가득 메웠던 생각이지만, 시커먼 날개를 드리운 죽음의 그림자 앞에 서게 되자 그녀는 급기야 충격에 빠져서 아무런 생각도 할 수가 없었다. 거기 헤일 부인이 ——자기처럼 한 사람의 어머니가 —— 나이는 자기보다 훨씬 어린 여인이 ——다시 일어날 가망이라곤 전혀 찾을 수 없이 침상에 누워 있었던 것이다. 병자를 생각해서 어둑한 상태를 유지한 방 안에는 더 이상 빛도 그늘도 없었다. 움직일 힘은 물론이거니와, 움직임의 변화도 거의 없었다. 속삭이는 소리 아니면 면학 분위기의 정적이 번갈아 유지되고 있었는데, 아무리 그래도 저런 단조로운 생활은 좀 너무 심해 보였다. 건강하고 풍요로운 삶을 살아가는 손턴 부인이 들어섰을 때 헤일 부인은 미동도 없이 누워 있었지만 얼굴에 나타난 표정으로 봐서는 들어온 사람이 누군지 분명히 알고 있는 것 같았다. 그러나 그녀는 잠시 동안 눈조차 뜨지 않았다. 눈물이 그녀의 눈시울에 그렁하게 맺혔다. 그녀는 눈을 들어 앞을 바라보았다. 그런 다

음 손으로 힘없이 침대보를 더듬어 손턴 부인의 커다랗고 단단한 손가락을 찾아 잡더니 겨우 들릴락 말락 이렇게 말했는데, 손턴 부인은 헤일 부인의 말을 듣기 위해 꼿꼿한 몸을 숙여야만 했다.

"마거릿이…… 손턴 부인에게도 따님이 하나 있으시지요. 제 여동생은 이탈리아에 있답니다. 제 딸이 머잖아 엄마 없는 처지가 됩니다. 그것도 타지에서…… 제가 죽으면, 손턴 부인께서……"

힘없이 흔들리는 두 눈이 간절히 애원하는 빛을 띠며 손턴 부인의 얼굴에서 떨어지지 않았다. 잠시 동안 완고한 손턴 부인의 얼굴에는 털끝만한 변화도 없었다. 고집스러웠고 냉정한 얼굴이었다. 아니, 헤일 부인의 두 눈이 점점 차오르는 눈물로 흐려지지만 않았어도 그 차가운 얼굴이 수심에 젖는 것을 보았을지도 모른다. 마침내 이 여인의 마음을 움직인 것은 아들에 대한 생각도 아니고 살아 있는 딸 패니 때문도 아니었다. 정리되어 있는 방 안 풍경에서 오래전 젖먹이일 때 죽었던 어린 딸이 불현듯 떠올랐던 것이다. 그것은 마치 갑자기 나타난 햇살처럼 얼음장을 녹였고, 그 얼음장 밑에는 참으로 따뜻한 여인이 있었다.

"따님의 친구가 되어주길 원한다면 그러지요." 손턴 부인이 침착한 목소리로 말했는데, 연민이 담긴 부드러운 어조는 아니어도 또렷하고 명확했다.

헤일 부인은 두 눈을 여전히 손턴 부인에게서 떼지 못한 채 침대보 위로 자신의 손 밑에 놓여 있던 손턴 부인의 손을 꼭 잡았다. 그녀는 말을 잇지 못했다. 손턴 부인이 한숨을 쉬며 말했다. "그렇게 해야 하는 경우가 온다면 진정한 친구가 돼드리겠습니다. 다정다감한 친구는 아닐 겁니다. 그러지는 못합니다."('헤일 양에게는'이라는 말을 덧붙이려고 하다가 근심 가득한 가여운 헤일 부인의 얼굴을 보자 그만두었다.) "나는 정을 느낀다고 해도 성격상 그걸 표현하지 못할뿐더러 자진해서 조언해주는 성격도 아닙니다. 그렇지만 부인께서 부탁하시니, 그렇게 해서 마음이 좀 편해진다면 약속하지요." 그러더니 조용히 있었다. 손턴 부인은 양심상 빈말로 하는 약속 같은 건 하지 못했다. 게다가 지금처럼 싫었던 적이 없는 마거릿을 배려하여 뭔가를 하는 건 힘들었다. 거의 불가능했다.

"약속합니다." 손턴 부인은 엄숙하고 진지하게 말했다. 아무튼 이 말은 목숨보다 ── 깜박거리며 달아나는 불안정한 목숨 그 자체보다 더 안정적인 무언가를 믿는, 죽어가는 여인에게 용기를 주었다! "약속드리지요. 헤일 양이 어떤 어려움에 처하든……"

"마거릿이라고 불러주세요!" 헤일 부인이 숨을 헐떡거렸다.

"어려움이 있을 때 내게 도움을 청하면 내 딸이라고 생각하고 힘껏 도와주겠습니다. 이 약속도 드리지요. 제 생각에 따님이 잘못됐다 싶은 일을 한다면……"

"하지만 그 앤 결코 잘못을 저지르지 않습니다. 일부러 잘못하는 일은 절대 없답니다." 헤일 부인이 애원하다시피 말했다. 손턴 부인이 못 들은 척하며 아까처럼 말을 계속했다.

"만약 마거릿 양이 잘못으로 ── 큰 잘못으로 여겨지는 행동을 하는 게 한 번이라도 보인다면, 이해관계가 있을 수 있는 나와 내 가족의 일이 아니더라도, 따님에게 진심을 다해 분명하게 잘못을 지적해줄 겁니다. 내 딸에게 하듯 말입니다."

긴 침묵이 흘렀다. 헤일 부인은 이 말로 모든 게 약속되지 않는다는 걸 느꼈다. 그래도 그 약속은 컸다. 손턴 부인의 약속에는 헤일 부인이 이해하지 못한 유보 조항이 있었지만 그녀는 그때 기운도 없고 어지러웠으며 피곤했다. 손턴 부인은 자신이 실천하겠다고 맹세했던, 예상 가능한 모든 경우를 검토해보고 있었다. 그녀는 의무 수행이라는 형태로 마거릿에게 달갑지 않은 진실을 말해줄 생각에 맹렬한 기쁨을 느꼈다. 헤일 부인이 말하기 시작했다.

"고맙습니다. 신의 은총이 내리시길 기원할게요. 이제 다신 부인을 뵙지 못하겠지요. 하지만 마지막으로 제 딸을 다정하게 보살펴주시겠다는 약속에 감사드립니다."

"다정하게는 아닙니다!" 손턴 부인은 딱 잘라 말했는데, 끝까지 무례할 정도로 정직했다. 하지만 이 말을 하면서 양심의 부담을 덜어냈기 때문에 헤일 부인이 이 말을 듣지 못했어도 유감스럽지는 않았다. 그녀는 힘없이 늘어진 헤일 부인의 연약한 손을 잡았다. 그리고 일어서더니 그 누구와도 마주치지 않고 집을 빠져나갔다.

손턴 부인이 헤일 부인과 이러한 말들을 나누고 있는 동안 마거릿과 딕슨은 서로 머리를 맞댄 채 프레더릭이 온다는 중차대한 비밀을 어떻게 하면 집 밖으로 새나가지 않도록 할 것인가에 대한 생각에 골몰하고 있었다. 그가 보낸 편지가 지금이라도 올지 몰랐다. 그러면 그도 이내 뒤따라 올 것이다. 마사를 휴가 보내야 했다. 딕슨은 마님의 병환이 위중하다는 걸 핑계로, 집에 온 적 있는 소수의 내방객만 아래층 헤일 씨의 서재로 들여보내면서 대문을 굳게 지켜야 했다. 설사 메리 히긴스가 딕슨의 부엌일을 꼭 거들어줘야 하더라도 메리는 프레더릭에 대해서 되도록이면 듣고 보는 게 없어야 했다. 그리고 필요한 경우 프레더릭은 디킨슨 씨라고 불려야 했다. 하지만 그 무엇보다도 굼뜨고 호기심 없는 메리의 성격이 가장 큰 안전장치였다.

마거릿과 딕슨은 마사가 바로 그날 오후 자기 엄마를 만나러 떠나야 한다고 결정했다. 마거릿은 마사가 그 전날 떠났더라면 좋았을 거라는 생각이 들었다. 왜냐하면 여주인의 상태로 봐서 아랫사람의 시중이 더없이 필요한 바로 이때 하인에게 휴가를 준다는 것은 좀 이상하게 여겨질 수도 있겠다는 생각에서였다.

불쌍한 마거릿! 그날 오후 내내 그녀는 로마시대의 효녀 딸 역을 맡아,* 빈약하나마 자신에게 남아 있던 힘을 모두 짜내서 아버지에게 나눠주어야 했다. 헤일 씨는 아내에게 찾아오는 발작의 사이사이에서 절망하지 않고 희망을 가지려고 했다. 그는 잠시 아내의 통증이 멎을 때마다 스스로 기운을 북돋우면서, 이제 완치가 시작되는 거라고 믿었다. 그러다가 전보다 더 심한 발작이 나타나면, 그는 새로운 고뇌에 사로잡혔고, 더 크게 실망했다. 이날 오후 그는 서재에서 고독하게 있을 수가 없어서, 어쨌든 일에 몰두할 수가 없어서 거실에 앉아 있었다. 그는 테이블 위로 팔을 얹어 그 속에 머리를 파묻었다. 그런 모습을 보는 마거릿은 심장이 아려왔다. 그러나 그가 아무 말도 하지 않았기 때문에 자신이 먼저 아버지에게 위로의 말을 건네려고 하지는 않았다. 마사는 떠나고 없었다. 딕슨은 잠든 헤일 부인 옆에 앉아 있었다. 집 안에는 정적이 감돌았고 어둠이 내렸는데도 초를 찾으러 움직이는 사람은 아무도 없었다. 마거릿은 창가에 앉아 가로등이 켜진 거리를 바라보고 있었지만 눈에는 아무것도 들어오지 않았고 그저 땅이 꺼질 듯한 아버지의 한숨 소리만 귀에 들려왔다. 그녀는 초를 가지러 아래층에 내려가기 싫었다. 무언의 제어 역할을 하고 있는 자신이 물러나면 가까이에서 위로해주는 사람도 없이 아버지의 감정이 한껏 격해질까 봐 걱정이 됐던 것이다. 그렇지만 그녀는 자기 말고는 아

---

* 아사(餓死)형을 선고받고 투옥된 아버지를 살리기 위해 자신의 젖을 몰래 먹였던 로마시대 효녀의 이야기를 말한다. 고대 로마시대 역사가인 바렐리우스 막시무스Varelius Maximus 의 『기억에 남을 고대 로마인 이야기』에 수록되어 있다.

무도 봐줄 사람 없는 부엌 불이 잘 타고 있는지 가서 봐야겠다고 생각하고 있었다. 그때 그녀의 귀에 너무 과격하게 잡아당겨서 집 안 전체를 울리는, 소리를 죽여놨던 초인종 소리가 들려왔다. 초인종임이 분명한 그소리는 크지 않았다. 그녀는 벌떡 일어나서, 분명치 않은 둔탁한 소리에 미동도 하지 않는 아버지를 지나쳐 갔다가 되돌아오더니 아버지에게 부드럽게 키스했다. 그래도 그는 전혀 꼼짝하지 않았으며 다정하게 안아주는 그녀에게 아무런 반응도 보이지 않았다. 그러자 그녀는 조심스럽게 아래층으로 내려가 어둠을 뚫고 문간으로 갔다. 딕슨이라면 문을 열기 전에 쇠고리부터 걸었을 테지만 딴 생각에 빠져 있던 마거릿에게는 두렵다는 생각이 끼어들 여지가 없었다. 헌칠한 키의 남자가 불빛 어린 거리를 등지고 그녀 앞에 서 있었다. 그는 다른 데를 보고 있다가 빗장 소리가 나자 얼른 돌아섰다.

"여기가 헤일 씨 댁입니까?" 분명하고 굵은 목소리로 은은하게 그가 물었다.

마거릿은 온몸을 떨었다. 처음에 그녀는 대답을 하지 않았다. 잠시 후 그녀가 한숨을 내뱉더니,

"프레더릭!" 하고 부르면서 두 손을 뻗어 그의 손을 잡고 그를 안으로 들였다.

"오, 마거릿!" 입맞춤이 끝나자 그는 마치 어둠 속에서도 그녀의 얼굴을 볼 수 있고, 그 표정에서 말이 나오기도 전에 자신의 질문에 대한 대답을 읽을 수 있기나 한 듯 그녀를 떼어내더니 양어깨를 잡았다.

"어머니는! 어머니는 살아 계셔?"

"그래요, 살아 계세요. 오빠! 아주 많이 아픈 상태지만 살아 계세요! 살아 계시다고요!"

"세상에!" 그가 말했다.

"아빤 슬픔에 전혀 몸을 가누지 못하고 있어요."

"넌 내가 올 줄 알았지, 응?"

"아뇨, 아무 편지도 받지 못한 걸요."

"그럼 내가 편지보다 먼저 왔구나. 하지만 엄만 내가 오는 줄 알고 계시지?"

"그럼요! 우리 모두 오빠가 올 줄 알고 있었어요. 하지만 잠시 있어봐요! 여길 디뎌요. 손 줘봐요. 이건 뭐예요? 어머! 여행 가방이네요. 딕슨이 덧문을 내려놨어요. 하지만 여기 아빠 서재 의자에 앉아 잠시 쉬고 있으면, 내가 가서 아빠께 말씀드릴게요."

그녀는 더듬거리며 양초와 딱성냥을 찾았다. 희미한 불빛이 자신들을 비추자 그녀는 불현듯 부끄러움을 느꼈다. 그녀가 볼 수 있었던 거라곤 예전과 다르게 그을린 오빠의 얼굴이었는데, 그녀는 오빠의 유달리 길게 찢어진 푸른 눈을 살짝 훔쳐보았고, 그 눈은 두 사람이 서로를 탐색하려고 한다는 걸 알아차리고는 우습다는 듯 갑자기 반짝거렸다. 하지만 두 남매는 서로를 얼른 훑어보면서 연민이 일었지만 말은 한마디도 하지 않았다. 다만 마거릿은 자신이 오빠를 이미 혈육으로 사랑하고 있는 만큼 친구로서도 그를 좋아하게 될 거라고 확신했다. 위층으로 올라갔을 때 그녀의 마음은 한결 가벼웠다. 슬픔은 실상 전혀 줄어들지 않았지만, 자신이 처해 있는 그 슬픔에 똑같이 연관된 누군가가 있다는 사실 때문에 훨씬 덜 부담스러웠다. 아버지의 낙담한 모습도 지금은 그녀를 좌절시키지 않았다. 그는 여전한 무력감 속에 테이블 위에 엎드려 있었다. 하지만 그녀에게는 그를 일으켜 세울 주문이 있었다. 그녀는 어쩌면 스스로가 안도감을 크게 느낀 나머지 그 주문을 너무 격렬하게 썼는지도 몰랐다.

"아빠." 그녀가 다정하게 그의 목에 팔을 두르며 불렀다. 그녀는 사실 살짝 힘을 주어 지쳐 있는 그의 머리를 들어 올리더니, 두 팔로 받치고 아버지가 자신의 눈에서 힘과 확신을 얻을 수 있도록 한 뒤 그의 두 눈을 바라보았다.

"아빠! 누가 왔는지 맞혀보세요!"

그가 그녀를 바라보았다. 그녀는 아버지가 프레더릭의 귀환을 떠올리고는 흐릿한 눈을 반짝이다가 곧 허황된 상상이었거나 한 듯 그 생각을 떨쳐내는 걸 보았다.

그는 엎드리더니 테이블 위로 뻗은 팔에 아까처럼 다시 한 번 얼굴을 파묻었다. 그녀는 아버지가 혼잣말하는 걸 들었다. 그녀는 조심스럽게 몸을 숙이고 귀를 기울였다. "모르겠다. 프레더릭이라는 말은 말아라. 프레더릭은 아니야. 난 견디지 못한다. 너무 쇠약해졌어. 그 애 엄마는 죽어가고 있고!"

그는 아이처럼 큰 소리로 울기 시작했다. 그 광경은 기대했던 것과는 너무나 동떨어진 것이었기에 마거릿은 실망감에 현기증을 느끼며 잠시 동안 잠자코 있었다. 그런 다음 그녀가 다시 말했다. 이번에는 아까와는 딴판으로, 너무 들뜨지 않으면서 매우 차분하고 조심스럽게 말했다.

"아빠, 오빠가 맞아요! 엄마 생각을 해보세요. 얼마나 기뻐하시겠어요! 우린 엄마를 위해 기뻐해야 해요! 불쌍한 오빠를 위해서도요."

그녀의 아버지는 태도를 바꾸지는 않았지만 현실을 이해하려고 애쓰는 것 같았다.

"그 앤 어디 있느냐?" 그가 얼굴은 여전히 팔에 파묻은 채 마침내 이렇게 물었다.

"아빠 서재에요. 혼자 있어요. 촛불을 켜주고 곧장 이리로 온 거예요.

지금 혼자 있는데, 어쩐 일인지 궁금해하고 있을 거예요."

"내가 가보마." 그의 아버지가 말을 자르더니 몸을 일으켰고, 안내자의 팔에 기대듯 마거릿의 팔에 기댔다.

마거릿은 아버지를 서재까지는 모시고 갔지만 너무 불안한 마음에 두 사람이 만나는 광경을 참고 볼 수가 없을 것 같았다. 그녀는 돌아서서 위층으로 뛰어간 뒤 아주 마음껏 울었다. 그녀로서는 이러한 안도감을 맛보는 것이 참으로 오랜만이었다. 그동안 압박감이 극심했구나 하는 것을 이제 느끼고 있었다. 하지만 오빠가 왔다! 하나 있는 오빠가 저기 안전하게, 다시 가족과 함께 있다! 그녀는 그 사실을 믿기 힘들었다. 그녀는 울음을 멈춘 뒤 침실 문을 열었다. 그 누구의 목소리도 들리지 않았다. 그녀는 꿈을 꾸는 게 아닐까 하고 겁이 날 지경이었다. 그녀는 아래층으로 내려간 뒤 서재 밖에서 귀를 기울였다. 웅얼거리는 목소리가 들려왔다. 그거면 충분했다. 그녀는 부엌으로 들어가서 불을 뒤적였고 집 안에 불을 밝힌 뒤 방랑자를 위한 식사를 간단히 준비했다. 어머니가 잠들어 계신 게 얼마나 다행인지! 그녀는 어머니 침실의 열쇠구멍을 촛불 붙이는 긴 막대로 찔러보고는 어머니가 잠들었다는 걸 알았다. 여행자가 피로를 회복하여 생기를 찾고, 아버지와의 대면에 수반되는 흥분을 모두 극복할 수 있을 때, 그녀의 어머니는 여느 때와 다른 뭔가를 느끼게 될 것이다.

마거릿은 모든 준비가 끝나자 서재 문을 열었고, 뻗은 양팔 위에 무거운 쟁반을 얹고는 마치 시중드는 하녀처럼 서재로 들어갔다. 그녀는 오빠를 시중든다는 사실에 뿌듯했다. 하지만 그녀를 보자 그가 얼른 자리에서 일어나 동생이 들고 온 쟁반을 내려주었다. 그것은 그의 존재로 생겨날 앞으로의 모든 구원 활동의 전형이고 전조였다. 남매는 함께 식탁을 차렸다. 두 사람은 말은 없었지만 서로 손을 부딪쳐가며, 눈으로는 혈육간이기에 명백히 알 수 있는 자연스러운 표정의 언어로 이야기를 주고받았다. 불이 꺼졌다. 마거릿은 밤 추위가 시작된 터라 불을 지피려고 했다. 하지만 불 지피느라 나는 소음은 되도록이면 헤일 부인의 방에 들리지 않도록 하는 것이 좋았다.

"딕슨 말로는 불 지피는 건 타고난 거래요. 습득한 기술이 아니래요."

"Poeta nascitur, non fit"*라고 헤일 씨가 중얼거렸다. 마거릿은 아무리 힘없는 목소리였지만 아버지의 인용구를 다시 듣게 되자 기뻤다.

"어린 시절의 그 딕슨! 마구 키스를 하겠지!" 프레더릭이 말했다. "딕슨은 내게 키스하고는 내가 맞는지 빤히 보곤 했지. 그런 다음 다시 키스했었지! 근데 마거릿, 넌 왜 그리 서툰 거니! 아무것도 하지 못하고 어설프기만 한 그런 작은 손은 처음 보는구나. 얼른 가서 손 씻고 빵과 버터나 좀 잘라줘. 불은 놔두렴. 내가 할게. 불 지피는 건 내가 원래 잘하니까 말이야."

그래서 마거릿은 나갔다가 되돌아왔다. 그리고 가만히 앉아 있는 것이 만족스럽지 못한지 기분이 좋아서 들썩거리며 방을 들락날락했다. 프레더릭이 원하는 게 많을수록 마거릿은 더 기뻤다. 그리고 프레더릭은 이 모든 것을 직감적으로 이해했다. 그것은 죽음이 깃든 집에서 움켜잡은 기쁨이었고, 치유 불가능한 슬픔이 자신들을 기다리고 있다는 걸 사무치게 느끼고 있었던 까닭에 두 사람에게 그 기쁨의 묘미는 더욱더 짜릿했다.

그러는 와중에 그들은 계단을 내려오는 딕슨의 발소리를 들었다. 헤일 씨가 커다란 안락의자에 나른한 자세로 앉아서 아들과 딸의 모습을 꿈결처럼 바라보고 있다가 몸을 일으켰다. 그들은 마치 바라보면 흐뭇하지

---

* "시인은 태어나는 것이지, 만들어지는 것이 아니다"라는 뜻의 라틴어.

만 현실과는 동떨어진 한 편의 행복 드라마를 연기하고 있는 듯했고, 그 드라마 속에 자신의 역할은 없었다. 그는 일어서더니 문을 바라보았는데, 그 얼굴에는 들어오는 사람이 누구든, 설사 충직한 딕슨이라고 하더라도 프레더릭을 숨겨야 한다는 이상한 불안감이 드러났기 때문에 마거릿은 몸이 살짝 떨렸다. 그 떨림은 자신들의 생활에 새로운 두려움이 나타났음을 그녀에게 상기시켰다. 그녀는 프레더릭의 팔에 손을 뻗쳐 그 팔을 꽉 움켜잡는 한편, 심각한 생각으로 이마를 찌푸리면서 이까지 물었다. 그렇긴 해도 그들은 그게 그저 딕슨의 규칙적인 발걸음 소리인 줄은 알았다. 그들은 그녀가 복도를 지나 부엌 안으로 들어서는 소리를 들었다. 마거릿이 몸을 일으켰다.

"제가 가서 엄마가 어떤지 볼게요." 헤일 부인은 깨어 있었다. 그녀는 처음에 횡설수설했다. 그러나 갖다 준 차를 마시고 나더니 기운을 차리긴 했지만, 말할 기분까지는 아니었다. 그녀로서는 밤을 보내고 아들의 도착 소식을 듣는 것이 나았다. 도널드슨 박사의 예정된 왕진만으로도 저녁엔 충분히 초조하고 흥분될 것이다. 또한 박사가 어쩌면 자신들에게 프레더릭을 볼 마음의 준비를 그녀에게 어떻게 시켜야 할지 말해줄지도 몰랐다. 프레더릭은 거기 집 안에 있었다. 언제라도 불러올 수 있었다.

마거릿은 가만히 앉아 있을 수가 없었다. '프레더릭 도련님'이 지내는 데 필요한 모든 사항을 준비하는 딕슨을 돕는 것은 그녀에게 큰 위안이었다. 그녀는 마치 다시는 지치지 않을 것 같았다. 그녀는 오빠가 아버지 옆에 앉아서 무슨 내용인지 알 수도 없거니와 알고 싶은 마음도 들지 않는 이야기를 나누고 있는 방 안을 슬쩍슬쩍 훔쳐볼 때마다 점점 힘을 얻었다. 그녀에게도 오빠와 단둘이서 이야기를 주고받는 시간이 마침내 올 것이다. 그녀는 그걸 아주 잘 알았기 때문에 지금 그 기회를 잡으려고 서두르지 않았다. 그녀는 그의 모습을 지켜보았고 그 모습을 좋아했다. 그는 이목구비가 섬세했지만, 그 여성스러움은 까무잡잡한 피부색과 지체 없이 나타나는 강렬한 표정으로 보완되었다. 눈은 대개는 쾌활해 보였지만, 간혹 그 눈이 입과 함께 불시에 변하면서 숨겨진 열정을 드러내기 때문에 겁이 날 때도 있었다. 하지만 그런 모습은 일시적인 것에 불과했으며, 그 속에는 완강함이나 앙심 같은 것은 전혀 없었다. 그건 차라리 야생이나 남부 시골에서 자란 사람의 얼굴에서 쉽게 볼 수 있는 일시적인 사나움 같은 것으로, 그런 모습은 순수한 싹싹함이 주는 매력 속에 녹아 없어질 수도 있는 것이었다. 마거릿은, 충동적인 부분이 있어 종종 겉으로 사나움을 드러내는 오빠의 성격이 두려웠는지도 모른다. 그러나 그 두려움에도 그녀로 하여금 새로 찾아낸 오빠를 믿지 못하게 하거나 적어도 오빠로부터 뒷걸음질하게 만드는 구석은 전혀 없었다. 이와는 반대로 그녀는 오빠와 같이 얘기하고 같이 있는 모든 순간에 처음부터 독특한 매력을 느꼈다. 그러자 그녀는 오빠의 존재가 주는 강렬한 구원을 느끼고 나서 자신이 그동안 얼마나 많은 책임감을 견뎌야 했던가를 깨달았다. 그는 부모님을, 그들의 성격과 약점을 이해했다. 그랬기 때문에 편한 마음으로 그들을 대했지만 그러한 태도에는 부모님의 감정을 다치지 않게 하려는 아주 세심한 주의가 깃들어 있었다. 그는 대화든 행동이든 재치 있게 사람들을 사로잡는 자신의 천성이 깊은 우울감에 빠져 있는 아버지의 신경을 언제 건드리지 않는지, 혹은 어머니의 고통을 언제 덜어주게 되는지를 본능적으로 아는 것 같았다. 쾌활한 성격이 상황과 맞지 않는다 싶을 때면 그는 지칠 줄 모르는 희생정신과 조심성을 발휘하여 감탄할 만한 간호사가 됐다. 그래서 마거릿은 오빠가 종종 어릴 때 뉴포레스트에 살던 얘기를 꺼내면 눈물이 날 정도로 뭉클해졌다. 그는 머나먼 타국의 이방인들 사이에서 떠돌아다니는 동안에도 줄곧 동생이나 헬스턴을 잊은 적이 없었다. 그녀는 오빠에게 예전 헬스턴에 살았을 적 얘기를 하면서 행여 오빠가 지루해할까 하는 걱정은 전혀 하지 않았는지도 모른다. 그녀는 오빠의 귀환을 더없이 갈망하고 있었던 동안조차 그가 오기 전엔 그를 두려워했었다. 그녀는 7~8년의 세월 동안 자신이 참으로 많이 변한 것 같았다. 그래서 자기한테 본모습이 얼마나 남아 있는지는 무시한 채, 두문불출하는 생활에도 자신의 취향이나 감정이 이토록 변했다면, 단편적으로밖에 알지 못하지만 오빠의 파란만장한 과거로 미루어볼 때 오빠는 분명 딴사람이 됐을 거라고 생각했다. 그녀는 해군복 차림의 헌칠한 애송이 청년을 감탄스럽게 쳐다보던 기억을 떠올렸다. 하지만 서로 떨어져 있는 동안 그들은 나이뿐 아니라 많은 부분에서 엇비슷하게 성장해 있었다. 그리하여 이 우울한 시기에 마거릿의 짐이 덜어지게 됐다. 오빠의 존재 말고 그녀에게는 그 어떤 빛도 없었던 것이다. 몇 시간 동안이지만 어머니는 아들을 만난 덕분에 원기를 회복했다. 그녀는 아들의 손을 쥐고서 아들 옆에 앉았다. 심지어 잠들어서도 그 손을 놓지 않으려고 했다. 마거릿은 손가락을 떼어내려다 어머니를 깨울까 봐 차라리 아기한테 하듯 오빠에게 음식을 떠먹여주어야 했다. 그들이 한참 그러고 있는데 헤일 부인이 깼다. 그녀는 베개 위로 머리를 천천히 돌렸고, 아들과 딸이 뭘 하고 있는지, 왜 그러고 있는지를 알아차리더니 그들에게 미소를 지었다.

"내가 참 이기적이지." 그녀가 말했다. "하지만 오래가진 않을 거야." 프레더릭은 몸을 숙이더니 여전히 자신의 손을 놓지 않고 있는 힘없는 손에 키스했다.

이런 평온함은 며칠 가지 않을 테고, 어쩌면 몇 시간 지속되지 않을 수도 있었다. 도널드슨 박사는 이 말을 마거릿에게 재차 했었다. 친절한 박사가 가고 나자 그녀는 프레더릭에게로 살며시 내려갔다. 그는 박사가 와 있는 동안 조용히 몸을 숨기고 있으라는 요청에 따라 예전에 딕슨이 쓰던 침실인 뒷방에 숨어 있었다.

마거릿은 도널드슨 박사가 했던 말을 그에게 전했다.

"그렇지 않아." 그가 큰 소리로 말했다. "어머니가 중병이긴 해. 어쩌면 위독한, 매우 위급한 상태일지도 모르지. 하지만 어머니가 만약 죽음을 목전에 둔 상태라면 지금처럼 계실 수가 없어. 마거릿! 어머니의 상태에 관해 다른 의사 선생님의 소견을 들어봐야 해. 말하자면 런던에 계신 선생님들 말이야. 그런 생각은 해보지 않았니?"

"맞아요." 마거릿이 말했다. "몇 번이고 생각해봤죠. 하지만 별로 소용 있을 것 같지 않아요. 게다가 오빠도 알다시피 런던에서 용하다는 의사 선생님을 모셔올 돈도 없잖아요. 도널드슨 박사님도 분명 그분들 못지 않아요."

프레더릭은 초조하게 방 안을 왔다 갔다 했다.

"카디스에는 아는 사람이 있는데," 그가 말했다. "여기는 아무도 없어. 끔찍하게도 이름을 바꾸는 통에 말이야. 아버지는 왜 헬스턴을 떠나셨을까? 그게 실수였어."

"실수가 아니었어요." 마거릿이 슬픈 표정으로 말했다. "무슨 일이 있어도 오빠가 방금 했던 그런 말을 아빠가 들으시면 안 돼요. 아빤 이미 우리가 헬스턴에 그대로 있었더라면 엄마가 병에 걸리는 일은 결코 없었을 거라는 생각으로 자책하고 계세요. 그리고 오빤 아빠가 겪는 자책의 고통이 얼마나 큰지를 몰라요."

프레더릭은 마치 갑판 위를 걷듯 걸어갔다. 드디어 그가 걸음을 멈춘 뒤 마거릿을 마주 보고 서더니 낙담에 빠져 축 늘어진 그녀의 모습을 잠시 바라보았다.

"내 동생 마거릿!" 그가 그녀를 어루만지며 말했다. "최대한 희망을 가지자. 불쌍한 것! 얼굴이 온통 눈물범벅이구나. 난 희망을 가질 거다. 천 명의 의사가 그런 말을 한다고 해도 난 희망을 가질 테다. 꿋꿋하게 견뎌, 마거릿. 강해져야 희망도 가지는 거야."

마거릿은 말을 하려고 했으나 목이 메었고 가까스로 내는 목소리는 가라앉아 있었다.

"고분고분하게 믿어보도록 해야겠죠. 아, 오빠! 엄마가 내게 엄청 애정을 보여요! 나도 엄마에 대해 알아가는 중이고요. 그런데 이제 죽음이 우리 사이를 갈라놓으려고 해요."

"자, 자 진정해! 위층으로 올라가서 뭘 좀 해야지. 이렇게 귀중한 시간을 그냥 흘려버릴 수야 있니. 생각은 수도 없이 날 슬프게 했지만 행동은 그런 적이 없어. 내 이론은 '아들아 가능하면 정직하게 돈을 벌어라. 하지만 어쨌든 돈을 벌어라' 라는 격언에 대한 일종의 패러디야. 내 원칙 들어볼래? '동생아, 가능하면 도움이 되는 뭔가를 하도록 해. 하지만 어쨌든 뭔가를 해.'"

"나쁜 짓도"라고 말하며 마거릿이 눈물을 흘리면서 보일 듯 말 듯 웃었다.

"뭐가 됐든. 내가 찬성하지 못하는 건 때 늦은 후회야. 만약 잘못을 저질렀으면 (특히 네가 양심적이라면) 될 수 있으면 착한 일을 해서 지워버려. 학교에 다닐 때 반밖에 지워지지 않은 석판의 오답 위에 정답을 덮어썼듯이 말이야. 눈물을 짜서 해면을 적실 바엔 그게 나아. 눈물 짜내는 시간이 절약되지, 그뿐이냐? 결과적으로 효과적이잖아."

마거릿은 처음에는 오빠의 이론을 좀 억지스럽다고 여겼지만, 프레더릭이 쉬지 않고 남을 배려하는 걸 보면서 오빠가 어떤 식으로 자신의 이론을 실천하는지를 눈으로 목격했다. 어머니 옆에서 힘든 밤을 보낸 뒤 (자기 차례라고 우기면서 시중을 들었기 때문에), 다음 날 아침 식사 전 그는 어머니 시중에 피로감이 들기 시작한 딕슨을 위해 다리받침대를 만들어준다고 바빴다. 아침 식사 시간에 그는 남미의 멕시코나 다른 지역에 살면서 경험했던 야생 생활에 대해 박진감 넘치는 생생한 이야기들을 줄줄 늘어놓으며 헤일 씨의 흥미를 돋워주었다. 마거릿이라면 실의에 빠진 헤일 씨의 기운을 돋우는 노력을 가망 없다고 포기했을 것이다. 하지만 자기 이론에 충실한 프레더릭은 끊임없이 뭔가를 했는데, 먹는 걸 제외하면 말하는 건 아침 식사 때 할 수 있는 유일한 일이었다.

그날, 밤이 찾아오기 전 도널드슨 박사의 말이 한 치도 틀리지 않았음이 드러났다. 헤일 부인에게 발작이 찾아왔고 발작이 멈추자 그녀는 의식을 잃었다. 남편은 아내 옆에 누워서 오열하며 그녀를 흔들었을 것이고, 아들은 건장한 팔로 그녀를 부드럽게 들어 올려 더 편한 자세를 만들어주었을 것이며, 딸은 두 손으로 그녀의 얼굴을 닦아주었을 것이다. 하지만 그녀는 그런 걸 알지 못했다. 그녀는 천상에서 그들과 재회할 때까지 결코 그들을 알아보지 못할 것이다.

동이 트기 전에 모든 것이 끝났다.

그러자 마거릿은 무섭고 절망스러운 기분을 떨쳐내고, 아버지와 오빠에게 위안을 주는 강인한 천사로 변했다. 지금은 프레더릭의 심신이 황폐해진 상태여서 그가 제시했던 이론은 몽땅 무용지물이 됐다. 그가 밤에 자그마한 자기 방에 혼자 틀어박혀 너무도 격렬하게 울어댔기 때문에 마거릿과 딕슨은 조마조마한 마음으로 내려가서 조용히 하라고 경고를 주어야 했다. 주택의 벽이란 게 더없이 얇아 격정적으로 울어대던 그의 흐느낌이 필시 옆집에 들릴 것 같아서였다. 그의 울음은 노년에 접어든 이가 느릿느릿 내뱉는 고통스러운 떨림과는 판이했는데, 노년에는 슬픔에 이골이 나고 명줄을 쥔 자가 누군지를 아는 까닭에 가혹한 운명에 반항할 엄두가 나지 않는 법이었다.

마거릿은 아버지와 함께 망자가 있는 방에 앉아 있었다. 만약 아버지가 울었다면 그녀는 고맙게 생각했을 것이다. 하지만 그는 침대 옆에 아주 차분하게 앉아 있었다. 간간이 얼굴을 들고서 마치 새끼를 어루만질 때 어미 암컷이 내는 듯한, 그런 분명치 않은 낮은 소리를 내면서 얼굴을 쓸어내렸다. 그는 마거릿이 거기 있다는 것을 전혀 깨닫지 못했다. 한두 번 그녀가 다가가서 아버지에게 키스했다. 그는 그녀가 하는 대로 가만있다가 키스가 끝나면 그녀를 살짝 밀어냈다. 그 모습은 마치 망자에 집중하고 있는 순간이 그녀 때문에 방해를 받는다고 느끼는 듯했다. 프레더릭의 울음소리가 들리자 그가 흠칫 놀라더니 고개를 흔들었다. "불쌍한 것! 불쌍한 내 아들!" 그는 이 말만 했고 더 이상의 주의를 기울이지 않았다. 마거릿은 심장 안쪽에서 아픔이 느껴졌다. 그녀는 아버지의 상실감을 생각하면 자신의 상실감은 아무것도 아니라는 생각이 들었다. 밤이 서서히 지나가면서 날이 막 밝아올 때쯤, 마거릿이 자신마저 놀라버린 청아한 목소리로 방 안의 정적을 불쑥 깼다. "너희는 마음에 근심하지 말라." 이런 구절이었는데, 그녀는 이루 말할 수 없는 위안을 주는 그 장(章)*을 꿋꿋이 읽어나갔다.

---

* 「요한복음」 14장 1절. 예수는 천국에 대한 희망으로 제자들을 위로한다.

31장
"오랜 친구가 잊혀야 하는가?"

그 태도 그 모든 외형
사악한 뱀, 떨어져 나온 죄인 아니었던가?*
— 크래브

추위가 느껴지는 쌀쌀한 10월 아침이 밝았다. 그 아침은 오색 만물의
아름다움을 세상에 드러내는, 부드러운 은빛 안개가 햇빛 아래 자취를 감
추는 시골의 10월 아침이 아니었다. 은빛의 엷은 안개는 밀턴에서는 앞이
보이지 않는 짙은 안개였고, 그 안개를 뚫고 햇빛이 내리비칠 때 보이는
거라곤 길게 이어진 어둑한 도로뿐이었다. 마거릿은 기신기신 몸을 움직
여 집 안을 정리하는 딕슨을 도와주었다. 두 눈은 흘러내리는 눈물로 계
속 흐려졌지만 그렇다고 그럴 때마다 마음 놓고 울 시간의 여유도 없었
다. 오빠와 아버지가 자기에게 기대고 있었다. 그들이 슬픔에 잠겨 있는
동안 마거릿은 일을 하면서 계획도 세우고 또 갖가지 자질구레한 일들을
생각하고 있어야 했다. 심지어 장례식에 필요한 준비 사항들까지 그녀에
게 위임된 듯했다.

장작불이 타닥거리며 활활 타고 있을 때——아침 식사 준비가 완전히
끝나고 찻주전자가 보글보글 끓는 소리를 내고 있을 때, 마거릿은 아버지

---

* 조지 크래브(George Crabbe, 1754~1832)의 편지 14, 「자치구The Borough」에서 인용.

와 오빠를 부르러 가기 전에 마지막으로 방 안을 한번 둘러보았다. 그녀는 되도록이면 모든 게 밝은 분위기를 풍기기를 바랐다. 그러면서도 정작 모든 게 밝아 보이니, 머릿속의 생각과 현실이 매우 대비되어 갑작스레 울음이 터져 나왔다. 그녀는 소파 옆에 무릎을 꿇고 아무도 자기 울음소리를 듣지 못하도록 쿠션에 얼굴을 묻었는데, 그때 딕슨이 그녀의 어깨를 건드렸다.

"진정해요, 아씨, 어서요, 우리 아씨! 이렇게 무너지면 우린 모두 어떻게 돼요? 이 집에서 결정을 내릴 수 있는 사람은 아씨뿐이고, 또 할 일은 태산같이 많은 걸요. 장례식 절차를 지시할 사람이 있어야죠. 누굴 오라고 할 건지, 어디서 치를 건지 모두 정해야 해요. 프레더릭 도련님은 우느라 정신을 못 차리는 것 같고, 주인님은 뭐든 결정하는 데는 젬병이시죠. 불쌍한 주인님은 마치 길을 잃은 듯 갈팡질팡하고 있어요. 벽찰 정도로 힘들다는 것 알아요. 하지만 죽음은 누구에게나 찾아오는 걸요. 게다가 아씬 지금까지 친구를 잃은 적도 없었으니 복 받은 거예요."

그럴지도 몰랐다. 하지만 그녀에게는 이것이 유일무이한 상실인 것처럼 느껴졌다. 그러니 이 세상 다른 사건과의 비교는 견딜 수가 없었다. 마거릿은 딕슨의 말에서 전혀 위로를 얻지 못했지만 나이 든 고지식한 하인의 태도에서 보기 드문 따뜻함이 묻어나와 감동을 받았다. 그리고 그 어떤 다른 이유보다 그녀의 위로에 대해 고마움을 표하고 싶은 마음에, 몸을 일으켜 근심스럽게 바라보고 있는 딕슨에게 답례의 미소를 지어 보인 다음 아버지와 오빠에게 아침 준비가 다 됐음을 알리러 갔다.

헤일 씨가 마치 꿈을 꾸듯, 아니 몽유병자가 무의식적으로 움직이듯 들어왔다. 그의 눈과 의식은 현실이 아니라 다른 것들을 보고 있었다. 프레더릭은 억지로 기분 좋은 듯 씩씩하게 들어와서 마거릿의 손을 잡더니 그녀의 눈을 바라보며 와락 눈물을 쏟았다. 그녀는 오빠와 아버지가 병자의 방에서 들려오는 사소한 소리나 신호를 듣기 위해 계속 긴장해 있던 마지막 식사 때의 기억에 너무 깊이 젖어드는 걸 막기 위해, 아침 식사 내내 별것도 아닌 사소한 이야깃거리를 열심히 생각해내야 했다.

아침 식사가 끝나자 마거릿은 아버지께 장례식에 관해 말씀드려야겠다고 마음먹었다. 헤일 씨는 고개를 젓더니, 그녀가 제안한 계획들이 서로 많이 상충하는데도 그 계획에 전부 수긍했다. 마거릿은 아버지에게서는 실질적인 결정을 얻어내지 못했다. 그래서 딕슨과 상의하려고 힘없이 방을 나가려는데 헤일 씨가 손짓으로 다시 그녀를 불러세웠다.

"벨 씨에게 물어봐라." 그가 공허한 목소리로 말했다.

"벨 씨요!" 그녀는 뜻밖의 말에 이렇게 말했다. "옥스퍼드의 벨 씨 말씀이세요?"

"벨 씨." 그가 반복했다. "그래. 벨 씨는 내 결혼식의 신랑 들러리였어."

마거릿은 그를 떠올린 이유를 이해했다.

"오늘 편지를 쓸게요." 그녀가 말했다. 그는 피곤한 듯 다시 무관심한 상태로 돌아갔다. 아침 내내 그녀는 힘들게 일하면서 좀 쉬고 싶은 생각이 간절했지만 우울한 일만 계속 이어졌다.

저녁때가 되자 딕슨이 그녀에게 말했다.

"내가 말해버렸어요, 아씨. 난 주인님이 마님을 잃은 슬픔 때문에 심장마비라도 일으킬까 봐 간이 조마조마했어요. 주인님은 하루 종일 돌아가신 마님 옆을 떠나지 않았답니다. 내가 문밖에서 귀를 대보니 마치 마님이 살아 있다는 듯이 계속 마님과 이야기하는 소리가 들렸어요. 내가 들어갔을 때는 아주 조용히 하고는 계셨지만 마치 미로 속에서 길을 잃은 것 같았죠. 그래서 생각했어요. 주인님이 정신을 차리셔야 한다고요. 우선 그걸로 주인님이 충격을 받는다 해도, 아마 나중이 더 좋을 것 같았죠. 그래서 지켜보고 있다가 프레더릭 도련님이 여기 있는 건 안전한 것 같지 않다고 말씀을 드렸죠. 정말이지 안전하지 않아요. 불과 화요일에 있었던 일이네요. 밖에 나갔는데 사우샘프턴에서 같은 동네에 살던 남자를 만났지 뭐예요. 밀턴에 온 뒤로는 처음이죠. 포목상 하던 레너즈 영감의 아들인 조지 놈이었어요. 천하에 둘도 없는 망나니였는데, 제 아버지를 죽어라 괴롭히더니 결국 바다로 달아났었지요. 참을 수 없는 놈이에요. 듣기론 아마 프레더릭 도련님과 오리온 호에 함께 승선했었다죠. 기억이 가물가물한데 폭동이 있던 당시에도 같이 있었다는 것 같아요."

"알아보던가요?" 마거릿이 조바심을 내며 물었다.

"아, 그게 제일 큰 실수예요. 바보 천치처럼 그놈 이름을 부르지 않았더라면 날 알아보지 못했을 텐데. 이 타지에서 그놈이 사우샘프턴 사람만 아니었다면, 그 쓸모없는 비열한 놈에게 절대 덥석 아는 척을 하지는 않았을 거예요. 그놈이 그러더군요. '딕슨 양! 여기서 보게 되다니요! 근데 어쩌면 이제 더 이상 양(孃)이라고 해서는 안 되는 것 아닌가?' 그래서 내가 그랬죠. 아직 결혼하지 않았으니 그런 호칭은 상관없지만, 내가 눈만 높지 않았더라면 결혼은 하고도 남았을 거라고요. 그러니까 그놈이 '얼굴을 보니 참말인 것 같네요'라면서 공손하게 말을 하더군요. 하지만 내가 그런 놈의 수작에 넘어갈 사람인가요? 그래서 나도 제 놈이 해준 고대로 돌려주려고 아버지 안부를 물었지요. 마치 두 사람이 세상에 둘도 없이 다정한 사이기나 했던 것처럼 말이죠. (내가 알기론 그 아버지가 그놈을 문간에서 쫓아냈어요.) 그러고 나니 내게 앙갚음하려고 — 알다시피 우리가 겉으로는 정중했지만 둘 다 화가 치밀고 있었기 때문에 — 프레더릭 도련님에 대해 묻기 시작했어요. 도련님이 얼마나 큰 곤경에 빠져 있는지, (마치 프레더릭 도련님의 곤경이 레너즈 자신의 잘못을 깨끗이 씻어줄 거라는 듯, 더없이 비열하고 더러운 자기 잘못은 아무것도 아니게 보일 거라는 듯 말이죠), 잡히기만 하면 교수형을 당하게 되고, 도련님의 체포에 백 파운드의 현상금이 걸려 있다는 말과, 도련님이 정말 집안의 수치가 되고 말았다는 말을 하더군요. 세상에, 다 내 화를 돋우려고 그랬던 거죠. 예전에 사우샘프턴에서 살 때 레너즈 씨가 제 놈 혼내는 걸 내가 거들었거든요. 그래서 그랬죠. 아들 때문에 얼굴을 못 들고, 그 아들이 타지에서 정직하게 벌어먹고 사는 것만 해도 무지 감사해하는 집도 있더라고 그랬죠. 그러니 대답이랍시고 천하에 버릇없는 그놈이 이렇게 말하더군요. 기밀인데, 만약 재수가 너무 없어서 사악한 길로 빠졌지만 분별 있는 생활로 돌아오고 싶어 하는 젊은이를 알고 있다면 자기가 군말 없이 그 젊은이를 후원해주겠다고요. 그놈이 말예요, 세상에! 그놈은 성자까지도 타락시킬 놈이에요. 수년간 내가 그놈과 얘기한다고 서 있던 그 순간만큼 기분이 나빴던 적도 없었어요. 내가 하는 말을 모두 칭찬으로 듣겠다는 듯이 계속 싱글싱글 웃는 바람에 더 심한 말을 못해준 걸 생각하면 울고 싶을 지경이라니까요. 그놈은 내가 한 말에 눈도 깜짝하지 않았는데, 나는 그놈이 했던 말 한마디 한마디에 다 화가 났으니 왜 그런지 모르지요."

"그래도 우리 얘긴, 오빠 얘긴 하나도 하지 않았죠?"

"난 안 했어요." 딕슨이 말했다. "어디 사는지 물어볼 정도로 인사성 있는 놈이 절대 아니죠. 물어봤다고 하더라도 말해줬겠습니까? 그놈은 승합마차를 기다리고 있었는데, 그때 마침 마차가 올라왔지요. 그러니까 손을 흔들어 세우더군요. 근데 끝까지 날 괴롭힐 작정으로 거길 올라타려다가 날 돌아보더니 이러는 게 아니겠어요. '딕슨 양, 헤일 소위 잡는 걸 도와줄 수 있겠지요? 현상금은 나눕시다. 협조하고 싶은 거 다 알아요.

그래줄 거죠? 수줍어하지 말고 그냥 그런다고 해요.' 그러더니 그 승합마차에 올라타더군요. 비열한 얼굴로 음흉하게 웃는 모습을 보니 그 사악한 웃음과 함께 그놈의 마지막 말이 어찌나 날 괴롭혔는지 몰라요."

마거릿은 딕슨의 이야기에 매우 불편해졌다.

"오빠에게 그 얘길 했어요?" 그녀가 물었다.

"아뇨. 하지 않았어요." 딕슨이 말했다. "이 마을에 그 불한당 같은 놈이 와 있단 걸 알고는 마음이 조마조마했지만 그것 말고도 생각할 게 너무 많아서 그 생각은 전혀 하지 못하고 있었죠. 그런데 주인님이 꼼짝도 하지 않고 멍한 눈으로 슬프게 앉아 계시는 걸 보니 말씀드리면 도련님의 안전을 생각해서라도 정신이 번쩍 드실지 모르겠다고 생각한 거예요. 그래서 모두 말씀드렸죠. 그래도 젊은 남정네가 어떤 식으로 저한테 말을 걸었던가를 말씀드릴 때는 부끄러웠답니다. 결국 주인님을 위해서 잘한 거죠. 만약 우리가 프레더릭 도련님을 계속 숨길 작정이라고 해도, 벨 씨가 오기 전에 도련님은 가야 해요. 불쌍한 도련님."

"벨 씨는 걱정하지 않아요. 하지만 그 레너즈라는 사람이 걱정되네요. 오빠에게 말해야겠어요. 그 사람 어떻게 생겼어요?"

"꼴사나운 얼굴이라는 건 말할 수 있어요, 아씨. 나라면 남사스러워서 기르지 못할 그런 수염에다, 그것도 엄청 붉은 수염이에요. 뭐 기밀 상황 어쩌고저쩌고했지만 입은 행색은 노동자처럼 면직물로 짠 옷을 입었던 걸요."

프레더릭이 돌아가야 한다는 건 분명했다. 가족 속에 자기 자리를 완전하게 꿰차고 앉아, 아버지와 여동생에게 닻이 되고 지팡이가 되겠다고 약속했는데도 가야 했다. 살아 있는 엄마에게 보여준 극진한 보살핌과 돌아가신 다음 보여준 슬픔으로, 떨어져 있었던 사람들과 가족애로 연결되

어 있는 특별한 사람 중 하나가 된 듯했는데 가야 했다. 마거릿은 거실 벽
난로 너머에서 온통 이런 생각에 잠기고, 그녀의 아버지는 아직 입 밖에
꺼내지 못하고 있는 새로운 두려움의 압박 속에서 불안하고 초조해하고
있는데, 그때 프레더릭이 들어왔다. 쾌활하던 안색은 어두웠지만 격렬한
슬픔은 가신 것 같았다. 그는 마거릿에게로 오더니 이마에 키스했다.

"얼굴색이 파리하구나, 마거릿!" 그가 낮게 말했다. "넌 온 가족을
생각하고 있었는데, 네 생각 해주는 사람은 아무도 없었구나. 소파에 좀
기대. 네가 할 건 아무것도 없어."

"그게 제일 안 좋은 거예요." 마거릿이 우울한 음성으로 속삭였다.
하지만 마거릿은 가서 누웠고 그녀의 오빠는 숄을 가져다가 그녀의 발을
덮어준 뒤 바닥 위 그녀 옆에 앉았다. 두 사람은 목소리를 죽여 이야기를
시작했다.

마거릿은 딕슨이 전해주었던 레너즈 청년과의 이야기를 그에게 전부
말해주었다. 프레더릭은 "휴" 하고 길게 소리를 내더니 걱정스럽게 입술
을 다물었다.

"그냥 그놈의 위협을 끝내고 싶다. 승선하고 있던 선원 중 그놈이 최
악질이었어. 정말이야, 마거릿. 넌 사건이 어떻게 된 건지 다 알고 있
지?"

"그래요, 엄마가 말해줬어요."

"정의로운 선원들이 모두 우리 배의 선장에게 분노하고 있을 때 그자
는 선장 비위를 맞추려고 했으니…… 쳇! 더구나 그자가 여기 있다는 생각
을 하니! 20마일 이내에 내가 있다는 걸 알면 한풀이를 하려고 날 찾을 거
야. 난 차라리 나한테 걸린 그 백 파운드 현상금을 그 불한당 말고 딴 사람
이 타갔으면 좋겠구나. 참 안됐다. 불쌍한 딕슨은 날 넘기라는 말에 설득당

할 수도 없었네. 노후를 위해 한 밑천 마련할 수도 있었는데 말이야!"

"아유, 오빠, 쉿! 그런 말 말아요."

헤일 씨가 초조한 기색으로 떨면서 그들 쪽으로 왔다. 그들이 나누고 있던 대화를 어깨너머로 들었던 것이다. 그는 프레더릭의 손을 두 손으로 잡았다.

"얘야, 넌 떠나야겠다. 정말 안된 일이지만 그래야만 해. 넌 네 할 일을 다했다. 어머니에게 큰 위로가 됐어."

"아 아빠, 정말 오빠가 가야 해요?" 마거릿은 오빠가 떠나야 한다고 스스로도 굳게 믿으면서 이렇게 애원했다.

"난 자진출두해서 재판을 받을 용의도 있어. 증언만 수집할 수 있다면 말이야. 내가 레너즈 같은 놈의 손아귀에 들어 있다는 생각만 해도 참을 수가 없구나. 다른 때 같으면 이런 비밀 방문을 만끽할 수도 있었을 텐데. 남들 눈을 피하는 이런 방문에는 프랑스 여인이 금지된 쾌락 때문이라고 했던 온갖 매력이 다 있지."

"오래전의 기억 중 하나는요," 마거릿이 말했다. "오빠가 사과를 훔쳐서 크게 망신을 당했던 일이에요. 우리 집에도 사과가 주렁주렁 달린 나무가 여럿 있었는데, 훔친 사과가 제일 맛있다는 말을 어디서 들었던 거죠. 그 말을 곧이곧대로 들은 오빠 그 길로 사과를 훔치러 나갔죠. 오빠 그때나 지금이나 별로 변하지 않았어요."

"그래, 떠나야 해." 헤일 씨가 이 말을 반복했고, 그것은 조금 전 마거릿이 했던 질문에 대한 대답이었다. 그의 머릿속에는 한 가지 생각뿐이었고, 그로선 아들과 딸이 이리저리 주고받는 말을 쫓아가는 게 힘이 들었다. 그는 그러려고 애쓰지 않았다.

마거릿과 프레더릭은 서로를 바라보았다. 짧은 순간이지만 그와 같은 연민은 그가 가버리고 나면 더 이상 느낄 수 없게 될 것이다. 말로는 옮길 수 없는 많은 것이 눈을 통해서 느껴졌다. 같은 생각이 두 사람의 머릿속을 재빨리 지나가더니 슬픔 속으로 사라졌다. 프레더릭이 먼저 그 생각을 떨쳐냈다.

"들어봐, 마거릿, 오늘 오후에 나 때문에 딕슨과 난 가슴이 쿵 하고 내려앉는 줄 알았다. 난 방 안에 있었어. 현관에서 초인종 소리가 들렸는데, 난 종 울린 사람이 볼일을 다 마치고 돌아간 줄 알았지. 그래서 복도로 나가려고 방문을 열었는데 딕슨이 아래층으로 내려오는 게 보였어. 근데 딕슨이 얼굴을 찌푸리더니 날 안으로 쫓아 넣으면서 다시 숨어 있으라는 거 아니겠니. 난 방문을 그대로 열어둔 채 딕슨이 아버지 서재에 있던 어떤 남자한테 뭐라고 하는 소리를 들었지. 그러고는 그 남자는 가버렸어. 누구였을까? 상점 주인이나 뭐 그런 사람이었을까?"

"아마 그럴 거예요." 마거릿이 무심하게 대답했다. "2시쯤이면 주문을 받으러 오는, 체구가 작고 말수가 별로 없는 남자가 하나 있어요."

"근데 이 사람은 작지 않았어. 건장했단 말이야. 게다가 그 사람이 온 시간도 4시가 넘었었고."

"손턴 씨였다." 헤일 씨가 대답했다. 아버지가 대화에 끼어드신 게 그들은 반가웠다.

"손턴 씨라고요!" 마거릿이 살짝 놀라며 대답했다. "전……"

"작은 사람이라면 넌 누굴 말했던 거냐?" 프레더릭이 그녀가 말도 채 끝내기 전에 물었다.

"아니, 그냥," 그녀가 오빠를 똑바로 바라보며 붉어진 얼굴로 말했다. "난 오빠가 신사분이 아니라 다른 부류의 사람을 얘기하는 줄 알았죠. 상점 일로 들른 사람 말이에요."

"그 사람도 그런 일 하는 사람처럼 보였어." 프레더릭이 무신경하게 말했다. "장사하는 사람인 줄 알았는데, 제조업자였구나."

마거릿은 가만히 있었다. 그녀는 처음 손턴에 대해서 잘 알지 못했을 때 그에 대해서 자신이 어떤 식으로 말했던가를, 그리고 그에 대해서 지금 프레더릭과 똑같이 생각했던 일을 떠올렸다. 그를 보면 그런 인상을 받는다는 건 어쩔 수 없었지만 그래도 그녀는 약간 기분이 상했다. 그녀는 말하고 싶은 기분이 아니었다. 그녀는 손턴 씨가 어떤 사람인지를 프레더릭에게 이해시켜주고 싶었지만 입이 떨어지지 않았다.

헤일 씨가 말을 이었다. "있는 힘껏 돕겠다는 말을 하러 왔나 보더라. 하지만 난 그 사람을 볼 수가 없을 것 같았다. 그래서 딕슨에게 혹시 널 만나고 싶은지 물어보라고 그랬다. 널 찾아보라고 시킨 것 같다. 손턴 씨한테 가보게 하려고 말이다. 뭐라고 했는지도 모르겠다."

"제대로 된 지인인가 보군." 아무나 잡아보라는 듯이 프레더릭이 공을 던지듯 질문을 던졌다.

"매우 친절한 분이세요." 아버지가 아무 말 하지 않고 있자 마거릿이 대답했다.

프레더릭은 잠시 조용히 있더니 이윽고 이렇게 말했다.

"마거릿, 가족에게 친절을 베풀어준 사람들에게 고맙다는 인사를 드리지 못한다는 걸 생각하면 마음이 아프다. 네 지인들이 따로 있고 내 지인들이 따로 있을 수밖에 없어. 내가 법정에 서는 위험을 무릅쓰거나, 아니면 너와 아버지가 스페인으로 오지 않는 이상 별 도리가 없구나." 그는 마치 떠보려는 듯 뒤의 제안을 툭 던졌다. 그러다가 갑자기 풀이 죽었다. "네가 와주길 얼마나 바라는지 넌 모를 거다. 나로선 기회가 더 좋은 곳이야." 그는 소녀처럼 얼굴을 붉히며 계속 말을 이었다. "내가 말한 적 있는 돌로레스 바르부르 말이야. 너한테 소개해주고 싶은 마음뿐이야. 너도 분명 그녀를 좋아하게 될 거야. 아니 사랑하게 될 거라는 말이 더 맞겠다. 좋아한다는 말은 약해. 넌 그녈 사랑하게 될 거야. 아버지, 아버지도 그녀를 알면 사랑하게 될 겁니다. 아직 열여덟 살이 안 됐어. 하지만 내년에 그녀도 나와 같은 생각이면, 내 아내가 될 거야. 바르부르 씨는 우리가 그걸 약혼이라고 부르도록 놔두지 않겠지. 하지만 마거릿, 네가 그리로 온다면 돌로레스 말고도 어디서든 친구를 보게 될 거야. 생각해보세요, 아버지. 마거릿, 내 곁에 있어줘."

"안 된다. 더 이상은 옮기지 않는다." 헤일 씨가 말했다. "한 번 옮겨서 아내를 잃었어. 나 살아 있는 동안 더 이상 옮기진 않을 거다. 마거릿은 여기서 살 거고, 나 또한 목숨이 붙어 있을 때까지 여기서 살 거야."

"아, 오빠," 마거릿이 말했다. "그녀에 대해 말해봐요. 이런 문제는 한 번도 생각해보지 않았지만 참 반가워요. 거기 스페인에 오빠를 사랑하고 돌봐줄 사람이 있는 거네요. 다 말해봐요."

"우선, 돌로레스는 가톨릭 신자야. 그게 제일 신경 쓰였던 부분이지. 하지만 아버지의 소신 변화가……, 이런 마거릿, 언짢게 생각하지 마."

대화가 끝나기도 전에 마거릿이 한숨을 더 내쉰 이유가 있었다. 공언하지는 않았지만 프레더릭은 사실 가톨릭 신자였다.* 이 때문에 편지에서 프레더릭은 아버지가 교회를 등지는 것 때문에 생긴 마거릿의 극심한 괴로움에 대해서 미미한 정도로만 동감을 표했던 것이다. 그녀는 그때 그 이유가 단지 뱃사람 특유의 무심함 때문이겠거니 하고 생각했었다. 하지

---

* 당시 영국인이 로마 가톨릭 신자라는 것은 충격적인 일이었다. 종교개혁 이후 영국에서는 가톨릭교도들이 반역자 취급을 받았고, 1829년에야 영국 정부는 비로소 가톨릭교도를 포함한 비(非)성공회 신자들에 대한 차별을 철폐하는 법령을 통과시켰다.

만 사실은 그 당시에도 그는 자신의 소신이 아버지의 소신과 정반대로 기울고 있었기 때문에 세례까지 받았던 종교 형식을 포기할까 생각하고 있었던 것이다. 프레더릭 본인조차도 깨닫지 못하는 얼마나 깊은 사랑이기에 개종까지 결심하게 된 걸까? 마거릿은 마침내 종교 이야기는 그만두었다. 그리고 약혼 이야기로 돌아가서 오빠의 약혼을 새로운 관점에서 생각하기 시작했다.

"하지만 오빠, 바르부르 양을 생각해서, 비록 모반 혐의가 사실이라고 해도 오빠에게 씌워진, 부풀려져 있는 혐의는 분명 벗겨야죠. 군법재판이 열리고 오빠가 증인들을 모을 수 있게 되면, 어쨌든 오빠가 권위에 불복종하게 됐던 이유가 부당하게 행사된 권위 때문이었다는 걸 보여줄 수도 있어요."

헤일 씨가 아들의 대답을 들으려고 일어섰다.

"우선은 마거릿, 날 위해 증언해줄 사람들을 누가 물색하겠니? 모두 뱃사람들이라서 다른 배에 타고 있을 텐데. 설사 증인들을 세울 수 있다고 해도 그자들 역시 참여했거나 혹은 동조했기 때문에 그 증언들은 별로 쓸모가 없을 거야. 그뿐만 아니라 넌 군법재판에 대해 잘 모르는 데다 군법재판이 정의가 실현되는 집회 같은 거라고 여기는 듯한데, 사실 그곳에선 권위가 10분의 9를 차지하고 증언은 고작 나머지 10분의 1밖에 안 돼. 그런 경우 증언 그 자체는 위신 있는 권위의 영향을 피할 수가 없게 돼."

"하지만 오빠를 위한 증언들이 얼마나 많이 캐어져 나와 나열될 수 있는지 해볼 만하지 않아요? 예전에 오빠를 알던 사람들은 지금 오빠의 죄가 변명의 여지가 없는 유죄라고 생각해요. 오빤 결백을 증명하려고 해본 적도 없고, 우린 오빠의 결백에 대한 증거를 어디서 구해야 할지도 전혀 모르고 있었어요. 이제는 바르부르 양을 위해서라도 오빠의 행위가 떳떳했다는 걸 세상에 밝혀요. 그녀는 어쩌면 그런 것에 개의치 않을지도 모르죠. 그녀는 분명 우리처럼 오빠에 대해 무한한 신뢰를 갖고 있겠죠. 하지만 오빠 자신이 처한 현실이 어떤지를 보여주지도 않은 채 그녀가 중죄 혐의를 받고 있는 사람과 엮이도록 해선 안 돼요. 오빠가 권위에 맞선 건 잘못이에요. 하지만 권위가 무자비하게 사용되는 동안 아무 말이나 행동도 취하지 않고 좌시했다면 그건 더더욱 나빴을 거예요. 사람들은 오빠가 뭘 했는지는 알아도 범죄를 영웅적인 약자 보호 행위로 승화시킨 그 행위의 동기에 대해서는 모르고 있어요. 바르부르 양을 위해서도 그들은 실상을 알아야 해요."

"그렇지만 내가 어떤 식으로 세상 사람들에게 그걸 알릴 수 있겠니? 비록 내 결백을 증명해줄 증인들을 몽땅 법정에 세운다고 해도, 내 사건을 맡게 될 판사들의 청렴결백에 대해서는 별로 자신이 없다. 그런 자신도 없이 내가 군법재판에 자진출두할 수 있을까. 종지기를 길거리로 내보내서 네가 생각하고 있는 내 영웅적 행동을 동네방네 고하게 할 순 없잖아. 본인의 결백을 증명하는 팸플릿을 발행한다고 쳐도 사건 후 시간이 한참 지나버리면 아무도 읽으려고 하지 않아."

"변호의 기회가 있나 변호사와 의논해볼래요?" 마거릿이 올려다보며 물었는데, 얼굴이 무척 상기되어 있었다.

"우선은 변호사를 하나 구한 다음 그가 괜찮은 사람인지 보고 나서 내 모든 얘길 털어놓아야 해. 일거리 없이 한가한 법정 변호사들이 옳은 일을 한다면서 날 범죄자로 넘기고 백 파운드를 아주 손쉽게 벌지도 모르잖아."

"말도 안 돼요, 오빠! 이름을 믿을 만한 변호사 한 사람을 내가 알고 있단 말이에요. 그 사람의 유능함에 대해서는 사람들의 평판이 높아요.

게다가 그분은 쇼 이모의 친척이라면 충분히 수고해줄 거예요. 아빠, 헨리 레녹스 씨요."

"좋은 생각 같구나." 헤일 씨가 말했다. "하지만 프레더릭을 영국에 묶어두는 건 절대 안 된다. 안 돼, 네 엄마를 생각해서다."

"오빠 내일 밤 기차를 타고 런던에 갈 수 있어요." 마거릿이 자신의 계획에 열의를 보이며 말을 이었다. "아빠, 오빠 내일 떠나야 할 것 같아요." 그녀가 조심스럽게 말했다. "그렇게 정했어요. 벨 씨도 오실 거고, 딕슨이 만났다는 그 불쾌한 남자 때문에도 그래요."

"그래. 내일 떠나야겠다." 프레더릭이 단호한 어조로 말했다.

헤일 씨가 신음을 내뱉었다. "너와 떨어지는 건 견딜 수 없지만, 네가 여기 있는 동안 난 참담할 정도로 불안하구나."

"자, 그럼," 마거릿이 말했다. "제 계획을 들어보세요. 오빠 금요일 아침 런던에 도착해요. 제가 ― 어쩌면 아빠가 ― 아녜요! 제가 레녹스 씨 앞으로 편지를 써서 오빠에게 주는 게 낫겠어요. 오빠 템플 가든에 있는 변호사 사무실로 가서 그분을 만나세요."

"오리온 호에 같이 타고 있던 사람들 이름을 기억나는 대로 죄다 적어보마. 그 사람에게 그 목록을 줘서 찾아보게 할 수 있어. 그 사람이 이디스 남편의 동생이라고 그랬지? 네 편지에서 그 사람 이름을 들었던 것도 같구나. 회사에 내 지분이 좀 있어. 만약 성공할 가능성이 조금이라도 있다면 큰 액수라도 지불할 수 있어. 아버지, 그 돈은 내가 다른 용도로 생각해뒀던 돈입니다. 그러니 전 그 돈을 다만 아버지와 마거릿에게서 빌린 거라고 생각할 겁니다."

"그런 생각 말아요." 마거릿이 말했다. 빌린 걸로 생각하면 모험을 못해요. 그 모험은 위험스럽겠지만 해볼 만한 가치가 있어요. 오빠 런던에서도 리버풀에서처럼 배를 타고 떠날 수 있죠?"

"물론이지. 널빤지 밑에 물이 요동치는 데라면 난 어디든 편안해. 배 아니면 딴 거라도 타고 떠날 테니 걱정 마. 네게서든 돌로레스에게서든 떨어져 런던에서 24시간 이상 머무는 일은 없을 거야."

마거릿은 오빠가 그런 결심을 하면서 레녹스 씨에게 편지 쓰는 자신을 어깨너머로 바라보고 있으니 오히려 마음이 놓였다. 그렇게 침착하고 간결하게 편지를 써야 하는 상황이 아니었다면 그녀는 아마 레녹스 씨와의 사이에서 너무나 불쾌하게 막을 내렸던 사건이 있은 뒤 처음 재개하는 대화라는 점 때문에 여러 가지 어휘 사이에서 주저한다거나, 여러 가지 표현 중 뭘 골라야 할지 모른 채 혼란스러워 했을 것이다. 하지만 내용을 검토할 새도 없이 편지는 그녀의 손을 떠나 프레더릭의 지갑 속으로 소중하게 들어가버렸고, 그 지갑에서 머리카락 한 타래가 툭 떨어졌다. 그러자 프레더릭의 눈이 기쁜 표정과 함께 커졌다.

"어때, 보고 싶지, 응?" 그가 말했다. "아니! 네 눈으로 직접 그녈 볼 때까지 기다려. 그녀는 정말 완벽해서 단편적으로는 알 수가 없거든. 하찮은 벽돌 하나가 내 궁전을 다 표현하진 못하니 말이야."

32장
불운

뭐라고! 남아 있으면
고발당해 죄인처럼 끌려가게 될 것이다*
— 베르너

다음 날 하루 종일 그들은 — 그들 세 사람은 함께 앉아 있었다. 헤일 씨는 자녀들이 뭘 물어볼 때 말고는, 이를테면 그가 그 자리에 있다는 걸 억지로나마 확인할 때 말고는 좀처럼 입을 열지 않았다. 프레더릭은 슬퍼하거나 우는 모습을 더 이상은 보이지 않았다. 처음에 미친 듯 슬퍼하던 단계가 지나가고 나니 그는 이제 자신이 그렇게 맥없이 감정에 휘둘렸다는 사실이 부끄러웠던 것이다. 비록 어머니를 잃은 슬픔은 깊숙한 진짜 감정이며 평생 동안 지속될 테지만 이제 그 슬픔을 두 번 다시 거론하는 일은 없을 것이다. 처음엔 그다지 격렬하지 않던 마거릿이 지금은 더 고통스러워했다. 때때로 그녀는 엄청나게 울었다. 게다가 다른 얘기를 할 때마저도 태도에서 애절함이 묻어났는데, 그녀가 눈길을 프레더릭에게 둘 때마다, 그리고 시시각각 다가오는 그의 출발을 떠올릴 때마다 그 애절함은 더 깊어졌다. 그녀는 오빠의 출발이 자기 자신에게는 얼마나 많이 슬플지 모르겠지만 아버지를 위해서는 다행이라는 생각이 들었다. 아들이

---

* 바이런의 시극 『베르너 *Werner*』(1823)에서 인용.

수색당해 잡혀가면 어쩌나 노심초사하면서 지내는 헤일 씨의 불안과 공포는 아들이 집에 있어서 얻어지는 기쁨에 커다란 영향을 주었다. 그의 불안감은 헤일 부인이 죽고 난 뒤 더 커졌는데, 그건 아마 그가 이제 오로지 아들 문제만을 생각했기 때문일 것이다. 그는 예사롭지 않은 소리가 들릴 때마다 깜짝깜짝 놀랐고, 프레더릭이 방 안에 들어오는 사람 눈에 바로 띄는 곳에 있으면 마음이 편치 않았다. 저녁때가 다가오자 그가 말했다.

"마거릿, 프레더릭을 역까지 배웅하도록 해라. 네 오빠가 안전하게 떠났는지 난 알고 싶을 게다. 무슨 일이 있어도 밀턴을 안전하게 빠져나갔다는 말을 전해줘야 한다."

"그럼요." 마거릿이 말했다. "저 없이 아빠 혼자 외롭지 않으시다면 저도 배웅하고 싶어요."

"아니, 난 괜찮다! 네 오빠를 배웅하고 왔다는 말을 듣지 못하면, 계속 프레더릭이 누군가 아는 사람 때문에 떠나지 못했을 거라는 상상을 하고 있을 거야. 아웃우드 역으로 가거라. 여기서 아주 가깝고, 또 오가는 사람도 많지 않아. 사람들 눈에 덜 띄게 마차를 타고 가도록 해. 프레더릭, 몇 시 기차라고 했느냐?"

"6시 10분입니다. 거의 해거름이죠. 그런데 넌 어떡하려고, 마거릿."

"아, 전 끄떡없어요. 이제 겁도 없어지고 용감해졌어요. 늦은 시각이라고 해도 집까지 오는 길은 환해요. 지난주에는 그보다 훨씬 더 늦은 시간에도 나간 걸요."

마거릿은 죽은 어머니, 그리고 살아 있는 아버지와 이별하는 시간이 끝나자 다행이라는 생각이 들었다. 그녀는 서둘러 오빠를 이륜마차에 태웠는데, 아들이 죽은 어머니를 마지막으로 보러 갈 때 함께 있던 아버지가 비통해하는 모습을 보았던 터라 이별 시간을 되도록 짧게 하려는 의도에서였다. 이렇게 서두른 덕분에, 또 간이역에 열차가 도착하는 시간이 '열차도착시간표'에 잘못 기재되는 경우가 왕왕 발생했기 때문에, 그들이 아웃우드 역에 도착했을 때는 20분 정도의 여유가 있었다. 매표소는 아직 열리지 않아서 그들은 표를 살 수도 없었다. 따라서 그들은 철로 아래 지층으로 이어지는 계단을 내려갔다. 마찻길 옆으로 펼쳐진 빈 벌판을 대각선으로 가로지르는, 석탄재를 깔아 다져 만든 넓은 길이 있었고, 그들은 그리로 가서 남은 몇 분간을 이리저리 거닐었다.

마거릿이 프레더릭의 팔짱을 꼈다. 그는 팔짱 낀 그녀의 손을 다정하게 쥐었다.

"마거릿! 내게 변호의 기회가 있는지, 그래서 내가 원하면 언제든지 영국으로 돌아올 수 있는지를 레녹스 씨와 상의해보마. 이건 그 누구 때문도 아니고 바로 널 위해서야. 아버지께 무슨 일이 생기면 너 혼자 남는다고 생각하니 견딜 수가 없구나. 아버진 심하게 위축되셨어. 엄청난 충격을 받으신 거야. 여러 가지 이유로 네가 카디스로 오는 것에 대해 아버지께 잘 말씀드려줬으면 좋겠다. 아버지까지 안 계시면 넌 어쩔 거냐? 이웃에 친구도 없잖아? 이상하게도 우리에겐 친척이 거의 없어."

마거릿은 지난 몇 달간의 걱정과 압박감이 아버지에게 너무나 극심한 영향을 미쳤기 때문에, 영 일어날 가능성이 없지는 않다고 본인 스스로도 느꼈던 아버지의 죽음을 이렇게 오빠가 꺼내니 아려오는 불안감으로 울음을 참기 어려웠다. 하지만 마음을 다잡으려고 애쓰며 이렇게 말했다.

"지난 2년 동안 내 인생에는 정말 예기치 못했던 이상한 변화가 일어났어요. 그래서 난 미래에 어떤 일이 일어난다면 내가 뭘 해야 할지를 따져본다는 게 가치가 없다는 생각이 더더욱 들어요. 난 오로지 현재만 생각하려고 해요." 그녀는 말을 잠시 멈추었다. 그들은 도로와 연결되는 가로막의 벌판 쪽 부근에서 잠시 미동도 없이 서 있었다. 지는 태양이 그들의 얼굴에 비쳤다. 프레더릭은 그녀의 손을 끌어당긴 뒤 애처로운 마음이 담긴 걱정스러운 얼굴로 그녀의 얼굴을 바라보았고, 그 얼굴에서 그녀가 말로는 표현하지 못하는 더 많은 걱정과 고민을 읽었다. 그녀는 계속 말을 이어갔다.

"서로 자주 편지해요. 걱정거리 하나라도 모두 오빠한테 말하겠다고 약속할게요. 이렇게 해야 오빠 맘이 편할 테니까요. 아빠는 ——" 그녀가 약간 움찔했다. 거의 알아차리지 못할 정도의 움직임이었지만 잡고 있던 손이 갑자기 움직이자 프레더릭이 얼굴을 완전히 도로 쪽으로 돌렸는데, 도로를 따라 마부 하나가 천천히 말을 몰아 그들이 서 있는 곳 바로 옆을 막 스쳐 지나갔다. 마거릿이 고개를 까딱해 보이니, 저쪽에서 딱딱한 목례가 돌아왔다.

"누구야?" 프레더릭이 마차 소리가 멀어지기도 전에 물었다.

"손턴 씨예요. 전에 봤잖아요." 마거릿이 고개를 떨어뜨리고 얼굴을 붉히면서 이렇게 말했다.

"뒷모습만 봤지. 호감 가는 인상이 아닌데. 쏘아보는 눈빛이 예사롭지 않아!"

"그 사람이 언짢아할 만한 일이 있었어요." 마거릿이 변호하듯 말했다. "그 사람이 엄마와 있을 때를 봤다면 인상이 나쁘다는 생각은 하지 않았을 거예요."

"이제 가서 표를 사야 할 것 같구나. 이렇게 어두워질 줄 알았다면 마차를 돌려보내지 않았을 텐데."

"아, 조바심치지 말아요. 마차를 타야 할 것 같으면 여기서 잡죠, 뭐. 아니면 밀턴 역사(驛舍)에서부터 쭉 상점도 있고 사람들도 있고 가로등도 있는 철길을 따라가면 돼요. 내 생각은 관두고 오빠나 조심해요. 레너즈가 오빠와 같은 기차에 탈지도 모른다고 생각하면 쓰러질 것 같아요. 객차 안으로 들어가기 전에 안을 잘 살펴요."

그들은 역으로 되돌아갔다. 마거릿은 불빛이 번쩍이는 역사 안에 자기가 들어가서 표를 사오겠다고 했다. 안에는 바쁠 것 없는 젊은 남자 몇명과 역장이 한가로이 노닐고 있었다. 마거릿은 그들 중 한 명의 얼굴을 전에 본 적이 있다는 생각이 들었는데, 남자가 감탄한 듯 노골적으로 쳐다보자 무례함에 불쾌해져서 자기도 한껏 위엄을 갖추고 도도하게 쳐다봐 주었다. 그녀는 바깥에서 기다리던 오빠에게로 서둘러 가서는 팔짱을 꼈다. "가방 갖고 있죠? 플랫폼을 좀 걸어요." 그녀는 이렇게 빨리 혼자가 된다는 것과, 스스로가 인정하고 싶은 때보다 훨씬 더 빨리 용기가 빠져나가고 있다는 생각에 다소 수선을 피우며 말했다. 그녀는 깃발이 늘어져 있는 길을 따라 자신들을 뒤쫓아오는 발소리를 들었다. 그들이 도중에 기차가 오는지 조심하면서 쌕쌕거리며 다가오는 기차 소리에 발걸음을 멈추니 그 발소리도 멈추었다. 그들은 아무 말도 하지 않았다. 가슴이 너무 벅찼다. 어느 순간 기차가 도착할 것이고, 1분만 더 있으면 그는 가고 없을 것이다. 마거릿은 런던에 가야 한다며 오빠를 재촉했던 것이 후회스럽기까지 했다. 가는 도중에 수색당할 가능성이 더 커졌다. 만약 그가 리버풀에서 스페인으로 떠났더라면 두세 시간 더 있다가 출발할 수도 있었을 것이다.

프레더릭은 돌아서서 가스등을 정면으로 받았다. 기차가 들어온다는 생생한 기대감 속에 가스등에서는 불빛이 쏟아져 내리고 있었다. 기차역 짐꾼 복장을 한 남자 하나가 앞으로 걸어왔다. 인상이 좋지 않은 남자였다. 술에 취해 폭력이라도 휘두를 기세였지만, 오감은 말짱했다.

"실례 좀 합시다, 아가씨!" 그가 마거릿을 한쪽으로 거칠게 밀면서 프레더릭의 옷깃을 움켜잡았다.

"당신 이름이 헤일이지?"

순간적이었다. 마거릿은 어찌 된 건지 알 수 없었다. 모든 게 눈앞에서 정신없이 일어났기 때문이다. 하지만 프레더릭이 날랜 몸싸움으로 그를 넘어뜨렸고, 그는 3~4피트 높이의 플랫폼으로부터 철길 옆, 연약한 지반 위로 떨어지고 말았다. 그가 거기 뻗어 있었다.

"뛰어요, 어서!" 마거릿이 헐떡였다. "기차가 곧 와요. 레너즈죠? 세상에, 뛰어요. 가방은 내가 들게요." 그러더니 그녀는 오빠의 팔을 잡아 젖 먹던 힘까지 다해 그를 끌고 갔다. 객차의 문이 열렸고 그가 뛰어올랐다. 그가 밖으로 몸을 내밀어 "마거릿, 신의 은총을 빈다!"고 말하는 것과 동시에 기차는 쌩하고 그녀를 스쳐 지나갔고, 그녀는 거기 혼자 남게 됐다. 어찌나 어지럽고 힘이 빠졌던지 그녀는 방향을 돌려 여자 대합실로 들어간 뒤, 다행이라고 생각하며 거기에 잠시 앉아 있었다. 처음에는 아무것도 못하고 숨만 몰아쉬었다. 정말 숨 가빴다. 정말 미칠 듯이 위험했어. 까딱했으면 정말 큰일 날 뻔했어. 그 순간에 기차가 오지 않았더라면 남자는 다시 벌떡 일어나서 오빠를 잡으려고 도움을 요청했을 거야. 그녀는 그 남자가 일어났는지 궁금했다. 그녀는 그가 움직였던가를 기억하려고 애쓰면서, 심하게 다친 건 아닐까 하고 생각했다. 그녀는 위험을 무릅쓰고 밖으로 나갔다. 플랫폼은 별일 없어 보였지만 여전히 인적은 없었다. 그녀는 플랫폼의 끝까지 걸어간 뒤 두려움에 떨며 거기를 살폈다. 아무도 없었다. 그래서 그녀는 나와서 살펴보길 잘했다고 생각했다. 그러지 않았으면 끔찍한 생각이 꿈속에서 마구 괴롭혔을 것이다. 사정은 그렇다고 해도 그녀는 너무 떨리고 겁이 나서 집까지 걸어갈 수 없을 것 같았다.

역에서 나오는 불빛을 따라 내려다보니 그 길은 사실 한적하고 어두워 보였다. 그녀는 하행 열차가 지나갈 때까지 기다렸다가 빈자리에 앉아서 집에 갈 생각이었다. 하지만 자신이 프레더릭과 같이 있었다는 걸 레너즈가 알아본다면 어떻게 할 것인가? 그녀는 주위를 흘끔흘끔 살피고 나서야 표를 사러 매표소로 조심스럽게 들어갔다. 그곳엔 역무원들 몇 명만이 하릴없이 서성이며 큰 소리로 서로 이야기를 주고받고 있었다.

"그러니까 레너즈가 또 술을 마셨단 말이지!" 책임자로 보이는 한 사람이 이렇게 말했다. "이번엔 자리를 보전하려면 떠벌리고 다니던 영향력을 총동원해야 할 거야."

"그자는 어디 있나?" 다른 사람이 이렇게 물어보는 동안 그들을 등진 채 서 있던 마거릿은 부들부들 떨리는 손가락으로 거스름돈을 세면서, 감히 돌아볼 엄두는 내지 못하고 질문에 대한 대답만 기다리고 있었다.

"모르네. 5분 전에 오더니 자기가 철로에 떨어졌던 얘기를 장황하게 늘어놓으면서 엄청나게 욕을 해댔어. 그러더니 다음 기차로 런던에 가야겠으니 돈 좀 빌려달라고 하더군. 거나하게 취해 갖고는 온갖 약속을 남발했지만 내 할 일도 있는데 그자 말을 듣고 있을 수가 없었지. 가서 할 일이나 하라고 했더니, 현관에서 사라졌다네."

"보나 마나 근처 매음굴에 가 있겠지." 처음 말했던 이가 말했다. "바보같이 돈을 빌려줬더라면 자네 돈도 거기로 가버렸을 거야."

"어림도 없어! 런던이라고 하는 말을 내가 곧이곧대로 들을 바보는 아니지. 그전에 빌려간 5실링도 갚지 않았는데." 그러더니 그들은 계속 이야기를 이어갔다.

이제 마거릿의 걱정은 온통 다음 기차에 쏠려 있었다. 그녀는 다시 한 번 더 여자 대합실로 몸을 숨겼다. 약간의 소리만 들려도 레너즈의 발자국 소리인 것 같았고 높은 목청으로 울려대는 목소리가 들리면 그자일지도 모른다는 생각이 들었다. 하지만 기차가 올 때까지 아무도 접근하지 않았다. 그녀는 짐꾼의 정중한 도움을 받아 객차에 오르면서도 차마 그 사람의 얼굴을 쳐다볼 용기를 내지 못하고 기차가 움직이고 나서야 그게 레너즈가 아닌 걸 확인했다.

33장
평화

고이 잠드시오 내 사랑, 차가운 침상 위에서
이젠 더 이상 불안하지 않으리니!
잘 가시오 마지막 인사—다시는 깨지 않으리니
내가 그대 운명 따라잡을 때까지*
　　　　　　　— 헨리 킹

　　무섭고 시끌벅적한 이 모든 소란에도 불구하고 집은 해괴하리만치 조
용해 보였다. 마거릿의 아버지는 딸이 돌아오면 피로를 회복할 수 있게끔
만반의 준비가 되어 있는 걸 보더니 늘 앉는 의자로 가서 백일몽에 빠졌
다. 딕슨은 부엌에 야단치고 가르쳐야 할 메리가 있었다. 그녀의 질책은
낮은 목소리이지만 역정이 실려 있던 터라 기세로 봐서는 조금도 덜하지
않았는데, 그녀는 집 안에 망자의 시신이 누워 있는 동안은 소리 높이는
걸 불경하게 여겼을 것이기 때문이다. 마거릿은 더없이 조여들던 공포에
대해서는 아버지께 말하지 않기로 마음먹었다. 말해봐야 소용없는 일이었
다. 그 일은 잘 끝났다. 오로지 두려운 건 레너즈가 어떻게든 돈을 빌려
서 런던까지 프레더릭을 뒤쫓아가겠다는 목적을 달성하지나 않았을까 하
는 것이었다. 하지만 그의 그런 계획이 성공하지 못할 가능성은 무궁무진

---

* 1624년 헨리 킹(Henry King, 1592~1669)이 죽은 아내를 위해 쓴, 「영원히 기억될 다시
　없는 친구의 장례식An Exequy to his Matchless never to be forgotten Friend」에서 인용.

했다. 마거릿은 자기가 어찌해볼 수 없는 일로 스스로를 괴롭히는 짓은 하지 않기로 했다. 프레더릭은 그녀가 자기 보호에 신경 썼듯이 스스로 조심할 것이고, 길어봐야 하루나 이틀 후면 영국을 안전하게 빠져나갈 것이다.

"내일 벨 씨로부터 소식을 듣겠네요." 마거릿이 말했다.

"그래, 그럴 게다." 그녀의 아버지가 대답했다.

"오실 수 있다고 하더라도 내일 저녁쯤이 되지 않을까요?"

"만약 오지 못한다면 손턴 씨에게 장례식에 같이 가자고 부탁해보마. 나 혼자서는 갈 수 없어. 심신이 견뎌내지 못할 게다."

"손턴 씨에게 부탁하지 마세요, 아빠. 제가 갈게요." 마거릿이 성급하게 말했다.

"네가 간다고! 얘야, 여자들은 그런 델 가지 않아."

"아뇨. 그건 그 사람들이 자제할 능력이 없기 때문이에요. 우리 같은 규수들이 가지 않는 건 감정을 통제하지 못할뿐더러 감정을 드러내는 걸 부끄러워하기 때문에 그런 거예요. 가난한 집의 여자들은 그런 데 가서 감정이 북받치는 모습을 보이더라도 상관하지 않아요. 하지만 아빠, 이 말씀은 드릴 수 있어요. 절 가게 해주신다면 문제를 일으키진 않을 거예요. 낯선 이를 데려가지 말아요. 그래서 절 빼놓거나 하지도 마시고요. 사랑하는 아빠! 벨 씨가 오실 수 없다면 제가 가요. 만약 벨 씨가 오신다면 아빠 뜻을 거스르면서까지 억지를 부리지는 않을게요."

벨 씨는 올 수 없었다. 통풍이 도졌던 것이다. 따뜻함이 묻어나는 편지에서 그는 장례식에 참석하지 못하게 된 것에 대해 진심으로 애석해했다. 그는 조만간 방문하고 싶다고 했다. 밀턴에 있는 그의 사유지는 관리가 필요했는데, 그의 대리인이 그가 꼭 내려와야 하는 일이 있다고 써 보냈던 것이다. 그게 아니라면 그는 가능한 한 밀턴 근처로 오는 걸 피했을 테지만, 이제 그가 이 불가피한 방문을 체념하고 받아들이게 될 유일한 이유는 옛 친구를 만나서 어쩌면 친구를 위로할 수도 있겠다는 생각 때문이었다.

마거릿은 아버지가 장례식에 손턴 씨를 초대하지 않도록 설득하는 것이 그렇게 힘들 수가 없었다. 그녀는 설득 과정에서 말할 수 없는 반감이 생겼다. 장례식 전날 밤, 손턴 부인에게서 헤일 양 앞으로 위엄을 갖춘 편지가 도착했다. 헤일 양의 가족에게 실례가 되지 않는다면 아들의 소망에 따라 장례식에 마차 한 대를 보낼 거라는 내용이었다. 마거릿은 편지를 아버지에게 넘겨주었다.

"아, 이런 격식은 받지 말아요." 그녀가 말했다. "아빠랑 저, 이렇게 우리끼리 해요. 저 사람들이 우리 생각을 했다면 손턴 씨가 직접 오겠다고 하지 이렇게 빈 마차를 보내준다고 하지는 않았을 거예요."

"손턴 씨가 오는 것을 아주 질색하는 것 같더니, 얘야." 헤일 씨가 약간 놀란 듯 이렇게 말했다.

"네, 그래요. 전 그분이 오는 걸 전혀 원치 않아요. 특히 그분에게 와달라고 부탁한다는 게 싫어요. 하지만 이건 조문에 대한 심한 조롱 같아요. 그분이 이러리라고 예상 못했어요." 느닷없이 터뜨리는 그녀의 울음에 헤일 씨는 깜짝 놀랐다. 그녀는 슬픔을 잘 참아왔다. 다른 사람들을 배려했고 매사에 참으로 얌전하고 참을성이 있었기 때문에 그는 오늘 밤 딸의 참을성 없는 태도를 이해하기 어려웠다. 그녀는 짜증이 난 듯했고 초조해 보였다. 이제 자신의 차례가 된 아버지가 한없이 다정한 태도로 위로하는데도 그녀는 더 울기만 할 뿐이었다.

그녀는 너무나 힘든 밤을 보낸 터라 프레더릭이 보낸 편지 때문에 더 커진 불안을 감당할 준비가 돼 있지 않았다. 레녹스 씨는 런던에 없었다. 사무관은 그가 늦어도 다음 주 화요일쯤이면 출근할 것이고, 어쩌면 월요일에는 집에 있을지도 모른다고 했다. 결국 여러 가지 생각 끝에 프레더릭은 하루 이틀 정도 런던에 더 머무르기로 결정했다. 그는 밀턴에 다시 오는 것도 생각해보았다. 그러고 싶은 마음은 굴뚝같았지만 벨 씨가 집에 머무른다는 생각과 기차역에서 마지막으로 당했던 위험 때문에 런던에 그대로 있기로 했다. 마거릿은 프레더릭이 레너즈에게 뒤를 밟히지 않도록 모든 주의를 기울일 것이라는 점에 대해서만큼은 어쩌면 마음을 놓고 있었는지도 모른다. 마거릿은 아버지가 어머니 침실에 가 있는 동안 이 편지를 받게 되어 다행이라고 생각했다. 만약 아버지가 그 자리에 있었더라면 편지를 소리 내어 읽어달라고 했을 것이고, 그럴 경우 아버지의 불안감은 스스로 진정시키기 힘들다고 생각할 정도로 커졌을 것이다. 편지에는 그녀를 극도로 불안하게 만드는, 프레더릭이 런던에 아직 머물고 있다는 사실뿐만 아니라 그에 대한 추적 가능성을 암시하는 밀턴에서의 마지막 순간에 대한 언급이 있었기 때문에, 그녀는 간담이 서늘해졌다. 그러니 이걸 읽어드렸다면 아버지에게 무슨 일이 일어났겠는가? 마거릿은 레녹스 씨와 상의해보라고 제안하고 그걸 재촉하기까지 한 것에 대해 수없이 후회했다. 지금으로서는 그 때문에 겨우 조금 지체되는 일이 발생했고, 또 잡힐 가능성은 그다지 크지 않아 보이지만 지금까지 일어났던 모든 일을 고려해봤을 때 그 계획은 바람직하지 않은 것이 되고 말았다. 마거릿은 이제 와서 자기가 어쩌지도 못하는 일에 대한 후회를 이겨내려는 힘든 싸움을 벌였다. 그 당시는 현명해 보였지만 나중에 일어난 사건들을 봤을 때 어리석기 짝이 없는 계획을 입 밖으로 낸 것에 대한 자책감이었다. 하지만 그녀의 아버지는 이러한 사실을 건강하게 이겨내기에는 심신이 너무 우울했다. 그는 돌이킬 수 없는 일로 소름 끼치는 후회를 하게 만드는 온갖 이유 앞에 무릎을 꿇고 말 것이다. 마거릿은 있는 힘껏 도움이 될 만한 것을 떠올려보았다. 그녀의 아버지는 그날 아침 프레더릭에게서 편지를 기다려야 하는 이유를 잊어버린 것 같았다. 그는 아내의 존재를 눈으로 볼 수 있는 마지막 증거가 시야에서 사라진다는 단 한 가지 생각에 사로잡혀 있었다. 장의사가 와서 상장(喪章)과 휘장을 둘러주는 동안 그는 애처롭게도 덜덜 떨었다. 그는 애원하듯 마거릿을 바라보았다. 휘장 두르는 것이 끝나자 그는 비틀거리며 그녀에게로 와서 이렇게 중얼거렸다. "기도해다오, 마거릿. 남은 힘이 없구나. 기도를 올릴 수가 없어. 네 엄마를 보낸다. 그래야만 하니까. 참아보려고 한다만, 정말이야 참고 있어. 이게 신의 뜻이란 걸 알고 있다. 하지만 네 엄마가 왜 죽어야만 했는지 이해할 수가 없구나. 마거릿, 날 위해 기도해다오. 어쩌면 내게 기도할 믿음이 생길지도 몰라. 참으로 큰 고난이구나, 아가."

마거릿은 마차 안에서 아버지 옆에 앉아 팔로 아버지를 거의 부축하다시피 했고, 떠올릴 수 있는, 위안이 되는 성경의 고귀한 시 구절과 신앙적인 체념에 대해 설파하는 말씀들을 반복해서 읊었다. 그녀의 목소리는 전혀 흔들리지 않았으며, 이렇게 함으로써 그녀 스스로가 힘을 얻었다. 그녀의 아버지도 딸을 따라서 입술을 움직이면서 잘 알려진 말씀을 읊으려고 할 때 따라 읊었다. 그가 체념을 마음속 깊이 자신의 일부로 받아들이기 위해 힘을 얻으려고 꿋꿋이 애쓰는 모습을 보는 건 끔찍하기까지 했다.

의연하던 마거릿도, 딕슨이 멀찌감치 서서 장례식에 열중하고 있는 히긴스 부녀를 손짓으로 가리켜 보이자 가슴이 무너져 내렸다. 니컬러스는 늘 입는 무명옷 차림이었지만 모자에 검은 천 같은 걸 두르고 있었는데, 그건 베시를 추모할 때도 보여준 적 없는 애도의 표시였다. 하지만 헤일 씨는 아무것도 보지 못했다. 그는 장례 집전 목사가 식을 진행하는 동안 내내 혼자서, 사실상 기계적으로 같은 말을 되뇌고 있었다. 식이 끝나자 그는 두세 번 한숨을 쉬었다. 그러더니 마거릿의 팔짱을 끼고 길을 인도하라는 시늉을 했는데, 그 모습이 흡사 딸의 충실한 안내를 필요로 하는, 앞을 보지 못하는 사람 같았다.

딕슨은 큰 소리로 흐느꼈다. 그녀는 손수건으로 얼굴을 감싼 채 혼자만의 슬픔에 너무나 깊이 빠져 있었기 때문에 장례식에 모였던 사람들이 흩어지는 걸 보지 못하고 있었는데, 그때 누군가 옆에서 말을 걸었다. 손턴 씨였다. 그는 장례식 내내 무리 진 사람들 뒤에서 고개 숙인 채 서 있었기 때문에 사실상 아무도 그를 알아보지 못했던 것이다.

"실례지만 헤일 씨는 좀 어떠십니까? 그리고 헤일 양은요? 두 사람 모두 괜찮은지 궁금하군요."

"암 그러시겠죠, 선생님. 두 분 다 예상대롭니다. 주인님은 극도로 쇠잔해지셨어요. 아가씬 예상외로 잘 견디고 있습니다."

손턴 씨는 차라리 마거릿이 엄마 잃은 슬픔으로 고통을 겪고 있다는 말을 듣고 싶었다. 무엇보다 그는 자신의 위대한 사랑으로 그녀를 위로하고 달래줄 수 있을 거라는 생각으로 희열을 느끼려는 이기적인 속셈을 품고 있었다. 축 늘어진 아이가 따뜻한 엄마 품에 꼭 안겨서 모든 걸 엄마에게 의지할 때 엄마의 가슴을 관통하는 묘한 환희와 유사한 감정이었다. 하지만 그럴 수 있었던—마거릿이 결사적으로 거부했음에도 불구하고 불과 며칠 전만 해도 제멋대로 빠져 있었을—이런 달콤한 환상은 아웃우드 역 근처에서 보았던 장면에 대한 기억으로 처참하게 무너졌다. '처참하게 무너졌다!'라는 말로는 충분치 않았다. 그녀가 아주 익숙한 신뢰감을 보이며 같이 서 있던 그 잘생긴 젊은이에 대한 기억이 머릿속을 떠나지 않았고, 그 기억이 고통스럽게 관통하며 지나갔기 때문에 급기야 그는 고통을 덜어보려고 두 손을 꽉 그러쥐었다. 아주 야심한 밤에, 집에서도 한참 떨어진 곳이 아니던가! 얼마 전까지 완벽했던 마거릿의 지고지순한 여성성에 대한 그의 믿음이 소생하려면 정신적으로 크나큰 노력이 필요했다. 그 노력을 멈춘 순간 그의 믿음은 주저앉았고 힘을 잃었으며, 온갖 무모한 상상이 마치 꿈처럼 머릿속을 휘저으며 꼬리를 물고 쫓아다녔다. 아주 작은 부분이지만 그를 괴롭히는 확증은 이 말이었다. 이런 슬픔 속에서도 '그녀는 예상외로 잘 견뎠다.' 그러니까 그녀에게는 바라볼 희망이 있었다. 천성적으로 밝은 그녀이지만, 그 희망이라는 게 어찌나 밝은지 막 엄마를 잃은 딸의 암울한 시간을 밝혀줄 수도 있었던 것이다. 그렇다! 그는 그녀가 어떻게 사랑할지를 알고 있었다. 그녀를 사랑함으로써 그는 그녀 안에 어떤 능력들이 있는지를 본능적으로 알게 되었다. 만약 사랑의 힘으로 그녀의 사랑을 되찾을 자격이 있는 남자라면 그녀의 영혼은 찬란한 햇빛 속을 걸어갈 것이다. 상중(喪中)이라고 해도 그녀는 마음 편히 그의 연민에 기댈 것이다. 그의 연민이라니! 누구의 연민? 다른 남자의 연민. 이 다른 남자는 딕슨의 대답을 듣는 손턴 씨의 파리하니 심각한 얼굴을 한층 더 핏기 없이 경직시키기에 충분했다.

"일간 방문할까 합니다." 그가 차갑게 말했다. "헤일 씨를 찾아뵈러 가겠다는 말입니다. 내일 정도 지나면 아마 찾아뵐 수 있겠지요."

그는 대답이야 어떻든 별 상관 없다는 듯한 태도로 말했다. 하지만 사실은 그렇지 않았다. 모든 고통에도 불구하고 그는 그 고통을 준 사람이 보고 싶었다. 비록 마거릿이 보여주던 다정하고 친밀하던 태도와 자기를 따라 내려왔던 그 상황들을 생각할 때는 더러 그녀가 밉기도 했지만,

그는 그녀가 다시 보고 싶어 견딜 수가 없었고 그녀와 같은 공간에 있고 싶어 죽을 지경이었다. 그는 걷잡을 수 없는 카리브디스*의 소용돌이 속에 있었기 때문에, 치명적인 중심에 더 가까워지면서 부득이 원을 그리며 빙빙 돌 수밖에 없었다.

"주인나리는 아마 선생님을 만나실 겁니다. 지난번 오셨을 때 만나지 않겠다고 하시고선 굉장히 미안해하셨거든요. 하지만 그땐 상황이 좋지 않았답니다."

무슨 이유에서인지 딕슨은 이날 손턴 씨와 만났던 일에 대해 마거릿에게는 일언반구도 하지 않았다. 우연히 그렇게 된 것이지만 마거릿이 불쌍한 어머니의 장례식에 그가 참석했다는 사실을 전혀 듣지 못했던 건 그 때문이다.

---

* 시칠리아 섬 근처에 살았다고 전해지는 그리스 신화 속의 바다 괴물. 하루에 세 번 엄청난 양의 바닷물을 빨아들이고 분출함으로써 무시무시한 소용돌이를 일으켰다고 한다. 이후 '카리브디스'는 이탈리아와 시칠리아 섬 사이에 있는 메시나 해협의 소용돌이를 의미하게 되었다.

34장
거짓과 진실

진실은 그대를 결코 실망시키지 않으리니
그대 육신 폭풍에 시달려도
그대 영혼 갈가리 찢겨도
진실은 그대를 영원히 지켜주리라!
— 작자 미상

'예상외로 잘 견디기'는 마거릿을 짓누르는 지독한 압박이었다. 때때로 아버지와 유쾌한 대화를 주고받는 듯하는 동안에도 그녀는 어머니가 이제 없다는 갑작스런 생각이 선명하게 떠올라 맥을 놓고 고통스럽게 울어야만 할 것 같았다. 프레더릭에 관해서도 마찬가지로 몹시 불안했다. 일요일에는 우편배달이 없었기 때문에 런던에서 오는 편지들은 배달되지 못했고, 화요일에도 여전히 배달된 편지가 없다는 걸 알게 되자 마거릿은 의아해하면서 실의에 빠졌다. 그녀는 오빠가 무슨 생각을 하고 있는지 캄캄한 암흑 상태였고 그녀의 아버지는 불확실한 이 모든 상황으로 인해 극도의 우울감에 빠졌다. 이런 심적 상태로 최근 반나절을 붙박은 듯 안락의자에 꼼짝 없이 앉아만 지내는 아버지의 습관이 중단됐다. 그는 방 안을 계속 서성거렸고, 그러다가 방을 나가버렸다. 그녀는 층계참에서 아버지가 별 이유도 없이 침실의 문들을 열었다 닫았다 하는 소리를 들었다. 그녀는 큰 소리로 책을 읽어서 아버지를 안정시켜보려고 했으나, 아버지는 계속해서 장시간을 듣고 있을 수가 없는 것 같았다. 그러니까 그녀가 레너즈와 맞닥뜨림으로써 생긴 또 다른 불안 요인을 혼자만의 비밀로 간 직한 것은 얼마나 다행스런 일인지 몰랐다. 그녀는 손턴 씨가 왔음을 알 리는 소리가 반가웠다. 그의 방문으로 아버지가 생각을 딴 데로 돌릴 수 밖에 없었기 때문이다.

그는 곧바로 그녀의 아버지에게로 올라갔고, 아무 말 없이 그의 손을 꼭 잡았다. 1~2분 정도 손을 쥐고 있는 동안 그의 얼굴과 눈빛과 표정은 말보다 더 많은 연민의 정을 전달했다. 그러더니 그는 마거릿에게로 몸을 돌렸다. 정말 그녀는 '예상보다 더 좋아' 보였다. 그녀의 우아한 아름다 움은 오랜 시간 간호에 몸과 맘을 쓰고 수없이 눈물을 흘린 터라 빛이 좀 바래져 있었다. 얼굴 표정은 조용히 견뎌내는 슬픔—아니, 현재의 분명 한 고통을 드러내고 있었다. 그는 요 근래 의도적으로 보여준 차가운 태 도 외에 그녀에게 인사할 뜻은 없었다. 하지만 그녀가 최근 자신의 냉정 한 태도 때문인지 주저하면서 좀 옆으로 비켜나 서 있었기 때문에 그는 그녀 쪽으로 다가가야 했다. 그가 아주 다정한 어조로 몇 마디 조의의 말 을 건네자 그녀는 금세 눈물을 글썽이더니 감정을 숨기려고 몸을 돌렸다. 그녀는 자수를 집어 든 뒤 아무 말 없이 조용히 앉았다. 손턴 씨의 심장이 쿵쾅거리며 뛰기 시작했고, 그 순간 그는 아웃우드 역에서 있었던 일은 까맣게 잊고 있었다. 그는 헤일 씨에게 말을 걸려고 했다. 마거릿이 보았 다시피 그의 힘과 결단력은 헤일 씨에게는 든든한 피난처였고, 또 그는 그녀의 아버지에게 유별나게 다정다감했기 때문에 그가 옆에 있어주는 것 만도 헤일 씨에게는 일종의 즐거움이었다.

잠시 후 딕슨이 문간에 와서 이렇게 고했다. "헤일 양, 누가 찾아왔 어요."

딕슨이 너무 허둥댔기 때문에 마거릿은 내심 아찔했다. 오빠에게 무슨 일이 생겼어. 그녀는 그걸 확신했다. 아버지는 손턴 씨와 함께 한참 이야기를 주고받는 중이라 다행이었다.

"딕슨, 무슨 일이에요?" 거실 문을 닫자마자 마거릿이 물었다.

"아씨, 이쪽으로." 이렇게 말하며 딕슨이 헤일 부인의 침실이었던, 아내가 죽은 뒤 다시는 거기서 잠자고 싶지 않다는 아버지의 뜻에 따라 이제는 마거릿이 쓰고 있는 침실의 문을 열었다. "아무 일 아녜요." 딕슨이 말이 목에 걸린 듯 말했다. "경위 한 사람이 찾아와서 아씨를 보자는 군요. 하지만 별일 아닐 거예요."

"그 사람이 이름을……?" 마거릿이 거의 들리지 않게 물었다.

"아뇨, 아씨, 그 사람은 아무 이름도 들먹이지 않았어요. 다만 아씨가 여기 사는지, 그리고 아씨와 잠시 이야기를 할 수 있겠는지 물었답니다. 마사가 나가서 문을 열어주고 그 사람을 안으로 들여 주인님 서재로 안내했습니다. 제가 가서 무슨 얘긴지 해보라고 그랬더니, 저 말고 아씨를 보자고 하네요."

마거릿은 서재의 문손잡이에 손을 얹을 때까지 다른 말은 하지 않았다. 문간에서 그녀는 뒤를 돌아보며 이렇게 말했다. "아빠가 여기 내려오시지 못하게 해요. 지금 손턴 씨와 함께 계세요."

그녀가 들어섰을 때 경위는 그녀의 도도한 자태에 거의 압도당하고 말았다. 얼굴에는 뭔가 분노 같은 것이 서려 있었지만 매우 절제되어 있었기 때문에 그녀의 태도는 사람을 매우 낮춰보는 듯한 분위기를 풍겼다. 놀라는 기색도 호기심의 기색도 없었다. 그녀는 거기 서서 방문객이 용건을 꺼내기를 기다리고 있었다. 그녀는 아무 말도 묻지 않았다.

"실례지만 맡은 업무가 그런지라 귀 양에게 몇 가지 간단한 질문을 드려야겠습니다. 남자 하나가 금월 26일 목요일 오후 5시와 6시 사이에 아웃우드 역에서 추락한 뒤 병원에서 사망했습니다. 당시에는 이 추락의 영향이 별로 크지 않았던 것 같습니다. 그런데 의사 말이, 망자에게 내과 질환에다 음주벽까지 있었던 까닭에 그 추락이 치명적이 됐다고 합니다."

경위의 얼굴을 똑바로 응시하던 그녀의 커다란 검은 두 눈이 잠깐 커졌다. 그것 말고는 노련한 그의 관찰 망에도 다른 움직임은 전혀 포착되지 않았다. 어쩔 수 없는 근육의 긴장으로 그녀의 입술이 평소보다 약간 부풀어 올랐지만 평소에 그녀의 모습을 접한 적이 없는 그로서는 매끄럽게 뻗은 뚜렷한 입술 선이 못마땅한 듯 저항을 나타내고 있다는 걸 알아차리지는 못했다. 그녀는 결코 흠칫거리거나 떠는 일 없이 그를 똑바로 응시했다. 그런데——그가 쭉 말을 하다가 잠시 멈추자, 그녀는 마치 더 말해보라고 부추기기라도 하겠다는 듯 이렇게 말했다. "그래서요——계속하세요!"

"조사가 이루어져야 할 것 같습니다. 반쯤 취해 있던 이자가 젊은 숙녀에게 무례하게 구는 바람에 누군가 날린 한 방에 맞았거나 떠밀렸거나 혹은 실랑이 끝에 추락했다는 것을 증명해줄 증거 몇 개가 있습니다. 그 숙녀는 고인을 플랫폼 가장자리로 밀었던 남자와 함께 걷고 있었던 것으로 보입니다. 여기까지가 플랫폼에 있던 누군가가 목격했던 내용이지만, 그 사람은 그 한 방으로는 별일이 있을 것 같지 않았기 때문에 그 일에 대해선 더 이상 생각하지 않고 있었습니다. 그 숙녀가 귀 양인지 확인해야 하는 증거 역시 좀 있습니다. 그래서 제가 이렇게……"

"전 거기 없었어요." 마거릿이 마치 몽유병자처럼 멍하니 아무 표정도 드러내지 않은 채 그를 똑바로 바라보며 말했다.

경위는 고개만 까딱했을 뿐 말은 하지 않았다. 그 앞에 서 있는 여인에게서는 아무런 감정의 동요도, 파닥거리는 두려움도 초조감도 면담을 끝내고 싶다는 바람도 보이지 않았다. 그가 면담에서 얻은 정보는 단지 모호하기만 했다. 기차 도착 시간에 맞춰 대기해 있으려고 서둘러 나가던 짐꾼 하나는 플랫폼의 다른 쪽 끝에서 숙녀를 대동한 신사와 레너즈 사이에 실랑이를 벌이는 걸 보았지만 소리는 전혀 듣지 못했다. 게다가 그는 출발한 기차가 전속력으로 내달리기 전, 거나하게 취한 레너즈가 씩씩대면서, 입으로는 욕을 내뱉으며 앞뒤 없이 돌진하는 통에 그와 부딪쳐 나가떨어질 뻔했다. 그는 그 일에 대해 더 생각해보지 않았는데, 그의 증언은 철로 주변에서 추가 조사를 벌이던 중 역장으로부터 몇 가지 사실을 듣게 된 경위의 추적에 따라 밝혀지게 됐다. 역장은 사건이 일어났던 그 시각을 전후해서 그 장소에 젊은 숙녀와 신사가 있었으며, 그 숙녀는 눈에 띄게 아름다웠는데, 같이 있던 식료품 가게 종업원의 말을 들어보니 그의 가게에서 식료품을 구입해가는 크램턴에 사는 헤일 양이었다고 했다. 그날 밤 그 자리에 있었다던 남녀가 이 숙녀·신사와 동일 인물일 거라는 확신은 전혀 없었지만 가능성은 충분히 있었다. 레너즈 본인은 분하고 아파서 반쯤 미친 상태로 울분을 삭이려고 근처의 술집으로 가버렸다. 손님 시중에 바빴던 그곳 바텐더들은 술에 취해 지껄이는 그의 말에 귀기울이지 않았다. 그래도 그들은 그가 갑자기 몸을 벌떡 일으키며, 무슨 이유에선지는 모르겠지만 왜 진작 망할 놈의 전보 생각을 못했지 하면서 혼자 욕을 해대던 건 기억했다. 그들은 그가 전보를 치러 나갔다고 생각했다. 가는 도중에 그는 통증과 과음으로 쓰러졌고 곧장 길 위에 뻗어버렸는데, 그런 그를 경찰이 발견하고 병원으로 옮겼다. 병원에서 그는 자기가 떨어지게 된 이유를 설명할 만큼의 의식은 결코 회복하지 못했지만, 자신이 죽게 된 경위에 대해 녹취하게 하려고 가까운 치안판사를 불러달라고 경찰에 요청할 정도의 의식은 잠시 돌아왔었다. 하지만 치안판사가 도착하자 그는 자기가 바다에 나가 있었다는 둥 횡설수설하면서 역에서 동료 짐꾼들에게 했듯이 선장의 이름과 소위들의 이름을 알아듣지 못하게 마구 늘어놓았다. 그는 마지막으로 그 망할 놈의 '콘월 기술'*에 대해 저주를 퍼부었는데, 다리걸기에 넘어갔기 때문에 자기가 백 파운드를 벌지 못했다는 것이었다. 경위는 이 모든 것, 마거릿이 역에 있었다는 것을 증명하기에는 모호한 증언들과 마거릿이 이러한 추정들에 주눅 들지 않고 침착하게 부인하는 모습을 머릿속으로 생각하고 있었다. 그녀는 더없이 태연한 얼굴 표정으로 그의 다음 말을 기다리며 서 있었다.

"그렇다면 귀 양이 주먹을 날려, 아니 밀어서 이 불쌍한 자를 죽음에 이르게 한 그 신사분과 동행했던 숙녀가 아니라는 거지요?"

날카로운 고통이 마거릿의 머릿속을 쏜살같이 관통했다. '아, 주여! 제발 오빠가 안전한지만 알 수 있다면 더 바랄 게 없겠습니다!' 인간의 얼굴을 깊이 관찰하는 사람이라면 흡사 궁지에 몰린 한 생물체가 당하는 고통처럼 순간적인 고뇌가 그녀의 커다란 회색빛 눈동자에서 뿜어져 나오는 것을 보았을지도 모른다. 하지만 경위는 예리하긴 하나 그다지 깊이 있는 관찰자는 아니었다. 그럼에도 불구하고 그는 그녀의 대답에 좀 놀랐다. 그녀는 자기가 방금 던진 질문에 맞게 대답을 바꾸거나 고치지 않고 처음 했던 말을 마치 기계처럼 반복했던 것이다.

"전 거기 없었어요." 그녀가 위엄 있게 천천히 말했다. 이 말을 하는 동안 내내 그녀는 눈도 깜박이지 않았고, 꿈인 듯 멍한 시선을 거두지도 않았다. 그녀가 무덤덤한 태도로 앞서의 부인을 되풀이하자 그는 순간적으로 의심이 일었다. 마치 그녀는 유일한 한 가지 거짓말을 자신에게 강

---

* 영국 남서부 지역인 콘월에서 발달한 레슬링 기술. 여기서 다리 기술은 승부의 관건이다.

요하고 있는 듯했고, 다른 대답을 할 힘이 하나도 남아 있지 않을 정도로 망연자실해 있는 것 같았다.

그는 일부러 메모를 적은 수첩을 꺼냈다. 그러더니 그 수첩을 쳐다보았다. 그녀는 고대 이집트 석상처럼 한 치의 흔들림도 없었다.

"이런 말씀을 드린다고 절 무례하다고 생각지 말아주십시오. 어쩌면 제가 다시 방문할지도 모르겠습니다. 만약 저의 증인들(그녀를 봤다는 사람은 한 명밖에 없었다)이 이 불행한 사건 당시 귀 양이 현장에 있었다는 사실을 계속적으로 증언한다면, 그에 대한 조사와 알리바이 증명을 위해 귀 양을 소환해야 할 수도 있습니다." 그는 그녀를 날카롭게 쳐다보았다. 그녀는 여전히 침착했다. 도도한 그 얼굴에서는 안색의 변화를 찾을 수 없었다. 즉 죄의식 때문에 안색이 더 어두워지는 일은 없었다. 그는 그녀가 움찔했다고 생각했다. 그는 마거릿 헤일을 몰랐다. 그는 그녀의 당당한 표정에 약간 부끄러워졌다. 사람을 잘못 본 게 분명했다. 그는 계속해서 말을 이었다.

"제가 그런 종류의 일을 수행해야 할 가능성은 아주 낮습니다, 아가씨. 비록 무례해 보이더라도 단지 맡은 일을 하는 것뿐이니 부디 절 용서해주시길 바랍니다."

마거릿은 그가 문을 향해 걸어가자 고개를 숙였다. 그녀의 입술은 바짝 말라 있었다. 그냥 잘 가라는 평범한 인사조차 꺼낼 수가 없었다. 하지만 돌연 그녀는 앞으로 가서 서재 문을 열더니, 현관문까지 앞장서서 걸어간 다음 그를 위해 그 문을 활짝 열어주었다. 그녀는 그가 집을 완전히 나갈 때까지 예의 무덤덤한 그 눈빛을 그에게서 거두지 않았다. 그녀는 문을 닫은 뒤 서재를 향해 반쯤 가다가, 어떤 격정적인 충동에 이끌린 듯 되돌아와서는 안에서 문을 걸어 잠갔다.

그다음 그녀는 서재 안으로 들어가 잠시 서 있었다. 그러고는 비틀거리며 앞으로 갔다가 다시 멈췄다. 그녀는 선 자리에서 잠시 휘청거리더니 정신을 잃고 죽은 사람처럼 바닥 위에 뻗어버렸다.

35장
속죄

이처럼 정교하게 자아낸 게 있을까
하지만 만천하에 드러날 날 오리라

손턴 씨는 계속 앉아 있었다. 그는 자신이 같이 있어주는 것이 헤일 씨를 기쁘게 한다는 느낌을 받았다. 게다가 보기에도 애처로운 친구가 잘 들리지도 않는 목소리로 이따금씩 "아직 가지 말게"라며 좀더 있어달라고 간청할 때는 가슴이 뭉클했다. 그는 마거릿이 돌아오지 않고 있는 게 의아했지만, 그녀를 보겠다는 작정으로 더 그러고 있었던 건 아니다. 이 세상이 무의미하다는 것을 뼛속까지 통감하고 있는 누군가와 함께 있는 동안 그는 이성을 따랐고 스스로를 통제했다. 그는

죽음, 깊은 소강 상태
그리고 흐릿해진 두뇌에 대한

그녀 아버지의 모든 말에 깊이 끌리고 있었다.

별난 일이지만 손턴 씨가 옆에 있어준 것이 어떤 힘을 발휘했는지, 헤일 씨는 마거릿에게마저 숨겨두었던 비밀스러운 생각들을 풀어놓았다. 자신의 이런 생각을 털어놓으면 딸이 아주 예민하게 굴 텐데 그럴 땐 어떻게 해야 할지 두려웠거나, 아니면 헤일 씨가 추측하건대, 확실한 해답

을 요구하는 자신의 온갖 회의가 그런 시기에 모습을 드러냈고, 그린 회의에 대한 표현을 딸이 겁내리라는 것을, 아니 그런 회의를 품을 수 있었던 자신을 겁내리라는 것을 알고 있었기 때문에 마거릿에게는 말할 수 없었을 것이다. 이유야 어떻든 그는 지금까지 머릿속에 꽁꽁 얼어붙어 있던 생각, 상상, 공포를 딸보다는 손턴 씨에게 좀더 수월하게 털어놓을 수 있었다. 손턴 씨는 거의 말을 하지 않았지만 그의 말 한마디 한마디는 헤일 씨의 믿음과 존경에 보태졌다. 헤일 씨가 어떤 기억이 떠올라 고통스럽게 말을 중단하면, 손턴 씨가 두서너 마디 말로 그가 하려던 문장을 마무리하며 그 문장이 얼마나 깊은 의미를 담고 있는지를 드러내주었다. 만약 그것이 의심 — 두려움이라면, 안식을 구하지만 눈물로 얼룩진 눈 때문에 아무것도 찾지 못한 채 방황하는 불확실함이라면, 손턴 씨는 충격을 받기는커녕 본인도 바로 그런 생각의 단계를 거쳤던 것 같았고, 그렇기 때문에 어두운 곳을 분명하게 비쳐줄 빛이 정확히 어디에 있을지 제시해줄 수가 있었다. 사실 그가 전쟁터 같은 세상살이에 바삐 움직이는 행동가라고는 하지만, 그의 마음속에는 강력한 자기중심적 사고에도 불구하고 온갖 실수를 통해 그를 신과 연결시키는, 헤일 씨가 이전에 상상했던 것보다 더 깊은 종교가 있었다. 그들은 아까처럼 믿음이니 의문이니 하는 문제는 다시 거론하지 않았다. 하지만 이 한 번의 대화가 두 사람을 서로에게 특별한 존재로 만들어주었고 서로를 묶어주었는데, 어떤 면에서 본다면 이런 건 종교에 관해서 아무리 툭 까놓고 얘기한다고 하더라도 달성하기 힘든 것이었다. 누구 할 것 없이 모두 입장이 허용되는데 어찌 성역이 있을 수 있겠는가?

그동안 내내 마거릿은 백지장 같은 얼굴을 한 채 죽은 사람처럼 꼼짝 않고 서재 바닥에 누워 있었다. 그녀는 자신의 짐에 무너졌었다. 그 짐은 무거웠고 오랫동안 엎혀 있었다. 그녀는 순종했고 참아냈지만 급기야 일순간 그녀의 믿음이 무너졌고 그녀는 헛되이 도움을 찾았다. 그녀의 아름다운 눈썹 위로 애처로운 고통의 찡그림이 나타났지만 의식이 있다는 기미는 전혀 찾을 수 없었다. 조금 전 도전적으로 내밀어져 있던 입은 힘이 풀려 있었고 색은 푸르게했다.

그녀, 표정으로
사랑 담뿍 담은 상냥한 마음씨가
영혼에 대고 이야기하네. 아!*

정신이 돌아온 걸 처음 알 수 있었던 것은 그녀의 입술 주위에 일어났던 떨림이었다. 소리는 나오지 않았지만 말을 하려는 듯 그녀의 입술이 약간 달싹거렸다. 하지만 눈은 여전히 감겨 있었다. 그런데 그 떨림이 금세 잠잠해졌다. 그다음 잠시 힘없이 팔로 의지하며 몸을 지탱하더니 마거릿은 온 힘을 끌어모아 일어섰다. 머리에 꽂고 있던 핀은 빠지고 없었다. 허약한 모습의 흔적을 지워내고 다시 몸을 추슬러보려는 본능적인 바람에서 그녀는 정신을 차리려고 했지만 그러는 와중에도 간간이 힘을 회복하기 위해 앉아야만 했다. 고개는 앞으로 숙인 채 양손을 얌전히 포개고서, 그녀는 자신을 그토록 지독한 공포 속에 몰아넣었던 전후 사정을 기억하

---

* 알리기에리 단테(Alighieri Dante, 1265~1321), 『신생(新生) *La Vita Nuova*』, 소네트 26. 원문은 다음과 같다.

E par che de la sua labbia si mova
Uno spirto soave e pien d'amore,
Chi va dicendo a l'anima: sospira!

려고 애쓰면서, 왜 거짓말을 할 수밖에 없었는지에 대해 기억해보려고 했지만 생각이 나지 않았다. 그녀는 딱 두 가지는 알고 있었다. 프레더릭이 과실치사의 피의자일뿐 아니라 용서받기가 더 어려운 폭동의 주동자로, 런던에서 쫓기고 수색당할 위험에 처해 있었다는 것과 자신이 그를 구하기 위해 거짓말을 했다는 것이다. 한 가지 위로가 되는 점이라면 시간을 약간 벌어줌으로써 그녀의 거짓말이 그를 구했다는 것이다. 내일 경위가 다시 찾아오더라도, 오매불망 기다리던 오빠의 편지를 받고 오빠가 안전하다는 걸 확인한 다음이라면 그녀는 부끄러움을 무릅쓰고 쓰라린 속죄의 마음으로 서서——그녀가, 고결한 마거릿이, 필요하다면 법정을 가득 메운 청중들 앞에서 '개 같은 종으로서 이런 큰일을 했다'*는 사실을 인정할 것이다. 하지만 프레더릭의 편지를 받기 전에 경위가 온다면 어떡할 것인가. 반쯤 경고하고 갔다시피 만약 몇 시간 후에 그가 다시 온다면 어떡할 것인가. 그래! 그녀는 또 그 거짓말을 할 것이다. 비록 반성과 자책의 이 끔찍한 순간에도 불구하고, 거짓말임이 탄로 나지 않은 채 그 말들이 어떻게 나오리라는 건 몰랐지만, 예상할 순 없었지만 말이다. 하지만 그 거짓말의 반복으로 시간은, 프레더릭을 위한 시간은 벌 수 있을 것이다.

그녀는 딕슨이 방에 들어오자 몸을 일으켰다. 딕슨은 막 손턴 씨를 배웅해주고 오는 길이었다.

손턴 씨가 거리로 나와 열 걸음 정도 걸었을까, 지나가던 승합마차 한 대가 그의 가까이에서 멈추더니 한 남자가 내렸다. 남자는 그에게로 다가오더니 그가 하듯 모자에 손을 살짝 갖다 댔다. 경위였다.

---

* 「열왕기하」 8장 13절 "당신의 개 같은 종이 무엇이기에 이런 큰일을 행하오리까……"에 나오는 말.

손턴 씨는 경찰서에 그의 첫 일자리를 얻어주었고, 가끔씩 자기가 밀어주었던 이 사람에 대한 소식을 듣긴 했지만 자주 보지는 못했다. 그래서 처음에 손턴 씨는 그를 기억하지 못했다.

"왓슨입니다. 조지 왓슨. 손턴 씨께서 제게……"

"아, 그래! 기억나는군. 듣자 하니 아주 잘하고 있다더군."

"아, 네 선생님. 감사합니다. 하지만 감히 지금 선생님께 여쭙고자 하는 건 사소한 업무에 관한 일입니다. 선생님이 지난밤 병원에서 사망한 불쌍한 한 남자의 진술 기록을 담당하셨던 치안판사라고 알고 있습니다."

"그렇다네." 손턴 씨가 대답했다. "가보았지만, 횡설수설하는 말만 들었지. 사무관 말로는 별 도움이 안 되는 증언이라더군. 내 눈엔 그저 술 취한 사람으로 보였지만, 그래도 폭력으로 인해 사망까지 이르게 된 건 분명했네. 아마 내 모친을 시중드는 하녀와 약혼한 사이지. 그 하녀는 오늘 아주 괴로워하고 있다네. 그 남자에 관해 뭐가 나왔나?"

"아, 그자의 죽음이 방금 손턴 씨가 나오셨던 그 집의 누군가와 묘하게 얽혀 있습니다. 헤일 씨 집에서 나오신 거 맞으시죠?"

"그렇다네!" 손턴 씨가 급히 돌아보더니 갑자기 흥미를 띤 표정으로 경위의 얼굴을 바라보며 말했다. "어떻게 얽혔다는 말인가?"

"저, 그날 밤 아웃우드 역에서 헤일 양과 함께 걷던 한 신사에게 죄의 책임을 물을 수 있을 것으로 보이는 확실한 증거가 몇 가지 있습니다. 레너즈를 치거나 플랫폼에서 밀어서 죽게 만든 사람으로서의 책임 말이지요. 그런데 그 젊은 숙녀께서는 그 시각 그 장소에 있었다는 사실을 부인하고 있습니다."

"헤일 양이 자기는 그곳에 없었다고 한단 말이지!" 손턴 씨가 어조를 바꾸어 이렇게 말했다. "말해보게. 어느 날 저녁이었는가? 시각은 몇 시였나?"

"26일 목요일 저녁 6시경이었습니다."

그들은 잠시 말을 하지 않은 채 나란히 계속 걸어갔다. 경위가 먼저 입을 열었다.

"아시겠지만 검시관의 사인 규명이 있을 겁니다. 확실하게 봤다는 청년의 증언도 있습니다. 적어도 처음에는 그랬는데, 자기가 봤다는 숙녀가 사실을 부인했다는 말을 듣더니 증인 선서는 하지 않겠답니다. 그런데 역에서 헤일 양이 신사 옆에서 걸어가는 걸 봤다는 데 대해선 여전히 확신하는 것 같습니다. 그게 짐꾼 하나가 몸싸움을 봤다고 하는 시각에서 불과 5분 전에 일어난 일입니다. 그 몸싸움은 레너즈의 무례한 언동이 빌미가 된 것이긴 하지만, 그 때문에 레너즈가 떨어졌고 결국 사망에까지 이르게 됐지요. 선생님께서 그 집에서 나오시는 걸 보자마자 저는 실례를 무릅쓰고 혹시나 하고 좀 여쭤봐야겠다고 생각했지요. 아시다시피 사람을 확인해야 하는 일은 언제나 난처한 일인 데다 일반적으로 지체 있는 규수의 말이라면 반박할 강력한 증거가 있지 않는 한 의심하고 싶지 않은 법이거든요."

"그런데 헤일 양은 그날 저녁 역에 있었다는 사실을 부인했다는 말이지!" 손턴 씨가 생각을 곱씹으며 낮은 어조로 경위의 말을 반복했다.

"그렇습니다. 두 번이나 분명하게 아니라고 하더군요. 전 헤일 양에게 다시 들르겠다고 말해놓았습니다. 그런데 그 숙녀가 헤일 양이었다고 증언한 청년을 막 심문하고 돌아오는 길이었는데 선생님과 마주친 겁니다. 그래서 조언을 좀 구해볼 생각에서 이렇게 말씀드리고 있는 거지요. 선생님은 레너즈의 마지막을 지켜보셨던 치안판사이자, 경찰서에 제 일자리를 잡아주신 분이지 않습니까."

"잘 생각했네." 손턴 씨가 말했다. "다시 볼 때까지 아무런 조처도 취하지 말게."

"제가 말해놓은 게 있어서, 숙녀께서는 제가 다시 방문하길 기다릴 겁니다."

"한 시간만 늦추게. 지금이 3시니까 4시에 우리 물품창고에서 보도록 하지."

"잘 알겠습니다!"

그러고는 그들은 헤어졌다. 손턴 씨는 서둘러 창고로 갔고, 직원들에게 아무도 방해하지 말라고 엄하게 지시를 내린 뒤 자기 방으로 들어가 문을 걸어 잠갔다. 그런 다음 그는 온통 그 사건을 떠올리며, 사태의 내막을 알아가는 지독한 고통에 심신을 내맡겼다. 자신이 어떻게 불과 두 시간 전 눈물 어린 그녀의 모습에 스스로를 진정시키며 의심 없는 평정에 들 수가 있었으며, 급기야 무력하게 그녀를 측은히 여기며 그녀 옆에 있기를 갈망하고, 그녀가 그런 야심한 시각에 정체 모를 남자와 그런 장소에 함께 있는 장면을 보고 일어났던 광포하고 고통스러운 질투심을 잊어버릴 수가 있었던 건지! 그렇게나 순결한 사람이 어떻게 자신의 음전하고 고매한 태도를 저버릴 수가 있었던 건지! 하지만 음전했나? 음전했던가? 그는 아주 잠깐 동안이지만 어쩔 수 없이 드는 이런 생각 때문에, 그러면서도 이런 생각을 하는 와중에도 그녀의 모습에 대한 이전의 강렬했던 끌림과 함께 자신을 황홀케 만드는 그 생각이 떠올라 스스로에게 혐오감을 느꼈다. 그렇다면 이 거짓말은 ──좋지 못한 행실이 드러날 것에 대한 두려움이 한없이 끔찍했던 게 분명해. 왜냐하면 어쨌든 레너즈 같은 남정네가 술에 취해 흥분한 상태에서 도발한 것이니, 누구든지 나서서 당시의 상황을 숨김없이 밝힌다면 십중팔구 정당화되고도 남는 상황일 수 있기 때문이야. 얼마나 섬뜩하고 지독한 공포였으면 정직한 마거릿이 신념을 굽히고 거짓말을 하게 된 걸까! 그는 그녀가 가엾기까지 했다. 그 거짓말의 끝은 어떻게 될까? 그녀는 자신이 개입되어 있는 사건의 모든 면을 고려해보지 못했을 수도 있다. 만약 사인 조사 절차가 진행되고, 그 젊은이가 목격자로 나선다면 어떻게 될 것인가. 그는 갑자기 몸을 움직였다. 조사가 이루어져서는 안 됐다. 그는 마거릿을 구할 것이다. 그는 책임지고 조사를 막을 것이다. 조사 문제는 (그날 밤 입회했던 의사에게서 어렴풋이 들었던) 의학적 증언의 불확실한 정황으로 미루어볼 때 확실치 않을 수도 있었다. 의사들은 내부 질환이 상당히 진행된 상태였으며 그것이 분명 치명적이었음을 발견했다. 그들은 그의 죽음이 추락 혹은 추락에 뒤이은 음주와 추위 때문에 가속화됐을 수 있다고 진술했다. 만약 마거릿이 이 사건에 연루된 걸 그가 알기만 했어도, 만약 그녀가 거짓말로 목격자의 진술을 뒤집을 거라는 걸 내다보기만 했어도 그는 말로 그녀를 구했을 수도 있었다. 조사가 진행될지 말지가 전날 밤까지만 해도 결정되지 않고 있었던 것이다. 그에게 무심했고 그를 업신여겼던 헤일 양은 다른 사람을 사랑하고 있는지도 모른다. 하지만 그는 그녀가 결코 알 리 없는 충직한 조처를 통해 여전히 그녀를 도우려고 했다. 그는 그녀를 경멸할는지 몰라도 자기가 한때 사랑했던 그 여인은 수치로부터 보호되어야 했다. 그녀가 공개 법정에서 거짓을 맹세하거나, 아니면 법정에 서서 진실보다 거짓을 택했던 사실을 인정한다면 얼마나 수치스러울 것인가.

영문을 모른 채 어리둥절해 있는 직원들 속을 헤치고 나갈 때 손턴 씨의 얼굴은 무척이나 어둡고 경직되어 있었다. 그는 30분 정도 나가 있었고 다시 돌아왔을 때도 경직된 표정은 그다지 나아 보이진 않았지만, 그래도 보고 왔던 용무는 성공적이었다.

그는 백지 위에 글을 두 줄 적더니 그걸 봉투에 넣은 다음 봉했다. 그는 직원 한 사람을 불러 그 봉투를 주면서 이렇게 말했다.

"4시에 왓슨과 만나기로 되어 있네. 왓슨은 우리 창고에서 포장을 담당하다가 경찰에 일자리를 얻어간 사람이야. 방금 리버풀에서 온 신사를 한 사람 만났는데, 밀턴을 떠나기 전에 날 봤으면 하는군. 왓슨이 오거든 이 쪽지를 전해주게."

쪽지의 내용은 이러했다.

'조사는 없을 것임. 의학적 증거가 조사를 정당화하기에 충분치 않음. 더 진행하지 말 것. 검시관은 만나지 못했지만, 내가 책임질 것임.'

'음,' 왓슨은 생각했다. '입장 곤란한 일은 하지 않아도 되겠군. 그 젊은 숙녀 말고는 증인 중 확실해 보이는 이는 아무도 없었는데 말이야. 그녀는 아주 분명하고 확실했어. 짐꾼은 철로에서 몸싸움하는 걸 봤다고 그랬어. 아니야, 자기를 목격자로 불러야 할 것 같다고 하니까 몸싸움이 아니었을 수도 있다고 그랬지. 단지 장난이었을지도 모른다고, 레너즈 자신이 플랫폼에서 뛰어내렸을 수 있다고 말이지. 그 짐꾼은 그 어떤 것도 확실하게 고수하지 않을 거야. 근데 식료품점에서 일하는 제닝스는 어떤가. 그자는 그다지 나쁘진 않지만, 헤일 양이 딱 부러지게 아니라고 했다는 말을 전해 들은 뒤에도 그자가 증인 선서를 하게 될 것인가에 대해선 자신이 없어. 괜히 골칫거리만 되고 아무 소득도 없는 일이었을 거야. 자, 그 사람들에게 가서 조사는 없을 거라는 말을 해줘야겠군.'

그리하여 그는 그날 오후 헤일 씨의 집에 다시 출두했다. 마거릿의 아버지와 딕슨은 기꺼이 마거릿을 설득해서 침실로 보내고 싶었을 테지만, 두 사람 다 그녀가 자러 가지 않겠다고 나직하게 계속 버티는 이유를 전혀 알지 못했다. 딕슨은 진상의 일부는 알았지만, 단지 일부만이었다. 마거릿은 자기가 무슨 말을 했는지 그 누구에게도 말할 생각이 없었고,

레너즈가 플랫폼에서 떨어져 죽은 것에 대해서도 함구했던 것이다. 그리하여 딕슨은 호기심을 누르고 충성심을 발휘해 마거릿에게 자러 가라고 종용했는데, 소파에 누워 있는 모습에서 그녀에게 필요한 게 오로지 휴식임은 누가 봐도 알 수 있었다. 그녀는 누가 말을 시키지 않으면 조용히 있었다. 그녀는 아버지의 불안한 표정과 민감한 질문에 애써 미소를 지어 보이려고 했다. 하지만 미소 대신 파리한 입술에서는 한숨이 나왔다. 아버지가 처참할 정도로 너무 불안해 보였기 때문에, 그녀는 마침내 방으로 가서 잠자리에 드는 게 어떻겠냐는 아버지의 말을 듣기로 했다. 시간이 이미 9시를 넘었기 때문에 그녀는 사실 경위가 그날 밤 다시 자기를 찾아올 거라는 생각을 단념하는 쪽으로 마음이 기울고 있었다.

그녀는 아버지 뒤에서 의자를 잡고 서 있었다.

"곧 주무시러 가실 거죠, 아빠? 혼자 밤새우시면 안 돼요!"

아버지가 뭐라고 했는지 그녀는 듣지 못했다. 아버지의 대답은 순간적으로 들릴락 말락 하는 소리에 묻히고 말았는데, 그녀의 귀에 그 소리는 공포심을 일으킬 정도로 컸고 그녀는 그 소리에만 온통 신경이 쏠려 있었다. 문간에서 초인종 소리가 나지막하게 났던 것이다.

그녀는 아버지에게 키스한 후 쏜살같이 계단을 타고 아래층으로 내려갔다. 조금 전 그녀의 모습을 본 사람이라면 그녀에게서 그런 힘이 나오리라고는 아무도 생각지 못했을 것이다. 그녀는 딕슨을 비키게 했다.

"나가지 말아요. 내가 열게요. 그 사람이에요. 나 혼자 할 수⋯⋯, 나 혼자 처리해야 해요."

"좋을 대로 하세요!" 딕슨이 심통 사납게 대꾸하더니 말 떨어지기 무섭게 이런 말을 덧붙였다. "하지만 그런 얼굴을 하고 문 열러 갈 수나 있을지 모르겠어요. 흡사 송장 같은 걸요."

"내가요?" 마거릿이 이렇게 말하며 돌아보았는데, 두 눈은 기이한 열정으로 이글거렸고 두 뺨은 발갰지만, 입술은 바싹 마른 채 여전히 푸르께했다.

그녀는 경위에게 문을 열어준 뒤 서재까지 앞장서서 걸었다. 그녀는 테이블 위에 촛불을 놓더니 그걸 조심스럽게 끈 다음 몸을 돌려 그와 얼굴을 마주했다.

"늦으셨군요!" 그녀가 말했다. "용건은?" 그녀는 숨을 죽이고 대답을 기다렸다.

"제가 필요 이상으로 귀찮게 했다면 사과드립니다. 결국 조사를 벌이려는 모든 계획이 중단됐습니다. 전 다른 일도 있었고 만나야 할 사람들도 좀 있어서…… 더 일찍 찾아뵀어야 했는데 그러질 못해 미안합니다."

"그럼 모두 끝났군요." 마거릿이 말했다. "더 이상 추가 조사는 없는 거군요."

"손턴 씨가 저한테 보낸 메모가 어디 있을 겁니다." 경위가 지갑을 더듬으며 말했다.

"손턴 씨가요!" 마거릿이 말했다.

"그렇습니다. 손턴 씨는 치안판사입니다. 아! 여기 있군요." 그녀는 그걸 보고 읽을 수가 없었다. 비록 촛불이 가까이에 있었지만 그러지 못했다. 글자가 그녀의 눈앞에서 기어 다녔다. 하지만 그녀는 쪽지를 손에 들더니 마치 집중해서 살피듯 그걸 쳐다보았다.

"정말이지 아주 큰 짐을 벗게 됐습니다. 증거가 너무 불확실했거든요. 그자가 한 방이라도 맞았다는 증거 말입니다. 게다가 관련 인물의 확인 문제까지 닥친다면, 그렇게 되면 사건이 너무 복잡해진다고, 제가 손턴 씨에게 말씀을 드리니까……"

"손턴 씨라고요!" 마거릿이 다시 한 번 더 말했다.

"오늘 아침 손턴 씨를 만났습니다. 이 댁에서 막 나오는 길이더군요. 손턴 씨는 저와 오랫동안 친분이 있는 분이기도 하고, 간밤에 레너즈를 대면했던 치안판사이기도 해서, 용기를 내어 제가 처해 있는 어려움을 말씀드렸습니다."

마거릿은 한숨을 길게 내쉬었다. 그녀는 더 이상 듣고 싶지 않았다. 그녀는 자신이 이미 들은 내용은 물론 앞으로 듣게 될 내용이 두려웠다. 그녀는 경위가 어서 돌아갔으면 했다. 그녀는 어쩔 수 없이 이렇게 말했다.

"찾아주셔서 감사합니다. 시간이 많이 늦었군요. 아마 10시가 넘은 것 같아요. 아! 쪽지 여기 있어요!" 그녀는 불현듯 쪽지를 받으려고 내밀고 있는 손의 의미를 이해하고는 뒷말을 덧붙였다. 그가 손을 내밀고 있을 때 그녀는 말했다. "글이 촘촘한 데다 좀 번쩍이는 것 같아서 읽지 못했는데, 좀 읽어주시겠어요?"

그가 소리 내어 쪽지를 읽었다.

"감사합니다. 손턴 씨에게 제가 거기 없었다는 말을 하셨나요?"

"아, 물론입니다. 제가 사람들에게서 들은 말만 믿고, 그것도 허점투성이로 보이는 그런 말에 따라 행동해서 죄송합니다. 처음에 그 젊은이는 아주 자신만만했습니다. 근데 지금은 자기가 쭉 긴가민가했다며, 부디 자신의 착오로 귀 양이 가게에 발길을 끊는 일이 없었으면 한다는군요."

"안녕히 돌아가세요." 그녀는 그를 문간까지 안내하도록 종을 울려 딕슨을 불렀다. 딕슨이 복도에 나타나자 마거릿은 그녀를 재빨리 스치며 지나갔다.

"다 잘됐어요!" 그녀는 딕슨을 쳐다보지도 않은 채 이렇게 말했다. 그리고는 딕슨이 추가로 뭘 더 물어볼 여유도 주지 않고 쌩하니 위층으로 올라가더니 침실로 들어가 문을 잠갔다.

　그녀는 드레스 차림 그대로 침대에 몸을 던졌다. 생각을 해보기에는 너무 진이 빠져 있었다. 30여 분이 지났을까, 피곤에 지친 데다 한껏 웅크린 자세로 있었고 거기다 추위까지 가세하니 죽어 있던 그녀의 감각 기능이 되살아났다. 그러자 그녀는 기억을 되살리고 조합하면서 의문을 갖기 시작했다. 맨 먼저 떠오른 생각은 프레더릭에 대한 어쩔어쩔한 불안이 모두 끝났다는 것이다. 숨 막히는 중압감은 지나갔다. 다음 그녀는 손턴 씨와 관련하여 경위가 했던 한마디 한마디를 모두 기억해보고자 했다. 경위가 손턴 씨를 언제 봤지? 손턴 씨가 뭐라고 말했지? 그가 뭘 했다고? 쪽지엔 정확하게 무슨 말이 씌어 있었지? 그녀는 관사를 붙였다 뗐다 하면서 그가 쪽지에 썼던 정확한 표현을 기억해낼 때까지 다른 생각은 아예 하지 않았다. 하지만 그녀가 도달한 그다음 확신은 그런 대로 분명했다. 손턴 씨는 그 숙명적인 목요일 밤 아웃우드 역 근처에서 그녀를 보았고, 그녀가 그곳에 없었다고 한 말을 들었다는 것이다. 그녀는 그의 눈앞에서 거짓말쟁이가 되어 있었다. 거짓말쟁이가 된 것이다. 하지만 그녀는 신 앞에 참회할 생각은 눈곱만큼도 없었다. 오로지 혼돈과 암흑만이 손턴 씨의 눈앞에서 그녀의 명예가 실추됐다는 충격적인 사실을 감싸고 있었다. 그녀는 거짓말을 했던 행위에 대해서 어떤 변명을 해야 할지는 생각하고 싶지 않았다. 이건 손턴 씨와는 아무 상관 없는 일이었다. 그녀는 손턴 씨뿐 아니라 그 누구든 자신이 오빠와 동행했던 아주 자연스러운 일에서 의혹의 빌미를 잡을 수 있다는 생각은 한 번도 해보지 않았다. 하지만 그가 그릇되고도 나쁜 행위를 알게 됐기 때문에, 그에게는 그녀를 판단할 권리가 있었다. "아, 프레더릭! 프레더릭!" 그녀가 외쳤다. "오빠를 위해 어떻게 이보다 더 희생할 수 있을까요!" 잠이 들어서까지도 그녀의 생각은 터무니없이 과장되고 기이한, 고통스러운 상황만 세속적으로 나타나는 똑같은 고리를 맴돌았다.

잠에서 깨자, 눈부신 아침 햇살과 함께 마거릿의 머릿속에는 새로운 생각이 떠올랐다. 손턴 씨는 검시관에게 가기 전에 그녀의 거짓말을 알았던 것이다. 그 말은 그녀가 또다시 거짓말을 해야 하는 상황에 처하는 걸 막을 셈으로 그런 행동을 취하게 된 것일 수도 있었다. 그러나 그녀는 못된 아이처럼 일부러 이 생각을 한쪽으로 밀어놓았다. 만약 그랬다면 그녀는 그가 전혀 고맙게 느껴지지 않았다. 왜냐하면 이는 그가 보기 좋게 무너진 자신의 정직성이 또 한 번 시험에 들지 않도록 하기 위한 비상한 노력을 기울이기 전, 이미 수치스러워질 대로 수치스러워진 자신의 처지를 목격했다는 것만 분명히 보여줄 뿐이었기 때문이다. 그녀는 모든 걸 감수했을 것이다. 프레더릭을 구하기 위해 위증이라도 했을 것이다. 그렇게 하는 편이 전후 사정을 알고 난 손턴 씨가 그녀를 구하려고 개입하게 된 것보다 나았을 테니까. 어떤 얄궂은 운명이기에 그가 경위와 맞닥뜨리게 됐을까? 어째서 레너즈의 변호를 듣기 위해 불렸던 치안판사가 그였을까? 레너즈는 뭐라고 말했을까? 레너즈의 말을 손턴 씨는 얼마나 이해했을까? 손턴 씨는 어쩌면 이미 쌍방을 다 아는 벨 씨를 통해 프레더릭에 대한 기존의 혐의 사실을 알고 있는지도 몰랐다. 만약 그렇다면 그는 어머니의 임종을 보기 위해 법을 무시하고 왔던 그 아들을 구하려고 온 힘을 쏟았다는 말이다. 이런 생각으로 그녀는 고마운 마음을 느낄 수도 있었다. 하지만 만약 그의 개입이 경멸에서 촉발된 것이라고 생각하면, 아니었다. 세상에! 그녀에게 경멸감을 가질 이유가 있을 만한 사람이 손턴 씨 말고 또 누가 있겠는가? 그녀는 그 누구보다도 그를, 지금까지 말도 안 되는 이유로 저 높은 곳에서 낮추어보지 않았던가! 그녀는 갑자기 자신이 그의 발밑에 엎드린 것 같았고 자신의 추락이 이상하리만큼 고통스러웠다. 그녀는 자신의 추측에 따라 결론 내리는 것을 그만두고, 그가 자신을 우러러보고 고귀하게 본다는 사실을 스스로가 참으로 높이 평가하고 있다는 걸 시인했다. 기나긴 생각을 거쳐 이런 생각이 들 때마다 그녀는 그 방향을 따라가는 걸 멈추었고, 그런 생각을 믿으려고 하지 않았다.

생각보다 시간이 늦었다. 지난밤 불안한 상태에서 그녀가 시계태엽 감는 걸 잊은 데다 헤일 씨도 그녀의 늦잠을 방해하지 말라는 특별 지시를 내려놓았던 것이다. 조금 있으니 조심스럽게 문이 열리면서 딕슨이 머리를 빼끔 들이밀었다. 마거릿이 깬 걸 보자 그녀는 편지 한 장을 들고 들어왔다.

"기분이 괜찮아질 소식이 있어요, 아씨. 프레더릭 도련님에게서 온 거예요."

"고마워요, 딕슨. 이제야 오다니!"

그녀는 힘없이 말을 하더니, 편지를 받으려고 손을 내미는 대신 그녀 앞에 있는 쟁반 위에 편지를 놓아두라고 했다.

"아침 먹어야죠. 곧 가져올게요. 주인어른이 준비시켜놨을 거예요."

마거릿은 대답하지 않았다. 그녀는 딕슨을 나가게 했다. 그녀는 혼자 있을 때 편지를 뜯어봐야 할 것 같았다. 그녀가 드디어 편지를 펼쳤다. 맨 먼저 그녀는 편지 쓴 날짜가 이틀 전이라는 것에 눈이 갔다. 그렇다면 오빠는 약속했던 날에 편지를 썼던 것이니, 그들은 불안해할 필요가 없었는지도 몰랐다. 하지만 그녀는 편지를 읽고 판단하고 싶었다. 급하게 쓴 편지였지만 충분히 만족스러웠다. 프레더릭은 헨리 레녹스를 만나, 그에게 막강한 세력이 떠받치는 엄청난 혐의가 자기한테 걸려 있는데도 영국으로 돌아오는, 그런 겁 없는 짓을 감행했다고 말했다. 레녹스 씨는 우선 고개부터 질레질레 흔들 정도로 그 사건을 충분히 알고 있었다. 하지만 막상 그 사건에 대한 논의가 시작되자, 그는 믿을 만한 목격자들이 프레더릭의 진술을 증명해줄 수만 있다면 약간의 무죄 방면 가능성도 생길 수 있음을 인정했다. 그럴 경우 재판을 받을 가치가 있지만 그렇지 않다면 크나큰 위험이 될 것이었다. 그는 검토해보겠다면서 모든 수고를 아끼지 않겠다고 했다. '내 생각엔' 프레더릭이 썼다. '귀여운 내 동생의 소개가 성공적이었던 것 같아. 그렇지? 그 사람, 내게 여러 가지를 물어봤어. 넌 안심해도 돼. 사람이 매우 예리하고 똑똑한 데다 직원들 여러 명이서 바쁘게 움직이는 걸 보아 하니 변호사 사업도 잘되는 것 같았어. 하지만 그런 거야 변호사들이 보여주는 책략일 수도 있으니 모르는 일이지. 곧 출발하는 정기선의 표를 하나 구했어. 5분 있으면 난 떠날 거야. 어쩌면 이 일로 다시 영국에 와야 할지도 모르니 내가 오는 건 비밀로 해줘. 아버지께는 영국에서는 구할 수 없는 진귀한 세리 주를 보내드리도록 할게. (지금 내가 앞에 두고 마시는 그런 걸로!) 아버진 그런 게 필요하실 거야. 아버지께 사랑을 전한다. 아버지께 축복이 내리길. 날 태우고 갈 마차가 왔구나. 추신: 그땐 정말 아슬아슬했어! 내가 왔었다는 사실은 입도 벙긋하지 않도록 해. 쇼 이모 집에조차도 안 돼.'

마거릿은 봉투를 보았다. '배달 지연'이라는 문구가 찍혀 있었다. 편지는 아마 어느 웨이터에게 부쳐달라고 맡겨졌을 터인데, 무신경한 웨이터가 편지 부치는 걸 깜박했음이 틀림없었다. 세상에! 지극히 가냘픈 거미줄 같은 운(運)이 우리가 거짓말을 할지 말지를 좌우하다니! 프레더릭은 안전했고, 스무 시간, 아니 서른 시간 전에 영국을 빠져나간 뒤였다. 그녀가 그의 추적에 혼란을 주려고 거짓말을 했던 건 불과 열일곱 시간 전이었다. 그 시간만 해도 추적은 아무 소용이 없었을 것이다. 그녀는 얼마나 못 믿을 사람이 되어 있었던가. '어떤 일이 닥쳐도 도리를 지켜야 한다'고 되뇌던 그녀의 좌우명은 어디로 사라졌단 말인가? 만약 그녀가 자신과 관계된 증언이 사실이라고 용감하게 밝히면서, 말하려고 하지 않았던 내용, 즉 오빠와 관련한 사실을 알아내고자 하는 그들에게 어디 해볼 테면 해보라는 식으로 대응했더라면 지금 그녀의 마음은 무척이나 가벼웠을 것이다! 신앙심을 저버린 대가로 이처럼 신 앞에서 떳떳하지 못한 마음은 가지지 않아도 됐을 테고 손턴 씨의 눈에 경멸스럽고 타락한 존재로 보이지 않아도 됐을 것이다. 그녀는 이런 생각에 이르자 슬프고 몸이 떨렸다. 그녀는 지금 그의 경멸감을 신의 불쾌감과 같은 크기로 느끼고 있었다. 왜 그는 그녀의 상상 속에 이다지도 끈질기게 출몰하는 것일까? 무슨 이유에서일까? 자부심으로 가득 차 있는 것과는 달리, 그녀가 자신도 모르게 그의 생각에 신경을 쓰는 것은 무슨 이유에서일까? 그녀가 신의 노여움을 샀다는 생각을 품었을 수는 있다. 왜냐하면 신은 모두 다 알고 있었고 뉘우치는 그녀의 마음을 읽을 수도 있으며 미래의 도움 요청을 들을 수도 있을 테니까 말이다. 하지만 손턴 씨였다——그녀는 왜 몸을 떨면서 베개에 얼굴을 묻었을까? 얼마나 강렬한 감정이 마침내 그녀를 엄습했던 걸까?

그녀는 침대를 박차고 나와 열렬한 마음으로 기도를 길게 올렸다. 마음을 열고 나니 한층 진정이 되고 편안해졌다. 하지만 자신의 처지를 돌이켜보자마자 통증은 사라진 게 아니라 여전히 그 자리에 있음을 알았다. 그의 경멸적인 시선에 신경을 쓰지 않아도 될 만큼 그녀는 훌륭하지도 않았고 순수하지도 않았다. 손턴 씨가 그녀를 얼마나 경멸하며 낮추어볼 것인가에 대한 생각 앞에 부정행위를 했다는 사실이 가로막고 서 있었다. 그녀는 옷을 차려입은 뒤 곧바로 편지를 들고 아버지 방으로 갔다. 편지에는 기차역에서의 위험에 대한 언급은 무시해도 좋을 정도였기 때문에 헤일 씨는 내용에 별다른 주의를 기울이지 않고 편지를 그녀에게 넘겨주었다. 사실 그는 그 순간 편지에서 프레더릭이 의심을 사지 않고 무사히 배를 탔다는 단순한 사실 말고는 별로 알아낸 게 없었고, 헬쑥해 보이는 마거릿의 안색이 너무 걱정스러웠다. 그녀는 계속 울음을 터뜨릴 것 같은 표정이었다.

"녹초가 됐구나, 마거릿. 그러고도 남지. 하지만 이제 내가 널 좀 돌봐야겠다."

그는 그녀를 소파에 눕힌 뒤 덮어줄 숄을 가지러 갔다. 아버지의 따뜻한 모습에 그녀는 눈물을 보이더니 몹시 흐느꼈다.

"불쌍하기도 하지, 애처로운 것 같으니!" 그가 이렇게 말하며 다정하게 바라보자 그녀는 어깨를 들썩이며 흐느끼더니 벽 쪽으로 돌아누웠다. 잠시 후 흐느낌이 멈추자, 그녀는 자신의 모든 고충을 아버지에게 과감히 말해버리고 마음을 편히 가질까 고민하기 시작했다. 하지만 말해서 좋은 것보다 나쁜 이유가 더 많았다. 말해서 좋은 이유는 딱 하나, 그녀의 고통이 덜어진다는 것이었다. 그러나 나쁜 이유는, 프레더릭이 정말로 불가피하게 영국으로 다시 오게 되는 경우 그로 인해 아버지의 불안이 가중될 거라는 생각이었다. 아버지는 아들이 사람을 사망하게 했던 정황에 대해, 그게 아무리 부지불식간에 일어난 일이었다고 해도 계속 곱씹어보려고 할 것이고, 단순한 사실로부터 부풀려지고 왜곡된 채 머릿속에 끊임없이 떠오르는 그 사건 때문에 괴로워할 것이다. 또한 그녀 자신의 큰 잘못에 대해서도, 딸의 용기와 신념 부족에 한없이 고통스러워하는 한편, 딸이 그렇게밖에 할 수 없었던 이유를 만들기 위해 끊임없이 괴로워할 것이다. 이전 같으면 마거릿은 아버지이자 목사인 그에게로 가서 자신의 거짓말과 죄에 대해 말했을 것이다. 하지만 최근에 와서 그들은 그런 문제로 얘기한 적이 별로 없었고, 그녀는 자신이 아버지에게 심중을 털어놓는다고 해도 교의에 변화가 생긴 아버지가 어떤 대답을 할지 몰랐다. 안 된다. 그녀는 자신의 비밀을 묻어두고, 홀로 짐을 지고자 했다. 그녀는 홀로 신 앞에 가서 신의 용서를 구하고자 했다. 그녀는 오로지 혼자서 손턴 씨가 자신을 낮추어보는 현실을 견뎌내고자 했다. 그녀는 유쾌한 화젯거리를 찾아내서 최근에 일어난 일로 온갖 상념에 빠져 있는 딸의 생각을 돌려보고자 애쓰는 아버지의 다정한 노력에 말할 수 없는 감동을 느꼈다. 아버지가 예전처럼 이렇게 말씀을 많이 하는 건 최근 들어 실로 몇 달만이었다. 그는 그녀가 일어나 앉지 못하게 했고, 딸의 시중을 직접 들겠노라고 계속 고집하는 바람에 딕슨의 기분을 몹시 상하게 했다.

마침내 그녀가 미소를 지었다. 보일 듯 말 듯 어렴풋한 미소였지만 그 미소는 그를 진정 기쁘게 했다.

"앞으로 우리에게 가장 큰 희망이 될 이름이 돌로레스*라고 생각하니 이상해요." 마거릿이 말했다. 이런 말은 그녀의 평소 모습이라기보다는 오히려 아버지의 모습에 더 맞는 것이었다. 하지만 오늘은 두 사람의 성격이 서로 바뀐 것 같았다.

"돌로레스의 어머니가 아마 스페인 사람이지. 그러니 종교는 다른 설명이 필요 없을 게다. 그 아버지는 내가 알았을 당시 엄격한 장로교 신자였어. 그렇지만 돌로레스라는 이름은 참 부드럽고도 예쁘구나."

"한참 어려요! 저보다 14개월 어린 걸요. 이디스가 레녹스 대위와 약혼했던 바로 그 나이죠. 아빠, 우리 스페인에 가서 두 사람을 만나봐요."

---

* Dolores: 스페인어로 '슬픔'이라는 뜻이다.

그는 머리를 가로저었다. 하지만 이렇게 말했다. "마거릿, 네 소원이라면 그러자꾸나. 여기로 돌아오기만 한다면 말이다. 네 엄마에게는 공정치 못한, 박정한 처사가 될 테지. 밀턴을 그렇게도 싫어했는데, 저기 누워서 우리와 같이 가지도 못하는 지금 우리가 밀턴을 떠난다면 말이다. 안 된다. 아가, 네가 가서 만나보아라. 그리고 새로 생긴 내 스페인 딸에 대한 소식을 갖고 오려무나."

"아녜요, 아빠 없이 저 혼자서는 가지 않을 거예요. 제가 가고 나면 누가 아빠를 돌봐주나요?"

"누가 누굴 돌보고 있다는 건지 모르겠구나. 만약 네가 간다면, 손턴 씨를 설득해서 수업을 두 배로 하련다. 우린 고전을 아주 열심히 읽겠지. 고전에 대한 관심은 끝이 없을 테니까 말이다. 너만 좋다면 내친김에 코르푸 섬까지 가서 이디스를 만나볼 수도 있을 게야."

마거릿은 갑자기 잠자코 있었다. 그러더니 무거운 어조로 이렇게 말했다. "고마워요, 아빠. 하지만 가고 싶지 않아요. 레녹스 씨가 잘 처리 해서 오빠가 돌로레스와 결혼한 다음 올케를 대동하고 우리를 보러 왔으면 좋겠어요. 이디스는, 남편 연대가 코르푸 섬에 오래 주둔하지 않을 거예요. 아마 내년이 가기 전에 여기서 두 사람을 볼 수 있지 않을까 싶어요."

헤일 씨의 밝은 화제가 거의 끝이 났다. 몇 가지 고통스러운 기억이 머릿속에 살며시 떠오르자 그는 침묵에 빠졌다. 이윽고 마거릿이 말했다.

"아빠, 장례식에서 니컬러스 히긴스 보셨죠? 거기 있었어요. 메리랑 같이요. 불쌍한 사람. 그게 연민을 표하는 그 사람의 방식이죠. 그 사람, 불뚝한 것 같긴 해도 아주 따뜻한 마음을 갖고 있어요."

"나도 안다." 헤일 씨가 대답했다. "처음부터 쭉 알았어. 네가 그 사람이 온갖 좋지 않은 걸 다 갖고 있는 사람임을 내게 납득시키려고 애쓰던 동안에도 말이야. 네가 그렇게 먼 데까지 걸어갈 수 있을 정도라면 내일 같이 한번 찾아가보자꾸나."

"그럼요. 저도 가서 보고 싶어요. 메리에게 품삯도 주지 않은 걸요. 아니 딕슨 말에 따르면 받지 않는다고 했다죠. 히긴스가 저녁 식사를 마친 후거나, 아니면 일하러 나가기 전에 가서 보도록 해요."

저녁 무렵에 헤일 씨가 말했다.

"난 오늘 손턴 군이 오지 않을까 생각했다. 내가 보고 싶어 하는 책이 있는데 그걸 갖고 있다고 어제 그러더구나. 오늘 가져와보겠다고 했는데."

마거릿은 한숨을 쉬었다. 그녀는 그가 오지 않을 줄 알고 있었다. 그는 마음이 아주 여려서 그녀의 부끄러운 행동이 기억 속에 선명할 동안은 그녀와 마주칠 기회를 만들 수가 없을 것이다. 그의 이름이 나왔을 뿐인데 그녀의 고통이 새로 시작됐고, 이미 소진했던 우울감이 재발했다. 그녀는 무력감에 빠졌다. 그러다가 그녀는 불현듯 이건 자신의 인내심을 보여주는 적절한 방법도 아닐뿐더러 하루 종일 노심초사 자신을 돌본 아버지에게 보답하는 길도 아니라는 생각이 들었다. 그녀는 일어나 앉더니 아버지에게 책을 읽어드릴지 물었다. 그는 시력이 나빠지고 있었기 때문에 흔쾌히 그러라고 했다. 그녀는 유려하게 읽어나갔다. 강조해야 할 부분을 적절하게 강조했다. 하지만 낭독을 끝냈을 때 누군가가 그녀에게 읽었던 구절이 무슨 의미냐고 물었다면 그녀는 대답하지 못했을 것이다. 그녀는 아침에, 자신에 대한 추가 조사를 미연에 방지하려고 손턴 씨가 검시관에게 더 자세한 내용을 묻는 수고를 하면서 보여주었던 호의를 받아들이지 않았던 만큼 손턴 씨에 대해서 자신이 배은망덕하다는 느낌이 엄습해왔다. 아아! 그녀는 고마워했다. 그녀는 겁쟁이였고 거짓말쟁이였으며, 돌이킬 수 없는 행동으로 자신의 비겁함과 허위성을 보여주었지만, 은혜를 모르지는 않았다. 이러한 생각에 이르자, 자신을 경멸할 이유가 있는 사람에 대해 어떤 마음을 가져야 하는지 느낌이 왔다. 손턴 씨의 경멸감에는 아주 타당한 이유가 있었기 때문에 만약 그가 경멸감을 느끼지 않는다고 생각했다면 그녀는 그를 덜 존경했을 것이다. 그녀는 자신이 그를 머리부터 발끝까지 얼마나 존경하는지를 생각하자 기쁜 마음이 들었다. 이런 감정이 드는 걸 그는 막을 수 없을 것이다. 그녀에게는 우울한 이 모든 상황 속에서 그것만이 유일한 위안이었다.

느지막한 저녁에 '헤일 씨가 안녕하신지를 묻는 손턴 씨의 친절한 안부 인사와 함께' 기다리던 책이 도착했다.

"이렇게 말하도록 하게, 딕슨. 난 많이 좋아졌지만 헤일 양이……"

"아뇨, 아빠." 마거릿이 진지하게 만류했다. "저에 대해선 아무 말도 하지 말아요. 묻지 않았잖아요."

"얘야, 너 몹시 떨고 있구나!" 잠시 후 그녀의 아버지가 이렇게 말했다. "얼른 가서 자거라. 안색이 몹시 창백해!"

마거릿은 아버지를 혼자 두기는 싫었지만 가지 않겠다고 하지는 않았다. 생각으로 바쁘게, 후회로 더 바쁘게 하루를 보냈기 때문에 그녀에게는 혼자만의 안식이 필요했다.

하지만 그녀에게는 다음 날도 마찬가지인 것 같았다. 심각하고 우울한 기분은 여전히 남아 있었고 간간이 멍한 생각이 드는 것이, 요 며칠 전 느끼던 슬픔의 증상과 크게 다르지 않았다. 그녀의 건강이 회복되니 그에 비례하여 그녀의 아버지가 아내를 잃은 상실감과 영원히 닫혀버린 과거의 삶에 대한 상념에 다시 빠져들어 가고 있었다.

36장
노동조합이 항상 힘은 아니다

상여꾼의 발걸음 추를 단 듯 무겁고
애도하는 울음소리 깊고도 낮구나*
— 셸리

전날 정했던 시간이 되자 그들은 니컬러스 히긴스 모녀 방문길에 나섰다. 상복을 벗고 새로이 입은 의복 탓에 드는 묘한 쑥스러움과, 마음먹고 함께 외출하는 게 몇 주 만에 처음이라는 사실 때문에 두 사람은 자신들이 최근 누군가를 잃었다는 걸 떠올렸다. 그들은 말은 하지 않아도 서로에게 깊은 연민을 느꼈다.

니컬러스는 화롯가 귀퉁이, 늘 앉는 자리에 앉아 있었다. 하지만 늘 피던 파이프는 보이지 않았다. 그는 팔을 무릎 위에 얹고서 손으로 턱을 받치고 있었다. 그는 그들을 보고도 일어나지 않았지만, 마거릿은 그의 눈에서 환영의 빛을 읽었다.

"앉아요. 앉으시오. 불이 잘 타고 있소." 그는 불쏘시개를 마구 쑤셔가며 이렇게 말했는데, 마치 뭔가 딴 곳에 주의를 돌려보고자 하는 것 같았다. 그의 용모는 좀 지저분했다. 며칠 동안 깎지 않아 길어진 거무룩한

---

* 퍼시 비시 셸리(Percy Bysshe Shelley, 1792~1822), 「미모사The Sensitive Plant」(1820)에서 인용.

수염이 초췌한 얼굴을 더욱더 초췌하게 보이게 했고, 재킷은 친을 덧댔더라면 훨씬 더 낫지 않았을까 싶었다.

"식사를 끝낸 바로 뒤라면 히긴스 씨를 만날 수 있을 거라고 생각했어요." 마거릿이 말했다.

"선생을 보고 나서 우리도 슬픔이 있었지요." 헤일 씨가 말했다.

"예, 예. 슬픔이 이젠 끼니보다 더 차고 넘칩니다. 제 식사 시간이 하루 종일로 늘어나서 두 분이 어렵잖게 절 찾은 것 같습니다."

"일자릴 잃은 건가요?" 마거릿이 물었다. "그렇소." 그가 짧게 대답했다. 잠시 잠자코 있더니 그는 처음으로 얼굴을 들며 이렇게 덧붙였다. "돈이 필요한 건 아니오. 그런 생각 아예 마시오. 불쌍한 딸 베시가 마지막 순간 내 손에 찔러줄 요량으로 베개 밑에다 돈을 좀 넣어놓고 있었소. 메리도 옷 재단 일을 나가지요. 그렇지만 어쨌든 난 직장에서 잘린 몸이라오."

"메리에게 줘야 할 돈이 좀 있습니다." 헤일 씨가 이렇게 말하자 마거릿이 그의 팔을 쿡 찌르며 나머지 말을 막았다.

"그 돈을 받는다면 전 그 앨 문밖으로 쫓아낼 겁니다. 전 이 집 안에 있을 거고 그 앤 집 밖에 있게 될 테지요. 그게 답니다."

"하지만 메리는 우리를 위해 많은 일을 해줬어요." 헤일 씨가 다시 말을 하기 시작했다.

"저 역시 따님께서 불쌍한 제 딸한테 베풀어주었던 온정 행위에 대해 한 번도 감사를 표하지 않았습니다. 무슨 말을 해야 할지를 몰랐으니까요. 메리가 선생님 댁에 해준 하찮은 일에 법석을 떤다면 이제부터 저도 그래야 할 겁니다."

"실직하신 건 파업 때문인가요?" 마거릿이 다소곳이 물었다.

"파업은 끝났소. 이번 건 끝이오. 실직한 건 일 달란 말을 하지 않았기 때문이지. 일 달라는 부탁은 한 번도 하지 않았소. 왜냐하면 좋은 말은 드물고 나쁜 말은 넘쳐나기 때문이오."

그는 못되게 구는 즐거움을 느끼고 싶어 하며 수수께끼 같은 대답을 했다. 하지만 마거릿은 그가 무슨 말이냐고 물어주길 바란다는 걸 알았다.

"좋은 말이라뇨?"

"일자리 부탁하는 것. 그게 노동자들이 할 수 있는 최상의 말일 게요. '일 좀 주시오' 하는 말은 '그러면 인간답게 일하겠소' 라는 거지요. 그런 게 좋은 말이오."

"나쁜 말이란 일 달라는 사람에게 일을 주지 않는 거군요."

"그렇소. 나쁜 말이란 이런 게 될 거요. '훌륭한 친구군! 자네가 자네의 원칙에 충실했으니 나는 내 원칙에 충실하겠네. 자넨 도움이 필요한 자들을 위해 최선을 다했어. 그게 자네 같은 부류에게 의리를 지키는 방식이니까. 그러면 난 나와 같은 업주들에게 의리를 지키겠네. 자넨 불쌍한 바보였어. 그 정도 머리밖에 안 될뿐더러 사실 충성스럽다고 할 것도 없는 바보였단 말이네. 그러니 뒈져버리게. 자네에게 줄 일은 없어.' 이런 게 나쁜 말이오. 난 바보가 아니오. 만약 그랬다면 사람들이 자기들 사는 방식대로 똑똑하게 사는 법을 가르쳐줬어야 하지 않겠소. 누구 한 사람이라도 날 가르쳐보려고 했다면 난 배울 수 있었을 테니까 말이오."

"할 만하지 않겠습니까?" 헤일 씨가 말했다. "이전 업주에게 가서 선생을 다시 써달라고 요청해보는 것 말입니다. 가능성은 희박하지만 그래도 기회는 될 테지요."

그는 날카로운 시선으로 헤일 씨를 다시 쳐다보았다. 그런 다음 낮게 킥킥거리더니 쓸쓸한 웃음을 지었다.

"선생님! 기분 상하게 할 생각은 전혀 없습니다만, 제가 한두 가지 여쭤보겠습니다."

"개의치 말고 물어보시오." 헤일 씨가 말했다.

"선생님께서는 여기서 어떻게든 먹고사는 방법을 갖고 계시겠지요. 사람들이 밀턴 말고 딴 데서 살 방법이 있다면 그냥 놀이 삼아 여기 붙어 살 사람은 얼마 없으니까 말입니다."

"선생 말이 맞아요. 내게 사유지에서 나오는 수입이 좀 있긴 하지만 여기 밀턴에 정착한 이유는 개인교수를 해볼 생각에서였지요."

"사람들을 가르친다는 말씀. 그럼! 그자들이 선생님의 수업에 돈을 지불하겠지요."

"그래요." 헤일 씨가 웃으며 대답했다. "난 수입을 얻으려고 가르치지요."

"그러면 돈을 내는 그 사람들이, 선생님이 수고한 만큼 공정한 대가로 지불한 그 돈을 선생님이 어디다 쓰는지, 아니면 어디다 쓰면 안 되는지 말합니까?"

"아니오. 물론 아닙니다!"

"그 사람들이 이렇게는 말하지 않습니다. 즉 '선생님한테는 동생이나 동생만큼 아끼는 친구가 있겠지요. 동생이나 친구는 이 돈을 자기 자신과 선생님 모두에게 적당하다 싶은 목적에 쓰길 원하겠지만 선생님은 이 돈을 그 사람한테 주지 않겠다고 약속해야만 합니다. 선생님은 옳은 용처라고 생각할지 모르지만 우린 생각이 다릅니다. 그러니 만약 선생님이 그런 식으로 돈을 사용한다면 우리는 선생님을 쓰지 않겠습니다' 라고 말입니다. 안 그렇습니까?"

"그래요. 분명히 안 그러지요!"

"만약 그 사람들이 그런 말을 한다면 그걸 받아들이겠습니까?"

"그런 지시에 굴복한다는 생각조차 중압감일 겁니다."

"이 넓은 세상에서 저를 굴복시킬 압박은 없습니다." 니컬러스 히긴스가 말했다. "자, 이해하셨지요. 핵심을 짚으신 겁니다. 제가 일하는 햄퍼 공장에서는 인부들로 하여금 노조를 한 푼도 돕지 않을 것이며 파업 인부들이 굶어 죽는 걸 막지 않겠다는 서약을 하게 합니다. 인부들은 서약하겠지요. 그리고 서약하게 만듭니다." 그는 코웃음을 치며 말을 이었다. "업주들은 그저 거짓말쟁이에다 위선자들만 만들고 있습니다. 그런데 제가 볼 때 그런 죄는 약과입니다. 인부들을 인정머리 없게 만들어서 인부들이 온정이나 도움이 필요한 파업 참가자들에게 도움을 주지 않게 되는 것에 비한다면 말입니다. 도움 주는 행위가 업주의 뜻에 배치되긴 하겠지요. 그렇지만 전 누가 제아무리 좋은 일을 준다고 해도 서약 같은 건 절대 하지 않습니다. 전 노조 소속이고, 인부들에게 이로운 건 노조밖에 없다고 생각하기 때문입니다. 전 파업에 참가했고 굶어 죽는 게 어떤 건지 압니다. 그러니 제게 1실링이 생긴다면, 반 실링은 그 돈이 필요한 사람에게 갈 겁니다. 중요한 건 어디에 가면 그 1실링을 벌 수 있는지를 모른다는 거지요."

"노조에 기여하면 안 된다는 규칙은 모든 공장에서 시행 중인가요?" 마거릿이 물었다.

"그야 모르오. 그건 우리 공장의 새 규칙인데, 아마 업주들은 그걸 고수하기가 힘들다는 걸 알게 될 거요. 하지만 지금은 시행하고 있소. 업주들은 폭군 밑에서 거짓말쟁이가 나온다는 걸 차차 깨닫게 될 겁니다."

잠시 침묵이 흘렀다. 마거릿은 머릿속에 떠오른 생각을 말해야 할지 망설이고 있었다. 그녀는 이미 우울감과 낙담 속에 빠질 대로 빠져 있는 사람의 화를 돋우고 싶지 않았다. 이윽고 말이 나왔다. 하지만 어조는 부드러웠고 불쾌한 말을 선뜻 하고 싶지 않은 듯 태도에는 머뭇거리는 데가 있었다. 그 말은 히긴스의 성미를 돋우지는 않았지만 그를 혼란스럽게 만든 것만은 분명해 보였다.

"불쌍한 바우처가 노조를 독재자라고 하던 말 기억하시나요? 세상에서 가장 지독한 독재자라고 했던 것 같아요. 그때 나도 동의했던 게 기억나요."

한참 있더니 그가 말했다. 그가 얼굴을 두 손에 괸 채 불길을 내려다보고 있었기 때문에 마거릿은 그의 표정을 읽을 수가 없었다.

"노조가 노동자를 강제로 노조에 가입시켜 이익을 줄 필요가 있다고 여긴다는 걸 부인하진 않겠소. 진실을 말하리다. 노조에 가입하지 않은 노동자는 비참한 생활을 해요. 하지만 일단 노조에 가입만 하면, 스스로를 위해 할 수도 없었고 혼자서 해낼 수도 없었던 노동자의 이익 문제가 더 잘 관리되지요. 그것만이 전체의 참여를 통해 노동자들이 자신들의 권리를 찾을 수 있는 방법이라오. 노조원의 숫자가 많으면 많을수록 개별 노동자가 공정하게 대우받는 기회가 점점 더 많아진단 말이오. 정부는 바보들과 정신 나간 자들을 다스리지요. 그러니 만약 어떤 사람이 자기 자신이나 이웃에게 위해를 가하는 경향이 있다면 그 사람이 좋아하건 싫어하건 정부는 그 사람에게 제재를 가한다오. 그게 우리 노조요. 우린 동료들을 감옥에 집어넣을 수는 없지만 삶을 살아가기 힘들게 만들 수는 있소. 그러니 어쩔 수 없이 노조에 들어와서 얼김에 현명하고 쓸모 있는 사람이 되는 거요. 바우처는 쭉 얼간이였고, 마지막까지도 그런 얼간이가 없었소."

"노조에 해가 됐나요?" 마거릿이 물었다.

"암, 해가 됐지. 우리 쪽에서 합의된 의견이 있었는데, 바우처와 그 무리가 폭동을 일으키고 법을 어기기 시작했소. 그 때문에 파업이 모두 물 건너가고 말았소."

"그렇다면 바우처를 그냥 놔두고 노조에 억지로 가입시키지 않았다면 훨씬 더 좋지 않았을까요? 그 사람은 노조에 아무 소용이 없었고, 노조는 그 사람을 미치게 만들었으니까요."

"마거릿." 그녀의 아버지가 주의를 주려는 듯 낮은 음성으로 불렀다. 히긴스의 얼굴이 어둡게 일그러지는 걸 보았던 것이다.

"저런 모습이 좋습니다." 히긴스가 갑자기 말했다. "생각을 분명히 밝히지 않습니까. 그럼에도 불구하고 헤일 양은 노조를 이해하지 못하고 있습니다. 노조는 거대한 힘입니다. 우리가 가진 유일한 힘이지요. 어릴 적 난 쟁기가 데이지를 갈아엎는 시를 읽고 눈물을 흘린 적이 있습니다. 다른 이유로 울어보기도 전이지요. 하지만 그 농부는 쟁기질을 결코 멈추지 않았습니다. 분명 데이지가 애처로웠을 테지만, 그 사람은 타고난 상식이 있었던 게지요. 노조는 수확기를 위해 땅을 갈 준비를 하는 쟁기 같은 겁니다. 바우처 같은 자 ─ 이런 자를 데이지에 갖다 붙이는 건 당치도 않아요. 고작해야 땅 위를 얼쩡거리는 잡초 같은 놈이오 ─ 는 길에서 뽑혀나갈 작정을 해야만 합니다. 난 바우처에게 완전히 넌더리가 났습니다. 그러니 좋은 말이 나올 수가 없겠지요. 그자를 내가 직접 쟁기로 갈아엎을 수 있다면 그것만큼 기쁜 일도 없을 겁니다."

"왜 그런가요? 그 사람이 무슨 일을 저질렀나요? 뭐 또 새로운 거라도?"

"물론 그렇소. 그자의 못된 장난은 절대 멈추는 법이 없어요. 우선은 미친 얼간이처럼 날뛰더니 그 폭동을 일으켰소. 그러니 종적을 감추어야 했고, 만약 내 바람대로 손턴이 그자를 찾아다녔더라면 그자는 아직도 거기서 그러고 있었을 거요. 하지만 손턴은 나름대로 이유가 있어서 폭동 주모자들을 고소할 생각이 없었소. 그래서 바우처는 슬그머니 자기 집으로 되돌아갔지요. 하루건 이틀이건 집 밖으로 얼굴을 보인 적이 없어요. 그렇게 여유를 부리다가 그자가 어디로 갔는지 아시오? 세상에, 햄퍼의 공장이오. 망할 놈 같으니! 쳐다보기도 구역질 나는 의뭉스러운 얼굴을 하고선, 노조원들에게 한 푼도 주지 않겠으며, 굶어 죽어가는 파업 인부들에게 아무것도 갖다 주지 않겠다는 서약을 해야 하는 새 규칙을 다 알고서도 일을 구하러 갔단 말이오. 글쎄, 쪼들리던 그자를 노조가 도와주지 않았다면 그자는 벌써 굶어 죽었소. 그놈이 거기 가서 뭐든지 약속하겠다고, 노조회의록이든 뭐든 다 말하겠다고 서약했소. 아무짝에도 쓸모없는 유다 같은 놈! 하지만 난 죽을 때 햄퍼한테, 바우처를 쫓아내면서 그자 말은 아예 한마디도 듣지 않으려고 했던 것에 고맙다고 할 거요. 그래도 구경꾼들 말로는 그 배신자가 마치 애처럼 울어댔다고 하오!"

"세상에! 깜짝 놀랄 일이에요! 너무 불쌍해요!" 마거릿이 놀란 어조로 말했다. "히긴스, 난 지금 이해가 안 되요. 당신들이 바우처를 그렇게 만들었다는 걸 모르겠어요? 내켜하지 않는 사람을 억지로 노조에 가입시켰잖아요. 그 사람을 그렇게 만든 건 당신들이에요!"

그 사람을 지금처럼 만들었다! 그 사람이 예전엔 어땠는데?

허공을 울리는 규칙적인 소리가 좁은 길을 따라 점점 커지더니 이제 그 소리는 듣지 않으려야 듣지 않을 수가 없었다. 여러 명의 목소리가 쉬쉬거리면서 낮아졌고, 여러 명의 발자국 소리도 들렸지만 앞으로 더 나아가지는 않았다. 적어도 서두르지는 않는, 말하자면 일정한 보조였지만 마치 한 지점의 주위를 돌고 있는 것 같았다. 그렇다. 공기를 깨끗이 가르며 그들의 귀에 들려왔던 분명하고 느릿느릿한 발자국 소리가 있었다. 무거운 것을 짊어진 남자들이 발맞춰 힘들게 걸음을 옮기는 소리였다. 집 안에 있던 그들은 모두 누르기 힘든 충동에 이끌려, 단순한 호기심에서가 아니라 마치 어떤 엄숙한 기운에 이끌린 듯 문 쪽으로 다가갔다.

남자 여섯 명이 길 한복판을 걷고 있었는데, 그중 세 명은 경찰이었다. 그들은 경첩을 뜯어낸 문짝을 어깨 위에 져 나르고 있었고, 그 위에는 사람 시체 같은 것이 눕혀져 있었다. 문짝의 네 귀퉁이에서는 무언가가 끊임없이 떨어져 내렸다. 그 거리의 모든 사람이 그걸 보겠다고 나오더니, 보고 나서는 행렬에 따라붙으면서 시체를 지고 가는 사람들에게 제각기 질문을 해댔다. 그들은 입이 닳도록 그 얘기를 했던 터라 마지막에 가서야 마지못해 대답해주었다.

"저 너머 벌판 개울에서 발견했소."

"개울이라고! 아니 그렇게 얕은 데서 그 사람이 빠져 죽었단 말인가!"

"단단히 마음먹었어. 얼굴을 아래로 하고 있더란 말이오. 사는 데 넌더리가 난 사람이니 무슨 이유에서 그랬는지 누가 알겠소."

히긴스가 마거릿 옆으로 슬금슬금 다가오더니 약한 피리 소리 같은 음성으로 말했다. "존 바우처는 아니지요? 그럴 배짱이나 있나. 암! 존 바우처는 아니야! 젠장, 모두 이쪽을 보고 있잖아! 들어봐요! 머릿속에 뭔가가 윙윙거리는데 내 귀엔 들리지 않소."

그들이 문짝을 조심스럽게 자갈돌 위에 내려놓자, 모두가 그 불쌍한 익사자를 볼 수 있게 됐다. 익사자의 두 눈은 흐리멍덩했고, 한쪽 눈은 반쯤 뜬 채 하늘을 쳐다보고 있었다. 발견 당시 엎드려 있었던 자세 때문에 얼굴은 부어오르고 시반이 일어난 상태였다. 게다가 피부는 염색 용수로 사용해왔던 개울물 탓에 얼룩이 져 있었다. 이마 쪽은 머리가 벗어졌지만 머리 뒤쪽은 가는 머리카락이 길게 자라 있었고, 머리카락 가닥가닥으로 물이 흘러내리고 있었다. 무참하게 변한 이 모든 모습에서 마거릿은 존 바우처를 알아보았다. 일그러지고 번뇌로 가득한 그 불쌍한 얼굴을 훔쳐본다는 게 무척이나 불경스럽게 느껴진 그녀가 순간적인 본능에 따라 앞으로 나가더니 손수건으로 죽은 사람의 얼굴 위를 조심스럽게 덮어주었다. 그녀가 경건한 임무를 끝내고 돌아서자 이런 행동을 지켜보던 사람들의 눈은 그녀를 쫓았고, 그 눈들은 결국 마치 한 곳에 못 박힌 듯 서 있는 니컬러스 히긴스 쪽으로 향했다. 남자들이 서로 이야기를 나누더니 한 남자가 히긴스 앞으로 다가왔다. 그는 뒷걸음질 쳐 집으로 내빼고 싶었는지도 몰랐다.

"히긴스, 당신 저 사람 알지 않소! 당신이 저 사람 아내에게 말하시오. 조심스럽게 해야 하오만, 저 사람을 여기에 오래 둘 수가 없으니 서두르시오."

"갈 수 없소." 히긴스가 말했다. "내게 청하지 마시오. 난 그의 아내를 볼 수가 없으니까."

"당신이 제일 잘 알잖소." 그 남자가 말했다. "저자를 이리로 옮겨오느라고 우리가 얼마나 고생했는데. 당신도 당신 몫을 해야지."

"난 못하오." 히긴스가 말했다. "저자를 보니 쓰러지겠소. 우린 친구 사이도 아니었고, 게다가 이제 저자는 죽었소."

"당신이 못한다면 못하는 거지. 그래도 누군가는 말해야 하오. 누가 그 싫은 일을 하고 싶겠소만, 부인에게 이 사실을 대충이라도 알려놔야지 그러지 않으면 차차 부인 귀에 미주알고주알 다 들어가는 일이 생길 거요."

"아빠, 아빠가 가세요." 마거릿이 조용히 말했다.

"그럴 수 있다면……, 뭐라고 말해야 할지 생각이 난다면 내가 가지.

470

하지만 갑자기⋯⋯" 마거릿은 아버지가 하지 못하리라는 걸 알았다. 그는 머리부터 발끝까지 온몸을 떨었다.

"제가 갈게요." 그녀가 말했다.

"아가씨에게 축복이 있길. 인정을 베푸는 게 될 거요. 아내가 병들어 있었다는 말은 들었는데 그녀에 대해 아는 사람이 별로 없어요."

마거릿은 닫혀 있는 문을 두드렸다. 하지만 마구잡이로 노는 어린 아이들의 소음 때문에 아무런 대답도 들리지 않았다. 사실 문 두드리는 소리가 들리기나 했을까 싶었다. 그리하여 기다리는 동안 이런 일에서 도망치고 싶다는 생각이 들었기 때문에, 그녀는 문을 열고 들어간 뒤 등 뒤로 문을 닫고는 여자에게 보이지 않게 그 문을 아예 걸어버렸다.

바우처 부인은 어질러진 화로 건너편의 안락의자에 앉아 있었다. 집은 며칠 동안 그 누구도 치운 적이 없는 것 같았다.

마거릿이 자신도 알아듣기 힘들게 뭔가 말을 했다. 그녀의 입과 목은 바싹 말라 있었고 아이들이 떠드는 소리 때문에 그녀의 목소리는 전혀 들리지 않았다. 그녀는 다시 말했다.

"안녕하세요, 바우처 부인? 그런데 많이 편찮으신 것 같네요."

"좋아질 새나 있나요." 그녀가 퉁명스럽게 말했다. "혼자 남아 저 애들을 건사해야 하는 걸요. 게다가 애들 입을 막을 수 있는 건 눈 씻고 찾아봐도 없으니, 원! 존이 날 이렇게 딱한 상태로 남겨두고 떠나지 말았어야 했어요."

"나간 지 얼마나 됐나요?"

"나흘 정도요. 여기서는 아무도 일을 주지 않으니, 일자리를 찾아 걸어서 그린필드까지 가는 수밖에 없었지요. 하지만 이때쯤이면 벌써 돌아왔든지, 아니면 일을 얻었으면 그렇다고 전갈을 보냈든지 했을 텐데. 아마……"

"저런, 남편을 탓하지 마세요." 마거릿이 말했다. "분명 충분히 알고 있었을 겁니다."

"조용히 좀 해. 숙녀분 이야기가 들려야 말이지!" 그녀는 누구에게랄 것도 없이 혼잣말로 제멋대로인 돌쟁이를 겨냥해서 툭 내뱉었다. 그녀는 미안한 듯 말을 이었다. "저 앤 항상 '아빠'나 '맘마'를 달라고 날 보채지요. 먹으라고 줄 '맘마'도 없고, '아빠'란 사람은 나가서는, 우리 모두를 깡그리 잊어먹은 듯한데 말이에요. 저 애가 아빠의 보물이에요. 정말 그래요." 그녀는 갑자기 어조를 바꿔 이렇게 말하더니 애를 무릎에 끌어다 앉히고 다정하게 키스해주었다.

마거릿은 주의를 끌어보려고 여자의 팔에 손을 얹었다. 두 사람의 눈이 마주쳤다.

"불쌍한 아가!" 마거릿은 천천히 말했다. "아빠가 가장 예뻐**했던** 아이구나."

"제일 예뻐**하는** 아이예요." 여자가 말하고는 서둘러 몸을 일으키더니 마거릿을 똑바로 바라보며 섰다. 두 사람 다 잠시 동안 아무 말도 하지 않았다. 그러더니 으르렁거리던 그녀의 낮은 목소리가 점점 울부짖음으로 변했다. "저 앨 제일 예뻐**한다**니까요. 가난한 사람도 부자와 마찬가지로 제 새끼는 좋아해요. 말 좀 해봐요. 왜 그렇게 애처로운 눈으로 날 보는 거예요. 존은 어디 있어요?" 부러질 듯 연약한 몸으로 그녀는 마거릿을 흔들어대며 대답을 요구했다. "이런, 세상에!" 마거릿의 눈물 고인 표정의 의미를 알아차린 그녀가 이렇게 말했다. 그녀는 의자에 도로 주저앉았다. 마거릿은 아이를 받아 품에 안았다.

"존은 이 앨 사랑했어요." 그녀가 말했다.

"아," 그녀가 머리를 흔들며 말했다. "그인 우리 모두를 사랑했어요. 우리에게도 사랑하는 사람이 한때 있었단 말이죠. 오래전 일이긴 하지만 살아 있을 땐 우리 옆에서 우리를 사랑해주었어요. 아마 이 앨 가장 사랑했을 거예요. 하지만 그인 날 사랑했고, 조금 전에 욕은 했어도 나 역시 그이를 사랑했어요. 정말 죽었어요?" 그녀가 일어서려고 하며 물었다. "단지 아파서 죽을지도 모르는 상태라면 살려낼 수 있을지도 몰라요. 나만 해도 목숨만 붙어 있는데요. 여태껏 병을 달고 살고 있어요."

"하지만 남편은 죽었어요. 익사했어요!"

"물에 빠진 사람들도 다시 살아나곤 해요. 움직여야 하는 이때 이렇게 송장처럼 앉아서 지금 내가 무슨 생각을 하고 있는 거지? 자, 쉬쉬, 아가. 조용히 해! 이거든 뭐든 쥐고 좀 놀아라. 엄마 심장이 찢어지고 있는 동안에는 울음 좀 그쳐! 아아, 힘을 낼 수가 없어. 아아, 존, 여보!"

마거릿은 쓰러지려는 그녀를 가까스로 잡았다. 그녀는 흔들의자에 앉아 여자를 자신의 무릎 위에 앉힌 뒤 머리를 어깨에 기대게 했다. 놀라서 모여든 나머지 애들이 무슨 일인지 알아차리기 시작했다. 하지만 머리가 둔하고 뭘 아는 데 열의도 없는 터라 알아차리는 데 시간이 걸렸다. 결국 사실을 알게 된 아이들이 절망적으로 울어대서 마거릿은 어떻게 견뎌내야 할지 난감했다. 조니의 울음소리가 가장 컸지만, 그 어린 꼬마는 왜 우는지 영문도 모르고 울어댔다.

애들 엄마는 마거릿의 품속에서 떨고 있었다. 마거릿은 문간에서 소리가 나는 걸 들었다.

"문 열어드려. 어서 열어드려라." 그녀가 제일 큰애에게 말했다. "문을 걸어놨었어요. 소리 내지 말고, 조용히 하세요. 아, 아빠, 저 사람들을 조용히 위층으로 올려 보내세요. 바우처 부인 귀에 들리지 않게요. 부인은 잠시 기절했어요. 그뿐이에요."

"애 엄마를 위해서도 그게 나아요. 애처로워서 어째." 한 여자가 시체를 지고 오는 사람들 뒤를 따르며 말했다. "그런데 그런 몸으로는 애 엄마를 지탱하지 못해요. 가만, 베개를 가져올 테니 그녀를 바닥에 편하게 눕히도록 해요."

이렇게 도와준 이웃 덕분에 마거릿은 한결 편해졌다. 그 여자는 이 집과는 친분이 없어 보였으며, 아마 이 지역에 새로 이사 온 모양이었다. 하지만 참으로 사려 깊고 친절하여, 마거릿은 이제 자신이 더 이상 필요 없을 것 같았고, 어쩌면 할 일 없이 불쌍한 눈길로 바라보며 집 안을 꽉 채우고 있는 구경꾼들이 집에서 좀 나가도록 자신이 본을 보이는 게 좋지 않을까 하는 생각이 들었다.

그녀는 두리번거리며 니컬러스 히긴스를 찾았다. 그는 없었다. 그래서 그녀는 두 팔 걷고 바우처 부인을 바닥에 눕히는 일에 앞장섰던 여자에게 말했다.

"여기 모인 사람들 모두 조용히 나가주는 게 좋겠다고 귀띔 좀 해줄래요? 바우처 부인이 정신을 차렸을 때 주위에 아는 사람 한두 명만 보이게 말이죠. 아빠, 아빤 남자들에게 돌아가달라고 말해주세요. 이렇게 사람들이 모여 있으니 바우처 부인이 숨을 제대로 쉬지 못하고 있어요."

마거릿은 바우처 부인 옆에 무릎을 꿇고 앉아서 식초로 그녀의 얼굴을 닦아주었다. 하지만 몇 분도 채 되지 않아 신선한 공기가 훅 하고 들어오자 그녀는 놀랐다. 그녀가 돌아보니 그녀의 아버지와 그 여자의 얼굴에 미소가 스치고 있었다.

"뭐예요?" 그녀가 물었다.

"여기 이분이." 그녀의 아버지가 대답했다. "사람들을 내보내는 묘책을 생각해냈단다."

"제가 각자 애들을 하나씩 데리고 나가라고 했어요. 그러면서 애들은 아빠를 잃었고 애들 엄마는 남편을 잃었다는 사실을 잊지 말라고 했죠. 최선을 다해줄 수 있는 사람들이었으니 애들은 오늘 분명 배불리 먹고 보살핌까지 받을 거예요. 남편이 어떻게 죽었는지 애 엄마가 알고 있나요?"

"아뇨" 하고 마거릿이 말했다. "다 말해줄 수가 없었어요."

"알고 있어야 해요. 사인 조사가 있으면 알게 될 테니까요. 보세요! 깨어나려고 해요. 아가씨가 말할래요? 아니면 내가 할까요? 어쩌면 아가씨의 아버지가 제격이지 않을까요?"

"아뇨. 부인이, 부인이 하세요." 마거릿이 말했다.

그들은 그녀가 완전히 깰 때까지 조용히 기다렸다. 그런 다음 이웃 여자가 바닥에 앉더니 바우처 부인의 머리와 어깨를 자신의 허벅지로 받쳤다.

"난 이웃이에요." 그녀가 말했다. "남편이 어떻게 죽었는지 알아요?"

"물에 빠져 죽었죠." 단도직입적으로 캐묻는 질문에 바우처 부인이 처음으로 가냘픈 울음을 터뜨리며 말했다.

"댁의 남편은 익사했어요. 지푸라기 하나 잡지 못하는 심정으로 집에 오던 중예요. 댁의 남편은 신은 절대 인간들처럼 무정할 수 없다고, 아마 그렇게 무정하지는 않을 거라고, 엄마처럼 다정할 거라고, 아니 엄마보다 더 다정할 거라고 생각했습니다. 남편이 잘했다고 말하는 건 아니에요. 또 잘못했다고 말하는 것도 아니고요. 다만 나나 우리 가족한테 댁의 남편이 겪었던 고통이 없기를 바랄 뿐이지요. 어쩌면 우리도 댁의 남편과 똑같이 했을 거예요."

"이 애들과 날 홀로 남겨두고 떠났어요." 여자는 신음처럼 말을 토해냈는데, 남편이 어떤 식으로 죽었는지에 대해서는 마거릿의 예상보다 덜 괴로워했다. 하지만 남편의 죽음으로 무엇보다 자기 자신과 애들이 타격을 받는다고 느끼는 건 여자의 일부 무기력한 성격 탓이었다.

"홀로는 아니지요." 헤일 씨가 엄숙하게 말했다. "주님이 옆에 있지 않습니까? 주님이 부인의 어려움을 덜어주지 않습니까?" 바우처 부인이 그때까지 그 자리에 있는 줄도 몰랐던 새로운 목소리가 들리자 눈을 크게 떴다.

"주님께서 아빠 잃은 애들의 아빠가 되겠다고 약속하지 않았습니까?" 그가 계속 말을 이었다.

"애들이 여섯인데, 제일 큰애가 아직 여덟 살도 되지 않았어요. 주님의 뜻을 의심하는 건 아니지만……, 다만 엄청난 믿음이 필요할 뿐이죠." 그러더니 그녀는 다시 울기 시작했다.

"내일이면 얘기가 더 잘될 겁니다." 이웃 여자가 말했다. "지금으로서는 애를 안아보는 게 마음이 제일 편해지는 길일 텐데. 사람들이 데려가고 없어서 유감이네요."

"제가 가서 데려올게요." 마거릿이 말했다. 몇 분 후 조니를 안고 그녀가 돌아왔다. 아이의 얼굴은 음식 부스러기 범벅이었고, 두 손에는 조개껍질이니 수정 조각들이니, 석고상 머리 같은 허섭스레기가 들려 있었다. 그녀는 아이를 엄마 품에 안겼다.

"자!" 이웃 여자가 말했다. "이제 가세요들. 그 누구보다 아이를 부둥켜안고 울고 나면 괜찮아질 겁니다. 필요할 때면 언제든지 내가 와볼게요. 내일 다시 들러주시면 오늘 못했던 얘기를 맑은 정신에 다시 할 수 있을 겁니다."

마거릿과 그녀의 아버지는 천천히 걸음을 옮기다가 닫혀 있는 히긴스의 집 문 앞에서 잠시 걸음을 멈추었다.

"들어가볼까?" 그녀의 아버지가 물었다. "저도 그 생각을 하고 있었어요."

그들은 문을 두드렸다. 아무 소리도 들리지 않자 그들은 문을 열어보았다. 문은 잠겨 있었다. 하지만 그들은 안에서 그가 왔다 갔다 하는 소리를 들은 것 같았다.

"니컬러스!" 마거릿이 불렀다. 아무 대답이 없었다. 그들은 안에 아무도 없나 보다 생각하며 그 자리를 떴을 수도 있었다. 그런데 뭔가 책 같은 것이 떨어지는 소리가 안에서 났다.

"니컬러스!" 마거릿이 다시 불렀다. "우리예요. 좀 들어갈게요."

"안 되오." 그가 말했다. "문을 걸었다는 건 아무 말도 소용없다는 분명한 내 의사표시오. 오늘은 내버려두시오."

헤일 씨는 들어가자고 재촉했을 것이다. 하지만 마거릿이 아버지의 입술에 손가락을 갖다 댔다.

"당연해요." 그녀가 말했다. "저라도 무척 혼자 있고 싶을 거 같아요. 이런 날에는 그게 제일 좋은 방법 같아요."

37장
남쪽을 바라보며

가래로! 갈퀴로! 괭이로!
곡괭이 아니면 미늘창
거둬들일 갈고리 아니면 베어낼 낫,
도리깨 아니면 뭐라도 들고서
여기 일손이 준비하고 있다네
필요한 기구 능숙하게 놀리고
거친 노동을 통해
배운 것 많고 기술 또한 충분하도다*
—후드

다음 날 그들이 바우처 부인을 찾아보러 갔을 때 히긴스의 집 대문은
잠겨 있었다. 하지만 이번엔 참견 잘하는 한 이웃으로부터 히긴스가 정말
집에 없다는 사실을 알게 됐다. 하지만 무슨 볼일이었는지는 모르지만 그
가 볼일 보러 나서기 전 바우처 부인을 살펴보러 왔었다고 했다. 이 방문
이 바우처 부인에게는 탐탁지 않기만 했다. 그녀는 남편의 자살로 팔자가
기구해진 여편네라고 자처하고 있었다. 게다가 이런 생각에는 보통 사람
들은 반박하기 아주 힘든 진실의 싹이 있었다. 그러나 그녀가 그야말로
순전히 자신과 자신의 처지에 대한 생각밖에 없는 데다 이런 이기심이 아

---

* 토머스 후드(Thomas Hood, 1799~1845), 「품삯 노동자의 노래The Lay of the Labourer」
에서 인용.

이들과의 관계에까지 뻗쳐 있는 걸 보는 것 역시 유감스러웠다. 그녀는 아이들에 대해 짐승의 어미가 새끼에 대해 갖는 그런 애착심을 보여주면서도 그 아이들을 짐이나 마찬가지로 여기고 있었다. 마거릿은 아버지가 바우처 부인의 소모적인 불평을 좀더 고귀한 방향으로 돌려보려고 온 힘을 다하는 동안 자신은 두어 명의 아이와 친해져보려고 애썼다. 그녀는 바우처 부인보다 아이들이 바우처의 죽음을 더 진심으로 슬퍼하고 있음을 알았다. 그는 아이들에게 좋은 아빠였다. 아이들은 제각기 죽은 아빠가 얼마나 다정했는지, 자기들에게 얼마나 관대했는지에 대해 더듬거려가면서 열심히 말했다.

"위층에 있는 게 정말 아빠예요? 아빠 같지 않아요. 무서워요. 아빤 한 번도 무섭지 않았는데."

마거릿은 애들 엄마가 동정을 받고 싶은 이기심에서, 애들을 위층으로 데리고 올라가 처참한 몰골로 변한 아빠를 보여주었다는 말을 듣자 가슴이 아팠다. 그것은 날것 그대로의 공포와 자연발생적인 깊은 슬픔을 뒤섞어버리는 행동이었다. 그녀는 아이들에게 엄마를 위해 너희들이 할 수 있는 게 뭐가 있을까, 혹은 애들에게는 이 말이 더 전달 효과가 좋았으므로, 아빠는 너희들이 어떻게 하길 바라셨을까 등의 말로 생각을 다른 방향으로 돌려보려고 애를 썼다. 마거릿의 노력은 헤일 씨보다는 성공적이었다. 아이들은 각자 주변에 해야 할 작은 일들이 있는 걸 보더니, 어질러진 방을 치워보라는 마거릿의 말을 쫓아 뭔가 해보려고 움직이기 시작했다. 하지만 그녀의 아버지가 나태한 병자에게 제시했던 기준은 지나치게 고매했고 관점은 아주 모호했다. 그녀는 자신의 무기력한 머리를 일깨워서, 자살을 최종적인 수단으로 선택하기 전에 남편이 얼마나 암담했을지 상상조차 하지 못했다. 그녀에게 남편의 자살은 오직 자기를 이런 지경에 빠뜨린 원인으로만 생각될 뿐이었다. 그녀는 신이라면 남편이 물에 빠졌을 때 특별히 개입하여 남편의 익사를 막았어야지 왜 참고 있었는지 그 자비를 이해할 수 없었다. 그녀는 비록 그토록 암울한 절망감에 빠져 들었던 남편을 속으로 원망하며 무모한 그의 마지막 행동에 대한 모든 변명을 거부했지만, 혹여 남편을 그런 절망으로 몰았을 수도 있는 사람들에 대해서는 버릇처럼 싸잡아서 욕했다. 업주들, 특히 바우처로부터 공장 습격을 받았고, 폭동 혐의로 체포 영장이 떨어졌으나 나중에 그 고소를 철회했던 손턴 씨와, 불쌍한 이 여인의 눈에 히긴스로 대표되는 노조, 그리고 너무 많고, 너무 배고파하고, 너무 시끄러운 아이들, 이 모두가 개인적으로는 하나의 거대한 적(敵)의 부대였고, 그녀가 지금 속수무책의 과부 처지가 된 것도 모두 이들 탓이었다.

마거릿은 이런 무분별한 이야기를 질릴 정도로 들었다. 거기서 벗어났을 때 그녀는 아버지의 기분을 다시 돌아오게 하는 것이 불가능함을 알았다.

"도시 생활이 이런 거네요." 그녀가 말했다. "사람들은 급히 서두르는 북새통 같은 주위의 모든 것에 신경이 곤두서 있어요. 그뿐인가요. 우울증과 걱정이 생기고도 남을 만한 이런 답답한 집에 갇혀 사는 건 어떻고요. 시골에서는 사람들이, 아이들까지도 바깥에서 엄청 많이 생활하잖아요. 겨울에도 마찬가지죠."

"하지만 사람들은 도시를 벗어나지 못한다. 그리고 시골 사람들 중 일부는 마치 운명론자들처럼 생각이나 비판 같은 건 하지 않게 되잖니."

"맞아요. 저도 알아요. 도시나 시골이나 제각기 나름대로의 시련과 유혹이 있는 것 같아요. 도시 사람에게 묵묵하게 참아내는 생활이 힘든 만큼, 시골에서 자란 사람은 활동적이면서 예상치 못한 사태를 감당해내는 생활이 힘들어요. 두 쪽 다 어떤 종류든 미래를 성취하기가 힘든 것만은 분명해요. 한쪽은 바로 주변의 현실이 아주 생생하고 분주하게 돌아가기 때문이고, 또 다른 쪽은 시골의 삶이, 계획하고 자제하면서 바라는 걸 얻는 짜릿한 기쁨 따위를 모르는, 그런 것엔 아랑곳하지 않는 동물의 생존 감각을 한껏 즐기라고 유혹하기 때문이죠."

"그러니까 어쩔 수 없이 전력투구해야 하는 삶이나, 현실에 바보같이 안분지족하는 삶이나 결과는 모두 똑같은 거지. 그렇지만 저 애처로운 바우처 부인을 어쩌누! 해줄 게 아무것도 없구나."

"그래도 아무 노력도 하지 않은 채 부인에게서 손 놔버리면 안 될 것 같아요. 그 노력이 부질없다고 해도 말예요. 아, 아빠! 세상이 참 살기 힘들어요!"

"힘들지. 어쨌든 지금은 한없이 그런 느낌이 드는구나. 그래도 슬픔이 밀려드는 가운데서도 우린 행복했어. 프레더릭이 와줘서 얼마나 기뻤는데!"

"맞아요, 그건 그래요." 마거릿이 밝게 대답했다. "참으로 매력적이었어요. 낚아챈 기쁨, 금단의 기쁨이었죠." 하지만 그녀는 갑자기 말을 멈추었다. 자신의 비겁한 행동으로 프레더릭의 방문에 대한 추억이 얼룩지고 말았기 때문이다. 온갖 실수 가운데 그녀가 가장 경멸하는 것이 용기 부족, 거짓말하는 비열한 양심이었다. 이 점에서 그녀는 유죄였다! 그러자 그녀는 손턴 씨가 자신의 거짓말을 알고 있다는 생각이 문득 떠올랐다. 그녀는 그게 다른 사람이었더라면 손턴 씨의 반만큼이나 신경 썼을까 하는 의문이 들었다. 그녀는 쇼 이모와 이디스를 상상해보았다. 그다음 아버지를 상상해보았고, 이디스의 남편 레녹스 대위와 그의 동생 헨리 레녹스 씨, 그리고 프레더릭을 차례로 상상해보았다. 마지막으로 프레더릭에 이르자, 비록 오빠를 위한 일이었다고는 하나, 자신이 했던 짓을 오빠가 안다고 상상하니 가장 고통스러웠다. 왜냐하면 두 오누이는 한창 서로를 생각하고 아껴주는 단계에 있었기 때문이다. 하지만 프레더릭이 아무리 그녀를 낮춰 보게 될지라도 그녀가 손턴 씨를 다시 만날 걸 생각하면서 느끼는, 한없이 움츠러드는 수치심에는 비할 바가 못 됐다. 그래도 그녀는 손턴 씨를 만나 그걸 털어내고 싶은 마음이 간절했다. 그가 자기를 어느 정도로 평가하고 있는지 몹시도 알고 싶었다. 그녀는 (그를 만나던 초기에) 장사에서는 하등품(下等品)이 상등품(上等品)인 양 유통되기도 하고, 소유하지도 않은 부와 자원에 대한 소유를 가장하는 기만행위가 왕왕 일어나기 때문에 자기는 장사를 좋게 보지 않는다는 식으로 거만하게 말했던 장면을 떠올리면서 얼굴을 붉혔다. 그는 경멸스러운 표정으로, 거대한 상거래 제도에서 남을 속이는 행위는 종국에 가서는 본인에게 해를 입히는 일이고, 얄팍한 기준에 따라 그런 행위를 성공의 척도로 삼으려고 하는 것은 어리석기만 할 뿐 지혜롭지 못하며, 어떤 형태든 기만은 상업뿐 아니라 다른 분야에서도 마찬가지로 어리석다고만 간단히 설명했다. 그녀는 아직 거짓말을 하지 않았던 때인지라, 싸게 사서 비싸게 파는 건 정직의 개념과 직결되는 투명성이 결여됐음을 보여주는 게 아니냐고 자신만만한 태도로 물었다. 그녀는 정직을 말하며 기사도적이라는 단어를 썼고 그녀의 아버지는 기독교적이라는 좀더 고매한 단어로 정정해주었다. 그렇게 그는 논쟁의 집중포화를 받았고, 그동안 그녀는 살짝 경멸감을 느끼면서 그 옆에 잠자코 앉아 있었다.

그녀는 이제 더 이상 경멸하지 않을 것이다! 기사의 정직성을 운운하지도 않을 것이다! 앞으로 그녀가 그 앞에서 굴욕감과 수치심을 느끼리라는 건 분명했다. 하지만 언제 그를 보게 된단 말인가? 그녀는 초인종이

울릴 때마다 불안한 마음으로 심장이 팔딱거렸다. 하지만 소리가 잠잠해지면 매번 실망스러움과 함께 이상스럽게도 우울한 기분이 들고 가슴이 아릿했다. 그녀의 아버지는 누가 봐도 손턴 씨의 방문을 기다리고 있었고 그가 오지 않는 것을 의아하게 생각하고 있었다. 사실 요 전날 밤 두 사람은 대화하면서 시간이 없어 더 끌고 가지 못한 쟁점들이 있었지만 가능하면 다음 날 저녁, 아니면 적어도 손턴 씨가 시간을 낼 수 있는 한 가장 빨리 만나서 더 이야기하자는 양해가 있었다. 헤일 씨는 그와 헤어진 뒤 그 시간을 내내 기다려왔다. 그는 아내가 위독해질 즈음 중지했던 문하생들에 대한 교습을 아직 재개하지 않았기 때문에 현재 맡고 있는 일이 평소보다 줄어든 상태였다. 게다가 어제 있었던 바우처의 자살 사건의 여파로 인해 그는 전보다 더 맹렬히 사색으로 빠져들었다. 그는 저녁 내내 초조해했고, 이런 말을 계속했다. "손턴 군을 보게 될 줄 알았다. 어젯밤에 책을 갖고 온 사람이 뭔가 전갈을 잊어버리고 주지 않은 건지도 모르겠구나. 오늘 두고 간 전갈이 있었을 것 같지 않느냐?"

"가서 물어볼게요, 아빠." 아버지가 한 말의 타당성을 이리저리 생각해보더니 마거릿이 이렇게 말했다. "가만, 초인종 소리야!" 그녀는 즉시 앉아서 고개를 숙이고 놓고 있던 자수에 집중했다. 그녀의 귀에 계단 오르는 소리가 들렸으나, 그건 한 사람의 발소리였고 그녀는 그게 딕슨의 것임을 알고 있었다. 그녀는 고개를 들고 한숨을 쉬면서, 내심 다행이라고 여겼다.

"히긴스 씁니다. 주인어른을 뵙고 싶어 해요. 아니면 헤일 양을요. 어쩌면 헤일 양이 먼저고 그다음이 주인어른이라고 했는지도 모르겠네요. 그 사람 좀 이상하게 구는 것 같습니다."

"이리로 올라오라고 하게, 딕슨. 그러면 우리 둘 다 볼 수 있을 테니 얘기하고 싶은 사람을 고를 수 있지 않겠는가."

"아! 그러죠, 주인어른. 저야 그 사람이 뭘 말하는지 듣고 싶은 생각이 손톱만큼도 없습죠. 다만 그 사람 신발을 보신다면 분명 부엌에서 얘기하는 게 낫겠다고 말씀하실 겁니다."

"신발의 흙은 털어내면 될 거요." 헤일 씨가 말했다. 그리하여 딕슨은 그를 위층으로 올려 보내려고 달려나갔다. 하지만 그녀는 그가 머뭇거리며 자기 발을 바라보다가, 바닥에 주저앉아 더러운 신발을 벗은 다음에야 위층으로 말없이 올라가는 걸 보더니 마음이 약간 누그러졌다.

"접니다, 선생님!" 그는 거실로 들어서면서 머리를 매만졌다. "아가씨가 용서하신다면 (마거릿을 바라보며) 양말 차림으로 실례를 좀 하겠습니다. 하루 종일 이리저리 돌아다녔습니다. 근데 거리가 워낙 더러워야말이지요."

그가 평상시와 다르게 조용하면서 한풀 꺾인 모습을 보이자 마거릿은 지쳐서 그런가 보다 하고 생각했다. 그는 용건을 꺼내기가 힘들어 보였다.

누군가 부끄러워하고 주저하거나 혹은 당황할 때면 언제든 기꺼이 도울 준비가 되어 있는 헤일 씨가 도우려고 나섰다.

"지금 차를 올려 보내라고 할 참인데 선생도 같이 들도록 합시다. 피곤할 테지요. 이렇게 부슬부슬 비가 내리는 날 하루 종일 바깥에 있었다면 말입니다. 마거릿, 차를 좀 빨리 내와야겠다."

마거릿은 서둘러 내가기 위해 혼자서 차를 준비했는데, 이 때문에 마님을 잃은 슬픔에서 헤어나느라 툭하면 심사를 부리는 딕슨을 언짢게 만들었다. 하지만 마사는, 마거릿을 아는 다른 모든 사람처럼—딕슨 역시 결국에는 그랬지만—마거릿이 바라는 대로 해주는 걸 기쁨이자 영광으로 여겼다. 그리하여 마사의 기꺼운 태도와 마거릿의 한없는 참을성은 딕슨을 금방 겸연쩍게 만들어버렸다.

"우리가 밀턴에 온 이후 주인어른과 아씨가 늘 하층민들을 위층으로 불러올리시는데, 전 도대체 알 수가 없네요. 헬스턴에서는 사람들이 부엌보다 높은 데로 불려 올라가는 일은 절대 없었어요. 그리고 이전에 전 부엌에 있는 것만 해도 영광일 수 있다는 걸 두어 사람에게 말했었답니다."

히긴스는 두 사람이 아니라 한 사람이라면 고민을 더 쉽게 털어놓을 수 있을 것 같았다. 마거릿이 방을 나가자 그는 문간으로 가서 문이 닫혔는지를 확인했다. 그러더니 헤일 씨 가까이로 와서 섰다.

"선생님," 그가 불렀다. "선생님은 오늘 제가 뭘 구하러 다녔는지 잘 모를 겁니다. 특히 어제 제 태도를 생각하신다면 말입니다. 전 일자리를 구하러 다녔습니다." 그가 말을 이었다. "전 다짐했습니다. 누가 어떤 말을 해도 입 닫고 가만있겠다고 말입니다. 거침없이 말하느니 차라리 입을 다물고 있으리라고 작정했습니다. 아시겠지만," 그는 갑자기 엄지손가락을 뒤쪽으로 확 꺾으면서 이렇게 덧붙였다. "그자 때문입니다."

"글쎄요." 헤일 씨는 그가 고개를 끄덕거려주기를 기다리는 걸 보자 이렇게 말하면서 '그자'가 누굴 말하는지 어리둥절해했다.

"저기 뻐드러져 있는 놈 말입니다." 그가 다시 손가락을 한 번 더 꺾더니 이렇게 말했다. "가서 빠져 죽어버린…… 불쌍한 놈! 전 그자가 몸 위로 흘러가는 물 밑에서 꼼짝 않고 엎드린 채 숨을 끊을 만큼 배짱 있는 놈이라는 생각을 하지 못했습니다. 바우처라는 자가 말이지요."

"이제야 알겠습니다." 헤일 씨가 말했다. "아까 하던 얘기로 돌아가서, 말을 삼가겠다고 그랬는데……"

"그자 때문이지만, 그자를 위한 건 아닙니다. 그자는 자기가 어디에 있든 뭐가 됐든, 이제 더 이상 추위와 굶주림은 느끼지 않을 겁니다. 다만 그 아내와 애들을 위해서지요."

"참으로 선량하군요!" 헤일 씨가 놀라며 말했다. 그러더니 목소리를 낮추고 숨을 죽이더니 이렇게 말했다. "무슨 의미입니까? 다 말해보도록 하세요."

"말하지 않았습니까?" 히긴스는 흥분된 헤일 씨의 모습에 약간 놀라고 있었다. "제 한 몸 때문이라면 일을 구하지 않았을 겁니다. 하지만 애들이 제 책임으로 남아 있습니다. 전 바우처가 더 나은 결정을 내리도록 했을 겁니다. 하지만 그자가 그렇게 된 건 저 때문입니다. 그러니 제가 그 사람의 뒤를 책임져야지요."

헤일 씨가 히긴스의 손을 잡고는 아무 말 없이 진심을 다해 흔들었다. 히긴스는 어색하고 겸연쩍은 모양이었다.

"자, 자, 선생님! 진짜 남자라면, 우리 중에 남자라는 이름을 달고 있는 사람이라면 똑같이 할 겁니다. 아니, 더 나았을 겁니다. 왜냐하면 정말이지 전 일을 하나도 얻지 못했고 또 얻을 기미도 보이지 않으니까요. 비록 제가 햄퍼한테 절대 서명할 생각이 없는, 아니 이번 같은 경우조차 절대 서명하지 못하는 그놈의 서약은 고사하고, 저만한 일꾼은 어디서도 절대 구하지 못했을 거라고 말했지만, 햄퍼는 절대 절 쓰지 않으려고 했지요. 다른 공장주들도 마찬가지였습니다. 저는 이제 아무짝에도 쓸모없는 골칫덩어립니다. 목사님이 절 좀 도와주지 않으면, 저 때문에 죄 없는 아이들이 굶어 죽고 말 겁니다."

"도와달라니! 어떻게 말입니까? 뭐든 하겠지만 내가 뭘 한단 말입니까?"

"저기 아가씨가," 방에 들어와 조용히 듣고 서 있던 마거릿을 보면서 "남부가 멋지다는 걸, 그리고 그쪽 사람들이 어떻게 살아가는지를 자주 얘기했습니다. 거기가 얼마나 먼 곳인지는 모르겠지만, 그 애들을 그리로 데려가서 살 수도 있겠다는 생각을 하고 있었습니다. 거긴 식료품비도 싸고 임금도 좋은 데다 남부 사람들은 모두가, 부자건 가난뱅이건 주인이건 일꾼이건 하나같이 인정스럽다고 그러니까요. 어쩌면 선생님께서 제가 일을 찾게 도와줄 수 있지 않겠습니까? 아직 나이 마흔다섯도 안 됐으니 몸은 튼튼합니다."

"그렇지만 어떤 일을 할 수가 있겠소?"

"글쎄요. 가래질 같은 건 할 수 있습니다."

"아무리 그래도," 마거릿이 나서며 말을 시작했다. "히긴스 씨가 더없이 성실하게 일한다고 해도, 주당 고작 9실링밖에 받지 못해요. 기껏해야 10실링 정도일 걸요. 식료품비도 집에서 약간 길러 먹을 수 있다는 것만 빼면 여기와 별반 차이가 없어요."

"애들이 그 일을 하면 되겠군." 그가 말했다. "어쨌든 난 밀턴이 진절머리 나고, 밀턴도 내가 끔찍이 싫을 겁니다."

"그렇다고는 해도 남부로 갈 수는 없어요." 마거릿이 말했다. "히긴스 씨는 참아내지 못해요. 비가 오나 눈이 오나 바깥에서 지내야만 할 텐데, 류머티즘에 걸려 죽을지도 몰라요. 그 나이에 몸 쓰는 일만으로도 건강은 엉망이 될 걸요. 임금도 히긴스 씨가 받아오던 것과 비교하면 형편없어요."

"지금 찬 음식 더운 음식 가릴 처지가 아니오." 기분이 상한 듯 그가 말했다.

"하지만 히긴스 씨는 일만 얻으면 직물 노동자일 때처럼 하루에 한번 푸줏간에서 고기를 사다 먹을 수도 있다고 믿었겠지요. 10실링으로 고기값도 지불하고 가능하면 저 불쌍한 애들도 건사할 수 있을 거라고 말예요. 제 탓이에요. 그런 생각을 품게 된 건 제가 그런 식으로 말했기 때문이죠. 히긴스 씨 앞에서 그런 말을 분명히 했기 때문이에요. 히긴스 씨는 지루한 일상을 견뎌내지 못해요. 그게 어떤 건지를 몰라요. 지루한 일상은 녹과 같이 스스로를 조금씩 부식시키고 말 거예요. 평생을 거기서 산 사람들은 고인 물속에 푹 잠겨 살아가는 데 익숙해져 있어요. 그쪽 사람들은 더운 김이 솟아나는 벌판 위에서 매일매일 크나큰 고독과 싸워가며 일을 해요. 말 섞을 사람도 없어요. 아니 구부린 채 땅만 보고 있는 그 불쌍한 고개를 한 번 들지도 못해요. 힘든 가래질로 머리는 무뎌지죠. 다람쥐 쳇바퀴 돌 듯 되풀이되는 노역은 사람들의 상상력을 죽여요. 일이 끝나고 나면 그들은 깊이 생각할 필요 없는 사소한 것조차 생각하거나 상상해보길 싫어합니다. 완전히 나가떨어질 정도로 지쳐서 집에 돌아가요. 불쌍한 사람들이지 뭐예요! 먹을 것과 휴식밖에는 아무것에도 관심이 없어요. 시골 사람들 사이에 섞여 들어가 어떻게 친해볼 수도 없어요. 좋든 나쁘든 도시에서는 어딜 가나 숨 쉬는 공기만큼 흔한 게 친구잖아요. 그건 몰라도 많은 사람 가운데 히긴스 씨가 그런 육체 노동자들의 삶을 견뎌내지 못한다는 건 알아요. 그들에게 휴식인 것이 히긴스 씨에게는 끝없는 조바심이 될 거예요. 더 이상 생각하지 마세요, 니컬러스, 부탁이에요. 그뿐 아니라 애들과 엄마를 몽땅 거기 데려갈 돈도 마련 못할 걸요. 그렇게만 해도 잘된 거죠."

"그 생각도 해보았소. 한 집 가구면 우리 모두한테 충분하니, 다른 한 집 가구는 처분하면 될 테지요. 그런데 거기 사람들도 분명 건사할 식구가, 어쩌면 예닐곱 명 정도의 애들이 있을 것 아니오. 맙소사!" 그는 마거릿의 말보다 자기가 제시했던 사실에 더 확신을 갖고 말했지만 갑자기 자신의 계획을 단념했다. 그 계획은 그저 그날의 피로와 불안으로 인해 녹초가 된 상태에서 생각해낸 것일 뿐이었다. "맙소사! 북부나 남부나 나름대로 괴로움이 있구먼. 거긴 확실한 일자리에 꾸준히 일해도 굶어 죽을 정도의 임금이고, 반대로 여긴 석 달은 잘 벌어도 다음 석 달은 땡전 한 푼 벌지 못하니. 확실히 세상은 뒤죽박죽이라서 나뿐만 아니라 다른 그 어떤 사람도 이해할 수가 없소. 세상을 바로잡아야 하는데, 흔히들 말하듯이 보이는 것 말고는 아무것도 없다면 누가 바로잡는단 말이오?"

헤일 씨는 분주히 빵과 버터를 자르고 있었다. 마거릿은 아버지가 그러고 있는 게 다행스러웠다. 히긴스를 혼자 말하게 두는 게 더 낫다는 걸 알았던 것이다. 만약 그녀의 아버지가 히긴스의 생각에 대해 아무리 부드러운 어조로 말했다손 쳐도 그는 자기가 수세에 몰려 있는 걸로 간주하고, 자기 입장을 꼭 고수해야겠다고 느꼈을 것이기 때문이다. 그녀와 그녀의 아버지는 히긴스가 음식을 먹는지 어쩌는지 거의 인식도 하지 못한 채, 그가 상당한 양의 음식을 먹어치울 때까지 대수롭지 않은 대화를 계속 이어갔다. 그다음 히긴스가 테이블에서 의자를 빼고서 그들의 얘기에 관심을 가져보려고 했다. 그러나 아무 소용이 없었다. 그는 멍하니 우울 속으로 다시 빠져들었다. 마거릿이 갑자기 말했다.(그 말은 아까부터 생각하고 있었지만 목구멍에 걸려 나오지 않고 있던 거였다.) "히긴스 씨, 일을 구하러 말버러 가에 가보셨나요?"

"손턴 공장 말이오?" 그가 물었다. "물론 손턴의 공장에 갔었지요."

"뭐라고 하던가요?"

"나 같은 놈한텐 사장과의 면담 허가가 떨어지지 않소. 경비가 나더러 꺼지라고 하더군요."

"손턴 씨를 만났더라면 좋았을 텐데요." 헤일 씨가 말했다. "일자리는 주지 않았을지 몰라도 그런 험한 욕설은 하지 않았을 겁니다."

"욕설이라면 저도 이골이 났으니 거슬리지도 않습니다. 문전박대당할 때 발끈하는 기분도 들지 않았지요. 거기뿐 아니라 다른 공장에서도 제가 싫어하는 만큼 그들도 절 원치 않는 건 사실이니까요."

"그래도 손턴 씨를 만났더라면 좋았을 거예요." 마거릿이 반복했다. "다시 가보세요. 부탁한다는 게 쉬운 일은 아니겠지만, 그래도 내일 한번 가보도록 하세요. 그렇게 한다면 정말 기쁘겠어요."

"소용없을 것 같구나." 헤일 씨가 목소리를 낮춰 말했다. "제가 손턴 씨에게 말해보는 게 낫겠어요." 마거릿이 계속해서 히긴스를 쳐다보며 그의 대답을 기다렸다. 진지하고 따뜻한 그녀의 두 눈을 보고 누가 거절하겠는가. 그는 길게 한숨을 내쉬었다.

"나도 자존심이 있는 놈이오. 나 한 몸 때문이라면 굶주림은 우선 참을 수 있소. 그 사람에게 부탁하는 건 죽기보다 싫소. 차라리 매를 맞지. 하지만 아가씬 보통 아가씨도 아니고──이런 말 하는 걸 용서하시오── 보통 사람 하듯 행동하지 않잖소. 얼굴을 잔뜩 구기고 내일 찾아가보리다. 나한테 일자리를 줄 거란 생각은 하지 마시오. 그러느니 그 사람은 장작더미에 타 죽을 사람이오. 이건 순전히 헤일 양 때문에 하는 거고, 내 평생 여자의 말을 듣는 것도 처음이오. 내 아내도 베시도 나에게 뭐라고 하지 못했소."

"아유, 정말 감사해요." 마거릿이 미소를 지으며 말했다. "히긴스 씨의 말을 믿는 건 아니지만, 히긴스 씨도 여느 남자들과 마찬가지로 아내나 딸에게 져줬을 거라고 생각해요."

"손턴 씨 말입니다." 헤일 씨가 말했다. "메모를 하나 써주지요. 감히 말하건대 히긴스 씨에게 해명할 기회를 줄 겁니다."

"말씀은 고맙지만 차라리 제 힘으로 하겠습니다. 저간의 사정도 모르는 사람이 베푼 호의를 받았다는 생각은 참기 힘듭니다. 주인과 노동자 사이에 개입하는 건 남편과 아내 사이에 끼어드는 거나 다를 바 없습니다. 엄청난 지혜가 필요한 일입니다. 수위실 앞에서 진을 치고 있겠습니다. 아침 6시부터 거기 서서 기다렸다가 손턴 씨를 만나볼 겁니다. 하지만 차라리 길거리 청소를 하는 게 낫지요. 가난한 사람들이 그 일을 다 차지해버리지 않았다면 말입니다. 기대는 하지 마시오, 아가씨. 가능성이라고는 없는 일이오. 두 분 모두 안녕히 계십시오. 정말 고맙습니다."

"부엌 화로 옆에 신발 있어요. 말리려고 거기다 갖다 놨어요." 마거릿이 말했다.

그는 몸을 돌려 그녀를 지그시 바라보더니 야윈 손으로 두 눈을 쓱 닦고는 자리를 떴다.

"참으로 자존심이 강한 사람이군!" 그녀의 아버지가 손턴 씨에게 잘 말해주겠다는 호의를 거절한 히긴스의 태도에 기분이 약간 언짢아져서 말했다.

"자존심이 강해요." 마거릿이 말했다. "히긴스 씨가 자존심이나 고집은 세지만 훌륭한 남자의 덕목을 갖추고 있어요."

"그 사람이 손턴의 성격 중에 자기와 닮은 부분을 존중하는 걸 보니 재미있구나."

"여기 북부 사람들은 모두 화강암 같은 고집이 있어요, 그죠 아빠?"

"불쌍한 바우처한텐 없던 것 같더구나. 그 아내도 마찬가지고."

"말하는 걸로 보아 두 사람 다 아일랜드 혈통일 거예요. 전 내일 어떤 성공작이 나올지 궁금해요. 만약 히긴스와 손턴 씨가 남자 대 남자로 맞붙어서 할 말 못할 말 다 한다고 생각해봐요. 만약 히긴스가 손턴 씨가 업주란 사실을 잊어버리고 우리한테 하듯 말한다면, 그리고 손턴 씨도 업수의 입장에서가 아니라 인간적으로 우러나는 마음에서 그 사람 말을 충분히 참을성 있게 들어준다면……"

"마거릿, 네가 드디어 손턴 군을 바로 평가하는 것 같구나." 마거릿의 아버지가 그녀의 귀를 쥐며 말했다.

마거릿은 이상하게 울컥한 마음이 들어 대답할 수가 없었다. '아!' 그녀는 생각했다. '내가 남자라면, 그 사람한테 가서 우격다짐으로라도 반감을 표출케 하고, 내가 그런 대접을 받아 마땅하다는 걸 나도 알고 있다고 솔직하게 말할 수 있을 텐데. 이제 막 그의 진가를 느끼기 시작했는데 친구인 그를 잃게 되는 건 힘든 일일 테지. 엄마한테 그 사람이 얼마나 다정했었는데! 단지 엄마 때문에라도 그가 찾아와줬으면 좋겠어. 그러면 적어도 내가 그 사람 눈에 얼마나 보잘것없는 사람인지 알게 되겠지.'

38장
약속의 이행

그러자 눈에는 눈물이 맺혔지만
그녀가 더없이 도도한 태도로 일어섰다
"당신이 무슨 말을 하셔도 당신이 어떻게 생각하셔도
내게서는 한마디도 못 듣습니다!"
―스코틀랜드 서정시

마거릿은 손턴 씨가 자기에게서 완전히 등을 돌린 이유가 자신의 위증 사실을 알게 됐기 때문이라고 생각했지만, 사실 손턴은 마거릿의 거짓말이 분명 누군가 다른 정인과 관계가 있다는 생각을 하고 있었다. 그는 그녀와 그 어떤 다른 남자 사이에 오가던 다정하고 열렬한 눈빛을, 확실한 애정 표시까지는 아니지만 터놓고 믿는 사이라는 느낌을 주던 그 태도를 잊을 수가 없었다. 이 생각은 끊임없이 그를 아프게 찔러댔고, 그가 어딜 가든 혹은 뭘 하고 있든 눈앞에 선연히 떠올랐다. 그뿐 아니라 (이 생각이 떠오르면 그는 이를 꽉 물었다) 시간도 땅거미가 지던 어스름 저녁이었고 장소 역시 집에서 멀리 떨어진, 비교적 인적이 드문 곳이었다. 그의 고상한 자아는 처음에 이 모두가 우연의 일치일 뿐, 불순한 게 아니고 타당한 이유가 있을지도 모른다고 말했었다. 그러나 그녀에게 사랑하고 사랑받을 수 있는 권리를 일단 인정한다면, (게다가 그녀의 권리를 부정할 이유가 그에게 하나라도 있는가? 그의 사랑을 내칠 때 그녀의 말은 아주 분명하지 않았던가?) 그녀가 상대의 구슬림에 쉬 넘어가서 먼 산책길에 올랐다가 생각보다 늦은 시간까지 있었을 수도 있는 일이다. 하지만 그 거짓말은! 그것은 그녀가 무언가 잘못을 저지르면서 숨길 수밖에 없음을 알고 있는 치명적인 행동이었고, 그녀답지 않은 행동이었다. 그는 그렇게 그녀를 공정하게 판단했다. 그래도 그녀가 자신의 존중을 받을 가치가 전혀 없다고 믿었다면 내내 위로가 됐을 것이다. 그를 고통에 빠뜨렸던 건, 자신이 그녀를 열렬히 사랑하고 있고, 그녀가 아무리 그 모든 결점을 갖고 있어도, 자신은 그녀가 다른 여성들보다 더 우월하고 사랑스럽게 여겨진다는 것이었다. 그러면서도 그는 그녀가 이 다른 남자에게 너무 빠졌고, 그 결과 그 남자에 대한 애정에 이끌려 자신의 본성마저 저버릴 정도가 된 것이라고 여겼다. 그녀에게 오점을 남긴 그 거짓말만 봐도 그녀가 딴 사람을 —— 구릿빛에 호리호리하고 품위 있는 데다 잘생긴 그 남자를 —— 그에 비하면 자신은 투박하고 고집스럽고 다부진 쪽이다 —— 얼마나 맹목적으로 사랑하는지를 알 수 있었다. 그는 스스로를 통렬한 질투심의 고통 속에 밀어 넣었다. 그는 떠올렸다. 그 표정과 그 태도를! 그렇게 다정한 눈빛과 사랑이 담긴 관심을 위해서라면 그는 정말 그녀의 발밑에 온몸을 던지고도 남았을 것이다! 그는 성난 군중으로부터 자신을 보호했던 그녀의 반사적 태도를 높이 샀던 스스로를 비웃었다. 이제 그녀가 진정으로 사랑하는 남자와 함께 있을 때 얼마나 다정하고 매혹적이던가를 봐버렸기 때문이다. 그 군중 가운데 그녀가 자신에게 했던 것과 똑같이 행동하지 않을 사람은 아무도 없었던 그녀의 비수 같은 말 하나하나를 그는 떠올려보았다. 그는 유혈 사태를 피하려던 그녀의 바람을 군중과 함께 나누었지만 이 남자, 이 숨겨놓은 애인은 그녀의 바람을 그 누구하고도 나누지 않았다. 이 남자는 자태와 말, 맞잡은 손, 거짓말, 은폐까지 이 모든 걸 혼자 다 차지했다.

손턴 씨는 여태까지 살아오면서 지금처럼 화가 치밀었던 적이 없음을 깨달았다. 누군가 질문이라도 할라 치면 대답이라기보다는 거의 호통에 가까운 외마디 소리를 질러대고 싶은 기분이었다. 게다가 이런 걸 의식하니 자존심마저 상했다. 그는 스스로의 자제심에 대해 늘 자부심을 가져왔으니까 자제하려고 들 것이다. 그렇게 태도는 한풀 누그러져서 조용히 생각하는 단계가 됐지만, 문제는 보통보다 한층 더 힘들고 가혹했다. 그는 집에서 평상시보다 더 조용했다. 계속 일정한 걸음걸이로 서성이면서 저녁 시간을 보냈는데, 만약 다른 사람이 이러고 있었다면 그의 어머니는 무척이나 성가셔했을 것이다. 그리하여 그녀는 아무리 사랑하는 아들이지만 더 이상은 인내심을 발휘하고 싶지 않았다.

"그만 좀 해라. 잠시 앉아볼 테냐? 네게 할 말이 있다. 잠시도 쉬지 않고 계속 걷는 걸 멈춰준다면 말이다."

그는 벽에 기대져 있는 의자에 즉시 앉았다.

"벳시 말이다. 벳시가 우리를 떠나야겠다는구나. 애인의 죽음에 정신적으로 너무 충격을 받아서 맡은 일을 충실히 해내질 못하겠다고 해."

"알겠습니다. 다른 요리사들을 찾을 수 있을 겁니다."

"꼭 남자들처럼 말하는구나. 요리만 말하는 게 아니야. 벳시는 집안일을 어떻게 처리해야 하는지 속속들이 알고 있어. 그뿐 아니라 네 친구인 헤일 양에 대해서도 말해준 게 있어."

"헤일 양은 친구가 아닙니다. 헤일 씨가 제 친구지요."

"그렇게 말하니 다행이구나. 만약 헤일 양이 네 친구였다면 벳시의 말이 기분이 거슬렸을 게다."

"어디 한번 들어볼까요?" 그가 최근 며칠 동안 취했던 극도의 침착한 태도를 보이며 말했다.

"벳시 말이, 애인이 죽던 날 밤, 그 애가 늘 '그이'라고 하니 이름은 생각나지 않는구나."

"레너즈입니다."

"레너즈가 역에 마지막으로 모습을 보였던, 마지막으로 일하던 그날 밤에, 사실은 헤일 양이 거기 있었다는구나. 어떤 젊은 남자하고 거닐고 있었다는데, 벳시는 그 남자가 주먹으로 쳤든지 아니면 떠밀었든지 해서 애인을 죽였다고 믿고 있어."

"레너즈가 죽은 건 주먹으로 맞아서도 아니고 떠밀려서도 아닙니다."

"어떻게 그걸 아느냐?"

"의사한테 제가 확실하게 물어봤기 때문입니다. 레너즈가 과도한 음주 습관으로 인해 고질적인 내과 질환을 앓고 있었다고 했습니다. 즉, 취해 있는 동안 질환의 급격한 악화가 초래됐다는 사실로 그자의 결정적인 사인이 과도한 음주냐 혹은 추락이냐 하는 문제는 해결이 됐습니다."

"추락! 추락이라니?"

"벳시 말대로 주먹에 맞았든지 아니면 떠밀렸든지 했던 거죠."

"그러면 주먹질이나 밀기가 있었다는 거냐?"

"그런 것 같습니다."

"그렇다면 누가?"

"의사의 소견을 좇아 사인 조사를 실시하지 않았기 때문에 알 수 없습니다."

"하지만 헤일 양은 거기 있었느냐?"

대답이 없었다.

"게다가 젊은 남자하고?"

여전히 아무 대답이 없었다. 이윽고 그가 말했다. "어머니, 사인 규명이나 조사가 전혀 없었다는 것만 말씀드리겠습니다. 제 말은 법적인 조사가 전혀 없었다는 겁니다."

"벳시 말이, 울머(벳시가 아는 사람인데, 크램턴의 식료품 가게에서 일한단다)가 헤일 양이 그 시간에 역에서 한 젊은 남자와 이리저리 걷고 있었다는 걸 맹세할 수 있다고 했다는구나."

"우리가 그것과 무슨 상관이 있다는 건지 모르겠습니다. 헤일 양은 자기가 하고 싶은 대로 할 자유가 있습니다."

"그렇게 말하니 다행이구나." 손턴 부인이 열을 내며 말했다. "물론 우리한테는 중요할 것도 없는 문제다. 그 일도 있었으니 네겐 더더욱 아무 의미도 없을 거고 말이다. 하지만 헤일 부인에게 약속했어. 여식이 잘못을 저지른다면 충고나 고언을 해주겠다고 말이야. 그런 행동에 대해 내가 어떻게 생각하는지 확실히 알려줘야겠다."

"그날 밤 헤일 양의 행동이 잘못된 거라고는 생각지 않습니다." 손턴 씨가 일어나서 어머니 곁으로 다가가며 말했다. 그는 고개는 방을 향하지 않은 채 벽난로 선반 옆에 섰다.

"만약 패니가 야심한 시각에 인적이 드문 곳에서 젊은 남자와 거니는 게 사람들 눈에 띄었다면 넌 괜찮다고 말하지 못할 게다. 난 헤일 양이 어머니가 아직 묻히기도 전인, 그런 때를 골라 그렇게 산책길에 나섰던 취향을 갖고 뭐라는 게 전혀 아니다. 넌 여동생이 그러고 있는 걸 식료품점 점원이 봤다면 좋아했겠느냐?"

"우선 저 역시 불과 몇 년 전에는 포목점 점원이던 시절이 있었던 터라, 단지 식료품점 점원이 그걸 봤다는 상황 때문에 그 행위의 성격이 달리 생각되지는 않습니다. 둘째, 헤일 양과 패니 사이에는 엄청난 차이가 있습니다. 한 사람은 어쩌면 중대한 이유 때문에 자신의 행동이 부적절해 보여도 모른 채 넘어간 건지도, 모른 채 넘어갈 수밖에 없었는지도 모릅니다. 패니에게는 그런 중대한 이유가 있을 리 없습니다. 다른 사람들이 패니를 혼자 놔두지 않겠지요. 헤일 양은 아무도 없이 혼자 스스로를 돌봐야 합니다."

"여동생에 대해 말하는 것 하고는! 정말이지 존, 누가 들었다면 네가 헤일 양에 대해 그렇게 똑 부러진 생각을 가질 수 있도록 헤일 양이 뭔가 단단히 했다고 여겼겠다. 대담하게도 헤일 양은 네게 관심 있는 척해서 청혼을 하게 만들고는, 바로 이 젊은 남자와 맞붙어서 득을 볼 생각을 하고 있었던 거야. 틀림없다. 헤일 양이 왜 그랬는지 이제 분명해졌어. 넌 그 청년이 헤일 양의 정인이라고 믿고 있겠지. 인정하고 있어."

그는 어머니를 향해 돌아섰다. 그의 얼굴빛은 무척 어둡고 우울했다. "그렇습니다, 어머니. 그 사람이 헤일 양의 정인이라고 생각합니다." 말을 마치자 그는 다시 돌아섰다. 그는 육체적인 통증을 느끼는 듯 온몸을 비틀었다. 그는 손으로 얼굴을 받쳤다. 그러더니 그의 어머니가 뭐라고 말도 하기 전에 갑자기 몸을 다시 돌렸다.

"어머니. 누가 됐든 그 사람은 헤일 양이 사랑하는 사람입니다. 하지만 헤일 양은 어쩌면 도움이, 여자로서의 조언이 필요할지도 모릅니다. 제가 모르는 고충이나 마음의 흔들림 같은 게 있을지 모릅니다. 그런 게 있을까 봐 두렵습니다. 그게 무언지는 알고 싶지 않습니다. 하지만 어머니는 제게 늘 훌륭한, 그럼요 다정한 어머니셨으니, 헤일 양에게 가서 속마음을 털어놓게 하시고 어떤 게 최상의 길인지를 알려주십시오. 뭔가가 잘못됐습니다. 분명 뭔가 두려운 것이 그녀를 엄청나게 괴롭히고 있어요."

"세상에, 존!" 이제 진짜 놀라버린 그의 어머니가 말했다. "무슨 말이냐? 그게 무슨 말이냐? 네가 뭘 알고 있는 거냐?"

그는 대답하지 않았다.

"존! 네가 더 말해주지 않는다면 난 어떻게 생각해야 할지 모르겠다. 넌 무슨 권리로 헤일 양을 비난하는 거냐."

"비난하는 게 아닙니다, 어머니! 전 비난할 수가 **없습니다.**"

"음! 네게 그런 말을 할 권리는 없다. 이유를 더 말해준다면 모를까. 이렇게 반만 말해주면 한 여자의 정숙한 인상을 망치게 돼."

"헤일 양의 정숙한 인상을요! 어머니, 그런 식으로……" 그는 고개를 돌려 이글거리는 눈으로 어머니를 쳐다보았다. 그러더니 위엄 있고 결연한 표정으로 마음을 가다듬더니 이렇게 말했다. "이 말만 하겠습니다. 더도 덜도 아닌 딱 사실이니까요. 어머니도 절 믿으시리라고 생각합니다. 헤일 양이 누군가와 관련된 일로 마음을 졸이고 힘들어한다고 믿는 데는 충분한 이유가 있고, 제가 아는 헤일 양의 도덕성에 비추어볼 때, 그 관계는 정말 순수하고 올바른 것입니다. 그 이유가 뭔지는 말하지 않겠습니다. 하지만 헤일 양의 명예를 실추시키는 험담은 더 이상 한 마디도 듣지 않겠습니다. 헤일 양에게 지금 다정하고 너그러운 여성의 조언이 필요하다는 말 외에는 하지 마십시오. 어머닌 그러시겠다고 약속하셨지요!"

"아니다!" 손턴 부인이 말했다. "이런 말을 할 수 있어 다행이지만, 다정하고 너그럽게 대하겠다는 약속은 한 일이 없다. 그때 난 헤일 양의 성격과 성향으로 볼 때 다정하고 너그럽게 대하는 건 어렵겠다는 걸 느꼈던 거야. 내 딸에게 해주는 것과 같은 조언과 충고는 약속했지. 만약 헤일 양이 어떤 젊은이와 야밤에 노닐고 다녔다면 내가 패니에게 하듯 헤일 양에게도 그렇게 해야 할 거야. 네가 털어놓으려고 하지 않는 '중대한 이유'에 구애받지 않고 난 내가 아는 상황에 대해 말해줄 거다. 그러면 난 내가 했던 약속과 의무를 이행하는 게 될 테지."

"헤일 양은 결코 그걸 견디지 못할 겁니다." 그가 열렬히 말했다.

"죽은 어머니의 이름으로 말한다면 참고 들어야지."

"알겠습니다!" 그가 말을 자르며 말했다. "그 얘긴 더 이상 하지 마십시오. 생각조차 괴롭습니다. 어쨌든 헤일 양에게 얘기하십시오. 아무 말도 듣지 못하고 있는 것보다 나을 테니까요. 아아! 사랑에 빠진 그 표정이라니!" 그는 소리를 죽여 이 말을 덧붙이고는, 방으로 들어가 문을 잠갔다. '그 저주스러운 거짓말. 그건 언제나 떳떳하게 살 것 같았던 헤일 양이 드러내놓을 수 없는, 뭔가 지독히도 부끄러운 무엇이 그 이면에 있다는 거다! 아! 마거릿, 마거릿! 어머니, 어머닌 절 견딜 수 없는 고통에 빠뜨렸습니다! 아! 마거릿, 날 사랑할 수가 없었던 거요? 난 무례하고 투박하기만 한 사람이오. 그래도 난 절대로 당신이 나 때문에 그런 거짓말을 하게 만들지는 않았을 거요.'

손턴 부인은 마거릿의 무분별한 행동을 너그러운 마음으로 판단해달라고 간청하던 아들의 말을 생각할수록 그녀가 더욱더 싫어졌다. 그녀는 의무 이행이라는 미명하에 마거릿에게 '하고 싶은 말을 다 할' 생각에 잔인한 쾌감을 느꼈다. 그녀는 마거릿이 많은 사람을 사로잡는 매력이 있음을 알고 있지만 자신은 그녀의 그런 매력에 전혀 끄떡도 하지 않음을 보여줄 거라는 생각에 즐거움을 느꼈다. 그녀는 아름다운 마거릿을 머릿속에 그려보며 경멸스러운 듯 코웃음을 쳤다. 그녀의 칠흑 같은 머리카락, 투명하고 매끄러운 피부, 빛나는 두 눈도 손턴 부인이 밤을 새워 머릿속에 준비했던 정당하고 준엄한 나무람을 피하지는 못할 것이다.

"헤일 양 안에 있나요?" 손턴 부인은 창가에서 그녀를 보았기 때문에 그녀가 안에 있는 걸 알았다. 그리하여 마사가 질문에 대답할 여유도 주

500

지 않고 작은 복도 안으로 걸음을 내디뎠다.

　마거릿은 혼자 앉아서 이디스에게 편지를 쓰고 있었는데, 어머니가 돌아가시기 전 며칠간의 일들을 자세하게 적고 있었다. 마음이 울컥해지는 일이었기 때문에 손턴 부인이 왔다는 말을 듣자 그녀는 저절로 흘러내리던 눈물을 훔쳐내야 했다.

　그녀가 손님을 맞이하는 태도가 어찌나 우아하고 여성스러웠던지 손턴 부인은 기가 약간 눌렸고, 아무도 없는 곳에서 혼자서 준비할 때 그렇게 쉬웠던 그 말을 꺼내는 게 대단히 곤란해지고 말았다. 마거릿의 나지막하고 풍부한 음성은 평상시보다 더 부드러웠고 태도는 더욱 우아했는데, 그건 그녀가 손턴 부인의 정중한 방문에 진심으로 고마움을 느끼고 있었기 때문이다. 그녀는 흥미로울 만한 화제를 열심히 생각해내려고 애썼다. 그녀는 손턴 부인이 자신들을 위해 소개해주었던 하녀인 마사를 칭찬했고, 패니 양과 얘기한 적 있는 그리스 음악에 대해 이디스에게 물어봤다는 말도 했다. 손턴 부인은 적잖이 당황스러웠다. 예리한 그녀의 다마스쿠스 검(劍)*은 장미 꽃잎에 어울리지 않는 것 같았고 무용지물처럼 보였다. 그녀는 아무 말도 하지 않고 있었다. 임무를 수행해보려고 애를 쓰는 중이었던 것이다. 마침내 모든 개연성에도 불구하고, 그녀가 머릿속에 떠오르게 놔뒀던 어떤 의심이 활동을 시작했는데, 그 의심이란 마거릿의 나긋나긋함이 손턴을 차지하려는 생각에서 나온 것이며, 마음에 두고 있던 다른 대상이 떨어져 나갔기 때문에, 목적을 위해 그녀가 한때 거절했던 연인을 다시 생각해냈다는 것이다. 불쌍한 마거릿! 이러한 의심에는

---

* 인도 지역의 우츠 철강을 이용하여 중동 지역에서 주조됐던 검으로, 특이한 형태의 표면 무늬 때문에 아주 강력한 검이 만들어졌다.

어쩌면 진실이 다분히 내포되어 있다고 해야 할 것이다. 즉 손턴 부인은 마거릿이 존중했고 잃어버렸을까 봐 두려워하던 사람의 어머니다. 그리고 이 생각은 몸소 찾아오는 친절을 베풀고 계신 분을 기쁘게 해드리고 싶어 하는 마거릿의 당연한 소망에 무심코 보태졌을 것이다. 손턴 부인은 가려고 일어섰지만 아직도 못다 한 말이 있는 것 같았다. 그녀는 목청을 가다듬더니 말을 꺼냈다.

"헤일 양, 종결지어야 할 임무가 하나 있어요. 난 헤일 양의 어머니에게, 내가 알고 있는 한 헤일 양이 어떤 식으로든, 아니 (여기서 그녀는 목소리를 부드럽게 낮추었다) 무심결에라도 잘못된 행동을 하도록 내버려두지는 않겠다고 약속했어요. 받아들이거나 받아들이지 않는 건 헤일 양의 선택에 달렸지만, 적어도 충고 없이 넘기지는 않겠다고 말이에요."

마거릿은 여느 범죄자처럼 그녀 앞에 얼굴을 붉힌 채 서 있었는데, 손턴 부인을 바라보는 두 눈은 커다래져 있었다. 그녀는 손턴 부인이 자신의 거짓말에 대해 말해주러 왔다고 생각했다. 판사들이 다 참석한 법정에서 증언을 반박하면 자신이 위험해진다는 것을 설명하기 위해 손턴 씨가 그녀를 보냈다고 생각했던 것이다. 그래서 그녀는 비록 그가 직접 와서 자신을 질책하고 뉘우침을 듣고 자신을 재평가하는 길을 택하지 않았다는 사실에 가슴이 무너졌지만, 이 문제와 관련한 모든 비난을 유순하게 묵묵히 참아낼 수 있을 만큼 아주 겸허해져 있었다.

손턴 부인은 계속 말을 이었다.

"처음에 하인 하나가 야심한 시각에 집과도 아주 먼 아웃우드 역에서 헤일 양이 어떤 신사와 거니는 걸 봤다고 말했을 때, 정말이지 난 내 귀를 의심했어요. 하지만 유감스럽게도 내 아들이 그 하녀 말이 맞다고 확인해주더군요. 좋게 말해서 지각없는 행동이라고 할 수 있겠지요. 이전에도 그런 일로 많은 여성이 정숙하다는 인상을 잃었어요……"

마거릿의 두 눈이 불타올랐다. 생각도 해보지 못한 이야기였다. 너무나 모욕적이었다. 만약 손턴 부인이 자신의 거짓말에 대해 얘기했더라면 충분히 그녀는 그 사실을 인정하고 스스로 부끄러워했을 것이다. 하지만 자신의 행동에 대해 왈가왈부하며 정숙한 인상 운운하다니! 손턴 부인이 ─ 겨우 제3자인 그녀가 그러는 건 무례하기 짝이 없는 일이었다! 그녀는 대답하고 싶지 않았다. 한마디도 하고 싶지 않았다. 손턴 부인은 마거릿의 눈에서 적의를 읽었고, 그 때문에 그녀 역시 전의가 솟아났다.

"헤일 양의 어머니를 생각해서, 그런 부적절한 행동에 대해 경고해주는 것이 옳다고 생각했지요. 그런 행동이 분명 나쁜 결과를 초래하지는 않는다고 해도 결국에는 그 일로 헤일 양의 평가는 땅에 떨어지고 말 거예요."

"제 어머니를 생각해서," 마거릿이 울먹이는 목소리로 말했다. "많은 걸 견뎌내겠지만, 모든 걸 견뎌낼 수는 없습니다. 어머닌 절대 제가 모욕당하도록 할 생각은 없었을 겁니다."

"모욕이라니, 헤일 양!"

"그렇습니다, 부인." 마거릿은 더욱더 침착하게 말했다. "모욕입니다. 그런 의심을 하실 만큼 부인은 절 많이 알지 못하니까요. 아!" 그녀가 얼굴을 손으로 감싸면서 주저앉으며 말했다. "이제 알겠습니다. 손턴 씨가 부인께……"

"아녜요, 헤일 양." 마거릿의 진정성 때문에 그녀가 막 하려던 고백을 저지했지만, 손턴 부인은 마거릿이 하려던 말이 무엇일까 그 내용이 몹시 궁금했다. "그만해요. 손턴은 아무 말도 하지 않았어요. 헤일 양은 내 아들을 몰라요. 내 아들을 알 정도는 아니지요. 아들은 이 말만 했어요. 잘 들어요, 아가씨. 아가씨가 거절한 남자가 어떤 사람인지 이해할 수도 있을 테니까. 아가씨가 그 여린 심장을 짓밟았던 밀턴의 공장주가 어젯밤 한 말은 이 말뿐이었어요. '가보십시오. 헤일 양이 누군가와의 관계 때문에 마음 졸이고 있다고 생각할 이유가 충분히 있습니다. 헤일 양은 여성의 조언이 필요합니다.' 정확히 이 말이었을 거예요. 그 외 헤일 양이 26일 저녁 한 젊은 신사와 아웃우드 역에 있었다는 게 사실이라고 인정한 것 말고는, 헤일 양에 대해 불리한 말은 한마디도 하지 않았어요. 헤일 양이 그렇게 흐느낄 수밖에 없는 무언가를 알고 있다고 해도 내 아들은 그걸 발설하지 않는다는 말이에요."

마거릿은 여전히 두 손에 얼굴을 묻고 있었고, 그녀의 손가락은 눈물에 젖어 있었다. 손턴 부인은 마음이 약간 누그러졌다.

"그만 울어요, 헤일 양. 사정이 있었겠지요. 외견상 부적절해 보였던 것도 설명을 들어보면 그게 아닐 수도 있다는 걸 인정해요."

역시 아무 대답이 없었다. 마거릿은 할 말을 생각하고 있었다. 그녀는 손턴 부인이 좋게 생각해주길 바라고 있었지만, 그럼에도 불구하고 그 어떤 설명도 할 수 없었고, 어쩌면 아무 설명도 하지 않을지도 몰랐다. 손턴 부인은 점점 안달이 났다.

"친분 관계를 끊는 것은 유감스러운 일이겠지만 패니를 생각한다면……, 아들에게도 말했다시피 만약 패니가 부끄러울 만하다고 생각되는 행동을 했다면, 그래서 엇나갔다면……"

"전 아무 설명도 드릴 수 없습니다." 마거릿이 목소리를 낮춰 말했다. "아무 잘못도 하지 않았지만, 부인께서 생각하거나 알고 있는 그런 건 아닙니다. 부인보다는 손턴 씨가 절 더 너그럽게 이해하는 것 같아요. 하지만," 그녀는 눈물에 목이 메어 겨우 말을 이어나갔다. "부인께서는 좋은 뜻에서 그러시는 거라고 생각합니다."

"고마워요." 손턴 부인은 자세를 가다듬으며 말했다. "내 말 뜻이 의심받으리라는 생각은 해보지 않았어요. 간섭하는 건 이게 마지막입니다. 난 헤일 양의 어머니가 부탁했을 때 그렇게 하겠다고 말하는 게 내키지는 않았어요. 아들이 헤일 양을 마음에 두는 것도 탐탁지 않았죠. 그때 난 그게 미심쩍기만 했으니까. 헤일 양은 내 아들에게 맞는 짝으로 보이지 않았던 거예요. 하지만 폭동이 일어났던 날의 일로 헤일 양이 하인들과 노동자들의 입방아에 올랐을 때, 헤일 양에게 청혼하고 싶어 하는 아들의 바람을, 어쨌든 폭동 있던 날까지는 아들이 한 번도 품어보지 않았던 그런 바람을, 내가 더 이상 반대하는 건 옳지 않다고 느꼈지요." 마거릿은 몸을 움찔하더니 길게 숨을 들이마셨지만, 손턴 부인은 전혀 눈치채지 못했다. "아들이 왔는데, 헤일 양은 생각을 바꾸었던 것 같더군요. 어제 아들에게 말했습니다. 그 잠깐 사이에 헤일 양이 이 다른 정인에 대해 들은 말이 있거나, 아니면 알게 된 뭔가가 있을 수도 있지 않느냐고⋯⋯"

"도대체 절 어떻게 보시는 겁니까, 부인?" 마거릿은 경멸의 빛을 띤 도도한 태도로 물으면서 고개를 뒤로 젖혔는데, 급기야 그녀의 목청은 백조의 그것처럼 둥그렇게 도드라졌다. "더 이상 말씀하지 않으셔도 됩니다, 부인. 무슨 일이 있어도 제 자신을 변호할 생각은 그만두겠습니다. 그만 물러날 테니 용서하십시오."

그러고는 기분 상한 공주처럼 소리 없이 우아하게 미끄러지듯 방을 나갔다. 손턴 부인은 남겨진 자신의 처지가 바보 같음을 인지할 정도의 지각은 충분히 있었다. 그 장소를 뜨는 것 외에 다른 도리가 없었다. 그녀는 마거릿의 행동에 특별히 화가 나지는 않았다. 그녀는 마거릿의 태도에 그다지 신경 쓰지 않았다. 마거릿은 손턴 부인이 기대했던 만큼 부인의 충고를 최대한 절절한 심정으로 받아들였고, 마거릿의 즉각적인 흥분은 아무 말 하지 않거나 말을 아꼈을 때보다 훨씬 더 손턴 부인을 달래주었다. 그건 손턴 부인의 말의 효력을 보여주는 것이었다. '어린 아가씨가,' 손턴 부인은 혼자 생각했다. '고약한 성질머리를 가졌군. 만약 존과 저 처자가 결혼했더라면 존이 저 처자를 꽉 잡아야 했겠어. 그래야 분수가 뭔지를 알게 됐을 테니까. 하지만 처자가 또다시 날도 저문 그런 시각에 발길을 재촉하며 정인과 함께 산책길에 오르진 않겠지. 그러기엔 자존심과 기개가 대단하거든. 난 처자가 남들의 입방아에 오르내린다는 사실에 대해 화내는 걸 보는 게 좋아. 그건 그들의 천성이 경박한 것도 아니요 뻔뻔한 것도 아니라는 걸 보여주는 거니까 말이야. 그런 처잔 뻔뻔할지는 몰라도 결코 경박하지는 않겠지. 난 그런 처자를 올바로 평가할 거야. 이제 패니를 한번 볼까. 그 앤 경박하지. 근데 대담하지는 않아. 불쌍한 내 딸한테는 용기라고는 없으니까!'

손턴 씨는 그의 어머니만큼 아침을 만족스럽게 보내고 있지 못했다. 그녀는 어찌 됐든 소기의 목적을 달성하고 있었다. 그는 자신의 상황이 어떤지, 파업으로 인한 피해가 어느 정도인지 파악해보려고 애쓰고 있었다. 값비싼 장비를 새로 들여오느라 꽤 많은 자금이 묶여 있었고, 받아놓은 주문을 고려하여 면화를 대량으로 구입해놓은 상태였다. 파업이 납품을 엄청나게 지연시켜버렸다. 공장의 숙련 노동자들이 작업해도 그는 계약 이행에 어려움을 좀 겪었을 것이다. 사실 평소와 다른 작업 활동이 요구되는 시기에 연수를 받아야만 작업에 투입될 수 있는 아일랜드 일꾼들의 무능함은 짜증이 일상이 되게 만들었다. 히긴스가 부탁을 하기에 적기는 아니었다. 하지만 그는 마거릿에게 무슨 일이 있어도 그렇게 하겠다고 약속을 했었다. 그리하여 시간이 갈수록 반발심이 솟고 자존심이 상하면서 성미가 돋았지만, 그는 막다른 벽에 한번은 이쪽 발을, 다음번엔 다른 쪽 발을 번갈아 짚어가며 몇 시간째 기다리고 서 있었다. 드디어 걸쇠가 철커덕하고 들리더니 손턴 씨가 나왔다.

"말씀드릴 게 있습니다."

"지체할 시간이 없소. 지금은 내가 너무 늦었소."

"그렇다면 전 돌아오실 때까지 기다릴 수 있습니다."

손턴 씨가 거리를 반쯤 내려가고 있었다. 히긴스는 한숨이 나왔다. 하지만 어쩔 수 없었다. 그로서는 거리에서 그를 붙드는 게 '업주'를 만나는 유일한 기회였다. 만약 그가 수위실 초인종을 울렸다거나 혹은 그를 보겠다고 집까지 올라갔더라면 아마 작업반장을 찾아가보라는 말을 들었을 것이다. 그래서 그는 계속 꼼짝 않고 서 있었는데, 점심때가 되어 공장 마당을 빠져나가는 무리 중 아는 사람 몇 명이 말을 붙여오면 아무런 대답 없이 간단히 고갯짓으로 아는 체를 해주었고, 물 건너 데려온 아일랜드 인부들을 향해서는 무서운 눈빛을 있는 대로 쏘아 보냈다. 드디어 손턴 씨가 돌아왔다.

"이런! 아직 있는 거요!"

"예, 그렇습니다. 꼭 좀 말씀을 드려야겠습니다."

"그렇다면 들어오시오. 잠깐, 마당을 가로질러 갑시다. 아직 사람들이 오지 않았으니 우리뿐이오. 성실한 이 사람들은 식사 중인가 보군." 수위실 문을 닫으며 그가 말했다.

그는 작업반장과 말을 하느라고 걸음을 멈추었다. 작업반장은 나지막한 목소리로 이렇게 말했다.

"아시겠지만 저자가 히긴스입니다. 노조 간부 중 한 명이고 허스트필드에서 연설했던 잡니다."

"난 모르고 있었네." 그가 뒤따라오던 히긴스를 홱 돌아보며 말했다. 그는 히긴스의 이름은 모르고 단지 폭도로만 알고 있었다.

"따라오게." 그가 말했는데, 그의 어조가 조금 전보다는 약간 더 거칠어져 있었다. '이런 사람들이,' 그는 생각했다. '영업을 방해하고, 살고 있는 마을에 해를 입히는 거야. 다른 사람들에게 어떤 피해가 가더라도 단지 선동하고 권력을 옹호할 뿐이지.'

"자, 선생! 내게 뭘 원하시오?" 두 사람이 경리과 사무실로 들어서자마자 손턴 씨가 돌아서더니 히긴스의 얼굴을 마주 보고 물었다.

"히긴스라고 합니다."

"알고 있소." 손턴 씨가 불쑥 내뱉었다. "뭘 원하시오, 히긴스 씨? 중요한 건 그거요."

"일을 원합니다."

"일이라고! 나한테 일을 구하러 오다니 배짱이 좋은 사람이군. 건방지다는 것만큼은 확실해."

"저도 지체 높으신 양반들처럼 적이 있고 험담하는 사람도 있습니다만 저보고 건방지지 않다는 사람은 아무도 없었습니다." 히긴스가 말했다. 그는 손턴 씨의 말보다 그의 태도에 혈기가 약간 솟구쳤다.

손턴 씨는 테이블 위에 자기 앞으로 온 편지가 놓인 걸 보았다. 그는 그걸 집어 들고 끝까지 읽었다. 마침내 그는 히긴스를 바라보며 물었다. "뭘 기다리고 있는 건가?"

"제 질문에 대한 대답입니다."

"이미 했잖은가. 시간 낭비 말게."

"사장님은 제 뻔뻔함에 대해 말했습니다. 하지만 정중하게 질문을 받았을 때 '그렇다' 혹은 '아니다'라고 대답하는 것이 예의라고 전 배웠습니다. 그렇게 대답을 해주신다면 고맙겠습니다. 제가 일을 잘한다는 건 햄퍼가 말해줄 겁니다."

"당신이 어떤 사람인지 햄퍼에게 물어보라고 날 보내지 않는 게 나을 걸세. 당신이 생각했던 것 이상을 들을지도 모르니까 말이야."

"그런 위험을 감수하겠습니다. 기껏 저에 대해 나쁘게 말할 수 있는 거라고 해봐야 제 잘못이긴 하지만, 제가 최선으로 여기고 했던 행동일 테니 말입니다."

"그럼 그 사람들한테 가서 일자리를 얻을 수 있는지 알아보는 게 낫지 않겠나. 난 딴 것도 아니고, 단지 당신과 당신의 무리를 따랐다는 이유만으로 백 명이 넘는 인원을 잘랐어. 그런데 내가 당신을 받아들일 것 같은가? 그건 솜뭉치 속에 불쏘시개를 밀어 넣는 거나 마찬가지지."

히긴스는 돌아섰다. 그러자 바우처가 머릿속에 떠올랐고, 그는 스스로 백번을 양보한 끝에 다시 돌아섰다.

"약속하겠습니다, 사장님. 고용만 해주신다면 문제를 일으킬 만한 말은 한마디도 하지 않겠습니다. 그리고 더한 것도 약속하겠습니다. 사장님이 잘못하거나 부당한 행동을 하는 걸 본다면 다른 사람 없는 데서 먼저 말씀드리겠습니다. 그러면 경고가 되겠지요. 사장님의 행동에 잘못이 있다는 걸 제가 납득시키지 못한다면 곧바로 절 자르면 될 겁니다."

"이런, 당신은 스스로를 대단한 사람으로 여기고 있구먼! 햄퍼가 당신을 잃었으면 많은 걸 잃었어. 어째서 햄퍼가 당신과 당신의 지혜를 잃게 내버려둘 수가 있는 건가?"

"그건 서로 간에 의견의 불일치가 있어서 그런 겁니다. 거기서 요구하는 서약을 하지 않겠다고 했더니 저를 절대 쓰지 않겠다고 하더군요. 그러니까 전 지금 다른 일자리를 구할 수 있는 겁니다. 그리고 말씀드렸다시피 이 말을 제 입으로 하긴 그렇지만, 진 솜씨가 좋습니다. 특히 술만 끊게 된다면, 아주 견실한 사람입니다. 술은 이전엔 끊지 못했지만 이제 끊을 겁니다."

"술을 끊으면 돈이 모일 테니 다시 파업을 일으킬 수도 있겠군."

"아닙니다! 그럴 자유라도 있다면 고마운 일이지요. 이건 순전히 사장님이 들여온 그 파업 방해꾼들 때문에 미쳐버린 자의 아내와 자식들을 건사하려고 그러는 겁니다. 그자는 씨실이 뭔지 날실이 뭔지도 모르는 패디*에게 일자리를 빼앗겼습니다."

"글쎄! 그렇게 좋은 의도를 갖고 있다면 다른 방법을 찾아보는 게 좋겠네. 밀턴에 있으라는 말은 하지 못하겠군. 여기선 당신을 모르는 사람이 없으니 말일세."

"여름이라면," 히긴스가 말했다. "아일랜드 놈들 일을 받아 노역이나 건초 만들기나, 뭐 그런 일을 하면서 밀턴은 아주 보지 않을 생각도 하겠습니다만, 지금은 겨울이고 애들이 굶어가고 있습니다."

"당신이 노역을 잘도 하겠군! 흥, 아일랜드 인부들이 하루에 파는 땅의 절반도 못 팔 거요."

"반나절 일밖에 하지 못한다면 열두 시간 일하고 반나절 품삯만 받을 겁니다. 제가 그런 선동가라면 공장 말고 절 써줄 만한 데는 혹시 모르십니까? 굶고 있는 애들을 위해서라면 품삯은 주는 대로 받겠습니다."

"당신이 뭐가 될지 모르겠는가? 파업 방해꾼이 될 것이네. 다른 자의 아이들을 위해서 다른 인부들보다 품삯을 덜 받을 거란 말이지. 애들을 건사하려고 주는 대로 흔쾌히 받겠다는 불쌍한 노동자들을 당신이 어떤

---

* 패디는 패트릭Patrick을 줄인 말로 아일랜드인을 낮추어 부르는 말이다.

식으로 욕해댈지 생각해보게나. 당신과 노조는 그 동료를 업신여길 테지. 안 돼! 안 되고말고! 얼마 전 당신이 불쌍한 아일랜드 인부들에게 했던 걸 떠올려본다면, 내 대답은 '못 주겠다'네! 일을 주지 않겠어. 여기 와서 일을 구하려는 구실을 믿지 못하겠다는 말은 하지 않겠네. 그것에 대해선 아는 바가 없으니. 사실일 수도 있고, 사실이 아닐 수도 있겠지. 어쨌든 있을 법하진 않군. 그건 넘어가지. 일은 줄 수 없네. 그게 내 대답일세."

"알겠습니다. 더 이상 문제를 일으키지 않겠습니다만, 제가 온 건 사장님이 온정을 베푸실 거라고 생각하는 사람이 가라고 했기 때문입니다. 그 아가씨의 생각이 틀렸고, 전 틀린 말을 들은 겁니다. 하지만 여자 말을 듣는 사람이 어디 저 혼자뿐이겠습니까."

"다음에 만나거든 당신이나 내 시간을 허비시키는 일 말고 자기 일에나 신경 쓰라고 하게. 여자들이 이 세상 모든 문제의 발단이야. 가보게나."

"친절하게 제 말을 들어주고 무엇보다 작별 인사까지 해주시니 정말 감사합니다."

손턴 씨는 대답하지 않았다. 하지만 잠시 후 창밖을 내려다보면서 마당을 빠져나가는 야위고 구부정한 체구에 짠한 기분을 느꼈다. 그의 무거운 발걸음이 자신에게 이야기하던 남자의 단호하고 분명한 태도와 이상스러우리만치 대조를 이루고 있었던 것이다. 그는 마당을 가로질러 수위실까지 갔다.

"저 히긴스란 자가 날 만나겠다고 얼마 동안이나 기다리고 있었나?"

"아침 8시 되기 전에 정문 밖에 있었습니다. 그때부터 쭉 기다렸던 것 같습니다."

"지금이 몇 신가?"

"이제 1시입니다."

"다섯 시간이군." 손턴 씨는 생각했다. '처음엔 기대로, 그다음엔 두려움으로 그저 기다리고만 있기에는 긴 시간이지.'

39장
친분 맺기

자, 난 다했소, 더 이상은 나올 것 없소
그리고 난 만족하오, 그렇소, 진심으로 만족하오
그러니 분명 난 자유라오*
— 드레이턴

손턴 부인과의 대면을 끝내고 나서 마거릿은 자기 방에 틀어박혀 있었다. 그녀는 초조할 때 나오는 오랜 습관대로 방 안을 서성거렸다. 그러더니 허술한 집 구조상 발자국 소리가 모든 방에 다 들린다는 걸 떠올리고는 손턴 부인이 집을 완전히 나가는 소리가 들릴 때까지 앉아서 기다렸다. 그녀는 두 사람이 했던 대화의 모든 내용을 억지로 떠올려보았다. 한마디 한마디를 끝까지 기억해보려고 했다. 결국 그녀는 일어서더니 처량한 어조로 혼자 이렇게 읊조렸다.

'어쨌든 부인 말은 감흥이 일지 않고 떨어져 나가버려. 내 잘못이라고 하는 모든 일에 대해 난 결백하니까. 아무리 그래도 누군가가 —— 한 여자가 다른 여자에 대한 이야기를 그렇게 쉽게 믿을 수가 있는 걸까. 생각하면 고통스럽고 슬퍼. 내가 했던 거짓말 갖고는 부인이 날 뭐라고 하

---

* 마이클 드레이튼(Michael Drayton, 1563~1631), 소네트 「아무 소용없으니, 이제 키스로 작별합시다Since there's no help, come let us kiss and part」에서 인용.

지 않으니, 부인은 모르는 거야. 손턴 씨는 절대 말하지 않았어. 그 사람이 말하지 않으리라는 걸 짐작하지 못한 바는 아니지만.'

그녀는 손턴 씨가 보여주었던 알 듯 말 듯한 감정에 자부심이라도 느끼는 듯 고개를 들어올렸다. 그런 다음 새로운 생각이 머릿속에 떠오르자 두 손을 꽉 맞잡았다.

'손턴 씨도 프레더릭이 나의 정인이라고 생각했음에 틀림없어.' (정인이라는 단어가 머릿속을 스치며 지나가자 그녀는 얼굴을 붉혔다.) '이제 알겠어. 단순히 내 거짓말을 안 것 때문이 아니라 다른 누군가가 날 좋아한다고 생각한 거야. 그래서…… 어머, 세상에! …… 이런, 세상에! 어쩌면 좋지? 이게 무슨 말이야? 진실이든 아니든 내가 한 말로 그 사람의 평판을 잃게 된 것 말고 그 사람의 생각에 왜 내가 신경을 쓰는 거지? 도무지 모르겠어. 그래도 너무 우울해! 아, 올 한 해는 어쩌면 이렇게도 불행한지! 난 유년기에서 바로 성년기로 들어서버렸어. 사춘기도 없었고……, 여자로서의 시기도 없었어. 난 결혼을 하지 않을 거니까 여자가 될 수 있는 희망도 닫혔어. 그리고 마치 늙은 여자처럼 두려운 기분을 느끼며 걱정거리나 슬픈 일이 일어날 걸 예상하고 있잖아. 자기희생이 필요한 이런 반복적인 현실에 난 지쳐버렸어. 아빠를 위해 견딜 수는 있겠지. 그건 당연한 거고, 신성한 의무니까. 그리고 손턴 부인의 부당하고 무례한 의심에 대항할 힘, 어쨌든 그런 마음에 분개할 힘은 있을 거야. 그래도 손턴 씨가 얼마나 철저히 날 오해하고 있는지를 느끼는 건 힘들어. 무슨 일로 오늘 난 이다지도 후회스러운 걸까? 모르겠어. 아는 거라곤 오직 어쩔 수 없다는 거야. 가끔씩은 포기할 수밖에 없어. 아냐, 그래도 포기하지 않을래.' 벌떡 일어서며 그녀가 말했다. '그러지 않을 거야…… 나 자신, 나 혼자만의 입장을 생각하진 **않을 거야.** 내 감정을 일일이 따지지 않을래. 그래봐야 지금 아무 소용도 없을 테니까. 언젠가 노년이 되면, 화롯가에 앉아 잉걸불을 바라보면서 내가 살았을 수도 있는 인생을 보게 될지도 모르지.'

이러는 내내 그녀는 외출하기 위해 서둘러 소지품을 챙기고 있었고, 아무리 용기를 내봐도 터져 나오려는 눈물에, 그저 한 번씩 동작을 멈추고 성가신 듯 눈가를 닦아낼 뿐이었다.

'세상엔 나처럼 애석한 실수를 저질러놓고 나중에야 그걸 깨닫는 여자들이 많을 거야. 게다가 그날 내가 얼마나 안하무인격으로 말을 했는지! 하지만 그 당시엔 그걸 몰랐어. 차츰차츰 그런 생각이 들게 된 거야. 하지만 어디에서부터 그걸 깨닫기 시작했는지는 모르겠어. 이제 무너지지 않을래. 이렇게 비참한 생각을 떠안은 채 그를 예전과 똑같이 대하는 건 힘들 거야. 하지만 난 아주 차분하게 가만히 있을 거고, 말도 많이 하지 않을 거야. 그런데 계속 우리를 피하고 있으니 보나 마나 그 사람을 보는 건 어렵겠지. 볼 수 없다는 게 무엇보다 안 좋을 테지. 그렇지만 나에 대한 자신의 생각을 철석같이 믿고 있으니까 그 사람이 날 피하는 것도 당연해.'

그녀는 밖으로 나와 들판을 향해 걸었고, 걸음에 속도를 올리면서 상념을 잠재우려고 애썼다.

그녀가 돌아와 문간 계단에 섰을 때 그녀의 아버지가 나타났다.

"착한 딸!" 그가 말했다. "바우처 부인 집에 갔었구나. 점심 전에 시간이 나면 나도 거길 가보려던 참이었다."

"아뇨, 아빠. 거기 갔던 게 아니었어요." 마거릿이 얼굴이 발개지며 말했다. "바우처 부인은 전혀 생각 못했어요. 하지만 점심 먹고 바로 가볼게요. 아빠가 한숨 주무시는 동안 가보도록 할게요."

그래서 마거릿은 갔다. 바우처 부인은 몹시 앓고 있었다. 그냥 몸이 불편한 정도가 아니라 정말로 앓고 있었다. 지난번 왔던 친절하고 이해심 많은 그 이웃이 모든 걸 돌봐주고 있는 것 같았다. 아이들 몇몇은 이웃들의 집에 가버리고 없었다. 메리 히긴스가 점심을 먹이려고 제일 밑의 아이들 셋을 데리러 왔고, 그 이후 니컬러스가 의사를 부르러 갔다. 의사는 아직 오지 않았다. 바우처 부인은 죽어가고 있는데 할 수 있는 일은 아무것도 없었다. 마거릿은 의사의 소견을 알고 싶다는 마음과 함께, 그사이 히긴스네 집에 가보는 것이 제일 낫겠다는 생각이 들었다. 그러면 마거릿은 아마 니컬러스가 손턴 씨에게 일을 부탁할 수 있었는지도 알 수 있을 것이다.

그녀는 니컬러스가 조무래기 셋과 놀아주느라고 서랍장 위에다 열심히 동전을 돌리고 있는 걸 보았는데, 아이들은 겁내는 기색 하나 없이 그 옆에 꼭 달라붙어 있었다. 아이들과 마찬가지로 그도 한참 동안 돌아가는 동전을 보며 미소 짓고 있었다. 마거릿은 니컬러스가 흥미를 갖고 즐거워하면서 애들과 놀아주는 걸 보며 좋은 징조라고 생각했다. 동전이 돌다가 멈추자 '라일리 조니'가 울기 시작했다.

"이리 오렴." 마거릿이 조니를 부르며 서랍장에서 애를 내리더니 두 팔로 안았다. 그녀는 자기 시계를 아이의 귀에다 대주는 한편 니컬러스에게는 손턴 씨를 만났는지 물었다.

그의 얼굴이 갑자기 돌변했다.

"그렇소!" 그가 말했다. "만났고 이야기도 실컷 들었소."

"그런데 일을 주지 않겠다고 그러던가요?" 마거릿이 낙담한 표정으로 물었다.

"그렇소. 난 처음부터 그럴 줄 알고 있었지. 공장주들에게 자비의 손길을 기대해봐야 소용없어. 아가씨는 외지에서 온 이방인이라 그자들의 방식을 몰랐을 테지만 난 알았단 말이오."

"그런 부탁을 드려 죄송해요. 그가 화를 내던가요? 햄퍼가 하듯 말하진 않았죠? 그렇죠?"

"그렇게 정중하지도 않았소." 니컬러스가 이렇게 말했고, 아이들만큼이나 장난을 즐기면서 다시 동전을 돌렸다. "호들갑 떨 것 없소. 제자리로 왔을 뿐이니까. 내일 일 구하러 나갈 거요. 난 있는 대로 다 말했소. 제 발로 내가 두 번 찾아갈 만큼 사장을 잘 봐서가 아니라 아가씨가 찾아가보라고 했고, 또 지켜보고 있기 때문이라고 했소."

"제가 보냈다고 말했나요?"

"이름을 말했는지 모르겠소. 아마 하지 않았을 거요. 이렇게 말했소. 이런 게 소용없다는 걸 모르는 여자 하나가 당신 가슴속에 무른 데가 있을지도 모르니 가보라고 했다고 말이오."

"그랬더니요?" 마거릿이 물었다.

"아가씨 일이나 신경 쓰라고 전하라더이다. 이번 게 제일 오래 돌았구나, 애들아. 게다가 그 말투라니. 하지만 괜찮소. 우리는 있던 자리로 돌아온 거요. 이 꼬맹이들이 굶고 있는데 길거리 돌 깨는 일인들 못하겠소."

마거릿은 버둥거리는 조니를 팔에서 떼어내 서랍장 위 아까 있던 자리에 도로 앉혔다.

"손턴 씨 공장에 찾아가보시라고 해서 미안해요. 손턴 씨에게 실망했어요."

그녀 뒤에서 기척 같은 게 들려왔다. 그녀와 니컬러스가 동시에 돌아보니 거기에 손턴 씨가 불쾌한 듯 놀란 얼굴을 하고 서 있었다. 마거릿은 순간적인 충동에 이끌려, 갑자기 얼굴 전체에 느껴지는 창백함을 감추려고 고개만 숙인 채 아무 말 없이 그를 지나쳐서 나가버렸다. 그도 답례로 똑같이 고개를 숙였고, 그녀가 나가자 문을 닫았다. 바우처 부인의 집으로 걸음을 재촉할 때 그녀의 귀에 딸랑 하는 소리가 들렸는데, 그것은 마치 그녀가 받은 충격의 양이 그대로 메아리로 울리는 것 같았다. 그 역시 그곳에서 그녀를 보게 되어 기분이 언짢았다. 그도 속으로는, 니컬러스 히긴스가 '무른 데'라고 말하던 약한 마음이 있었지만, 자존심 때문에 그걸 숨겼다. 그는 약한 그 마음을 아주 신성하고 안전한 곳에 간직한 채, 그걸 내보여야 하는 상황이 생길 때면 늘 경계했다. 하지만 만약 그가 자신의 약한 마음을 드러내길 두려워했다고 한다면, 그는 동시에 모든 사람이 자신의 공정함을 알아주길 원했다. 그래서 그는 말이나 한번 해보겠다고 겸허하게 다섯 시간을 기다렸던 사람에게 그렇게 조소적인 태도로 해명하게 한 것은 불공평한 처사였다고 느꼈다. 그가 해명 기회를 얻고서 건방진 태도로 말했던 것은 손턴 씨에게 전혀 문제되지 않았다. 그 때문에 손턴 씨는 그가 차라리 마음에 들었다. 그리고 그는 그 당시 자신이 성미 사납게 굴었다는 걸 깨닫고 있었기 때문에 두 사람은 어쩌면 비긴 건지도 몰랐다. 손턴 씨가 충격을 받았던 건 그가 기다렸던 다섯 시간이었다. 손턴 씨 자신은 다섯 시간을 할애할 시간이 없었다. 하지만 한 시간, 두 시간, 이리저리 알아보고 심사숙고하더니 그는 히긴스가 한 말의 진실성, 그의 본성, 그리고 그의 생활 방식에 대해 알아보러 다니는 걸 단념했다. 그는 히긴스가 했던 모든 말이 사실임을 믿지 않으려고 해보았으나, 모두 사실이라는 확신이 들고 말았다. 그러자 그 확신은 마치 마법처럼 잠자고 있던 그의 연약한 마음을 움직였다. 이 남자의 인내심과, 돕겠다는 단순한 자비심(바우처와 히긴스 사이에서 있었던 언쟁에 대해 알고 있었기에)이 그로 하여금 옳고 그름에 대한 판단 행위는 잊은 채 더 성스러운 본능으로 그러한 행위를 초월하게 만들었던 것이다. 그는 히긴스에게 일을 주겠다는 말을 하러 왔었다. 그러고는 마거릿을 거기서 보게 되자 그녀가 마지막으로 했던 말을 들을 때보다 더 언짢은 기분이 들었다. 왜냐하면 그때 그는 자신을 찾아가보라고 히긴스의 등을 떠민 여자가 그녀라는 걸 알게 됐고, 오로지 옳다는 생각 때문에 하는 이 일을 그녀가 자기 자신 때문이라고 생각하지는 않을까 두려웠던 것이다.

"당신이 말하던 여자가 저 숙녀분인가?" 그가 성이 나서 히긴스에게 말했다. "누구였다고 말해줄 수도 있었지 않나."

"그랬다면 저 여자에 대해 좀더 정중하게 말했어야겠지요. 사장님한테는 여자가 모든 문제의 근원이라고 말할 때 입조심을 시켰을 어머니도 계신데 말입니다."

"물론 그 말을 헤일 양에게 했겠군."

"물론이지요. 아마 했을 겁니다. 사장님과 관계되는 일에 다시는 나서지 말라더라고 전했습니다."

"저 애들은 누구 애들이오? 당신 애들인가?" 손턴 씨는 이미 들었던 바가 있어 그 애들이 누구 애들인지 잘 알고 있었지만 그는 시작부터 조짐이 좋지 않은 화제를 전환하기가 여의치 않음을 느꼈다.

"제 애들은 아니지만, 제 애들입니다."

"오늘 아침 내게 말했던 그 애들인가 보군."

"아침에," 히긴스가 돌아보면서 분노를 몹시 억누른 채 말했다. "제 얘기가 사실일 수도 있고, 아닐 수도 있지만 그럴 가능성은 희박다고 말씀하셨지요. 전 그대로 기억하고 있습니다."

손턴 씨는 잠시 아무 말도 없더니 이렇게 말했다. "나도 잊지 않았네.

내가 무슨 말을 했는지 기억하는가? 이 애들에 대해선 모르겠다는 식으로 말했었지. 당신을 믿지 않았던 게지. 나라면 딴 사내의 아이들을 거두진 못했을 거야. 바우처가 당신한테 했던 대로 나한테도 그랬다면 말일세. 하지만 이젠 당신 말이 사실인 걸 알았네. 미안하네."

히긴스는 돌아보지 않았고 이 말에 바로 대꾸도 하지 않았다. 하지만 막상 말을 시작하자 말투는 부드러웠는데, 그래도 말속에는 뼈가 있었다.

"사장님이 바우처와 저 사이에 있었던 일을 캐고 다닐 권리는 없습니다. 그자는 죽었고, 그건 안타깝게 생각합니다. 그만하면 됐습니다."

"그만하면 됐지. 나하고 일을 하겠나? 그 말 하려고 온 거라네."

히긴스의 강퍅함이 누그러졌다가 다시 살아나는가 싶더니, 예의 완고한 태도를 풀지 않았다. 그는 입을 열려고 하지 않았다. 손턴 씨도 다시는 묻지 않았다. 히긴스의 눈이 아이들에게 머물렀다.

"사장님은 저보고 뻔뻔하다고, 거짓말쟁이라고, 그리고 말썽꾼이라고 했습니다. 어쩌면 일리 있는 말이었는지도 모릅니다. 걸핏하면 술에 빠져 살았으니까 말입니다. 저도 사장님을 독재자니, 고집쟁이니 인정머리 없는 업주라고 했습니다. 그게 사장님과 저의 현실입니다. 하지만 애들 때문입니다. 사장님, 우리가 함께 잘 지낼 수 있겠습니까?"

"글쎄!" 손턴 씨가 반쯤 웃는 얼굴로 말했다. "함께 일하자는 말은 내가 꺼낸 게 아니네. 하지만 당신 말대로라면 한 가지는 안심이 되는군. 서로를 지금보다 더 나쁘게 여기진 못할 테니까 말이야."

"맞습니다." 히긴스가 생각에 잠겨 말했다. "사장님을 만나고 온 뒤부터 사장님이 절 받아주지 않은 게 얼마나 고마운지 모르겠다고 쭉 생각했습니다. 사장님같이 참기 힘든 사람은 없었으니 말입니다. 그런데 어쩌면 너무 성급한 판단이었는지도 모르겠습니다. 그리고 저 같은 놈한테 일은 일입니다. 그러니 가지요. 게다가 고맙습니다. 어렵게 하는 말입니다." 그가 더욱 노골적으로 털어놓으면서 휙 몸을 돌려 처음으로 손턴 씨를 완전히 쳐다보았다.

"나 역시 어렵게 하는 제안이라네." 손턴 씨가 히긴스의 손을 꽉 잡으며 말했다. "늦지 않도록 주의하게." 그는 업주의 위치로 되돌아가서 말을 이었다. "우리 공장에 게으름뱅이는 용납하지 못하니까. 지각에 대한 벌금 조항을 철저히 준수하고 있지. 말썽 일으키는 게 눈에 띄면 곧바로 자넨 해고야. 그러니 이제 자네 처지가 어떤지 파악됐겠지."

"오늘 아침 제 머리를 말씀하셨지요. 전 아마 제 머리를 달고 가지 않을까 싶은데, 오히려 머리를 달지 않고 가는 게 더 낫겠습니까?"

"내 사업을 망치는 데 그 머리를 쓴다면 없는 게 낫지. 딴생각 하지 않고 가만히 붙여만 놓는다면 있는 게 낫겠지."

"노동자의 권익이 끝나고 사주의 권익이 시작되는 지점을 결정하려면 제 머리가 많이 필요할 겁니다."

"자네 일은 아직 시작되지 않았고, 내 일은 여전히 저기 있다네. 그러니 그만 가겠네."

손턴 씨가 바우처 부인 집 근처에 왔을 무렵 마거릿이 그 집에서 나왔다. 그녀는 그를 보지 못했다. 그는 그녀의 밝고 가벼운 걸음걸이와 늘씬하고 우아한 자태에 감탄하면서, 몇 야드를 뒤따라 걸어갔다. 하지만 별안간 단순했던 이 유쾌한 기분은 질투로 오염되면서 망쳐졌다. 그는 그녀를 앞질러가서 말해보고 싶었다. 이제 마음속에 다른 사람을 품고 있다는 사실을 자기가 알아차렸다는 걸 분명 알고 있을 테니 그녀가 자기를 어떤 식으로 대할지 보고 싶었다. 그뿐만 아니라 그는 좀 쑥스럽긴 하지만 그녀가 일자리를 부탁해보라고 히긴스를 보낸 건 현명한 처사였다는 걸 자신이 입증해주었고, 아침에 내렸던 결정을 뒤우쳤다는 사실을 그녀가 알아주길 바랐다. 그는 그녀에게로 다가갔다. 그녀는 흠칫 놀랐다.

"외람된 말일지 모르겠지만 헤일 양, 저에 대한 실망의 표현은 좀 성급했던 것 같습니다. 히긴스를 받아주기로 했습니다."

"다행이군요." 그녀가 차갑게 말했다.

"헤일 양에게 말했다고 하더군요. 내가 아침에⋯⋯" 손턴 씨가 머뭇거리자 마거릿이 뒷말을 받았다.

"여자들은 끼어들지 말라고 했다던 그 말씀 말인가요. 손턴 씨는 아무런 구애 없이 자신의 의견을 표현할 자유가 있으세요. 그리고 그 생각은 분명 옳았습니다. 하지만," 그녀는 점점 더 열을 내면서 말을 계속했다. "히긴스가 정확한 진실을 다 말한 건 아니에요." '진실'이라는 말에 그녀는 자신이 했던 거짓말이 떠올라서 아주 찜찜한 기분으로 잠시 말을 멈추었다.

손턴 씨는 처음에 그녀가 돌연 잠자코 있는 이유를 몰라 어리둥절했다. 그런 다음 그는 그녀가 했던 거짓말과 지난 일이 모두 떠올랐다. "정확한 진실이라니요!" 그가 말했다. "정확한 진실을 말하는 사람이 얼마나 된다고 그럽니까. 난 그런 기대는 이미 포기했습니다. 헤일 양, 내게 해줄 설명이 전혀 없습니까? 헤일 양은 내 머릿속을 떠나지 않는 생각이 무언지 알지 않습니까."

마거릿은 잠자코 있었다. 그녀는 어떤 설명이 됐든 그것이 프레더릭에 대한 신의와 일치할 것인지를 생각하고 있었다.

"아닙니다." 그가 말했다. "더 이상 묻지 않겠습니다. 어쩌면 거짓말을 부추기고 있는 꼴인지도 모르니까요. 현재 헤일 양의 비밀은 저밖에 모른다는 걸 믿어주십시오. 하지만 이런 말씀 드리는 걸 양해하신다면,

헤일 양은 경솔한 처신으로 커다란 위험을 떠안고 있습니다. 지금 저는 헤일 양 아버님의 친구로서 말하는 겁니다. 다른 생각이나 희망이 있었다면, 물론 그건 다 끝난 일입니다. 사심 같은 건 없습니다."

"알고 있어요." 마거릿은 억지로 말해보려고 하면서 관심 없는 듯 무신경한 태도로 말했다. "손턴 씨의 눈에 제가 어떻게 보일지 알고 있어요. 하지만 설명을 하게 되면 어쩔 수 없이 그 사람에게 피해가 가게 돼요."

"그 신사분의 비밀을 캐고 싶은 마음은 추호도 없습니다." 그가 점점 흥분하면서 이렇게 말했다. "헤일 양의 일에 관여하는 건 다만 친구로서의 관심에서입니다. 믿지 않으실지 모르겠지만, 헤일 양, 한때 헤일 양을 두렵게 했을 그런 치근댐은 모두 끝났습니다. 다 지나갔습니다. 믿어주시겠지요, 헤일 양?"

"네." 마거릿이 조용하고도 우울한 어조로 말했다.

"그렇다면 사실상 계속 같이 걸을 이유가 전혀 없겠습니다. 전 헤일 양이 할 말이 있을지도 모르겠다고 생각했습니다만 서로가 아무 볼 일 없다는 걸 이제 알았습니다. 제 어리석었던 감정이 완전히 끝났다는 걸 분명히 납득하셨다면 그만 인사드리겠습니다. 안녕히 가십시오." 그는 급히 서두르며 걸어갔다.

'무슨 뜻일까?' 마거릿은 생각했다. '자기가 날 좋아한다는 걸 내가 늘 염두에 두고 있다는 듯한 저 말은 무슨 의미지? 자기가 날 좋아하지 않는다는 걸 난 알고 있는데. 좋아할 수가 없지. 그의 어머니가 아들에게 나에 대해서 무지막지한 말들을 다 쏟아내겠지. 하지만 그 사람에게 관심 갖지 않겠어. 이렇게 마구 끓어오르는 묘하고 비참한 기분을 난 혼자서 충분히 다스릴 수 있어. 이런 기분 때문에 난 사랑하는 오빠를 배신할 뻔했던 거야. 그렇게 하면 그의 평가를 ── 굳이 자기한테 내가 아무 의미도 아니라고 말하는 사람의 평가를 다시 얻을 수 있을 거라고 생각하고서 말이야. 정신 차려! 애처로운 마음아! 힘내고 용감해지자! 만약 우리가 버려져서 외로움에 처한다면 우린 서로에게 크게 의지해야 할 거야.'

그녀의 아버지는 오후에 그녀가 유쾌한 걸 보자 깜짝 놀랄 정도였다. 그녀는 끝없이 재잘댔고, 원래 성격을 억지로 더 밝게 끌어올렸다. 그래서 비록 그녀의 말속에 씁쓸한 느낌이 묻어나도, 또 예전 할리 가에서 어울리던 사람들에 대해 말할 때 살짝 비꼬는 감이 느껴져도 그녀의 아버지는 다른 때처럼 차마 그녀를 저지하지 못했다. 그녀가 걱정거리를 떨쳐버린 게 반가웠던 것이다. 한참 저녁 때 메리 히긴스와 이야기한다고 그녀는 내려갔다. 그녀가 돌아왔을 때 헤일 씨는 딸의 얼굴에서 눈물 자국을 본 것 같았다. 하지만 그럴 리가 없는 것이, 히긴스가 손턴 씨의 공장에서 일자리를 얻었다는 좋은 소식을 갖고 왔기 때문이다. 어쨌든 그녀는 기운이 빠져버렸고, 계속 수다를 떠는 게, 아까처럼 신이 나서 재잘대는 건 더더욱 힘들게 여겨졌다. 며칠 동안 그녀의 기분은 이상스럽게도 왔다 갔다 했다. 따라서 그녀의 아버지는 그녀에 대해 슬슬 걱정하기 시작했는데, 그즈음 한두 군데서 그녀의 기분을 확실히 바꿔주게 될 소식들이 도착했다. 헤일 씨는 벨 씨로부터 편지 한 통을 받았다. 그들을 방문하겠다는 내용이었다. 그래서 헤일 씨는 옛 옥스퍼드 동료가 자신에게처럼 마거릿에게도 유쾌한 생각을 가져다줄 것이라고 생각했다. 마거릿은 아버지가 기뻐하는 일에 관심을 가져보려고 애썼지만, 기운이 너무 빠져 있었기 때문에 대부인 벨 씨보다 스무 배 더 중요한 인물이 온다고 하더라도 통 관심이 가지 않았다. 그녀는 차라리 이디스의 편지를 받고 더 기운이 났다. 편지는 이모의 죽음에 대한 애석한 마음과, 이디스 본인과 남편, 그리고 아이에 대한 얘기를 구구절절 풀어놓고 있었다. 그리고 편지 말미에 기후가 아이에게 좋지 않은 데다 쇼 부인이 영국으로 돌아가고 싶어 하기 때문에, 어쩌면 레녹스 대위가 장교직을 팔고 가족이 모두 할리 가의 예전 집으로 돌아가 살게 될지도 모른다면서, 그래도 마거릿이 없는 그 집은 완전하게 느껴지지 않을 거라고 적어 보냈다. 마거릿은 예전에 살았던 그 집과 잘 짜인 단조로운 생활이 주던 잔잔한 평화가 그리웠다. 그런 생활이 지속되는 동안에는 때때로 그녀는 그런 생활이 지루하다고 느꼈다. 그러나 그 이후부터 그녀는 계속 악전고투하는 나날을 보냈고 최근에는 스스로와의 갈등을 이겨내느라고 너무나 기진맥진한 상태였기 때문에, 그녀에게는 그런 정체마저 휴식이나 기분전환이 될 것 같았다. 그래서 그녀는 레녹스 가족이 영국으로 돌아오면 한동안 거기를 다녀와야겠다는 생각을 해보기 시작했는데, 그건 기대의 차원에서가 아니라 활력과 자제력의 회복이 가능할 수도 있는 여가 차원에서였다. 지금은 그녀가 보기에 모든 화제가 손턴 씨에게로 귀결되는 것 같았고, 그 어떤 노력을 기울여도 그를 잊을 수가 없을 것 같았다. 히긴스 가족을 만나러 가면 거기서 그녀는 그에 대한 이야기를 들었다. 그녀의 아버지는 그와의 강독 수업을 재개하고 나서 수업 중 그가 했던 말을 끊임없이 들먹였다. 심지어 벨 씨의 방문에서도 차지인 손턴 씨의 이름이 거론됐다. 벨 씨는 편지에서 신규 임대 계약이 준비 중이며, 계약 조건을 합의해야 하기 때문에 상당한 시간을 손턴 씨의 일에 매달려 있어야 할 것 같다는 말을 썼던 것이다.

40장
불협화음

슬플 권리 없었으니 아무렇지 않다네
가진 것 없었으니 잃은 것도 없다네
하지만 오호통재라 정작 그럴 수가 없구나
내게 슬퍼할 권리 없음에
어떤 이 다행으로 여길 것이니*
— 와이엇

마거릿은 벨 씨의 방문에 큰 즐거움을 기대하지는 않았다. 다만 아버지 때문에 내방객을 기다리고 있었을 뿐이지만, 막상 대부가 도착하자 그녀는 즉시 세상에서 가장 스스럼없는 친구의 역할 속에 빠졌다. 그는 마거릿이 자신이 꿈꾸던 참한 아가씨로 완전히 성장하게 된 게 그녀 본인의 공이 아니라면서, 방에 들어와서 자신의 눈을 홀렸던 건 그녀가 물려받은 유전의 위력이라고 말했고, 반면 그녀는 이에 대한 답례로 그가 대학 연구원복을 입고 모자를 쓰고 있으니 아주 신선하고 젊어 보인다고 그를 띄워주었다.

"따뜻하고 너그러우시면서 젊고 신선하다는 뜻이에요. 유감스럽게도 대부님이 여태 만나봤던 사람들 중 제일 진부하고 고리타분한 생각을 가

---

* 토머스 와이엇(Thomas Wyatt, ?1503~1542), 「그대가 해준 대답Th'answere that ye made to me my dere」에서 인용.

졌다는 건 인정해야겠어요."

"이보게, 헤일, 자네 딸 말하는 것 좀 들어보게! 마거릿이 밀턴에 살더니 아주 오염됐구먼. 평등주의자, 골수 공화당원, 평화협회 회원, 사회주의자……"

"아빠, 그건 다 제가 상업의 발전을 지지하고 있기 때문이에요. 대부님은 상업이 야생동물의 가죽과 도토리를 교환하는 수준에 그대로 머물길 바랐을 거예요."

"아니, 아니야. 난 땅을 파고 감자를 심겠어. 짐승 가죽은 털을 깎은 뒤, 그 양털로는 천을 만들 거야. 부풀리지 말아요, 아가씨. 바쁘게 돌아가는 이런 생활이 난 피곤해. 어느 누구 할 것 없이 모두가 서로를 따라잡아 부자가 되려고 바쁘니 말이야."

"누구나가 대학 연구실에 편안히 앉아서 아무 힘도 쓰지 않고 부를 키울 수 있는 건 아닐세. 자네처럼 아무 고생 없이 재산이 늘어난다면 분명 많은 이가 고마워할 테지." 헤일 씨가 말했다.

"그렇지 않을걸. 이 사람들이 좋아하는 건 번잡함과 경쟁이라네. 가만히 앉아서 고전을 공부한다거나 선지자의 자세로 충실하게 연구하여 미래를 그려보는 것에 대해 얘기하자면, 글쎄! 풋! 여기 밀턴에서 가만히 앉아 있는 법을 아는 사람이 한 명이라도 있을까 싶네. 그것도 대단한 기술일세."

"밀턴 사람들은 아마 옥스퍼드인들이 움직이는 법을 모른다고 생각할 걸세. 두 쪽이 좀더 섞인다면 아주 좋을 텐데."

"밀턴 사람들한테는 더 좋을지도 모르지. 여러 가지 것이 밀턴 사람들한테 좋을 것이고, 옥스퍼드 사람들한테는 그게 별로 유쾌하지 않겠지."

"대부님도 밀턴 사람이잖아요?" 마거릿이 물었다. "자기 고향에 대해 자부심을 갖는 게 온당한 이치라고 생각했는데, 대부님은 분명 아니시군요."

"사실 자부심을 가질 거나 있는지 모르겠구나. 마거릿, 네가 옥스퍼드에 오기만 한다면 자랑할 만한 데를 보여줄 텐데."

"자!" 헤일 씨가 말했다. "오늘 손턴 씨가 차를 마시러 올 것이네. 그 사람 밀턴에 대한 자부심이 자네의 자부심 못지않아. 둘이 허심탄회하게 터놓고 얘기해보도록 하게나."

"고맙지만 터놓고 얘기하는 건 사양하겠네." 벨 씨가 말했다.

"아빠, 손턴 씨가 차를 마시러 온다고 했어요?" 마거릿이 조용히 물었다.

"마시고 있을 때가 될지 아니면 마신 후가 될지는 말 못하더구나. 우리보고 기다리지 말라고 했다."

손턴 씨는 마거릿의 부적절한 행동에 대해 한마디 해주겠다던 어머니의 계획이 어느 정도까지나 실천됐는지에 대해 아무 말도 묻지 않으리라고 작정했었다. 만약 면담이 이루어져서 두 사람 사이에 있었던 대화 내용을 어머니한테서 듣는다면, 설사 듣는 내내 오고 갔던 말이 어머니의 편견으로 인해 윤색됐다는 걸 알아차린다고 해도, 짜증스럽고 당황스럽기만 할 뿐이라는 걸 그는 확실히 느꼈던 것이다. 그는 마거릿의 이름이 나오는 일을 만들지 않으려고 몸을 사렸다. 그녀를 비난하면서도, 그녀에게 질투를 느끼면서도, 그녀와의 관계를 단념했으면서도, 그는 자신도 모르게 그녀를 몹시도 사랑했다. 그는 그녀의 꿈을 꾸었다. 꿈속에서 그녀는 두 팔을 벌린 채 발랄하고 명랑한 태도로 춤을 추며 그에게로 왔다. 그 모습에 유혹당하는 와중에도 그는 그녀가 혐오스러웠다. 하지만 마치 악령 같은 것이 그녀에게 들어앉은 듯 본래의 마거릿이 완전히 사라진 그 모습이 너무나 선명하게 각인됐기 때문에, 잠에서 깼을 때 그는 우나와 두에사*를 거의 구별할 수가 없을 지경이었다. 그리하여 두에사에 대한 반감 때문에 우나까지 흉측하게 느껴지는 것 같았다. 하지만 그는 그녀와의 대면을 피하는 방법으로 자신의 나약함을 인정하기에는 자존심이 너무 강했다. 그는 그녀와 같이 있을 기회를 모색하지도 않겠지만 그렇다고 같이 있는 기회를 피하지도 않을 것이다. 그는 자신의 자제력을 스스로 확신하기 위해 이날 오후 처리하는 업무마다 시간을 끌며 꾸물거렸다. 그는 동작마다 억지로 느릿느릿 신중히 움직였다. 결과적으로 그는 8시가 넘어서야 헤일 씨 집에 도착했다. 그러고는 서재에서 벨 씨와 처리할 계약 건이 있었는데, 벨 씨는 모든 거래를 끝내고도 오랫동안 불 옆에 계속 앉아서 피곤한 몸으로 이야기를 그치지 않았다. 그때쯤 그들은 위층 거실로 올라가 있어야 했다. 하지만 손턴 씨는 자리를 옮기는 문제에 대해선 입도 벙긋하지 않으려고 했다. 그는 지칠 대로 지쳐버렸고, 벨 씨같이 지루한 말상대는 처음이라고 생각했다. 한편 벨 씨도 손턴 씨를 여태껏 자기가 만났던 사람들 중 가장 무뚝뚝하고 퉁명스러워서, 지성이고 태도고 끔찍하게 싫어졌을 정도라고 판단함으로써 은밀하게 응분의 되갚음을 하고 있었다. 마침내 위층으로부터 작은 소리가 들려오자 두 사람은 그리로 자리를 옮기는 게 낫겠다는 생각이 들었다. 그들은 마거릿이 편지를 펼친 채 그녀의 아버지와 편지 내용에 관해 열심히 이야기하고 있는 걸 보았다. 신사들이 들어오자 편지는 즉시 치워졌다. 하지만 손턴 씨의 예민한 청각은 헤일 씨가 벨 씨에게 하던 말 몇 마디를 알아들었다.

---

* 에드먼드 스펜서 경의 서사시 『요정 여왕』 1권에 나오는 등장인물들로 우나는 선(善)을, 두에사는 악(惡)을 상징한다.

"헨리 레녹스가 보낸 편지라네. 마거릿이 무척 희망을 갖는군."

벨 씨는 고개를 끄덕였다. 마거릿은 손턴 씨가 쳐다보자 얼굴이 장미처럼 발개졌다. 그는 바로 그 순간, 일어나서 방을 나가 다시는 이 집에 발을 들이고 싶지 않은 기분이 들었다.

"우린 이런 생각을 하고 있었다네." 헤일 씨가 말했다. "자네와 손턴 군이 마거릿의 충고를 받아들여서 서로를 개선시키려나 보다 하고 말일세. 두 사람 서재에서 한참 있었잖나."

"꼬리만 남을 때까지 죽도록 싸우는 킬케니 고양이*처럼 한 가지 의견만 남을 거라고 생각했다는 말이군. 그럼 말해보게. 누구 의견이 끝까지 살아남았을 것 같은가?"

손턴 씨는 이 사람들이 무슨 얘기를 하고 있는지 감을 잡을 수가 없었으나 물어보고 싶지 않았다. 헤일 씨가 그에게 정중하게 설명해주었다.

"손턴 군, 오늘 아침 우리가 벨 씨한테 고향에 대한 케케묵은 편견에 사로잡힌 옥스퍼드인이라고 비난했네. 그래서 우리가, 아니 마거릿이었을 거야, 밀턴의 공장주와 잘 지내보면 좋을 거라고 조언했지."

"미안하네만, 마거릿 생각은 옥스퍼드 사람들과 좀 잘 지내면 밀턴 공장주에게 이로우리라는 거였다네. 그렇지, 마거릿?"

"두 쪽 모두 서로를 알게 되면 좋을 거라고 생각한 듯해요. 저만 생각한 게 아니고 아빠도 같은 의견이었어요."

"그러니 자네, 보다시피 우린 아래층에서 스미스니 해리슨이니 하는 흘러간 가문들에 대한 얘기보다는 서로를 개선시키고 있었어야 했다네. 하지만 지금 난 기꺼이 그럴 용의가 있네. 밀턴 사람들은 언제 인생을 살

---

* Kilkenny cat: 발톱과 꼬리만 남을 때까지 싸운다고 알려진 고양이.

아볼 작정인지 궁금하군. 여기 사람들은 평생을 물질적인 것만 긁어모으
느라고 인생을 다 보내는 것 같네그려."

"인생이라면 즐거움을 말씀하시는 것 같군요."

"그렇다네, 즐거움,—구체적으로 무언지는 말하지 않겠네. 우리 둘
다 단순한 쾌락은 아주 저급한 즐거움이라고 생각할 게 분명하니 말일세."

"전 즐거움의 본질에 대한 정의를 알아야겠습니다."

"글쎄! 여가의 즐거움도 있고, 돈이 주는 권력과 영향력의 즐거움도
있지. 자네는 늘 돈 때문에 애를 쓰지 않는가? 무엇 때문에 그러는가?"

손턴 씨는 잠자코 있었다. 그러더니 이렇게 말했다. "잘 모르겠습니
다. 하지만 돈은 **제가** 얻으려고 애쓰는 대상이 아닙니다."

"그럼 무엇 때문인가?"

"급소를 찌르는 질문이군요. 꼬치꼬치 물어보는 교리문답 교사에게
제 자신을 속속들이 털어놓아야 할 것 같은데, 제게 그럴 준비가 되어 있
는지 잘 모르겠습니다."

"그러지 말게!" 헤일 씨가 말했다. "우리가 묻는다고 개인사를 다 털
어놓지는 말게. 두 사람 모두 두 지역을 대표하는 사람은 아닐세. 두 사
람 다 그러기엔 각각 아주 개성이 있는 사람들이야."

"그 말을 칭찬으로 들어야 할지 어떨지 모르겠구먼. 난 아름다운 학
문의 도시, 유구한 전통을 자랑하는 옥스퍼드를 대표하는 사람이고 싶네.
마거릿, 네 생각은 어떠냐? 칭찬으로 들어야 하는 거냐?"

"전 옥스퍼드에 대해선 잘 몰라요. 하지만 한 도시의 대표자가 되는
것과 주민들의 대표자가 되는 것 사이에는 차이가 있어요."

"정말 맞는 말이야, 마거릿 양. 이제 생각나는군. 아침에 나한테 맞
서면서 밀턴과 제조업을 꽤 두둔하던걸." 마거릿은 손턴이 놀란 눈으로

슬쩍 쳐다보는 걸 보았고, 벨 씨의 이 말을 그가 어떻게 해석할까에 대한 생각으로 짜증이 났다. 벨 씨는 말을 이었다.

"아! 손턴 군이 옥스퍼드의 하이스트리트나 래드클리프 광장을 봤으면 좋으련만. 난 옥스퍼드의 대학들은 빼고 말하는 거라네. 그건 손턴 군이 밀턴을 얘기할 때 공장들을 제외시키는 것과 마찬가지일 거라는 생각이 드는군. 나도 내가 태어난 곳을 좀 험하게 말할 권리는 있지. 잊지 말게. 나도 밀턴 사람이라네."

손턴 씨는 벨 씨의 말에 필요 이상으로 화가 났다. 그는 농담할 기분이 아니었다. 다른 때라면, 몸에 밴 모든 습관과는 판이한 삶이 영위되고 있는 도시를 화를 내다시피 하면서 깎아내리는 벨 씨의 말을 즐길 수도 있었을 것이다. 하지만 지금 그는 결코 진지하게 공격할 생각이 아니었던 대상을 애써 변호하려고 나설 정도로 울분이 솟았다.

"밀턴은 도시의 전형이 아닙니다."

"건축으로는 아니란 말인가?" 벨 씨가 능글맞게 말했다.

"그렇습니다! 단순한 외관에 신경 쓸 만큼 우린 한가하지 않았습니다."

"**단순한** 외관이라는 말은 말게." 벨 씨가 정중하게 말했다. "옥스퍼드의 건축물들은 우리 모두에게, 아이에서부터 어른까지 일상생활에서 감명을 주지."

"잠깐," 손턴 씨가 말했다. "우리가 그리스인들과는 다른 민족이라는 걸 생각해보십시오. 그 사람들에게는 아름다움이 전부였습니다. 그러니 그들과 벨 씨는 삶의 여유니 평화로운 즐거움이니 얘기할 수도 있을 겁니다. 그런 즐거움의 많은 부분이 보고 만지는 외적 감각을 통해 그리스인들의 머릿속에 자리 잡았을 테지요. 전 그리스인을 비하하려는 것도 아니고 그들을 흉내 내고 싶지도 않습니다. 그러나 전 게르만 혈통입니다. 이

지역이 영국의 다른 곳보다는 게르만의 피가 좀더 진하게 흐릅니다. 언어에도 흔적이 많이 남아 있고, 기백도 게르만의 것을 많이 지니고 있습니다. 우린 삶을 유희의 시간이 아니라 행동과 분발의 시간으로 생각합니다. 우리의 영광과 아름다움은 내면의 힘에서부터 나오는 것이고, 그 힘으로 우리는 변화에 대한 반대를 극복해내고, 더 큰 난관들을 물리치는 겁니다. 다크셔 지방의 밀턴 사람들은 또 다른 면에서 게르만족입니다. 우린 우리를 위한 법이 먼 데서 만들어지는 걸 싫어합니다. 우리는 완전치 않은 법에 끊임없이 간섭받기보다는 스스로가 올바로 서고 싶어 합니다. 우린 자치정부를 지지하고 중앙집권을 반대하지요."

"그러니까 밀턴 사람들은 지방분권이던 7왕국 시대*로 다시 돌아가고 싶어 하는군. 음, 어쨌든 내가 오늘 아침에 밀턴 사람들은 과거를 숭상하지 않는다고 했던 말은 취소하겠네. 여러분은 토르**의 성실한 숭배자들이군."

"만약 우리가 옥스퍼드 사람들처럼 과거를 숭상하지 않는다면, 그건 우리가 현재에 좀더 직접적으로 적용할 수 있는 걸 원하기 때문입니다. 과거를 공부하여 미래를 내다볼 수 있게 되는 건 좋습니다. 하지만 새로운 환경을 개척해나가는 사람들에게는, 과거의 경험에서 나온 지혜의 말이 우려스러운 상황에 처한 우리에게 어떻게 대처해나갈지를 알려줄 수 있다면 더 좋겠지요. 그런 상황에선 우리가 맞닥뜨릴 수밖에 없는 어려움 천지입니다. 게다가 그런 상황에 직면했을 때 우리가 그걸 그저 당분간 밀쳐놓지 않고 어떻게 극복하느냐에 따라 우리의 미래가 결정됩니다. 과거의 지혜를 이용해서 현재를 극복해보라고들 말하지요. 하지만 아닙니

---

* Heptarchy: 7개의 왕국으로 대표되던 고대 영국(앵글로색슨 영국)의 분권정부.
** Thor: 북유럽 신화의 뇌신(雷神). 토르 신의 무기는 해머였다.

다! 사람들은 내일 해야 할 일보다 미래의 유토피아에 대해 훨씬 더 쉽게 말할 수 있습니다. 하지만 그때는 그 일이 다른 사람들에 의해 다 끝나버립니다. '창피한 줄 아쇼!' 라고 외치기를 마다하지 않는 사람들에 의해서 말이지요."

"말을 듣는 내내 난 손턴 군이 무슨 말을 하는지 모르겠군. 그런 철학적 문제라면 옥스퍼드에 좀 보내보지 그러나? 옥스퍼드가 어느 정돈지는 아직 모르지 않는가."

손턴 씨는 이 말을 듣자 노골적인 웃음을 터뜨렸다. "제가 최근 우릴 곤경에 밀어 넣었던 문제와 관련한 말을 많이 하고 있었나 봅니다. 전 우리가 겪었던 파업을 생각하고 있었습니다. 당하는 입장에서 골칫거리에다 해롭기 짝이 없는 짓입니다. 그래도 최근 파업은, 지금 속은 쓰리지만 그나마 괜찮았습니다."

"괜찮은 파업이라니!" 벨 씨가 말했다. "마치 토르에 대한 숭배가 도를 넘어선 것같이 들리는군."

마거릿은 손턴 씨의 반응을 보았다기보다는 느낌으로 알았는데, 그는 자신이 매우 진지하게 여기는 주제가 계속해서 농담으로 둔갑해버리자 당혹스러워하고 있었다. 그녀는 한쪽은 별로 심각하게 여기지 않는데 다른 쪽은 개인적인 이유로 아주 관심을 쏟고 있는 화제를 바꿔보려고 했다. 그녀가 억지로 화제를 꺼냈다.

"이디스 말로는 코르푸 섬의 옥양목이 런던보다 더 질이 좋고 값이 싸대요."

"그래?" 그녀의 아버지가 말했다. "이디스가 또 과장을 하는구나. 정말 그렇다더냐?"

"그렇다던 걸요, 아빠."

"그럼 사실이겠구나." 벨 씨가 말했다. "마거릿, 너의 정직성에 대한 내 믿음에는 끝이 없어서 난 네 사촌도 그렇다고 생각할 테다. 네 사촌인데 과장했을리고."

"헤일 양이 그렇게나 정직합니까?" 손턴 씨가 쓰라린 기분으로 말했다. 그 말을 하는 순간 그는 자신의 혀를 깨물고 싶었다. 뭔가? 수치심에 사로잡혀 있는 그녀에게 이런 식으로 비수를 꽂을 수 있단 말인가? 오늘 밤 그는 참으로 고약했다. 그는 그녀 곁에 가지 못하게 오랫동안 붙들려 있던 것 때문에 언짢은 기분에 사로잡혀 있었고, 더 성공적인 연인 축에 낀 것 같은 누군가의 이름이 들먹여진 것 때문에 배알이 꼴려 있었다. 이제 성질까지 돋았는데, 이유는 속 편한 이야기로 저녁 한때를 유쾌하게 보내고자 하는 ─수년간 알고 지냈기에 지금쯤은 손턴 씨에게도 그 태도가 낯설지 않을─ 그 자리에 있던 모든 이의 오랜 친구 한 사람을 가벼운 마음으로 대하기가 힘들어졌기 때문이다. 그러니 이미 저질러버렸듯 그가 마거릿에게 말하는 심정은 어떠했겠는가! 그녀는 이전에 그의 뜬금없는 행동이나 성마른 모습에 기분 나빠지면 그랬듯, 일어나서 방을 나가지 않았다. 그녀는 처음 잠깐 동안 놀라운 듯 서글픈 눈길을 보낸 뒤로는 꼼짝도 않고 앉아 있었다. 두 눈은 너무 놀란 나머지 예상치 못하게 의견을 묵살당한 아이의 눈 같았는데, 그 눈이 서서히 커지다가 애절하고 원망스러운 빛을 띠더니 이내 아래쪽을 향했다. 그러더니 그녀는 고개를 숙여 자수에 열중했고 다시는 입을 열지 않았다. 하지만 그는 그녀를 보지 않을 수 없었고, 뜻밖의 한기가 찾아온 듯 전신을 흔들고 지나가는 그녀의 한숨을 목격했다. 그는 엄마가 아이를 어르거나 야단칠 때, 절대적인 모정의 표시인 은밀한 미소로써 아이에 대한 사랑을 다시 증명하기도 전에 그 자리를 떠야 하는 순간 엄마가 느꼈을 법한, 그런 심정을 느끼고 있었다. 그는 짧고 날 선 대답들을 했다. 그는 심기가 불편하고 짜증스러웠기 때문에 농담과 진담을 구별할 수가 없었다. 그저 겸허하게 뉘우치며 그녀의 앞이라면 납작 엎드릴 수 있는 마거릿의 눈길 한번, 말 한마디를 갈망했다. 하지만 그녀는 쳐다보지도 않았고 말도 하지 않았다. 끝으로 갈수록 가늘어지는 통통한 그녀의 손가락들이 마치 자수가 생업이거나 한 듯, 쉬지 않고 날렵하게 자수 판에 닿았다 떨어졌다 했다. 그는 그녀가 자신을 좋아할 수 없는 거라고 생각했다. 그렇지 않으면 열렬하고 뜨거운 자신의 갈망 때문에라도 그녀는 그저 한순간이겠지만 두 눈을 들어 자신이 방금 했던 뉘우침을 읽을 수밖에 없었을 것이기 때문이다. 그는 자리를 뜨기 전 그녀에게 부딪쳤을 수도 있었다. 그랬다면 무례하기 짝이 없는 돌발행동을 핑계로 심장을 갉아먹을 만큼 후회스러운 자신의 심정을 그녀에게 보일 기회를 얻었을지도 모른다. 그가 저녁의 신선한 공기를 맡으며 장시간 걸었던 건 잘한 일이다. 산책으로 정신을 되찾은 그는, 그녀의 얼굴과 자태에서 나오는 바로 그 모습과, (청아한 음률을 실어 나르는 바람 같은) 바로 그 음성이 그토록 큰 위력으로 자신의 균형을 흩뜨리니, 되도록이면 그녀를 보지 않아야겠다고 진지하게 다짐했다. 음! 그는 사랑이 뭔지 그때 알았다. 사랑은 자신이 버둥거리고 있는 활활 타오르는 격정의 불길 속 날카로운 고통, 지독한 경험이었으니! 하지만 이 위대한 정열을 알았기 때문에 그는 그 용광로를 지나서 더 의미 있고 더 인간적인, 평온한 중년을 향해 자신의 길을 헤쳐나가게 될 것이다.

그가 좀 갑작스럽다시피 방을 나가버리고 나자 마거릿은 자리에서 일어나서 조용히 놓던 자수를 접기 시작했다. 이음새가 긴 자수는 무거웠고, 힘 빠진 그녀의 팔에 그 무게는 여느 때와 달랐다. 동그란 그녀의 얼굴선이 더 길쭉하게 뻗어 보였고 전체적으로 아주 피곤한 하루를 보낸 사람의 모습이었다. 세 사람이 자러 갈 준비를 할 즈음 벨 씨가 중얼거리며 손턴 씨에 대한 험담을 늘어놓기 시작했다.

"성공으로 그렇게 버릇없어진 사람은 처음 보는구먼. 한마디도, 어떤 식의 농담도 참아내질 못하는군. 만사가 그 사람의 고매한 존엄성을 아프게 건드리는 것 같으니. 예전에도 손턴은 분명했지만 그만큼 단순하고 고상했지. 그에겐 허영심이 없었으니 기분 나쁘게 할 일도 없었어."

"지금도 허영심이 있는 분은 아니에요." 마거릿이 말하면서 테이블에서 몸을 돌렸는데, 조용하지만 딱 부러지는 말투였다. "오늘 저녁 그분은 평소 같지 않았어요. 분명 여기 오기 전에 성가신 일이 있었을 거예요."

벨 씨는 안경 너머로 그녀를 날카롭게 한번 쳐다보았다. 그녀는 그 눈빛을 꽤 침착하게 받아냈다. 하지만 그녀가 방을 나가버리고 나자 그는 갑자기 물었다.

"헤일! 그런 생각 들지 않던가? 손턴과 자네 딸이 소위 호감이라는 걸 서로 갖고 있다는 생각 말일세."

"무슨 소리!" 헤일 씨가 처음에는 놀라서 이렇게 말하더니 생각지도 않았던 말에 허둥지둥했다. "그렇지 않네, 자네가 틀렸어. 분명 오해한 거 같아. 만약 뭔가 있었다고 해도 그건 모두 손턴 군 생각이야. 딱한 사람! 손턴이 내 딸을 염두에 두지 않길 바라고, 또 그러지 않을 거라고 믿네. 마거릿이 손턴과 결혼하지 않으리라는 건 분명하기 때문이라네."

"글쎄! 나 자신 독신자로서 평생 동안 애정사를 피해왔으니 내 의견은 귀담아들을 가치가 없을지도 모르겠네. 그렇지 않다면 마거릿에게서 사랑에 빠진 듯한 징후가 보였다는 말을 하고 싶네."

"그렇다면 자네는 분명 틀렸네." 헤일 씨가 말했다. "손턴 군이 마거릿에게 관심이 있는지는 모르겠지만 마거릿은 때때로 그 사람을 거의 무례하다 싶을 정도로 대했어. 그런데 그 애가! 세상에, 마거릿은 손턴을 절대 마음에 두고 있지 않을 거네, 암! 그런 생각이 그 애 머릿속에 들었던 적이 없는걸."

"마음속에 들어가는 걸로 충분할 걸세. 난 그저 그럴 수도 있겠다는 생각을 말했을 뿐이라네. 내가 틀렸나 보이. 내가 맞든 틀렸든 잠이 오는군. 그러니 섣부른 상상으로 자네의 편안한 잠자리는 방해해놓고 난 편안한 마음으로 잠을 청하러 가겠네."

하지만 헤일 씨는 그런 말도 안 되는 생각 때문에 혼란스러워하지 않으리라 작정했고, 그 생각을 하지 않으리라고 결심하면서 뜬눈으로 누워 있었다.

다음 날 벨 씨는 작별을 고할 때 마거릿에게 자기를 어떤 문제든 당연히 도와주고 보호해야 할 사람으로 생각해달라고 이르면서, 헤일 씨에게는 이렇게 말했다.

"자네 딸 마거릿은 내게 특별하네. 대단히 소중한 사람이니 잘 돌봐주게. 밀턴에 있기에는 아까워. 사실 딱 옥스퍼드에 어울리는 사람이지. 거기 사는 사람들이 아니라 옥스퍼드라는 도시에 어울린다는 말일세. 난 아직 마거릿에게 어울리는 사람을 찾지 못했네. 그때가 되면 마거릿 옆에 나란히 세울 수 있는 젊은이를 데려옴세. 마치 아라비안나이트*에서 지니가 바두라 공주와 결혼시키려고 카랄마잔 왕자를 데려왔듯이 말이야."

"제발 그런 짓 말게. 그 뒤에 이어졌던 불행들을 생각해봐. 게다가 난 마거릿이 없으면 안 돼."

---

* 이 이야기에서 서로 결혼시키기 위해 지니가 데려왔던 카랄마잔 왕자와 중국의 바두라 공주는 헤어졌다가 결국 재회한다.

538

"아니야. 다시 생각해보니, 마거릿으로 하여금 10년 뒤 우릴 돌보게 함세. 그때쯤이면 우리 둘은 성질만 고약하고 힘도 못 쓰는 노인네가 되어 있을 거 아닌가. 진심이네, 헤일! 자네가 밀턴을 뜨면 좋으련만. 이곳은 자네한테 너무나도 어울리지 않는 곳이야. 하지만 여길 처음 추천한 사람이 나였으니 어쩌겠나. 만약 자네가 밀턴을 뜬다면 난 내 의혹의 그림자는 눌러버리고 대학에서 주는 성직을 맡겠네. 그러면 자네와 마거릿은 그곳으로 와서 목사관 생활을 하는 거야. 자넨 말하자면 평목사가 되어 내 소관인 하층민 신도들을 맡아주는 거지. 마거릿은 낮엔 우릴 보살피고——바운티풀 부인* 말일세——저녁에는 우리가 잠자리에 들 때까지 책을 읽어주는 거지. 그런 삶이라면 난 무척 행복하겠네. 어떻게 생각하나?"

"안 되네!" 헤일 씨가 단호하게 말했다. "난 심경의 변화를 한 번 크게 겪었고 그 대가를 치렀어. 난 고향을 떠나 여기서 살다가 여기서 묻혀서 대중 속으로 사라지겠네."

"그래도 난 내 계획을 단념하지 않겠네. 다만 지금은 이걸로 자넬 더이상 귀찮게 하지 않도록 하지. 우리 사랑스런 펄**은 어디 갔는가? 자 마거릿, 내게 작별 키스를 해다오. 그리고 능력 면에서 진짜 친구를 찾을 수 있는 곳이 어딘지를 기억하도록 해라. 마거릿, 넌 내 자식이라는 걸 잊으면 안 된다. 신의 은총을 빌어주마!"

그리하여 그들은 앞으로 그렇게 이어질, 평온하고 단조로운 삶으로 돌아갔다. 희망을 붙든 채 마음을 졸여야 하는 병자도 없었다. 참으로 오

---

* Lady Bountiful: 조지 파커(George Farquhar, 1678~1707), 『호색한들의 계략 The Beaux' Stratagem』(1707)에 등장하는 돈 많고 자비로운 여인.
** Pearl: 마거릿을 친숙하게 부르는 애칭으로 마거릿Margaret은 '진주pearl'라는 뜻을 지닌 그리스어에서 파생된 이름이다.

랜 시간 큰 관심사였던 히긴스네 가족조차 당장은 생각해야 할 필요가 없어져버린 것 같았다. 엄마 없이 고아로 남겨진 바우처의 아이들은 마거릿이 줄 수 있는 최대한의 사랑을 차지했다. 그래서 그녀는 애들을 책임지고 있는 메리 히긴스를 종종 보러 갔다. 바우처와 히긴스 가족은 한 집에서 같이 살았다. 큰 애들은 변변찮은 학교에 다녔고, 더 어린 애들은 메리가 일 나가면 바우처가 죽던 날 현명한 조처로 마거릿에게 깊은 인상을 주었던 그 이웃이 돌봐주었다. 물론 수고에 대한 대가는 지불됐다. 사실 부모 없는 이 애들에 대한 세세한 계획과 조치들을 통해 니컬러스는 멀쩡한 판단과 정돈된 사고방식을 보여주었는데, 이는 종잡을 수 없이 괴상한 행동으로 나타나던 이전의 양상과는 달랐다. 그는 직장에 매우 충실했기 때문에 마거릿은 이번 겨울 그를 자주 볼 수가 없었다. 하지만 그를 보게 될 때면 그녀는, 그가 자신이 진심으로 거둬들였던 애들의 아버지 얘기가 나올 때마다 화들짝 움츠러드는 걸 보았다. 그는 손턴 씨에 대해 함부로 얘기하지 않았다.

"사실," 그가 말했다. "그 사람이 날 상당히 헷갈리게 합니다. 그 사람 안에는 두 사람이 있습니다. 하나는 머리부터 발끝까지가 업주였던, 내가 예전에 알던 사람이고, 다른 하나는 업주의 티라고는 티끌만큼도 없는 사람이지요. 그 둘이 어떻게 한 몸으로 묶여 있는지는 내가 풀어야 할 수수께끼입니다. 그래도 난 포기하지 않을 겁니다. 그것도 그렇고 그 사람 여기도 자주 들릅니다. 그 때문에 내가 그 사람을 업주가 아닌 한 인간으로 알게 되는 거지요. 내가 놀란 것만큼 그 사람도 나한테 많이 놀랐을 겁니다. 왜냐하면 그 사람은 앉아서 내가 하는 말을 들으며 날 빤히 봅니다. 마치 내가 저기 어디서 새로 잡혀온 동물이나 되는 것처럼 말입니다. 하지만 난 절대 주눅 들지 않습니다. 그 사람도 알다시피 내 집 안에서 날 기죽이려면 여간해서야 되겠습니까. 난 솔직한 내 생각을 말하지요. 사장님이 더 젊었을 때 이렇게 남의 말을 잘 들어주었으면 훨씬 더 좋았을 거라고 말입니다."

"그러면 뭐라고 대꾸합니까?" 헤일 씨가 물었다.

"음! 그 사람을 그렇게 변하게 한 데는 제 공도 좀 있습니다만, 그렇다고 그 사람한테 장점만 있다고 말하진 않겠습니다. 가끔씩 좋지 않은 소리도 더러 합니다. 그런 말은 처음엔 생각해보면 유쾌하진 않지만 곰곰이 씹어보면 맞는 말이라는 생각이 묘하게도 머리를 딱 하고 때립니다. 오늘 저녁에 손턴 씨가 애들 공부를 살피러 올 것 같습니다. 애들 공부가 신통치 않다고 생각하는지, 한번 보고 싶어 하는군요."

"애들이 어떤……," 헤일 씨가 말을 시작했으나 마거릿이 그의 팔을 건드리며 자신의 시계를 보여주었다.

"7시가 다 됐어요." 그녀가 말했다. "이제 밤이 길어지고 있는 걸요. 어서요, 아빠." 그녀는 히긴스의 집에서 어느 정도 멀어질 때까지 숨을 제대로 쉬지 못했다. 그런 다음 좀 진정이 되자 그녀는 그렇게 서두르지 말걸 하는 생각이 들었다. 그들은 그런대로 손턴 씨를 보긴 했으나 요즘은 거의 보지 못했기 때문에, 그가 히긴스를 찾아온다는 오늘 밤, 오랜 친구 입장에서 그를 봤더라면 싶었던 것이다.

그랬다! 그는 거의 얼굴을 비치지 않았다. 더도 덜도 아닌 따분한 수업을 위해서조차 잘 오지 않았다. 헤일 씨는 손턴 씨의 그리스 고전에 대한 열의가 미적지근해지자 실망감을 느꼈다. 그리스 고전은 얼마 전까지만 해도 그의 커다란 관심 분야였던 것이다. 게다가 최근에는 손턴 씨가 급히 써 보낸 전갈이 마지막 순간에 도착하는 일이 종종 일어났는데, 거기엔 자기가 너무 바빠서 오늘 저녁에는 헤일 씨와 고전을 읽을 수 없겠다는 내용이 적혀 있었다. 게다가 아무리 다른 문하생들이 시간상으로는 그의 자리를 메웠다고 해도, 그 누구도 헤일 씨의 마음속에 자리 잡은 첫 모범생 같지는 않았다. 그는 자신에게 대단히 소중해졌던 손턴 씨와의 교류가 부분적으로 중단된 것에 기분이 울적해졌다. 그래서 그는 이런 변화가 발생하게 된 원인이 무엇인지를 곰곰이 생각하며 앉아 있곤 했다.

어느 날 저녁 마거릿이 자수거리를 들고 앉아 있을 때, 그가 뜬금없는 질문으로 그녀를 아연실색게 했다.

"마거릿! 손턴 씨가 널 좋아한다는 기색을 보인 적이 있었더냐?"

그는 이렇게 물어보면서 얼굴이 붉어질 뻔했다. 하지만 일축해버렸던 벨 씨의 생각이 다시 떠올랐기 때문에, 그는 자신이 뭘 말하고 있는지 충분히 파악하기도 전에 말이 입 밖에 튀어나오고 말았다.

마거릿은 즉답을 하지 않았다. 하지만 몸을 굽히고 고개를 떨어뜨리는 그녀의 모습을 보면서 그는 대답이 무엇일지를 짐작했다.

"네, 그랬던 것 같아요. 아, 아빠, 말씀드렸어야 했는데." 그러고는 그녀가 자수를 내려놓더니 두 손으로 얼굴을 감쌌다.

"아니다, 애야. 내가 참견쟁이라는 생각은 하지 않았으면 좋겠구나. 너도 마찬가지로 좋아한다고 느꼈다면 나한테 분명 말했을 테지. 손턴 씨가 어떤 마음을 갖고 있는지 네게 얘기해주더냐?"

처음엔 대답이 없었다. 그러나 차츰 살짝 머뭇거리는 듯하더니 "네" 하고 대답했다.

"근데 넌 거절을 했고?"

긴 한숨이 터졌고, 더 이상은 어쩌지 못하겠다는 듯 다시 "네" 하는 대답이 힘없이 나왔다. 하지만 아버지가 말하기 전에 마거릿은 수줍어하는 아름다운 장밋빛 얼굴을 들더니, 그의 얼굴을 똑바로 쳐다보며 이렇게 말했다.

"이제 말씀드렸으니, 더 이상은 말 못하겠어요. 게다가 이 모든 게 너무 고통스러워요. 거절했던 말 하나하나, 행동 하나하나가 말도 못할 정도로 고통스러워서 그 생각을 더 이상 견딜 수가 없어요. 아, 아빠, 친구를 잃게 만들어서 정말 죄송해요. 하지만 저도 어쩔 수 없었어요. 하지만 아! 정말 죄송해요." 그녀는 바닥에 주저앉아 머리를 그의 무릎에 기댔다.

"나도 미안하구나, 얘야. 벨 씨가 그 말을 할 때 내가 얼마나 놀랐는지 모른다. 그런 마음일지도 모른다고……"

"대부님이요! 대부님이 아시나요?"

"조금 안다. 하지만 그 사람은 네가…… 어떻게 말해야 할까? 네가 손턴 씨에게 마음이 없지 않다고 생각하고 있어. 절대 그럴 리 없다는 건 내가 알지. 난 이 모든 게 상상이기만을 바랐다. 네 감정이 어떻다는 걸 아주 잘 알고 있었기에 네가 손턴 씨에게 연정 같은 걸 느낄 일은 절대 없으리라고 생각했단다. 하지만 유감이구나."

그들은 잠시 동안 정적 속에 있었다. 하지만 뒤미처 그녀의 뺨을 부드럽게 쓰다듬던 그는 딸의 얼굴이 눈물로 젖어 있는 걸 보고 깜짝 놀랐다. 그의 손이 닿자 그녀가 벌떡 일어나더니 억지로 환한 미소를 지으며, 화제를 돌리고자 하는 열렬한 바람으로 레녹스 가족의 이야기를 시작했다. 그 때문에 심히 마음이 여린 헤일 씨는 아까 하던 얘기를 억지로 다시 꺼내볼 수가 없게 되어버렸다.

"내일…… 맞아요, 내일, 레녹스 가족은 할리 가로 돌아갈 거예요. 아, 얼마나 이상할지! 어떤 방을 아기 방으로 선택할지 모르겠어요. 쇼 이모는 손자 때문에 행복하겠죠. 이디스가 엄마라니! 레녹스 대위는……

이제 장교직을 팔아버렸으니 무얼 하며 살아갈지 궁금해요."

"들어봐라, 애야." 그녀의 아버지가 딸이 흥미로운 이 새로운 화제에 마음껏 빠져들기를 바라면서 말했다. "한 보름간 널 런던으로 올려 보내서 레녹스 가족과 지내도록 해야겠다. 프레더릭의 무죄판결 가능성에 대해서 넌 그 애가 보낸 수십 통의 편지에서보다 헨리 레녹스 씨와 나누는 30분의 대화로 더 많은 걸 알게 될 수도 있어. 그러니까 사실은 용무도 보고 즐기기도 하는 거지."

"안 돼요, 아빠. 아빤 절 보낼 수 없어요. 그보다도 제가 가지 않을 거예요." 그러더니 잠시 있다가 그녀가 덧붙였다. "안타깝지만 전 오빠에 대한 희망을 접는 중이에요. 오빤 우리의 기대를 서서히 저버리고 있어요. 하지만 레녹스 씨 그분도 몇 년이나 걸리는 목격자 수색 작업에 전혀 희망을 걸고 있지 않다는 걸 알아요. 안 돼요." 그녀가 계속 말했다. "그 희망은 정말 아름다웠고 우리한테 매우 소중했지만, 그 희망도 다른 것들과 마찬가지로 사라져버렸잖아요. 오빠가 행복해서 다행이고, 서로를 참으로 아낀다는 사실만으로 위로를 삼을 수밖에 없어요. 그러니 절 보낼 수 있을 거라는 말씀으로 제 기분을 상하게 하지 말아주세요. 분명히 말씀드리지만 그럴 수 없으니까요."

하지만 변화를 준다는 생각은, 비록 그녀의 아버지가 처음에 제안했던 그런 식으로는 아니었지만, 마거릿의 마음속에 뿌리를 내렸고 싹을 틔우기 시작했다. 그녀는 그런 게 아버지에게 뭔가 얼마나 가치 있는 일이 될 것인가에 대해 생각하기 시작했는데, 늘 활기라고는 없는 그의 기분은 이제 빈번히 가라앉았고, 아프다는 말을 입 밖으로 낸 적은 없었지만 그의 건강은 아내의 병환과 죽음으로 심각한 영향을 입었던 것이다. 교습생들과 정기적으로 강독 수업을 하고는 있지만 몽땅 주기만 하고 돌아오는 건 아무것도 없는 수업은 이전에 손턴 씨가 와서 공부하던 때처럼 더 이상 교류라는 이름을 붙일 수 있는 것이 못 됐다. 마거릿은 아버지가 자기 자신도 모르게 시달리고 있는 결핍을 의식했다. 그 결핍이란 남자들과의 교류였다. 헬스턴에서는 부근의 성직자들이 찾아오고 또 그들을 찾아가는 일이 끊이지 않고 일어났다. 게다가 들판의 가난한 일꾼들이나 저녁이 되어 집으로 느릿느릿 발걸음을 옮기는 사람들, 혹은 숲속에서 소 떼를 돌보는 사람들은 그가 항상 마음만 먹으면 말을 붙일 수 있었고, 또 그들 쪽에서 말을 걸어올 수도 있었다. 하지만 밀턴에서는 모두가 아주 바빠서 조용하게 말을 하거나 혹은 사고를 요하는 성숙한 대화를 나눌 수 없었다. 대화 내용은 극히 현실적인 당면 사업에 관한 것이었다. 그리고 일상적인 용무의 긴장 상태가 모두 끝나면 그들은 다음 날 아침까지 온몸을 놀게 하는 휴식에 빠져들었다. 그날의 일이 끝난 뒤에는 어떤 노동자도 볼 수 없었다. 노동자들은 각자의 취향에 맞게 강의를 들으러 가거나 클럽이나 맥줏집으로 사라졌다. 헤일 씨는 문화회관 같은 데서 강좌를 여는 것도 생각해봤지만, 그걸 크나큰 의무로만 생각했지 그 일과 일의 목적에 대해서 자발적인 애정이 전혀 없었기 때문에, 마거릿은 확신하건대 아버지가 열정 같은 걸 지니고 그 일을 바라보지 않는 한 그 일이 잘될 것 같지 않았다.

41장
여행의 결말

새들이 길 없는 길을 알듯 나는 내 갈 길을 안다
언제인지 첫 순회지는 어딘지 묻지 않아도 나는 도달하리라!
주께서 우박이나 눈 못 뜨게 하는 불덩이,
진눈깨비나 숨 막히는 폭설을 내리지 않는 한
언젠가, 때가 되면, 나는 도달하리라
주께서 나를 그리고 새들을 인도하시나니, 때가 되면!
—브라우닝의 파라켈수스*

그렇게 겨울이 계속 이어지면서 낮의 길이는 점점 길어지고 있었지
만, 보통 2월의 햇살에 동반하는 밝은 희망은 그 어디에서도 찾아볼 수
없었다. 손턴 부인은 당연히 마거릿의 집에 오는 발길을 완전히 끊어버렸
다. 손턴 씨는 가끔씩 왔지만, 그녀의 아버지에게 왔다고 알린 뒤 서재
안으로 들어가서 나오지 않았다. 손턴 씨에 대한 헤일 씨의 얘기는 늘 그
렇듯 똑같았다. 사실 두 사람이 아주 가끔씩밖에 교류하지 못한다는 바로
그 이유 때문에 헤일 씨는 그와의 대화를 더욱더 소중하게 여기는 듯했
다. 손턴 씨가 했다는 말로 짐작해볼 때 불쾌감이나 울분 때문에 그가 발
길을 끊었던 것은 전혀 아니다. 그는 파업 동안 사업이 복잡하게 얽히는

---

* 로버트 브라우닝(Robert Browning, 1812~1889), 『파라켈수스*Paracelsus*』 1부(1835)
에서 인용.

바람에 지난겨울보다 더 세심한 주의를 기울일 수밖에 없었던 것 같았다. 아니, 마거릿은 그가 가끔씩 자신에 대한 얘기를 했다는 것까지 알아냈는데, 들은 바에 따르면 그는 한결같이 조용하고 친근한 태도로 자신의 이름을 피하지도 않았고, 일부러 들먹이려고도 하지 않았다고 했다.

그녀는 아버지를 즐겁게 해드릴 기분이 아니었다. 현재의 따분한 평온함은 오랜 기간 폭풍우까지 뒤섞인 불안과 걱정을 앞세웠던 것이기에, 그녀의 마음은 탄력을 잃고 말았던 것이다. 그녀는 바우처의 어린 두 아이를 가르치는 일이 적임이라고 생각하려고 했고, 잘해주려고 애썼다. 열심히, 말하자면 정말 진지하게 임했는데, 이유는 그녀가 모든 노력을 쏟고 있는 목표에 비해 자신의 마음이 죽어 있는 것 같았기 때문이다. 비록 시간을 엄수해가며 아주 힘들게 노력했지만 그녀는 어떤 즐거움도 느낄 수가 없었다. 그녀의 삶은 여전히 황량하고 따분해 보였다. 그녀가 가장 잘했던 건 무의식적으로 나오는 효심이었다. 그녀는 묵묵히 아버지를 위로했고 마음을 편안하게 해드렸다. 마거릿은 아버지의 그 어떤 기분에도 즉시 공감할 준비가 되어 있었고, 아버지가 바라는 모든 바람을 예측하고 충족시키려고 무던히도 노력했다. 그는 원하는 걸 입 밖에 내는 일이 좀체 없었고, 거의 언제나 머뭇거리거나 미안하다는 말부터 먼저 한 다음에야 무얼 원하는지 말했다. 그녀는 온순하게 복종하는 태도를 보이며 더욱더 완벽하고 아름다운 딸이 되어갔다. 3월에 프레더릭의 결혼 소식이 날아왔다. 그와 돌로레스 둘 다 편지를 써 보냈다. 그녀의 편지는 당연하게도 스페인어식의 영어였고, 프레더릭의 것은 신부 나라의 관용구가 그에게 얼마나 많은 영향을 미쳤는지를 보여주듯 어휘 전환과 어순 도치가 약간 있었다.

프레더릭은 사라진 목격자들을 회부하지 않고는 군법회의에서 자신의 결백을 증명할 가능성이 아주 희박하다고 밝히는 헨리 레녹스의 편지를 받고 나서 영국에 대한 국적 포기를 포함하는 꽤 격렬한 어조의 편지를 마거릿에게 이미 보낸 바 있다. 편지에서 그는 자신이 영국에서 태어나지 않았더라면 좋았을 것이라면서, 설사 사면이 된다고 해도 자기는 거절할 것이며 국내 거주가 허용되더라도 국내에 살지 않겠다고 분명히 말했다. 그 모든 말이 마거릿을 몹시 울렸는데, 처음 봤을 때 그녀의 눈에는 편지가 지나치게 비정상적으로 보였던 것이다. 하지만 생각해보던 마거릿은 오히려 그런 표현 속에서 오빠의 희망을 무참히 뭉개버렸던 통렬한 실망감을 보게 됐고, 이럴 때 필요한 건 인내심뿐이라고 느꼈다. 그다음 편지에서 프레더릭은 벅찬 미래에 대한 생각에 몹시 들뜬 나머지 과거에 대한 생각은 전혀 없었다. 마거릿은 오빠에게 간절히 바랐던 인내심이 자신에게 소용이 있음을 깨달았다. 그녀는 참아야 했다. 하지만 소심하게 써 내려간 귀여우면서 소녀다운 돌로레스의 편지들은 마거릿과 아버지를 사로잡기 시작했다. 사랑하는 사람의 영국인 가족에게 좋은 인상을 남기고 싶어 하는 스페인 소녀의 간절한 마음은 매우 자명하여, 지우고 쓴 곳마다 그녀의 여성스러운 세심함이 엿보였다. 그녀는 결혼을 알리는 편지에다 아직 한 번도 보지 못한 시누이, 프레더릭이 진선미의 귀감이라고 주장했던 마거릿을 위해 직접 고른, 눈부시게 아름다운 검은색의 만틸라*를 함께 부쳤다. 이 결혼으로 프레더릭의 세속적 지위는 마거릿과 그녀의 아버지가 바라던 수준까지 격상됐다. 바르부르 앤드 컴퍼니는 스페인에서 가장 규모가 큰 회사 중 하나였고, 거기에 프레더릭이 하급 동업자로 받아들여졌던 것이다. 마거릿은 가벼운 미소를 지은 다음 한숨을 내쉬었다.

---

* mantilla: 스페인·멕시코 여자들이 머리부터 어깨까지 내려오게 덮어 쓰는 큰 베일.

장사에 대해 부정적인 의견을 끝도 없이 늘어놓던 예전 일이 새록새록 떠올랐기 때문이다. '용맹한 기사인 오빠가 이제 장사꾼이, 상인이 됐어!' 하지만 그녀는 이런 생각을 거부하면서 스페인 무역상과 밀턴의 공장주를 혼동하는 자신에게 속으로 이의를 제기했다. '뭐 어때! 상인이든 상인이 아니든, 오빠가 아주아주 행복해하잖아. 돌로레스는 분명 매력적인 사람이고, 보내준 만틸라는 그 정교한 아름다움이 넋을 잃을 만한걸!' 그런 다음 그녀는 현재의 생활로 되돌아왔다.

그녀의 아버지는 봄이 되니 숨 쉬는 걸 종종 힘들어했고, 그럴 때마다 그는 극심한 고통을 겪었다. 마거릿은 겁을 좀 덜 먹었는데, 이유는 이런 장애가 철저히 간헐적이었기 때문이다. 그래도 그녀는 4월에 옥스퍼드를 방문해달라는 벨 씨의 초대를 받아들여야 한다고 아버지를 열심히 설득할 정도로, 아버지의 신체적 장애의 회복을 간절히 바라고 있었다. 벨 씨의 초대에는 물론 마거릿도 포함되어 있었다. 아니 그것 이상으로, 그는 그녀가 꼭 와주길 바란다는 편지를 특별히 써 보냈다. 하지만 그녀는 집에서 혼자 조용히 지내는 쪽이 훨씬 더 편안할 것 같았다. 그러면 그녀는 모든 책임감에서 완전히 벗어나서, 2년이 넘는 지난 세월 동안 엄두도 내보지 못했던 방법으로, 머리와 마음을 식힐 수 있을 것 같았다.

아버지가 마차에 몸을 싣고 기차역으로 출발해버리자 마거릿은 그동안 무겁기 그지없는 중압감이 얼마나 오래도록 시간과 정신을 잡아먹고 있었는지를 실감했다. 마음대로 할 수 있음을 느낀다는 건 놀라웠고 멋지기까지 했다. 그녀에게 기대어 확실한 행복까지는 아니더라도 활기를 얻고자 하는 사람이 아무도 없었다. 병자가 있어서 그에 맞춰 계획을 세우거나 결정을 내려야 하는 것도 아니었다. 그녀는 여유를 부리거나 입을 닫고 있거나 뭘 잊어먹을 수도 있었다. 그 모든 특권 중에서 가장 좋았던 건 마음대로 행복해하지 않을 수도 있다는 것이었다. 지난 수개월 동안 그녀는 개인적인 걱정거리와 문제들을 어두운 벽장 속에 쑤셔 넣어둬야 했다. 하지만 이제 그녀는 그것들을 끄집어내어 애달파하고, 사안의 본질을 살핀 뒤 그것들을 좀 평화로운 상태로 잠재우는 진정한 방법을 찾을 여유가 생긴 것이다. 지난 몇 주일간 내내 그녀는 그 걱정거리와 문제들의 존재를 어렴풋이 깨닫고 있었지만, 그것들은 눈에 드러나지 않았었다. 이제 드디어 그녀는 그 문제들을 생각해보면서 각각의 사건이 자신의 삶에서 어떤 의미를 차지하고 있는지를 찬찬히 따져보고자 했다. 그렇게 그녀는 몇 시간을 거실에서 미동도 하지 않고 앉아서, 쓰라린 기억들을 담담한 각오로 하나하나 훑어 내려갔다. 그녀는 굴욕적인 거짓말을 초래했던 불성실에 대한 쓰라린 기억에 딱 한 번 소리 내어 울었다.

그녀는 이제 거짓말에 대한 유혹의 힘을 인정하고 싶은 마음조차 없어졌다. 프레더릭을 위한 것이었던 그녀의 계획은 모두 수포로 돌아갔고, 그 유혹은 죽어버린 조롱거리로——아예 생명도 얻지 못한 채 저기 나동그라져 있었다. 뒤따랐던 사건들에 비추어 되돌아보니 위증은 비천하기 짝이 없는 바보짓이었다. 진실의 힘을 믿었더라면 더할 나위 없이 지혜로운 일이었을 텐데!

그녀는 혼란스러운 마음에 아무 생각 없이 테이블 위에 놓여 있던 아버지의 책을 펼쳤다. 그녀의 눈에 들어왔던 구절들은 극도의 자기비하에 빠져 있는 그녀의 현 상태를 대변하고 있는 것 같았다.

Je ne voudrois pas reprendre mon cœur en ceste sorte: meurs de honte, aveugle, impudent, traistre et desloyal à ton Dieu, et sembables[sic] choses; mais je voudrois le corriger par voye de compassion. Or sus, mon pauvre cœur, nous voilà tombez dans la

550

fosse, laquelle nous avions tant resolu d'eschapper. Ah! relevons-nous, et quittons-là pour jamais, reclamons la misericorde de Dieu, et esperons en elle qu'elle nous assistera pour desormais estre plus fermes; et remettons-nous au chemin de l'humilité. Courage, soyons meshuy sur nos gardes, Dieu nous aydera.

주를 배반하고 저버렸으니 오만하기도 하지, '죽을 만큼 부끄러워라' 라는 식으로, 아니면 그 비슷한 말로써 난 내 마음을 비난하고 싶지 않다. 하지만 나는 이런 연민의 말로 죄스러운 내 마음을 바로잡으련다. '자, 그러니까 가엾은 내 마음아, 우린 도망치려고 작정했던 구덩이에 떨어지고 말았다. 아! 신의 자비를 구하고 그 자비가 우리를 앞으로 더 의연하게 해주리라고 기대하면서, 일어나서 그 구덩이와 영원히 작별하고, 겸손한 삶의 태도를 다시 찾아보자. 용기 내— 이제부터 신이 도우시니 정신 차리자.' *

'겸손한 삶의 태도, 아,' 마거릿은 생각했다. '내가 놓쳤던 게 그거야! 하지만 용기를 내, 여린 마음아. 우린 되돌아갈 거야. 하나님의 도움으로 우린 잃어버린 길을 찾을 수도 있어.'

그리하여 그녀는 몸을 일으켰고, 넋을 잃고 있는 자신을 당장 정신 차리게 해줄 일을 시작하기로 마음먹었다. 우선 그녀는 위층으로 올라가려던 마사를 거실 문 앞에서 불러들였다. 그러고는 거의 기계적이다 싶은 복종심의 가면으로 그녀의 개성을 두껍게 가리고 있는 진지하고 공손하며

---

* 성 프랑시스코 살레지오(St. Francis de Sales, 1567~1622), 『신앙생활 입문*Introduction à la vie dévote*』(1608)에서 인용.

복종하는 태도 말고, 진짜 그녀가 무슨 생각을 하는지 알아보려고 했다. 그녀는 마사를 유도하여 뭐든 개인적인 관심사를 털어놓게 만드는 것이 힘들다는 걸 알았다. 그렇지만 손턴 부인의 이름이 나오니 마침내 그녀가 마음을 열기 시작했다. 마사의 얼굴이 온통 밝아졌고 말할 용기가 좀 나는지 자신의 아버지가 일찍이 어떻게 하여 손턴 부인의 남편과 친분을 맺게 됐는지에 대해서, 아니 아버지가 어떤 식으로 친절을 베풀게까지 됐는지에 대한 긴 이야기를 풀어놓았다. 어떤 친절인지는 아주 어렸을 때의 일이라 그녀는 거의 알지 못했다. 여러 가지 상황이 생겨서 두 가족은 마사가 거의 성인이 될 때까지 떨어져 살았다고 했다. 그때 그녀의 아버지는 창고 경리였던 애초의 직업에서 점점 더 아래로 추락해 있었고 어머니는 죽고 없는 상태에서 마사와 여동생은, 마사의 표현을 빌리자면, 손턴 부인이 아니었으면 '끝장이 났을' 거라고 했다. 손턴 부인이 그 둘을 찾아내어 걱정해주고 보살펴주었다는 것이다.

"전 성홍열에 걸려 있었고 몸은 허약하기만 했지요. 손턴 부인은, 손턴 씨와 함께 한시도 마음을 놓지 못하고 제가 회복될 때까지 그 집에서 병구완을 하면서, 바닷가로 보내는 등 뭐든 다 해주었어요. 의사들이 성홍열이 전염되고 있다고 하는데도 두 사람은 그런 말에 전혀 신경도 쓰지 않았어요. 패니 양만 빼고요. 패니 양은 이번에 결혼하게 되는 친척네로 가서 지냈죠. 패니 양이 그때 겁을 먹긴 했지만, 그렇게 모두 다 잘 끝났어요."

"패니 양이 결혼을!" 마거릿이 놀라서 말했다.

"네. 게다가 굉장한 부자래요. 나이가 무지 많긴 하지만 말이에요. 이름이 왓슨인데요, 공장은 헤일리 너머 그 어디쯤 있어요. 남편이 머리카락이 좀 희끗하긴 해도 정말 잘하는 결혼이죠."

패니의 결혼 소식을 듣고 마거릿이 잠자코 있는 동안 마사는 본래의 예의 바름과, 그와 함께 짤막하게 대답만 하는 평소의 습관이 돌아와 있었다. 그녀는 화로의 재를 쓸어 모은 다음 저녁 식사는 언제쯤 준비해야 할지를 묻고는 들어올 때와 똑같은, 표정 없는 얼굴로 방을 나갔다. 마거릿은 최근에 자신이 듣게 된, 손턴 씨와 관련된 각각의 사건이 그에게 어떤 영향을 미쳤을까, 그가 그걸 좋아할까 아니면 싫어할까를 상상해보려고 하는 나쁜 습관에 빠져들었다. 멈춰야 했다.

다음 날 그녀는 바우처의 아이들 공부를 봐주었고 멀리 산책을 나갔다가 마지막에는 메리 히긴스의 집을 방문했다. 마거릿은 니컬러스가 벌써 퇴근하여 집에 와 있는 걸 보고는 놀랐다. 낮이 길어진 탓에 시간이 저녁때라는 걸 그녀는 깜박깜박 잊고 있었다. 니컬러스 역시 태도가 좀 겸손해진 것 같았다. 그는 전보다 말수가 적었고 자기주장도 많이 내세우지 않았다.

"그러니까 어르신은 출타 중이시다 이 말이지요?" 그가 말했다. "애들이 말해주더이다. 허! 똑똑한 놈들이오. 내 여식들보다 더 똑똑하지 않나 싶은 생각까지 하오만, 이렇게 말하는 건 옳은 일이 아닐 테지요. 또 딸내미 하나는 무덤 속에 있는데 말이오. 날씨가 여름 같아선지 사람들이 나다니는 것 같소. 저 너머 우리 공장 사장도 여기저기 어딘가로 부지런히 다니고 있소"

"오늘 이렇게 일찍 집에 온 것도 그 때문인가요?" 마거릿이 순진하게 물었다.

"참 세상 물정 모르는 사람이구먼." 그가 코웃음을 치며 말했다. "난 두 얼굴이 없소. 하나는 사장 앞에서, 다른 하나는 사장 뒤에서 짓는 얼굴 말이오. 난 마을에 있는 시계란 시계가 모두 친 다음 공장을 나왔소.

아니! 저 손턴이라는 사람은 대적하기에 좋은 적수지만 속여먹기에는 아주 성실하단 말이오. 그 자리를 구해준 게 헤일 양이지요. 고맙게 생각하오. 사실 손턴 씨의 공장이 나쁜 데는 아니오. 그만해, 이 녀석. 마거릿 양에게 네가 잘 부르는 찬송가를 불러드리렴. 그렇지. 가만히 서서, 오른 팔을 꼬챙이처럼 쭉 뻗어. 하나 하면 정지, 둘 하면 그대로, 셋 하면 준비, 넷 하면 자, 시작!"

꼬마는 찬송가를 따라 불렀다. 꼬마는 말뜻은 전혀 이해하지 못하지만 흥겨운 리듬이 귀에 착착 감기니까, 연습으로 능숙해진 국회의원의 종지(終止) 억양으로 그 리듬을 따라 불렀다. 마거릿이 적절하게 박수를 치자 니컬러스는 다른 걸 부르라고 했고, 놀랍게도 또 다른 걸 부르라고 했다. 그녀가 놀랐던 까닭은 그가 예전에는 거부했던 종교적인 것에 자신도 모르게 이끌린 듯 관심이 생겼음을 발견했기 때문이다.

그녀가 집에 돌아왔을 때는 저녁 식사 시간이 지나 있었다. 그렇지만 그녀는 기다리는 사람이 아무도 없다는 사실에 편안한 기분이 들었고, 또 다른 사람의 기분이 어떤지 불안한 마음으로 살필 필요 없이 휴식을 취하면서 혼자만의 생각에 편하게 잠길 수 있었다. 저녁 식사가 끝나자 그녀는 커다란 편지 뭉치를 살펴보고 없애버릴 것들을 고르기로 했다.

편지들 사이에서 프레더릭 사건과 관련하여 헨리 레녹스 씨가 보낸 네댓 통의 편지가 나왔다. 그녀는 오빠의 결백을 정당화할 가능성이 정확하게 얼마나 희박한지를 확인하겠다는 목적만을 가지고 그 편지들을 찬찬히 새로 읽어보았다. 하지만 그녀가 마지막 편지까지 다 읽고 나서 재판 과정의 이불리(利不利)를 따졌을 때쯤, 그 편지글들에 들어 있는 개성이 어쩔 수 없이 그녀의 눈길을 잡아끌었다. 서신 속에서 거론되는 사안에 대한 레녹스 씨의 관심에서 그가 그녀와의 관계를 한시도 잊지 않고 있었음이 경직된 어휘들을 통해서 충분히 드러났던 것이다. 영리하게 써 내려간 편지들이었다. 마거릿은 한눈에 그걸 알아보았으나, 편지 속에 진심 어린 온정을 찾을 수 없었던 것이 아쉬웠다. 그래도 그 편지들은 소중하게 간직되어야 했다. 따라서 그녀는 그것들을 조심스럽게 한쪽으로 치워두었다. 대단찮은 이 일을 끝내고 그녀는 상념에 빠져들었다. 그러자 이 밤 마거릿의 머릿속에 아버지의 부재에 대한 생각이 묘하게 떠올랐다. 그녀는 자신의 고독감을 (결과적으로 아버지의 부재를) 위안거리로 느꼈던 것에 대해 스스로를 탓하기까지 했다. 하지만 이틀간의 시간은 새로운 힘과 밝은 희망으로 그녀를 일으켜 세웠다. 최근 들어 일을 가장하고 나타났던 계획들은 이제 즐거움으로 보였다. 소름 끼치는 비늘들이 눈에서 떨어져 나갔고 그녀는 자신의 처지와 할 일을 더 확실히 보게 됐다. 손턴 씨가 예전의 우정을 회복해주기만 한다면, 아니 예전처럼 아버지의 기운을 북돋워주러 가끔씩 와주기만 한다면, 오더라도 자긴 절대 그를 만나진 않겠지만, 밝은 전망까지는 아니어도 앞으로의 삶이 마치 분명하고 반듯하게 펼쳐질 것처럼 느껴졌다. 그녀는 침실로 가려고 일어서면서 한숨을 쉬었다. '한 번에 한 가지면 충분' 했지만 ── 그저 아버지에 대한 헌신이라는 분명한 한 가지 의무로 충분했지만, 마음은 불안감과 고통스러운 비애감에 개운치 않고 께끄름했다.

그리고 4월의 그날 밤 마거릿이 이상스럽고도 끈질기게 아버지를 생각하고 있었던 것과 꼭 마찬가지로 헤일 씨도 그녀 생각을 했다. 그는 옛 친구들과 예전에 많이 다니던 장소들을 찾아서 돌아다니느라고 심신이 지쳐 있었다. 그는 자신에게 닥쳤던 소신의 변화로 인해 친구들이 자신을 다르게 볼지도 모른다는 지나친 상상을 했었다. 하지만 비록 개중 몇몇은 그의 잘못된 선택에 대해 머릿속으로는 충격이나 비애, 혹은 분노를 느꼈을지 모르겠지만, 과거 한때 자신들이 사랑했던 사람의 얼굴을 보자마자 그들은 친구의 소신 같은 건 잊어버렸다. 아니 기억했다고 해봐야 연민이 담긴 엄숙한 표정만 조금 더 보태는 정도였다. 헤일 씨는 넓게 교제하는 사람이 아니었다. 그는 작은 규모의 대학들 중 하나에 다녔었고 수줍은 성격에 늘 말이 없었다. 하지만 젊은 시절 그의 조용함과 망설임 밑에 깔려 있는 예민한 사고력과 감성을 주의 깊게 꿰뚫어보았던 사람들은 여성에게나 보였을 법한, 보호본능적인 따뜻함으로 그를 환영했다. 그리고 수년이 흘러 그사이 많은 변화가 있은 뒤 다시 부활한 이 온정은 솔직하게 내뱉는 반감의 표현에서 그가 느꼈을 것보다 더 큰 위력으로 그를 압도했다.

"너무 무리한 게 아닌가 걱정스럽군." 벨 씨가 말했다. "자넨 지금 밀턴의 공기 속에서 그렇게나 오래 살아왔던 것에 대한 고통을 겪고 있는 게야."

"지치는군." 헤일 씨가 말했다. "밀턴 공기 때문이 아냐. 내 나이 쉰다섯이니, 그 사실만으로도 기력이 없을 이유가 되지."

"무슨 소리! 난 예순이 넘었지만 육체적으로나 정신적으로 약해진 걸 전혀 느끼지 못하네. 그런 말 말게. 쉰다섯이라고! 아니, 자네는 청년이구먼."

헤일 씨는 고개를 저었다. "요 몇 년간이 어찌 지나갔는지!" 그가 말했다. 하지만 잠깐 침묵하더니, 벨 씨의 호화로운 안락의자에 반쯤 기대고 앉아 있던 자세에서 몸을 일으켰고, 떨리는 듯한 열띤 음성으로 이렇게 말했다.

"벨! 내 소신에 변화가 생기고 성직에서 사임하게 되는 이 모든 걸 내가 예견할 수 있었을 거라는 생각은 말게. 아냐! 설사 **아내**가 얼마나 고통을 겪게 될지 알 수 있었다고 해도 내가 그걸—내가 목사로 있던 교

회와 똑같은 신념을 더 이상은 간직하지 않는 열린 인식 행위를 ──되돌
릴 일은 없었을 거란 말일세. 지금 생각해보니 내가 사랑했던 사람의 고통
을 통해서 그렇게도 잔인한 순교자적 고통을 예견할 수 있었다손 치더라도
공개적으로 교회를 떠났던 행위에 관한 한 그와 똑같이 했을 것이네. 그
후에 내가 가족에게 했던 모든 일은 어쩌면 좀 다르게, 좀 현명하게 처신
할 수도 있었겠지. 하지만 신이 내게 과도한 지혜나 힘을 부여했다고는 생
각지 않네." 그는 이 말을 덧붙이고는 다시 조금 전의 자세로 되돌아갔다.

벨 씨는 대답하기 전 대놓고 코를 풀었다. 그런 다음 이렇게 말했다.

"신은 양심이 옳다고 하는 걸 자네가 행할 수 있는 힘을 주신 거야.
우리에게 그것보다 더 크거나 더 성스러운 힘, 혹은 지혜가 필요하다고는
생각지 않네. 내게는 그런 게 없다는 걸 난 알고 있다네. 그런데도 사람들
은 그들의 바보 같은 목록에 날 현명한 사람으로 올려놓는다네. 독자적인
개성이 있다느니 의지가 강하다느니, 그 밖에 온갖 위선적인 말을 갖다 붙
여서 말이야. 자신만의 단순한 법칙대로 살아가는 세상 제일의 바보도 나
보다 더 현명하고 나보다 더 강할 걸세. 그게 그저 현관 깔개에 신발을 닦
는 법에 지나지 않는다고 해도 말일세. 사람들이 얼마나 얼간이들인가!

침묵이 흘렀다. 헤일 씨가 하고 있던 생각을 이어서 먼저 입을 열었다.

"마거릿 말일세."

"음! 마거릿이 뭐 어떻단 말인가?"

"만약 내가 죽으면……"

"말도 안 되는 소리!"

"그 앤 어찌 될까라는 생각을 종종 한다네. 아마 레녹스 일가가 같이
살자고 하겠지. 그럴 거라고 생각하네. 그 애 이모는 표를 내지 않으면서
나름대로 그 앨 아꼈어. 하지만 눈에 보이지 않으면 잊어버린다네."

"흔하디흔한 결함이지. 레녹스 가족은 어떤 사람들인가?"

"레녹스는 잘생긴 데다 말도 잘하고 유쾌한 사람이라네. 이디스는 정 많고 귀여운 응석받이 미인이야. 마거릿은 이디스를 진심을 다해 사랑하고, 이디스 역시 줄 수 있는 한 온 마음을 다해 마거릿을 사랑해."

"이보게, 헤일. 내가 자네 여식을 무지 아긴다는 걸 이제 알 거라고 생각하네. 전에 말하지 않았는가. 물론 지난번 그 앨 보기 전에도 자네 딸이자 내 대녀니까 난 그 애에게 지대한 관심이 있었지. 하지만 자네를 보러 간 이번의 밀턴 방문이 날 그 애의 포로로 만들고 말았네. 내가 정복자의 마차를 따라가는 자발적인 늙은 포로가 돼버렸단 말일세. 그 이유는 정말이지, 마거릿이 고통을 당했고, 어쩌면 당하고 있는 중일지도 모르겠지만, 그런데도 눈앞의 승리를 장담하고 있는 사람처럼 당당하고 평온해 보였기 때문이라네. 맞아, 현재의 모든 걱정거리에도 불구하고 그게 그 애의 얼굴이었네. 그러니 내 모든 건 그 애가 필요로 하면 그 애 것이네. 그리고 내가 죽으면, 그 애가 원하든 원치 않든 그 애 것이 될 걸세. 그뿐 인가, 나부터가 그 애의 용감한 기사가 되겠네. 비록 나이 60에 통풍도 있지만 말이야. 진심이네, 친구여. 자네 딸은 내가 일생 책임져야 할 사람일 게고, 그게 재치든 지혜든 아니면 기꺼운 마음이든 내가 줄 수 있는 모든 도움을 그 앤 받게 될 걸세. 내가 마거릿을 선택한 건 걱정해야 할 대상으로서가 아니라네. 옛날부터 알고 있었던 사실이지만, 자넨 뭔가를 걱정해야 하는 사람이지. 걱정 없이는 행복을 못 느끼지 않는가. 하지만 자넨 나보다는 몇 년 더 살 걸세. 자네, 날씬하고 야윈 친구들은 언제나 죽을 것처럼 하면서 항상 죽음을 모면하지! 먼저 세상을 뜨는 건 늘 나같이 살집이 좀 있고 얼굴에 혈색이 도는 친구들이거든."

만약 벨 씨에게 앞날을 보는 혜안이 있었더라면, 거꾸로 타오르다시피 하던 횃불과 바로 그날 밤 친구를 향해 손짓하며 서 있던 엄숙하고 차분한 얼굴의 천사*를 보았을 것이다. 그날 밤 헤일 씨는 결코 더 이상은 살아서 움직이지 못하게 될 자신의 머리를 베개 위에 뉘었다. 다음 날 아침 그의 방에 들어갔던 하인은 아무 대답을 듣지 못하자 침대 가까이로 갔고, 고요하고 아름다운 얼굴이 지울 수 없는 죽음의 상(相)을 하고 하얗고 차갑게 누워 있는 걸 보았다. 그 모습은 참으로 편안해 보였다. 그 어떤 고통도, 그 어떤 몸부림도 없었다. 심장의 움직임은 그가 자리에 누웠을 때 멈추었음이 분명했다.

벨 씨는 충격으로 어안이 벙벙해졌고, 하인이 넌지시 묻는 말에 화를 내느라 겨우 정신을 차렸다.

"검시관의 사인 조사? 허허. 내가 그 친구를 독살이라도 했다는 건가! 포브스 박사 말이 심장병으로 인한 자연사라는군. 불쌍한 헤일! 자네 명이 다하기 전에 자네의 따뜻한 마음씨를 다 소진했던 거야. 불쌍한 내 친구! 여식에 대해서 어떻게 말을 했었는데…… 월리스, 5분 안에 내 여행 가방을 꾸리게. 지금 이 말이 떨어지는 동안 짐을 꾸리란 말일세. 다음 기차로 밀턴에 가야겠어."

가방을 꾸리고 마차를 대령시키고, 그가 기차역에 당도한 이 모든 것이 이러한 결심의 순간으로부터 20분 만에 이루어졌다. 런던행 기차가 휙 하고 지나쳤다가 몇 야드 후진했고, 안달 난 철도원이 벨 씨를 재촉하며 기차로 밀어 넣었다. 그는 자기 자리에 몸을 던진 뒤 눈을 감더니, 어떻게 어제는 살아 있던 사람이 오늘은 죽은 사람이 될 수 있는지 이해해보려고 애썼다. 그러자 곧 희끗희끗한 속눈썹 사이로 눈물이 슬며시 흘러내

---

* 사자(死者)를 데려간다는 죽음의 신을 말한다.

렸고, 눈물이 느껴지자 그는 날렵한 두 눈을 떴는데, 그의 표정은 굳은 결심에서 나온 만큼 아주 밝았다. 그는 낯선 이들 한 무리 앞에서 마구 흐느낄 생각은 없었다. 암, 그가 누군데!

낯선 이들의 무리 같은 건 전혀 없었고, 그와 같은 쪽, 좀 떨어진 자리에 딱 한 사람이 앉아 있었다. 이윽고 벨 씨는 그를 훔쳐보면서 자신의 감정을 지켜봤을 수도 있는 이가 어떤 사람인지를 알아내고자 했다. 그리고 쫙 펼쳐든 『타임스』지 너머로 손턴 씨를 알아보았다.

"아니, 손턴! 자넨가?" 좀더 가까이로 급히 자리를 옮겨 앉으며 그가 말했다. 그는 손턴 씨의 손을 격렬하게 흔들다가, 그러쥐고 있던 그 손을 갑자기 놓고 말았는데, 눈물을 훔치기 위해 손이 필요했던 것이다. 그는 손턴 씨를 친구인 헤일과 함께 마지막으로 봤었다.

"가슴 아픈 일 때문에 밀턴에 가는 길이네. 헤일 씨가 갑자기 사망했다는 소식을 딸에게 전하게 됐다네!"

"사망! 헤일 씨가 사망했단 말입니까!"

"그래. 난 '헤일은 죽었어!'라고 계속 혼잣말을 하고 있네만, 그런다고 그 친구의 사망이 사실보다 더 사실이 되는 건 아니군. 어쨌든 헤일은 죽었어. 어젯밤 아주 편안한 모습으로 잠자리에 잘 들었는데, 아침에 하인이 부르러 갔더니 싸늘하게 변해 있었다네."

"어디서요? 무슨 말인지 모르겠군요!"

"옥스퍼드에서라네. 나한테 와 있었지. 17년 만에 처음 왔는데, 이게 그 사람의 마지막이 됐어."

15분이 지나는 동안 한마디도 나오지 않았다. 그러더니 손턴 씨가 말했다.

"그러면, 그녀는!" 하면서 완전히 말을 멈추었다.

"마거릿 말이군. 그렇다네! 마거릿에게 말하러 가는 길이라네. 가엾은 친구 같으니! 어젯밤 온통 그 애 생각만 했었는데! 세상에! 겨우 어젯밤인데. 그런데 지금은 그가 얼마나 먼 곳에 있는지! 하지만 친구니까 난 마거릿을 내 딸로 생각한다네. 그 애를 위해 그 앨 데려오겠다고 어젯밤 내가 말했네. 음, 두 사람을 위해서지."

손턴 씨는 속절없이 한두 마디 꺼내려고 해보다가 겨우 이 말을 할 수 있었다.

"그녀는 어떻게 되는 거죠!"

"두 사람이 마거릿을 기다리고 있는 것 같으이. 하나는 날세. 난 딱 부러지는 여자를 하나 우리 집에 들일 걸세. 그런 보호자를 고용하고 내 집을 하나 장만해서 마거릿을 딸로 삼아 노년을 행복하게 살 수 있다면 말이네. 하지만 레녹스 가족이 있다네!"

"그 사람들은 누굽니까?" 손턴 씨가 전전긍긍하는 호기심을 보이며 물었다.

"오, 똑똑한 런던 사람들일세. 아마 마거릿을 보호할 가장 지당한 권리가 있다고 생각하겠지. 레녹스 대위는 마거릿과 함께 자랐던 사촌과 결혼했네. 아마 재력이 상당하지. 그리고 이모인 쇼 부인도 있고. 어쩌면 그런 훌륭한 부인께 청혼하는 길도 열려 있겠지만, 그건 정말 차선책이겠지. 그다음 남동생이 또 있다네!"

"어떤 남동생 말씀입니까? 이모님의 남동생입니까?"

"아니, 아닐세. 똑똑한 레녹스, (대위는 바보라네. 자넨 분명 이해할 테지) 젊은 변호사인데, 마거릿에게 구혼하려고 할 거야. 지난 5년여 동안 마거릿을 마음속에 품어왔단 걸 알고 있네. 그 사람의 친구 하나가 말해주었지. 마거릿이 가난하다는 것 때문에 청혼하지 못하고 있었을 뿐이지만, 이제 그런 문제는 끝나게 될 게야."

"어떻게 말입니까?" 아주 궁금했던 터라 주제넘는 질문임을 깨닫지도 못한 채 손턴 씨가 이렇게 물었다.

"그건, 내가 죽으면 마거릿이 내 돈을 모두 갖게 될 것이기 때문이지. 이 헨리 레녹스라는 자가 그 애의 절반 정도만 훌륭하고, 또 그 애가 그 사람을 좋아한다고 한다면, 글쎄! 결혼을 통해 가정을 갖게 되는 다른 방법을 찾을지도 모르지. 난 방심하는 사이에 그 이모에게 유혹당하는 건 아닐까 몹시 걱정이 되는군."

벨 씨는 물론 손턴 씨 역시 웃을 기분이 아니었다. 따라서 두 사람은 벨 씨가 했던 어떤 말에서도 특이한 사항을 알아차리지 못했다. 벨 씨는 긴 숨소리를 넘지 않는, 쉭 하는 휘파람 소리를 냈고, 편안함을 느끼지 못한 채 자리를 고쳐 앉았다. 한편 손턴 씨는 꼼짝도 하지 않고 앉아 여유롭게 생각할 시간을 가지려고 펼쳐 들고 있던 신문의 한 곳만을 뚫어지게 응시했다.

"어디 갔다 오는 길인가?" 마침내 벨 씨가 물었다.

"르아브르에 갔었습니다. 면화 가격이 그렇게 오른 이유가 뭔지 알아보려고 말입니다."

"윽! 면화와 투기와 연기, 잘 닦이고 잘 관리되는 기계와 천하고 무시당하는 노동자들뿐인 곳. 불쌍한 헤일! 불쌍한 헤일! 헤일에게 밀턴이 헬스턴과 얼마나 다른 변화였는지 자네가 알 수 있다면 좋으련만. 뉴포레스트에 대해 조금이라도 아는가?"

"네." (극히 짤막하게)

"그렇다면 헬스턴과 밀턴이 어떻게 다른지 상상할 수 있겠구먼. 뉴포레스트에서는 어디에 가봤는가? 헬스턴에 가본 적이 있나? 오덴발트*의

한 마을처럼 그림 같은 곳이지. 헬스턴을 아는가?"

"본 적 있습니다. 거길 떠나 밀턴으로 온 건 일대 변화였습니다."

그는 더 이상의 대화는 사절하겠다고 작정한 듯 단호한 태도로 신문을 다시 집어 들었다. 그러자 벨 씨는 부득이 마거릿에게 아버지의 죽음을 알릴 수 있는 최상의 방법을 찾아내려던 아까의 소일거리에서 도움을 찾았다.

그녀는 위층 창가에 있었다. 그녀는 그가 마차에서 내리는 걸 보았다. 그녀는 직감적으로 진상을 짐작했다. 그녀는 마치 아래층으로 달려가려던 처음의 충동과, 그와 똑같이 자신을 바위처럼 얼어붙게 했던, 자신을 잡아당기는 그 생각에 사로잡힌 듯 거실 한가운데 서고 말았다. 그녀는 하얗게 질려 한 발자국도 떼지 못했다.

"아! 말하지 마세요! 얼굴에 씌어 있어요! 만약 아빠가 살아 계셨다면 아빨 보내셨겠죠. 아빨 놔두고 오시진 않았을 거예요! 아아, 아빠, 아빠!"

---

* Odenwald: 독일의 수풀 우거진 산악 지역.

42장
혼자다! 혼자야!

그대에게 다정했던 이의 목소리
건강하고 감미로운 소리 갑자기 끊어져버렸네
감히 울 수도 없는 침묵
새로운 중병처럼 그댈 여기저기 아프게 하네
무슨 희망이? 어떤 도움이? 어떤 음악이
그 침묵을 되살리고 그댈 정신 차리게 하리오?*
—브라우닝 부인

충격은 엄청났다. 마거릿은 흐느낌이나 눈물도 나오지 않고 위로의 말도 소용없는 탈진 상태에 빠졌다. 그녀는 두 눈을 감은 채 소파에 누워 있었고, 묻는 말에 대답한다고 나지막이 속삭일 때 말고는 한마디도 하지 않았다. 벨 씨는 혼란스러웠다. 그는 그녀를 혼자 둘 엄두가 나지 않았다. 그는 밀턴으로 올 때 이미 세워놓았던 계획 중의 하나인, 함께 옥스퍼드로 돌아가자는 말을 꺼낼 수가 없었다. 그녀의 몸은 더 이상의 피로를 감당하지 못할 정도로 에너지가 완전히 바닥났다는 게 눈에 띌 정도여서, 그녀가 아버지의 시신과 맞닥뜨리게 되는 장면은 생각도 할 수 없게 되고 말았다. 벨 씨는 불 옆에 앉아서 어떻게 하는 것이 좋을지를 곰곰이 생각했다. 마거릿은 그 옆에서 꼼짝도 하지 않았고, 숨도 거의 쉬지 않았다.

---

* 엘리자베스 배럿 브라우닝, 소네트 「대용Substitution」에서 인용.

564

그는 그녀를 혼자 두지 않으려고 했다. 딕슨이 훌쩍거리면서도 손님을 위해 아래층에 차려놓고 기꺼이 식욕을 돋웠을 저녁 식사조차 하러 가지 않았다. 그를 위해 접시 가득 뭔가 담겨 올라왔다. 평소에 그는 입맛이 아주 까다로웠고 자신이 먹는 음식의 각기 다른 풍미를 잘 알았지만, 지금은 맵게 요리한 닭고기의 맛이 마치 톱밥처럼 느껴졌다. 그는 마거릿에게 주려고 닭고기를 잘게 썬 뒤 그 위에 후추와 소금을 고루 뿌렸다. 딕슨이 그의 지시를 따라 마거릿에게 음식을 먹여보려고 했지만, 힘없이 늘어진 머리 때문에 그런 자세에서 음식은 그녀에게 영양분을 제공하는 게 아니라 목만 메게 할 뿐이었다.

벨 씨는 크게 한숨을 쉬고 편안하게 앉아 있던 자세를 바꾸더니, (여행 때문에 뻣뻣해진) 퉁퉁한 팔다리를 움직여 딕슨을 따라 방을 나갔다.

'마거릿을 두고 갈 순 없어. 장례 준비를 살펴보라고 옥스퍼드에 편지를 써야겠군. 내가 도착할 때까지 무난하게 준비할 수 있을 게야. 레녹스 부인은 오지 못하는가? 꼭 와야 한다고 편지를 써야겠어. 마거릿 옆에는 누구든 여자가 있어야 해. 그 앨 다독여 울게만 해주어도 좋겠는데.'

딕슨은 울고 있었는데, 그 울음은 두 사람 몫으로 너끈했다. 하지만 그녀는 눈물을 닦아내고 목소리를 가다듬더니, 겨우 레녹스 부인은 해산 일이 임박한 터라 지금은 여행할 수가 없다는 사실을 벨 씨에게 알렸다.

"음! 쇼 부인은 꼭 와야 할 게야. 귀국해 있을 테지?"

"네. 돌아왔습니다. 하지만 시기적으로 레녹스 부인이 임신 중이라서, 부인은 딸의 곁을 떠나고 싶어 하지 않을 겁니다" 하고 딕슨이 말했다. 그녀는 이방인이 집 안에 들어와 마거릿을 보살피는 일에 대해 이것저것 참견하는 걸 썩 좋게 받아들이지 못했다.

"임신 시기라……" 벨 씨는 자제하며 기침으로 말끝을 얼버무렸다.

"지난번에 딸이 임신했을 때는 아마 코르푸에서였지. 그때 베네치아나 나폴리, 아니면 몇몇 이탈리아 도시에서는 만족스러웠겠지. 부러울 것 없는 그 귀여운 여인의 '임신 시기'가 저기 저 불쌍한 피조물, 가정도 없고 친구도 없이 속수무책으로 저기 소파 위에, 마치 그게 제단이고 자기는 그 위에 놓인 돌인 양 누워 있는 마거릿과 비교해서 뭐가 그렇게 중요하단 말인가. 내 단언하건대 쇼 부인은 올 게야. 방이든 뭐든 쇼 부인한테 필요할 만한 건 모두 내일 밤까지 차질 없이 준비하도록 하게. 쇼 부인을 오게 하는 건 내가 알아서 할 테니."

그에 따라 벨 씨는 편지를 썼다. 쇼 부인은 눈시울까지 적셔가며, 편지가 사랑하는 쇼 장군의 통풍이 도졌을 때 썼던 것과 아주 비슷해서 그 편지를 언제나 소중히 간직하겠다고 분명하게 말했다. 만약 벨 씨가 쇼 부인에게 마치 거절이 가능하기라도 한 양 요청이나 설득의 형식으로 의향을 물어보았더라면, 그녀는 아무리 마거릿이 진심으로 불쌍하게 여겨졌어도 결국 오지 않았을지 모른다. 그녀가 타성을 극복하고 여행용 상자를 다 꾸린 하녀가 그녀 등을 떠밀도록 내버려두게 하기 위해선 예의를 차리지 않는 날카로운 명령조가 필요했다. 레녹스 대위가 장모를 마차로 모시려고 내려가고 있을 때 이디스가 머리에는 모자를, 어깨에는 숄을 몇 개 두르고 눈물을 흘리면서 층계 꼭대기로 나왔다.

"명심해요, 엄마. 마거릿은 여기 와서 우리와 함께 살아야 해요. 수요일에 숄토*가 옥스퍼드로 갈 테니, 벨 씨를 통해 엄마의 귀환 예정일을 숄토에게 말해주셔야 해요. 엄마한테 그이가 있어야 한다면, 그이가 옥스퍼드에서 밀턴으로 가면 돼요. 잊지 마세요, 마거릿을 꼭 데려와야 해요."

---

* 29장에 등장하는 코스모를 부르는 다른 이름.

이디스는 거실로 다시 들어갔다. 거기서 헨리 레녹스가 신간 잡지의 페이지 사이사이를 칼로 가르고 있었다. 고개를 들지 않은 채 그는 이렇게 말했다. "이디스, 숄토와 그렇게 오랫동안 떨어져 있는 게 싫다면 내가 밀턴으로 내려가겠습니다. 그러면 내가 뭐든 필요한 도움을 줄 수 있을 겁니다."

"어머, 고마워요." 이디스가 말했다. "벨 씨가 할 수 있는 건 모두 할 테니 다른 도움은 필요치 않을 거예요. 사람들은 체류 연구원에게서 능숙한 장례식 진행 같은 건 별로 기대하지 않을 테니까요. 세상에, 사랑하는 마거릿! 그녀가 여기 다시 온다면 멋지겠죠? 두 사람 몇 년 전에 무척 친했었죠."

"우리가요?" 그가 잡지에 실린 한 구절을 관심 있게 읽는 체하며 무심하게 말했다.

"아, 아니었나 봐요. 잊었어요. 머릿속에 온통 숄토 생각뿐이었으니까요. 하지만 이모부가 지금 돌아가신 건 잘된 일 아닌가요? 우리가 귀국해서 옛날 집에 정착했고, 마거릿이 온다고 해도 준비가 잘되어 있으니 말이에요. 불쌍한 마거릿! 밀턴에서 이리로 온다면 마거릿에게 큰 변화가 될 거예요. 침실의 커튼이랑 커버를 새것으로 바꾸고 새롭고 밝게 꾸며서 기운을 좀 북돋워줘야겠어요."

쇼 부인은 딸과 똑같은 마음으로, 이따금씩 밀턴을 처음 볼 생각에 두려워도 해보고, 또 그게 어떻게 극복이 될까 의문을 가져보기도 하면서 밀턴으로 내려가고 있었다. 그러나 사실은 어떻게 하면 하루라도 빨리 마거릿을 '그 끔찍한 곳'에서 데리고 나와, 편안하고 쾌적한 할리 가로 되찾아올 수 있을까를 더 많이 생각하고 있었다.

"세상에나!" 그녀가 하녀에게 말했다. "저 굴뚝들 좀 봐! 불쌍한 언니! 여기 실상을 알았더라면 내가 나폴리에서 유유자적 편안하게 지내진 못했을 거야. 분명 여기로 와서 언니와 마거릿을 데리고 나왔겠지." 이내 그녀는 자기 형부가 늘 좀 유약한 사람이라고 생각은 했지만, 그 사랑스러운 헬스턴과 이 끔찍한 곳을 맞바꾼 걸 목격하고 있는 지금만큼은 아니었다고 자인했다.

마거릿은 여전히 같은 상태였다. 창백한 얼굴로 꼼짝도 하지 않은 채, 말도 없었고 눈물도 흘리지 않았다. 쇼 이모가 오는 중이라는 말을 들어도 그 생각에 놀라지도 않았고, 좋아하거나 싫어하는 내색도 하지 않았다. 벨 씨는 입맛이 돌아와 있었고, 자기 입맛을 충족시키려고 애쓰는 딕슨에게 고마움을 느끼고 있었다. 그는 마거릿에게 굴을 곁들인 송아지 췌장 스튜를 좀 먹어보라고 설득했지만 허사였다. 그녀는 어제처럼 말없이 고집스럽게 고개를 가로저었다. 그는 혼자 그걸 다 먹으면서 그녀가 싫다니 어쩔 수 없다고 스스로 위안을 삼았다. 하지만 기차역에서부터 이모를 싣고 온 마차가 멈추는 소리를 제일 먼저 들은 건 마거릿이었다. 그녀는 눈꺼풀이 파르르 떨렸고 입술 역시 붉은빛을 띠면서 떨렸다. 벨 씨가 내려가서 쇼 부인을 맞았다. 두 사람이 위층으로 올라왔을 때 마거릿은 어지러운 몸을 진정시키려고 애쓰며 서 있었는데, 이모를 보자 자신을 맞으려고 두 팔을 벌린 이모에게 다가가더니 이모의 어깨 위에서 처음으로 마음 놓고 눈물을 흘렸다. 몸에 밴 말 없는 사랑, 수년간의 온정, 그리고 돌아가신 어머니와 자매라는 것,— 한 가족에 속한 것 같고 그 때문에 어쩔 수 없이 돌아가신 어머니를 떠올리게 되는 외모, 말투, 동작에서 보여주는 불가해한 이 모든 닮음이 얼어붙어 있던 마거릿의 마음속으로 밀고 들어와 녹으면서 뜨거운 눈물이 되어 넘쳐흘렀다.

벨 씨는 슬며시 방을 빠져나와 불을 피우라고 시켜놓았던 서재로 들어갔고, 거기서 이런저런 책들을 빼내 살펴보면서 생각을 딴 데로 돌려보려고 애썼다. 책마다 죽은 친구에 대한 추억이 떠올랐다. 그걸로 이틀 동안 마거릿을 지켜보던 일은 달라졌을지 모르나 생각은 조금도 바뀌지 않았다. 그는 문간에서 들어가도 되는지를 묻는 손턴 씨의 목소리를 듣자 반가운 마음이 들었다. 딕슨이 좀 오만한 태도로 그의 말을 묵살하고 있었는데, 쇼 부인의 하녀가 등장함으로써, 자신이 모시던 젊은 마나님이 쫓겨나왔던, 잘하면 이제 복귀하게 될 베리스퍼드 혈통, 아니 신분(그녀는 기꺼이 이런 용어를 썼다)의 예전 영광에 대한 환상이 눈앞에 나타났던 까닭이다. 쇼 부인의 하녀와 나누었던 대화에 뿌듯해하며 (한편으로는 듣고 있는 마사를 교육시킬 요량으로 할리 가의 저택과 관련된 신분과 그에 따른 모든 것에 대한 이야기를 기술 좋게 끌어내면서) 곱씹어보던 이 환상은 딕슨으로 하여금 누구든 밀턴 사람들을 좀 하대하고픈 마음이 들게 만들었다. 그리하여 그녀는 손턴 씨에게는 늘 경외감을 갖고 있었음에도 불구하고, 그에게 감히 퉁명스럽게 오늘 밤은 집 안에 있는 사람 그 누구도 만나기가 어려울 거라는 말을 했던 것이다. 그런데 벨 씨가 서재 문을 열고 이렇게 소리침으로써 말이 뒤집히자 그녀는 좀 거북해졌다.

"손턴! 자넨가? 잠시 들어오게. 할 말이 있네." 그리하여 손턴 씨는 서재로 들어갔고, 딕슨은 부엌으로 퇴각하여 존 베리스퍼드 경이 주 장관이었을 때의 육두마차에 대한 어마어마한 이야기로 자신의 자존심을 회복해야 했다.

"어쨌거나 내가 자네한테 뭘 말하고 싶었는지 모르겠네. 그저 모든 게 죽은 친구 생각만 일으키는 방에 앉아 있으면 따분해지고도 남지 않겠는가. 하지만 거실은 마거릿과 그 애 이모 차지가 되어야 하니 말일세!"

"부인이…… 헤일 양의 이모가 오셨습니까?" 손턴 씨가 물었다.

"오셨냐고? 오고말고! 하려니 뭐니 다 왔네. 사람들은 때가 때이니만큼 부인이 혼자서 왔을 거라고 생각했을 테지! 그러니 난 그 집을 나와 클래런던 호텔로 가야만 하게 됐어."

"호텔로 가시다니요. 저희 집에 빈 방이 대여섯 개 있습니다."

"환기는 잘되어 있는가?"

"그 점에서는 제 어머니를 믿으셔도 될 것 같습니다."

"그렇다면 위층으로 올라가서 힘 빠진 마거릿에게 잘 자라고 말하고 그 애 이모에게는 묵례만 한 뒤 자네와 당장 떠나도록 하지."

벨 씨는 얼마 동안 위층에 있었다. 손턴 씨는 벨 씨가 왜 이리 내려오지 않나 하고 생각하기 시작했는데, 일이 산더미 같은 상황에서 크램턴까지 달려와 헤일 양의 안부를 물어볼 짬을 내는 건 손턴 씨에겐 무척 힘든 일이었던 것이다.

그들이 걷기 시작했을 때 벨 씨가 말했다.

"거실에서 그 여인들에게 붙들려 있었다네. 쇼 부인은 집에 가고 싶어 안달하더군. 딸 때문이라고 하면서, 마거릿과 함께 떠났으면 하더군. 내가 날 수 없는 만큼이나 그 애의 여행은 불가능한 일이지. 게다가 아주 당연한 일이지만, 마거릿은 봐야 할 친구들이 있다고, 몇몇 사람한테 작별 인사를 해야 한다고 말했지. 그러니 그 이모가 옛정을 들먹이며 옛 친구들은 잊은 거냐면서 마거릿을 성가시게 했어. 그러니 마거릿이 막 울면서, 그렇게나 고통을 겪었던 곳을 떠난다는 것만 해도 자기는 충분히 기쁠 거라고 말하더군. 내일 난 옥스퍼드로 돌아가야 하는데, 누구 편을 들어야 하는 건지, 원."

그는 마치 질문이라도 하는 듯 말을 멈추었다. 하지만 옆 사람에게서는 아무런 대답도 듣지 못했는데, 손턴의 머릿속에는 계속 같은 생각만 맴돌고 있었다.

'그녀가 너무나 고통을 겪었던 곳.' 아아! 이 말이 ─ 그에게는 그 씁쓸함까지도 말로 표현하지 못할 만큼 어찌나 소중한지 남은 인생의 모든 달콤함의 가치를 지니는 ─ 밀턴에서의 이 18개월의 시간이 기억될 방식이었다. 아버지의 죽음도, 그녀만큼이나 손턴 씨에게도 소중했던 어머니의 죽음도, 그를 그녀에게 점점 가까이 데려다주었기에 내딛는 걸음마다 즐거웠던 2마일을 걸어 예쁜 그녀를 찾아갔던 몇 주, 며칠, 몇 시간 동안의 추억을 오염시킬 수는 없었을 것이다. 그녀에게서 멀어져서 돌아올 때는 매번 그녀의 우아한 자태, 아니면 기분 좋게 톡 쏘는 그녀의 성격을 선명하게 떠올릴 수 있어서 그는 2마일을 걷는 한 걸음 한 걸음이 지루한 줄 몰랐다. 그렇다! 그녀와의 외형적인 관계가 어떻게 달라졌든, 그녀를 매일 볼 수 있었던, 말하자면 자신의 손이 미치는 곳에 그녀가 있었던 그 시기를 그는 결코 고통의 시기라고 말하지는 못했을 것이다. 서서히 다가와서 미래를 추악한 사실과 희망도 두려움도 없는 삶으로까지 기대를 싹둑 잘라내고 마는 부족 상태와 비교하면, 찌르는 듯한 아픔과 모욕감 속에서도 그때가 그에게는 호사를 누리던 황금기였다.

손턴 부인과 패니는 거실에 있었다. 패니는 하녀가 웨딩드레스감으로 어떨지 보여주려고 촛불 아래 번쩍거리는 천을 하나씩 들어 보이자 작은 소리로 탄성을 질러가며 호드득거렸다. 그녀의 어머니는 딸의 기분에 동조해보려고 진심으로 애썼으나, 동조할 수가 없었다. 감각이나 옷 그 어떤 것도 그녀의 관심 분야가 아니었기 때문에, 그녀는 모든 걸 직접 고르고 감독하려는 데서 발생하는 골치 아픈 의견 교환이나 결정의 망설임 없이 딸이 그냥 런던의 일류 양장점에서 만든 결혼 예복을 입으라는 오빠의 말을 들었으면 얼마나 좋을까 하고 바라고 있었다. 손턴 씨는 패니에게 화려한 의상과 장신구를 마련할 돈을 충분히 제공함으로써 예절도 모르고 으스댈 줄만 아는 여동생에게 끌리는 게 가능했던 양식 있는 그 사람에게 고마움을 표할 수 있어서 그저 반가울 뿐이었다. 의상과 장신구들은 패니가 판단했을 때 구애자를 능가하든가 아니면 확실히 구애자에 견줄 만했다. 패니는 오빠와 벨 씨가 들어왔을 때 상기된 얼굴에 실없는 웃음을 지으며 옷감을 고른다고 호들갑을 떨고 있었는데, 벨 씨만 빼고는 모두가 그녀의 기분을 한눈에 알아챌 수 있었다. 만약 벨 씨가 패니와 그녀의 실크, 새틴 등에 관심이 갔다면, 그건 그저 그것들을 방에 남겨두고 떠나온, 고개를 숙이고 팔짱을 낀 채 꼼짝 없이 앉아 있는 창백한 슬픔과 비교해보려는 이유에서였을 것이다. 마거릿이 있던 방의 정적은 몹시 깊어서, 아직도 사랑하는 이의 주위를 서성이는 망자의 혼령이 휙 하고 움직이는 소리가 쫑긋 세운 귀에 들린다는 착각이 들 정도였다. 왜냐하면 벨 씨가 처음 위층으로 올라갔을 때 쇼 부인은 소파에 누운 채 잠들어 있었기 때문에 그 고요를 깨뜨리는 건 아무것도 없었기 때문이다.

손턴 부인은 벨 씨에게 정중하게 환영의 표시를 했다. 아들의 집에서 아들의 친구를 맞이할 때만큼 그녀가 우아한 적은 없었는데, 기대를 하지 않은 사람들일수록 안락한 그녀의 손님맞이 준비에는 더 큰 영광이 됐다.

"헤일 양은 어떻습니까?" 그녀가 물었다.

"이번 일격으로 아주 쓰러지기 직전입니다."

"헤일 양이 벨 씨 같은 분과 친분을 맺고 있다는 건 분명 잘된 일이지요."

"저밖에 없었으면 좋겠습니다, 부인. 잔인하게 들릴 줄은 알지만 훌륭한 이모께서 위로자이자 조언자로서의 제 자리를 차지한 탓에 전 이렇게 쫓겨난 신세가 됐습니다. 게다가 런던에는 사촌들인가 뭔가 하는 사람들이 마치 자기들의 애완용 개라도 되는 듯 마거릿에 대한 소유권을 주장하고 있습니다. 그런데 마거릿은 약해질 대로 약해진 데다 우울감에 빠져 있어서 자기 의지대로 뭘 할 수가 없는 상태지요."

"사실 약하긴 하지요." 손턴 부인은 이렇게 말했는데, 아들은 어머니가 뭘 말하고 싶어 하는 건지 잘 알고 있었다. "하지만 지금껏 내내," 손턴 부인이 계속 말을 이었다. "헤일 양이 친구 하나 없이 이렇게 많은 일을 견뎌내는 동안 그 친척이라는 사람들은 어디 있었답니까?" 하지만 그녀는 자신의 질문에 대답을 기다릴 정도로 관심이 있지는 않았다. 그녀는 손님 묵을 방을 준비시키려고 나갔다.

"그 사람들은 해외에 있었다네. 마거릿을 데려갈 일종의 권리가 있는 사람들이지. 그건 인정하겠네. 그 이모가 마거릿을 키웠고, 사촌과 마거릿은 자매처럼 자랐으니까 말일세. 화가 나는 건, 알다시피 나 역시 딸 같은 마거릿에게 후견인이 되고 싶었다는 거지. 그래서 이 사람들이 부러운 거야. 자기들 특권의 소중함을 모르는 것 같은 이 사람들이 말일세. 자, 하지만 프레더릭이 마거릿을 데려간다면 사정은 달라질 게야."

"프레더릭이라니요!" 손턴 씨가 소리쳤다. "그 사람이 누굽니까? 무슨 권리로 ……?" 그가 맹렬한 기세로 짤막하게 물었다.

"프레더릭을 어찌 모르는가?" 벨 씨가 놀라서 말했다. "그 애의 오빠일세. 들어본 적이……"

"한 번도 들어본 적 없는 이름입니다. 그 사람은 어디 있습니까? 어떤 사람입니까?"

"헤일 가족이 밀턴에 처음 올 때 내 분명히 얘기하지 않았나. 폭동에 연루되어 있는 아들이라네."

"지금 처음 들어봅니다. 어디 살고 있습니까?"

"스페인에 살고 있네. 영국 땅에 발을 들이는 순간 십중팔구 잡히고 말 거야. 불쌍하지 뭔가! 아버지 장례식에 참석할 수 없는 걸 무척이나 애통해할 거야. 우린 레녹스 대위로 만족해야만 하네. 불러올 다른 가족은 아무도 모르니 말일세."

"괜찮다면 저도 참석할 수 있었으면 합니다만."

"물론이네. 감사할 뿐이지. 손턴, 자넨 어쨌든 훌륭한 친구가 아니던가. 헤일이 아꼈지. 불과 어제군. 옥스퍼드에서 자네에 대한 얘길 했었다네. 최근 자주 보지 못한 걸 무척 안타까워하더군. 내 친구에게 경의를 표하고 싶어 하니 고맙네."

"프레더릭은 어쩝니까? 결코 영국으로는 돌아오지 못하는 겁니까?"

"절대로."

"지난번 헤일 부인이 돌아가셨을 때쯤 오지 않았습니까?"

"아니네. 이런, 그땐 내가 여기 있었다네. 난 헤일을 수년간 보지 못했어. 기억해보게, 내가 왔었지 않은가. 아냐, 내가 온 건 장례식 끝나고 좀 지나서였어. 하지만 불쌍한 프레더릭은 그때 여기 없었어. 왜 여기 있었다는 생각을 하는 건가?"

"언젠가 젊은 남자가 헤일 양과 같이 걸어가는 걸 봤는데, 아마 그때 즈음이었던 것 같습니다." 손턴 씨가 대답했다.

"아, 그건 젊은 레녹스였을 게야. 대위의 동생 말일세. 변호사인데 헤일 가족은 그 사람과 꾸준하게 연락하고 지냈지. 헤일이 그 사람이 한번 내려올 것 같다는 말을 했던 게 기억나네. 그거 아는가?" 벨 씨가 몸을 휙 돌리더니, 한쪽 눈은 감고 다른 쪽 눈은 손턴 씨의 얼굴을 더 잘 보려고 힘을 주면서 이렇게 말을 이었다. "난 한때 자네가 마거릿에게 약간의 연정을 품고 있다고 생각했었네."

대답이 없었다. 표정에도 전혀 변화가 없었다.

"가엾은 헤일도 그렇게 생각했지. 처음엔 아니었다네. 내가 그 생각을 그 친구 머릿속에 집어넣어줄 때까지는 아니었지."

"헤일 양을 존경했습니다. 누구나 다 그럴 겁니다. 아름다운 피조물이지요." 벨 씨의 완강한 질문으로 궁지에 몰린 손턴 씨가 말했다.

"그 말뿐인가! 자넨 마거릿을 그저 눈길을 끄는 무엇, 단순히 '아름다운 피조물'이라고 신중하게 표현하고 있구먼. 난 자네가 그 애에게 경의를 표할 정도의 고매한 품성을 마음속에 지니고 있었다고 생각했네. 비록 그 애가 자넬 거절했을 거라고 생각은 하지만 ─사실은 알고 있지만, 그래도 짝사랑을 통해 자네는 그 애를 사랑할 대상으로서 전혀 알지 못했던 사람들보다 더 높이 고양됐을 것이네. '아름다운 피조물'이라니! 자넨 그 앨 무슨 개나 말에 대해 얘기하듯 하는 건가?"

손턴 씨의 두 눈이 잿더미 속의 벌건 불씨처럼 이글거렸다.

"벨 선생님," 그가 말했다. "그렇게 말하기 전에 모든 남자가 자신들이 느낀 바를 벨 선생님처럼 마음껏 표현하지는 않는다는 걸 기억하셔야 합니다. 다른 얘길 하도록 하지요." 비록 벨 씨가 했던 모든 말에 그의 가슴은 출격 나팔 소리를 들은 것처럼 두근거렸지만, 그리고 자신의 말이 차후 이 옥스퍼드 연구원과 자기 가슴속의 가장 소중한 사람을 밀접하게 연관시켜주리라는 걸 알았지만, 그래도 그는 마거릿에 대한 자신의 감정을 떠밀리듯 내보이고 싶지는 않았다. 그는 다른 이가 자신이 숭배하고 열렬히 사랑하는 것을 극찬한다는 이유로 그 찬미를 능가하려고 애쓰는 흉내지빠귀가 결코 아니었다. 그리하여 그는 임대주와 임차인으로서 벨 씨와 자신의 사이에 놓여 있는 건조한 사업 문제로 화제를 돌렸다.

"마당에 있던 벽돌 더미와 미장 반죽은 다 뭔가? 보수라도 필요한

겐가?"

"아니, 없습니다. 감사합니다."

"자비를 들여서 짓고 있는 건가? 그렇다면 대단히 고마운 일일세."

"식당을 짓는 중입니다. 노동자들, 제 말은 인부들이 쓸 식당 말입니다."

"난 또 자네가 참 까다로운 사람인가 보다 하고 생각했네. 혹시 이 방이 자네한테, 독신인 자네한테 만족스럽지 않은 건 아닌가 하고 말일세."

"제가 좀 특이한 친구를 하나 알게 되어, 그자가 돌보고 있는 아이들 한두 명을 학교에 보냈습니다. 그러던 중 어느 날 우연히 그 집 근처를 지나다가 사소한 지불 건이 있어서 무작정 그 집에 갔었지요. 그러고는 꼬불꼬불 다 탄 기름덩이 고기의 형편없는 저녁 식사를 보면서 처음 그 생각을 했습니다. 하지만 올겨울 식료품값이 천정부지로 치솟으니까, 식료품을 대량으로 구입해서 많은 양을 한꺼번에 같이 요리하면 돈도 많이 절약되고 훨씬 편하겠다는 생각이 비로소 들더군요. 그래서 제 친구──아니 저의 적──제가 말하던 그 사람에게 얘길 했더니 제 계획을 요목조목 비판하더군요. 그래서 저는 그 계획을 밀쳐놓았습니다. 실현성이 없기도 했거니와 제가 그걸 강행한다면 부하 직원들의 독립성을 간섭하는 일이 될 것이기 때문이었습니다. 그때 돌연 이 히긴스란 자가 오더니, 제 계획과 거의 비슷해서 제 거라고 주장해도 무방할 어떤 안(案)에 대해 황공스럽게도 괜찮다는 생각을 밝히는 겁니다. 게다가 자기가 말해보았던 동료 인부들도 몇 명 찬성을 했다는 겁니다. 솔직히 그의 태도에 좀 '짜증'이 나서 그러든 말든 그 계획 전부를 그냥 하수구에 처넣어버릴까 하는 생각도 했습니다. 하지만 한때는 현명하게 잘 짜인 안이라고 생각했던 걸 그저 기안자에게 돌아가야 할 모든 영광과 대가를 제가 받지 못했다고 해서

576

포기하는 건 유치해 보였지요. 그래서 전 제게 할당된 역할을, 클럽의 식품 조달 담당자 비슷한 역할을 담담하게 수락했습니다. 식료품을 대량으로 구매하고 적당한 주방 관리자나 조리사를 제공하는 일이지요."

"새로운 역할을 잘해내길 바라네. 자넨 감자나 양파를 잘 고를 줄 아는가? 하지만 손턴 부인께서 그런 구매에 도움을 주겠지."

"전혀 그렇지 않습니다." 손턴 씨가 대답했다. "어머니가 이 계획을 전혀 마음에 들어하지 않으셔서 우린 이 문제를 전혀 입 밖에 꺼내지 않고 있습니다. 하지만 전 꽤 잘해나가고 있습니다. 리버풀에서 식품을 대량으로 사고 고기도 우리 가족이 이용하는 푸줏간을 통해서 신선한 정육을 공급받고 있습니다. 장담하건대 주방 아주머니가 만드는 뜨거운 저녁 식사는 결코 무시할 수 없을 겁니다."

"음식이 나오면 자넨 직권으로 일일이 그 맛을 보는가? 하얀 지휘봉을 하나 갖고 다니길 바라네."

"처음엔 그저 구매만 담당하면서 아주 조심했습니다. 그때조차 전 제 판단보다는 주방장을 통해 전달된 인부들의 지시대로 따랐지요. 어떨 땐 소고기가 지나치게 많다고 했고, 다른 땐 양고기에 지방질이 충분치 않다고 했습니다. 그들은 제가 이 일을 자신들의 자율에 맡기면서 자신들에게 제 생각을 강요하지 않으려고 얼마나 조심하는지를 알았던 것 같습니다. 그러니까 어느 날 인부 두세 명이, 히긴스도 그중 한 명이었는데, 저보고 들어와서 간단한 식사를 들지 않겠느냐고 묻더군요. 매우 바쁜 날이었지만, 그런 제의를 제가 수락하지 않는다면 그들이 상처받으리라는 걸 알았기 때문에 들어갔습니다. 그런데 살면서 그보다 맛있는 저녁은 먹어보지 못했습니다. 얼마나 맛있었는지 그들한테 (옆에 앉아 있던 사람들한테 말입니다. 연설은 젬병이니까요) 제가 얼마나 맛있게 먹었는지를 말했습니다. 그랬더니 가끔씩 그 특식이 식단에 오르는 날이면 '사장님, 오늘 저녁은 뜨거운 스튜가 나오는데 오시지 않으렵니까?' 라고 묻는 직원들을 어김없이 만납니다. 만약 오라는 말이 없었다면, 전 초대 없이는 군대 막사 식당에 가지 않는 것처럼 절대 그 사람들을 방해하지 않았을 겁니다."

"자넨 오히려 성찬을 주최한 사람들의 대화를 통제하고 있었구먼. 자네가 거기 있으면 업주들을 마음 놓고 욕하지 못할 것 아닌가. 그 사람들은 이제 업주에 대한 험담은 스튜가 나오지 않는 날에 할 걸세."

"글쎄요! 지금까지는 골치 아픈 모든 사안을 피해갔습니다. 하지만 만약 해묵은 논란거리가 다시 불거지면 전 다음번 특식 날에 분명하게 제 의사를 밝힐 겁니다. 하지만 선생님도 다크셔 출신이면서 우리 다크셔 지방 사람들에 대해 아는 게 별로 없으시군요. 이 사람들은 아주 유머 감각이 뛰어난 데다 표현도 엄청 활달하고 개방적입니다! 이제는 몇몇 사람과 진정으로 알아가는 중인데 그 사람들은 제 앞에서도 아주 자유롭게 이야기합니다."

"먹는 행위만큼 사람들을 평등하게 하는 것도 없지. 죽는 건 그에 비하면 아무것도 아닐세. 철학자는 점잔을 빼면서, 바리새인은 허세를 부리면서, 순박한 사람은 소박하게, 가엾은 바보는 아무것도 모르고 죽지. 참새가 땅에 떨어지듯* 철학자든, 바보든, 술집 지배인이든, 바리새인이든 다 소화할 능력만 있다면 똑같이 먹는다네. 자네에게 주는 이론에 대한 이론일세!"

---

* 신은 하찮은 작은 참새의 죽음에 이르기까지 모든 것을 관장한다는 뜻의 성경 구절에서 인용〔"참새 두 마리가 한 앗사리온에 팔리지 않느냐 그러나 너희 아버지께서 허락하지 아니하시면 그 하나도 땅에 떨어지지 아니하리라."(「마태복음」 10장 29절)〕. 먹는 행위는 인간의 지위 고하를 막론하고 누구에게나 평등한 행위임을 강조하기 위한 인용이다.

"제겐 사실 이론 같은 건 없습니다. 이론을 싫어하지요."

"미안하네. 뉘우치는 뜻으로 자네 식품 구매에 10파운드를 보태줄 테니 불쌍한 직원들에게 성찬을 베풀어줄 수 있겠나?"

"감사합니다만 받지 않겠습니다. 그 사람들은 저한테 공장 뒷마당의 오븐과 조리 공간에 대한 사용료를 지불하고 있습니다. 새로 짓는 식당에 대해서도 돈을 더 내야 할 겁니다. 전 이 일이 자선사업이 되길 원치 않습니다. 기부금은 싫습니다. 제가 기부 원칙을 공유하게 되면 사람들이 나가서 이야기하게 돼야 할 테고 그러면 이 일 전체의 단순성을 망치게 될 겁니다."

"사람들은 새로운 계획에 대해선 모두 이야길 하지. 그건 어쩔 수 없다네."

"절 적대하는 사람들은, 만약에 그런 사람들이 있다면, 이 저녁 식사 계획을 갖고 박애주의니 뭐니 수선을 떨지도 모릅니다. 하지만 선생님은 친구니까, 제가 하는 이 일에 대해서 침묵을 지켜주실 거라고 생각합니다. 지금은 완전히 새 빗자루라서 충분히 잘 쓸어지지만, 시간이 지나면 분명 발부리에 걸리는 돌멩이들도 많을 겁니다."

43장
마거릿의 이사

하찮던 것
작별을 고하는 순간 소중해진다*
—엘리엇

쇼 부인은 그녀처럼 부드러운 성향을 지닌 사람이 그럴 수 있나 싶을 정도로 밀턴에 대한 혐오감이 굉장했다. 밀턴은 소음에다 매연 천지였으며, 거리에서 보았던 가난한 사람들은 지저분했고 부유한 여인들은 복장이 너무 과했고, 지위가 높건 낮건 남자들 가운데서도 몸에 맞게 옷을 입은 사람은 하나도 볼 수가 없었다. 그녀는 자신이 밀턴에 있는 동안에는 마거릿이 잃었던 기력을 결코 되찾을 수 없으리라고 확신했다. 게다가 그녀 스스로도 지병인 신경증이 도질까 두려워하고 있었다. 마거릿은 그녀와 함께, 그것도 한시바삐 돌아가야 했다. 꼭 이렇게 말한 건 아니지만, 이것이 그녀가 마거릿을 설득했던 말의 요지였다. 급기야 힘없이 지칠 대로 지쳐서 기가 꺾여 있던 마거릿이 마지못해 약속을 하기에 이르렀다. 그녀는 수요일만 지나면 이모를 따라 런던으로 갈 준비를 할 것이며, 청구서 지불이며 가구 처분, 그리고 집을 걸어 잠그는 일과 관련된 준비 사항 일체를 딕슨에게 일임하겠다고 했다. 수요일, 헤일 씨가 평생을 살았

---

* 에비니저 엘리엇, 「마을 원로The Village Patriarch」에서 인용.

던 두 집으로부터 멀리 떨어져서, 그리고 이방인들 사이에 외롭게 누워 있는 아내로부터도 멀리 떨어져서 (그리고 이 때문에 마거릿은 무척 괴로웠는데, 이유는 아버지의 사망 소식을 들었던 처음 며칠간 그렇게 인사불성이 될 정도로 정신을 놓지만 않았어도 장례를 다르게 준비했을 수도 있었을 거라는 생각 때문이다) 땅에 묻히는 그 비통한 수요일이 오기 전, 마거릿은 벨 씨로부터 편지 한 통을 받았다.

사랑하는 마거릿. 목요일에 밀턴으로 돌아갈 예정이었다만, 유감스럽게도 우리, 플리머스의 연구원들에게 일종의 직무 수행을 요구하는 드문 일이 발생하고 말았구나. 그래서 난 여길 떠날 수가 없게 됐어. 레녹스 대위와 손턴 씨가 여기 있다. 레녹스 대위는 말쑥하고 선한 사람 같아. 그 사람이 밀턴으로 넘어가서 유언장을 찾는 모든 일을 도와주겠다고 했다. 물론 있을 리 없겠지. 있었다면 넌 지금쯤 내 지시대로 움직여서 그걸 찾았을 게다. 그리고 대위는 너와 장모를 모시고 집으로 돌아가야 한다고 선언해버리는구나. 게다가 그 사람 아내의 상태를 고려하면 그 사람이 금요일 이후까지 더 남아 있을 거라고 어떻게 기대할 수 있겠느냐. 하지만 너와 같이 있는 딕슨은 믿음직하니 내가 갈 때까지 자기 자리든 네 자리든 지킬 수 있을 게다. 만약 남겨진 유언장이 하나도 없다면 밀턴에 있는 내 변호사에게 일 처리를 맡기마. 여기 이 말쑥한 대위는 수완 있는 실무가는 전혀 아닌 듯하니 말이야. 어쨌든 수염 하나만큼은 아주 인상적이야. 팔아야 하는 것도 있으니, 간직하고 싶은 것들을 골라놓도록 해라. 아니면 목록을 작성해서 나중에 보내도 되고. 이제 두 가지만 더 말하마. 있잖느냐, 넌 모른다고 해도 네 아버진 알고 있었다만, 내가 죽으면 네가 내 돈과 재산을 물려받게 되어 있다. 내가 당장 죽는다는 말은 아니지만 이 말을 하는 이유는, 앞으로 일어날 일에 대해 설명하기 위해서란다. 레녹스 가족은 이제 널 아주 좋아하는 것 같고, 어쩌면 계속 좋아할 수도 있겠지. 어쩌면 좋아하지 않을 수도 있어. 그러니 지금 공식적인 합의하에 시작하는 게 가장 좋아. 넌 그 사람들에게 매년 250파운드를 지불하게 될 게야. 너와 그 사람들이 풍족하게 살 수 있는 한에서 말이다. (이 금액에는 딕슨도 포함되어 있다. 그러니 옆구리 찔려서 딕슨에 대한 비용으로 더 많이 지불하지 않도록 해라.) 그러면 혹시 나중에 대위가 집에 자기 식구만 살길 원하더라도 넌 내쳐진 채 떠돌지 않고 250파운드를 가지고 딴 데로 가서 살 수가 있어. 우선적으로 나한테로 와서 내 집을 돌봐달라고 내가 요구하지 않았다면 말이지. 그다음 의복과 딕슨, 그리고 개인적인 용돈과 제과류 구입에 들어가는 비용(누구를 막론하고 젊은 처녀들은 나이 들어 현명해질 때까지 과자를 먹는단다)에 관해서라면, 내가 잘 아는 상류층 부인과 의논해볼 테다. 그리고 네 아버지에게서 얼마를 받게 되는지 보고 이 문제를 정하도록 하마. 자, 마거릿, 여기까지 읽고 이 늙은이가 무슨 권리로 이것저것 무시하고 너의 일을 결정해야 하는지 의아해하면서 뛰쳐나가지나 않았느냐? 분명 그랬겠지. 하지만 그 늙은이에게는 권리가 있어. 그 사람은 네 아버지와 35년간 우정을 간직했다. 네 아버지의 결혼식에서는 들러리를 섰고, 임종 시에는 네 아버지의 눈을 감겨주었다. 더구나 그 사람은 네 대부란다. 모든 면에서 네가 출중하다는 걸 남몰래 알아차리고 있는 그 사람은, 정신적으로는 많은 걸 해줄 수 없기 때문에 그다음으로 많이 줄 수 있는 것을 너에게 기꺼이 주려고 하는 거란다. 게다가 그 늙은이는 세상천지에 혈육이라고는 아무도 없어. '누가 있어서 애덤 벨을 위해 울어주겠느냐?' 그러니 그 사람은 이 한 가지 일을 정한 뒤 그 생각만 하고 있다. 그리고 마거릿 헤일은 그 사람의 청을 거절하는 아가씨가 아니지. 우편물 나갈 때 단 두 줄이라도 좋으니 네 대답을 써서 보내다오. 하지만 **고맙다는 말은 사절이다.**

마거릿은 펜을 집어 들고 떨리는 손으로 이렇게 휘갈겨 썼다. '마거릿 헤일은 그분의 청을 거절하는 아가씨가 아닙니다.' 무력한 상태에서 다른 말이 생각나지 않았지만 그래도 그녀는 이 말을 사용한 것이 마음에 걸렸다. 하지만 그녀는 별것도 아닌 이 말을 쓰는데도 너무나 피곤했던 터라, 설사 다른 형식의 수락 어구가 생각났다고 해도 몸을 곧추세우고 앉아서 한 음절도 써내려가지 못했을 것이다. 그녀는 다시 누울 수밖에 없었고, 생각을 하지 않으려고 애썼다.

"사랑하는 아가! 그 편지 때문에 마음 상하거나 머리가 아픈 거냐?"

"이모, 아니에요!" 마거릿이 힘없이 말했다. "내일이 지나면 괜찮아질 거예요."

"아가, 분명 넌 내가 이 끔찍한 공기로부터 데리고 나갈 때까지는 괜찮아지지 않을 게다. 지난 2년을 네가 어떻게 견딜 수 있었는지 정말 상상이 되지 않는구나."

"제가 어디로 갈 수 있었겠어요? 전 아빠와 엄마를 떠날 수가 없었던 걸요."

"이런! 너 자신을 괴롭히지 말거라. 아마 최선의 선택이었겠지. 다만 네가 어떻게 살고 있었는지를 내가 전혀 몰랐구나. 우리 집의 집사 아내도 이보다는 더 좋은 집에서 산단다."

"이 집도 여름에는 아주 예뻐요. 지금 보이는 걸로 판단하시면 안 돼요. 여기서 무척 행복했던 걸요." 마거릿은 대화를 그만둘 요량으로 두 눈을 감아버렸다.

이제 집은 그 전과 비교하여 안락함이 넘쳐흐르는 것 같았다. 저녁때가 되어 추워져서, 쇼 부인의 지시로 방마다 불이 지펴졌다. 그녀는 입맛을 돋우는 음식이나 혹은 자신이 푹 파묻혀 편안해했을 사치스러운 쿠션 등을 구입하는 등, 할 수 있는 온갖 방법을 동원하며 마거릿에게 관심을 쏟았다. 하지만 마거릿은 이 모든 것에 무관심했다. 아니 만약 어쩔 수 없이 그러한 것들에 주의가 끌렸다면, 그건 단순히 그녀를 생각해서 특별한 노력을 기울이고 있는 이모에 대한 감사의 명분에서였다. 그녀는 가만히 있질 못했지만, 힘이 너무 없었다. 그녀는 온종일 이 방 저 방 옮겨 다니며 간직하고 싶은 물건들을 깨나른하게 옆으로 제쳐두면서, 옥스퍼드에서 진행되고 있을 장례식을 생각하지 않으려고 애썼다. 딕슨은 쇼 부인의 바람에 따라 마거릿을 따라다녔는데, 겉으로는 마거릿의 지시를 받기 위한 것인 듯했으나, 사실은 가능한 한 신속하게 그녀를 위로하고 편안하게 해주라는 쇼 부인의 내밀한 지시에 따른 것이었다.

"딕슨, 이 책들은 내가 가지고 있을래요. 나머지는 대부님께 좀 보내줘요. 이것들은 아빠를 생각해서뿐만 아니라 책 자체의 가치를 생각해서 대부님이 소중히 여길 그런 종류의 책들이에요. 이건 내가 떠난 뒤 손턴 씨에게 좀 갖다 주도록 해요. 잠깐만. 같이 보낼 메모를 적어줄게요." 그리고 나서 그녀는 서둘러 앉더니 생각하기가 두려운 듯 다음과 같이 썼다.

　　근계(謹啓)──보내드리는 이 책은, 소장하고 계셨던 제 아버지를 생
각해 귀하께서 소중히 간직하시리라 믿습니다.

마거릿 헤일 드림

　　그녀는 다시 집 전체를 돌아다니면서 어릴 적부터 보아왔던, 구석에
다 낡고 닳아서 꾀죄죄해진 물건들을 놔두고 떠나기 싫은 듯 어루만지며
이리저리 살펴보았다. 하지만 그녀는 거의 다시는 입을 떼지 않았다. 그
리하여 딕슨은 쇼 부인에게 "주의를 돌려보려고 옆에서 내내 말을 걸었지
만 헤일 양은 자기 말을 전혀 듣지 못한 게 아닌가 싶다"고 고했다. 하루
종일 서 있었기 때문에 저녁때가 되자 온몸이 무척이나 피곤해진 그녀는
아버지의 사망 소식을 들은 이후 처음으로 가장 달콤한 잠에 빠져들 수
있었다.

　　다음 날 아침 식사 시간에 마거릿은 친구 한두 명에게 가서 작별 인
사를 하고 싶다는 의향을 말했다. 쇼 부인은 반대했다.

　　"아가, 네가 이렇게 빨리 찾아가보는 게 타당할 정도로 그렇게나 친
한 친구가 여기 있을 리 없잖니. 교회도 찾아가기 전인데 말이다."

　　"하지만 오늘밖에 없어요. 레녹스 대위가 오늘 오후에 오면, 그래서
만약 우리가…… 만약 우리가 내일 당장 떠나야 한다면……"

　　"그렇고말고. 우린 내일 갈 거야. 여기 공기가 네게 좋지 않아. 그 때
문에 네 얼굴이 파리하니 병색을 띨 수밖에 없다는 생각이 점점 더 강하
게 드는구나. 게다가 이디스가 우릴 기다리고 있어. 그 애가 날 기다리고
있을 텐데, 그렇다고 아가, 과년한 널 혼자 여기 남게 할 수는 없지 않니.

안 된다. 만약 정히 이 친구들을 찾아가야겠다면 내가 같이 가마. 딕슨이 마차를 불러줄 수 있겠지?"

그리하여 쇼 부인이 마거릿을 보살피려고 동행했는데, 숄과 공기 쿠션 시중을 들게 하려고 하녀까지 대동했다. 마거릿은 극심한 비탄에 빠져 평상시엔 때를 가리지 않고 혼자서 종종 찾아가곤 하던 두 곳을 방문하기 위해 피우는 이 모든 수선에도 밝은 미소를 만들어내지 못했다. 행선지 중 한 군데는 니컬러스 히긴스의 집이어서 마거릿은 반쯤 두려운 마음이 들었다. 그녀가 할 수 있었던 거라곤 이모가 마차에서 나오고 싶은 마음이 들지 않길 바라는 것이었다. 그래야 이모가 마당을 걸어가다가 불어오는 바람 때문에, 이 집에서 저 집까지 쭉 매어놓은 줄 위에 널려 있는 젖은 빨래에 뺨을 맞는 일이 없을 것이기 때문이다.

쇼 부인의 머릿속에는 편안하게 있고 싶은 마음과 마거릿의 행동을 지켜봐야 한다는 생각 사이에서 작은 싸움이 일어났다. 하지만 그날은 결국 전자가 승리했고, 그녀의 이모는 마거릿에게 몸조심에 대한 당부와 함께 이런 데엔 언제나 위험성이 도사리고 있으니 열병에 걸리지 않도록 하라고 수없이 조심시킨 다음에야, 이전에 마거릿이 아무 주의나 허락을 받지 않고도 종종 찾아왔던 곳에 대한 입장을 허락해주었다.

니컬러스는 없었고 메리와 바우처의 아이들 두어 명만 집에 있었다. 마거릿은 좀더 시간을 잘 맞추지 못한 자신에게 화가 났다. 메리는 두뇌 회전은 느렸으나 마음이 따뜻하고 인정스러웠다. 그래서 마거릿이 왜 자신들을 찾아왔는지 알아차리자마자 참지 못하고 마구 울어대기 시작했다. 그 때문에 마거릿은 마차를 타고 오면서 생각했던 오만 가지 자잘한 것은 말할 필요가 없다는 생각이 들었다. 그녀는 언제 어디서든 기회가 되면 다시 만날 수 있을 거라는 애매한 가능성을 제시하면서 메리를 위로해볼 수 있었을 뿐이다. 그리고 메리에게 아버지가 저녁에 일 끝내고 오면 자기를 꼭 좀 보러 올 수 있었으면 한다는 당부의 말을 전했다.

그녀는 그곳을 떠나면서 발길을 멈추고 주위를 둘러보았다. 그런 다음 잠시 머뭇거리더니 이렇게 말했다.

"베시를 떠올릴 만한 조그만 물건을 하나 갖고 싶어."

말 떨어지기 무섭게 메리의 베푸는 마음이 열렬히 살아났다. 그들이 뭘 줄 수 있겠는가? 신열 나던 베시의 입술을 적셔주기 위해 그녀 옆에 항시 놓여 있던 물컵이 기억나서, 마거릿이 흔해빠진 작은 물컵 하나를 고르자 메리가 말했다.

"아유, 좀더 좋은 걸 가져가요. 그건 겨우 4펜스짜리예요."

"이거면 됐어. 고마워." 이렇게 말하고 마거릿은 황급히 나가버렸지만, 메리의 얼굴에는 무언가 줄 것이 있다는 기쁨 때문에 떠올랐던 흐뭇한 미소가 여전히 남아 있었다.

'이제 손턴 부인의 집이다' 하고 그녀는 생각했다. '해야 하는 일이야.' 하지만 그녀는 그 생각을 하자 좀 경직되면서 창백해졌고, 이모에게 손턴 부인이 누군지, 왜 그녀에게 작별 인사를 하러 가야 하는지 정확하게 설명할 말을 찾기가 난감했다.

그녀들은 (여기서는 쇼 부인도 함께 내렸기 때문에) 거실로 안내됐는데, 거실은 이제야 불이 지펴졌다. 쇼 부인은 숄 밑에 몸을 움츠리고는 덜덜 떨었다.

"방이 얼음장이구나!" 그녀가 말했다.

손턴 부인이 들어오기까지 그녀들은 좀 기다려야 했다. 이제 마거릿이 자신의 시야에서 사라지게 되어서 그랬는지 마거릿을 향한 그녀의 태도에는 좀 너그러운 데가 있었다. 그녀는 다양한 때와 장소에서 마거릿이 보여주던 활기를 기억했다. 그건 오랜 시간 심신을 지치게 했던 걱정거리를 견뎌내면서 그녀가 보여주었던 인내심보다도 기억에 더 많이 남았다. 마거릿에게 인사를 건네는 손턴 부인의 안색은 평소보다 더 순했다. 부어오른 하얀 얼굴과, 차분하게 내려고 애쓰느라 떨리는 마거릿의 목소리를 감지하더니 그녀는 살짝 부드럽기까지 했다.

"이모를 소개할게요. 쇼 부인이세요. 내일 전 밀턴을 떠납니다. 알아차리셨는지 모르겠지만, 전 부인을 한 번 더 뵙고 지난번 제 태도에 대해 사과드리고 싶었습니다. 또 서로 간에 아무리 오해가 많았을지라도 부인께서는 친절한 마음이셨음을 제가 분명히 알고 있다고 말씀드리고 싶었습니다."

쇼 부인은 마거릿이 한 말의 영문을 통 모르는 것 같았다. 친절함에 감사드리고, 좋은 태도를 보여드리지 못해서 죄송하다니! 하지만 손턴 부인은 이렇게 대답했다.

"헤일 양, 날 올바로 평가해줘서 고마워요. 충고했을 때 난 내 의무라고 믿고 있던 바를 그대로 행했을 뿐이에요. 언제나 난 헤일 양에게 친구의 역할을 하고 싶었답니다. 날 제대로 알아주니 다행이군요."

"그리고"라고 말하면서 얼굴이 매우 붉어졌던 마거릿이 이렇게 말을 이었다. "저에 대한 평가도 제대로 해주시겠습니까? 그리고 비록 해명할 수도 없고 해명하지도 않겠지만, 부인께서 생각하시듯 제가 부적절하게 행동하지는 않았다는 것을 믿어주시겠습니까?"

마거릿의 목소리는 몹시 나긋나긋했고 두 눈으로는 진심으로 애원하고 있었기 때문에 손턴 부인은 지금까지 한 번도 넘어가지 않았던 그녀의 매력적인 태도에 이번만큼은 마음이 움직였다.

"그래요, 믿어요. 그 얘긴 더 이상 하지 않도록 합시다. 어디로 가서 살게 되나요, 헤일 양? 벨 씨에게 듣기로는 밀턴을 떠난다던데요. 헤일 양은 밀턴을 결코 좋아하지 않았지요." 손턴 부인이 뻣뻣한 웃음기를 띠며 말했다. "그렇다고는 해도 밀턴을 떠난다는데 내가 축하할 거라는 생각은 하지 말아요. 어디서 살게 되나요?"

"이모 댁에서요." 마거릿이 쇼 부인 쪽으로 몸을 돌리며 말했다.

"제 조카는 할리 가에서 저하고 살게 됩니다. 저 앤 내게 딸이나 마찬가지죠." 쇼 부인이 마거릿을 다정하게 쳐다보며 말했다. "그리고 지금까지 저 애에게 보여주었던 모든 후의에 대해 이모의 도리로서 기꺼이 감사드립니다. 만약 부인과 부군께서 런던에 오신다면, 제 사위와 딸인 레녹스 대위 부부도 분명 저와 함께 부인을 극진히 대접하고 싶어 할 겁니다."

손턴 부인은 자신에게 너그러운 호의를 베풀고자 하는 이 훌륭한 부인에게 마거릿이 손턴 씨와 자신의 관계를 세심하게 알려주지 않았구나, 하는 생각을 하고 있었다. 그리하여 그녀는 짧게 대답했다.

"남편은 죽었습니다. 손턴 씨는 제 아들입니다. 제가 런던에 갈 일은 절대 없으니 부인의 정중한 호의는 받을 수 없을 것 같군요."

바로 그때 손턴 씨가 방으로 들어왔다. 이제 막 옥스퍼드에서 돌아왔던 것이다. 상복 차림이 그가 거기 갔던 이유를 말해주고 있었다.

"존," 그의 어머니가 말했다. "쇼 부인이시다. 헤일 양의 이모란다. 유감스럽지만 헤일 양이 들른 건 작별 인사를 하기 위해서라는구나."

"그럼 떠나는군요!" 그가 낮은 목소리로 말했다.

"네." 마거릿이 대답했다. "저흰 내일 떠납니다."

"제 사위가 저녁에 우리를 데려가려고 옵니다." 쇼 부인이 말했다.

손턴 씨가 돌아섰다. 그는 선 채로 있었고 마치 테이블 위에 있는 뭔가를 살펴보는 것 같았는데, 마치 읽지 않은 편지를 발견했기 때문에 지금 함께 있는 사람들은 안중에 없다는 듯한 태도였다. 그는 손님들이 떠나려고 일어설 때조차 그걸 알아차리지 못하는 듯했다. 하지만 그는 앞으로 걸어가 쇼 부인을 마차 타는 데까지 인도했다. 마차가 오자 그와 마거릿은 문간에 서로 가까이 서 있게 됐는데, 두 사람의 머릿속에는 폭동이 있던 날에 대한 기억이 떠오르지 않을 수 없었다. 그의 머릿속에서 그 기억은 다음 날의 대화와 연결되어 있었다. 그때 그녀는 폭력적이고 필사적인 그 군중 모두가 손턴만큼 다 신경이 쓰이는 사람들이라고 진지하게 선언했었다. 도전적이었던 그녀의 말들이 기억나면서 그의 이마는 점차 준엄하게 변했으나 심장은 갈망하는 사랑으로 크게 뛰었다. '안 돼!' 그는 이렇게 말하고 있었다. '난 사랑을 한번 시험했고 그걸 다 잃었어. 그녀를 보내야 해. 그녀의 돌 같은 심장과 그녀의 아름다움도 함께. 지금 저 모습은 얼마나 단호하고 무서운가. 그렇게도 사랑스러운 자태이건만! 그녀는 내가 엄격하게 참고 있는 말을 내뱉을까 봐 두려워하고 있어. 보내줘야 해. 미모에다 재산까지 상속받을지는 몰라도, 나보다 더 진실한 마음을 가진 이는 만나기 힘들다는 걸 그녀는 알게 될 거야. 보내주자!'

작별 인사를 건네는 그의 목소리에는 후회 혹은 그 어떤 종류의 감정도 묻어 있지 않았다. 그리고 마거릿이 건넨 손을 담담하게 잡았고 손을 놓을 때도 마치 시들어버린 꽃을 툭 놓아버리듯 무심하게 떨어뜨렸다. 하지만 그 집 식구들 중 그날 손턴 씨의 모습을 다시 본 사람은 아무도 없었다. 그는 여러 가지 일로 분주했다. 아니, 그의 말이 그랬다.

마거릿은 이 두 군데의 방문으로 기력이 완전히 빠져버렸기 때문에, 자기를 빤히 보며 쓰다듬으면서, '내가 뭐래든' 하고 한숨을 내쉬는 이모에게 몸을 내맡길 수밖에 없었다. 딕슨은 마거릿이 아버지의 사망 소식을 처음 듣던 그날만큼 상태가 좋지 않다고 말했다. 그리하여 그녀와 쇼 부인은 다음 날 떠나기로 되어 있는 계획을 미루는 게 좋겠다는 문제로 서로 상의했다. 하지만 쇼 부인이 마지못해 출발을 며칠 미루자고 제안하자 마거릿은 마치 찌르는 듯한 통증을 느끼는 듯 몸을 움츠리며 이렇게 말했다.

"아아! 떠나요. 여기서 더 이상 못 견디겠어요. 여기서는 더 좋아지지 않을 거예요. 잊고 싶어요."

그래서 떠날 채비가 계속 꾸려졌다. 레녹스 대위가 도착하면서 이디스와 아기의 소식을 함께 갖고 왔다. 친절하긴 해도 진심 어린 연민이 느껴지지 않는 사람의 무사태평한 이야기가 마거릿에게 도움이 된 것 같았다. 그녀는 몸을 일으켰다. 그리고 히긴스가 올지도 모른다는 걸 알았던 그즈음 조용히 방을 나갈 수 있었기 때문에 그녀는 자기 방에서 호출을 기다렸다.

"허!" 그녀가 들어섰을 때 그가 말했다. "어르신이 그렇게 돌아가시다니! 내가 그 말을 들었을 때 누구든 손가락으로 밀기만 해도 날 넘어뜨릴 수 있었을 거요. '헤일 씨가 말인가?' '목사였던 그분?' 내가 물었소. '그렇다네.' 그 사람들이 말했소. '그렇다면,' 내가 말했소. '지금까지 살았던 위인들만큼 훌륭한 분이 세상을 뜬 거라네. 누구하고 비교를 하든 말일세!' 그래서 난 헤일 양을 만나서 내가 얼마나 비통해하는지 말하려고 왔었소. 그런데 주방에 있는 아낙들이 내가 왔단 말을 하지 않겠다지 뭐요. 헤일 양이 아프다고 하면서 말이오. 이런 세상에, 몰골이 예전 같지 않소. 이제 런던으로 가면 귀부인이 되는 거 아니오?"

"귀부인은 아녜요." 마거릿이 반쯤 미소 지으며 말했다.

"그게 말이오! 손턴 씨가 말했소. 하룬가 이틀 전에 그 사람이 이래요. '히긴스, 헤일 양 본 적 있나?' '못 봤습니다.' 내가 말했소. '헤일 양을 만나지 못하게 하는 여자들이 한 떼거리 있습니다. 하지만 헤일 양이 아프다면 전 기다릴 수 있습니다. 헤일 양과 저는 꽤 잘 아는 편이라, 제가 가서 말하지 못한다고 해서 어르신의 죽음을 제가 얼마나 유감스러워하는지에 대해 헤일 양이 의심하지는 않을 겁니다.' 그러니까 손턴 씨가 이래요. '헤일 양을 보러 갈 수 있는 시간이 많지 않네, 이 사람. 헤일 양은 하루도 더 못 있을 것이네. 헤일 양도 어쩌지 못해. 헤일 양에게 대단한 친척들이 있어서 그 사람들이 그녀를 데려간다는군. 그러면 우린 그녀를 더 이상 보지 못한다네.' '사장님,' 내가 말했지요. '만약 헤일 양을 떠나기 전에 보지 못하게 된다면 다음 오순절에 런던으로 올라가볼 겁니다. 그럼요. 그 어떤 친척이라도 제가 작별 인사 건네는 걸 방해하지 못할 겁니다.' 하지만 고맙소. 내게 들를 줄 알았소. 마치 아가씨가 날 보지 않고 밀턴을 떠날지도 모르겠다는 투로 실토했던 건 그저 사장 말에 맞장구치려고 했던 거요."

"맞아요." 마거릿이 말했다. "당신은 날 바로 봐주지요. 그리고 분명 날 잊지 않을 거예요. 밀턴에서 아무도 날 생각해주지 않는다고 해도, 분명 히긴스 당신만은 날 생각할 거예요. 그리고 우리 아빠도요. 얼마나 자상하고 훌륭한 분이셨는지 잘 알잖아요. 봐요, 히긴스! 아빠의 성경책이에요. 드리려고 갖고 있었어요. 그게 없으면 제가 힘들 수도 있지만 아빠 히긴스 당신이 그걸 가졌으면 하셨을 거예요. 아빠 생각해서 그걸 잘 간직할 거고 또 그 안의 내용을 공부할 거라고 생각해요."

"그렇게 말해도 좋소. 악마가 휘갈겨 써놓은 거라고 해도, 아가씨 생각해서 그리고 돌아가신 어르신을 생각해서, 내가 그걸 읽어야 한다면 그렇게 하겠소. 이건 뭐요? 아가씨한테 돈 받으러 온 거 아니니 아예 그런

생각은 하지 마시오. 우리 사이에 돈 애긴 없었어도 우린 좋은 친구였지
않소."

"애들, 바우처의 애들을 위해서예요." 마거릿이 황급히 말했다. "그
애들한테 필요할지 몰라요. 그 애들 줄 돈을 거절한 권리는 없잖아요. 히
긴스 당신한테는 한 푼도 주지 않아요." 그녀가 살짝 웃으며 말했다. "한
푼이라도 당신한테 가는 돈이 있다고 생각지 말아요."

"그럼, 아가씨! 신의 은총이 내리길, 이 말밖에는 할 말이 없소. 신
의 은총을 받으시오! 아멘."

44장
평온하지 않은 안락함

결코 멈추지 않는 지루한 되풀이
오늘은 어제의 닮은꼴*
—쿠퍼

그는 마땅한 각각의 형식과 규칙을 알고 있으므로
거기 닿을 때까지는 결코 만족감을 느끼지 못하리라**
—뤼케르트

이디스가 산후 조리에 들어가 있는 동안, 할리 가 집의 쥐죽은 듯한 고요가 마거릿이 필요로 했던 천연의 휴식을 만들어준 것은 그녀로서는 아주 다행한 일이었다. 그녀는 조용한 집에서 지난 두 달간 일어났던 갑작스러운 환경의 변화를 이해할 시간을 얻게 됐다. 그녀는 자신이 이 세상에 골칫거리나 걱정이 존재한다는 기본적인 사실조차 뚫고 들어왔던 적 없어 보이는 호화로운 집에 갇힌 신세라는 걸 즉시 알아차렸다. 일상의 기계 바퀴는 기름이 잘 쳐진 채 순조롭게 굴러가고 있었다. 쇼 부인과 이디스는 마거릿의 집이라고 부르면서 끈질기게 돌아오라고 하던 할리 가의 집으로 그녀가 돌아오니 더할 수 없이 잘해주었다. 그래서 그녀는 헬스턴

---

* 윌리엄 쿠퍼(William Cowper, 1731~1800), 「희망Hope」에서 인용.
** 프리드리히 뤼케르트(Friedrich Rückert, 1781~1866), 「판테온Pantheon」의 5부 "진주구슬Strung Pearls"에서 인용.

의 목사관이 ── 아니 심지어 노심초사하던 아버지와 병석에 계시던 어머니, 그리고 가난한 살림이었기에 온갖 자잘한 집안 걱정이 떠나지 않던 보잘것없는 밀턴의 그 집마저 자신이 생각하는 집의 개념이라고 몰래 느낀다는 것이 배은망덕하다는 생각이 들 정도였다. 이디스는 자기 방에 차고 넘치는, 그런 푹신한 용품들과 자잘한 장식품들로 마거릿의 침실을 채워주고 싶어서 가만히 있지를 못했다. 쇼 부인과 하녀는 마거릿의 옷장을 우아한 옷들로 채워 재탄생시키느라 일이 많았다. 레녹스 대위는 편안하고 친절하고 신사다웠다. 그는 매일 한두 시간을 이디스와 옷방에서 같이 보냈다. 저녁 식사 초대가 없는 날에는 한 시간가량을 어린 아들과 더 놀아주다가, 클럽에서 느긋하게 자기 시간을 가졌다. 마거릿이 이제 막 조용하고 평온한 분위기가 더 이상 필요치 않다고 느낄 즈음 ── 삶이 뭔가 빠져 있고 지루하다고 느끼기 시작할 즈음 ── 이디스가 아래층으로 내려와서 평소처럼 가사에 관여하기 시작했다. 마거릿은 예전처럼 사촌을 경탄스럽게 지켜보며 옆에서 그녀를 거들었다. 그녀는 이디스가 해야 할 일을 서서히 도맡고 있었다. 간단한 편지에 답신을 한다거나 이디스에게 사교 약속을 상기시켜주었고, 파티 약속이 없어서 그녀가 몸이 아프다고 상상하는 듯하는 날에는 옆에서 신경을 써주었다. 하지만 가족 모두가 런던의 사교 시즌에 온통 정신이 빠져 있어서 마거릿은 종종 혼자 방치되곤 했다. 그러면 그녀는 밀턴을 떠올렸고, 그곳과 이곳의 대조적인 생활에서 묘한 기분을 느꼈다. 마거릿은 갈등하거나 애쓸 필요가 없는, 아무 일 없는 편안함에 질려가고 있었다. 그녀는 죽은 듯 약에 취해, 주위에 차고 넘치는 풍족한 생활 너머에 있는 삶을 깡그리 잊어버리는 것이 아닐까 걱정스럽기까지 했다. 런던에도 힘들게 일하는 사람들이 있을 수 있었다. 하지만 그녀는 한 번도 그런 사람들을 보지 못했다. 바로 그런 하인들이 자신들만의 지하 세계에 살고 있었지만, 그런 세계의 희망과 두려움을 그녀는 알지 못했다. 그들은 상전이 원하는 게 있거나 일시적인 기분에 따라 그들을 찾을 때에야 비로소 존재하기 시작하는 것 같았다. 마거릿의 마음과 생활 방식에는 뭔가 불만스러운 이상한 공백이 있었다. 그래서 한 번은 그녀가 이런 생각을 이디스에게 어렴풋이 내비쳤더니, 전날 밤의 무도회로 지쳐 있던 이디스는 마거릿이 오랜 습관대로 자기 옆―자기가 누워 있는 소파 옆의 발판 위에 앉자 그녀의 뺨을 천천히 어루만졌다.

"가엾기도 하지!" 이디스가 말했다. "세상 전부가 흥겨움에 넘쳐나는 이런 때에 매일 밤 외톨이가 되다니 안됐어. 하지만 헨리가 순회재판에서 돌아오면 우리도 곧 만찬 파티를 열거야. 그러면 너한테도 재미있는 일이 좀 생기겠지. 맥 빠지는 게 당연해, 어떡하니!"

마거릿은 마치 만찬 파티가 만병통치약이라도 될 것 같다는 기분은 들지 않았다. 하지만 이디스는 자신의 파티에 대해 자신감이 넘쳤다. '완전 딴판'이라는 그녀의 말마따나 그 파티는 '엄마가 주도하던 미망인식 파티가 아니었다.' 쇼 부인은 자신이 예전에 곧잘 베풀던 좀더 격식 있고 장황한 환대 형식에서 그랬던 것처럼, 딸과 사위인 레녹스 부부의 취향을 따른, 아주 상이한 형식의 파티 준비 사항들과 초대 손님들에게서도 정확히 똑같은 종류의 즐거움을 찾는 것 같았다. 레녹스 대위는 마거릿에게 한결같이 자상했고, 오빠같이 대했다. 마거릿은 그를 매우 좋아했지만, 그가 이디스의 아름다움을 만천하에 충분히 각인시킬 심산으로 아내의 옷과 용모에 노심초사하며 신경을 쓸 때만은 예외였다. 그러면 마거릿은 내면에 잠자고 있던 와스디 여왕*이 들고 일어나, 감정을 표현하지 않고 있기가 힘들 지경이었다.

마거릿의 하루 일과는 이러했다. 느지막한 아침 식사를 들기 전 조용한 한두 시간의 여유. 피곤한 채 잠이 덜 깬 사람들이 들쭉날쭉한 시간에 먹는 늘어진 식사. 그런데도 길게 이어지는 식사 시간 내내 마거릿은 자리를 지키고 있어야 했다. 이유는 식사가 끝난 뒤 몇 가지 계획에 대한 논의가 있었기 때문인데, 비록 이런 계획들이 그녀와 전혀 무관한 것일지라도 사람들은 그녀가 조언을 보탤 수 없다면 공감이라도 해주길 기대했다. 끝없이 써야 하는 편지들. 이디스는 그녀의 매끄러운 필치에 대해서 달콤한 칭찬을 늘어놓으며 편지 쓰는 일을 그녀에게 몽땅 떠넘겼다. 아침 산책에서 돌아오는 숄토에게는 잠시 말동무를 해주었다. 그뿐 아니라 그녀는 하인들이 저녁을 먹고 있는 동안에는 아이들을 돌봐주었다. 마차를 타고 외출을 하거나 내방객을 받을 때도 있었다. 이따금씩 이모와 이디스 부부에게 정찬 혹은 조찬 약속이 있었는데, 그러면 마거릿은 한시름 놓았다. 그렇긴 해도 그녀는 우울하고 기운이 빠져서, 오히려 무기력에서 오는 따분함을 느꼈다.

그녀는 말은 하지 않았지만 딕슨이라는 푸근한 대상이 밀턴에서 돌아오기만을 학수고대하고 있었다. 그곳에서 그 충직한 하녀는 지금까지 헤일 가족과 관련된 모든 일을 마무리 짓느라 눈코 뜰 새 없이 바쁘게 보내고 있었다. 마거릿은 오랫동안 함께 살았던 사람들에 대한 소식이 완전히 뚝 끊어지고 보니 갑자기 마음이 몹시 허해짐을 느꼈다. 사실 딕슨이 때때로 한 번씩 현황을 알리는 편지에서 가구는 어떻게 하는 게 좋은지 혹은 크램턴의 집주인과 관련해서는 어떻게 하는 게 좋은지에 관해 손턴 씨가 해주었던 말을 전해주기는 했다. 하지만 손턴, 혹은 누구든 밀턴 사람

---

* Vashti: 성경에 등장하는(「에스더」1장) 아하수에로Ahasuerus 왕의 부인. 와스디는 대신들을 통해 왕이 주최하는 연회에 참석할 것을 명령받자 참석을 거부하는데, 마거릿을 강인한 정신력을 지닌 여인의 상징인 와스디에 비유하고 있다.

들의 이름만 여기저기서 등장할 뿐이었다. 마거릿은 레녹스의 집 거실에 앉아서 딕슨이 보낸 편지를 읽지는 않고 그냥 손에 들기만 한 채 생각을 하고 있었다. 그러면서 그녀는 예전의 나날들을 떠올렸고, 자신의 삶이 떨어져 나온, 그리고 다시는 기억되지 않을 분주한 삶을 상상해보았다. 마치 자신과 아버지는 존재한 적이 없었던 것처럼 모든 게 계속 바쁘게 돌아가고 있는 걸까 궁금해했고, 그 무리 중 아무도 자기를 그리워하지 않는 건 아닐까 (히긴스는 제외하고, 그녀는 히긴스 생각을 하고 있지는 않았다) 자문해보았다. 그때였다. 불현듯 벨 씨가 왔다는 소리가 들렸다. 그러자 마거릿은 급히 편지들을 자수 바구니에 넣고 몸을 일으켰다. 그러면서 그녀는 뭔가 나쁜 짓을 하고 있던 사람처럼 얼굴이 빨개졌다.

"아, 대부님! 이제 영영 뵐 수 없을 줄 알았어요!"

"그렇게 화들짝 놀라지만 말고 환영도 해주면 좋겠구나."

"저녁은 드셨나요? 뭘 타고 오셨어요? 식사를 준비시킬게요."

"너도 먹을 생각이라면 그러려무나. 그렇지 않다면 너도 알다시피 나만큼 먹는 데 관심 없는 사람도 없으니. 하지만 다들 어디 있느냐? 만찬에 간 거냐? 널 혼자 두고?"

"아, 네! 정말 편한 걸요. 전 그냥 생각 중이었어요. 그런데 장담은 못하지만 저녁을 드시겠어요? 집 안에 뭐라도 있는지는 모르겠어요."

"아, 사실 클럽에서 식사했다. 다만 예전만큼은 맛이 없더구나. 그래서 생각했지. 만약 네가 저녁을 먹는다면, 그걸로 마뜩치 않은 내 저녁식사를 보충하면 되겠다고 말이다. 하지만 신경 쓰지 마라. 그냥 둬! 갑작스런 저녁 준비를 믿고 맡길 만한 요리사는 이 나라를 통틀어도 열 손가락을 다 못 채울 게다. 설사 기량과 불이 받쳐준다고 해도 그 사람들이 내켜하지 않겠지. 차나 한잔 내오거라, 마거릿. 그런데 뭘 생각하던 중이었냐? 말해줄 거지? 그 편지는 누구한테서 온 것들인데 그렇게 황급히 감추는 거냐?"

"딕슨의 편지일 뿐이에요." 마거릿은 얼굴이 더 붉어지며 이렇게 말했다.

"어휴! 그게 다냐? 기차 안에서 내가 누굴 만난 줄 아니?"

"글쎄요." 마거릿이 추측은 싫다는 듯 잘라 말했다.

"너한테 그 뭐라고 부르는 사람이지? 사촌 매부의 동생이라는 사람, 이름이 뭐냐?"

"헨리 레녹스 씨 말인가요?" 마거릿이 물었다.

"그래." 벨 씨가 대답했다. "네가 예전에 알던 사람이지? 어떤 사람이냐, 마거릿?"

"예전엔 좋았어요." 마거릿이 잠시 눈길을 떨어뜨리며 말했다. 그러더니 앞을 똑바로 바라보며 그녀 특유의 태도를 유지했다. "프레더릭 일로 우리가 계속 연락했다는 거 아시잖아요. 하지만 3년 정도 보지 못했으니 변했을지도 모르죠. 어때 보였어요?"

"글쎄. 처음엔 내가 누군지, 그다음엔 내가 어떤 사람인지 파악하느라 너무 바빠서 자기가 어떤 사람인지는 전혀 내보이지 않더구나. 자기가 상대해야 하는 사람이 어떤 사람인지에 대한 그런 은근한 호기심은 좋은 게 못 돼. 그 사람의 성격을 보여주는 분명한 징후지. 그런 사람이 잘생긴 거냐, 마거릿?"

"아뇨! 결코 아니죠. 대부님 생각은요?"

"난 아니다. 하지만 넌 그럴 것 같았단다. 여기선 꽤 알아들 주느냐?"

"런던에선 그런 것 같아요. 제가 온 후론 쭉 순회재판을 돌고 있는 중이었죠. 그런데 대부님은 옥스퍼드에서 오시는 거예요? 아니면 밀턴에서 오시는 거예요?"

"밀턴에서 오는 길이다. 내가 훈제된 게 보이지 않느냐?"

"그러네요. 하지만 전 그게 옥스퍼드의 케케묵은 골동품의 영향인가 보다 하고 생각했죠."

"그러지 말고, 제대로 판단해봐! 옥스퍼드에서는 밀턴의 네 집주인이 끝내 날 두 손 들게 만들었던 문제들의 반만 갖고도 집주인을 다 내 뜻대로 요리할 수 있었을 게다. 네 집주인은 내년 6월, 1년 기한을 채울 때까지 집을 인수하지 않으려고 해. 다행히 손턴 씨가 세입자를 찾았어. 손턴 씨 소식은 궁금하지 않느냐, 마거릿? 본인이 네게 얼마나 적극적인 친구인지 입증했단다, 정말이야. 내 고민의 반 이상을 덜어줬지."

"그래요, 손턴 씨는 어때요? 손턴 부인은 어떠신가요?" 황급히 목에 걸린 목소리였지만 마거릿은 애써 물었다.

"잘 지내는 것 같더구나. 난 거기서 지내다가, 그 댁 여동생의 결혼식을 앞두고 하도 떠들어대는 통에 참지 못하고 거길 나와버렸다. 손턴한테도 벅찬 일이었어. 하지만 어쩌겠느냐, 자기 여동생인걸. 손턴은 계속 자기 방으로 가서 앉아 있었어. 주인공으로든 들러리로든 그런 것들에 신경 쓸 나이는 지나가고 있었으니까 말이야. 그 댁 안주인이 시류에 휩쓸려, 오렌지 꽃과 레이스에 사족을 못 쓰는 딸과 같이 덩달아 흥분하는 걸 보는 건 의외였어. 손턴 부인은 다른 사람보다는 좀더 강인한 성격을 지니고 있다고 생각했으니 말이지."

"부인은 딸의 약점을 가리려고 뭐든 공감하는 척할 거예요." 마거릿이 조용히 말했다.

"어쩌면 그럴지도 모르지. 네가 부인을 꽤 자세히 지켜봤구나, 응?

부인은 널 그다지 좋아하는 것 같지 않던데, 마거릿."

"그건 저도 알아요." 마거릿이 말했다. "아, 드디어 차가 나왔네요!" 마치 구원이라도 받은 듯 그녀가 말했다. 차가 나오면서 헨리 레녹스도 왔다. 그는 느지막하게 저녁을 먹은 뒤 할리 가의 집까지 걸어오면서 도착하면 형과 형수가 있을 거라고 예상한 것 같았다. 마거릿은 레녹스 역시 헬스턴에서 자기로부터 청혼을 거절당한 그날 이후 처음 만난 오늘, 제3자가 같이 있다는 사실에 고마워할지도 모른다고 생각했다. 처음에 그녀는 무슨 말을 해야 할지 몰랐으며 다행히 차 테이블을 준비하느라 분주히 움직여야 했기에, 그사이 침묵할 구실을 얻었고 그도 평정을 되찾을 기회를 얻었다. 사실 오늘 그는 그녀와의 만남에서 오는 불편한, 심지어 형님 내외가 있는 자리에서도 불편한 그런 기분을 극복해볼 요량으로 억지로 형님 집까지 왔는데, 집에는 마거릿밖에 없고 부득이 그녀를 상대로 많은 대화를 나누어야 한다는 사실을 깨닫게 되니 두 배로 불편해졌던 것이다. 그녀가 먼저 평정심을 되찾았다. 처음에 그녀는 겸연쩍은 마음에 얼굴을 붉히더니 곧 제일 먼저 머릿속에 떠오르는 화제로 말을 시작했다.

"레녹스 씨, 제 오빠를 위해 쏟아주신 모든 수고에 진심으로 감사드립니다."

"아무런 성과를 얻지 못해 미안할 뿐입니다." 마치 벨 씨 앞에서 어느 선까지 말할 것인지 탐색이라도 하듯 그가 벨 씨를 슬쩍 한번 쳐다보면서 말했다. 마거릿은 마치 그의 이런 속내를 읽기라도 한 듯 벨 씨를 향해 말했다. 벨 씨를 대화에 끼우면서 그가 프레더릭의 무죄를 입증하기 위한 수고에 대해 충분히 알고 있다는 걸 내비칠 심산이었던 것이다.

"마지막 목격자였던 그 호록스란 자도 결국에는 다른 사람들처럼 증인석에 세울 수가 없었어요. 지난 8월, 오빠가 영국에 체류하면서 목격자들의 이름을 알려주기 불과 두 달 전에 그 사람이 호주로 출항한 걸 레녹스 씨가 알아냈어요."

"프레더릭이 영국에 있었다니! 그런 말은 처음 듣는구나!" 벨 씨가 놀라서 목소리를 높였다.

"아시는 줄 알았는데요. 분명 그 얘길 들으셨을 거라고 생각했어요. 물론 극비였죠. 어쩌면 방금도 그 얘길 하지 말았어야 했나 봐요." 마거릿이 약간 우려스럽다는 듯 말했다.

"전 그 이름을 형이나 형수한테도 거론한 적 없습니다." 레녹스 씨가 은근히 나무라는 듯 무미건조한 변호사의 말투로 말했다.

"걱정 마라, 마거릿. 내가 재잘재잘 수다가 난무하는 세상에 사는 것도 아니고, 또 내게서 사실을 캐내보려는 사람들 사이에서 사는 것도 아니지 않니. 나같이 입 무거운 은둔자에게 비밀을 누설했다고 그렇게 눈 똥그랗게 뜨고 놀랄 필요 없다. 프레더릭이 입국했었다는 얘긴 절대 발설하지 않으마. 아마 그러고 싶은 유혹도 느끼지 못할 게다. 묻는 사람도 없을 테니까. 가만!" (갑자기 하던 말을 스스로 끊더니) "그게 네 어머니 장례식이었더냐?"

"엄마가 돌아가실 때 오빠 옆에 있었어요." 마거릿이 조용히 말했다.

"분명하군! 분명해! 네 오빠가 그때쯤 영국에 와 있지 않았냐고 묻는 사람이 있었는데 내가 완강히 부인했지. 몇 주 안 된 일인데, 누구였더라? 그렇지! 생각이 나는구나!"

하지만 그는 그 이름을 말할 수가 없었다. 마거릿 역시 자신의 느낌이 맞는지, 그래서 그 질문을 한 사람이 손턴 씨였는지 확인하려고 이것저것 물어볼 수도 있었지만, 미치도록 묻고 싶은 마음만큼이나 물어봐선 안 된다는 생각이 들었다.

잠시 침묵이 흘렀다. 그러자 레녹스 씨가 마거릿을 보며 말했다. "이제 벨 선생님도 당신 오빠가 처했던 불행한 곤경에 따른 모든 상황을 알게 됐으니, 오빠를 위해 우리가 제시하고 싶었던 증거 조사가 현재 어떤 상태인지 정확하게 알려드리는 것이 최선이라고 생각합니다. 그러니 벨 선생님께서 내일 조찬을 함께할 영광을 베풀어주신다면, 제가 찾을 수 없는 증인들의 이름을 같이 검토해볼 수 있을 겁니다."

"가능하다면 세세한 부분까지 다 듣고 싶어요. 이리로 와주실 수 없을까요? 두 분께 아침 식사를 하자고 청할 입장은 아니지만, 오시면 분명 환영받을 거예요. 지금 바라볼 건 아무것도 없겠지만 오빠에 관해 알려진 건 다 말해주세요."

"11시 반에 약속이 있습니다. 하지만 원하신다면 기필코 오겠습니다." 잠시 생각해보던 레녹스 씨가 아주 흔쾌히 대답했고, 이 모습에 마거릿은 덜컥 겁을 집어먹으면서 자연스러운 제안이었지만 그런 부탁을 하지 않았더라면 좋았을 거라는 생각이 들었다. 벨 씨가 일어서더니 주위를 두리번거리며 차 놓는 자리를 만드느라 치워둔 모자를 찾았다.

"그럼!" 그가 말했다. "레녹스 씨는 어쩔 생각인지 모르겠으나, 난 그만 자리를 떠야 할 것 같다. 오늘 적잖이 움직였더니, 60여 년 된 노구가 삐걱거리기 시작하는구나."

"저는 여기 좀더 있다가 형과 형수를 만나보겠습니다." 레녹스 씨는 떠날 기미를 전혀 보이지 않으면서 말했다. 마거릿은 그와 단둘이 남겨지면 불편할 거라는 두려움에 사로잡혔다. 헬스턴의 조그만 테라스에서 있었던 장면이 손에 잡힐 듯 아주 생생해서, 그도 역시 똑같이 느끼고 있을 거라는 생각을 떨칠 수가 없었다.

"좀더 계세요, 대부님." 그녀가 서둘러 말했다. "이디스를 보고 가세요. 이디스가 대부님을 알게 되면 좋겠어요. 그래주세요!"그녀는 가벼운, 그러나 단호한 결심이 담긴 손을 그의 팔에 얹으며 말했다. 그는 그녀를 바라보았고 그녀의 표정이 마구 흔들리는 걸 보았다. 그는 다시 앉았는데, 마치 그녀의 가벼운 접촉에 거부할 수 없는 힘이 들어가 있었던 듯했다.

"레녹스 씨, 마거릿이 나를 어떻게 제압하는지 보십시오."그가 말했다. "저 애의 얼굴에 행복한 표정이 떠오른 걸 봤을 겁니다. 내가 저 애의 사촌, 굉장한 미인이라고들 하는 이디스를 '보고' 가길 원하고 있어요. 하지만 저 앤 정직해서 나에 대해서는 다르게 말합니다. 레녹스 부인이 나에 대해 '알게' 될 거라고 말입니다. 난 별로 '볼' 게 없다는 거지, 응, 마거릿?"

그는 자기가 간다고 할 때 마거릿이 당황해하는 걸 보고 심적 상태가 어떤지를 알아챘기 때문에 그녀에게 그런 기분을 회복할 수 있는 시간을 주려고 농담을 했다. 그리고 그녀도 그의 어조를 알아차리고는 농담을 받았다. 레녹스 씨는 형이 어찌하여 마거릿의 미모가 예전 같지 않다는 말을 했는지 의문스러웠다. 차분한 검은 드레스 차림의 마거릿은 이디스와는 확실히 대조적이었다. 이디스는 팔에는 하얀색 크레이프 상장(喪章)을 차고 온통 반짝거리는 부드러운 긴 금발을 늘어뜨리며 나풀거렸다. 그녀는 벨 씨에게 소개되자 얼굴에 보조개가 패며 아주 제대로 수줍어했다. 이는 미인이라는 평판을 유지해야 하는 것도 있었고, 비록 한 번도 들어본 적 없는 대학의 연로한 연구원의 외양을 하고 있지만, 숭배를 거부하는 모르드개*를 만들면 안 되겠다는 걸 의식했기 때문이다. 쇼 부인과 레녹스 대위는 나름의 방식으로 벨 씨를 진심으로 따뜻하게 맞이하면서 그의 마음을 얻었고, 그는 자신도 모르게, 특히 마거릿이 그 집안에서 딸이

자 자매로서의 자리를 참으로 자연스럽게 차지하고 있는 모습을 목격하자 그들에게 호감을 갖게 됐다.

"저희가 외출했을 때 오셔서 환영해드리지 못한 게 못내 아쉬워요." 이디스가 말했다. "헨리, 당신도요! 그래도 도련님을 맞이하려고 집에 그냥 있었어야 했는지는 잘 모르겠어요. 하지만 벨 씨라면! 마거릿의 벨 씨라면……"

"뭔들 희생하지 않았겠습니까." 그녀의 시동생이 말했다. "만찬 파티는 물론이고! 이렇게 멋진 드레스를 입는 즐거움까지 말입니다."

이디스는 인상을 찌푸려야 할지 웃어야 할지 알 수 없었다. 하지만 레녹스 씨는 그녀의 맘을 상하게 할 의도는 없었기 때문에 말을 계속 이어갔다.

"형수가 희생할 준비가 되어 있다는 걸 내일 아침 보여주시겠습니까? 우선은 절 아침 식사에 불러서 벨 씨와 만나도록 해주시고, 다음으로는 10시 대신 9시 반에 식사를 준비시키는 겁니다. 헤일 양과 벨 씨가 보고 싶어 하는 편지와 문서들을 제가 갖고 있습니다."

"벨 씨는 런던에 계시는 동안 저희 집을 제집처럼 생각해주십시오." 레녹스 대위가 말했다. "침실을 제공해드릴 수 없다는 게 참으로 유감스러울 뿐입니다."

"고맙습니다. 아주 고마워요. 만약 침실을 제공했더라면 분명 날 무례한 사람으로 여겼을 겁니다. 왜냐하면 이렇게 유쾌한 사람들하고 지낼 수 있는 유혹에도 불구하고 대위의 호의를 거절했을 테니 말입니다." 그

---

* Mordecai: 성경(「에스더」 3장)에 나오는 인물. 모르드개는 아하수에로 왕의 총신 하만에게 허리 굽혀 절하기를 거부하고, 이 때문에 아하수에로 왕이 유대인 종족의 씨를 말리겠다고 위협하게 된다. 벨 씨를 모르드개에 비유하고 있다.

가 빙 돌아가며 일일이 절을 하면서 말했고, 그럴싸하게 둘러낸 말에 혼자 뿌듯해했는데, 쉬운 말로 옮겨본다면 아마 이런 의미쯤 될 것이다. '난 여기 이 사람들처럼 예절 바르고 공손한 말씨를 쓰는 사람들이 받는 구속을 견딜 수 없을 것이다. 그건 소금 없이 먹는 고기 같을 테니까. 여분의 침대가 없다고 하니 다행이야. 참 잘 둘러댔지! 난 훌륭한 매너의 요령을 기가 막히게 터득하고 있어.' 그는 거리로 완전히 나와서 헨리 레녹스와 나란히 걸어갈 때까지 계속 자기만족감에 빠져 있었다. 이때 갑자기 자신에게 좀더 있어달라고 간청하던 마거릿의 표정이 떠올랐고, 그러면서 얼마 전 레녹스 씨를 아는 사람 하나가 레녹스가 마거릿을 흠모한다는 암시를 몇 가지 주었던 것이 떠올랐다. 이로써 그의 생각은 새로이 방향을 틀었다. "헤일 양을 오래전부터 알고 지내지 않았습니까. 언제 보였습니까? 핼쑥하니 아픈 듯해서 놀랐습니다만."

"아주 건강해 보인다고 느꼈습니다. 처음 들어섰을 땐 아마 아니었나봅니다—생각해보니 그렇군요. 하지만 점점 활기가 도니까, 분명 예전 모습 그대로였습니다."

"엄청나게 힘든 일을 겪어야 했었지요." 벨 씨가 말했다.

"맞습니다! 헤일 양이 겪어야 했던 모든 일에 대해 매우 안타깝게 생각하고 있었습니다. 죽음이라는 것에서 유발되는 흔하고 보편적인 슬픔뿐 아니라 아버지의 행동으로 야기될 수밖에 없었던 모든 골칫거리들 말입니다. 그리고……"

"아버지의 행동이라니!" 벨 씨가 놀란 어조로 말했다. "뭔가 잘못된 말을 들은 모양이군요. 그 사람은 아주 양심적으로 행동했어요. 내가 이전에 칭찬해 마지않던 결단력 그 이상을 보여주었어요."

"어쩌면 제가 잘못 들었는지도 모르겠습니다. 하지만 헤일 씨의 후임

목사인, 머리가 비상하고 분별 있는 분으로 대단히 활동적인 그 목사에게 듣기로는, 헤일 씨가 성직을 포기해버리고 한 공업도시에서 개인 교습에 자신과 가족의 삶을 내맡겼던 그런 행동을 할 이유가 전혀 없었다고 했습니다. 주교께서 다른 성직을 제의했었다는 겁니다. 사실입니다. 설령 헤일 씨가 어떤 회의를 품게 됐다손 쳐도 헬스턴에 남을 수 있었으니 사직할 이유가 없었던 거지요. 하지만 사실 이 나라의 성직자들은 너무나 고독한 삶을 살고 있습니다. 제 말은 비슷한 교육 수준의 남자들과 교류하면서 스스로의 삶을 통제도 하고, 자기가 시류를 따르고 있는지 아니면 시류에 뒤처지는지를 알 수도 있는 그런 사람들과 교류하지 못하고 외딴 삶을 산다는 겁니다. 그래서 그들은 쉽사리 신조(信條)에 대한 상상적인 회의로 마음이 어지러워지고, 그들 자신의 불확실한 상상에 좋은 일을 할 확실한 기회를 포기하고 말지요."

"내 생각은 다릅니다. 성직자들이 쉽사리 불쌍한 내 친구 헤일이 했던 대로 한다고는 생각지 않습니다." 벨 씨는 속으로 울화가 치밀었다.

"아마 제가 '쉽사리'라는, 지나치게 막연한 표현을 썼나 봅니다. 하지만 그들의 삶은 확실히, 예를 들면 아주 종종 지나치게 자족적이거나 아니면 병적인 양심 상태로 빠져버립니다." 레녹스 씨가 흔들림 없는 냉정한 태도로 대답했다.

"레녹스 씨는, 예를 들어 변호사들 가운데서 자족적인 사람을 본 적이 전혀 없습니까?" 벨 씨가 물었다. "그리고 난 양심이 병적인 상태에 이르는 경우를 거의 본 적이 없는 것 같습니다." 그는 점점 더 짜증스러워지면서 불과 조금 전까지 이해했던 훌륭한 매너의 요령을 잊어가고 있었다. 레녹스 씨는 이제야 자기가 동행을 짜증나게 했다는 걸 알아챘다. 그는 같이 걸어가는 동안 무슨 말이든 하면서 시간을 보낼 생각으로 말했던 터라, 이 문제와 관련하여 자신이 택했던 정확한 입장에 대해서는 아무래도 상관이 없다는 쪽이었다. 그래서 그는 조용히 생각을 바꾸고 이렇게 말했다. "어쩌면 잘못된 관념——하지만 그건 상관없습니다——불가해한 어떤 생각 때문에 20년을 살았던 고향을 등지고, 확립된 모든 생활 습관도 포기했던, 헤일 씨 나이의 남자에게도 분명 뭔가 훌륭한 점이 있습니다. 누구든 그분을 존경하지 않을 수 없지요. 무언가 돈키호테에 대해 느끼는 듯한, 존경에 연민이 섞여 있는 그런 감정으로 말입니다. 또 얼마나 훌륭한 신사이셨는데요! 헬스턴에서 마지막으로 뵀던 날 그분이 제게 보여주었던 교양 있고 소박한 손님 접대는 결코 잊을 수 없을 겁니다."

겨우 반 정도 화는 누그러들었지만, 헤일 씨의 행동에 돈키호테 같은 이상주의적인 열정의 기미가 있음을 스스로도 알고 있다는, 어떤 거리낌 같은 걸 몹시 잠재우고 싶어 하며 벨 씨가 이렇게 외쳤다. "그렇고말고요! 게다가 레녹스 씨는 밀턴을 모르지 않습니까. 헬스턴에서 그런 데로 가다니! 헬스턴에는 가본 지가 한참 됐지만 그게 아직 그대로라는 걸 난 장담할 수 있습니다. 헬스턴은 지난 세기 동안 서 있던 기둥과 돌쩌귀가 모두 그대로지요. 하지만 밀턴은 어떻습니까! 난 거길 4~5년마다 가고, 게다가 거긴 내가 태어난 곳입니다만, 분명히 말하건대 종종 난 길을 잃습니다. 아니, 내 아버지의 농장이 있던 자리에 세워놓은 기둥이니 창고들인데도 말입니다. 여기서 갈라지는 겁니까? 자, 안녕히 가십시오. 내일 아침 할리 가에서 보도록 하지요."

45장
전부 꿈은 아니다

나 어릴 적 공기 중에 경쾌하게 떠다니던
왁자지껄 소리 어디로 가버렸나?
마지막 소리 이제 다 끝나버리고
그 소리 듣던 이들 아무도 없구나
아아! 나도 눈 감고 꿈에 들련다*
—W. S. 랜더

레녹스 씨와 나누었던 대화 때문에 깨어 있는 벨 씨의 머릿속에는 헬스턴에 대한 생각이 계속해서 떠올랐고, 밤새도록 그 생각은 그의 꿈속을 휘젓고 다녔다. 꿈속에서 그는 다시 지금 연구원직을 맡고 있는 대학의 강사였다. 때는 다시 여름방학이었고, 그는 막 결혼한, 당당한 남편이자 헬스턴의 행복한 목사인 친구와 함께였다. 조잘거리며 흐르는 개울물을 그들은 상상도 하지 못할 힘으로 뛰어넘었는데, 종일 공중에 떠 있는 상태인 것 같았다. 시간과 공간은 아니었지만, 다른 것들은 다 진짜 같았다. 모든 사건은 실제로는 있지도 않았기 때문에 실제 발생을 근거로 해서가 아니라 머릿속의 감정으로 판단됐다. 하지만 나무들은 풍성한 잎사귀에 추색이 완연했고, 꽃과 허브의 은은한 향기는 코를 달콤하게 자극했다. 앳된 아내는 잘생기고 헌신적인 남편에 대한 자부심에다 가난한 자신의

---

* 월터 새비지 랜더, 『고목에서 떨어진 마지막 과실』의 "경구 24"에서 인용.

처지에 대한 짜증이 섞여 있는 바로 그 마음으로 집 안을 왔다 갔다 했는데, 이런 사실을 벨 씨는 25년 전의 현실에서 알고 있었다. 그 꿈이 어찌나 실감 났던지, 그는 잠에서 깨자 자신의 현재 삶이 마치 꿈처럼 느껴졌다. 여긴 어딘가? 멋진 가구가 갖춰진 조그만 런던의 한 호텔이었다. 바로 좀 전에 자신에게 말을 걸고, 주변을 오가고, 자신을 만졌던 사람들은 어디 있나? 죽었다! 묻혀 있었다! 영원히 사라져서 지구가 다할 때까지 영원히 묻혀 있었다. 그는 노인이고, 바로 조금 전까지 왕성한 성년기에 취해 있었던 것이다. 철저히 고독한 자신의 삶에 대한 생각은 견디기가 힘들었다. 그는 허겁지겁 자리에서 일어났고, 두 번 다시 있을 것 같지 않은 꿈의 내용을 잊어버리려고 애쓰면서 할리 가의 아침 약속을 위해 서둘러 옷을 챙겨 입었다.

그는 레녹스가 말해주는 세부적인 내용을 전부 주의 깊게 들을 수는 없었지만, 지켜보니 마거릿은 그가 말해주는 내용에 눈동자가 커지고 입술이 파리해지고 있었다. 레녹스의 말은 하나씩 절망적으로 변했고, 아니 변한 것 같았고, 프레더릭을 방면시킬 수 있었던 모든 증언의 조각들은 마거릿의 발밑에 떨어져서 사라지고 있었다. 마지막 희망까지 사라지는 지점이 다가오자, 레녹스 씨의 잘 정돈된 직업적인 목소리마저 어조가 좀 더 부드럽고 다정해졌다. 마거릿이 이런 결과에 대해 이전에 전혀 몰랐기 때문이 아니라, 그저 계속되는 실망스러운 내용이 집요할 정도로 너무나 세세하게 제시되어 모든 희망의 불씨를 깡그리 꺼버리고 있었기 때문에, 그녀는 마침내 포기하다시피 하면서 눈물을 터뜨렸다. 레녹스 씨는 읽기를 중단했다.

"그만 읽는 게 좋겠습니다." 그가 걱정스러운 어조로 말했다. "제 제안이 어리석었습니다. 헤일 소위는" 하고 말했는데, 이렇게 오빠에게 그가 무자비하게 추방당했던 군대의 계급을 붙여주는 것만으로도 마거릿에 겐 위로가 됐다. "헤일 소위는 지금 행복합니다. 운이나 미래의 전망이 해군에 있다고 가정했을 때보다 더 안정적입니다. 게다가 아내의 나라를 본국으로 삼지 않았겠습니까."

"그거예요." 마거릿이 말했다. "그걸 유감스러워하는 제가 참 이기적 인 것 같지만," 애써 미소를 지으며 그녀가 덧붙였다. "전 오빠를 잃어버 렸어요. 그래서 전 너무 외로워요." 레녹스 씨는 서류를 넘기면서, 지금 자신이 언젠가 되리라 믿고 있는 만큼 성공한 부자였다면 얼마나 좋을까 하고 생각했다. 벨 씨는 코를 풀었을 뿐 그 외에는 침묵을 지켰고, 마거 릿은 1~2분 후 평상시의 태도를 되찾은 것 같았다. 그녀는 레녹스 씨에 게 수고를 끼친 데 대해 정중한 감사를 표했다. 그녀는 자신의 태도로 인 해 그가 자신에게 불필요한 고통을 줬다고 생각했을 수도 있겠다는 걸 깨 달았기 때문에 한층 더 정중하고 상냥했다. 그래도 그녀에게 고통이 없을 수는 없었을 것이다.

벨 씨는 그녀에게 작별을 고하려고 일어섰다.

"마거릿!" 그가 장갑을 만지작거리며 말했다. "나는 내일 헬스턴으로 내려가서 예전의 장소들을 둘러볼 생각이다. 나하고 함께 그곳에 가보지 않을 테냐? 아니면 너한테 너무 고통스럽겠느냐? 주저하지 말고 말해보 아라."

"아, 대부님." 그녀는 불렀지만 더 이상 말을 잇지 못했다. 하지만 그 녀는 통풍 있는 그의 늙은 손을 잡더니 그 손에 키스했다.

"자, 자. 그거면 됐다." 그가 겸연쩍음에 얼굴이 붉어지며 말했다. "네 이모는 날 믿고 널 내게 맡길 거야. 우린 내일 아침에 출발할 거고, 2시경 이면 거기 도착할 게다. 간단한 요깃거리를 가져가고, 저녁은 자그마한 호텔에다——아마 레너드암즈 호텔이었지?——주문해놓자꾸나. 숲으로 산책 나갔다가 돌아오면 배가 고파질 게야. 견딜 수 있겠느냐, 마거릿? 힘들 거라는 것 안다. 너나 나나 우리 둘 다에게. 하지만 적어도 내겐 기쁨이란다. 식사를 하게 될 텐데, 차려낼 게 있다면 암사슴 고기가 다겠지. 그다음엔 난 잠시 눈을 붙일 거고 넌 나가서 옛 친구들을 만나보는 거다. 난 널 무사히 데려올 거야. 철도 사고만 없다면 말이지. 그러니 출발에 앞서 천 파운드 보험을 들도록 하마. 그러면 네 이모나 사촌이 어느 정도 안심할 수 있을 거야. 그리고 난 널 금요일 점심 때 네 이모에게 데려다주마. 그러니 만약 가겠다고 한다면 지금 당장 위층으로 올라가서 그 얘기 하련다."

"제가 그걸 얼마나 원하는지는 이루 말할 수가 없어요." 마거릿이 눈물을 흘리며 말했다.

"자, 그럼 고맙다는 표시는, 앞으로 이틀 동안 너의 그 눈물샘을 말리는 걸로 증명해다오. 그렇지 않으면 네 눈물에 내 마음이 편치 않을 테니 말이야. 네가 우는 건 싫구나."

"한 방울도 흘리지 않을게요." 마거릿이 속눈썹에 맺힌 눈물을 떨어뜨리려고 눈을 깜박이며 겨우 웃어 보이면서 말했다.

"착하기도 하지. 자, 그럼 위층으로 올라가서 모든 문제를 매듭짓자꾸나." 벨 씨가 자신의 계획을 쇼 이모와 의논하는 동안 마거릿은 흥분으로 떨릴 지경이었다. 쇼 이모는 처음에는 깜짝 놀랐고 그다음엔 미심쩍은 듯 혼란스러워하더니 결국 스스로의 확신 때문이라기보다는 벨 씨 말의 기세에 굴복해버렸다. 왜냐하면 손턴 부인은 마거릿이 안전하게 돌아오고 나서, 즉 계획이 만족스럽게 이행되고 나서 '그것이 벨 씨의 친절한 배려였고 온갖 근심을 겪고 난 마거릿에게 필요한 변화를 주고 싶었던 자신의

바람과도 꼭 일치했다'고 말할 수 있기까지는 끝내 그 계획의 정당성이나
적절성에 대한 판단을 내릴 수 없을 것이기 때문이다.

46장
그때 그리고 지금*

그 옛날 행복했던 시절
용기 내어 한 번 더 떠올려봐도
내 곁에서 떨어져간 사랑하는 친구들
그립기만 하구나

하지만 진정한 우정 언제나 함께한다면
마음이 찾는 것은 마음일지니
마음속으로 우리가 지복을 찾았듯
마음속으로 나 그들과 함께하리라**
─울란트

마거릿은 약속 시간 훨씬 전에 준비를 마쳤고, 아무도 보지 않을 때 조용히 훌쩍이다가 누가 보면 환한 미소를 지어 보이는 여유까지 있었다. 그녀가 마지막으로 걱정했던 건 혹시 너무 꾸물거리다가 기차를 놓치지나 않을까 하는 것이었다. 하지만 아니었다! 두 사람 모두 정시에 도착했다. 그녀는 벨 씨의 반대편에 자리를 잡고 앉아 편하고 흡족한 숨을 내쉬었다. 그녀는 익숙한 역들을 휘익 지나쳐 갔고, 따뜻한 햇살 아래 잠자

---

* 이 장과 47장은 이 소설이 연재되었던 주간지 『하우스홀드 워즈*Household Words*』에는 없고 서적 판에 새롭게 들어가 있는 부분이다.
** 요한 루트비히 울란트(Johann Ludwig Uhland, 1787~1862), 「도강(渡江) 단상On Crossing the Stream」에서 인용.

고 있는 남부의 오랜 시골 마을과 촌락들도 바라보았다. 햇빛은 북부의 차가운 슬레이트 지붕들과 매우 다른 남부의 기와지붕에 한층 더 불그레한 빛을 던져주었다. 새끼 비둘기 한 무리가 예스레 솟아 오른 박공 주위를 빙빙 돌다가 여기저기 천천히 내려앉더니 마치 깃털 겹겹마다에 아늑한 온기를 받게 하려는 듯 반짝거리는 부드러운 깃털을 물결처럼 곤두세웠다. 역들 주변에는 사람들이 별로 없어서, 흡사 이곳 사람들은 게으른 생활이 아주 만족스러워서 여행을 하고 싶지 않은 것인가 하는 느낌마저 들게 했다. 런던에서 북서부 간을 두 번 여행하면서 마거릿이 목격했던 북적임이나 야단법석은 눈을 씻고도 찾아볼 수 없었다. 추후 이 남부 노선은 부유한 휴가 여행자들로 복작복작 활기가 넘칠 것이다. 하지만 바쁜 장사꾼들이 꾸준히 오고 가는 걸로 치자면, 이 노선은 북부 노선과 언제까지나 크게 다를 것이다. 어느 역 할 것 없이 주머니에 손을 찔러 넣고 느긋하게 서 있는 사람들이 하나 둘 정도 있었는데, 이들이 구경이라는 단순한 행위에 몹시 심취해 있었기 때문에 여행자들은 기차가 꼬리를 감추며 사라진 뒤 지켜볼 거라곤 텅 빈 선로와 헛간들, 저 멀리로 벌판 한두 개만 남으면 저 사람들은 뭘 할까 궁금해했다. 따뜻한 아지랑이가 황금색 농토 위로 넘실거렸고, 이어지는 농장들이 뒤로 밀려났는데, 농장을 하나씩 지나갈 때마다 마거릿은 괴테의 「헤르만과 도로테아」 같은 독일 목가시와 연인인 가브리엘을 애타게 찾는 롱펠로의 시 「에반젤린」이 떠올랐다. 이 백일몽에서 그녀가 깼다. 기차에서 내려 헬스턴까지 가는 마차를 타는 곳에 와 있었던 것이다. 이제 고통인지 쾌락인지 알 수가 없는 날카로운 느낌들이 그녀의 심장을 관통하고 지나갔다. 한 마일 한 마일 지날 때마다 결코 잊을 수가 없는 기억들이 그녀의 머릿속에 떠올랐고, 하나하나 기억이 떠오를 때마다 그녀는 '가버린 날들'*에 대한 형용할 수 없는 그리움에 눈물이 흘렀다. 마지막으로 그녀가 이 길을 지나간 건 부모님과 함께 이곳을 떠났을 때였다. 떠나던 그날, 떠나던 그 계절은 음산했고 그녀 스스로도 절망스러운 상태였지만 그래도 그때는 부모님이 옆에 있었다. 이제 그녀는 천애 고아였고, 부모님은 기이하게도 그녀 곁을 떠나 이 땅에서 흔적을 감추고 없었다. 햇살이 흘러넘치는 헬스턴의 길과, 굽이마다 서 있는 익숙한 나무가 예전과 똑같이 여름날의 아름다움을 뿜내는 걸 보니 마음이 아팠다. 자연은 그대로인 것 같았고, 변함없이 푸르렀다.

벨 씨는 어떤 생각이 그녀의 머릿속을 스치고 지나갈지 어렴풋이 알았기 때문에 현명한 배려 차원에서 입을 다물고 있었다. 그들은 반(半)주거 반(半)여관 형태의 레너드암즈 호텔에 당도했다. 여관은 마치 주인이 여행객들의 이용에 그다지 목을 매지 않기 때문에 길가로 나와서 여행객들의 환심을 사야 할 필요가 없다고 말하려는 듯 길에서 약간 벗어난 곳에 있었다. 여행객들이 오히려 주인을 찾아나서야 하는 형국이었다. 여관의 정면에는 마을 녹지가 조성되어 있었고, 여관 바로 앞에는 빙 둘러가며 벤치가 놓인, 태곳적부터 자리를 지켜온 라임 나무가 서 있었는데, 그 나무의 무성한 이파리들 속에 좀 가려진 채 레너드의 문장(紋章)이 매달려 있었다. 여관 문은 활짝 열려 있었지만 그 어디에서도 여행객들을 바삐 맞아들이는 기미는 찾을 수 없었다. 그들이 소지품부터 먼저 들여놓았을 수도 있는 그때 여주인이 나타나서는, 마치 초대했던 손님들이 도착하기라도 한 양 그들을 따뜻하게 맞아주면서 늦게 나와봐서 미안하다고 사과했다. 그녀는 건초 수확 시기여서 들에 나가 있는 남자들에게 식사를 내

---

* 앨프리드 테니슨의 「왕녀The Princess」 중 "눈물, 덧없는 눈물Tears, Idle Tears"의 후렴구.

보내야 했던 까닭에, 바구니를 꾸리느라 정신이 없어서 마차 바퀴 소리를 듣지 못했다고 했는데, 바퀴는 도로를 벗어난 뒤부터는 짧고 푹신한 잔디 위를 굴러갔던 것이다.

"어머, 세상에!" 양해의 말이 끝날 즈음 응접실 그늘 쪽에 있어서 볼 수 없었던 마거릿의 얼굴이 햇빛 아래 언뜻 드러나자 그녀가 이렇게 소리쳤다. "헤일 양이야. 제니," 그녀가 문간으로 가서 딸을 부르며 말했다. "이리 와봐라, 빨리 와봐. 헤일 양이야!" 그런 다음 마거릿에게로 다가가더니 엄마처럼 다정하게 마거릿의 두 손을 잡고 흔들었다.

"다들 안녕하신가요? 목사님은 잘 계시고, 딕슨 양도 잘 지내고 있나요? 무엇보다 목사님이 안녕하신지! 목사님이 떠나버린 걸 우린 못내 아쉬워했답니다."

마거릿은 아버지가 돌아가셨다는 말을 해주려고 했다. 어머니의 이름을 생략하는 걸 보니 퍼키스 부인은 어머니에 대해서는 들은 게 분명했다. 말하려고 하면서 그녀는 목이 메었고, 그저 깊은 슬픔 속에 이 말만 했다. "아빠는."

"정말요, 선생. 그럴 리가 없어요!" 이제 사실을 인식하게 된 퍼키스 부인이 믿지 못하겠다는 듯 확인하려고 벨 씨를 돌아보며 말했다. "봄에 신사 한 분이 여기 있었어요. 아마 지난겨울까지도 있었을 거예요. 그분이 헤일 씨와 마거릿 양에 대한 이야길 많이 했었는데, 헤일 부인은 돌아가셨다더군요. 애처롭기도 하지. 하지만 목사님이 아프시다는 얘긴 한 적이 없는 걸요!"

"하지만 사실입니다." 벨 씨가 말했다. "아주 갑작스럽게 세상을 떠났어요. 제가 있는 옥스퍼드에 와 있는 중에 말입니다. 훌륭한 사람이었습니다. 많은 사람이 그 친구처럼 평온하게 마지막을 맞는다면 고마운 일이라고 생각할 겁니다. 자 자, 마거릿! 저 애 아버진 제 오랜 친구였고 저 앤 제 대녀지요. 그래서 전 추억 어린 장소에 함께 내려와서 둘러보자는 생각을 한 겁니다. 그리고 전 일찌감치 퍼키스 부인이라면 우리에게 편안한 객실과 멋진 저녁을 제공해줄 거라고 확신했습니다. 기억 못하시는 것 같은데, 제 이름은 벨입니다. 목사관에 내방객이 꽉 차면 한두 번 여기 묵으면서 부인의 훌륭한 맥주 맛을 보았었지요."

"그렇군요. 죄송합니다. 보시다시피 헤일 양에게 정신을 쏟느라고 못 알아뵀습니다. 보닛을 벗고 얼굴도 씻을 수 있게 방을 보여줄게요, 마거릿 양. 바로 오늘 아침 막 꺾은 장미 몇 송이를 물동이에 거꾸로 담가놨답니다. 누군가 올지 모르겠다 싶었거든요. 그리고 한두 송이 사향장미 향이 은은하게 풍기는 샘물만큼 달콤한 것도 없어요. 목사님이 돌아가셨다는 생각을 하면! 세상에, 우리도 분명 모두 죽는 걸요. 하지만 그 신사분 말로는 목사님이 헤일 부인을 잃게 된 고통에서 상당히 회복되고 있는 중이라고 그랬어요."

"퍼키스 부인, 헤일 양을 안내해주고 나서 저 좀 보도록 하시지요. 저녁 식사 문제로 상의하고 싶습니다."

마거릿이 묵을 객실의 조그만 여닫이창은 장미와 포도 넝쿨이 온통 뒤덮다시피 하고 있었다. 하지만 창문을 밀어 살짝 더 젖히고 나니 그녀는 나무들 위로 솟은 목사관의 굴뚝을 볼 수 있었고, 이파리들 사이로 목사관 건물의 익숙한 윤곽도 알아볼 수 있었다.

"아!" 퍼키스 부인이 침대를 반듯하게 매만지며 제니에게는 라벤더 향이 나는 타월을 한 아름 가져오라고 보내면서 말했다. "시대가 변했어요, 아가씨. 새로 오신 교구 목사는 자녀가 일곱인데, 더 낳을 걸 대비해서 육아 방을 짓고 있답니다. 나무가 서 있는 저기, 예전에 공구실이 있던 자리에 말이에요. 게다가 난로의 쇠살대를 새것으로 들였고, 거실에는 판유리를 끼웠답니다. 교목님과 사모님은 사람들에게 활력을 주고 있고 좋은 일도 엄청 많이 했어요. 적어도 사람들 말로는 그래요. 만약 그런 게 아니라면, 별 이유 없이 모든 걸 완전히 뒤집어엎는다고 해야겠죠. 새 목사님은 말이죠, 아가씨, 금주가에다 치안판사랍니다. 사모님은 돈 많이 들지 않는 요리법을 많이 알아요. 이스트를 넣지 않고 빵을 만드시는 게 특기죠. 두 분 다 말이 많은데다 한꺼번에 말하니까 사실 우린 말할 틈도 없어요. 그분들이 가고 나서 좀 조용해지면 그때서야 우리 입장에서 했어야 하는 말들이 생각난답니다. 목사님은 들판에 나가 건초 작업하는 일꾼들의 깡통을 쫓아다니면서 안을 들여다볼 겁니다. 진저비어가 아니라고 야단이 날 거예요. 하지만 나야 어쩔 수 없죠. 나에 앞서 어머니와 할머니가 맛 좋은 맥아주를 건초 작업꾼들한테 보내 먹였고, 혹시 그 사람들이 병에라도 걸릴라 치면 염류나 센나 같은 하제(下劑)를 갖다 준 걸요. 그러니 난 그분들이 하던 방식까지도 계승해야만 해요. 그런데도 헵워스 부인은 나한테 약 대신, 한층 기분이 유쾌해진다면서 호두사탕을 주려고 하네요. 하지만 난 그런 게 못 미더워요. 어쩌나, 가봐야겠어요, 아가씨. 하지만 듣고 싶은 이야기가 많아요. 금방 돌아올게요."

벨 씨는 마거릿이 내려오길 기다리며 딸기와 크림, 흑빵 한 덩이 그리고 우유 한 컵을 (자신이 먹을 스틸턴 치즈 한 조각과 포트와인 한 병과 함께) 시켜놓고 있었다. 시골풍의 점심 식사가 끝나자 그들은 산책길에 나섰는데, 갈림길마다 잡아끄는 매력이 정말 많아서 어디로 방향을 잡아야 할지 알 수 없었다.

"목사관을 지나서 가볼까?" 벨 씨가 물었다.

"아뇨, 아직요. 이 길로 가서 한 바퀴 돌고, 올 때 거길 지나서 와요." 마거릿이 대답했다.

여기저기 나무들이 지난가을부터 베어져 있었다. 아무렇게나 지어, 다 무너져가던 무단 거주자의 오두막은 사라지고 없었다. 마거릿은 어느 것 할 것 없이 그 오두막들이 전부 그리웠고 그것들이 마치 옛 친구들이나 되는 양 못내 슬펐다. 그들은 그녀와 레녹스 씨가 스케치를 하던 지점을 지나갔다. 두 사람이 뿌리께 앉았던, 하얗게 번개 맞은 자국이 있는 숭엄한 너도밤나무 둥치는 더 이상 없었다. 폐허 같은 오두막에 살던 노인도 죽고 없었다. 오두막은 헐렸고 대신 그 자리에 말끔하고 괜찮은 새 오두막이 지어져 있었다. 너도밤나무가 있던 자리에는 작은 정원이 있었다.

"제가 이렇게 늙어버린 줄 몰랐어요." 잠시 침묵을 지키던 마거릿이 말했다. 그러더니 그녀는 고개를 돌리고서 한숨을 쉬었다.

"그래!" 벨 씨가 말했다. "그게 익숙한 일들 가운데 첫 변화지. 그래서 젊은이들은 시간을 그토록 오묘하다고 느낀단다. 나중에는 신비롭다는 생각을 하지 않게 돼. 난 내가 보는 모든 변화를 당연한 과정으로 받아들이지. 인간 만사의 무상함이 내겐 익숙한데, 네겐 생소하면서 부담스러운 게로구나."

"우리 어린 수전을 보러 가요." 마거릿이 벨 씨를 풀이 난 길로 끌어 숲속 빈터의 그늘로 인도하며 말했다.

"기꺼이 그러겠다만 난 수전이 누군지도 몰라. 하지만 어떤 수전이든 수전*은 어쩐지 좋게 느껴지는구나."

"어린 수전은 제가 작별 인사도 없이 떠났다고 무척 실망했어요. 제

_____

* 마리아 에지워스(Maria Edgeworth, 1768~1849)의 동화 『착한 수전 Simple Susan』의 여주인공. 정직과 인내심으로 사악한 변호사의 술책을 물리치는 긍정적 이미지의 인물이다.

가 조금만 더 애썼더라면 주지 않았어도 됐을 그런 고통을 그 애에게 주었다는 게 계속 제 양심에 걸렸어요. 근데 멀어요. 피곤하시지 않겠어요?"

"물론이다. 네가 너무 빨리 걷지 않는다면 말이다. 글쎄, 여긴 잠시 걸음을 멈추고 숨 돌릴 핑계가 될 만한 볼거리라곤 하나도 없구나. 만약 내가 덴마크의 왕자, 햄릿이라면 넌 '뚱뚱하고 가쁜 숨을 몰아쉬어도' 그런 사람과 산책하는 걸 낭만적이라고 생각하겠지. 햄릿을 생각해서 쇠약한 날 불쌍히 여겨다오."

"대부님 생각해서 천천히 걸을게요. 전 대부님이 햄릿보다 스무 배 더 좋아요."

"죽은 사자보다 살아 있는 당나귀가 더 낫다는 거냐?"

"아마도요. 전 제 감정을 분석하지 않아요."

"뭘로 만들어졌는지 꼬치꼬치 따지지 않고 날 좋아한다니 기분이 좋구나. 다만 달팽이처럼 느릿느릿 걸어갈 필요는 없다."

"잘 알겠어요. 대부님은 걷는 속도 그대로 걸으세요. 그러면 제가 따라갈게요. 제가 너무 빨리 걷는다 싶으면 움직이지 말고 명상을 하세요. 대부님이 비교 대상으로 삼으시는 햄릿처럼 말이에요."

"고맙다. 하지만 내 어머니가 아버지를 살해하고 삼촌과 결혼한 게 아니라서 뭘 생각할지 어찌 알겠니. 오늘 저녁 제대로 된 저녁을 먹게 될지 아님 못 먹게 될지 가늠해보는 일이라면 모를까. 네 생각은 어떠냐?"

"전 희망적이에요. 퍼키스 부인은 헬스턴 안에서는 요리를 잘한다는 평을 들었어요."

"하지만 온통 이 건초 말리는 작업 때문에 신경이 빼앗기고 있다는 건 생각해보았느냐?"

마거릿은 자신이 과거에 대한 생각에 너무 빠질까 봐 별 내용도 없는 얘기를 재미있게 만들어보려고 애쓰는 벨 씨의 깊은 배려심을 느꼈다. 하지만 그녀는 이 아름다운 길들을 차라리 혼자서 조용히 걷고 싶었다. 그래도 자신이 정말 혼자였기를 바랄 만큼 은혜를 모르진 않았을 것이다.

그들은 미망인인 수전의 어머니가 살고 있는 오두막에 당도했다. 수전은 보이지 않았다. 교구 학교에 가고 없었다. 마거릿이 실망스러워하니까 여자가 그 모습을 보고 사과 비슷한 말을 늘어놓았다.

"아유, 괜찮아요." 마거릿이 말했다. "학교에 갔다니 잘됐네요. 진작 그걸 생각했어야 했는데. 하지만 그전엔 부인과 같이 집에 있었잖아요."

"그래요, 그랬죠. 그러니 그 애를 보지 못해서 슬퍼요. 아는 거나마 제가 밤마다 그 앨 가르쳐줬죠. 물론 별건 아니었어요. 그러나 할 줄 아는 게 참 많은 아이였기 때문에 못 견디게 보고파요. 지금은 저와는 비교도 안 될 정도로 많이 알지요." 수전의 어머니가 한숨을 쉬었다.

"제 생각은 완전히 반댑니다." 벨 씨가 못마땅한 듯 저음으로 말했다. "제 말에 신경 쓰지 마십시오. 전 수백 년 뒤처진 사람입니다. 하지만 그 아이는 이 세상 모든 학교 수업에서 얻는 것보다 집에서 더 나은, 더 단순하면서 자연스러운 교육을 받고 있었고, 엄마를 돕기도 하고 또 매일 밤 엄마 옆에서 성경 구절도 익히고 있었습니다."

마거릿은 벨 씨의 말에 대꾸해주고 그를 고무시켜 애 엄마 앞에서 계속 갑론을박하고 싶지 않았다. 그래서 그녀는 애 엄마를 보며 이렇게 물었다.

"베티 반즈는 어때요?"

"글쎄요." 여자가 좀 짧게 대꾸했다. "우린 친하지 않아요."

"왜 그런 거예요?" 이전에 마을에서 중재자 노릇을 했던 마거릿이 물었다.

"내 고양이를 훔쳐갔어요."

"부인 거라는 걸 알고도 그랬나요?"

"글쎄요. 몰랐을 거예요."

"어머! 그게 부인 거라고 말했으면 돌려받지 않았을까요?"

"못 받아요! 태워버린 걸요."

"태우다니요!" 마거릿과 벨 씨가 동시에 소리쳤다.

"구이로 만들었다니까요!" 여자가 설명했다.

그것으로는 전혀 설명이 되지 못했다. 물어본 덕에 마거릿은 그녀로부터 끔찍한 사실을 알아냈다. 베티 반즈는 남편의 일요 예복을 빌려주면 옷이 없어진 걸 남편이 알아차리기 전인 토요일 밤까지 틀림없이 돌려주겠다는 집시 점술가의 약속만 믿고 옷을 빌려주었다. 그 옷이 제시간에 돌아오지 않자 불안해지고, 그 일에 대한 남편의 역정이 두려워진 그녀는, 야만적인 시골 미신에 따라 고양이를 끓는 물에 넣거나 산 채로 구울 때 고양이가 고통스럽게 내지르는 울음이 악귀를 물리치고 주술을 거는 사람의 소원을 들어준다는 말을 믿고서, 그 주술에 희망을 걸었다는 것이다. 수전의 어머니는 그 효험을 믿는 것 같았다. 다만 세상에 하고많은 고양이 중에 하필 자기 고양이를 골랐다는 사실에 분통이 터졌던 것뿐이다. 마거릿은 끔찍한 심정으로 이야기를 들었고, 여자의 생각을 깨우쳐주려고 부질없이 애를 써보았지만 답답한 심정으로 포기할 수밖에 없었다. 마거릿은 앞뒤가 논리적으로 들어맞는 분명한 사실을 그녀가 차츰차츰 수긍하도록 만들었다. 하지만 결국 뭐가 뭔지 종잡을 수 없는 여자는 단순히 처음의 주장만 반복했다. 말인즉슨 "그건 분명 잔인한 일이고 그렇게 하고 싶지는 않지만, 자기들이 원하는 걸 얻으려면 그 방법 말고는 없다,

그렇게 하면 된다는 말을 늘 듣고 살았다. 그렇다고 해도 매우 잔인하긴 하다"는 것이었다. 마거릿은 그만 포기한 채 상심만 가득 안고 그 집을 나와버렸다.

"네 말이 옳다고 우기지 않으니 착하구나." 벨 씨가 말했다.

"뭘요? 무슨 말이세요?"

"학교 교육에 대한 내 생각이 잘못된 걸 인정하마. 뭐가 됐든 저러한 이교도적 신앙 관습 속에서 아이가 자라도록 하는 것보다는 낫겠다."

"아! 그 말씀이세요. 불쌍한 수전! 가서 봐야겠어요. 대부님, 학교로 찾아가서 봐도 괜찮을까요?"

"물론이다. 나도 수전이 받고 있는 교육을 좀 보고 싶구나."

그들은 더 이상 별말 없이 그저 나무 그늘진 평지를 따라 걸어갔는데, 부드러운 녹음조차 무참한 설명으로 생겨났던 마거릿의 마음속 충격과 고통을 낫게 하지는 못했다. 그 설명이란 것도, 설명하는 태도에서 고통받는 동물에 대한 상상과 그에 따른 동정심 같은 건 눈곱만큼도 보이지 않았던 것이다.

그들이 학교가 서 있는 널따란 마을 공유지를 둘러싸고 있는 덤불숲에서 나오자마자 분주한 인간 벌들의 벌통에서 나오는 윙윙거림 같은, 웅얼거리는 목소리들이 들려왔다. 문이 활짝 열려 있었기 때문에 그들은 안으로 들어갔다. 여기저기 사방에서 보이던 검은색 옷차림의 활발한 여성이 그들을 알아보더니 뭔가 안주인 같은 태도로 그들을 맞이했다. 마거릿은 낯선 방문객들이 학교를 둘러보려고 어슬렁거릴 때, 단지 좀더 상냥하고 느긋한 태도였긴 했지만, 어머니가 늘 보여주시던 안주인의 태도가 떠올랐다. 그녀는 이 여인이 현 교목의 아내, 자기 어머니의 후임자라는 걸 즉시 알았다. 그래서 만약 할 수만 있었다면 그녀는 이 여인과 마주치는 걸 피했을 것이다. 하지만 그녀는 곧 이런 감정을 떨친 뒤, 자신을 알아보는 초롱초롱한 눈망울들과 마주치며, "헤일 양이야"라며 여럿이 속닥이는 소리를 들으면서 얌전하게 앞으로 나섰다. 목사의 아내도 이 이름을 듣더니, 이내 태도가 좀더 부드러워졌다. 마거릿은 그 태도가 또한 점점 더 선심 쓰는 듯 느껴지는 걸 피할 수 있기를 바랐다. 목사의 아내가 벨 씨에게로 손을 내밀며 이렇게 말했다.

"이분은 아버지시죠, 헤일 양. 닮은 걸 보니 알겠어요. 만나뵈서 반갑습니다, 선생님. 저희 목사님도 반가워하실 거예요."

마거릿이 벨 씨는 아버지가 아니라고 설명하면서 아버지가 돌아가셨다는 사실을 더듬거리며 말했다. 그러면서 만약 목사 아내의 추측대로, 그게 헤일 씨였다면 그가 헬스턴을 다시 찾는 걸 과연 견뎌낼 수 있었을까 하고 줄곧 궁금해했다. 그녀는 헵워스 부인이 뭐라고 하는지 듣지 않고 대답은 벨 씨에게 일임한 채, 그동안 자신은 아는 얼굴들을 찾아 주위를 두리번거렸다.

"아! 수업을 해보고 싶은 거로군요, 헤일 양. 말하지 않아도 알겠어요. 1학년은 일어나도록 합니다. 헤일 양과 함께 문장 분석 수업을 할 거예요."

시찰하려는 마음에서가 아니라 향수 때문에 방문했던 딱한 마거릿은 어쩔 수 없다는 생각이 들었다. 하지만 어쨌든 한때 잘 알았고, 또 아버지에게서 엄숙한 세례식도 받았던 똘망똘망한 어린 얼굴들과 마주하면서 그녀는 앉았고, 변해버린 소녀들의 모습을 반쯤 얼이 빠진 채로 더듬어보더니 1학년생들이 수업하려고 책을 찾는 동안 다른 사람들이 눈치채지 못하게 수전의 손을 1~2분 정도 잡았다. 한편 목사의 아내는 단추가 잡힐 만큼 최대한 벨 씨 옆에 바싹 붙어 서서 장학관한테 했듯이 그에게 말을 걸며 음성 체계에 대한 설명을 했다.

마거릿은 고개를 숙이고 책을 보았으나 아무것도 눈에 들어오지 않았고, 다만 웅웅거리는 아이들의 목소리만 들려왔다. 그리고 지난날들이 떠오르면서 그것에 생각이 미치자, 그녀의 두 눈에 눈물이 가득 맺혔다. 순간 잠시 조용해졌고, 한 소녀가 간단해 보이는 'a'를 뭐라고 불러야 할지 몰라서 자신 없이 더듬거리고 있었다.

"a는 부정관사란다." 마거릿이 부드럽게 말했다.

"미안하지만," 목사의 아내가 신경을 곤두세우며 말했다. "밀솜 선생님이 'a'를 무엇이라고 했는데, 누구 기억나는 사람?"

"절대형용사." 대여섯 명의 아이가 한목소리로 말했다. 마거릿은 붉어진 얼굴로 앉아 있었다. 아이들이 그녀보다 아는 게 더 많았다. 벨 씨는 미소를 지으며 슬쩍 고개를 돌렸다.

마거릿은 수업 시간에 더 이상 말하지 않았다. 하지만 수업이 끝나자 그녀는 잘 아는 아이들 한둘에게로 조용히 다가가서 몇 마디 말을 걸었다. 아이들은 이제 어엿한 소녀들로 자라고 있었고, 3년 동안의 부재로 그녀가 아이들의 눈앞에서 사라져가고 있었던 것처럼 아이들의 급속한 성장 속에서 그들에 대한 그녀의 기억들도 잊혀가고 있었다. 여전히 그녀는 그 애들을 전부 다시 보게 되어 반가웠지만 그 기쁨 속에는 일말의 슬픔 같은 것이 섞여 있었다. 하루의 수업이 모두 끝났을 때는 아직 이른 여름 오후였다. 그리하여 헵워스 부인은 마거릿과 벨 씨에게 목사관으로 같이 가서 현 목사가 진행하고 있는 '변경된 모습' —— '개선된 모습'이라는 말이 거의 입에서 튀어나올 뻔했지만 좀더 조심스러운 단어로 고쳐서 —— 을 보고 가라고 제안했다. 마거릿은 옛집에 대한 애틋한 그리움에 역행하는 '변경'에는 눈곱만큼도 관심이 없었다. 하지만 뻔히 느껴지는 고통 때문에 온몸이 떨리면서도 옛집은 꼭 한 번 더 보고 싶었다.

목사관은 안팎 할 것 없이 아주 많이 바뀌어서 실제의 고통은 그녀의 예상보다 크지 않았다. 예전 같지 않았던 것이다. 이전에는 참으로 섬세하게 가꾸어졌던 곳이라 살짝 삐져나온 장미 이파리조차 티 없이 정리된 부지 위의 오점 같아 보였던 정원, 그 잔디밭 정원은 이제 아이들의 물건들로 어지럽게 흐트러져 있었다. 구슬 주머니와 굴렁쇠가 여기저기에 있었고, 못 삼아 밀짚모자를 걸어놓은 장미 나무는 가지가 아래로 처지면서 꽃송이가 여럿 달린 아름다운 긴 가지가 상해 있었다. 예전 같았으면 그 가지는 조심스럽게 바로 세워졌을 것이다. 매트를 깔아놓은 작은 사각형 방에는 즐겁게 뛰노는 아이들의 흔적으로 가득했다.

"아!" 헵워스 부인이 탄성을 쏟았다. "어질러져 있는 걸 이해해주세요, 헤일 양. 육아 방이 다 지어지면 정리를 좀 시킬 생각이에요. 지금 육아 방을 짓는 데가 아마 헤일 양의 방이었을 거예요. 육아 방 없이 어떻게 살았어요?"

"우린 둘뿐이었어요." 마거릿이 말했다. "아이가 많으시죠?"

"일곱이랍니다. 여길 보세요! 우린 이쪽 길로 창문을 하나 내고 있어요. 목사님은 이 집에다 말도 못하게 많은 돈을 쏟아붓고 있답니다. 하지만 처음 여기 왔을 때는 거의 사람이 살 수 없는 수준이었죠. 물론 우리 같은 대가족에게는 말이에요." 헵워스 부인이 말하는, 이전에 헤일 씨가 쓰던 서재, 헤일 씨가 말했듯 녹음이 서린 어둠과 기분 좋은 정적이 명상의 습관에 이바지했지만 어떤 면에서는 행동보다 사고에 더 적합한 성격을 형성하는 데 일조했던 그 방 말고도, 모든 방이 바뀌어 있었다. 새 창으로는 길이 보여서 헵워스 부인의 말대로 장점이 많았다. 거기서는 어슬렁거리는 목사의 양 떼가 보였는데, 그들은 누구의 눈에도 띄지 않기를 바라면서 구미를 자극하는 맥줏집을 향하고 있었지만 실제로는 눈에 띄지 않을 수가 없었다. 적극적인 성격의 목사가 아주 진지한 설교문을 작성하는 동안에도 모자와 지팡이는 언제라도 집어 들 수 있게 가까이에 두고 길에서 눈을 떼지 않은 채 있다가 여차하면 교구민 뒤를 힘차게 쫓아갔기 때문이다. 그러니 교구민들이 술을 입에도 대지 않는 목사에게 잡히지 않고 '졸리 포레스터' 술집으로 몸을 숨기려면 날쌘 두 다리가 필요했다. 목사의 가족은 모두가 동작이 빨랐고 활발했으며 목소리도 크고 정도 많았다. 그리고 다른 사람들이 자신들을 어떻게 보는지에 대해선 그다지 신경 쓰지 않았다. 마거릿은 벨 씨가 특히 자신의 취향에 거슬리는 모든 걸 표현하기에 적당하다고 생각하는 감탄의 말로 헵워스 부인에게 말장난을 하고 있다는 걸 그녀가 알아차릴까 봐 두려웠다. 하지만 그녀는 알아차리지 못했다! 그녀는 모든 말을 곧이곧대로, 아주 진지하게 받아들였기 때문에 마거릿은 목사관을 천천히 벗어나 여관으로 향하면서 벨 씨에게 불평하지 않을 수가 없었다.

"너무 그러지 말아라, 마거릿. 다 널 생각해서였다. 헵워스 부인이 바뀐 데를 보여줄 때마다 이것저것 정말 좋아질 거라고 느끼면서, 자기네들이 더 잘났다는 식으로 그렇게 대놓고 우쭐대지만 않았어도 난 좀더 예의 바르게 행동했을 게다. 하지만 계속 설교를 해야겠다면 저녁 식사 끝날 때까지 계속해다오. 네 설교를 들으면 잠도 오고 소화에도 도움이 될 게야."

두 사람은 피곤했고 마거릿 본인은 더 그랬으므로, 그녀는 처음 마음먹은 대로 어린 시절 집 근처의 산야로 다시 산책하러 갈 마음이 내키지 않았다. 그리고 어쩐지 헬스턴까지의 이 방문은 그녀가 기대했던 전부가—정확히 그녀가 기대했던 그것이 아니었다. 모두 변해 있었다. 약간

씩이었지만 구석구석 변하지 않은 데가 없었다. 가족 구성원들 안에서도 출가나 죽음 혹은 결혼, 아니면 날이 가고 달이 가고 해가 가면서 생긴 자연적인 변동에 따른 변화가 있었는데, 이런 세월의 변화에 따라 우리는 어느새 유년시절에서 청춘으로 옮아가고, 그 뒤 장년기를 거쳐 나이가 들면서 과일처럼 완전히 익게 되고, 그 자리에 떨어져 조용한 대지의 품에 묻히는 것이다. 장소들도 변해 있었다. 여기 있던 나무, 저기 있던 나뭇가지가 사라지면서 전에 빛이 들어오지 않던 곳에 긴 햇빛이 들어오고 있었다. 길은 다듬어져서 좁아져 있었고 옆으로 나 있던 푸른 오솔길은 방책이 둘러쳐진 재배지가 되어 있었다. 소위 개선이라는 것이었다. 하지만 마거릿은 옛날의 운치, 예전의 짙고 푸르렀던 노방(路傍)이 그리워 한숨을 쉬었다. 마거릿은 창문가의 높다란 등받이 벤치에 앉아 밤의 그림자들이 차츰 늘어나는 걸 우울하게 지켜보고 있었다. 그 그림자들은 그녀의 수심 어린 생각과 잘 어울렸다. 벨 씨는 여느 날과는 달리 하루 종일 몸을 썼기 때문에 깊은 잠에 빠졌다. 이윽고 그는 볼이 불그레해진 시골 소녀가 들고 온 차 쟁반 소리에 잠을 깼는데, 소녀에게는 요즘 건초 작업하는 들판에서 시중드는 평상시의 일과는 좀 다른 일이 걸린 것 같았다.

"이보시오! 거기 누가 있는가! 여긴 어디지? 거기 누구요? 마거릿이냐? 아, 이제 전부 기억나는구나. 도대체 어떤 여자가 무릎 위에 두 손을 포개고 앉아 애절한 표정으로 앞만 뚫어지게 보고 있나 했구나. 뭘 보고 있었던 게냐?" 벨 씨가 창가로 오면서 묻더니 마거릿 뒤에 섰다.

"아무것도요." 그녀가 급히 일어나면서 이내 아주 밝은 목소리로 말했다.

"그래, 아무것도 없구나! 나무 몇 그루가 있는 황량한 뒷마당, 들장미 울타리 위에 널린 하얀 리넨 몇 장, 그리고 살랑살랑 불어대는 눅눅한 바람이 있군. 창문 닫고 이리 와서 차나 만들어다오."

마거릿은 잠시 말이 없었다. 그녀는 벨 씨가 하는 말에 특별히 주의를 기울이지 않고 티스푼을 만지작거리면서 앉아 있었다. 그는 마거릿의 말에 반박했던 것인데, 그녀는 마치 그가 자신의 말에 동의라도 한 듯 그가 하는 말에 미소를 지었다. 그러더니 그녀는 한숨과 함께 스푼을 내려놓으면서 난데없이 목소리를 높여 말하기 시작했다. 일반적으로 뭔가 하고 싶은 말을 한동안 생각해왔음을 보여줄 때 나오는 그런 목소리였다. "대부님, 지난밤에 우리가 프레더릭 얘기한 거 기억하시죠?"

"어젯밤. 내가 어디 있었더라? 아, 기억나는군! 마치 일주일 전의 일 같구나. 그래, 분명히 불쌍한 네 오빠 얘길 했지."

"그래요. 그리고 엄마가 돌아가셨을 즈음에 오빠가 국내에 있었다고 레녹스 씨가 얘기했던 건 기억나세요?" 이번에는 유난히 목소리를 낮춰 그녀가 물었다.

"기억난다. 그건 내가 처음 듣는 얘기였지."

"그런데 전, 전 아빠가 그 얘길 대부님께 말씀하셨다고 늘 생각하고 있었어요."

"하지 않았다! 한 번도 얘기한 적 없어. 하지만 그게 어떻다는 거냐?"

"그 무렵 제가 저질렀던 아주 큰 잘못에 대해 말씀드리고 싶어요." 마거릿이 갑자기 맑고 정직한 눈으로 그를 올려다보며 말했다. "제가 거짓말을 했어요." 그 말을 하고서 그녀의 얼굴은 홍당무가 됐다.

"맞다. 거짓말은 나쁘지. 인정하마. 나도 살면서 몇 번 정도는 거짓말을 했다. 너처럼 꼭 말로써는 아니었다고 해도 행동으로, 터무니없이 에두른 행동으로 사람들에게 진실을 못 믿게 하거나 거짓을 믿게 하는 거짓말은 나도 했어. 누가 사탄인지 아느냐, 마거릿? 음! 본인들은 선량하다고 생각하는 많은 사람이 거짓말이나 혼외 자식, 혹은 7촌 친척 등과 이상한 종류의 연관을 맺고 있어. 우리 모두에게는 거짓의 오염된 피가 흐르고 있단다. 너도 대부분의 사람과 마찬가지일 거라고 생각한다. 아니! 우는 거냐? 안 되겠다, 네가 이렇게 울어버린다면 이제 그 얘긴 그만 하자꾸나. 넌 네 행동을 후회해왔을 거고, 다신 거짓말을 하지 않을 테지. 게다가 이젠 지나간 일이니, 자 그만 우울해하고 오늘 밤은 마음을 밝게 가지도록 해."

마거릿은 눈물을 닦고 뭔가 다른 얘기를 해보려고 했지만 갑자기 다시 울음을 터뜨렸다.

"아, 대부님, 그 얘길 할게요. 어쩌면 대부님께서 도와주실 수 있을지도 몰라요. 아니, 도와주는 게 아니라 진실을 알게 되면 어쩌면 절 바로잡아주실 수 있을 거예요. 아니, 사실은 그 말이 아니에요." 그녀는 자신이 하고자 했던 바로 그 말을 표현해내지 못하자 절망스러워하며 이렇게 말했다.

벨 씨의 태도가 확 바뀌었다. "말해보아라, 얘야." 그가 말했다.

"얘기가 길어요. 어쨌든 오빠가 왔을 때 엄마는 위독한 상태였고 저 또한 불안과 두려움으로 완전히 쓰러질 지경이었어요. 그래서 어쩌면 제가 오빠를 위험에 끌어들였는지도 몰라요. 엄마가 돌아가신 직후 우린 위험을 알아차렸죠. 딕슨이 누군가 밀턴 사람을 만났던 거예요. 오빠를 알고 있었던 레너즈라는 사람인데, 오빠에게 원한이 있었거나 아니면 오빠의 체포에 걸린 상금이 탐이 났던 것 같아요. 새로 생긴 이 두려움 때문에 전 오빠를 서둘러 런던으로 보내는 게 좋겠다고 생각했죠. 런던에는, 대부님도 어젯밤 우리가 하던 얘기로 짐작하셨겠지만, 오빠가 재판을 받을 경우에 무죄 가능성이 어느 정도 되는지 레녹스 씨와 상의하러 가는 거였

어요. 그래서 오빠하고 저 이렇게 둘이서 기차역으로 갔어요. 어느 날 저
녁이었는데, 막 어스름이 깔리고 있었지만 누군가를 알아보거나 아님 누
군가가 우릴 알아볼 정도는 됐죠. 좀 일찍 도착했기 때문에 우린 근처 들
판으로 산책을 나갔어요. 전 이 레너즈라는 자가 어디든 우리 가까이에
있다는 걸 알았기 때문에 계속 겁에 질려 있었어요. 그런데 우리가 벌판
에 있을 때였는데, 나지막이 떨어지는 태양이 제 얼굴을 비출 즈음 누군
가 말을 탄 사람이 우리가 서 있던 벌판과 통하는 가로막의 바로 아래 도
로를 지나갔어요. 그 사람이 절 보는 걸 봤죠. 하지만 처음엔 석양 때문
에 그 사람이 누군지 몰랐어요. 하지만 이내 석양이 졌고 전 그게 손턴 씨
인 걸 보게 됐죠. 그래서 우린 서로 목례를 했어요."

"그리고 손턴 씨는 당연히 프레더릭을 보았겠지." 벨 씨가 그녀의 이
야기를 거들며 생각한 바를 말했다.

"네. 그런데 역에서 술 취한 어떤 남자가 휘청휘청 다가와서는 오빠
의 멱살을 잡으려고 했어요. 근데 오빠가 몸을 틀어서 빠져나오려고 하니
까 그 사람이 그만 중심을 잃고 플랫폼 가장자리에 떨어지고 말았어요.
멀찌감치 깊은 곳으로 떨어진 것도 아니고 그저 3피트 높이였어요. 그런
데 세상에! 대부님, 그렇게 떨어지더니 그 사람이 죽어버린 거예요."

"희한한 일일세. 그게 레너즈란 자였다는 거지. 그러면 프레더릭은
어떻게 빠져나갔느냐?"

"아아! 그 사람이 떨어지고 나서 바로 떠났어요. 그 추락으로 그 불
쌍한 사람이 그런 상해를 입을 줄 우린 꿈에도 생각 못했죠. 별거 아닌 걸
로 보였으니까요."

"그러면 그 사람은 그 자리에서 죽은 건 아니더냐?"

"네! 2~3일 정도 있다가 죽었어요. 아아, 대부님! 이제 잘못된 부

분이에요." 그녀가 초조한 듯 손가락을 서로 꼬며 말했다. "경위가 찾아와서 젊은 남자와 동행했던 적이 있지 않느냐고 추궁했어요. 그 젊은 남자가 밀었거나 쳤거나 해서 레너즈가 죽었다고 하면서요. 그건 사실이 아닌 주장이었지만, 오빠가 배를 타고 떠났다는 소식을 아직 듣지 못했을 때니까 런던에 있다가 이 죄목으로 체포되면, 오빠가 폭동 주모자로 기소된 헤일 소위라는 게 밝혀져 총살당할 수도 있는 일이었어요. 이런 생각이 한꺼번에 떠올라서 전 그게 제가 아니라고, 그날 밤 전 기차역에 가지 않았고 그 일에 대해선 아무것도 모른다고 대답했어요. 양심이고 뭐고 오빠를 구해야겠다는 생각밖에 없었거든요."

"잘했다. 나라도 똑같이 했을 게야. 다른 사람을 위하느라고 네 생각은 전혀 못했던 게지. 나도 너처럼 그러지 않았을까 싶다."

"아뇨, 대부님은 그러시지 않을 거예요. 그건 나빴고 도리를 거스르는 충실하지 못한 행동이었어요. 그러고 있을 즈음 오빤 영국을 무사히 빠져나갔고, 제가 현장에 있었다는 걸 증언해줄 또 다른 목격자가 있었다는 사실을 전 까맣게 잊고 있었어요."

"누구 말이냐?"

"손턴 씨요. 역 근처에서 절 봤다고 했잖아요. 서로 인사했거든요."

"음! 그 사람은 그 술주정뱅이의 죽음과 관련한 이런 난리법석에 대해선 티끌만큼도 모를 거다. 탐문으로는 어떤 결론도 못 내렸을 것 같은데."

"맞아요! 사인을 규명하려고 시작됐던 절차가 중단이 됐어요. 손턴 씨는 이 모든 내용을 알고 있었어요. 그분은 치안판사라서 레너즈의 사망이 추락 때문이 아니란 걸 알아냈어요. 하지만 제가 경위에게 거짓말을 했다는 걸 알고 난 뒤였죠. 아아, 대부님!" 그녀가 떠오르는 기억으로부터 몸을 숨기고 싶은 듯 갑자기 두 손으로 얼굴을 가렸다.

"손턴 씨에게 어떤 설명이든 했느냐? 본능적으로 그럴 수밖에 없었던 동기에 대해 한 번이라도 말을 했느냐?"

"본능적으로 믿음이 부족해서 빠져 죽지 않으려고 죄를 붙들었던 것 말인가요?" 그녀가 쓰라린 기분으로 말했다. "아뇨! 어떻게 제가? 손턴 씨는 프레더릭을 전혀 모르는 걸요. 그 사람에게 제대로 평가받으려고, 오빠의 무죄를 입증할 기회와 관련된다고 여겨졌던 우리 집안의 비밀을 말했어야 하는 건가요? 오빠가 마지막으로 이른 말이 자기가 왔다는 사실을 모두에게 비밀로 해달라는 것이었어요. 아시다시피 아빠도 대부님에게 까지 비밀로 하셨잖아요. 그럴 순 없죠! 수치심은 견딜 수 있었어요. 적어도 생각은 그렇게 했죠. 전 수치심을 견뎠어요. 손턴 씨는 그 뒤로 절전혀 존중하지 않았어요."

"널 존중하고말고." 벨 씨가 말했다. "확실히 그 말을 들으니 좀 설명이 되는구나. 손턴 씨는 널 항상 높이 평가하지만, 이제야 난 그 사람이 왜 그렇게 미심쩍어 했는지 이해가 돼."

마거릿은 잠자코 있었고, 이어지는 벨 씨의 말에 주의를 기울이지 않았다. 의미가 하나도 와 닿지 않았던 것이다. 좀 있더니 그녀가 말했다.

"저에 대해 좀 미심쩍어 했다는 게 무슨 의미인지 말씀해주실 수 있으세요?"

"아! 그냥, 널 칭찬할 때 맞장구를 치지 않아서 기분이 좀 상했었지. 나이 먹으면 바보가 되듯 다른 사람들도 모두 나처럼 생각하는 줄 알았던 거야. 근데 그 사람은 내 생각에 동조하지 못하는 것 같더구나. 그때 난 얼떨떨한 기분이었다. 하지만 그 일에 대한 해명을 조금도 못 들었다면 손턴 씨가 당혹스러웠던 건 당연해. 무엇보다도 다 저녁에 네가 젊은 남자와 걷고 있었으니 말이다."

"하지만 오빠였던 걸요!" 마거릿이 놀라서 말했다.

"맞다. 하지만 그 사람이 그걸 알 도리가 있을까?"

"글쎄요. 그런 건 전혀 생각해보지 않았어요." 마거릿이 기분이 상한 듯 얼굴을 붉히며 말했다.

"어쩌면 그 사람은 그 위증 말고 다른 생각은 절대 하지 않을지도 몰라. 그런 상황에서 위증은, 내 감히 말하지만, 어쩔 수 없는 일이야."

"그렇지 않아요. 이제 알겠어요. 전 위증을 정말 후회하고 있어요."

오랫동안 침묵이 흘렀다. 마거릿이 먼저 말했다.

"다시는 손턴 씨를 보지 못할 것 같아요." 그러더니 그녀가 말을 멈추었다.

"세상에는 안 그럴 것 같은 일도 많이 일어난단다." 벨 씨가 대꾸했다.

"하지만 전 절대 볼 수 없을 것 같아요. 어쨌거나 손턴 씨의 평판을 잃어버린 저처럼 친구의 평판을 그런 식으로 잃어버리고 좋아할 사람은 아무도 없어요." 그녀의 눈에는 눈물이 그렁그렁 맺혔지만 목소리는 차분했는데, 벨 씨는 그런 그녀를 쳐다보지 않았다. "이제 오빠가 모든 희망을, 무죄를 입증해서 고국에 돌아오겠다는 모든 바람을 포기하다시피 했으니, 이 모든 게 설명이 되면 전 제대로 평가받을 수가 있어요. 대부님이 만약 그러실 수 있다면, 그럴 기회가 있다면, (억지로는 말고요) 다만 하실 수 있다면 손턴 씨에게 이 모든 상황을 말하고 제가 대부님께 그렇게 하시도록 청했다고 말해주시겠어요? 비록 우리가 다시 만날 것 같지는 않지만 아빠를 생각해서 손턴 씨의 평판을 잃고 싶지 않기 때문이에요."

"물론이다. 그 사람도 알아야 한다고 생각한다. 난 네가 조금이라도 부도덕한 행동을 했다는 의심을 받는 게 싫구나. 그 사람은 젊은 남자와 단둘이 있는 널 목격한 걸 어떻게 생각해야 할지 모를 거야."

"그거라면," 마거릿이 좀 도도한 태도로 말했다. "전, 그걸 죄악이라고 생각하는 사람이 부끄러워해야 한다는 쪽이에요. 하지만 어쨌든 쉽게 해명할 수 있는 자연스러운 자리가 마련된다면 전 그 상황이 해명되길 바랄 겁니다. 하지만 손턴 씨가 사실을 알게 되길 바라는 건, 부도덕한 행동을 했다는 저에 대한 털끝만큼의 의심이라도 털어내고 싶어서가 아니에요. 만약 제가 손턴 씨가 절 의심했다고 여긴다면 그분의 좋은 평가 따윈 신경 쓰지 않을 테니까요. 아뇨! 그건 제가 어찌하여 위증의 유혹을 받았는지, 제가 어찌하여 그런 올가미에 걸려들게 됐는지, 말하자면 왜 위증을 했는지 그 이유를 그가 알 수 있지 않을까 해서예요."

"네가 그러는 것도 무리는 아니다. 절대 널 편애해서 하는 말은 아니야."

"시시비비에 대한 다른 사람들의 생각은, 위증이 잘못이라는 데 대한 저 자신의 충분한 인식과 내면적인 확신에 비하면 아무것도 아녜요. 하지만 이제 그 얘긴 그만했으면 좋겠어요. 끝난 일이에요. 이미 엎질러진 물인 걸요. 이제 그 일에서 벗어나, 할 수 있다면 영원히 진실하게 살아가는 수밖에 없어요.

"그렇고말고. 만약 그 일에 대해 언짢고 소름 끼치는 기분을 느끼고 싶다면 그러려무나. 난 항상 내 양심을 마치 깜짝 상자를 봉하듯 꼭꼭 봉해놓는단다. 그게 세상 밖으로 튀어나오면 그 엄청난 크기에 내가 질겁하게 될 거라서 말이야. 그러니까 마치 어부가 지니를 구슬렸듯이 난 내 양심을 다시 구슬리지. '근사해. 너, 그 좁은 데서 그렇게 오랫동안 감춰져 있어서 난 너라는 존재가 있는 줄도 모르고 있었지 뭔가. 그러니 이봐, 눈 깜짝할 새 끝 간 데 없이 커져서 날 놀래지 말고 예전 크기로 도로 쪼그라들지 않겠나?' 그래서 난 내 양심을 집어넣고 단지의 뚜껑을 확 닫은 뒤 다시는 그런 식으로 뚜껑을 열지 않도록 조심을 한단다. 지니를 단지 속에 가두었던 지혜의 왕 솔로몬을 거역하지 않도록 말이지."

하지만 그 얘긴 마거릿을 전혀 웃게 하지 못했다. 벨 씨의 말은 그녀의 귓등으로 지나갔다. 그녀의 머릿속에는 이전에 생각해본 적은 있지만 이제 강한 확신으로 자리 잡은 어떤 생각, 손턴 씨는 더 이상 자신을 예전처럼 높이 평가하지 않는다, 손턴 씨는 자신에게 실망하고 말았다는 생각이 스쳐 지나갔다. 그 어떤 해명도 자신에게 예전의 자리를 되돌려주지는 못할 것 같았다. 그의 사랑을 말하는 게 아니었다. 그의 사랑과 그 사랑에 대한 자신의 화답이라면 아예 생각하지 않기로 작정했고, 그 결심을 굳게 지켰다. 그것은 사랑이 아니라,

　　　몸을 돌려 돌아보네
　　　내 이름을 부르는 소리 들리면*

제럴드 그리핀의 아름다운 이 시구처럼 자신의 이름을 들었을 때 손턴 씨가 기꺼이 돌아볼 수 있기를 바라는, 자신에 대한 그의 존경심을 말하는 것이었다.

그녀는 이 생각을 하는 동안 내내, 울컥하는 감정을 계속 꼭꼭 눌러 삼켰다. 그녀는 그가 자신에 대해 어떤 상상을 하든 자신의 본모습에는 변함이 없다는 생각으로 위안을 삼아보려 했다. 하지만 그건 뻔한 소리에

---

* 제럴드 그리핀(Gerald Griffin, 1803~1840), 「그대 기억 속의 장소A Place in Thy Memory, Dearest」에서 인용.

허황된 상상이었고, 그 상상은 그녀가 느끼는 회한의 무게를 이기지 못하고 무너졌다. 그녀는 벨 씨에게 묻고 싶은 수많은 말이 혀끝에서 맴돌았으나 하나도 묻지 못했다. 벨 씨는 그녀가 피곤해하는 것 같아서 일찍 잠자리로 보냈다. 그녀는 방으로 가 열린 창문가에서 오랜 시간 앉아 푸르스름하게 물든 하늘을 응시했다. 그 하늘 위로 별들이 떠오르더니 반짝거렸고 마침내 우거진 녹음 뒤로 사라졌는데, 그때까지 그녀는 잠자리에 들지 못했다. 땅 위에서는 작은 불빛이 역시 밤새도록 빛나고 있었는데, 새 육아 방이 지어질 때까지 현재 목사관 아이들의 육아 방이 되어 있는, 그녀의 어린 시절 침실에서 타고 있는 촛불이었다. 변했다는 느낌, 자신은 아무것도 아니라는 느낌, 그리고 당혹스럽고 실망스러운 느낌에 마거릿은 무력감이 들었다. 아무것도 똑같지 않았다. 이렇게 구석구석 조금씩 변한 것이 그녀가 하나도 못 알아볼 정도로 완전히 변했을 경우보다 더 큰 고통을 안겨주었다.

'이제야 난 천국이 어떤 곳인지 알겠어. 오! 거룩하고 평온한 이런 말씀들도 이제 알겠는걸. "어제도 오늘도, 그리고 영원히 똑같으리." 영원히! "영원부터 영원까지* 주는 하나님이시니이다." 머리 위의 하늘은 마치 변할 수 없을 것 같은데도 변하지. 난 지쳤어. 누구 하나, 그 어떤 곳도 날 지켜주지 않는 인생만사 속에서 어지럼증을 느끼는 데 신물이 나. 이건 마치 속세의 번뇌를 짊어진 제물들이 끊임없이 회전하는 원형지옥** 같아. 내가 가톨릭 신자라면 수녀가 되고 싶은 기분이야. 난 세속적인 단조로움에서 천상의 불변을 구하고 있어. 만약 내가 가톨릭 신자라

---

* 「시편」 90편 2절.
** 단테의 『지옥Inferno』 중 애욕의 죄를 범한 인간들이 소용돌이 속으로 내던져지는 제2옥 (獄)을 말한다.

면, 그래서 어떤 대단한 충격으로 내 심장을 꼼짝 못하게, 무디게 할 수 있다면 수녀가 될지도 모르지. 하지만 난 나와 같은 인간의 사랑을 갈구하게 될 거야. 아니야, 인간의 사랑은 안 돼. 인간에 대한 사랑으로는, 개인에 대한 사랑을 완전히 배제해버리는 수녀의 직분을 결코 만족시킬 수 없을 테니까 말이야. 아마 그래야 할 거야. 어쩌면 아닐지도 모르지. 오늘 밤엔 결정 못하겠어.'

힘없이 잠자리에 들었던 그녀는 네다섯 시간이 지난 뒤 힘없이 일어났다. 하지만 아침과 함께 희망이, 사물에 대한 좀더 긍정적인 관점이 생겨났다.

'결국은 그게 맞아.' 옷을 차려입는 동안 뛰어노는 아이들의 목소리를 들으며 그녀가 말했다. '만약 세상이 그대로라면, 세상은 퇴보하고 썩고 말 거야. 변하는 게 터무니없지만 않다면 말이지. 스스로에게서 벗어나 변한 게 너무 고통스럽다는 생각에서 물러나 보면, 내 주위의 모든 변화는 정당하고 필요한 거야. 내가 올바른 판단을 하길 원한다면, 즉 희망적이고 진실한 마음을 갖길 원한다면, 환경이 나 자신에게 얼마나 영향을 미쳤는지를 생각할 게 아니라 다른 사람들에게 얼마나 영향을 미쳤는지 생각해야 해.' 그러자 그녀는 눈가에서 입술까지 금방 미소를 지으면서 벨 씨에게 아침 인사를 하러 응접실로 내려갔다.

"아하, 아가씨군! 지난밤 늦게까지 자지 않고 깨어 있더니 아침에 늦었구나. 전해줄 소식이 하나 있다. 저녁 식사 초대를 어떻게 생각하느냐? 아침에 받았다. 말 그대로 이슬이 아직 붙어 있는 이른 아침에 말이다. 들어봐라, 목사가 학교 가는 길에 이미 여기를 들렀어. 건초 작업하는 일꾼들에게 술을 내지 말라고 여주인에게 얼마나 설교하고 싶었으면 동트자마자 여기로 왔는지는 잘 모르겠지만, 어쨌든 막 9시가 되기 전 내가 아래층으로 내려오니까 와 있었단다. 그리고 우린 오늘 식사 초대를 받은 상태다."

"하지만 이디스가 기다리고 있는 걸요. 전 못 가요." 마거릿은 핑곗거리가 있어 다행이라고 생각하며 말했다.

"그래! 안다. 그래서 목사에게 말했다. 네가 가고 싶어 하지 않을 거 같았거든. 그래도 네가 원하면 여전히 갈 수 있어."

"아, 아녜요!" 마거릿이 말했다. "계획대로 해요. 12시에 출발하는 걸로요. 초대까지 해주시다니 그분들 정말 친절하시네요. 하지만 정말 전 갈 수 없어요."

"잘 알았다. 그렇게 안절부절못할 것 없다. 내가 다 알아서 하마."

거기를 떠나기 전 마거릿은 목사관의 정원 뒤편을 살며시 둘러보면서 제멋대로 자라고 있는 인동덩굴을 좀 꺾었다. 그 전날에는 꽃을 꺾지 않았다. 사람들의 눈에 띈다면, 그녀가 그러는 이유와 그녀의 기분에 대해 이러쿵저러쿵 말들을 할까 봐 두려웠던 것이다. 하지만 그녀가 공유지를 가로질러 다시 갔을 때 그곳에는 예전의 고혹적인 분위기가 되돌아와 있었다. 거기서 들리는 일상생활의 소음은 이 세상 그 어디보다 더 음악적이었고, 햇빛은 더 밝았으며, 생명체들은 더 평화로웠고 몽환적인 기쁨으로 충만해 있었다. 마거릿은 어제의 감정을 떠올리면서 혼잣말을 했다.

'나 역시 끊임없이 변해. 지금은 이랬다가 또 나중에는 저랬다가 하지. 어젠 내가 상상했던 것과 똑같지 않다고 해서 실망하고 신경이 곤두섰는데 이제 현실이 내가 상상했던 것보다 훨씬 더 아름답다는 걸 갑자기 발견하게 됐어. 아, 헬스턴! 이 세상에서 여기만큼 사랑하는 곳은 없을 거야.'

며칠 뒤 평정이 찾아오자 그녀는 이렇게 결심했다. 헬스턴에 내려가 헬스턴을 다시 보게 되어 반가웠고 자신에게 거긴 평생 이 세상에서 가장 아름다운 곳으로 기억되겠지만, 거긴 온통 옛 추억들로, 특히 아빠와 엄마에 대한 추억들로 넘쳐났기 때문에, 이 모든 일이 다시 일어난다면 벨 씨와 함께 내려갔듯 그렇게 또다시 찾아가지는 않으리라고.

47장
무언가 결여된 것*

경험, 이해할 수 없는 화음을 내는
인내의 덜시머를 손에 든
창백한 음악가처럼
주님의 섭리의 선율은
슬프고 당혹스러운 단조를 펼친다**
— 브라우닝 부인

이즈음 딕슨이 밀턴에서 돌아와 마거릿의 하녀 자리를 차고앉았다.
그녀는 무궁무진한 밀턴의 소문들을 물어왔다. 어찌하여 마사가 결혼한
손턴 양한테 가서 살게 됐는지, 흥미로웠던 결혼식의 신부 들러리들, 드
레스들 그리고 피로연 음식들은 어땠는지, 그와 더불어 파업으로 큰 손실
을 입고 주문 계약의 불이행으로 큰돈을 물어줘야 했던 걸 감안할 때, 손
턴 씨가 그 상태에서 그렇게나 성대한 결혼식을 치른 걸 두고 사람들이
어떻게 생각했는지에 대한 것들이었다. 또한 딕슨은 밀턴 사람들이 엄청
난 부자들인 점을 생각해볼 때 창피한 일이 아닐 수 없지만 자기가 오랫
동안 아꼈던 여러 점의 가구가 얼마나 보잘것없는 가격에 팔렸는지도 말
했다. 하루는 손턴 부인이 와서 가구 두세 점을 싸게 샀고, 그다음 날

---

* 46장과 마찬가지로 이 장은 서적 판에 새롭게 추가된 것으로 『하우스홀드 워즈』에는 수록
되지 않은 부분이다.
** 엘리자베스 배럿 브라우닝, 소네트 「혼란스러운 음악Perplexed Music」에서 인용.

은 손턴 씨가 와서, 사고 싶은 가구 한두 점에 혼자 흥정을 붙이고 보는 사람들까지 즐겁게 했다고 한다. 이로써 딕슨이 지켜보았다시피, 가구 경매에서는 남는 것도 없었고 밑지는 것도 없었는데, 손턴 부인이 너무 박하게 값을 쳐주었다고 한다면 손턴 씨는 엄청 후하게 값을 쳐주었기 때문이다. 벨 씨는 편지에다 책들을 어떻게 해야 할지 상세한 지시를 써 보냈다. 그분의 말은 이해할 길이 없고 너무 까다롭더라고 했다. 만약 그가 몸소 내려왔다면 모두 괜찮았겠지만 편지글이란 늘 헷갈릴 가치가 있는 것보다 더 헷갈렸고, 언제나 헷갈릴 거라나. 딕슨은 히긴스 식구들에 대해서는 할 말이 별로 없었다. 그녀의 기억은 상류층 사람들의 생활에 치우치는 경향이 있어서 자기보다 낮은 계층의 사람들에 대한 그녀의 설명은 별로 믿을 만한 게 못 됐다. 그녀가 보기에 니컬러스는 아주 잘 지내고 있었다. 그는 마거릿 양에 대한 소식을 물으러 집에 몇 번 들렀는데, 손턴 씨를 제외하면, 마거릿의 안부를 물어본 유일한 사람이었다고 했다. 메리는? 아! 물론 아주 잘 지내고 있어요. 커다란 덩치에 통통하니 아주 칠칠치 못한 아이죠! 딕슨은 이런 말을 들었다고 했다. 아니 어쩌면 꿈인지도 모르지만—— 하긴 딕슨이 히긴스 같은 사람들 꿈을 꾼다면 이상한 일일 것이다—— 딸이 요리를 배우길 바라는 아버지 때문에 메리가 손턴 씨 공장에서 일을 시작했다는 것이다. 참 별일이었다. 마거릿은 그 이야기가 꿈에서나 있을 법할 정도로 앞뒤가 맞지 않는다는 딕슨의 말에 어느 정도 수긍했다. 어쨌든 밀턴이나, 아니면 밀턴 사람들에 대한 이야기를 하는 사람이 곁에 있다는 건 반가운 일이었다. 딕슨은 밀턴에 대한 화제를 그다지 달가워하지 않았고, 자기 인생에서 그 부분은 차라리 어둠 속에 묻어두고 싶어 했다. 그녀는 마거릿을 상속녀로 지정하겠다고 한 벨 씨의 말을 곱씹어보는 게 훨씬 더 좋았다. 하지만 어린 여주인은 그녀를 부추기지도 않았고, 느낌에서 나왔든 확신이 있어서 물어봤든, 넌지시 찔러보는 그녀의 질문에 어떤 식으로도 만족할 만한 대답을 해주지 않았다.

이즈음 내내 마거릿은 이상스럽게도 벨 씨가 용무차 밀턴을 방문했었다는 소식이 들려오길 막연히 기다리고 있었다. 그건 두 사람이 헬스턴에서 이야기할 때, 그녀가 원하는 해명은 손턴 씨에게 말로써 전달되어야 하며, 설사 전달하더라도 결코 억지로는 안 된다는 충분한 양해가 있었기 때문이다. 벨 씨는 소식을 잘 전하는 사람은 결코 아니었지만 그래도 이따금씩 마음이 내킬 때면 짧든 길든 편지를 써 보냈다. 마거릿은 그에게서 온 편지를 받아 들 때 그런 희망을 딱히 의식하지는 않았다. 하지만 매번 실망의 빛을 금치 못한 채 그의 편지를 한쪽 옆으로 치웠다. 대부님은 밀턴에 갈 계획은 없어 보였다. 어쨌든 그 얘기는 일언반구도 없었다. 글쎄! 그녀는 기다리는 수밖에 없었다. 머잖아 안개는 말끔히 걷힐 것이다. 벨 씨의 편지는 평상시의 그답지 않았다. 내용들은 짤막했고, 보통 때와는 달리 가끔씩 화가 난 듯한 어조로 불평했다. 그는 미래를 기대하고 있지 않았다. 오히려 과거는 후회스럽고 현재의 삶은 싫증이 난 것 같았다. 마거릿은 그의 건강이 좋지 않은 게 아닐까 하고 생각했다. 하지만 건강을 묻는 그녀의 질문에 대한 대답으로 그는 짤막한 서신을 하나 보냈다. 편지엔 그가 울화증(鬱火症)이라고들 하는 오래된 질환을 앓고 있는 중이며, 그게 마음의 병인지 아니면 신체의 병인지는 그녀가 판단할 일이지만, 매번 보고해야 하는 부담을 느끼지 않고 마음껏 투덜거리고 싶다고 씌어 있었다.

이 편지를 받은 뒤로 마거릿은 그의 건강에 대해 더 이상 물어보지 않았다. 어느 날 이디스가 지난번 벨 씨가 런던에 왔을 때 함께 나누었던 얘기를 우연찮게 흘렸고, 그걸 계기로 마거릿은 그가 가을에 자신을 카디스로 데려가서 오빠와 올케를 만나게 할 마음이 있다는 생각에 사로잡혔다. 그녀가 이디스에게 그 내용을 묻고 또 물어보는 바람에, 이디스는 결국 진이 빠져서 더 이상은 기억나는 게 없다고 선언해버렸다. 벨 씨가 했던 얘기라곤, 프레더릭을 찾아가서 폭동에 대해 할 말이 뭔지 직접 들어야겠다, 그렇게 하면 마거릿에게도 새언니와 친해질 좋은 기회가 될 것이다, 자기는 늘 긴 방학 동안 어디론가 여행을 갔었는데 다른 여행지와 마찬가지로 스페인에 가지 못할 이유가 없다, 뭐 그런 이야기였다는 것이다. 그게 다였다. 이디스는 마거릿이 자기들 곁을 떠나지 않기를 바랐기 때문에 이 모든 계획에 대하여 몹시 불안해했다. 그러더니 특별한 이유도 없이 울면서 마거릿이 자기를 생각하는 것보다 자기가 마거릿을 더 생각한다는 걸 알고 있다고 말했다. 마거릿은 있는 힘껏 그녀를 위로했지만, 이 스페인 계획이, 그저 하늘의 뜬구름일 수 있는 이 계획이 얼마나 자신을 매혹시키고 들뜨게 만드는지 설명하기는 거의 불가능했다. 이디스는 자기 없는 데서 향유되는 즐거움이 자신한테는 암묵적인 상처 아니면 아무리 좋게 생각하더라도 자신에 대한 무관심의 증명일 뿐이라고 생각하고 싶어 했다. 그래서 마거릿은 이 계획의 기쁨을 혼자 간직했고, 저녁 식사를 위해 옷을 갈아입으면서 흥분을 발산해도 안전할 것 같은 딕슨에게 프레더릭 도련님과 새 신부가 보고 싶지 않으냐고 물었다.

"새 신부는 가톨릭 신자 아닌가요, 아씨?"

"그럴 거예요. 오, 그래요, 확실해요!" 마거릿이 기억을 떠올리며 약간 맥이 빠져서 말했다.

"그러면 두 사람은 가톨릭의 나라에서 사는 거네요?"

"그래요."

"그렇다면 아무리 귀한 프레더릭 도련님이라고 해도, 단연코 내 영혼이 더 중할 것 같네요. 내가 개종하게 될까 봐 끊임없이 벌벌 떨지 않겠어요, 아씨."

"아," 마거릿이 말했다. "가게 될지는 아직 몰라요. 설사 간다고 해도 내가 딕슨 없이는 여행을 못할 정도의 귀부인도 아닌 걸요. 그럼요! 사랑하는 오랜 딕슨, 만약 우리가 가게 되면 딕슨은 긴 휴가를 갖는 거예요. 하지만 그럴 가능성은 한참 희박한 것 같아요."

지금 딕슨은 이 말이 마음에 들지 않았다. 첫째, 그녀는 마거릿이 특히 감정을 드러내고 싶을 때마다 비책처럼 사용하는 '사랑하는 오랜 딕슨'이라는 호칭이 싫었다. 그녀는 헤일 아씨가 자기가 좋아하는 사람들한테는 모두 일종의 애정 표시로 '오랜'이라는 표현을 쓰는 경향이 있는 걸 알고 있었다. 하지만 나이 이제 50줄에, 지금 한참 인생의 전성기에 있다고 생각하는 자신에게 이런 말을 쓸 때마다 그녀는 항상 움찔했다. 둘째, 그녀는 자기 말이 곧이곧대로 들리는 것도 싫었다. 두려움을 느끼면서도 그녀의 내면에는 스페인, 종교재판, 가톨릭의 신비에 대한 호기심이 도사리고 있었던 것이다. 그래서 마치 두려움 따위는 물리칠 용의가 있다는 듯 목청을 가다듬더니, 헤일 양에게 가톨릭 신부를 만나거나 가톨릭 성당에 가는 일이 절대 없도록 주의하는데도 자신이 개종하게 될 위험이 엄청스레 높은지 물었다. 프레더릭 도련님도 무슨 이유에선지 개종해버렸잖아요 하면서.

"오빠 무엇보다 사랑 때문에 개종하게 됐던 거 같아요." 마거릿이 한숨을 내쉬며 말했다.

"맞아요, 아씨!" 딕슨이 말했다. "글쎄! 난 신부님이고 성당이고 다 피할 수 있어요. 하지만 사랑은 살며시 찾아오는 걸요! 아무래도 가지 않는 게 좋겠어요."

마거릿은 자기가 이 스페인 방문 계획에 지나치게 빠져 있는 게 아닌가 걱정됐다. 하지만 그렇게 함으로써 그녀는 모든 사실이 손턴 씨에게 해명되도록 해야 한다는 바람에 대해서 지나치게 안달복달하며 곱씹지 않게 됐다. 벨 씨는 현재 옥스퍼드에 꼼짝 않고 머물러 있으면서 밀턴을 방문해야 하는 목전의 사무는 없는 것 같았는데, 마거릿은 그런 희망을 드러내고 싶지 않다는 무의식적인 압박감 때문에 그에게 밀턴 방문 계획이 있는지 묻는 것조차, 즉 그런 말을 비치는 것조차 자제했다. 그뿐 아니라 그가 품었다는──그저 5분 정도에 불과했겠지만──스페인 여행 계획에 대해 이디스가 말해주었던 내용을 확인하는 것도 삼가야 할 것 같았다. 그는 헬스턴에서 그 여유로웠던 여름날 내내 그 계획은 한마디도 언급하지 않았었다. 이 계획은 일시적인 상상에 지나지 않을 공산이 컸지만, 그래도 그게 사실이라면 이제 시들해지고 있는 단조로운 그녀의 생활에 얼마나 눈부신 탈출구가 되어줄 것인가.

지금 마거릿의 생활에서 큰 기쁨을 주는 것 중의 하나는 이디스의 아들이었다. 아이는 말을 잘 듣기만 한다면 엄마와 아빠의 자부심이자 놀잇감이었다. 하지만 그 아이도 나름대로 고집이 있어서, 아이가 울음을 터뜨리며 불같이 성질을 내면 이디스는 곧바로 절망감과 피로감에 빠져서 이렇게 한탄했다. "세상에, 저 앨 어쩌면 좋아! 마거릿, 핸리 좀 오라고 해줘."

하지만 마거릿은 애가 말썽 없이 얌전하게 있을 때보다 이렇게 대놓고 성질을 부릴 때를 더 좋아했다. 그녀는 조카를 방으로 데리고 가, 거기서 오롯이 둘이 결판을 지었다. 아이를 잠잠하게 할 수 있는 확실한 힘이 있으면서도 그녀는 특유의 어르고 달래는 능력을 적절히 사용함으로써, 마침내 아이는 벌겋게 눈물범벅이 된 얼굴을 그녀의 얼굴에 온통 비비면서 입을 맞추고 어루만지다가 그녀의 팔이나 어깨에 기대어 잠에 떨어지곤 했다. 그럴 때가 마거릿에게는 가장 행복한 순간이었다. 그런 순간 그녀는 자신에게는 영원히 허락되지 않을 거라고 생각한 그런 기분을 맛보았다.

헨리 레녹스 씨의 잦은 방문은 집안사람들의 일상에 새로우면서도 기분 좋은 요소를 가미했다. 마거릿은 그가 예전보다 더 명석하긴 하지만 좀더 냉정해 보인다는 생각이 들었다. 하지만 그 속에는 강한 지적 취향과 다방면에 걸친 풍부한 지식이 들어 있어서, 자칫 밋밋할 수 있는 대화에 풍미를 더해주었다. 마거릿은 형님 내외와 그들의 생활 방식을 바라보는 그의 시선이 가벼운 경멸의 빛을 띠고 있는 걸 보았는데, 그는 그들의 삶이 천박하고 무의미하다고 생각하는 것 같았다. 그는 한두 번 마거릿이 있는 데서, 형이 장교직을 완전히 내줄 심산인지를 꽤 날카로운 어조로 물었다. 마거릿은 형이 먹고살 정도의 여유는 충분하다고 대답하자 "사는 목적이 그게 답니까?"라고 말하면서 레녹스 씨가 입꼬리를 올리는 걸 보았다.

하지만 두 형제는 여느 형제들과 마찬가지로 서로 끈끈한 정을 유지하고 있었다. 한 명이 더 똑똑해서 늘 다른 한 명을 이끌고, 다른 한 명은 그것에 만족하며 참을성 있게 따라간다는 점에서 그랬다. 레녹스 씨는 변호사로서 계속 전진해나갔는데, 치밀한 계산하에 마침내 도움이 될 사람들과의 관계를 쌓아갔다. 그는 예리한 안목과 미래에 대한 예측 능력이 뛰어났고, 지적이면서 신랄했고 자부심이 강했다. 그녀는 벨 씨가 왔던 첫날 저녁 프레더릭 문제로 그와 장시간의 대화를 나눈 뒤로, 레녹스 대위 내외와의 친인척 관계상 나온 이야기 외에 더 깊은 대화를 나눠본 일이 한 번도 없었다. 하지만 이로써 그녀 쪽에서는 어색한 감정이, 레녹스 쪽에서는 자존심과 허영심에 남았던 굴욕의 증상들이 그런대로 없어졌다. 물론 그들은 계속 마주쳤지만, 그녀는 그가 자신과 단둘이 있는 걸 좀 피한다고 생각했다. 그녀는, 자신과 마찬가지로 그도, 두 사람이 의견이나 취향 면에서 예전에 가까웠던 사이가 어쩌다가 멀어져버렸다는 것을 눈치챘다고 믿었다.

그런데도 그가 몹시 능란한 화술로 혹은 훌륭한 경구들을 섞어가며 말을 하고 나면, 그녀는 찰나에 불과하지만 그의 눈이 제일 먼저 자신의 얼굴 표정을 살핀다는 기분이 들었고, 두 사람이 계속 접하게 되는 가족 간 모임에서도 그가 자신의 의견을 남다르게 —좀더 진지하게— 경청한다는 인상을 받았는데, 왜냐하면 그가 그러한 경의를 가능한 한 감추려고 했기 때문이다.

48장
"다신 찾지 못하리라"

저의 유일한, 제 아버지의 벗이시여!
당신을 떠나보낼 수가 없습니다!
전 한 번도 보여준 적 없고 당신은 결코 알지 못했습니다
제게 당신이 얼마나 소중한 분이신지
— 작자 미상

레녹스 부인이 열었던 만찬의 요소들은 대략 이러했다. 그녀의 친구들은 아름다움을, 레녹스 대위는 그날의 주제에 관한 가벼운 지식을 담당했다. 헨리 레녹스와 친구 자격으로 초대받은 몇몇 신흥 변호사는 재치와 영리함, 그리고 폭넓은 지식을 제공했는데, 그들은 현학적으로 보인다거나 빠르게 돌아가는 대화에 부담을 주는 일 없이 대화에 기여하는 방법을 잘 알고 있었다.

이러한 만찬은 유쾌했다. 하지만 이런 데서도 마거릿의 눈에는 마음에 들지 않는 점이 보였다. 모든 이의 재능, 느낌, 기예, 아니 선한 기질조차 불꽃놀이의 재료로 소진됐고 비밀스러운 신성한 불은 번쩍거림과 타닥거림 속에서 기진해버렸다. 그들은 예술에서도, 예술이 가르쳐주는 걸 배우려고 하지 않고 바깥으로 보이는 것만 곱씹으면서 그저 감각적인 면만 이야기했다. 그들은 남들 앞에서 고상한 주제들에 대한 열정을 급조해냈고 다른 사람들과 어울리지 않을 때는 그런 것에 대해 한 번도 생각하지 않았다. 그들의 감상 능력은 허비됐고, 그저 그 화제에 어울리는 단어

들만 난무했다. 어느 날 신사들이 거실로 모두 올라가버린 뒤 레녹스 씨가 마거릿에게 다가오더니 그녀가 할리 가로 다시 와서 살게 된 이후 거의 처음으로 자진해서 말을 걸었다.

"셜리가 식사 때 한 말이 마뜩치 않은 것 같았습니다."

"그랬나요? 제 얼굴이 감정을 숨기지 못하나 봐요." 마거릿이 대답했다.

"언제나 그랬지요. 감정을 드러내는 기술은 그대로였습니다."

"전," 마거릿이 서둘러 말을 했다. "잘못이라는 걸 알면서도 옹호하는 그분의 태도가 마음에 들지 않았어요. 농담이라고 해도 분명히 잘못된 건데 말이에요."

"하지만 재치가 넘쳤죠. 한마디 한마디가 어찌나 기가 막히던지! 재미있던 그 말 기억납니까?"

"네."

"덧붙이고 싶은 경멸의 말이 있으면 하십시오. 제 친구지만 주저할 것 없습니다."

"그거예요! 지금 말하는 그 말투요. 그게……" 그녀가 말을 딱 중단했다.

그는 그녀가 말을 마저 하려나 싶어서 잠시 듣고 있었다. 하지만 그녀는 얼굴을 붉히기만 하더니 몸을 돌려버렸다. 하지만 돌리기 전에 그녀는 그가 낮고도 또렷한 음성으로 이렇게 말하는 걸 들었다.

"제 말투가, 아니면 제 사고방식이 헤일 양의 마음에 들지 않는다면 솔직하게 그렇다 하시고, 제가 어떡하면 헤일 양의 마음에 들 수 있는지 알아낼 기회를 주십시오."

요 몇 주 동안 벨 씨가 밀턴에 간다는 소식은 들려오지 않았다. 그는 헬스턴에서, 조만간 밀턴에 가야 할지도 모르겠다는 얘기를 했었다. 그렇지만 마거릿은 그가 지금까지 볼일을 분명 모두 서신으로 처리했나 보다 하고 생각했다. 그래서 마거릿은 그가 되도록이면 가기 싫어하는 곳엘 가지 않으려고 피할 것이고, 구두 전달만이 가능한 해명에 자신이 부여했던 은밀한 중요성을 좀체 깨닫지 못할 거라는 걸 알았다. 그가 해명의 필요성을 느낀다는 사실을 그녀도 알고 있었다. 하지만 그게 여름이든 가을이든, 혹은 겨울이든 시기는 별로 중요하지 않을 것이다. 이제 8월인데 그가 이디스에게 말을 꺼낸 적 있다는 스페인 여행 건에 대해서는 한 마디도 언급이 없었기 때문에 마거릿은 이 환상이 점점 사라져가고 있는 현실을 받아들이려고 애썼다.

하지만 어느 날 아침 그녀는 편지 한 통을 받았다. 다음 주에 그가 런던에 올 예정이라는 것이었다. 그는 구상 중인 계획 때문에 그녀를 만나고 싶어 했다. 더욱이 그는 자신이 짜증을 낸다는 걸 알았을 때 그걸 성격 탓으로보다는 건강의 이상 신호 탓으로 돌리고 싶어 했던 마거릿의 의견을 받아들였기 때문에 자진해서 의사에게 진찰을 받을 예정이었다. 마거릿은 편지가 전반적으로 명랑한 어조를 억지로 가장하고 있다는 걸 나중에야 알아보았지만 편지를 읽을 당시에는 이디스가 지르는 탄성 때문에 주의를 빼앗겼다.

"런던에 오신다고! 세상에! 더위 때문에 진이 다 빠져서 또다시 만찬을 준비할 힘이나 남아 있는지 모르겠다. 게다가 어디로 갈지 모르는 우리 빼고는 모두 떠났잖아. 벨 씨를 만날 사람은 아무도 없을 거야."

"대부님은 네가 엄선할 수 있는 유쾌한 초대 손님들과 함께하기보다는 차라리 우리와 오붓이 식사하시고 싶어 할 거야. 게다가 만약 대부님이 몸이 좋지 않으시다면 사람들 초대하는 걸 원치 않으실걸. 마침내 아프다는 걸 인정하셨으니 다행이야. 편지의 어조를 보고 난 대부님이 분명 편찮으신 거라고 생각했어. 그런데 물어봐도 대답해주시지 않은 데다 대부님 건강에 관해 달리 물어볼 사람이 있었어야지."

"어머! 그렇게 편찮으시진 않아. 그랬다면 스페인 여행은 생각하지 않으셨을 거야."

"스페인 얘긴 일언반구도 없으셔."

"아냐! 할 말 있다고 하신 건 분명 그것과 관련된 일일 거야. 그렇지만 이런 날씨에 정말 갈 거니?"

"오! 차츰 시원해지겠지. 그렇고말고! 생각해봐! 난 그저 그 계획에 대해 외곬수처럼 집착해서 너무 많이 생각하고 바랐다는 게 걱정스러울 뿐이야. 실망하게 될 게 뻔한데. 그런 게 아니라면 말 그대로 정말 좋겠지만, 그래도 전혀 기쁘진 않을 거야."

"하지만 그건 미신적인 생각이야, 마거릿."

"미신이 아냐. 그렇게 해야만 내가 경계를 하게 되고, 정신 못 차리고 그런 희망에 넘어가지 않을 수 있어. 라헬이 야곱에게 '내게 자식을 낳게 하라.* 그렇지 아니하면 내가 죽겠노라'고 했던 일종의 그런 바람이지. 내 외침은 이런 게 될 거야. '나를 카디스로 가게 하라. 그렇지 않으면 내가 죽겠노라.'"

"마거릿! 너보고 스페인에서 살자고 할 텐데, 그럼 난 어떡하니? 어머! 여기 런던에서 너와 결혼할 사람을 찾을 수 있으면 얼마나 좋을까. 그럼 넌 확실히 내 곁에 있겠지!"

"난 결혼하지 않을 거야."

"말도 안 돼. 정말 말도 안 돼! 숄토가 말했듯이 숄토는 네가 이 집

* 「창세기」 30장 1절.

에 사람을 끌어들이는 힘이 있어서 너 때문에 많은 남자가 내년에도 여길 또 오고 싶어 한다는 걸 알고 있어."

마거릿은 도도하게 자세를 바로잡았다. "있잖아, 이디스, 어떨 때 난 네가 코르푸에서 이상한 걸 배워온 게 아닌가 싶을 때가 있어."

"말해봐!"

"좀 저속한 생각 말이야."

이디스는 아주 서럽게 울면서, 마거릿이 자기를 사랑하지 않으며, 이제 더 이상 자신을 친구로 생각하지 않는다는 격렬한 선언을 해버렸고, 이에 마거릿은 상처받은 자존심을 지킨다고 너무 심한 말을 해버렸다는 생각에 결국 그날 남은 시간을 이디스의 영(令)대로 움직이는 처지가 되고 말았다. 반면 상처 입은 감정을 이기지 못한 이디스는 피해자라도 된 양 소파에 누워서 간간이 깊은 한숨만 내쉬더니 결국 잠이 들었다.

벨 씨는 오겠다고 한 날을 미루어 두번째 약속한 날에도 나타나지 않았다. 다음 날 아침 그의 하인인 월리스가 써 보낸 편지 한 장이 도착했다. 편지에는 주인어른이 한동안 편찮았으며 런던 여행이 미루어진 건 바로 그 때문이고, 막상 런던으로 출발해야 하는 날 뇌졸중으로 쓰러지고 말았다는 말이 씌어져 있었다. 그리고 사실 의사들 소견으로는 주인어른이 밤을 넘기지 못할 것이며, 헤일 양이 이 전갈을 받을 즈음에는 주인어른은 더 이상 이 세상분이 아닐 가능성이 높다는 말이 덧붙여져 있었다.

마거릿은 이 편지를 아침 식사 시간에 받았는데, 편지를 읽으면서 얼굴이 온통 새하얘졌다. 그러더니 편지를 가만히 이디스의 손에 건네주고는 방을 나가버렸다.

이디스는 편지를 읽으면서 엄청난 충격을 받았고, 그녀가 겁에 질려 아이처럼 엉엉 우는 통에 그녀의 남편은 무척이나 곤혹스러웠다. 쇼 부인은 자기 방에서 식사 중이었던지라, 죽음이란 걸 난생처음 접해보는 듯한 이디스가 그걸 받아들이도록 만드는 과제는 사위에게 떠넘겨버렸다. 오늘 그들과 저녁 식사를 함께할 예정이었던 한 남자가 오지 못하고 대신 죽은 몸으로 누워 있다. 아니 죽어가고 있다. 그런 생각을 해보고서야 이디스는 마거릿을 떠올릴 수 있었다. 그러자 바로 몸을 일으켜 위층 그녀의 방으로 따라 올라갔다. 딕슨이 화장용품을 몇 가지 챙기고 있었고 마거릿은 계속 흐느끼면서 허겁지겁 보닛을 쓰고 있었는데, 부들부들 떨리는 손 때문에 끈을 제대로 매지 못했다.

"세상에나, 마거릿! 이런 끔찍한 일이 다 있니! 너 뭐 하려고? 나가려고 그래? 숄토가 전보를 치든지 아니면 네가 하라는 대로 할 거야."

"옥스퍼드에 내려갈래. 30분 후에 떠나는 기차가 있어. 딕슨이 같이 가겠다고 하는데 나 혼자서도 갈 수 있겠어. 대부님을 다시 봬야만 해. 어쩌면 차도가 있으셔서 옆에서 누가 보살펴드려야 할지도 몰라. 내겐 아버지나 다름없는 분인데, 막지 말아줘, 이디스."

"하지만 막아야겠어. 엄만 네 생각을 좋아하지 않으실 거야. 가서 물어보자. 가는 곳이 어떤 덴지도 모르잖아. 벨 씨가 따로 집이라도 있으면 내가 걱정하지 않아. 하지만 연구원 기숙사에 계신다면서! 떠나기 전에 엄마에게 가서 물어보자. 금방이면 될 거야."

마거릿은 양보했고, 결국 타려던 기차를 놓쳤다. 갑작스럽게 닥친 일이라 쇼 부인은 당황한 가운데 어쩔 줄 몰라 했고, 귀중한 시간은 속절없이 흘러갔다. 하지만 두 시간 후에 다음 기차가 있었다. 그리하여 적절한 행동이냐 그렇지 않으냐에 대해 여러 가지 의견이 오간 끝에, 이 행동의 적절성을 놓고 사람들이 뭐라고 입방아를 찧어댈는지는 몰라도, 혼자든 누구와 함께든 마거릿이 다음번 기차로 가겠다는 결심 하나만큼은 변함없자 레녹스 대위가 그녀와 동행하는 걸로 결정이 났다. 아버지의 친구이자 자신의 친구가 지금 죽어가고 있었다. 이 생각이 머릿속에 어찌나 생생하게 떠오르던지 독자적인 행동의 권리를 주장하면서 내보이게 된 단호한 모습에 그녀는 스스로도 놀라버렸다. 그리고 기차 출발 5분 전, 그녀는 객차 안에서 레녹스 대위의 맞은편에 앉아 있었다.

생각해보면 그곳에 갔던 것은 그녀에게 늘 위안이 되었지만, 그래봐야 간밤에 벨 씨가 사망했다는 말을 들은 게 다였다. 그녀는 그가 지냈던 방들을 보았고, 그 후로도 늘 그 방들을 아버지와 아버지에게 가장 절친했던 친구에 대한 생각과 함께 기억하면서 더없이 애틋한 심정으로 떠올렸다.

옥스퍼드로 가기 전 그들은 이디스에게, 만약 우려했던 대로 모든 게 다 끝나버린 상황이면 저녁 식사 때까지 돌아오겠다고 약속했다. 시간이 그러했기에 마거릿은 아버지가 돌아가셨던 방을 미련을 갖고 좀더 둘러보는 걸 그만둬야 했고, 유쾌한 표현과 재미있는 말재간을 만들어내던 다정한 늙은 얼굴에 조용히 작별을 고할 수밖에 없었다.

레녹스 대위는 돌아오는 길에 잠에 곯아떨어졌다. 그래서 마거릿은 눈치 보지 않고 울면서, 이 죽음의 해와 죽음이 가져온 온갖 슬픔을 떠올려볼 수가 있었다. 한 사람의 죽음을 완전히 깨닫기도 전에 다른 죽음이 찾아왔다. 그 죽음은 앞서 죽은 사람에 대한 슬픔을 대체하는 게 아니라 채 치유되지 못한 상처와 감정을 다시 열었다. 하지만 이모와 이디스의 목소리와 그녀의 귀환에 마구 기뻐하는 어린 조카의 목소리를 듣고, 그리고 불을 밝히고 있는 방들과, 창백한 얼굴로 간절하고도 슬픔 어린 관심을 보이는 아름다운 이디스를 보자 마거릿은 거의 미신과도 같은 절망감의 몽롱한 늪에서 정신을 차렸고, 그녀 주위에도 기쁨과 즐거움이 모여들 것 같은 기분을 느끼기 시작했다. 사람들이 그녀를 이디스가 앉던 소파 자리에 앉혔고, 누군가는 어린 숄토에게 이모에게 조심해서 차를 갖다 드리는 걸 가르쳤다. 그래서 옷을 갈아입으러 위층으로 올라갈 때쯤 되니 그녀는 다정한 옛 친구를 길고 고통스러운 병에서 구해주신 신에게 감사할 수 있게 됐다.

하지만 밤이, 엄숙한 밤이 찾아와* 온 집 안이 고요해지자 마거릿은 이런 여름날 저녁, 이런 시간에 아름다운 런던의 하늘을 바라보며 조용히 앉아 있었다. 지평선 주위로 깔린 따뜻한 어둠에서 발산되는 지상의 광선이 하얀 달빛 속에 평화롭게 떠가는 푹신한 구름들 위로 불그레한 빛을 반사하고 있었다. 마거릿의 방은 그녀가 유년 시절을 보냈던 방이었다. 그녀는 그때 막 사춘기로 접어들고 있었고, 감정과 의식이 처음으로 완전한 활동을 시작했었다. 지금 같은 어느 날 밤 그녀는 로맨스 소설에서 읽었던 적 있는 여주인공들처럼 용감하고 고상한 삶을, 두려움도 치욕도 없는 삶을 살겠노라고 혼자 맹세했던 적이 있었다. 그때는 의지만 있다면 그런 삶이 이루어질 것처럼 보였다. 그런데 이제 그녀는 의지뿐 아니라 간절한 기도가 함께해야 진정한 여주인공의 삶을 살게 된다는 걸 깨닫게 됐다. 자신만 믿고 있다가 그녀는 실패하고 말았다. 그건 자신이 지은 죄의 당연한 결과이므로, 그 죄에 대한 모든 변명과 그런 죄에 이끌리게 된 유혹은 자신을 저 밑바닥까지 경멸하게 된 사람에게 영원히 알려지지 않은 채 묻혀 있어야 했다. 그녀는 드디어 자신의 죄와 마주 보고 섰다. 그 죄의 진정한 실체를 자각했다. 거의 모든 인간이 모호한 행동에 대해 죄의식을 느끼며 그 행위의 동기가 죄를 고귀하게 만든다던 벨 씨의 친절한

---

* 여기서부터 이 장의 끝까지는 두번째 서적 판에서 추가된 것이다.

궤변은 그녀에게 한 번도 크게 와 닿았던 적이 없었다. 자기가 모든 사정을 알았다면 두려움 없이 진실을 말했을 거라고 생각했던 처음 생각은 비겁하고 설득력이 없어 보였다. 아니, 지금조차 벨 씨의 약속대로 손턴 씨의 눈에 자신의 정직성이 부분적으로나마 해명되어야 한다는 데 대한 조바심은, 이제 죽음을 통해 삶이 어때야 하는지를 새로이 깨우친 마당에는 아주 사소해서 생각할 가치가 별로 없었다. 그녀는 비록 세상 모든 이가 속일 작정으로 말하거나 행하거나, 혹은 아무 말 하지 않고 가만히 있다고 해도, 비록 가장 소중한 이해관계가 위태로운 상태에 놓이고 가장 소중한 이들의 생명이 위험에 처해 있다고 해도, 비록 자신에 대한 존경이나 경멸의 근거가 되는, 신 앞에 혼자 꼿꼿하게 서 있는 자신의 진실 혹은 거짓을 아는 이가 아무도 없다고 해도, 자신이 영원히 진실을 말하고 행할 수 있는 힘을 가질 수 있도록 해달라고 기도했다.

49장
평온을 맛보다

눈부신 해변 따라 그녀가 천천히 걸어간다
떠오르는 의문에 가는 길 여러 번 멈춘다
슬픔의 영향인가 참으로 고요하고 거룩하다*
—후드

"마거릿이 상속녀 아녜요?" 옥스퍼드로의 비감한 여행이 있은 뒤, 밤에 남편과 단둘이 방에 있게 된 이디스가 그에게 속삭였다. 그녀는 자기보다 훌쩍 큰 남편의 고개를 약간 아래로 당기고 자기는 까치발을 하고는 놀라지 말라고 사정한 뒤 과감히 이렇게 물었다. 하지만 레녹스 대위는 정말 깜깜 무소식이었다. 비록 그런 말을 들었다손 치더라도 그는 잊어버렸다. 조그만 대학의 연구원이 남길 게 많을 리가 없었던 것이다. 그러나 그는 마거릿이 런던에 머무는 비용을 내는 걸 절대 원치 않았을뿐더러, 1년에 250파운드라는 돈도 마거릿이 와인도 마시지 않는 걸 감안하면 터무니없이 많았다. 이디스는 산산이 부서지는 기대감과 함께 좀 실망스러운 기분으로 두 발을 바닥에 내려놓았다.

일주일 뒤 그녀가 의기양양한 태도로 남편에게로 다가가자 그는 한쪽

---

* 토머스 후드(Thomas Hood, 1799~1845), 「헤로와 레안드로스Hero and Leander」에서 인용.

다리를 뒤로 빼면서 몸을 살짝 굽혀야 했다.

"고매하신 대위님, 내가 맞고 당신이 틀렸어요. 마거릿이 변호사의 편지를 갖고 있는데, 마거릿이 잔여 재산 상속자예요. 2천 파운드가량의 유산과 현재 시세로 4만 파운드쯤 되는 밀턴의 사유지에 대한 잔여 재산에 대해서 말이에요."

"그렇군! 마거릿은 그것에 대해 어떻게 생각하고 있어?"

"아, 마거릿은 그 모든 걸 받을 줄 알고 있었던 것 같아요. 다만 그렇게 많은 줄 몰랐을 뿐이죠. 얼굴이 하얗게 질려 갖고 그게 두렵대요. 하지만 바보 같은 소리죠. 금방 괜찮아질 거예요. 엄마가 축하 세례를 마구 쏟아내도록 놔두고 난 당신에게 말해주려고 살짝 빠져나왔어요."

의견이 일치된 부분을 보니, 레녹스 씨를 차후 마거릿의 법률 자문으로 삼는 일을 극히 당연한 수순으로 여기는 것 같았다. 마거릿은 일의 형식이란 것에 전혀 무지하다 보니 거의 모든 사항에 대해 레녹스 씨에게 알아봐야 했다. 그는 그녀의 변호사를 고른 뒤 그녀에게 서명하라고 서류를 들고 왔다. 그는 수수께끼 천지인 이 모든 법의 서명과 계약 유형들을 그녀에게 가르치는 때만큼 이렇게 기쁜 적이 없었다.

"헨리," 이디스가 어느 날 목소리에 장난기를 담아 이렇게 말했다. "마거릿과의 길고 긴 이 모든 면담이 끝난 뒤 내가 기대하고 있는 게 뭔지 알아요?"

"모릅니다." 그가 상기된 얼굴로 말했다. "그리고 말하지 않았으면 합니다."

"아, 잘 알았어요. 그러면 남편한테 몬터규 씨를 집으로 너무 자주 부르지 말라는 말은 하지 않아도 되겠군요."

"좋을 대로 하십시오." 그는 억지로 침착한 태도를 유지하며 말했다.

"형수가 생각하는 일이 일어날 수도 있고 일어나지 않을 수도 있습니다. 하지만 이번엔 청혼하기 전에 내 입장부터 정리할 겁니다. 누구에게든 물어보십시오. 무례할지 모르겠지만, 형수가 끼어들면 일을 망치게 될 겁니다. 마거릿은 제게 오랫동안 쌀쌀맞았습니다. 이제야 겨우 제노비아 여왕* 같던 태도가 약간 누그러지기 시작했습니다. 마거릿이 조금만 더 이교도적이었다면 클레오파트라 같았을 거라는 말입니다."

"저로서는," 이디스가 약간 심술궂게 말했다. "마거릿이 기독교인이라서 천만다행이네요. 전 아는 기독교인이 너무 없어요!"

그해 가을 마거릿에게 스페인의 꿈은 사라졌지만, 그래도 마지막 순간까지 그녀는 어떤 운 좋은 기회가 와서 수송선을 쉬 접할 수도 있는 파리에서 프레더릭을 만날 수 있기를 바랐다. 카디스 대신 그녀는 크로머로 만족할 수밖에 없었다. 거기가 쇼 이모와 레녹스 가족의 목적지였던 것이다. 그들은 줄곧 그녀가 자신들과 같이 가길 원했고, 그 결과 그들 성격답게 마거릿이 따로 가고 싶은 데가 있는지를 굳이 물어보지 않았다. 어쩌면 크로머는 한 가지 면에서만 본다면 그녀에게 최적의 장소인지도 몰랐다. 그녀는 휴식과 함께 심신을 단련할 필요가 있었던 것이다.

사라져버린 희망들 가운데 하나는 레너즈가 불행한 사고로 죽게 되기 전 일어났던 집안 사정에 대한 간략한 실상을 벨 씨가 손턴 씨에게 말했을지도 모른다는 희망, 믿음이었다. 손턴 씨가 어떻게 생각하든, 그 생각이 그가 한때 품었던 생각에서 어떻게 바뀌었든, 그녀는 그것이 자신의 행동과 그런 행동을 할 수밖에 없었던 이유에 대한 진정한 이해에 바탕을

---

* 고대 팔미라 제국의 여왕. 남성을 능가하는 정력과 의지를 갖고 있었으며 뛰어난 미인으로 '아라비아의 클레오파트라'로 불렸다고 한다.

둔 것이었기를 바랐다. 그랬다면 그녀는 기뻤을 것이다. 생각을 하지 않기로 결심하지 않는 이상 남은 인생 내내 제대로 편할 수가 없는 그 문제에 대해 그녀는 휴식을 가질 수도 있었을 것이다. 이 모든 일이 일어난 지도 벌써 오래됐기 때문에 벨 씨의 죽음으로 인해 불가능해진 그 방법 말고는 그것들을 달리 설명할 방법이 없었다. 그녀는 다른 사람들과 마찬가지로 오해받는 걸 그저 받아들여야만 했다. 하지만 이러한 자신의 운명이 그리 드문 게 아니라고 스스로를 납득시키면서도, 그녀는 그가 언젠가, 어쨌든 죽기 전에 자신이 얼마나 흔들렸었는지를 알게 되기를 바라는 갈망으로 마음이 더욱 안타까웠다. 그녀는 그가 사실을 알게 됐다는 것만 분명해진다면, 그에게 모든 사정이 해명됐다는 말은 듣지 않아도 될 것 같았다. 하지만 이러한 바람 역시 다른 것들과 마찬가지로 속절없었다. 이러한 확신으로 스스로를 납득시키고 나서 그녀는 자신의 모든 열정과 능력을 모두 발휘하여 목전에 놓인 삶을 최선을 다해 살아가기로 결심했다.

그녀는 파도가 쉼 없이 자갈 해안에 쓸리는 걸 뚫어지게 바라보며 오랜 시간을 앉아 있곤 했다. 아니 그녀는 좀더 먼 곳의 들썩거림과 공중에 반짝이며 흩어지는 포말을 바라보며, 듣고 있다는 것도 의식하지 못한 채 계속해서 하늘로 향하는 영생의 찬미가를 들었다. 그녀는 어떻게 해서, 또 왜 자기가 위로받는지도 모른 채 위로를 받았다. 그녀가 무릎 위에 두 손을 깍지 끼고서 거기 해변 바닥에 무심하게 앉아 있는 동안 쇼 이모는 자질구레한 물건들을 사러 다녔고 이디스와 레녹스 대위는 말을 타고 해안가로, 내륙으로 두루 돌아다녔다. 보모들은 애들을 데리고 그녀 앞을 한가로이 지나쳐 갔다가 다시 지나쳐 오면서, 그녀가 몇 날 며칠 동안 뭘 찾아서 그렇게 오래 바라보고 있는지 귀엣말을 주고받으며 궁금해했다.

가족이 저녁 식사 자리에 모였을 때 마거릿이 너무 말도 없이 골똘히 혼자만의 생각에 빠져 있자, 이디스는 마거릿의 기분이 가라앉아 있다고 판단했고, 남편이 10월에 스코틀랜드에서 돌아오는 헨리를 크로머에 일주일 와 있으라고 해야겠다고 하니 아주 흡족해하며 그 제안을 환영했다.

하지만 마거릿은 생각에 잠겨 지내는 동안 줄곧 사건들의 원인과 그 사건들의 중요성을 자신의 과거 및 미래의 삶 양쪽과 관련지어 똑바로 바라볼 수 있게 됐다. 마거릿의 얼굴에서 조금씩 나타나던 자신감을 읽었거나 이해해보려고 했던 사람이라면 알았겠지만 그녀는 해변에서 시간을 그냥 흘려보낸 게 아니었다. 헨리 레녹스 씨는 그러한 변화에 깜짝 놀랐다.

"해변에서 보낸 시간이 헤일 양에게 무척이나 좋았나 봅니다." 레녹스 씨가 가족이 모인 곳에 도착한 뒤 마거릿이 방에서 자리를 먼저 뜨자 그가 말했다. "런던에 있을 때보다 10년은 어려 보입니다."

"내가 사준 보닛 덕분이에요!" 이디스가 뽐내듯 말했다. "딱 보고서 마거릿에게 어울릴 줄 알았어요."

"미안합니다만," 레녹스 씨가 이디스에게 말할 때 보통 쓰는, 경멸스러워하면서도 모든 걸 이해한다는 식의 어조로 말했다. "나도 드레스가 주는 매력과 여성에게서 나오는 매력 정도는 구분할 줄 안다고 생각합니다. 그 어떤 모자라도 헤일 양의 눈을 그렇게나 반짝거리면서도 부드러워 보이게 하지는 못할 거고, 입술을 그렇게나 도톰하고 발그레하게 만들지는 못할 것이며, 얼굴을 전체적으로 그렇게나 평온하고 밝게 만들어주지는 못할 겁니다. 뭐랄까, 굳이 말하자면," 그가 목소리를 낮추더니 말을 이었다. "헬스턴에서 보던 마거릿 헤일 같았습니다."

이때부터 야심에 찬 명민한 이 남자는 마거릿을 쟁취하는 데 총력을 기울였다. 그는 그녀의 상냥한 아름다움을 사랑했다. 그는 그녀에게 잠재되어 있는 이해력을 보았고, 그런 이해력이라면 자신이 직정한 모든 목표를 쉽사리 수용할 수도 있겠다고 생각했다. 그는 그녀의 엄청난 부는 그저 더없이 고매한 그녀의 인격과 상속녀라는 그녀의 지위의 일부에 불과하다고 생각하면서도, 그 부가 가난한 법정 변호사인 자신에게 즉각적인 출세를 가져다주리라는 사실을 충분히 인지하고 있었다. 필경 그는 그녀로부터 빚지게 될 처음의 자금에 대해 이자를 쳐서 갚아줄 수 있을 정도의 대단한 성공과 큰 명예를 얻게 될 것이다. 그는 스코틀랜드에서 돌아오자마자 그녀의 재산과 관련된 문제로 밀턴에 내려갔었다. 그는 민첩한 민완 변호사의 안목으로 언제든 만일의 사태를 알아보고 따져볼 준비가 되어 있었기 때문에, 번성일로에 있는 밀턴에 그녀가 소유하고 있는 토지와 공동주택에 매년 엄청난 부가가치가 붙고 있는 걸 보았다. 그는 의뢰인과 법률 고문 관계인 자신과 마거릿의 현 상태가 불운하고 어설펐던 헬스턴에서의 청혼 기억을 서서히 지워나가고 있는 걸 보면서 다행스러운 기분을 느꼈다. 그리하여 그는 가족 관계에서 발생하는 대화 말고도 그녀와 친밀한 대화를 나눌 수 있는 이례적인 기회를 가졌다.

마거릿은 그가 밀턴에 대한 이야기를 할 때만큼은 기꺼이 귀를 기울였지만, 그는 그녀가 남달리 알고 지냈던 사람들은 전혀 만나본 일이 없었다. 밀턴에 대해 이야기할 때 그녀의 이모와 사촌의 어조에는 혐오와 경멸이 묻어 있었는데, 그건 마거릿이 처음 밀턴에 도착하고서 자신의 느낌이 어떠했나를 떠올리면 부끄러워지는 그런 혐오감과 경멸감이었다. 하지만 밀턴의 특징과 밀턴의 주민들에 대한 레녹스 씨의 찬미는 마거릿을 능가했다. 그들의 활기, 그들의 힘, 싸우고 헤쳐 나가는 불굴의 용기와 생생한 그들의 생활상은 그의 주의를 완전히 사로잡았다. 그는 그들에 관한 화제에 결코 싫증을 내지 않았다. 그러나 밀턴 사람들이 지치지 않는 엄청난 수고의 결과물로 내놓는 수많은 것이 얼마나 이기적이고 물질적인지 레녹스가 알아채지 못하는 것 같자, 마침내 마거릿은 흐뭇한 기분을 느끼면서도 우러러봐야 하는 밀턴의 훌륭한 것들 가운데 이러한 단점이 있음을 솔직하게 지적했다. 하지만 헨리 레녹스는 그녀가 다른 주제들은 시들해하며 여러 가지를 물어도 짤막한 대답밖에 하지 않으면서, 다크셔 지방의 특징에 대한 질문에는 눈을 반짝이며 뺨에 생기를 띤다는 걸 알아차렸다.

그들이 런던으로 돌아왔을 때 마거릿은 해변에서 결심했던 사항들 중하나를 실행에 옮겨서 스스로의 삶을 주관했다. 그들이 크로머에 가기 전, 그녀는 자신이 여전히 할리 가의 육아 방에서 첫날 밤 혼자 울면서 잠들던 겁먹은 꼬마 이방인인 양, 이모가 정한 규칙에 고분고분 잘 따랐었다. 하지만 그 몇 시간에 걸친 골똘한 생각 끝에 그녀는 자신의 삶은, 자신의 삶에서 일어났던 일은 언젠가는 자신이 책임을 져야 한다는 걸 깨우쳤다. 그리고 여성에게 가장 힘든 문제, 즉 자신의 삶에서 얼마만큼을 권위에 대한 복종과 동화시킬 것인지, 얼마만큼을 독자적인 활동 영역으로 떼어놓을 것인지를 해결해보려고 했다. 쇼 부인은 사람이 더없이 좋았고 이디스는 이런 매력적인 선한 자질을 물려받았다. 마거릿이 아마 셋 중 성미가 가장 급할 것이다. 왜냐하면 마거릿은 눈치가 빠르고 상상력이 지나치게 넘쳐 판단이 빨랐고, 일찍부터 공감이 결여된 고립된 생활환경 탓에 자존심이 있었기 때문이다. 하지만 그녀에게는 말로는 설명하기 어려운, 아이 같은 천진스러움이 있었고, 그 때문에 드물게 고집을 부릴 때조차 그녀에게서는 옛날부터 거부할 수 없는 태도가 풍겨 나왔다. 그런데 이제 사람들이 행운이라고 부르는 것에서조차 깨달음을 얻은 그녀는 선뜻 내켜하지 않는 이모를 사로잡아 자신의 뜻을 묵인하게 만들었다. 그리하여 마거릿은 자기 나름대로 해야 할 일이라고 생각하는 것을 실행에 옮길 수 있는 권리를 얻게 됐다.

"억척 좀 부리지 마." 이디스가 애원했다. "엄만 네가 하인을 부렸음 하셔. 물론 사양하겠지. 하인들이란 귀찮은 존재니까 말이야. 하지만 날 생각해서, 그러지 마. 내가 바라는 건 그거 하나야. 하인을 두든 두지 않든 억척 떨지 마."

"걱정 마, 이디스. 하인들이 저녁 먹으러 가고 나면, 바로 네 팔에 졸도해버릴게. 어린 숄토는 불장난을 치고 갓난아기까지 울어대면, 넌 네가 어떤 비상사태에도 끄떡 않는 억척같은 여자이길 바라기 시작할걸."

"그럼 아주 진지해져서 농담하면서 깔깔거리지도 않는 거 아냐?"

"아니. 그전보다 더 즐거워할 거야. 이제 내 마음대로 할 수 있으니까."

"그렇다고 마음대로 입고 다닐 건 아니지? 그래도 내가 드레스를 몇 벌 사줄까?"

"사실은 나도 몇 벌 살 생각이었어. 원한다면 같이 가자. 하지만 내 맘에 들어야 해."

"오! 난 네가 온 사방에서 묻힌 땟자국이 표 나지 않게 하려고 밤색이나 다갈색 드레스를 입을까 봐 걱정했지 뭐야. 너도 다른 인간들과 마찬가지로 한두 가지 허영심을 부릴 생각을 하고 있었다니 다행이다."

"이디스, 너나 이모는 그렇게 생각할지 모르겠지만 난 똑같을 거야. 보살펴야 하는 남편이나 자식이 없다는 것뿐이니, 드레스 주문 말고도 나 자신을 좀 가꿔야지."

이디스와 그녀의 어머니 그리고 그녀의 남편으로 구성된 가족의 비밀 회합에서는, 마거릿의 이 모든 계획이 어쩌면 그녀가 헨리 레녹스와 결혼하게 될 가능성을 더욱 공고하게 해줄 것이라는 판단에 도달했다. 그들은 마거릿이 괜찮은 배우자감인 아들이나 남동생을 둔 다른 친구들과 접촉하는 걸 피하게 했다. 또한 그녀는 헨리나 그들 가족 말고는 누구와의 만남에서도 별다른 즐거움을 느끼지 못하는 것 같다는 데 의견의 일치를 보았다. 그녀의 자태나 혹은 그녀가 부유한 상속녀라는 소문을 듣고 그녀에게 끌린 다른 찬미자들은 무의식중에 보여주는 그녀의 경멸 섞인 미소에 완전히 떨어져나가서 덜 까다로운 미인들이나 부유한 상속녀들에게로 우르르 몰려갔다. 헨리와 그녀는 서서히 좀더 가까워지고 있었다. 하지만 그 두 사람은 사람들이 자신들의 이런 친밀감을 조금이라도 눈치채는 걸 허용하지 않았다.

50장
달라진 밀턴

자 올라간다 높이, 높이, 높이
자 내려간다 아래로, 아래로, 아래로*
—자장가

한편 밀턴에서는 굴뚝들이 연기를 뿜어냈고, 끊임없는 굉음과 함께 세찬 박동에 맞춰 어지럽게 돌아가는 기계들은 쉼 없이 허우적거렸다. 끝없이 돌아가는 나무와 쇠와 증기는 생각도 없고 목적도 없었다. 하지만 끈덕진 기계들의 단조로운 노동에 뒤지지 않는 것이 있었으니 바로 지칠 줄 모르는 끈기로 밀어붙이는 노동자들이었다. 생각과 목적을 갖고 있는 그들은 쫓아가느라——무엇을?—— 분주했고 쉴 틈이 없었다. 거리를 한가롭게 걸어가는 사람은 별로 없었다. 아무도 그냥 즐거움을 위해 걷고 있지는 않았다. 모든 사람의 얼굴에는 흥분이나 혹은 불안감에서 생긴 주름살이 잡혀 있었다. 사람들은 탐욕스럽게 뉴스거리를 찾았고, 도매시장이나 거래소에서도 남자들은 일상생활에서처럼 이겨야겠다는 끝도 없는 이기심에 사로잡혀 서로를 옆으로 밀쳐냈다. 도시 위로 음울함이 드리워져 있었다. 구매자들은 얼마 없었고, 그마저도 매도자들로부터 의심의 눈길을 받았다. 왜냐하면 신용이 불안한 상태였기 때문에 신용이 아주 안정

---

* 「나의 야옹이Hey, my kitten」에서 발췌. 산업경쟁을 풍자한 동요이다.

적이었던 사람들까지 인접한 큰 항구도시에 있는 선박회사들의 연쇄 도산에 재산상 타격을 받았을지도 모르는 일이었던 것이다. 지금까지는 밀턴에서 도산한 자가 아무도 없지만, 미국에서 그리고 영국의 인접 지역에서 결과가 좋지 않았던 것으로 드러난 엄청난 투기로 인해 일부 밀턴의 사업주들이 경영에 심각한 어려움을 겪을 수밖에 없다는 걸 알고 있었기 때문에, 사람들은 매일 입 밖으로 말은 하지 않아도 얼굴로는 이렇게 묻고 있었다. 소식 들은 것 있나? 누가 넘어갔나? 그게 나한테도 영향이 있을까? 그리하여 혹여 삼삼오오 모여 이야기라도 할라 치면, 쓰러질 것 같은 사람들에 대한 정보를 흘리기보다는 도리어 안전한 사람들을 거듭해서 입에 올렸는데, 이런 시기에는 무심코 흘린 말에 역경을 이겨냈을 수도 있는 사람이 망할 수도 있는 일이었고, 또 한 명이 망하면 다른 사람들이 줄줄이 망하게 되어 있었기 때문이다. "손턴은 안전해"라고들 말하고 있었다. "사업이 크지—매년 늘고 있단 말일세. 머리는 아주 비상한 데다 대담한 것 치고 신중하기까지 하니 말이야!" 그러자 한 남자가 다른 남자를 한쪽으로 데리고 나와 몇 걸음 떼더니 그 사람 귀 쪽으로 고개를 약간 숙여서는 이렇게 말한다. "손턴의 사업은 크다네. 하지만 수익이 나면 그걸로 사업을 확장했어. 자본을 비축해놓은 게 없단 말일세. 최근 2년 동안 기계를 새로 들여왔는데, 거기에 엄청난 돈이 들어갔지. 얼만지는 말하지 않겠네! 조심하게!" 하지만 해리슨 씨는 비관론자였다. 그는 아버지가 사업으로 일궈놓았던 재산을 물려받았고, 그 때문에 조금 큰 규모로 사업 형태를 바꾸려다가 그걸 잃기라도 할까 봐 전전긍긍하고 있었다. 그렇지만 더 담대하고 선견지명이 있는 다른 사람이 한 푼이라도 버는 건 배 아파했다.

　하지만 사실인즉 손턴 씨는 자금 압박을 받고 있었다. 그는 자신의 취약점이 —— 본인이 확립해놓았던 업계의 평판에 대한 자존심이 극심한 고통을 받고 있음을 느꼈다. 스스로 운명을 개척했던 그는 자신이 일군 그 성공을 본인의 특별한 장점이나 자질 덕분으로 여기지 않고 상업이 부여하는 어떤 힘, 세속적 성공이라는 거대한 경쟁을 보고 읽을 수 있고 그러한 긴 안목으로 정직하게 다른 삶의 방식에서보다 더 큰 힘과 영향력을 행사할 수도 있는 단계까지 스스로 올라서는, 용감하고 정직하며 끈기 있는 모든 사람에게 상업이 부여한다고 믿는 그 힘 덕분으로 여겼다. 그라는 사람에 대해 전혀 들어봤을 리 없는 저 먼 동양과 서양에서 그의 이름은 명성을 얻게 될 것이고 그의 요구는 이행될 것이며 그의 신용은 금처럼 통할 것이었다. 이것이 바로 손턴 씨가 처음 갖고 시작했던 상인의 삶에 대한 개념이었다. "두로의 상인들은 귀족들과 같다." 그의 어머니는 마치 이 성경 구절이 아들을 전장으로 이끄는 전투 개시 집합 나팔 소리이기나 한 듯 소리 내어 읽었다. 그도 다른 사람들 —— 남자나 여자나 아이들 —— 과 다를 바 없었다. 멀리 있는 것에는 민감하고 가까이 있는 것에는 무심했다. 그는 멀리 외국과 해외에서 이름의 영향력을 갖고자 —— 대대손손 명성이 남는 회사의 수장이 되고자 했다. 그랬기 때문에 그는 지금 현재, 여기 자신의 터전인 공장에서 고용인들에게 자신이 어떤 사람인지 어렴풋이 보여주는 데만도 말없는 수년이 필요했다. 그와 노동자들은 그가 히긴스와 친분을 맺게 되는 사건이 (아니 사건처럼 보이는) 일이 일어나기 전까지는 평행의 삶을 —— 밀접하긴 해도 결코 접촉은 일어나지 않는 그런 삶을 살아왔다. 일단 인간 대 인간으로, 그의 주위에 있는 대중과 개인적으로, (특히) 사장과 고용인이라는 역을 떠나서 마주하게 되자, 그들 개개인은 제일 먼저 '자신들이 모두 인간의 심장을 갖고 있다'* 는 걸 인식하기 시작했다. 그것이 쐐기 지점이었다. 그는 지금까지, 최근 인간적으로 가까워지게 된 인부 두세 명과 친분을 잃게 되지나 않을까, 큰 관심을 두고 있던 한두 가지 계획이 실천해보지도 못한 채 싹이 잘려 나가지나 않을까 하는 우려가 가끔씩 미묘한 두려움으로 자신을 엄습하는 새로운 아픔이 된 지금까지, 자신이 최근 업주의 위치에서 점점 키워온 관심이 얼마나 지대하고 깊은지를 한 번도 깨닫지 못했다. 왜냐하면 그는 그동안 순전히 업주로서 색다르고 민첩하며 무지한, 그러면서도 무엇보다 개성이 넘치고 강한 인간미를 갖고 있는 그런 부류의 사람들과 그런 식으로 밀접한 관계를 맺으면서 그들에게 크나큰 영향력을 행사할 기회를 부여받았기 때문이다.

그는 밀턴의 공장주로서 자신의 위치를 돌아보았다. 1년 반 전, 아니 더 오래전 — 왜냐하면 지금은 늦봄인데 때 맞지 않게 겨울 날씨인지라 — 그땐 젊었고 지금은 늙어버렸는데, 그 파업으로 인해 그는 당시 받아놓았던 대량 주문의 일부를 완성할 수가 없었다. 그는 비싼 새 기계에 상당한 자본을 묶어두었고, 계약서를 썼던 이 주문들을 납품하기 위해 면화 또한 대량으로 구입해놓았다. 그 주문품들을 완성할 수 없었던 것은 어느 정도는 그가 해외에서 들여왔던 아일랜드 인부들의 형편없는 기술 부족 탓이었다. 대부분의 작업에 흠이 있어서 최상 품질의 제품 인도를 자부심으로 알고 있던 회사로서는 그런 부적합품을 선적해 보낼 수가 없었던 것이다. 수개월 동안 파업으로 인한 난처한 상황이 손턴 씨의 진로를 가로막는 장애물이 됐다. 그런 고로 때때로 어쩌다가 눈길이 히긴스에 머물면, 그는 그저 히긴스가 연루됐던 파업이 야기한 피해가 얼마나 막심

---

* 윌리엄 워즈워스(William Wordsworth, 1770~1850), 「컴벌랜드의 늙은 거지The Old Cumberland Beggar」의 153행.

했는지에 대한 생각 때문에 아무 이유 없이 그에게 화난 어조로 말을 내뱉었을지도 모른다. 하지만 불현듯 막 화가 치밀면 그는 단호하게 그런 감정을 눌렀다. 히긴스를 피한다고 해서 만족이 될 것인가. 그는 엄격한 회사의 규칙에 의거하여, 혹은 시간이 허락한다면 언제든 히긴스의 접근을 허용함으로써 자신이 자제력이 있음을 스스로에게 납득시켜야 했다. 그리고 차츰 그는 자신이나 히긴스 같은 두 남자가 같은 일로 먹고살고, 같은 목적을 위해 다른 방식으로 일하면서 서로의 위치와 임무를 참 이상하게도 다른 식으로 바라본다는 게 어떤 건지, 혹은 그럴 수도 있는 건지 의아해하면서 분노의 감정을 완전히 잊어버렸다. 그리고 거기서 그러한 교류가 발생했는데, 그 교류는 비록 향후 의견이나 행동에서 충돌이 발생할 경우 그런 충돌을 모두 막아주는 효과는 주지 못할지라도, 어쨌든 주인과 노동자가 서로에 대해 훨씬 더 큰 자비와 연민을 갖고 바라보고, 서로를 더욱 끈기 있고 친절하게 참아내도록 해줄 것이다. 그뿐 아니라 이렇게 감정이 개선되는 가운데 손턴 씨와 그의 인부들은 지금까지 서로 한쪽에만 알려지고 다른 쪽에는 알려지지 않았던 확실한 실상에 대해서 자신들이 무지했음을 깨닫게 됐다.

하지만 지금은 때가 불경기인지라 시세하락으로 창고에 가득 쌓인 제품들의 가치는 여지없이 무너졌다. 손턴 씨의 재고도 거의 반값으로 떨어졌다. 주문은 하나도 들어오지 않았다. 그리하여 그는 기계에 들어갔던 자금이 만들 이익을 고스란히 잃고 말았다. 사실 주문 대금을 완불받는 것도 힘들었는데, 그래도 사업을 이어가기 위한 비용은 꾸준히 빠져나갔다. 그리하여 구입했던 면화 대금 청구서는 빚이 됐고, 현찰이 부족한 상태에서 터무니없이 높은 이자를 주고서야 돈을 빌릴 수 있었으면서도 정작 본인의 재산은 하나도 현금화할 수가 없었다. 그러나 그는 절망하지 않았다. 그는 사력을 다해 불철주야 모든 위급 사태를 예견하고 그것에 대비했다. 그는 어느 때보다 더 조용하면서 집에서는 여자들에게 자상했다. 공장의 인부들에게는 별말을 하지 않았으나 이제는 그들도 그가 어떤 사람이라는 걸 알았다. 인부들에게서 돌아오는 대답은 많은 경우 퉁명스럽고 단호했지만, 그 대답에는 이전에 지글지글 타오르던, 무슨 일이든 험한 말과 물어뜯는 듯한 비난을 퍼부을 준비가 되어 있던 억눌린 반감이 아니라 자신들이 목격했던, 사장을 짓누르고 있는 불안에 대한 연민이 담겨 있었다. "사장님이 골치 아픈 일이 많은가 보이." 어느 날 히긴스는 지시 사항이 왜 지켜지지 않았는지를 추궁하는 손턴 씨의 짧고 퉁명스러운 목소리가 들려오자 이렇게 말했다. 그리고 그는 손턴이 몇몇 인부가 작업 중인 작업실을 지나가면서 내쉬는 억누른 한숨 소리도 들었다. 히긴스와 다른 인부 하나는 그날 밤 늦게까지 공장에 남아 미완성으로 방치되어 있던 제품을 아무도 모르게 완성시켰다. 그러나 손턴 씨는 처음 자신이 지시 내렸던 그 작업반장이 일을 완성했다고만 생각했지, 그 진상에 대해선 끝내 알지 못했다.

'허! 우리 사장님이 회색 옥양목 천처럼 앉아 있는 걸 보고 안타까워했을 사람이 누구일지 알 것 같군! 사장님 얼굴에 드리우던 애처로운 모습을 봤다면 연로한 그 목사님은 여자처럼 마음을 졸였을 거야.' 어느 날 말버러 거리를 걸어가던 히긴스가 손턴 씨 옆으로 다가가면서 생각했다.

"사장님," 그가 자신 있게 잰걸음을 걷던 사장을 불러 세우니, 손턴 씨가 마치 하고 있던 생각이 저 멀리 달아나버렸다는 듯 깜짝 놀라 성가신 표정으로 쳐다보았다.

"최근 헤일 양에 대해서는 소식 들은 게 있습니까?"

"무슨 양이라고 했나?" 손턴 씨가 대답했다.

"마거릿 양, 연로하신 목사님의 따님인 헤일 양 말입니다. 잘 좀 생각해보면 제가 누굴 말하는지 아실 텐데요."(이 말의 어조에 무례한 기미 같은 건 전혀 없었다).

"아, 그렇지!" 갑자기 손턴 씨의 얼굴에서 한겨울의 얼어붙은 듯한 걱정스러운 표정이 걷혔다. 마치 확 불어온 여름날의 훈풍이 모든 불안감을 그의 마음속에서 몰아낸 것 같았다. 그러자 비록 입은 아까처럼 다물어져 있었지만 두 눈은 히긴스를 향해 인자한 미소를 지었다.

"현재 내 집주인이지 않은가. 이곳 밀턴에 있는 그녀의 대리인을 통해 가끔씩 소식을 듣고 있다네. 건강도 괜찮고 친지들하고 잘 지낸다더군. ……고맙네, 히긴스." 말이 끝나고도 여운이 남는, 그러면서 따뜻한 감정이 묻어나던 그 '고맙네'라는 말이 눈치 빠른 히긴스에게 새로운 생각을 갖게 했다. 어쩌면 도깨비불일 수도 있겠지만 그는 그 생각을 좇아가서 그게 어디까지 갈는지 확인해봐야겠다고 생각했다.

"그런데 헤일 양은 아직 결혼하지 않았습니까, 사장님?"

"아직이네." 그의 얼굴이 또다시 흐려졌다. "들은 바로는 인척 관계에 있는 사람과 혼담이 있는 것 같더군."

"그러면 헤일 양이 밀턴에 다시 올 일은 없겠군요."

"그렇지!"

"잠시 제 말 들어보십시오, 사장님." 그러더니 은밀하게 다가가서 그가 말했다. "그 젊은 양반은 무죄로 밝혀졌습니까?" 그는 지금 하는 말이 중요한 정보라는 걸 강조하려는 듯 눈을 찡긋했는데, 손턴 씨는 이런 그의 모습에 더욱더 어리둥절해지기만 했다.

"젊은 양반이란 프레더릭 도련님이라고들 부르는 헤일 양의 오빠 말입니다. 여기 오지 않았습니까."

"여기를."

"암요. 사모님이 돌아가셨을 때 분명 왔었지요. 이 말씀 드린다고 겁 낼 필요 없습니다. 제 여식인 메리와 저는 일찍부터 알았지만 입을 다물 고 있었지요. 그 집에서 메리가 일을 하면서 알게 됐습니다."

"그러니까 그 사람이 여기 왔었다. 그게 헤일 양의 오빠였단 말이 지!"

"그렇습니다. 전 사장님이 아시는 줄 알았습니다. 그렇지 않았다면 절대 이 말을 꺼내지 않았을 겁니다. 헤일 양에게 오빠가 있는 건 아셨지 요?"

"그렇다네. 그에 대해선 다 알고 있네. 그런데 그 사람이 헤일 부인 이 사망했을 때 왔단 말인가?"

"안 되겠습니다! 더 이상은 말씀드리지 않겠습니다. 그렇게 비밀로 쉬쉬했는데 제가 이미 일을 그르쳤나 봅니다. 전 그저 그 도련님이 무죄 가 됐는지 알고 싶었을 뿐입니다."

"내가 알기로는 아니라네. 아는 바가 없어. 지금 내 집주인인 헤일 양에 대해선 그녀의 변호사를 통해서만 들을 뿐이라네."

그는 대화를 관두더니 히긴스가 처음 말을 걸었을 때 보려고 했던 일 을 끝내기 위해 그 자리를 떴고, 히긴스는 뜻한 바를 이루지 못한 채 남게 됐다.

'오빠였단 말이지.' 손턴 씨는 혼잣말을 했다. '다행이군. 다시는 보 지 못하게 될지 모르지만, 그 사실을 알게 됐으니 위안이 되는군. 마음이 놓여. 그녀가 숙녀답지 않을 리 없다는 건 알고 있지만 그래도 확신을 갖 고 싶었는데. 이제 한시름 놓이는군!'

그것은 시커먼 거미줄처럼 얽혀 있는 암울한 그의 현실을 뚫고 지나가는 한 가닥 금사(金絲)였다. 그의 사정은 더욱더 점점 암울해지고 있었다. 그의 대리인이 미국과 교역하는 한 회사에 대규모 신용 거래를 했는데, 그 회사가 마치 카드 하나가 넘어지면 한 벌이 줄줄이 넘어지는 것 같은 이런 시기에 다른 회사들과 함께 부도가 나버렸다. 손턴의 돈은 얼마나 걸려 있었을까? 그는 버틸 수 있을까?

며칠 밤을 그는 거래 장부와 서류들을 서재로 들고 가서 가족이 모두 잠자리에 든 후에도 한참 동안을 거기 앉아 있었다. 그는 잠을 자야 하는 시간에 자신이 이러고 있는 걸 아무도 모를 거라고 생각했다. 어느 날 아침, 햇빛이 덧문의 틈을 뚫고 들어오기 시작하고 있었고, 그는 한잠도 자지 않은 상태에서 아무 관심도 없이 체념에 빠져 한두 시간 눈 붙이지 않고도 일할 수 있겠다는 생각을 하고 있었다. 사실 다시 하루를 시작하기 전 쓸 수 있는 시간이라고 해봐야 그게 전부였다. 그때 방문이 열렸고, 그곳에 그의 어머니가 전날 입었던 드레스를 그대로 입고 서 있었다. 그녀는 아들과 마찬가지로 한순간도 잠을 자지 않았던 것이다. 그들의 눈길이 마주쳤다. 그들은 오랜 시간을 잠을 자지 않고 밤을 새운 탓에 얼굴이 차갑게 굳어 있었고 파리했다.

"어머니! 왜 주무시지 않고요?"

"아들아," 그녀가 말했다. "네가 이렇게 온갖 걱정으로 밤을 지새우고 있는데 내가 어찌 발 뻗고 편히 잠을 청할 수 있겠느냐? 무엇이 고민인지는 말하지 않았지만, 괴로운 문제가 있었으니 지난 며칠 동안 네가 끙끙댔을 테지."

"사업이 좋지 않습니다."

"그래서 넌 두려워……"

"전 두려워하지 않습니다." 그가 고개를 꼿꼿이 들며 말했다. "그 누구도 저로 인해 손해를 입지 않을 거라는 걸 이제 아니까요. 그게 제 걱정이었습니다."

"하지만 넌 어떻게 견디려고? 네가…… 부도가 나는 거냐?" 흔들림 없는 그녀의 목소리가 평소답지 않게 떨리고 있었다.

"부도는 아닙니다. 사업은 접을 수밖에 없지만 주어야 하는 돈은 모두 지불합니다. 살려낼 수 있을지도 모르지요. 몹시 그러고 싶습니다……."

"어떻게 말이냐? 아, 존! 이름을 더럽히지 마라. 이름을 지키기 위해서라면 모든 위험을 감수하도록 해. 어떻게 회사를 살린다는 거냐?"

"제의가 들어온 투자를 통해서요. 위험천만한 건입니다. 하지만 만약 성공한다면 저는 안전선 위에 있게 됩니다. 그러면 제가 지금 처해 있는 곤경은 결코 그 누구도 알 필요가 없습니다. 그래도 그게 실패해버리면……."

"그래, 그게 실패하면," 그녀가 앞으로 나서더니 손을 아들의 팔에 얹고 눈에는 열망이 그득한 채 말했다. 그녀는 아들의 말을 마저 듣기 위해 숨을 참았다.

"정직한 사람들은 사기꾼한테 당합니다." 그가 우울한 어조로 말했다. "현재로서는 제 채무자들의 돈은 동전 한 닢까지 안전합니다. 하지만 제 돈은 어디 있는지 모릅니다. 어쩌면 모두 날아가고 전 지금 빈털터리가 됐는지도 모르겠습니다. 그러니까 제가 투자하는 돈은 제 채권자들의 돈입니다."

"하지만 그게 성공하면 그 사람들은 결코 모를 테지. 그 투자가 그렇게나 위험한 거냐? 그렇지는 않겠지. 그랬다면 네가 그걸 생각이나 해봤을라고. 만약 성공하면……."

"부자가 되는 거고, 제 양심의 평화는 사라져버리겠지요."

"무슨 말을! 너 때문에 손해를 입는 사람은 아무도 없을 거다."

"그럼요. 하지만 알량한 제 위신을 지키려고 여러 사람을 망칠 수도 있는 위험을 무릅썼던 게 되겠지요. 어머니, 전 결심했습니다! 우리가 이 집을 떠나게 되어도 그다지 비통해하지는 않으시겠지요? 사랑하는 어머니?"

"물론이다! 하지만 지금의 네가 아닌 다른 사람이 된 널 본다는 게 가슴 아플 게다. 네가 뭘 할 수 있겠니?"

"어떤 상황에서도 한결같은 존 손턴이 되어야지요. 옳은 일을 하려고 애쓰고, 커다란 실수도 저지르겠지만, 그럴 땐 다시 용기를 내어 다시 시작하지요. 하지만 힘든 일입니다, 어머니. 전 그렇게 힘들여 일하고 계획을 세웠습니다. 전 제 상황에서 새로운 힘을 너무 늦게 발견했습니다. 그리고 이제는 모든 게 끝났습니다. 종전과 같은 마음으로 다시 시작하기에는 제가 너무 늙어버렸습니다. 힘듭니다, 어머니."

그는 그녀에게서 몸을 돌리고는 두 손으로 얼굴을 가렸다.

"상상이 안 된다." 그녀가 도전적인 어조로 음울하게 말했다. "어떻게 이런 일이 일어날 수가 있느냐. 착한 아들에다 정의로운 남자, 따뜻한 심성을 가진 내 아들이 심혈을 쏟았던 모든 걸 잃고 말았어. 사랑하는 여자를 발견하지만 그 여자는 아들의 사랑을 전혀 알아주지 않으니, 아들의 수고는 아무 소용도 없구나. 다른 사람들은 쭉쭉 뻗어나가서 더 부자가 되고, 수치당하는 일 없이 시시한 그 이름들을 지키고 있지 않느냐."

"수치심은 결코 절 어쩌지 못했습니다." 그가 어조를 낮춰 말했다. 하지만 그녀는 말을 이어갔다.

"네가 이렇게 되고 보니, 가끔씩 난 정의라는 게 다 어디로 가버린 건지, 그리고 그런 게 세상에 있기나 한 건지 의아해진다. 비록 너와 내가 함께 빈털터리가 될지 몰라도 너, 존 손턴은 사랑하는 내 아들이다!"

그녀는 아들의 목에 얼굴을 묻고는 눈물을 흘리면서 그에게 키스했다.

"어머니!" 그가 어머니를 조심스럽게 팔로 안으며 말했다. "제 삶에 좋은 운명, 나쁜 운명을 모두 주신 분이 누굽니까?"

그녀는 고개를 흔들었다. 그 순간 그녀는 종교 따윈 생각하고 싶지 않았다.

"어머니," 그녀가 말을 하지 않는 걸 보고 그가 말을 계속했다. "저역시 반항적으로 생각했었습니다. 하지만 이젠 더 이상 그러지 않으려고 합니다. 도와주십시오. 어릴 때 어머니가 절 도와주셨듯이 말입니다. 그땐 어머니가 제게 참으로 좋은 말씀을 많이 해주셨지요. 아버지가 돌아가시고 때때로 생활이 너무 힘들었을 때, 이젠 그럴 일이 전혀 없겠지만, 어머닌 용감하고 고귀한, 믿음 가는 말씀을 해주셨습니다. 그 말씀들은 제 안에서 잠을 자고 있었을지언정 전 한 번도 그걸 잊은 적이 없습니다. 옛날처럼 다시 한 번 말씀해주십시오, 어머니. 세상이 우릴 너무 무정하게 만들었다고 생각지 않게 해주십시오. 어머니께서 지혜로운 조언을 해주신다면 제 어린 시절의 경건한 순수함을 다시 느낄 수 있을 겁니다. 저혼자서도 그런 말을 되뇌어보지만 어머니로부터 듣는 것과는 다를 겁니다. 어머니 말씀을 들으면 어머니가 겪어내야 했던 온갖 근심과 시련이 떠오르니까요."

"참으로 많은 시련이 있었지만," 그녀가 훌쩍이며 말했다. "그 어느 것도 이처럼 쓰라리지는 않았다. 네가 온당한 네 자리에서 버림받는 모습을 봐야 하다니! 나한테는 그런 말을 할 수 있겠지만 존, 너한텐 못한다. 너한텐 안 돼! 신은 네게 가혹하려고 작정했어, 정말 가혹해."

그녀는 발작적인 노인의 울음처럼 온몸을 들썩이며 흐느꼈다. 사위가 조용하자 그녀가 드디어 정신을 차렸다 그녀는 흥분을 가라앉히고 귀를 기울였다. 아무 소리도 나지 않았다. 그녀는 앞을 바라보았다. 아들이 테이블 옆에서 두 팔을 반쯤 걸친 채 고개는 아래로 숙이고 앉아 있었다.

"아아, 존!" 그녀는 아들을 부르며 그의 얼굴을 들어 올렸다. 너무나 기이한, 절망에 빠진 핼쑥한 얼굴 표정을 보자, 순간적으로 그녀는 이게 죽음의 모습이 아닌가 하는 생각이 확 들었다. 하지만 경직됐던 표정이 풀리면서 원래의 안색이 돌아왔고, 그녀가 제 모습을 되찾은 아들을 다시 보았을 때, 그저 존재만으로 아들이 그녀에게 주는 지대한 축복을 깨달았고 속세의 모든 치욕은 자취를 감추어버렸다. 그녀는 온갖 반발심을 마음속에서 완전히 날려버리는 열렬한 심정으로 이것에, 오로지 이 사실에 대해 신께 감사했다.

그는 선뜻 말을 꺼내는 대신 창가로 가서 덧문을 열고 불그레한 여명이 방 안으로 쏟아져 들어오게 했다. 하지만 바람은 동풍이었고, 몇 주간 그랬듯 날씨는 여전히 살을 에는 듯 추웠다. 그러니 올해는 얇은 여름 제품에 대한 수요가 전혀 없을 것이다. 거래가 다시 살아나리라는 희망은 완전히 접어야 했다.

어머니와 이런 대화를 나누면서, 이 모든 근심에 대해 앞으로 입은 다물지라도 서로가 서로의 감정을 더욱더 이해하고, 적어도 그런 문제들을 바라보는 방식에서 일치까지는 아니어도 서로가 어긋나지 않는다고 확신하게 된 것은 크나큰 위안이었다. 패니의 남편은 같이 투자해보자는 자신의 제의를 손턴이 거절한 것에 화가 나서, 정작 자신의 사업에 필요했던 수중의 자금으로 그를 도와줬을 수도 있는 기회를 전부 철회해버렸다.

결국 손턴 씨는 몇 주 동안 두려움에 빠지는 것 말고는 아무것도 할 수 없었다. 그는 크나큰 명예와 성공을 누리며 오랜 세월 몸담아왔던 사업을 포기해야 했다. 그다음 딴 사람 밑에서 일할 자리를 찾아봐야 했다. 말버러의 공장과 부속 거주지는 장기 차용 형태로 유지됐다. 가급적이면 그것들은 다시 세를 놓아야만 했다. 손턴 씨는 들어왔던 제의들 중에 바로 선택할 수 있는 일이 있었다. 햄퍼 씨는 인근 마을에서 큰 자본을 들여 사업을 시작하는 아들을 위해 성실하고 경험 있는 동업자로서 손턴 씨를 확보했던 것에 더할 나위 없이 흐뭇해했을지도 모른다. 그러나 그 아들은 관련 지식을 제대로 배우지 못했고, 돈 버는 것을 제외한 다른 책임감에 대해서는 완전히 깜깜했으며, 일상생활의 기쁨이나 고통은 모두 자기 기분대로 해치우는 사람이었다. 손턴 씨는 공동 경영에 어떤 식으로든 끼길 거부했고, 이로써 부침을 겪었던 사업의 잔해 속에서 살아남은, 몇 안 되는 그의 계획들은 수포로 돌아가게 되어 있었다. 그는 차라리 몇 달 후면 다툼을 벌일 게 확실해 보이는, 돈 있는 동업자의 전횡적인 기질과 의기투합하기보다는 단순히 돈 버는 분야 이상으로 재량권을 어느 정도까지 발휘할 수 있는 관리자가 되고 싶어 했다.

그래서 그는 기다렸고, 겁 없이 투기를 했던 매부가 엄청난 돈을 벌게 됐다는 뉴스가 외환시장을 휩쓸고 지나갈 때 깊은 수치심을 느끼며 한쪽 옆으로 비켜나 있었다. 길진 않았지만 엄청난 호들갑이었다. 그 성공으로 엄청난 속세의 환호가 따라왔고, 현명하고 먼 안목으로만 봤을 때 왓슨 씨만 한 사람은 없어 보였다.

51장
재회

견뎌라 용감한 심장아! 우리는 침착하고 강할지니
아무렴 눈이든 뺨이든 혀든 우리는 통제할 수 있다
털끝만큼의 표시도 내선 안 된다
그녀는 예전에도 사랑스러웠고 지금도 사랑스러우며
앞으로도 사랑스러우리니
— 압운 시극

무더운 여름날 저녁이었다. 이디스는 마거릿의 방에 들어와보았다. 첫번째는 평상복 차림이었고 두번째는 이브닝드레스를 차려입고 있었다. 처음엔 아무도 없었다. 그다음엔 이디스의 눈에 마거릿의 드레스를 침대 위에 펼치고 있는 딕슨의 모습이 들어왔지만 마거릿은 없었다. 이디스는 남아서 안달을 부렸다.

"아유, 딕슨! 칙칙한 황토색 드레스에 그 끔찍한 푸른 꽃들은 다 뭐예요. 취향하고는! 잠시 기다려요, 석류꽃을 좀 가지고 올게요."

"이건 칙칙한 황토색이 아녜요, 아가씨. 담황색이죠. 푸른색은 늘 담황색하고 잘 맞아요." 하지만 딕슨이 불평을 반도 채 늘어놓기 전에 이디스가 화려한 붉은 꽃들을 갖고 왔다.

"헤일 양은 어디 있어요?" 이디스가 갖고 온 걸 대보더니 곧장 이렇게 물었다. "이해가 안 돼." 그녀가 짜증스러운 어조로 계속 말을 이었다. "이모는 무슨 마음으로 마거릿이 밀턴에서 나돌아 다니는 버릇이 붙도록

682

놔뒀는지 모르겠단 말이야! 난 항상 마거릿이 참견하고 다니는 그 형편없는 데서 무슨 끔찍한 일을 당했다는 말이 들려올 거 같아요. 나 같으면 하인 없이 감히 그런 거리들로 내려갈 생각은 절대 하지 않아요. 숙녀들이 갈 만한 데가 아니라고요."

딕슨은 자신의 취향이 모욕을 당한 것에 대해 아직도 기분이 상해 있었다. 그래서 좀 퉁명스럽다 싶은 어조로 이렇게 대꾸했다.

"당연하지 싶네요. 숙녀들께서 숙녀다운 게 어떤 건가에 대해 이렇게 유난을 떠는데──그 숙녀마저 이렇게 겁 많고, 연약하고, 얌전하니──제 말은 이 세상에 더 이상 성인(聖人)이 없는 게 놀랄 일도 아니라는 겁니다."

"오, 마거릿! 왔구나! 네가 얼마나 필요했는지 아니? 근데 더위 때문에 뺨이 벌겋구나, 가여운 것! 하지만 그 성가신 헨리가 한 짓을 생각만 하면, 정말이지 내 시동생이지만 도가 지나쳐. 파티를 콜서스트를 위해 딱 들어맞게, 멋들어지게 짜놓았는데 헨리가 온 거야. 네 핑계를 대면서 미안하다고 하더니 그래, 네 임차인 있잖아, 밀턴의 손턴 씨를 데리고 와도 되느냐고 묻는 거 아니겠니. 그 사람이 소송 관련 일로 런던에 와 있대. 그렇게 되면 초대 인원이 다 틀어지고 말 텐데."

"난 저녁 생각 없어. 아무것도 싫어." 마거릿이 낮은 어조로 말했다. "딕슨이 여기로 차나 한잔 갖다 주면 돼. 네가 올라올 때쯤 거실에 있을 거야. 정말 기꺼이 누워 있을게."

"아냐, 안 돼! 그럴 순 없어. 진짜 불쌍할 정도로 창백하네. 하지만 더위 때문에 그런 것뿐이야. 너 없이는 도저히 안 돼. (꽃을 좀 낮추어 꽂아요, 딕슨. 네 검은 머리카락 위에 피어나는 멋진 불꽃 같은걸, 마거릿.) 우린 네게 콜서스트 씨한테 밀턴에 대한 얘길 좀 하도록 만들 계획이었어. 아! 맞아! 손턴 씨도 밀턴 출신이네. 어쨌든 멋질 것 같아. 콜서스트 씨는 그에게 관심 있는 온갖 문제에 대해 질문을 쏟아낼 수 있을 테고, 콜시스트 씨의 다음번 의회 연설 때 네 경험과 이 손턴이라는 사람의 지혜를 찾아내는 것도 아주 재미있을 거야. 헨리가 잘한 거 같아. 헨리에게 그가 부끄러워할 만한 사람이냐고 물어봤더니, '머리가 바로 박힌 사람이라면 그를 부끄러워하지 않겠지요, 형수님'이라고 대답하더라. 그러니까 그 사람은 다크셔 사람들이 하지 못하는 'h' 발음을 할 수 있지 않을까 싶은데. 안 그래, 마거릿?"

"손턴 씨가 왜 런던에 올라와 있는지 레녹스 씨가 말하지 않았어? 사유지 관련 소송 때문인 거야?" 마거릿이 긴장한 어조로 물었다.

"아! '부도인가 뭔가가 났대나 봐.' 네가 두통 있던 날 헨리가 너한테 그랬잖아? 뭐였지? (됐어요, 멋지네요, 딕슨. 헤일 양이 우리 공을 인정하겠죠, 안 그래요?) 난 여왕처럼 키가 크고 집시처럼 피부가 까무잡잡하면 좋겠어, 마거릿."

"그런데 손턴 씨는?"

"아! 난 법률은 정말 아무것도 몰라. 헨리라면 딴 일 제쳐놓고 너한테 전부 다 말해주고 싶어 할걸. 헨리가 나한테, 손턴 씨가 사정이 아주 딱하게 됐고 아주 점잖은 분이니 깍듯이 대해야 한다는 인상을 준 건 분명해. 하지만 어떻게 해야 할지 몰라서 너한테 도움을 청하러 온 거야. 자, 나랑 같이 내려가서 15분 정도 소파에 앉아 있어줘."

특권을 가진 이디스의 시동생은 좀 일찍 도착했다. 마거릿이 붉게 상기된 얼굴로 손턴 씨에 대해 궁금한 것들을 물어보기 시작했다.

"손턴 씨는 사유지 전대(轉貸) 문제로 올라왔습니다. 말버러 공장과 거기 붙어 있는 저택과 부지 말입니다. 손턴 씨는 그것들을 계속 유지할 수가 없습니다. 그러니 집문서와 임대차 계약서를 검토해봐야 하고 합의서도 작성해야 합니다. 이디스가 제대로 접대하길 바라지만, 보다시피 제 마음대로 초대했다고 짜증이 나 있습니다. 하지만 헤일 양은 그에게 관심을 보일 것 같았습니다. 그리고 사람들은 몰락의 길에 들어선 이에게 특히 조심하면서 모든 경의를 표할 겁니다." 그는 마거릿 옆에 앉아 목소리를 낮추고 있었다. 하지만 말을 마치자 벌떡 일어나더니 그 순간 들어와 있던 손턴 씨를 이디스와 레녹스 대위에게 소개했다.

손턴 씨가 그렇게 인사에 여념 없는 동안 마거릿은 그를 초조하게 바라보았다. 그를 본 지도 1년이 훌쩍 넘었고, 사건들이 일어나면서 그는 많이 변해 있었다. 늠름한 풍채가 보통 남자들보다 큰 키의 그를 떠받치고 있었고, 거기서 나오는 편안한 움직임이 그에게 기품을 불어넣고 있었는데, 그런 움직임이 그에게는 어울렸다. 하지만 얼굴은 나이가 들어 보였고 근심 걱정에 시달린 듯했다. 그렇지만 그 얼굴에는 고상한 평정심이 어려 있었고, 그 때문에 그의 변한 처지에 대해서 막 듣고 있었던 사람들에게, 타고난 품위와 남자다운 기상으로 깊은 인상을 남겼다. 그는 방을 한번 쭉 둘러보면서 맨 먼저 마거릿이 거기 있는 걸 알았다. 그는 그녀가 진지한 표정으로 헨리 레녹스의 말에 귀를 기울이고 있는 걸 보았다. 그러자 그는 아주 침착한 옛 친구의 태도로 그녀에게 다가갔다. 그가 침착하게 건넨 첫 몇 마디에 그녀의 뺨에는 생생한 홍조가 번졌고 그 홍조는 저녁 내내 없어지지 않았다. 그녀는 그에게 할 말이 많지 않아 보였다. 그는 예전에 알고 지내던 밀턴의 지인들에 대해 필요한 말만 몇 마디 묻고 마는 그녀의 조용한 태도에 실망했다. 하지만 다른 사람들이 들어왔다. 손턴 씨보다 이 집안과 친분이 더 두터운 사람들이었다. 그러자 그는 뒤쪽으로 물러났고, 거기서 그와 레녹스 씨는 간간이 이야기를 주고받았다.

"헤일 양이 건강해 보이지 않습니까?" 레녹스 씨가 말했다. "밀턴이 헤일 양에게는 맞지 않았던 것 같습니다. 처음 런던에 왔을 때 그렇게 많이 변한 사람은 처음 봤기 때문이지요. 오늘 밤 헤일 양은 빛이 나는 것 같습니다. 하지만 많이 튼튼해진 겁니다. 지난가을에는 몇 마일만 걷고도 피곤해했습니다. 금요일 저녁 우린 햄스테드까지 산책을 나갔다가 돌아왔지요. 그런데도 토요일에는 지금처럼 건강해 보였습니다."

'우리라니!' 누구? 저들 둘이서?

콜서스트 씨는 매우 똑똑한 사람으로 촉망받는 신진 의원이었다. 그는 사람을 알아보는 안목이 높았던 터라, 저녁 식사 때 손턴 씨가 했던 말에 깊은 인상을 받았다. 그는 저 신사가 누구냐고 이디스에게 물었고, "설마!"라는 그의 어조에서 그녀는 밀턴에서 온 손턴 씨가 자신의 생각처럼 처음 들어보는 그런 무명의 존재가 아니라는 의외의 사실을 알게 됐다. 그녀가 주선한 저녁 만찬은 잘 흘러갔다. 헨리는 기분이 좋은 상태였기 때문에 비꼬는 듯한 특유의 건조한 유머 실력을 멋지게 발휘했다. 손턴 씨와 콜서스트 씨는 한두 가지 공통의 관심사를 찾았는데, 그것들은 식사 후 개별적인 대화를 나눌 때를 대비하여 살짝 언급하는 정도에 그쳤다. 석류꽃을 꽂은 마거릿은 아름다워 보였다. 그녀가 별말 없이 의자 뒤로 몸을 기대앉아 있어도 이디스는 짜증스러워하지 않았다. 그녀 없이도 대화가 물 흐르듯 잘 흘러가고 있었던 것이다. 마거릿은 손턴 씨의 얼굴을 주시하고 있었다. 그가 한 번도 그녀를 쳐다보지 않았기 때문에 어쩌면 그녀가 들키지 않고 그를 관찰하면서 그 짧은 시간 동안 그의 얼굴에 일어났던 변화를 알아차릴 수 있었는지도 몰랐다. 레녹스 씨가 생각지도 않았던 재담을 할 때만 그의 얼굴이 밝아지면서 열심히 즐기던 예전의 모습이 되살아났다. 재미있어하는 빛이 두 눈에 되살아났고 이전의 눈부신 미소를 보여주려는 듯 입술이 막 벌어졌다. 그러더니 순간 그의 눈길이 마치 그녀의 공감을 원하기라도 한다는 듯 본능적으로 그녀를 찾았다. 하지만 그들의 시선이 마주치자 그의 표정은 전연 딴판이 됐다. 그는 다시 엄숙하고 불안한 모습이었다. 그러고는 식사 시간 내내 그는 작정하고 그녀가 있는 근처는 눈길조차 주지 않았다.

그 만찬에는 주최 측 여성들 외에 숙녀는 두 명뿐이었고 이들이 이모와 이디스와의 대화에 푹 빠져 거실로 모두 올라가버리자, 마거릿은 기운 없이 자수거리를 잡았다. 이윽고 신사들이 올라왔고, 콜서스트 씨와 손턴 씨는 은밀한 대화를 나누었다. 레녹스 씨가 마거릿 옆으로 오더니 낮은 목소리로 이렇게 말했다.

"형수의 파티에 제가 기여한 걸 생각하면 형수는 제게 고마워해야 할 겁니다. 마거릿, 당신의 세입자는 정말 유쾌하고 식견 있는 사람입니다. 그는 콜서스트가 알고 싶어 하는 모든 정보를 제공해주고 있는 유일한 사람입니다. 사업이 망하도록 경영을 했다는 게 도저히 이해가 가지 않습니다."

"레녹스 씨라면 그분의 능력과 기회를 갖고 성공했을 거예요." 마거릿이 말했다. 레녹스는 마거릿의 말이 자신의 생각과 똑같았지만, 그녀의 말투가 썩 듣기 좋지는 않았다. 그가 조용히 있었기 때문에 그들은 벽난로 옆에서 높아진 목소리로 콜서스트 씨와 손턴 씨가 주고받는 대화를 들었다.

"단언컨대 저도 사람들이 그 건에 대해 지대한 관심을 갖고—결과가 어떻게 됐는지 궁금해서였다고 해야겠습니다만—얘기를 하는 걸 들었습니다. 밀턴 인근에 잠시 머무는 동안에도 손턴 씨의 이름이 자주 거론되더군요." 그런 다음 두 사람은 몇 마디를 놓쳤다. 그리고 나서 그들은 손턴 씨가 하는 말을 들을 수 있었다.

"전 인기를 얻을 만한 구석이 없는 사람입니다. 그들이 절 그런 식으로 얘기했다면 저에 대해 잘못 알고 있는 겁니다. 전 새로운 계획에 서서히 돌입하는 편입니다. 그리고 전 사람들이 저라는 사람에 대해 알도록 하는 게 어렵습니다. 제가 무척이나 알고 싶고, 기꺼이 제 마음을 터놓고 싶은 그런 사람들에게조차 힘이 듭니다. 하지만 비록 그런 모든 장애가 있음에도 불구하고 전 지금 잘하고 있다는 생각이 듭니다. 어떤 사람과의 사이에서 일종의 우정 같은 게 싹튼 뒤부터 많은 사람과 친분을 쌓게 됐습니다. 서로에게 좋은 점이 있었습니다. 알게 모르게 우리는 서로 가르쳐주고 있었던 셈이지요."

"'있었다'고 하셨는데, 계속 그렇게 할 계획이라고 믿어도 되겠지요?"

"콜서스트를 막아야겠어요." 헨리 레녹스가 급히 말했다. 그는 느닷없지만 적절한 질문을 던져서, 손턴 씨가 자신의 사업 실패와 그 결과 달라져버린 위상을 인식함으로써 굴욕감을 느끼지 않도록 화제를 바꾸었다. 하지만 새로이 들고 나왔던 화제가 끝나자마자 손턴 씨는 조금 전 끊어졌던 대화의 바로 그 지점에서 다시 대화를 이어 콜서스트 씨의 질문에 답했다.

"전 사업에 성공하지 못했기 때문에 공장주로서의 지위를 포기해야만 했습니다. 지금은 밀턴에서 일자리를 찾고 있지요. 거기서 전 이런 문제들을 제 뜻대로 계속 해나가는 걸 기꺼이 허락하는 누군가의 밑에서 일할 수 있을지도 모릅니다. 전 무모하게 실행에 옮기는 진취적인 이론 같은 게 전혀 없기 때문에 저 자신을 믿을 수 있습니다. 제가 바라는 건 단지 단순한 '금전에 의한 결합'을 떠나 노동자들과의 관계를 좀더 다질 수 있는 기회를 갖고 싶다는 것입니다. 하지만 우리 몇몇 공장주가 붙인 의미로 판단하자면 그건 지구를 움직이기 위해 아르키메데스가 찾던 티핑 포인트*일지도 모릅니다. 그 사람들은 내가 해보고 싶다는 한두 가지 실험을 들먹이면 금세 고개를 내저으며 어두운 표정을 짓지요."

"그런 것들을 '실험'이라고 부르시던데," 콜서스트 씨가 살짝 더 존경하는 태도로 말했다.

"실험이라고 믿기 때문입니다. 거기서 나올 결과는 잘 모릅니다. 하지만 시도를 해봐야 한다는 건 분명합니다. 전 확신을 갖게 됐습니다. 회사를 조직하고 정비하기 위해 아무리 현명하고 아무리 많은 생각이 요구됐을지라도, 그런 회사들이 각기 다른 계층의 개개인들을 실제 개별적인 접촉에 이르게 하는 기능을 수행하지 못한다면 한낱 회사들로서는 계층과 계층을 당연히 그래야 하듯 연계시키지 못한다는 겁니다. 그러한 교류는 삶에 없어서는 안 되는 중요한 부분입니다. 노동자는 자신의 고용주가 고용인들을 위한 복지 계획의 연구에 참으로 많은 공을 들였을지도 모른다는 걸 느끼고 알게 되기 어렵습니다. 완성된 계획은 마치 기계의 부품처럼 분명 어떠한 비상사태에도 잘 들어맞는 것처럼 보이니까요. 하지만 노동자들은 그 계획을 마치 기계를 대할 때처럼 받아들입니다. 그렇게 완벽하게 되기까지 필요했던 치열한 정신적인 노동과 사전의 숙고는 생각하지도 않고 말이지요. 하지만 저는 실천에서 개인적인 교류가 필수적인 그런 걸 생각해낼 겁니다. 처음엔 잘 되지 않겠지만 문제가 생길 때마다 점점 더 많은 사람이 관심을 느끼게 될 것이고, 마침내는 모두가 이 계획에 참가했기 때문에 모두가 이 계획이 성공하기를 바라게 될 겁니다. 성공했을 때조차 공통의 관심사를 통해 더 이상 계승되지 않는다면 그 계획은 분명

---

* 어떤 것이 균형을 깨고 한순간에 전파되는 극적인 순간을 이르는 말로 아르키메데스 (Archimedes, 287~212 BC)는 지렛대의 원리를 설명하면서 이렇게 말한 것으로 전해진다. "내게 설 자리를 주면 지구를 움직여보겠다."

생명력을 잃고 소멸해버릴 것입니다. 공통의 관심사는 언제나 사람들로 하여금 서로 만나고 서로의 성격과 개인적 취향, 이랬다저랬다 하는 성미나 말본새까지 알아가는 수단과 방법을 찾게 만들지요. 감히 말하건대 우리는 서로를 더 잘 이해하고 서로를 더 좋아하게 될 겁니다."

"손턴 씨는 그것이 파업의 재발을 막을 수도 있다고 생각하는 겁니까?"

"전혀 그렇지 않습니다. 제 최상의 기대는 여기까지입니다. 즉 그 사람들은 파업을 지금까지처럼 쓰라리고 원한에 찬 증오의 근원으로 만들지 않을 수는 있을 겁니다. 좀더 낙관적인 사람이라면 계층 간의 좀더 친밀한 교류가 파업을 사라지게 할 수도 있다고 생각할는지도 모릅니다. 하지만 전 그리 낙관적인 사람은 아닙니다."

그는 돌연 새로운 생각이 떠오른 듯 방을 가로질러 마거릿이 앉아 있는 데로 가더니, 마치 그녀가 자기들의 말을 다 듣고 있었다는 걸 안다는 듯 앞뒤 말 다 자르고 이렇게 말했다.

"헤일 양, 내가 이전 직원들 몇 명에게서 청원서를 받았습니다. 히긴스의 필체 같았는데, 내가 다시 회사에 직원들을 쓸 처지가 된다면 나를 위해 일하고 싶다는 내용이었습니다. 괜찮지 않습니까?"

"네. 정말 잘됐어요. 그 말을 들으니 기뻐요." 이 말을 하면서 마거릿은 뭔가를 말하려는 듯한 눈빛으로 그를 똑바로 보더니, 말보다 더 많은 걸 담고 있는 그의 시선에 눈길을 떨어뜨렸다. 그는 잠시 동안 그녀의 시선을 되받았는데, 정확히 무엇을 할 작정인지 본인도 모르는 것 같았다. 그런 다음 그는 한숨을 쉬었다. 그리고 "기뻐하실 줄 알았습니다"라고 말하고는 몸을 돌렸고, "잘 있으라"며 정중한 작별 인사를 건넬 때까지 더 이상 한마디도 하지 않았다.

레녹스 씨가 그만 가야겠다는 인사를 건넬 때 마거릿은 상기된 표정을 숨기지 않은 채 약간 주저하면서 말했다.

"내일 뵐 수 있을까요? 당신의 도움이 필요해요. 모종의 일로……"

"물론입니다. 시간을 말씀해주시면 그때 찾아뵙도록 하지요. 제가 필요하다는 말보다 더 기쁜 말이 어디 있겠습니까. 11시 말입니까? 잘 알겠습니다."

그의 눈이 기쁨으로 빛났다. 그녀가 자신에게 기대는 법을 알게 되다니! 마치 확신 없이는 다시 청혼하지 않겠다고 다짐했던 그 확신이 그에게 당장이라도 생길 것 같았다.

52장
"구름을 걷어라"*

기뻐하거나 슬퍼하거나, 바라거나 두려워하리라
지금처럼 영원히
평화롭게 혹은 싸우면서, 폭풍우 속에서 혹은 밝은 햇살 속에서
─작자 미상

다음 날 아침 이디스는 발끝으로 다녔고, 마치 갑작스런 소음이 거실에서 벌어지고 있는 회합을 중단시키기라도 한다는 듯 슐토가 큰 소리로 떠들지 못하게 했다. 2시가 됐다. 그들은 여전히 문을 닫은 채 거실에 앉아 있었다. 그러더니 아래층으로 내닫는 남자의 발자국 소리가 들려왔다. 이디스가 거실 밖을 빼끔 내다보았다.

"저, 헨리?" 그녀가 캐묻는 표정으로 말을 걸었다.

"네!" 그가 다소 퉁명스럽게 대꾸했다.

"점심 먹으러 들어왔군요!"

"아뇨, 먹지 못합니다. 이미 여기서 너무 지체해버렸습니다."

"그럼, 그건 결정이 나지 않은 거네요." 이디스가 낙담하여 말했다.

"네! 전혀 아닙니다. '그것'이 형수가 말하는 그거라면 말입니다. 절

---

* 토머스 헤이우드(Thomas Heywood, ?1574~1641), 「루크레티아의 능욕The Rape of Lucrece」에서 인용.

대 그렇게 되지 않을 겁니다. 그러니 그 생각은 관두시죠."

"하지만 그렇게 되면 우리 모두에게 정말 좋을 텐데요." 이디스가 간절한 마음으로 말했다. "마거릿을 옆에 앉히게 된다면 언제든 애들 걱정은 하지 않을 거 같아요. 사실 마거릿이 카디스로 가버릴까 봐 난 늘 불안해요."

"결혼하게 되면 애들을 잘 보는 젊은 여성을 찾도록 해보겠습니다. 제가 할 수 있는 거라곤 그 방법뿐이군요. 헤일 양은 절 남편으로 맞지 않을 겁니다. 그러니 전 청혼하지 않겠습니다."

"그렇다면 무슨 얘기를 그렇게 하고 있었나요?"

"형수가 알지 못하는 수많은 사안에 대해서 얘기했습니다. 투자니 임대니 토지가(價)니 하는 것들입니다."

"아, 그게 다라면 가보세요. 그 시간 내내 그런 피곤한 일들 갖고 이야기하고 있었던 거라면 도련님과 마거릿은 정말 바보 천치들이랄 수밖에요."

"그러지요. 내일 다시 오겠습니다. 손턴 씨를 대동하고 와서 헤일 양과 좀더 이야기할 겁니다."

"손턴 씨요! 이 일과 손턴 씨가 무슨 상관이에요?"

"손턴 씨는 헤일 양의 임차인입니다." 레녹스 씨가 돌아서며 말했다. "그런데 손턴 씨가 임대차 계약을 포기하길 원하고 있어요."

"아! 알았어요. 자세한 내용은 이해하지 못하니 그 얘긴 그만두세요."

"형수가 이해해주길 바라는 세부 사항은 딱 하나, 뒤편 거실을 오늘처럼만 방해받지 않고 쓸 수 있게 해달라는 겁니다. 보통 때는 아이들과 하인들이 들락날락거리니 논의 중인 안건을 결코 만족스럽게 설명할 수가 없습니다. 게다가 내일 우리가 서명할 계약서는 중요한 것이 돼놔서요."

다음 날 레녹스 씨가 왜 약속을 지키지 못했는지 그 이유는 아무도 몰랐다. 손턴 씨는 약속한 시간에 딱 맞춰 나타났다. 그리고 한 시간가량 그를 기다리게 하더니 마거릿이 핼쑥하고 초조한 모습으로 들어왔다.

그녀는 서둘러 말했다.

"레녹스 씨가 없어서 유감입니다. 있었다면 저보다 훨씬 더 이 건을 잘 처리했을 텐데요. 레녹스 씨는 이 건에 대한 저의 법률고문……"

"제가 와서 불편해졌다면 미안합니다. 레녹스 씨의 사무실로 한번 찾으러 가볼까요?"

"아뇨, 괜찮습니다. 전 임차인으로 계신 손턴 씨를 잃게 된 걸 알고서 무척이나 애석했다는 말씀을 드리고 싶었습니다. 하지만 레녹스 씨 말로는 상황이 분명 좋아질 거라고……"

"레녹스 씨는 아무것도 모릅니다." 손턴 씨가 조용히 말했다. "남자가 추구하는 모든 면에서 행복과 행운을 거머쥐고 있는 그 사람은 이런 걸 잘 모릅니다. 더 이상 젊지 않다고 생각하는데 포부에 찬 젊음이 요구되는 출발점으로 다시 내던져진 게 어떤 건지, 인생의 반이 지나가도록 이룬 것 하나 없이, 그랬어야 했다는 쓰라린 기억 말고는 아무것도 남지 않은 허비된 기회를 통감한다는 게 어떤 건지를 이해하지 못합니다. 헤일 양, 제 일에 대한 레녹스 씨의 의견이라면 듣고 싶지 않습니다. 행복한 데다 성공한 사람들은 흔히들 다른 사람들의 불행을 우습게 여기는 경향이 있기 때문입니다."

"편견이에요." 마거릿이 부드럽게 말했다. "레녹스 씨는 그저 본인 생각에 손턴 씨가 잃었던 것을 회복할, 아니 충분히 회복 그 이상을 할 수 있다는 걸 말했을 뿐이랍니다. 제 말 끝날 때까지 말씀은 말아주세요. 부탁이에요!" 그런 다음 그녀는 다시 한 번 마음을 다잡고 법률 서류와 결산 보고서 몇 장을 떨리는 손으로 재빨리 넘기면서 말을 이었다. "아! 여기 있네요! 레녹스 씨가 제안 문서를 하나 작성해주셨어요. 이 자리에서 설명해주신다면 좋으련만. 만약 제가 지금 쓰지 않고 그냥 은행에 넣어둔, 그러면서 겨우 2.5퍼센트밖에 이자가 붙지 않는 제 돈 1만 8천 57파운드의 돈을 손턴 씨가 받으신다면, 손턴 씨는 제게 더 많은 이자를 지불할 수도 있으면서, 말버러 공장까지 계속 돌리게 될 거라는 내용이에요."

그녀는 목소리를 가다듬고 나더니 좀더 안정되어 있었다. 손턴 씨는 가만히 있었고 그녀는 담보를 위한 제안들을 적어놓은 어떤 서류를 계속 찾았다. 그녀는 이 모든 제안이 자신이 기본 수혜자가 되는 단순한 사업상 계약의 측면으로 여겨지기를 무척이나 바라고 있었다. 서류를 찾는 사이 그녀의 심장은 손턴 씨의 어조에 사로잡혔다. 말할 때 그의 목소리는 쉰 듯했고 부드러운 정열로 떨리고 있었다.

"마거릿!"

잠시 그녀가 고개를 들었다. 그런 다음 자신의 이슬 맺힌 눈을 감추려고 두 손으로 얼굴을 가렸다. 그가 좀더 다가서면서 솟구치는 열정에 휩싸여 다시 한 번 그녀의 이름을 불렀다.

"마거릿!"

그녀는 더더욱 고개를 숙였다. 얼굴은 완전히 가려진 채 테이블에 닿을 정도가 됐다. 그는 그녀 가까이로 다가섰다. 그는 그녀 옆에 무릎을 꿇었고 그녀의 귀 높이로 얼굴을 가져갔다. 그러더니 속삭였다. 숨찬 목소리로 이런 말이 흘러나왔다.

"조심하십시오. 대답하지 않는다면 전 좀 뻔뻔하다 싶은 방법으로 당신에 대한 소유권을 주장할 겁니다. 절 보내야겠다면 당장 내보내십시오. ──마거릿!──"

세번째 부르는 소리에 그녀가 여전히 작은 손으로 가리고 있던 얼굴을 그에게로 돌렸다. 그리고 그 얼굴을 그의 어깨에 묻으니 얼굴은 더욱 더 가려졌다. 그는 자신의 뺨에 닿는 그녀의 뺨을 느끼는 게 더할 나위 없이 감미로워서 그녀의 얼굴에 번지는 짙은 홍조나 사랑스러운 눈을 볼 필요가 없었다. 그는 그녀를 바싹 당겨 끌어안았다. 하지만 두 사람은 말이 없었다. 이윽고 그녀가 갈라지는 목소리로 중얼거렸다.

"아, 손턴 씨, 당신께 전 부족한 사람이에요!"

"부족하다니요! 스스로 쓸모없다고 느끼는 날 조롱하지 마십시오."

잠시 후 그가 그녀의 손을 얼굴에서 부드럽게 떼고 이전에 그녀가 폭도들로부터 자신을 보호하기 위해 막아섰던 대로 그녀의 두 팔을 늘어뜨려보았다.

"기억나오, 내 사랑?" 그가 중얼거렸다. "그리고 다음 날 내가 얼마나 무례하게 그 사랑을 되돌려주었는지 말이오?"

"제가 얼마나 말을 잘못했는지는 기억나요. 그게 전부예요."

"날 좀 봐요! 얼굴을 들어요. 보여줄 게 있소!" 그녀가 수줍음으로 붉어진 아름다운 얼굴을 천천히 그와 마주했다.

"이 장미를 알고 있소?" 그가 꽃잎 몇 장이 고이 간직되어 있던 수첩을 꺼냈다.

"아뇨!" 그녀는 아무것도 모르는, 호기심 어린 얼굴로 말했다. "내가 당신께 드렸었나요?"

"아니, 천만에! 그러지 않았소. 아마 이와 비슷한 장미를 꽂았던 적은 있을지 모르오."

그녀는 잠시 어리둥절한 기분으로 그것들을 보더니 살짝 웃으면서 이렇게 말했다.

"헬스턴에서 가져온 것들이군요, 그렇죠? 꽃잎 가장자리의 굴곡이

696

깊은 걸 보니 알겠어요. 어머! 거기 갔었나요? 언제 갔었어요?"

"지금의 마거릿이 자라온 곳을 보고 싶었소. 참으로 힘든 시기였고 당신을 내 사람이라고 부를 수 있다는 희망도 전혀 없었는데 말이오. 르 아브르에서 오는 길에 거길 갔었소."

"그 꽃들은 제게 주셔야 해요." 그녀가 이렇게 말하면서 그의 손에서 그것들을 빼앗으려고 부드럽게 힘을 썼다.

"그러리다. 다만 값은 지불해야 하오."

"쇼 이모께는 어떻게 말씀드리죠?" 말없이 잠시 달콤한 시간을 보내고 나서 그녀가 속삭였다.

"내가 말하리다."

"아, 아니에요! 제가 고백해야 해요. 하지만 뭐라고 말씀하실까요?"

"뭐라고 말할지 알 것 같소. 내지르는 첫마디가 '그 사람이라고!' 일 거요."

"쉿!" 마거릿이 말했다. "안 그럼 저도 무시하는 듯한 당신 어머니 말투를 흉내 낼 거예요. '그 처녀 말이냐!' 하시겠죠."

이분법적 사회구도 속에서 모색하는 화해의 몸짓

산업화의 어두운 그늘을 조명하는 사회소설

『남과 북North and South』은 영국 빅토리아 시대의 여류 작가 엘리자베스 개스켈(Elizabeth Gaskell, 1810~1865)의 두번째 사회소설이다. 개스켈의 첫번째 사회소설은 1848년 맨체스터 노동자들의 비참한 실상을 노동자의 시선으로 조명한 장편 『메리 바턴Mary Barton』으로, 이 소설의 출판과 함께 개스켈은 사회소설가라는 이름을 얻게 된다. 『남과 북』이 발표되었던 19세기 중엽 영국은 산업혁명을 거치면서 기술의 진보와 공장의 등장으로 가내 수공업이 몰락하고 공장제 기계 공업이 확립되었으며, 사회적으로는 맨체스터 같은 신흥 공업도시가 발달하면서 대량생산을 통해 부자가 된 자본가와 그 밑에서 법의 보호 없이 착취당하는 노동자라는 두 계급이 등장했다. 이러한 시대상을 반영하듯 1854년에는 비참한 노동자의 실상을 고발하는 두 편의 소설이 찰스 디킨스Charles Dickens가 발행하는 주간문예지 『하우스홀드 워즈Household Words』에 연재되는데, 하나는 디킨스 본인의 열번째 소설인 『어려운 시절Hard Times』이고, 다른 하나가 개스켈의 『남과 북』이다.

가상의 공업도시 밀턴을 배경으로 불평등한 부의 분배에 대한 노동자들의 분노와 좌절감을 통해 당시 영국 사회 전반에 드리워져 있던 산업화의 그늘을 보여주는 이 소설은 원래 제목이 『남과 북』이 아니었다. 개스켈이 이 소설에 붙였던 제목은 작중 여주인공의 이름을 딴 '마거릿 헤일'이었다. 하지만 『남과 북』이 "좀더 많은 걸 함축하고 있고 소설 속에서 상충하는 사람들을 더 잘 표현하고 있다"는 편집자 디킨스의 의견을 좇아 '마거릿 헤일'이었던 이 소설은 결국 『남과 북』이라는 제목으로 발표된다. 통찰력 있는 제목에서 알 수 있듯이 이 소설은 남부의 전통적인 토지 귀족과 북부의 신흥 공장지대 사람들, 그리고 산업혁명 과정에서 부를 축적한 신흥 산업자본가와 공장제 생산으로 급증한 임금노동자들 사이에서 빚어지던 정신적이고 물리적인 갈등을 다각도로 조명하는 작품이다. 개스켈은 특히 이 소설에서 산업화 과정에서 상류층으로 새롭게 부상한 신흥 자본가들과 그들 밑에서 노동을 착취당하는 노동자들의 대조적인 삶을 그리면서 산업화가 만들어낸 노동문제를 고발한다.

『남과 북』은 사회소설이라는 분류에 걸맞게 노동문제와 계급문제를 주로 담고 있지만, (번역 원고 기준으로) 원고지 3천 매를 넘는 분량에 작가 개스켈의 개인사와 사상을 총망라한 작품인 만큼, 사랑과 종교적 신념, 여성의 권익 문제, 대립 구도를 초월하는 인간애 등 우리가 살아가며 피할 수 없는 삶의 모습들을 포괄적으로 보여준다.

엘리자베스 개스켈의 작품과 생애

개스켈은 『메리 바턴』 『루스Ruth』 『실비아의 연인들Sylvia's Lovers』 등의 장편소설과 수십 편에 달하는 중·단편을 발표한 다작 작가로, 특히 동시대 작가인 샬럿 브론테(Charlotte Bronte, 1816~1855)의 전기 『샬럿 브론테 전기The Life of Charlotte Bronte』를 집필한 것으로 유명하다. 유니테리언 교회의 목사였던 아버지 밑에서 8남매 중 막내로 태어난 개스켈은 어머니가 그녀를 낳은 지 1년 만에 사망하자 너츠퍼드Knutsford의 이모 집으로 가서 성장한다. 8남매 중 다른 형제들은 일찍 죽고 유일하게 오빠만 그녀와 함께 살아남았으나 그마저도 해군에 입대한 뒤 행방불명된다. 개스켈의 작품 속에는 그녀의 성장 배경과 특정 지역의 거주 경험이 많이 드러나는데, 그녀가 결혼하기 전까지 살았던 너츠퍼드는 장편소설 『크랜퍼드Cranford』와 『아내와 딸들Wives and Daughters』 및 수많은 중·단편의 배경을 제공해주었다. 개스켈은 1832년 유니테리언 교회 목사인 남편과 결혼하면서 섬유공업의 메카인 맨체스터에 정착하게 된다. 생애 동안 왕성한 필력을 자랑한 그녀지만, 그녀의 작가 경력은 서른 후반에 접어들어서야 시작되었다. 개스켈은 태어난 지 1년밖에 안 된 장남이 성홍열로 죽어버리자 극도의 상실감에 빠진다. 이런 아내가 정상 생활을 되찾기를 바라는 마음에서 개스켈의 남편은 개스켈에게 소설을 써보라고 권유하게 되는데, 그렇게 하여 탄생한 작품이 『메리 바턴』이다. "맨체스터 이야기A Tale of Manchester Life"라는 부제를 달고 나온 이 소설은 간단치 않은 노동자 문제에 대한 참신한 접근으로 사회적 반향을 일으켰다. 적극적인 인도주의자였던 개스켈은 작품을 통해 고용주와 노동자들, 기득권자와 소외된 자들 사이에서 사회적 화해를 이루어야 한다는 작가적 메시지를 전달하고자 했다. 『남과 북』에 나오는 밀턴은 그녀가 맨체스터의 상공업적 환경에서 영감을 얻어 탄생시킨 가상의 장소로, 맨체스터에서 그녀가 목격했던 노동자들의 고달픈 삶이 소설 속에 고스란히 묻어난다. 아버지가 유니테리언 목사였고 일찍 어머니를 여의고 이모 댁에서 유년기를 보낸 것, 그리고 오빠가 상선을 타고 해상에서 실종된 것 등 개스켈의 개인사 역시 『남과 북』 속 마거릿의 가족 상황에 상당히 반영되어 있다.

남부 소녀, 북부의 삶 속으로 들어가다

대립을 상징하는 제목인 『남과 북』에는 여러 가지 의미가 함축되어 있다. '북'은 산업혁명의 표상인 맨체스터가 있고 자본주의의 가치를 상징하는 북부를 가리킨다. 반면 '남'은 북부와 지리적으로 떨어져 있는, 북부가 숭상하는 가치와 전혀 관계없이 잘 교육받은 사람들이 풍요로운 중류층의 삶을 영위하는 남부를 가리킨다. 하지만 남부와 북부는 그저 남과 북이라는 대립적 공간만을 의미하는 개념이 아니다. 남부와 북부는 신분이나 부의 소유에 따른 계급 질서 속에서 상류계급과 하류계급 혹은 지배계층과 피지배계층으로 나뉘어 돌아가던 당시의 사회상을 상징한다. 소설 속에서 남부는 조용하고 귀족적이며 목가적이다. 북부와 달리 그곳에는 파업도 없고, 계급 갈등도 없으며 짓밟힌 대중도 없다. 남부에서는 교육이 중시되고 상업은 상스러운 것으로 여겨진다.

이야기는 헬스턴에서 평화롭게 살아가던 여주인공 마거릿 헤일이 목사인 아버지의 종교적 소신의 변화로 더없이 낯선 북부의 공업도시 밀턴으로 이사를 가면서 본격적으로 전개된다. 개스켈은 잘 배우고 교양도 있고 미덕과 아름다움까지 갖춘 '비상업적인' 남부의 소녀 마거릿을 갈등 속의 추한 밀턴으로 밀어 넣고 그녀가 낯선 공업도시 밀턴에서 자신이 혐오해 마지않던 장사꾼과 가난한 노동자들과 섞인 채 살아가게 한다. 남부의 평화로운 전원마을 헬스턴에서 북부로 이사 간 마거릿은 밀턴을 더럽고 삭막하며, 부당함과 끝없는 노동에 시달리는 사람들로 가득 찬 곳으로 바라본다. 마거릿에게 헬스턴이 '실존하는 마을이라기보다는 동화 속 마을'처럼 들리는 이상적인 곳이라고 한다면 그녀에게 밀턴은 소음과 연기, 소란함이 뒤섞인 끔찍한 곳이다. 주위 풍경, 사람들의 태도, 연기, 먼지, 의복과 이사 갈 집의 벽지에 이르기까지 밀턴의 모든 것에 대한 마거릿의 이러한 혐오감은 그녀가 유년 시절을 보냈던 런던의 할리 가와 아버지의 목사관이 있는 수풀 우거진 남부의 전원 지역에서 그녀가 어떠한 가치관을 형성해왔는지를 짐작하게 해준다.

뿌리를 내리고 있던 평화로운 남부의 시골마을에서 떨어져 나온 마거릿은 문화도 교양도 느낄 수 없는 밀턴에서 자신의 감정과 취향을 공유할 대상을 아무도 발견하지 못한다. 하지만 마거릿은 생산과 노동, 임금이 주민들의 삶과 의식을 지배하는 생경한 세상에서 노동자들의 삶을 들여다보면서 그들에게 연민을 느끼게 되고 치열하게 살아가는 북부의 삶을 인정하게 된다. 수년 후 고향을 다시 찾은 마거릿은 이교도의 관습에 물들어 있는 고향 주민들과 변해버린 고향의 풍경들을 보면서 남부와 북부에 대해 자신이 평소 느끼던 편견을 수정하게 되는데, 개스켈은 상이한 계급과 계층으로 분리된 채 서로 반목하며 살아가는 사람들의 관계가 이해의 관계로 선회하길 바라는 열망을 북부에 동화되어가는 마거릿을 통해 실현시키고자 한다.

북부에서 목격한 하층민의 고통

『남과 북』이 계급 간의 갈등을 표방하는 소설이니만큼 소설 속에는 각기 다른 계급을 대변하는 인물들이 등장한다. 쇼 부인과 이디스, 레녹스 형제, 벨 씨는 세습 지위의 이익을 누리며 생산에 종사하지 않고도 향락적인 소비를 즐기며 살아가는 남부의 상류계급을 대표하는 인물들이다. 반면에 손턴과 히긴스, 바우처는 생산과 노동에 종사하며 한없이 분주한 삶을 살아가는 공업도시 북부의 인물들로 각각 신흥 자본가와 임금노동자 계급을 대표한다. 남부의 인물들이 세습한 신분에 편승하여 특권층의 권리를 누리며 살아가는 데 반해 세습 지위를 누리지 못한 북부의 인물들에게는 오직 본인의 능력만이 부와 지위를 성취할 수 있는 수단이다. 남부인과 북부인은 서로를 다른 눈으로 바라본다. 남부인의 눈에 북부인은 교양과는 담을 쌓고 '돈 때문에 기를 쓰는' 사람들이고, 북부인의 눈에 남부인은 그저 '한가하게' 책이나 읽고 파티나 즐기는 게으름뱅이에 지나지 않는다. 한편 북부의 공업도시 밀턴 안에서는 산업화로 인한 또 하나의 계급 관계가 다른 형태의 갈등을 잉태하고 있다. 문화나 교양의 수준 차이에서 오는 정신적인 갈등이 아니라 생존과 직결된 돈 문제로 인한 물질적인 갈등이다.

밀턴에서는 산업화 과정에서 새로이 상류층으로 부상한 자본가 계급과 그 자본가들 밑에서 노동을 착취당하는 노동자 계급이 형성되어 있었는데, 이들은 '재산의 지배권과 소유권'을 두고 대립한다. 노동자는 공장주를 자신의 노동을 착취하는 '독재자'로 생각하고 공장주는 노동자를 자신의 돈을 좌지우지하려고 하는 배은망덕한 불한당으로 여긴다. 밀턴의 공장주 손턴은 노동자가 공장주의 자본 사용에 간섭하려고 한다며 분통을 터뜨린다. 개스켈은 이처럼 손턴의 입을 통해 공장주의 입장을 드러내면서, 『메리 바턴』에서 보여주었던 노동자의 일방적인 시각이 아니라 공장주와 노동자의 입장을 객관적으로 바라보는 균형적인 시각을 유지하고자 한다. 사실 밀턴에서 가장 큰 고통을 당하는 계층은 임금노동자들이다. 이들은 자신들을 어리석은 아이로 생각하며 가부장적인 전횡을 일삼는 공장주에게 노동을 착취당할 뿐만 아니라, 파업을 선언한 자신들의 노동력 공백을 메우기 위해 공장주들이 들여온 아일랜드 노동자들 때문에 파업의 성과마저 확신할 수 없는 이중고를 당한다. 더욱이 노동자들은 자신들의 이익을 대변한다는 노동조합이라는 거대 조직의 압제까지 견뎌야 하는 최약자의 처지에 놓이고 만다. 개스켈은 파업 시도가 실패로 돌아간 뒤 벼랑 끝에 몰려 자살이라는 극단적 방법을 택하는 바우처를 통해 이와 같은 당시 노동자들의 처참한 실태를 적나라하게 드러낸다.

마거릿 헤일의 홀로 서기

이 소설에 붙였던 원래 제목이 여주인공의 이름을 딴 '마거릿 헤일'이었다는 것에서도 알 수 있듯이 『남과 북』은 마거릿의 성장소설이기도 하다. 철없는 남부 소녀에서 성숙한 여인으로 변모하는 마거릿은 소설 속에서 상당히 용기 있고 자주적인 모습으로 그려지고 있다. 개스켈은 빅토리아 시대 여성의 전통적인 사회적 역할에 반감을 가지고 있었으며, 여성의 재산권 옹호와 여권의 신장에 적극적으로 동참한 여권주의자이기도 했다. 따라서 그녀는 마거릿을 통해 결혼과 함께 남편에게 종속되는 빅토리아 시대의 전형적 여성과는 다른 주체적 여성상을 보여준다.

밀턴 사람들은 마거릿을 걱정 없는 중류층 여성의 전형으로 바라본다. 헤일 씨의 초대를 받아 간 손턴은 헤일 씨 집에서 완벽한 중류 가정의 모습을 본다. 하지만 모든 것이 마거릿을 닮은 듯한 헤일 씨 집에서 풍겨 나오던 편안함과 평온함 뒤에 금전적 어려움에 직면한 마거릿의 압박감이 있다는 사실을 손턴은 읽지 못한다. 폐병으로 죽어가는 베시 역시 마거릿에게 "평생을 유쾌하고 평화로운 데서 살았으니, 부족하거나 걱정되거나 나쁜 거에 대해선 알 리가 없"다고 한다. (216쪽) 하지만 마거릿의 집안을 들여다보면 가장의 기능을 상실한 아버지와 병약한 어머니, 선상 폭동의 주모자로 몰려 도피자의 신세가 된 오빠가 있다. 이런 환경에서 마거릿은 실질적인 가장의 역할을 맡으면서 판단력과 결단력을 갖춘 자주적 여성의 정체성을 확립해간다.

마거릿은 결혼관에서도 사회의 관습을 맹목적으로 추종하지 않는 자주적인 의식을 보여준다. 그녀는 외형에 치중하는, '회오리바람' 같이 정신없는 이디스의 결혼식에 반감을 보인다. 배우자의 선택에서도 여타 여성들과는 다른 가치관을 보인다. 전도유망한 변호사인 헨리 레녹스가 청혼을 했을 때 마거릿은 그를 연인으로 생각하지 않는다는 이유로 청혼을 받아들이지 않는다. 결혼을 출신과 재산을 기준으로 자신의 미래를 담보받는 제도로 받아들이던 당시의 관습에 비하면 마거릿의 이러한 결혼관은 사랑을 바탕으로 미래의 배우자를 스스로 선택하는 현대의 연애결혼관과 많이 닮아 있다. 부모를 잃은 뒤 혼자 남은 마거릿이 '권위에 대한 복종'과 '여성의 독자적인 활동 영역' 사이에서 자신의 태도를 고민하면서 타인의 간섭에서 자유로운 주체적 삶을 살고자 다짐하는 부분에서는 신여성적인 사고가 엿보인다. 이 밖에도 마거릿의 행보에는 빅토리아 시대 여성의 그것을 뛰어넘는 부분이 많이 등장한다. 쇼 이모와 이디스는 '하인을 대동하지 않고는' 낯선 곳으로 외출할 엄두를 내지 못하지만 마거릿은 낯선 밀턴에서 새로운 곳을 혼자 산책하기도 하고 특유의 친화력으로 새로운 사람들과 관계를 형성해나간다. 또한 슬픔을 자제할 능력이 없기 때문에 장례식에 참석하지 못하는 다른 여성들과 달리 장례식의 참석도 두려워하지 않을 뿐만 아니라, 스스로 목숨을 끊은 바우처의 부인에게 남편이 죽었다는 비보를 알리는 궂은일도 마다하지 않는다.

엇갈리는 사랑, 결실을 맺다

『남과 북』은 상류계급의 풍요로운 삶이 가난한 노동자들의 희생을 대가로 이루어지는 부조리한 사회현상을 고발하면서 마거릿과 손턴의 로맨스를 서사의 큰 줄기로 엮어나간다. 두 사람의 로맨스는 흔히 남·여 사이를 이어주는 매개체 구실을 하는 오해와 편견에서 시작되고 있으며, 이는 이들의 로맨스를 이끌어가는 중요한 모티프이기도 하다. 신분이 다른 두 사람은 첫 대면부터 물과 기름처럼 서로 섞이지 못한다. 개인 교습을 의논하기 위해 헤일 씨를 만나러 왔던 손턴은 마거릿과 대면하게 되고 자신을 업신여기는 듯한 그녀의 태도에서 모멸감을 맛본다. 이후 마거릿은 노동자들에 대한 손턴의 매정한 시각에 분노한다. 이런 과정에서 두 사람 사이에는 서로에 대한 오해와 편견이 쌓여간다. 그럼에도 불구하고 헤일 씨의 문하생인 손턴이 마거릿의 집에 수업을 받으러 오는 과정에서 두 사람은 서로를 조금씩 알아가는 기회를 갖는다. 손턴은 마거릿에게서 완벽한 중류층 여성의 전형을 발견하고서 그녀를 흠모하게 된다. 마거릿 역시 손턴의 집에서 열린 파티에 초대된 자리에서 주관이 뚜렷한 손턴의 모습을 보면서 손턴에 대해 갖고 있던 자신의 선입관을 수정한다.

한편 마거릿의 성sexuality에 대한 자각은 그녀가 독립적인 한 인간으로서뿐 아니라 한 사람의 여성으로 성숙해가는 과정에서 중요한 장치가 되고 있다. 빅토리아 시대는 보수적인 사회 분위기 속에 여성들에게 금욕과 절제를 미덕으로 가르치던 시대였다. 마거릿은 자신이 남성에게 성적 대상으로 인식되고 있다는 사실에 대해 죄책감을 느낀다. 이는 소설 초반 마거릿이 헨리 레녹스의 청혼을 받고 자신이 벌써 성적인 대상으로 인식되었다는 사실을 불편해하는 부분에서도 잘 드러난다. 더 나아가 마거릿이 위험에 처한 손턴을 폭도들로부터 보호하기 위해 격렬하게 막아서는 모습 역시 그녀의 성이 내면에서 일깨워지고 있음을 읽을 수 있는 부분이다. 마거릿은 손턴에게 그런 상황에서 여성이라면 누구든 자기처럼 했을 거라고 강변하면서 스스로를 납득시켜보려고 하지만, 그 행위가 억눌려 있던 그녀의 성이 표출된 것이었다는 점은 명백하다.

두 사람의 사랑은 서로가 서로에 대한 감정을 채 확인하기도 전에 또다른 오해가 생김으로써 결코 이루어질 것 같지 않은 국면을 맞는다. 마거릿이 도망 중인 오빠를 배웅하는 기차역에서 두 사람을 우연히 목격한 손턴이 그를 마거릿의 연인으로 오해하게 된 것이다. 기차역에서 발생한 우발적인 사망사고와 관련하여 자신이 오빠를 위해 거짓말한 사실을 치안판사였던 손턴이 덮어주려고 애썼다는 걸 알게 되고 나서야 마거릿은 비로소 자신의 편협한 시각을 뉘우치며 그에게 진심으로 고마운 마음을 갖기 시작한다. 이 과정에서 마거릿이 받는 양심의 가책은 그녀를 정신적으로 성숙시키고 그녀가 손턴을 받아들이게 되는 중요한 변수로 작용한다. 손턴의 배려를 통해 그녀는 오만했던 자신을 돌아보게 되고 손턴의 진심을 이해하면서 마침내 두 사람은 화합에 이른다.

빅토리아 시대의 종교

평생 유니테리언 신자로 살았던 개스켈은 헤일 씨의 종교적 고민을 통해 진정한 기독교인의 자세에 대한 해답을 찾고자 한다. 마거릿이 평화로운 남부의 헬스턴을 떠나 시끄럽고 더러운 북부의 공업도시로 이주하게 되는 원인은 목사인 아버지의 영국 국교에 대한 '소신의 변화' 때문이었다. 즉 그녀 아버지의 종교적 양심의 문제였던 것이다. 하지만 소설에서는 내적인 소신 변화로 인해 고향을 떠날 결심을 하는 헤일 씨의 회의에 대해서는 단 한 차례도 완전히 설명되지 않는다. 다만 "종교에 대한 의심은 아니다. 믿음은 털끝만큼도 다치지 않았어"(54쪽)라는 헤일 씨의 말에서 그의 회의가 기독교 자체에 대한 믿음과는 관계가 없다는 것만을 유추할 수 있을 뿐이다. 영국은 16세기 헨리 8세 때 가톨릭으로부터 떨어져나와 국교회를 세웠고, 메리 1세 때 가톨릭교회로의 복귀 시도가 있었으나 엘리자베스 1세가 영국 성공회The Anglican Church를 오늘날의 형태로 확립시킨다. 이 과정에서 무수한 성직자들이 순교했고 소설 속에도 헤일 씨가 2천여 명의 성직자가 영국 국교회의 『일반기도서Book of Common Prayer』를 전적으로 받아들이지 못해 교회에서 추방되는 사례를 거론하는 대목이 나온다. 딕슨이 국교를 버리고 신부(新婦)를 따라 가톨릭을 선택하는 프레더릭의 개종에 우려를 드러내는 부분, 편지에서 이디스가 국교를 포기한 헤일 씨를 걱정하는 부분 등을 통해 빅토리아 시대 국교 중심의 엄격했던 종교의식을 엿볼 수 있다. 소설에서는 헤일 씨가 유니테리언이라는 명시는 없으나 일부 비평가들은 헤일 씨의 소신 변화가 기독교의 삼위일체를 거부하는 유니테리언의 신조와 관계가 있다고 해석하고 있다.

인도주의, 등 돌린 자들을 아우르다

『남과 북』의 주제는 날카롭게 맞서던 인물들이 결국 타인을 통해 자신들의 아픔을 치유함으로써 서로에 대한 반목 관계를 청산하는 과정에서 드러나는 인도주의에 있다. 아버지와 남편이 유니테리언 교회 목사였고 자신 역시 평생 유니테리언 신자였던 개스켈의 작품 속에는 기독교인으로서의 온정주의가 깊이 깔려 있다. 딸의 죽음으로 비통함에 빠져 있던 히긴스는 마거릿과 헤일 씨로부터 기독교 정신에 입각한 깊은 정신적 위로를 받는다. 마거릿은 거짓 증언으로 법정에 설 수 있는 상황에서 자신을 끝까지 믿어주는 손턴의 도움을 받아 법정에 서는 위기를 모면할 수 있게 된다. 노동자들의 파업 시도로 파산에 이르는 손턴 역시 유산을 상속한 마거릿에게서 재정적인 도움을 제의받는다. 손턴은 일자리를 구하러 온 히긴스를 파업을 계획했던 노조 간부라는 이유로 모질게 내쫓은 뒤, 그가 자살한 바우처의 식솔을 거두기 위해 일자리를 얻으려고 다섯 시간이나 기다렸다는 사실을 알게 되자 양심의 가책을 느낀다. 그리하여 한때 적의 입장이었던 히긴스와 인간적인 관계를 쌓게 되고, 나중에 도산한 뒤에는 적대적 관계였던 인부들에게서 자신을 위해 다시 일하고 싶다는 청원서까지 받기에 이른다. 이와 같이 개스켈은 등장인물들이 곤경에 처한 적대적 관계의 사람들에게 어떤 식으로 도움의 손길을 내밀고 있는지를 보여주면서, 인간이 계급이라는 껍데기를 쓰고 있지만 너나 할 것 없이 근본적으로는 따뜻한 인간애를 품고 있다는 것을 일깨워준다.

신도인 마거릿, 교회에서 떨어져 나온 그녀의 아버지, 비(非)신도인 히긴
스, 이 세 사람이 함께 무릎을 꿇었다. 이 일로 상처 입은 사람은 아무도
없었다. (371쪽)

딸을 잃은 히긴스가 마거릿의 손에 이끌려 헤일 씨 집을 찾아왔을 때
이야기를 끝내고 돌아가는 히긴스를 헤일 씨가 불러서 함께 기도를 올리
는 이 부분은 순수한 인간애 앞에서 인간을 구분 짓는 계급이나 계층, 종
교 같은 것은 아무런 의미가 없음을 드러내는 매우 상징적인 장면으로, 여
기에 남과 북으로 상징되는 모든 대립적 관계가 기독교적 인도주의를 바
탕으로 상호 이해의 관계로 돌아서기를 바라는 저자의 바람이 담겨 있다.

1810   9월 29일 런던 첼시에서 윌리엄 스티븐슨과 엘리자베스 스티븐슨 사
        이에서 8남매 중 막내로 출생.

1811   10월 29일 어머니 엘리자베스 스티븐슨 사망. 이모인 해나 럼이 양육
        을 맡아 그녀를 체셔의 너츠퍼드로 데려감.

1814   아버지 윌리엄 스티븐슨, 캐서린 톰슨과 재혼.

1821   워릭 근처 바이얼리 부인이 운영하는 기숙학교에 입학.

1822   오빠인 존 스티븐슨(1799년 출생), 상선대에 합류.

1828   존 스티븐슨, 인도행 선박에서 실종된 후 생사불명.

1829   3월 22일 아버지 사망. 뉴캐슬어폰타인에 거주하는 친척 터너 목사
        집 방문. 이후 이곳에서 2년간 체류.

1831   터너 목사의 딸 앤과 에든버러 방문. 이곳에서 유니테리언 교회 목사
        인 윌리엄 개스켈(1805~1884)을 만남.

1832   8월 30일 윌리엄과 너츠퍼드의 성 요한 교구교회에서 결혼. 노스웨일
        스에서 신혼을 보낸 뒤 맨체스터의 도버 가로 이사.

1833   7월 10일, 첫째 딸 사산.

1834   9월 12일, 차녀 메리언 출산.

1837   1월, 윌리엄과 공동 집필한 「유년 시절의 추억Sketches Among the Poor
        No.1」을 『블랙우즈 에든버러 매거진Blackwood's Edinburgh Magazine』에 발
        표.

        2월 7일, 3녀 마거릿 에밀리 출산.

        5월 1일, 이모인 해나 럼 사망.

1840   「클롭턴 홀Clopton Hall」이 윌리엄 호윗William Hawitt의 『명소 탐방Visits to
        Remarkable Places』에 실림.

1841   7월, 가족과 하이델베르크를 방문하고 라인 강 유역 여행.

1842   10월 7일, 4녀 플로렌스 엘리자베스 출산. 맨체스터 어퍼 럼퍼드 가
        121번지로 이사.

1844   10월 23일, 장남 윌리엄 출산.

1845   8월 10일, 장남 윌리엄이 웨일스의 포스마도그에서 가족 휴가 중 성
        홍열로 사망.

1846   9월 3일, 5녀 줄리아 브래드퍼드 출산.

1848   10월, 『메리 바턴Mary Barton』 출판.

1849   4~5월, 런던을 방문하여 찰스 디킨스와 토머스 칼라일을 만남.

        6~8월, 레이크 디스트릭트를 방문하여 윌리엄 워즈워스를 만남.

1850   6월, 맨체스터 플리머스 그로브로 가족 이사.

        8월 19일, 윈더미어에서 샬럿 브론테를 만남.

1851   6월, 「실종Disappearances」이 『하우스홀드 워즈 Household Words』에 실림.

        샬럿 브론테가 맨체스터로 개스켈 방문.

        7월, 런던 만국박람회 관람.

10월, 너츠퍼드 방문.

12월~1853년 5월, 『크랜퍼드 *Cranford*』를 『하우스홀드 워즈』에 9회에 걸쳐 연재.

1852   12월, 「늙은 보모의 이야기 The Old Nurse's Story」가 『하우스홀드 워즈』의 크리스마스 특집 호에 실림.

1853   1월, 『루스 *Ruth*』 출판.

5월, 샬럿 브론테가 맨체스터로 찾아옴, 파리 방문.

6월, 『크랜퍼드』 출판.

9월, 하워스로 샬럿 브론테 방문.

12월, 「시골 유지의 이야기 The Squire's Story」가 『하우스홀드 워즈』의 크리스마스 특집 호에 실림.

1854   9월~1855년 1월, 『남과 북』을 『하우스홀드 워즈』에 연재.

1855   6월 16일 샬럿 브론테가 사망하고, 그녀의 부친 패트릭 브론테로부터 브론테의 전기 집필을 요청받음. 『남과 북』 출판.

9월, 단편집 『리지 리 *Lizzie Leigh and Other Tales*』 출판.

1856   5월, 샬럿 브론테 전기를 위한 자료 조사 수행을 위해 브뤼셀 답사.

12월, 「가엾은 클레어 The Poor Clare」가 『하우스홀드 워즈』에 실림.

1857   2~5월, 딸들과 함께 런던과 로마 여행.

3월, 『샬럿 브론테 전기 *The Life of Charlotte Bronte*』 출판. 곧이어 대폭 수정된 세번째 판이 출간됨.

1858   1월, 「그리피스 가의 비운 The Doom of the Griffiths'」이 『하퍼스 뉴 먼슬리 매거진 *Harper's New Monthly Mazazine*』에 실림.

1859   3월, 단편집 『소파 한담 *Round the Sofa and Other Tales*』 출판.

10월, 「마녀 로이스 Lois the Witch」가 『올 더 이어 라운드 *All the Year Round*』

에 실림.

11월, 『실비아의 연인들 *Sylvia's Lovers*』의 작품 배경이 되는 휫비 방문.

12월, 「구부러진 가지 The Crooked Branch」가 『올 더 이어 라운드』의 크리스마스 특집 호에 실림.

1860   2월, 「사실이라면 흥미로운 Curious, if True」이 『콘힐 매거진 *Cornhill Magazine*』에 실림.

5월, 단편집 『사필귀정 *Right at Last*』 출판.

7~8월, 하이델베르크 방문.

1861   1월, 「잿빛 여인 The Grey Woman」이 『올 더 이어 라운드』에 실림.

1862   프랑스 생활에 대한 소고 집필을 위한 파리, 브르타뉴, 노르망디 지역 방문 답사.

1863   2월, 『실비아의 연인들』이 스미스 엘더 앤드 코 출판사에서 출판.

3~8월, 프랑스와 이탈리아 방문.

11월~1864년 2월, 『사촌 필리스 *Cousin Phillis*』를 『콘힐 매거진』에 연재.

1864   8월, 스위스 방문.

8월~1866년 1월, 『아내와 딸들 *Wives and Daughters*』을 『콘힐 매거진』에 연재.

1865   3~4월, 파리 방문.

6월, 햄프셔, 홀리번 근처에 저택 구입.

10월, 디에프 방문. 단편집 『잿빛 여인』 출판.

11월 12일, 홀리번에서 사망.

11월 16일, 너츠퍼드 브룩 스트리트 교회에 안장됨.

1866   2월, 미완성 유고 『아내와 딸들 *Wives and Daugters: An Every-day Story*』 출판.

'대산세계문학총서'를 펴내며

2010년 12월 대산세계문학총서는 100권의 발간 권수를 기록하게 되었습니다. 대산세계문학총서의 발간은 앞으로도 계속될 것이고, 따라서 100이라는 숫자는 완결이 아니라 연결의 의미를 지니는 것이지만, 그 상징성을 깊이 음미하면서 발전적 전환을 모색해야 하는 계기가 된 것은 분명합니다.

대산세계문학총서를 처음 시작할 때의 기본적인 정신과 목표는 종래의 세계문학전집의 낡은 틀을 깨고 우리의 주체적인 관점과 능력을 바탕으로 세계문학의 외연을 넓힌다는 것, 이를 통해 세계문학을 바라보는 우리의 시각을 전환하고 이해를 깊이 해나갈 수 있도록 한다는 것이었다고 간추려 말할 수 있습니다. 그리고 궁극적으로는 우리의 인문학을 지속적으로 발전시켜나갈 수 있는 동력이 될 수 있기를 희망하는 것이었습니다. 이러한 기본 정신은 앞으로도 조금도 흐트러지지 않고 지켜나갈 것입니다.

이 같은 정신을 토대로 대산세계문학총서는 새로운 변화의 물결 또한 외면하지 않고 적극 대응하고자 합니다. 세계화라는 바깥으로부터의 충격과 대한민국의 성장에 힘입은 주체적 위상 강화는 문화나 문학의 분야에서도 많은 성찰과 이를 바탕으로 한 발상의 전환을 요구하고 있습니다. 이제 세계문학이란 더 이상 일방적인 학습과 수용의 대상이 아니라 동등한 대화와 교류의 상대입니다. 이런 점에서 대산세계문학총서가 새롭게 표방하고자 하는 개방성과 대화성은 수동적 수용이 아니라 보다 높은 수준의 문화적 주체성 수립을 지향하는 것이며, 이것이 궁극적으로 한국문학과 문화의 세계화에 이바지하게 되리라고 믿습니다.

또한 안팎에서 밀려오는 변화의 물결에 감춰진 위험에 대해서도 우리는 주의를 게을리하지 말아야 할 것입니다. 표면적인 풍요와 번영의 이면에는 여전히, 아니 이제까지보다 더 위협적인 인간 정신의 황폐화라는 그늘이 짙게 드리워져 있는 것이 사실입니다. 대산세계문학총서는 이에 대항하는 정신의 마르지 않는 샘이 되고자 합니다.

'대산세계문학총서' 기획위원회